ULLSTEIN



Das Erste –
das schwierigste –
soll die Liebe
entzünden –

Burkhard

17 IX 20

## Das Buch

Seine Freundin Karin hat ihn überredet, seinen Job als Leiter der Hamburger Mordkommission aufzugeben und ihr nach Ibiza zu folgen. So kehrt der passionierte Ermittler Toni Costa auf die Insel seiner Kindheit und in den Schoß seiner mächtigen südländischen Familie zurück. Doch sein Glück ist nur von kurzer Dauer. Karin droht mit Trennung. Die eigene Behörde behindert seine Arbeit. Und Polizisten sind auf Ibiza nicht sehr beliebt. Dennoch stellt sich der eigenwillige Kommissar ein auf Mord spezialisiertes Team zusammen, das unerwartet schnell zum Einsatz kommt: Auf der Beautyfarm Vista Mar wird die reiche Ingrid Scholl auf brutale Weise umgebracht. Ein Ritualmord? Ein Eifersuchtsdrama? Costas Ermittlungen wollen zunächst kein stimmiges Bild ergeben. Doch hinter der makellosen Fassade der mehrfach gelifteten Damen tun sich wahre Abgründe auf . . .
Burkhard Driest erzählt in seinem temporeichen Krimi vom skrupellosen Geschäft mit der Schönheit und beschwört in hinreißenden Beschreibungen das Flair der Insel Ibiza herauf.

## Der Autor

Burkhard Driest wurde 1939 in Stettin geboren. Er spielte in zahlreichen Kino- und Fernsehfilmen im In- und Ausland, arbeitete mit Regisseuren wie Rainer Hauff, Peter Zadek, Rainer Werner Fassbinder, Vadim Glowna und Sam Peckinpah. Er führte auch selber Regie und verfasste über fünfzig Drehbücher, u. a. zu *Querelle* und *Endstation Freiheit*, sowie die Libretti zu den erfolgreichen Musicals *Andy* (Peter Zadek) und *Falco meets Amadeus* (Elmar Ottenthal). Außerdem veröffentlichte er mehrere Romane, darunter *Mann ohne Schatten* (1982) und *Sanfte Morde* (1994). Burkhard Driest lebt heute auf Ibiza.

In unserem Hause ist von Burkhard Driest bereits erschienen:

*Die Verrohung des Franz Blum*

Burkhard Driest

# Der rote Regen

Roman



Ullstein

Besuchen Sie uns im Internet:
www.ullstein-taschenbuch.de

*Umwelthinweis:*
Dieses Buch wurde auf chlor- und säurefreiem Papier gedruckt.

Ullstein Verlag
Ullstein ist ein Verlag der Ullstein Buchverlage GmbH, Berlin.
1. Auflage August 2004

Umschlaggestaltung: Thomas Jarzina, Köln,
unter Verwendung einer Vorlage von
Hauptmann und Kampa Werbeagentur, München – Zürich
Titelabbildung: Ausschnitt aus Giovanni Bellini, *Junge Frau bei der Toilette* (1515),
Kunsthistorisches Museum, Wien.
Foto: Artothek
Druck und Bindearbeiten: Ebner & Spiegel, Ulm
Printed in Germany
ISBN 3-548-25872-7

Die Schönheit teilt mit dir
das Leuchten des Tages.
Teile du mit ihr nur das Fließen des Wassers!
Wen sie verlässt, steht in der Dunkelheit seines Herzens
und lauscht den Schakalen.

*Weisheit der Yoruba*

# Prolog

Dieser giftige gelbe Schleier muss vergehen! Ingrids Herz raste. Das Blut pochte in den Augen, rauschte in den Ohren. Sie spürte eine Berührung. »Das träume ich nicht!«, schrie sie. »Mich berührt jemand! Hilfe! Helft mir!«

Sie richtete sich auf. Es gelang ihr, die Beine vom Sofa herunterzuschieben. Sie stand, sie schwankte.

Als ein starker Schwindel sie erfasste, musste sie sich aufstützen und griff in etwas Weiches. Sie hatte etwas in den Armen und in den Händen. Sie krallte sich fest. Wonach riecht es? Sie hatte das Gefühl, es am Geruch erkennen zu können, aber dann schleuderte sie ein harter Stoß auf die Couch zurück und Hände packten sie an der Kehle. Drückten zu. Ingrid kämpfte dagegen an. Ihre Muskeln gaben nach, sie sank nach hinten. Für einen Moment löste sich die Umklammerung am Hals. Sie kam wieder zu sich und wollte weiterkämpfen. Dann lag sie still. Sie rang nach Luft, sie zwang sich, die Augen zu öffnen. Sie musste sehen, was passierte.

Ein Schatten bewegte sich über ihr. Sie begriff, dass sie einen Herzanfall hatte, eine Panikattacke. Es schien nachzulassen, aber dann wurde sie wieder gewürgt. Niemals hatte sie so etwas Schreckliches erlebt wie diese gelbe Nebelgestalt. Ihr Gesicht schwoll an, im Ringen nach Luft riss sie den Mund auf, die Zunge drang heraus. Weit geöffnet waren ihre Augen.

Ich bin Insasse einer Heil- und Pflegeanstalt. Dieser Satz war seit ihrer Jugend wie der Fleck einer ausgetrockneten Pfütze in ihrem Bewusstsein geblieben. Immer wieder tauchte er auf. Sie wunderte sich darüber. Sie wollte sich nicht eingestehen, dass er die Metapher ihres Lebens war, eigentlich die Metapher ihrer ganzen Generation. Er enthielt dieses Gefühl des Eingeschlossenseins in einer vollkommen durchdachten Wohlstandsordnung. Ein Gefühl der Beklemmung. Eingeklemmt in etwas nicht Beklagbares, das dennoch niemand natürlich fand.

Ihre ersten Lebensjahre fielen in die Zeit des letzten Weltkrieges – Weltenbrandes hätte sie es lieber genannt. Endlos scheinende Nächte hatte sie als Sieben- und Achtjährige zitternd in den Luftschutzbunkern Kölns gesessen. Wie die Tiefflieger kamen ihre Ängste überraschend und plötzlich und ließen sie etwas Ungewöhnliches tun. Ließen sie aufspringen zwischen all den Hockenden, die dumpf ihre Gebete murmelten, und stehend vor ihre Füße pinkeln. Es plätscherte in eine unerwartete Kriegsstille hinein und schien nicht aufzuhören. Neben ihr wuchs ein Schatten aus den Kauernden und gab ihr eine Ohrfeige. Immer wieder war sie in ihrer Kindheit geschlagen und gepeinigt worden. Doch so war die Zeit. Weder sie noch sonst jemand wollte später etwas davon wissen.

Dennoch lebten diese Schocks in ihr weiter, wie Kobolde im Abwassersystem einer schönen Stadt. Denn schön wollte sie sein, Ingrid Scholl.

Sie wäre immer schöner geworden, so meinte sie, hätte eine grausige Begebenheit ihrem Leben nicht ein Ende gesetzt. Um keinen Preis hätte sie den Kampf darum je aufgegeben. Schon seit dem Ende ihrer Pubertät hielt sie die Entscheidung zu kämpfen für richtig, und so kämpfte sie auch noch bis zum Zucken ihres letzten Nerves, als sie bestialisch umgebracht wurde.

Es war die letzte Woche der Saison. Über Hügel und Täler hallte der Ruf des DJs: *Heute Nacht sind wir alle zusammen – tonight we are all together*. Aber sie war froh, dass der Spuk bald ein Ende hatte. Die Luxusjachten würden wieder auslaufen, die Restaurants und Hotels schließen, die Regale in den Supermärkten wären wieder gefüllt und die Straßen befahrbar. Die Sonne und das Blau des Himmels hatten schon etwas von der Milde des Herbstes. Jetzt musste sie nicht mehr vor der Sonne fliehen, auch wenn es noch immer ratsam war, sich zum Lunch unter einen der Schirme des Mesón Sidreria unten am Jachthafen zu setzen. Sie beobachtete die Möwen über den Segelbooten, während sie auf Erika und Franziska wartete. Franziska hatte gestern bei sich zu Hause Käsefondue gemacht, und es war wieder mal einer dieser typischen Abende gewesen. Kochen, das konnte die Franzi wenigstens. Aber war sie so reich geworden, um mit Erika und Franzi Käsefondue zu essen?

Die beiden kamen zusammen und bestellten Weißwein. Ingrid trank keinen Wein, denn sie wollte sich heute Runen legen lassen und da war Alkohol verboten. Vielleicht fühlte sie sich deshalb so schlecht.

Jedenfalls war ihr nicht wohl. Es war das gleiche Gefühl wie neulich, als ihr Blick beim Lackieren der Fingernägel auf das Foto mit Günter fiel. Sie hatte überlegt, ob sie sich von der Konditorei Es Moli d'Or zu den Orchideen noch einen Kasten Pralinen schicken lassen sollte, und dabei das Foto betrachtet. Plötzlich hatte es knacks gemacht, und das Glas war zersprungen.

»Es hat deinen sehnsuchtsvollen Blick einfach nicht ertragen«, spöttelte Erika, und Franziska lachte.

Vielleicht war es wirklich die Aufregung, dass Martina heute Abend um 19.30 Uhr kommen sollte, um für sie die Runen zu legen. Runen, die ihr alles über Günter sagen würden. Auf jeden Fall war es ratsam, vorher noch Frau Dr. Sperl aufzusuchen. Sie rief auf dem Handy die Praxis an und bekam einen Termin für 16.30 Uhr.

Erika erzählte von ihrem Peeling auf der Beautyfarm. Martina hatte sie so lange gedrängt, heute zu ihrem Sohn nach Mallorca zu fliegen, dass sie es ihr schließlich versprochen hatte.

»Martina ist ein wirklich süßes Ding«, sagte Erika. »Ein richtiger Engel.«

Ingrid nickte, obgleich sie der Ansicht war, dass Martina vor lauter Liebedienerei kaum noch Luft holen könne. Sie fand sogar, dass sie mit ihrem Helfersyndrom in Behandlung gehöre.

»Warum wollte sie das?«, fragte Franziska.

»Sie meinte, ein Sohn verdient immer die Liebe seiner Mutter. Egal, was für eine Ziege er geheiratet hat. Na ja, Ziege hat sie nicht gesagt.«

»Ihr seid doch quitt, denke ich«, sagte Ingrid. »Und außerdem wolltest du doch heute Abend dabei sein, wenn Martina mir die Runen legt.«

»Jetzt habe ich's ihr aber schon versprochen«, sagte Erika. »Ärger, Hass und Widerstand machen hässlich. Ich tu's für die Schönheit.«

Ingrid trennte sich von den beiden, um sich zu Hause noch ein wenig hinzulegen.

Als sie kurz vor vier aufbrach, sah sie in der Tiefgarage die Autos von Erika und Franziska. Sie wusste, dass sie nach dem ausgiebigen Mittagessen und der Flasche Wein ziemlich müde waren und bis fünf Siesta halten würden. Sie stieg in den Wagen. Das Autofahren machte ihr nichts aus, die Zeit hätte ohnehin nicht mehr gereicht, um vom Vista Mar zu Fuß ins Zentrum zu gelangen. Sie parkte den Wagen vor dem Supermarkt gegenüber der Praxis. Frau Dr. Sperl untersuchte sie, konnte aber nichts finden und fragte, ob sie ihre Herztabletten regelmäßig einnehme. Sie gab ihr den Rat, etwas vorsichtig mit Kaffee und Alkohol zu sein. Ingrid ärgerte sich darüber, denn sie hatte der Sperl schon drei- oder viermal erklärt, dass sie kein Koffein zu sich nehme.

In der Praxis war es angenehm kühl und ruhig gewesen und so fühlte sie sich stark genug, im Supermarkt noch schnell etwas einzukaufen.

Als sie das kreischende spanische Kind in seinem Wägelchen sah, fiel ihr wieder ein, wie abscheulich sie diesen Laden fand. Doch nun war es zu spät. Sie brauchte wenigstens Apollinaris für Martina, die an den Tagen, an denen sie die Runen legte, nur Wasser trank. Sie nahm noch Don-Simon-Orangensaft zum Mixen, und als sie an die nächsten Abende dachte, fiel ihr ein, dass Wein fehlte. Sie entschied sich für zwei Flaschen siebenundneunziger Reserva Marques de Riscal und einen weissen Sauvignon aus dem Penedés. Außerdem brauchte Sie noch Gummihandschuhe. An manchen Stellen waren die Regale halb leer, aber sie fand ein letztes Paar. So was wäre in Deutschland undenkbar, murmelte sie, als sie ihren Wagen zur Kasse schob.

Nachdem sie alles im Kofferraum verstaut hatte, musste sie noch einmal zurück, um den Einkaufswagen abzugeben und die hundert Peseten Pfand zu kassieren. Dabei fiel ihr ein, dass eine neue Sorte von Dieben auf diese Gelegenheit wartete. Sie wussten, dass viele Autobesitzer für den kurzen Moment, da sie ihre Einkaufskarre zurückbrachten, das Auto nicht extra abschlossen. Ihren beiden Freundinnen war das schon passiert. Sie waren auf diese Weise ihren ganzen Einkauf losgeworden. Als sie zu Hause den Kofferraum öffneten, war nichts mehr da. Schockierend! Sie hatten geschimpft, dass sich unsere Welt immer mehr ihrer eigenen Zerstörung nähere, und Ingrid musste ihnen Recht geben. Bei einem normalen Einkauf begegnete man Menschen aus allen Ecken und Winkeln der Erde, von denen jeder ein Hijacker, Kidnapper oder Mörder sein konnte, sodass man froh war, wenn man wieder heil zu Hause ankam. Demnächst würde Günter das alles für sie erledigen.

Da sie noch zur Apotheke in der San Jaime wollte, ließ sie den Wagen stehen. Es waren nur ein paar Schritte, aber sie konnte die Straße nicht gleich überqueren. Die Wagen bildeten eine lange Schlange, die wie ein röchelndes Untier die Avenida verstopfte.

Die verschriebenen Herztabletten waren vorrätig, doch irgendetwas schien die Apothekerin aufzuhalten. Sie zog alle Schubladen heraus, diskutierte mit dem Chef, verglich die Packungen. Während Ingrid sie beobachtete, spürte sie eine Spannung im Rücken. Sie drehte sich um, aber hinter ihr war niemand. Wahrscheinlich machte sie auch nur die Unsicherheit der Verkäuferin so nervös. Endlich hatte sie ihr Problem gelöst. Ingrid Scholl zahlte, steckte das Rezept ins Portmonee und trat auf die Straße.

Sie wollte sich etwas Gutes tun und ging bis zur Perfumeria Clapés. Sie liebte es, vor den Regalen zu stehen und all die schönen Flacons zu betrachten. Dior, Chanel, Yves Saint Laurent, Calvin Klein, Cacharel, Lagerfeld, Jil Sander, Joop, Rochas, Issey Miyake. Sie war fasziniert und entschied sich für das neue Parfüm von Paloma Picasso. So etwas hatte sie noch nie gehabt. Das passte gar nicht zu ihr. Gerade deswegen konnte es ein Geschenk von Günter sein. Die anderen würden dann wieder Grund zum Lästern haben, dachte sie amüsiert.

Im Blumenladen El Ramo de Flores an der Plaza Macabich kaufte sie zwei Orchideen im Topf, eine weiße und eine violette. Sie bat die Verkäuferin, die Karte mit dem roten Herzen auszufüllen, die sie sich ausgesucht hatte. Die Blumenfrau vergaß die Pünktchen über dem U von Günter. Sie nahm ihr den Stift ab und fügte die Striche hinzu.

Zu ihrem Auto in der Juan Tur ging sie über den Paseo Maritimo zurück. Das Meer lag ruhig. Sie blieb einen Moment stehen, um es zu betrachten. Als Kind war sie mit ihren Eltern öfter nach Spanien und an die Ostsee gefahren. Sie hatte den Duft des Meeres immer schon wahrgenommen, noch bevor sie es sehen konnte. Doch jetzt roch sie nichts. Starben ihre Sinne langsam ab? Nur eine intensiv blaue Fläche war das Wasser, eine große Plane, während es doch früher Abenteuer und Bewegung, Verlockung und Erschrecken für sie bedeutet hatte. Oder war es nur steriler geworden wie alles andere heutzutage?

Günter! Sie würde mit ihm hierher gehen, hier zum Paseo Maritimo, an dieselbe Stelle. Durch ihre Liebe hatte er die Chance, neu anzufangen. Wenn er in zwei Monaten käme, konnte er sich ihre Liebe verdienen und hätte alles, was er brauchte. Sie hatte um ihn geworben, immer und immer wieder, mit Geduld und mit unendlich viel Zärtlichkeit. Sie war gekränkt worden, sie hatte ihn bestraft. Sie hatte keine Angst vor Männern. Nicht so wie Franziska, die von ihrem Ehemann abhängig war. Alle Angst ist in erster Linie ökonomischer Natur, so hatte sie erfahren. In körperlichen Dingen warten wir, bis der Schmerz einsetzt, aber ökonomisch fürchten wir uns schon, wenn der Schaden noch gar nicht in Sicht ist. Sie würde Günter heiraten, ja, ihn aber nicht mit ihrem Testament locken, nein. Ihr großes schönes Vermögen hatte sie ihrem Zauberdoktor in Aussicht gestellt. Damit hatte sie ihn im Griff! Er würde seine große und teure Kunst immer wieder im Dienst an ihrer Schönheit beweisen müssen. Immer wieder würde sie von ihm verlangen, jung und schön zu bleiben. Diesen wundervollen Traum der Menschheit wollte sie nicht träumen, sondern leben! Die Fünfundsechzigjährige, der man ihr Alter nicht ansieht! Die wohl geformten Augen strahlen! Ein verführerisches Lächeln umspielt den sinnlichen Mund! Das Gesicht ist ebenmäßig, die Haut glatt und zart! Wie ein herrliches Licht soll ewige Jugend sie umhüllen und alles verzaubern.

Je stärker sie die hinter ihren Mauern verschlossenen Geister spürte, desto wichtiger wurde ihr eine Fassade, deren perfekte Härte und Undurchlässigkeit jeden Wahn ein- und jedes Flehen aussperrte. Sie konnte damit leben, auch wenn es im Alltag manchmal zu kleinen Unfällen führte.

Sie musste eine Weile warten und gab schließlich wütend Gas, um sich die Einfahrt in die San Jaime zu erzwingen. Dabei hätte sie auf dem Zebrastreifen beinahe den Kinderwagen einer Spanierin gerammt. Die Mutter machte ein großes Geschrei und blockierte den ganzen Verkehr.

Dies ist nicht wirklich mein Tag, dachte sie. Es war ihr nie aufgefallen, dass so viele Tage ihres Lebens ähnlich und also nicht ihre Tage waren. Denn jeden Morgen erfasste sie neu die Hoffnung, den Luftschutzbunker ihrer Ängste in einem schönen Sonntagskleidchen zu verlassen, in der Sonne zu stehen und nie wieder ins Dunkel zu müssen.

Sie hatte übersehen, dass der zweite Wagen hinter ihr ein Auto der Policia Local war. Der Polizist stieg aus und klopfte an ihre Scheibe. Sie öffnete das Fenster. Da sie kein Wort verstand, sagte sie auf Deutsch, dass ja gar nichts passiert sei. Der Polizist machte ein Zeichen, woraufhin ein Kollege in Zivil hinzukam und sie in fließendem Deutsch fragte, warum sie sich so rücksichtslos in den Verkehr eingefädelt habe. Er war sehr höflich und nannte sie gnädige Frau. Er hatte eine dunkle, warme Stimme und kluge braune Augen mit Lachfältchen. Struppig stand ihm das kurze Haar zu Berge. Sie mochte ihn, und das beruhigte sie.

Schließlich stieg sie aus und entschuldigte sich bei der Spanierin, wobei der zivile Polizist alles übersetzte. Sie gab ihm für die Mühe zehntausend Peseten. Er reichte den Schein jedoch an die spanische Mutter weiter.

Dann sagte er, sie sei knapp einer Strafe entgangen und bat sie, auch an andere zu denken.

Durch den Zwischenfall hatte sich der Verkehr vor ihr aufgelöst. Darüber war sie froh und dachte beruhigt, dass es sich ja doch gelohnt hatte. Sie folgte sogar dem Wunsch des Polizisten, an andere zu denken. Dachte an ihn und daran, was für ein elendes und hässliches Leben doch so ein Ordnungshüter führte. Jetzt sah sie ihren Reichtum, ihre Schönheit und Gesundheit wieder in einem leuchtenden Licht und hatte alles Beklemmende vergessen.

Als sie ihre Wohnung betrat, duftete es, denn sie hatte frische Rosenbeutel in den Schränken aufgehängt. Sie stellte die Einkäufe in den Kühlschrank und in die Vorratskammer. Dann nahm sie den türkischen Porzellantopf, den sie bei einem Urlaub in Istanbul gekauft hatte, brachte die Gummihandschuhe und die Orchideen ins Bad und topfte sie aus der Plastikschale um. Ein bisschen gebeugt standen die Blumen nun, weil sie gegen den Rücksitz gedrückt worden waren. Sie zog die Handschuhe aus, warf sie über den Wannenrand und trug den Topf in die Küche.

Dort nahm sie zwei lange Fleischspieße, die sie für die Grillparty zu Weihnachten gekauft hatte, und steckte sie als Stütze in die Erde. Dann trug sie den Topf ins Wohnzimmer und stellte ihn neben die Récamiere, die sie vor einiger Zeit hatte frisch aufpolstern lassen. Sie war erschöpft. Diese Einkauferei strengte an, aber sie merkte das jedes Mal erst, wenn sie zu Hause war.

Als sie sich erholt hatte, sah sie zur Uhr und freute sich auf Martina. Nun würde sie endlich Neues über Günter erfahren. Ja, er hatte ihr die Topfblume aus Schweden geschickt. Sonst waren es immer Schnittblumen. Rosen das letzte Mal. Sie wurden schon trocken, aber sie ließ sie noch stehen. Ihr Blick fiel auf die Orchideen. Sie rückte das Kärtchen mit Günters Liebeserklärung zwischen den Blüten zurecht und stellte Wasser und zwei Gläser bereit. Es war kurz vor halb acht, und Martina würde gleich da sein.

Sie trat auf den Balkon. Das Meer lag milchig blau unter einem orangefarbenen Horizont. Weiter oben wurde der Himmel lichtgrün und die Kuppel hellblau, wenn auch nicht so strahlend, wie sie es tagsüber gewesen war. Es wurde noch nicht wirklich dunkel, dennoch meinte sie, die hereinbrechende Finsternis am Körper zu spüren.

Als sie das geheime Klingelzeichen hörte, drückte sie auf den Öffner für die Toreinfahrt. Da ihre Freundin Erika Brendel heute Abend auf Mallorca war, und sie sich mit Franzi erst für später verabredet hatte, konnte es nur Martina sein. Sie entschied sich, ihr entgegenzugehen und sie in der Garage zu erwarten.

Martina stieg aus dem Wagen, kam auf Ingrid zu und umarmte sie. Dabei strahlten ihre blauen Augen. Martina trug das Haar zu einem Bubikopf geschnitten. Das Weizenblond glänzte im Neonlicht der Tiefgarage. Ingrid nahm sie bei der Hand, und wie zwei Schwestern gingen sie zum Garagenausgang. Man merkt den Unterschied gar nicht, dachte Ingrid, fünfundsechzig und sechsundzwanzig.

An der Fahrstuhltür fiel Martina ein, dass sie ihr Handy im Auto liegen gelassen hatte. Sie gab Ingrid ihre Tasche und bat sie, schon hinaufzufahren und alles zurechtzulegen, weil sie pünktlich wegmüsse.

Als Ingrid wieder hochkam, spielte eine ihr unbekannte Musik. Sie hatte die Tür zwar aufgelassen, aber die ganze Residenz war bewacht. Sie war vollkommen verwirrt – Musik aus ihrer Stereoanlage! Es konnte nur Franziska von nebenan sein. Sie rief ihren Namen, doch es kam keine Antwort.

Sie stellte die Musik aus, ging zum Schlafzimmer und öffnete die Tür. Nichts. Sie sah in das andere Schlafzimmer, das sie als Wäsche- und Bügelkammer benutzte. Auch nichts. In der Küche war natürlich auch niemand, aber der Orangensaft auf dem Tisch irritierte sie. Sie hatte doch die ganzen Sachen weggeräumt! Wieso nur diese eine Tüte nicht? Sie nahm sie und stellte sie in den Kühlschrank. Als sie die Kühlschranktür wieder schloss, hörte sie ein Knarren. Es musste in der Wohnung sein. Sie spürte ihr Herz und ihren schweren Atem. Sie war wie gelähmt, und das Gefühl, jemand könnte in der Wohnung sein, wurde immer stärker. Eingeschweißt in ihre Angst lauschte sie – hörte so etwas wie einen langsamen, schleppenden Atem. Vielleicht war es aber auch das Rauschen ihres Blutes.

Sie zwang sich, auf den Küchenbalkon hinauszugehen und dort auf Martina zu warten. Plötzlich hörte sie aus der Wohnung wieder das Knarren. Der Fußboden war gefliest, fiel ihr ein, man würde ja gar keine Schritte hören. Konnte sie die Geräusche nicht mehr zuordnen? Als Antwort kamen ihr Bilder. Nicht Bilder aus ihren Träumen so wie als Kind, sondern Bilder aus dem Fernsehen. Ein Mann mit einer erhobenen Axt hinter der Tür.

Langsam und mit angehaltenem Atem näherte sie sich der Flurtür und fiel fast in Ohnmacht, als die Klingel schellte. Dann ärgerte sie sich über den Schreck, denn es war wieder das geheime Klingelzeichen, das nur Erika, Franzi und Martina kannten. Dennoch sah sie durch den Spion. Draußen stand Martina. Sie öffnete die Tür.

»Da bin ich«, sagte Martina fröhlich. »Ich hatte noch einen Anruf. Daher hat es etwas gedauert.« Sie legte das Handy auf den Tisch, neben das Paket mit den Runenkarten.

Ingrid goss Mineralwasser ein, setzte sich ihr gegenüber, legte die Hände auf den Tisch und knispelte nervös an ihren Fingernägeln. Sie gab sich einen Ruck und berichtete die Sache mit der Musik.

Martina schob die CD wieder rein und hörte einen Moment zu. »Die ist von Prince«, sagte sie. »Die schenkt dir jemand. Das kann nur einer aus dem Haus sein. Rate mal, wer?«

Ingrid war immer noch beunruhigt. »Franzi?«

»Ist doch nett«, sagte Martina, ging um den Tisch herum und wollte Ingrid in den Arm nehmen. Aber sie wies sie ab und erinnerte sie daran, dass sie doch pünktlich wegmüsse. »Günter wird kommen. Wir werden heiraten. Darüber möchte ich etwas von dir hören«, sagte sie streng.

»Dann lass uns beginnen. Wir werden sehen, was dir die Runen mitteilen.« Als sie anfing, die Karten zu legen, klingelte ihr Handy, das sie schnell ergriff. Sie lauschte, während jemand sprach. Ingrid beobachtete sie und fand, dass sie sich veränderte, bleicher wurde und ein wenig zusammensackte, während ihr Blick auf etwas Fernes fixiert schien. Als sie das Handy weglegte, entschuldigte sie sich, weil sie vergessen hatte, es abzustellen.

»Schlechte Nachrichten?«, fragte Ingrid.

Martina verneinte und sagte, sie habe sich nur eine Wegbeschreibung von einer Patientin geben lassen. »Ich geh noch kurz zur Toilette, bevor wir anfangen.«

Als sie zurückkam, nahm sie eine kleine Flasche aus ihrer Jackentasche. »Ich habe dir diesmal ayurvedischen Ingwertee mitgebracht, der wird dir gut tun.« Sie goss den Tee ein. »Der Ingwer schmeckt scharf, ist aber sehr gesund.« Sie legte die Karten neu und fügte hinzu: »Auch für den Fall, dass die Runen schlechte Nachrichten bringen.«

Ingrid sah, wie sie die Hände bewegte. Sie hatte schöne schlanke Finger, die in Wellenbewegungen über die Karten flossen. Martina trug keinen Schmuck, und ihre Fingernägel waren nicht lackiert. Ingrid aber liebte rote Nägel, sie trug verschiedene Ringe und an den Handgelenken goldene Reifen. »Ich denke, du willst wissen, wie Günters Gefühle für dich sind«, sagte Martina in leisem Ton. »Ob er dich noch liebt, und wenn er hier ist, wie die Beziehung dann sein wird.«

»Ich möchte mit ihm glücklich sein!«, erwiderte Ingrid und musste husten.

Martina flüsterte den Karten die Fragen zu. Wird die Beziehung harmonisch sein? Kann es Probleme geben? Und wenn ja, welche? Werden es Probleme sein, die seiner Art des Denkens entspringen oder seinem Charakter?

Martina brauchte eine ganze Weile. Endlich war die Karte da, die Antwort auf ihre Fragen gab.

»Die f-Rune. Féyu steht für Glück und Reichtum. Er liebt dich. Und er freut sich, dich wiederzusehen. Er hat lange darauf gewartet, also ist er ungeduldig.« Sie spürte dem nach. »In dieser Ungeduld ist vielleicht auch etwas Unsicherheit wegen des – «. Sie stockte und sah Ingrid prüfend an.

Ingrids Augen glänzten. Sie sog die Luft gierig ein, und ihr Atem ging schnell. Sie schluckte und fuhr sich mit der Zunge über die Lippen.

»Wegen was?«, fragte sie.

Martina schien unentschlossen. »Wegen des großen Altersunterschiedes«, sagte sie kaum hörbar.

»Er ist einunddreißig«, stieß Ingrid hervor. »Du sagst selbst, durch die Operation und deine Pflege und all das sehe ich aus wie fünfundvierzig! Wie manche Vierzigjährige.«

»Es gibt Gesetze des Lebens, die nicht zu brechen sind«, sagte Martina tonlos.

»Was siehst du da in den Runen? Was siehst du?!« Ingrids Stimme klang hart.

Martinas Hand schwebte über einer Karte.

»Die t-Rune, sie bittet Thyr, den Gott des Krieges, um Sieg im Kampf. Wessen Sieg?« Sie zog die dritte Karte. »Aber hier …«

»Was ist da?« Ingrid sah sie hoffnungsvoll an.

»Sie bedeutet – Tod«, sagte Martina wie ein Kind, das ein Wort ausspricht, dessen Sinn es nicht versteht. Ingrid wartete auf eine Einschränkung oder einen Widerruf. Sie kniff und kratzte sich an den Fingern. Dann fasste sie sich ans Herz und machte die oberen Knöpfe ihrer Bluse auf. In ihrer sanften Art fragte Martina, was genau sie denn von Günter erwarte.

Ingrid atmete schwer, erhob sich und schwankte. Martina stand auf und führte das Glas mit dem Wasser an Ingrids Mund. Ingrid trank und zeigte auf die Récamiere. Martina half ihr, sich zu setzen, zog ihr die Schuhe aus und legte ihre Beine hoch.

»Du brauchst Ruhe, ruh dich ein wenig aus. Ich räum das noch weg. Es tut mir Leid, aber ich habe noch eine Verabredung, die ich einhalten muss. Ich ruf dich später an.«

Bevor Martina ging, schloss sie die Balkontür und löschte das Licht. Sie fühlte Ingrids Stirn, küsste sie auf beide Wangen, winkte von der Tür aus noch einmal und zog sie hinter sich ins Schloss.

Kaum war sie gegangen, da schien es Ingrid, als wäre sie zurückgekommen, als befände sich jemand in der Wohnung. Sie meinte, einen Schrank knarren zu hören. Vielleicht im Schlafzimmer?

Sie richtete sich auf, sah wie sich die Klinke der Schlafzimmertür langsam nach unten bewegte und eine Hand sich vorstreckte. Eine Hand! Sie hatte doch nachgesehen! Und Martina war ja auch noch durch das Schlafzimmer und ins Bad gegangen! Sie wollte schreien. Ihr Herz raste. Etwas in der Kehle blähte sich, das sie zu ersticken drohte. Sie ließ sich nach hinten fallen, versuchte ihre bleiernen Beine von der Couch zu schieben. Plötzlich sah sie einen Schatten. Sie riss die Augen auf, konnte aber nichts deutlich erkennen. Alles war von einem gelben Schleier verhangen. Doch, es bewegte sich jemand auf sie zu! Die Person stand jetzt vor ihrer Couch! Sie meinte, irgendetwas zu hören. Eine Stimme? Drohend? Schmeichelnd? Oder nur fragend? Kam sie aus der Ferne? Aus der Erinnerung? Fragte sie etwas, das Ingrid beantworten sollte?

Sie sah nicht die Hand mit dem stählernen Bratspieß, die näher kam und ihr linkes Auge durchstieß. Der Stahl drang tief in Ingrids Gehirn und wurde erst von der Rückwand der Schädeldecke gestoppt. Die Bestie ließ ihn stecken.

Glühende Flammen durchschossen Ingrids linke Hirnhälfte. Ein Feuerwerk, das sie mit dem gesunden Auge sehen konnte – gleißende Lichtkaskaden, die zugleich Schmerz und Entsetzen waren. Unbarmherzig fuhr eine Hand mit einem zweiten stählernen Spieß auf sie zu und durchbohrte auch das rechte Auge. Wieder durchdrang der Stahl das Hirn, bis er gegen die Schädeldecke stieß und stecken blieb.

Plötzlich aber konnte sie doch sehen, sah in der Ferne eine weiße Gestalt, einen Engel, der, als er näher kam, seine Konturen wieder verlor und zusammenfloss mit dem weißen Licht, das ihr selbst entströmte, und in dem sie sich auflöste.

Es war Mittwoch, der 26. September, 21.42 Uhr. Vier Stunden vor dem großen Regen, der die Insel rot färben würde.

# 1

Als Costa in den Hof des Polizeipräsidiums trat, war es schon fast 20.00 Uhr. Tief atmete er die laue Septemberluft ein. Der Himmel war sternenklar. Es war so hell, dass er nach der Lampe suchte, die das Licht in den Hof warf. Dann wurde ihm bewusst, dass Vollmond war. Die unerwartete Helle regte ihn auf, obgleich er dachte, es sollte ihn gleichgültig lassen. Er hatte es eilig, denn er war um zehn mit Karin zum Essen verabredet und sah schon ihr abweisendes Gesicht, falls er sie warten ließ.

Schnell durchschritt er die Toreinfahrt zur Straße. Plötzlich tat sein Kreuz weh. Er musste unbedingt wieder seine Bauch- und Rückenübungen machen. Er hatte es sich jeden Tag vorgenommen, aber durch den Umzug war er aus dem Rhythmus gekommen. Der Umzug von Hamburg nach Ibiza, die heißen Sommernächte mit Karin, die unerwartete Trennung von ihr – wie soll einer da Gymnastik machen?

Er war immer noch wütend darüber, dass er sich gegen Karins Attacken nicht zur Wehr setzen konnte, doch durch den Beruf waren ihm die Hände gebunden. Es fiel ihm schwerer, als er gedacht hatte, sich innerhalb der spanischen Polizeibehörde zu orientieren. Wenn er dort überleben wollte, musste er seinen Platz finden, und er war noch weit davon entfernt. Heute hatte ihn der Chef wieder rufen lassen, um ihm zu sagen, dass die Dinge in Deutschland sicherlich ganz anders gehandhabt würden, aber hier sei es eben so und seinetwegen werde sich daran nichts ändern. »Sie sollten eng mit Josep Mari Ribas zusammenarbeiten«, hatte er gesagt, der von der Insel sei und sich besser auskenne als jeder andere. Der Chef kritisierte damit, dass Costa sich erstens ein Team zusammengestellt hatte und zweitens Josep Mari nicht dazu genommen hatte.

Im Falle eines Mordes sollte dieses Team zum Einsatz kommen. Eine Mordkommission eben. In Hamburg gab es fünf davon. Die Aufklärungsarbeit fand in einem spezialisierten Team statt; das war das ABC der Polizeiarbeit.

Der Chef erklärte ihm, das sei bürokratischer Mumpitz, denn es gebe hier nur alle Jubeljahre einmal einen Mord, und das seien dann Mafia-Hinrichtungen wie die letzte in Port d'es Torrent, die nicht einmal die Wichtigtuer aus Mallorca aufklären könnten. »Konzentrieren Sie sich wie Mari auf die kleinen Drogendealer, die die Diskos verseuchen. Das ist es, was uns Probleme macht.« Bemerkte er überhaupt, dass er mit dieser Formulierung die großen Drogenschieber ausschloss?, dachte Costa. Der Chef lenkte nun freundlich auf Costas Familie über, besonders auf El Cubano, Costas Onkel, der mit den Matares zusammen hier das große Rad drehte. »Besten Gruß an Ihren Onkel«, hatte er ihm nachgerufen, als er Costa verabschiedete. Costa war höflich geblieben, hatte es sich die ganze Zeit sogar verkniffen, auf die Uhr zu schauen, obgleich er sich wegen seiner Verabredung mit Karin unter Zeitdruck fühlte.

Er musste ein Stück die Straße entlanggehen und suchen, wo sein Wagen stand, denn er hatte ihn heute seinem Vater geliehen und sich in einem Streifenwagen von Santa Eulalia zurückfahren lassen. Der Alte hatte dort noch seine Tischlerei, aber kein Auto mehr. Costa wusste nicht, warum er ausgerechnet heute eines brauchte, aber es musste eine ganz wichtige Angelegenheit gewesen sein. Sein Vater hatte es ordnungsgemäß zurückgebracht, irgendwo hier abgestellt und den Schlüssel Rafal gegeben, einem Mitglied seiner weit verzweigten Familie, den alle wegen seiner Leibesfülle seit Ewigkeiten Bisbe nannten, den Bischof.

Er fand das Auto, ging einmal herum und stellte fest, dass es unversehrt war.

Als er sich auf der Schnellstraße nach San Antonio befand, überlegte er, ob er über Handy erreichbar sein müsste. Nach den drei Monaten Büroarbeit hatte er gerade so etwas wie eine

Mordbereitschaft organisiert, und es würde demotivierend auf die anderen wirken, wenn er nicht Vorbild wäre. Andererseits war dies heute Abend vielleicht die letzte Möglichkeit, sich mit Karin auszusöhnen. Er hatte mehrfach um eine Aussprache gebeten, und nun hatte sie schließlich dieses Jet-Set-Restaurant in San Rafael vorgeschlagen und gleich hinzugefügt, sie zahle. Er hatte den Bischof nach dem Lokal gefragt. Er koche billiger, dafür aber auch besser, hatte der ihm hinterhergerufen.

Costa bog von der Hauptstraße zweimal rechts ab und steuerte auf die weiß erleuchtete Dorfkirche zu, die dem Restaurant gegenüberlag.

In dem goldverzierten Spiegel am Eingang sah er sein erwartungsvolles Gesicht. Er fuhr sich schnell noch durch das braune, wie immer struppige Haar und zog den Bauch ein. Die Trennung von Karin, zu viel Alkohol und die unregelmäßigen Mahlzeiten, auch spät abends, hatten ihn ein paar Kilo schwerer gemacht.

Eine etwa fünfzigjährige rothaarige, stark geschminkte Dame in einem tief ausgeschnittenen Kleid kam auf ihn zu. Sie fragte ihn mit stark französischem Akzent, ob er einen Tisch bestellt habe.

Costa überlegte einen Moment, ob Karin wohl auf ihren Namen reserviert hatte. Die Rothaarige sah ihn geduldig aus ihren großen, vom Champagner leicht getrübten Augen an. Sie war hier die Abendchefin und tat nur ihre Pflicht, aber ihre weiche Liebenswürdigkeit ließ Costa so etwas wie eine intime Einladung empfinden, was ihm peinlich war. Als er ihren Augen auswich, fiel sein Blick auf ihre Halskette, deren große Silberbuchstaben die Aufforderung FUCK ME formten. Er sah schnell weg und entdeckte Karin allein an einem Tisch in der Nähe des Kamins.

»Ah, votre femme!«, bemerkte die Rothaarige in einem Tonfall, der wie lauwarmes Öl an ihr herunterzulaufen schien.

Alle Tische des Restaurants waren besetzt. Costa hatte das Gefühl, dass die Leute ihn anstarrten, als er auf Karins Tisch zuging. Natürlich war er nicht richtig angezogen in seinem abgetragenen blauen Anzug und dem weißen T-Shirt. Eigentlich wollte er sich ja noch umziehen, aber das war durch das unsinnige Gequatsche des Chefs vereitelt worden. Jetzt spürte er eine ungeheure Wut auf den behäbigen, stämmigen Spanier aus der Vorstadt von Madrid. Was will dieser Hilfskastilianer mir erzählen, fragte er sich grimmig, ärgerte sich aber sofort, dass er seine guten Vorsätze schon brach, bevor er Karin begrüßt hatte. Keinen Ärger zeigen! Er rettete sich in ein Lächeln.

Sie stand auf, er nahm sie in den Arm, küsste sie auf beide Wangen und setzte sich ihr gegenüber. Ihm gefiel ihr neues Parfüm. Sie trug ein weißes Leinenkleid, das Haar offen, und am rechten Handgelenk den breiten Silberreif, den er ihr geschenkt hatte. Als sie ihm ihr Glas reichte und lächelte, sah er bereits die Zeichen der Versöhnung und sagte, sie sei besonders schön heute Abend. Sie lachte und legte ihre leicht gebräunten Arme auf den Tisch. Wollte sie seine Hand nehmen? Er hatte sich vorgenommen, ihre Unbekümmertheit und ihre Schönheit zu genießen und sich selbst und seine Probleme zu vergessen.

»Was hast du?« Sie beugte sich vor und musterte ihn. Bevor er sich für ihre Einladung bedanken konnte, stand schon die französische Madame neben ihm und fragte, ob sie ihm einen Aperitif bringen dürfe. Er wusste es nicht und zeigte auf Karins Glas.

»Was ist das?«

»Champagner, angeschäumt mit Orangensorbet.«

Das war nichts für ihn. Er wollte ein Bier, aber konnte er hier ein Bier bestellen? Er warf einen flüchtigen Blick auf die anderen Tische. Überall standen Wein- und Champagnerkübel oder hohe Gläser mit langen Strohhalmen.

»Ich schlage vor, wir trinken einen guten Weißwein zum Essen«, half ihm Karin.

»Ein Bier«, sagte er zu Madame.

Es war ein großzügig gestalteter Raum mit einem Marmorkamin, vor dem eine Garnitur schwerer cremefarbener

Polstermöbel stand. In einem der Fauteuils saß ein junger, sehr schlanker Mann mit einer glänzenden, eng anliegenden Lederhose und schwarzem Seidenhemd; ihm gegenüber ein Mittfünfziger auch in schwarzem Leder, der aus einer Zigarettenspitze rauchte. Die indirekte Beleuchtung des Restaurants erzeugte eine sanfte Atmosphäre. Der Kamin erinnerte Costa an eine der ersten Nächte mit Karin, damals noch in Hamburg, als sie für Freunde das Haus gehütet und die ganze Nacht vor dem Feuer verbracht hatten. Er mochte ihre Entschiedenheit, mit der sie damals Felle und Decken vor dem Kamin ausgebreitet hatte und sich auszuziehen begann. Er war verliebt in die Tatsache, dass es zwischen ihnen beiden immer eine völlig überraschende Übereinstimmung gab, wenn sie lachten, sich küssten oder zärtlich waren.

»Warum bist du zu spät gekommen?«

Ist dies der Beginn eines Verhörs?, dachte Costa, obwohl er sich heute fest vorgenommen hatte, solche Gedanken zu vermeiden. Er fragte sie nach ihrer neuen Wohnung und ob sie ihr gefalle. Sie schwärmte von dem Blick auf die Altstadt und sagte, sie versäume morgens keinen der Sonnenaufgänge über dem Meer. Von Costas Wohnung sah man nur auf die hässliche Seitenfront der Nationalbibliothek. Auch da hatte er sich verrechnet. Er dachte, sie hätte nicht wie die Touristen, sondern wie die Ibizenkos leben wollen, ganz normal, um mit ihm ein ebenso normales Leben zu führen. Am Sonntag hätten sie Radtouren oder Spaziergänge unternommen und er hätte ihr geholfen, ihr Spanisch zu perfektionieren. Sie aber hatte bald angefangen, darüber zu klagen, was für einen beschissenen Job er habe, unfassbar schlecht bezahlt, verachtet bei der Inselbevölkerung und ohne Aussicht auf Karriere. Während seine Kollegen wenigstens die Siesta von eins bis fünf einhielten und auch abends pünktlich um zwanzig Uhr die Trillerpfeife an die Wand warfen, wie sie sich ausdrückte, füge *er* dem ganzen Unsinn noch endlose Überstunden hinzu.

Ja, das war klar, er brauchte nur das Angebot seines Onkels anzunehmen und mit ihr war alles im Lot.

»Du solltest das Angebot deines Onkels annehmen«, sagte

sie. Manchmal konnten sie gegenseitig ihre Gedanken lesen. »Er ist einer der mächtigsten Männer hier auf der Insel, und du zeigst ihm die kalte Schulter.«

Immer wieder kam sie auf dieses Thema zu sprechen. Auch einer seiner Irrtümer, denn er hatte erwartet, dass sie eine ablehnende Haltung gegenüber mafiosen Wirtschaftsstrukturen einnehmen würde. Weit gefehlt. Heute Abend aber war er gewillt, ihr eine verbindliche Antwort zu geben. Er wollte ihr sagen, dass er für keine Bestechungssumme der Welt bereit wäre, für Gangster zu arbeiten. Auch nicht, wenn es sich dabei um seinen eigenen Onkel handelte.

Bevor er antworten konnte, stand Madame schon wieder neben ihm und wollte wissen, welche Sprache sie sprechen. Als Karin deutsch sagte, hielt sie Costa eine große Speisekarte hin und pries auf Französisch all die Gerichte, die heute Abend nicht auf der Karte standen. Costa hatte in seiner Kindheit Französisch gelernt und wunderte sich, dass er kein Wort verstand, wollte aber nicht schon wieder als Dummkopf dastehen und nickte jedes Mal, wenn sie eine Pause machte, um ihn ermutigend anzulächeln. Anschließend nahm sie Karins Bestellung entgegen, sammelte die großen Speisekarten wieder ein und sagte mit einem zufriedenen Hinweis auf Costa, er habe wohl einen großen Appetit.

Als sie verschwunden war, fragte ihn Karin, ob es nötig war, der Bedienung seine Willigkeit so deutlich zu zeigen. Er schluckte einmal, begriff dann aber, dass sein Nicken jedes Mal als Bestellung aufgefasst worden war. Als ihm nach dem Lamm auch noch ein provençalisches Kaninchen serviert wurde, bemerkte er seinen Riesenhunger. Er hatte den ganzen Tag noch nichts gegessen. Karin hätte ihn normalerweise gerügt, aber da heute Abend die Rechnung auf sie ging, verkniff sie sich jede Bemerkung über die Mengen, die er verschlang.

Danach war ihm schlecht. Die Leute an den Nebentischen waren mit den nachservierten Flaschen gut in Stimmung gekommen. Der Lärm ging ihm zwar auf die Nerven, doch er zwang sich zu einem Lächeln, während er Karin zuhörte.

Sie erzählte ihm, dass sie ein Angebot habe, neben der Zeitung auch für einen Radiosender zu arbeiten. Schon so lange sie denken konnte, habe sie sich gewünscht, beim Rundfunk zu sein. Costa hörte das zum ersten Mal und war sich nicht sicher, ob sie es gerade erfunden hatte. Jetzt erfülle sich dieser Wunsch auf ihrer Trauminsel, fuhr sie fort. Auch, dass sie das Wort Trauminsel benutzte, war nicht nach seinem Geschmack. Er hatte sich nicht hierher *geträumt*, sondern sie hatte ihn überredet, seine Position als Leiter der Mordkommission in Hamburg aufzugeben und zurück in seine Heimat zu ziehen. Nun war er bei der Guardia Civil. Brauchte eine *Trauminsel* Polizisten? Ihr hatte es damals, als sie vor sechs Jahren alleine hierher gezogen war, vom ersten Moment an gefallen, und sie hatte sich gleich entschlossen, für immer zu bleiben. Er war nur ihretwegen hierher zurückgekommen, und vielleicht fühlte er sich nun betrogen. Natürlich liebte er sie noch, aber er war enttäuscht, dass sie ihn verlassen hatte.

Die Aufklärungsarbeit faszinierte ihn, doch auf Ibiza war dieses Talent nicht gefragt. Es interessierte hier keinen, wenn jemand auf einem der einsamen Bauernhöfe ums Leben kam, im Meer verschwand oder von einer Felsklippe stürzte. Wer eine Ermittlung wegen Mordes will, muss schon selbst mit dem Messer in der Brust zur Polizei kommen – ging der Witz bei den Kollegen. »Keiner wird wieder lebendig, wir gehen alle denselben Weg« – und dann kippten sie einen Absinth und strichen sich mit dem Handrücken über den Mund.

Er bemerkte, dass er Karin nicht zugehört hatte, die immer noch von ihrer Arbeit erzählte und ihn nun bat, ihr auf jeden Fall mitzuteilen, wenn etwas Sensationelles passieren würde.

Costa sah wieder zu dem jungen Mann in der glänzenden schwarzen Lederhose. Weder er noch sein Begleiter hatten bisher auch nur ein einziges Wort miteinander gesprochen. Sie bildeten in dem Gewirr der Stimmen eine Insel des Schweigens und sahen sich verliebt an. Jetzt standen sie auf und verließen das Lokal.

»Hier sind interessante Leute, nicht wahr?« Karin war seinem Blick gefolgt.

»Wer zum Beispiel?« Costa hätte gerne noch ein Bier gehabt.

»Da drüben an dem Tisch. Siehst du den Typ mit den grau melierten Schläfen und dieser schönen jungen Frau mit den kurzen blonden Haaren, die eben reingekommen ist?«

Costa drehte sich um.

»Mach das doch nicht so auffällig«, sagte sie lachend. »Das ist einer der berühmtesten Schönheitschirurgen.«

Costa konnte damit nichts anfangen und blickte sie fragend an.

»Du solltest mal sein Haus sehen. Fantastisch. Es liegt der Vedrà genau gegenüber und gehört zum Unglaublichsten, was es auf der Insel gibt.«

Sie hatte eine Freundin mit einem englischen Adelstitel, die ihr alle Häuser gezeigt hatte. Die beiden waren dabei, ein Buch darüber herauszubringen. Costa sah nun, wie der Abend langsam in die erhoffte Entspannung mündete. Er sah sich seinem Ziel, dass sie bei ihm noch einen Schluck trinken oder sogar frühstücken würde, schon sehr nahe, als plötzlich sein Handy klingelte.

Die Leute vom Nachbartisch sahen herüber.

»Ich glaub's einfach nicht!« Karin war bleich geworden. »Der hat sein Handy an!«

»Wo ist das?«, fragte er und notierte sich Adresse und Telefonnummer. »Ich bin sofort da.« Er steckte das Handy ein und blickte Karin lächelnd an. Was sollte er tun?

»Sehen wir uns noch bei mir?«, fragte er und stand auf. Er holte seine Hausschlüssel aus der Tasche und hielt sie Karin hin. »Es wird nicht lange dauern.«

»Behalt deine Schlüssel und lass dich nicht wieder blicken!« Damit wandte sie sich von ihm ab.

Ihre Enttäuschung berührte ihn wie eine heiße Flamme.

Als er in seinen Wagen stieg und auf die Uhr sah, war es zwanzig vor elf. Er nahm den Schotterweg hinter der Kirche bis zur Straße nach Santa Eulalia. Der Mond schien auf die Landschaft und spiegelte sich fast auf dem Asphalt. Er hatte die

Scheiben unten und hörte das Heulen der wilden Hunde in den Feldern.

Der Anruf war vom Nachtdienst gekommen. Ein Mord in einem Luxusappartementkomplex in La Siesta, dem südlichen Vorort von Santa Eulalia.

Während der Fahrt benachrichtigte er das Team, das er zusammengestellt hatte. Es war nicht leicht gewesen, gute und motivierte Mitarbeiter zu finden, aber er glaubte, dass es ihm gelungen war. Sehr verschiedene Typen, darunter sogar eine Frau, Elena Navarro Alvarez, sechsunddreißig Jahre, eine zurückhaltende, ehrgeizige Kommissarin. Er hatte sie zum ersten Mal im Hof gesehen, als sie auf eine schwere Honda stieg und ihre Leidenschaft fürs Motorradfahren sofort erkannt, doch sie blieb kühl. »Andere haben ein Auto, ich hab eben zwei Räder weniger«, sagte sie trocken.

Er hatte angebissen, als er in ihrer Akte las, dass sie in Deutschland aufgewachsen und einige Jahre Kriminalkommissarin bei der Rauschgiftfahndung in Köln gewesen war. Dennoch blieb es problematisch, eine Frau im Team zu haben, jedenfalls bei der Mordkommission. Außerdem hatte sich für die ibizenkischen Männer noch nicht viel geändert; die Frauen gehörten ins Haus.

Die Wohnanlage befand sich auf der östlichen Seite der Montañes Verdes, wie die Spanier den Berg nannten, den er aus seiner Kindheit als Puig de Pep kannte. Seine Familie stammte von hier, und seinen Großeltern hatte der halbe Berg und eine Menge Land bis zum Fluss gehört, der Santa Eulalia oder San Eularia, wie die Einheimischen es nannten, südlich begrenzte. Er kannte sich hier aus. Als Junge hatte er oft Streifzüge durch die Wälder dieser Gegend gemacht und mit seinem Großvater gejagt. Damals gab es nur ein oder zwei Bauernhöfe neben der Finca seiner Großeltern. Kein einziges Hotel oder Appartementhaus. Josefa, seine resolute Großmutter, die alles in die Hand genommen hatte, war an dem stückweisen Verkauf des Landes reich geworden und möglicherweise hatte sie auch an dem Bauprojekt Vista Mar verdient, wo jetzt dieser Mord passiert sein sollte.

Wie fast überall sonst auf der Welt hatten hier auf der Insel die Söhne von den Vätern geerbt. Sie bekamen die fruchtbaren und geschützten Äcker im Landesinneren, während sich die Töchter mit den steinigen, windigen und von Piraten bedrohten Uferpartien zufrieden geben mussten. Josefa brachte nicht nur ihre wertlosen Küstenstücke mit in die Ehe, sondern sie kaufte für wenige Peseten unter dem Gespött der Männer von den anderen Töchtern der Familie so viel hinzu, wie sie kriegen konnte.

Aufgrund einer Eingebung Tanits, wie sie behauptete, habe sie geahnt, dass der Tourismus kommen und alles verändern würde. In den sechziger und siebziger Jahren bekam sie nicht nur Recht, sondern »immer mehr Recht«, wie sie sich schelmisch ausdrückte. Die Meergrundstücke wurden wertvoller als alles Gold, und die landwirtschaftlichen Flächen im Inneren verloren im vereinten Europa jeden Nutzen und damit auch jeden Wert.

Die beiden großen Gebäude des Vista Mar lagen inmitten von Pinienwäldern auf einer kleinen Anhöhe, die sanft zum Meer hin abfiel, zur Punta de Sa Guait, einer Bucht mit einem kleinen Strand.

Costa hatte das Blaulicht auf das Wagendach gestellt, und als er langsam auf das große Eisentor zufuhr, öffnete es sich automatisch. Er hielt vor dem Eingang, wo zwei Uniformierte von der Policia Local auf ihn warteten. Den Kleineren der beiden kannte er. Er hatte ihn heute nach Ibiza zurückgefahren, nachdem er seinem Vater den Wagen übergeben hatte. Er berichtete Costa, dass das Verbrechen in Appartement 402 im vierten Stock passiert sei, die Tür aufgestanden habe, als sie dort eintrafen und die Tote jene Deutsche sei, die beinahe die Frau mit dem Kinderwagen angefahren hatte. »Erinnern Sie sich, Señor Costa, Sie haben übersetzt?«

Costa nickte. »Wer war vor Ihnen hier?«

»Der Hausmeister. Er hat uns gerufen.«

»Wo ist er jetzt?«

»In seiner Wohnung.«

»Okay, holt ihn her.«

Sie wollten beide gehen, aber Costa sagte, einer genüge, und bat den anderen, ihm zu helfen, die Thermoanzüge, Latexhandschuhe und Gesichtsmasken aus dem Kofferraum nach oben zu bringen. Er hatte vorsorglich alles aus Hamburg mitgebracht, weil er wusste, dass ein Beschaffungsantrag hier zwei Jahre brauchte. Vier der Anzüge waren fürs Team, einer für den Mediziner und einer für den Fotografen. Den für den Bischof hatte er extra bestellen müssen, weil für einen solchen Leibesumfang nichts vorrätig war.

In Hamburg war jeder am Tatort angezogen wie ein Mondmensch, um nicht selbst Spuren zu hinterlassen. Hier kannten sie das nur aus dem Fernsehen, und es würde ihm einigen Tratsch und Spott einbringen. Das Team aber hatte die richtige Einstellung. Darauf hatte er bei der Auswahl ganz besonders geachtet. Wenn wir schon unseren Arsch bewegen, wollen wir Erfolg, sonst gehen wir lieber angeln, war seine Devise, und alle hatten zugestimmt.

Er ließ den Polizisten die Anzüge in den Flur legen und wies ihn an, keinen außer den Hausmeister und den Kollegen aus Ibiza hereinzulassen.

Der Mann nickte und nahm seine Sonnenbrille ab, um sie zu putzen. Costa fragte sich, wie man nachts bloß eine Sonnenbrille tragen konnte. Er zog seinen Raumanzug an und ging ins Wohnzimmer. Es brannte kein Licht, aber das war auch nicht nötig, denn der helle Mondschein beleuchtete die Szenerie. Auf einem hellblauen Kanapee lag eine Frau mit hochgeschobenem Rock. Ihr eines Bein hing über die Sofakante. Sie lag auf dem Rücken, ihr linker Arm war nach oben verdreht, der rechte hing schlaff zu Boden. Das silberne Licht des Mondes schien auf ihr bleiches Gesicht, das ihm von unten zugewandt war, weil sie mit dem Nacken genau auf der Kante lag. Sie starrte ihn aus zwei schwarzen Augenhöhlen an.

Es war tatsächlich die Deutsche, mit der er heute gesprochen hatte. Er erinnerte sich sehr deutlich an ihren Kölner Dialekt. Sie war ihm ziemlich überspannt vorgekommen. Er hatte sich alle Mühe gegeben, sie zu einer Entschuldigung bei der spanischen Mutter zu bewegen. Sie aber hatte immer wieder protestiert, es sei doch gar nichts passiert. Dabei hatte sie ihn mit ihren mütterlichen Augen so vorwurfsvoll angesehen, dass er sich wie ein bockiger Schuljunge vorgekommen war.

Nun waren ihre Augen ausgelöscht. Sie waren ihr ausgestochen worden. Rinnsale von Blut waren über Stirn und Schläfen gelaufen. Auf dem Teppich klebte weißer Schleim und eine blutige, wie Rotz aussehende glibberige Masse. Vor dem Sofa lagen zwei lange, beidseitig geschliffene Stahlspieße. Costa bückte sich. Es waren Fleischspieße, wie man sie zum Grillen benutzt.

Er bemerkte, dass er aufgehört hatte zu atmen, streckte sich und holte tief Luft. Er spürte den Schweiß auf seinem Rücken und starrte auf den Eiweißrotz und die leeren Augenhöhlen der Toten. Das Grauen war so stark, als wehte der Atem des Mörders noch immer durch den Raum. Costa sah sich um. Alle Türen waren geschlossen, auch die Balkontür.

Er schaltete die Stehlampe ein, sodass mehr Licht auf die Tote fiel.

Trotz des Schmerzes, den sie erlebt haben musste, war ihr Gesicht vollkommen entspannt.

Costa berührte die Totenflecken, die sich schon bildeten. Sie ließen sich leicht wegdrücken. Also war sie noch nicht lange tot. Der Körper fühlte sich warm an. Blut war an ihrer linken Schläfe verwischt, vielleicht hatte der Täter das Opfer mit seiner Kleidung gestreift, als er sich entfernte. Costa korrigierte sich – es könnte auch eine Täterin gewesen sein. Er wusste aus Erfahrung, wie wichtig es war, sein Denken von jeder Einschränkung freizuhalten. Frauen griffen im Allgemeinen zu Gift, daher konnte er sich nicht vorstellen, dass eine Frau zu einer solchen Tat fähig war. Er zwang sich dennoch, diese Möglichkeit einzubeziehen.

Der Täter oder die Täterin hatte sich zwar an der Kleidung der Toten nicht zu schaffen gemacht, doch ein Sexualdelikt schied damit nicht aus. Costa hatte vor Jahren einen Serienmörder zur Strecke gebracht, der Frauen bestialisch tötete, weil ihn das sexuell so erregte, dass er im Augenblick ihrer letzten Qual ejakulierte.

Oder ein Ritualmord? Kinder der Finsternis, die eingedrungen waren, um ihr Opfer zu foltern und hinzurichten? Konnte es so etwas hier auf der Insel geben?

Der Polizist rief, um den Hausmeister anzumelden. Costa öffnete die Tür und bat ihn herein.

Der Mann warf einen furchtsamen Blick in Richtung der Toten. Costa beobachtete ihn scharf. Der Mann wusste ganz offensichtlich, wo die Leiche lag und wie schrecklich sie zugerichtet war. Unruhig wartete er darauf, von Costa angesprochen zu werden.

»Haben Sie in Ihrer Wohnung ein Fieberthermometer?«

Der Hausmeister nickte vorsichtig. Costa bat ihn, es zu holen, worauf der Mann erleichtert verschwand.

Costa sah auf die Uhr. Es war noch keiner von den anderen da. Aus seiner langjähriger Arbeit bei der Polizei war ihm klar, dass der Druck stets auf den ersten achtundvierzig Stunden lag. Wenn ein Fall in dieser Zeit nicht gelöst werden konnte, wurde es ziemlich schwierig. Bei einfachen Mordfällen war das kein Problem, da hatte er es fast immer geschafft. Das waren Fälle wie Sohn erschlägt Mutter, eine Frau erstickt ihr Kind, jemand liegt tot in den Kissen, und der Täter sitzt auf der Bettkante. Man brauchte die Beweise nur zu sammeln und zur Staatsanwaltschaft zu tragen.

Hier aber war es anders. Hier mussten sie gründlich und schnell sein. Sie mussten dem Täter auf die Spur kommen, so lange sie noch frisch war.

Er blickte erneut auf die Uhr und sah sich in dem teuer eingerichteten Wohnzimmer um. Ein großer vertrockneter Rosenstrauß stand auf der weiß lackierten Anrichte, daneben ein halbkreisförmiger Kerzenständer, an dem ein in Silber gerahmtes Foto lehnte. Costa schaltete vorsichtig das Deckenlicht ein, um keinen Fingerabdruck zu verwischen, und betrachtete das Bild. Es zeigte die Tote mit einem jungen, sehr gut aussehenden Mann Anfang dreißig. Ihr Sohn? Er trug Anzug und Krawatte. Sie hatte ihren Arm um seine Schulter gelegt und hielt ein Sektglas in der Hand. Wahrscheinlich war das Foto auf einer Familienfeier aufgenommen worden. Costa hörte ein leises Knacken, drehte sich um und sah, dass die Stereoanlage noch eingeschaltet war.

In dem Player steckte eine Maxi-CD. Er nahm sie heraus und las »Purple Rain«. Sollte der Täter sie zu dieser Musik umgebracht haben? Costa hatte in einem Fortbildungsseminar einmal eine Studie über die Charles-Manson-Morde gelesen und wusste, dass heutzutage alles möglich war. Er legte die CD zurück, ohne Abdrücke zu hinterlassen.

Er ging in die Küche, um nachzuschauen, ob der Täter die Metallspieße von dort geholt hatte. In einer der Schubladen fand er zusammen mit Kochlöffeln und Schneebesen acht weitere Spieße. Der Täter musste sich also die Zeit genommen haben, nach Tötungswerkzeug zu suchen, das ihm für seine Zwecke passend schien.

Der Hausmeister kam zurück und hielt ihm mit weit ausgestrecktem Arm das Fieberthermometer entgegen. Er wollte gleich wieder verschwinden, aber Costa bat ihn zu helfen, die Leiche auf die Seite zu drehen.

In diesem Moment kam Kommissarin Navarro herein. In vollem Outfit, mit Handschuhen und Gesichtsmaske. Er erkannte sie an ihren großen braunen Augen.

Er nickte ihr zu, entließ mit einer Handbewegung den Hausmeister und forderte sie auf, der Leiche das Thermometer rektal einzuführen, während er den Körper anhob. Er sah, dass sie wusste, wozu diese Maßnahme diente. Es war eigentlich Sache des Gerichtsmediziners, die Todeszeit festzustellen, aber Dr. Torres war noch nicht da, und Costa erwartete ihn auch nicht so bald, denn er hatte am Telefon geklungen, als wäre er auf einer Familienfeier und hätte schon eine Flasche Rotwein intus. Er hatte ihn nur einmal vorher getroffen, ein hagerer, gebeugt gehender Mann mit grauem Haar und meist unrasiert. Er war für diese Insel unüblich groß und hatte sich wahrscheinlich früh angewöhnt, gebeugt zu gehen, um den Größenunterschied zu den normalen Ibizenkos zu kaschieren. Er war gebildet, und wie ein etwas weltfremder Professor verlor er sich bei jeder Gelegenheit in Erinnerungen an all das, was er gelesen hatte. Costa allerdings nahm an, dass er beim Lesen immer ein Glas Rotwein neben sich stehen hatte und deshalb so viel las.

Elena Navarro schob der Toten das Thermometer in den After.

»Wie sind Sie hergekommen?«, fragte Costa, der den Körper der Toten etwas anhob.

»Mit dem Motorrad.«

»Habe ich Sie geweckt?«

»Nein. Ich war in der Garage und habe gerade meine andere Maschine zusammengebaut.« Sie las das Thermometer ab. »36,8 Grad. Der Täter hat nicht viel mehr als eine Stunde Vorsprung.«

Costa suchte den Hausmeister und fand ihn vor der Wohnungstür. Einer der Uniformierten hatte ihn aufgehalten. Costa bat ihn wieder herein, um ihm einige Fragen zu stellen, und forderte ihn auf, sich in einen Sessel zu setzen, aber nichts anzurühren. Der Mann setzte sich ganz vorne auf die Kante. Costa sah, dass er zitterte.

»Wie ist Ihr Name?«

»Bal Bino!«

»Wer ist die Tote?«

»Das ist Frau Scholl. Sie ist vor anderthalb Jahren hier eingezogen.«

»Wie heißt sie mit Vornamen?«

»Ingrid.«

Das stimmte. Er hatte sich ja ihren Führerschein angesehen.

»Wer hat sie gefunden?«

»Ich hörte sie schreien.«

Er starrte Costa an, als würde er den Schrei noch hören.

»*Wer* hat sie gefunden?«

»Ich.«

»Wie sind Sie in die Wohnung gekommen?«

»Die Wohnungstür stand auf.«

Costa machte sich eine Notiz.

»Haben Sie sie angerührt?«

»Nein. Ich bin sofort runter in meine Wohnung und habe die Polizei angerufen.«

»Haben Sie gesehen, dass die Frau tot war?«
Der Hausmeister nickte.
»Haben Sie gesehen, dass ihre Augen ausgelaufen waren?«
Der Mann zitterte und nickte wieder.
»Das konnten Sie von der Tür aus sehen?«
Der Mann wurde noch unsicherer. »Von der Tür aus nicht.«
»Sie sind also näher herangegangen?«
Der Mann warf einen ängstlichen Blick zur Leiche.
»Wie nah?«
Er sah wieder zur Toten und zeigte auf den Tisch. »Bis dahin. Bis zur Tischkante. Dann … bin ich zurück.«
»Konnten Sie von da aus die zwei Bratspieße auf dem Boden sehen?«
»Nein. Nein, konnte ich nicht.«
»Haben Sie einen Nachschlüssel?«
»Einen Generalschlüssel. Aber ich hatte ihn nicht dabei.«
Es klingelte an der Wohnungstür. Costa drehte sich zu seiner Kollegin um, die den Tatort mit Nummernschildchen absteckte. Er bat sie, hinauszugehen und darauf zu achten, dass die Kollegen, die jetzt wahrscheinlich gekommen waren, die Wohnung nicht ohne Thermoanzug betraten. Dann wandte er sich wieder dem Hausmeister zu.
»Sie haben den Schrei gehört – wie spät war es da?«
»Viertel nach zehn.«
»Woher wissen Sie das so genau?«
»Ich wollte ein Fußballspiel auf Eurosport sehen, das um Viertel nach zehn anfing.«
»Und dann sind Sie hier herauf gelaufen? Ist Ihnen da jemand im Treppenhaus begegnet?«
»Nein. Aber der Fahrstuhl war besetzt.«
Costa machte sich wieder ein paar Notizen.
»Konnten Sie feststellen, wer den Fahrstuhl benutzte?«
»Nein. Ich habe überhaupt nicht daran gedacht.«
Costa notierte sich noch seinen Namen und die Telefonnummer.
»Ist Ihnen sonst noch etwas aufgefallen?«
»Nein.« Er blickte hilflos umher.« »Nein.«

Costa erhob sich.

»Ich werde Sie morgen noch einmal anrufen oder aufsuchen, wenn ich noch Fragen habe. Sie können jetzt gehen.«

Das ließ sich der Hausmeister nicht zweimal sagen.

Costa begrüßte Dr. Torres. Auch die beiden anderen Kollegen waren inzwischen eingetroffen. Er wies den Spanier an, den sie alle den Surfer nannten und den er sich als Spezialisten für die Spurensicherung ausgesucht hatte, die Leiche von Kopf bis Fuß abzukleben und die ganze Wohnung auf Fingerabdrücke zu untersuchen.

Draußen vor der Tür tuschelte der Hausmeister mit dem kleinen Polizisten, und Costa fragte ihn, wer in der Wohnung gegenüber wohne.

»Das ist Frau Franziska Haitinger.«

»Ist sie da?«

Der Hausmeister zuckte mit den Achseln. »Sie ist eine Freundin der Ermordeten.«

Costa hatte inzwischen geklingelt, aber niemand öffnete. Er klingelte energischer. Als nichts passierte, klopfte er heftig gegen die Tür. Er wandte sich an den Hausmeister. »Könnten Sie mal Ihren Generalschlüssel holen?«

»Hab ihn jetzt dabei.« Der Hausmeister zog eilfertig ein Schlüsselbund aus der Tasche, und Costa forderte ihn auf, die Tür zu öffnen. Er hatte zwar keinen Hausdurchsuchungsbefehl, aber es bestand die Möglichkeit, dass der oder die Täter auch in dieser Wohnung gewesen waren oder sich sogar noch dort befanden.

Der Hausmeister hielt ihm die Tür auf, und Costa trat ein. In der Wohnung brannte Licht. Die Tür zum Wohnzimmer stand auf. Costa rief nach Franziska Haitinger und blieb einen Moment lauschend stehen. Er hörte ein Röcheln und ging vorsichtig weiter. Das Röcheln wurde immer deutlicher. Er warf einen schnellen Blick auf Sofa und Sessel, konnte aber niemanden sehen. Vorsichtig machte er einen weiteren Schritt ins Zimmer. Dann sah er sie.

Sie saß zusammengekauert in einer Ecke und starrte ihn voller Angst an. Um sie nicht zu erschrecken, ging Costa langsam auf sie zu und murmelte beruhigend ihren Namen. Als er über ihr stand und auf sie herabblickte, sah er, dass sie Blut an Händen und im Gesicht hatte. Der Täter hat auch sie angegriffen, schoss es ihm durch den Kopf.

»Sind Sie Frau Haitinger?«, fragte er sie leise.

Immer noch starrte sie ihn mit weit aufgerissenen Augen an, ohne etwas zu sagen. Sie steht unter Schock oder ist irgendwie krank, dachte er. Besser, ich hole Dr. Torres.

Torres hatte die Leiche bereits untersucht und war gerade dabei, dem Fotografen Platz zu machen.

»In der Nachbarwohnung sitzt eine vollkommen verstörte Frau«, sagte Costa. »Bitte sehen Sie nach ihr. Wichtig ist mir, dass wir auf jeden Fall eine Probe von dem Blut kriegen, das sie an den Händen und im Gesicht hat.«

»Dann holen Sie mal Ihren Spurensucher.«

Costa nickte und informierte den Surfer. Als er mit ihm in die Wohnung von Franziska Haitinger zurückkam, hatte Dr. Torres bereits einen Blick auf sie geworfen.

Nachdem der Surfer seine Arbeit erledigt hatte, injizierte ihr der Arzt ein Beruhigungsmittel, half ihr auf die Beine und führte sie zu einem Sessel.

»Kann ich mit ihr reden?«, fragte Costa.

Dr. Torres zuckte mit den Achseln.

»Was hat sie?«

»Herzrasen. Möglicherweise einen Panikanfall.«

Costa stellte ihr mehrere Fragen, aber sie blieb stumm. Erst allmählich begann der Schrecken aus ihrem Gesicht zu weichen. Sie lehnte sich im Sessel zurück, legte die Hände in den Schoß, ohne zu bemerken, dass sie jedem ihre blutigen Finger zeigte. Vielleicht weiß sie gar nicht, dass sie blutig sind, dachte Costa. Irgendwie schien es ihm widersinnig, aber er konnte nicht ausschließen, dass auch sie als Täterin in Frage kam.

Franziska Haitinger war eine blendend aussehende Frau, wahrscheinlich nicht viel älter als Karin. Sie schien körperlich fit und stark. Costa konnte sich auf ihr Verhalten keinen Reim machen. Plötzlich fühlte er sich abgespannt und müde. Er sah auf die Uhr, es war schon nach zwei. Was sollte er mit dieser

Frau machen, solange sie unter Schock stand? Er hatte großes Verlangen, ins Bett zu gehen und sich auszustrecken. Einfach liegen und sich entspannen. Aber er konnte die Kollegen jetzt nicht allein lassen.

Sie versammelten sich alle in der Wohnung von Ingrid Scholl. Der Bischof goss jedem aus seiner Thermoskanne Kaffee ein. Behäbig hob er den Becher, drehte sich mit seinem dicken Bauch grinsend in die Runde und verkündete, er werde am Wochenende auf der Finca seiner Schwiegereltern ein Barbecue machen mit einer besonders pikanten, von ihm erst kürzlich kreierten Salsa. Wer Lust habe, sei herzlich eingeladen.

Costa würde hingehen. Rafal »Bisbe« war ein guter Polizist, der jeden Einheimischen auf der Insel kannte. Jeden Bettler, jeden Taschendieb und jeden Schmuggler. Aber auch jeden Politiker.

»Amen, der Bischof hat gesprochen«, lachte der Surfer und trank seinen Kaffee in einem Zug.

Costa fragte Dr. Torres, was er bei der Toten festgestellt habe.

Der Mediziner erklärte, die Frau sei vermutlich erst gewürgt und dann durch Stiche in die Augen getötet worden. Die Fleischspieße müssten zwar genau untersucht werden, aber die ihnen anhaftenden Flüssigkeitsschlieren ließen vermuten, dass die Spieße bis an die hintere Hirnwand getrieben worden waren. »Der Täter hat sie dann wieder herausgezogen und neben der Leiche fallen lassen. Es wundert mich, dass er zwei Spieße benutzte.« Er fügte hinzu, die Temperaturmessung habe mit 36,8 Grad keinen Abfall der Körperwärme ergeben. Der Tod sei zwischen 21.35 Uhr und 22.00 Uhr eingetreten.

»Ich habe keine Spuren an der Leiche gefunden, die auf einen heftigen Kampf oder sexuellen Missbrauch schließen lassen.«

»Gut«, sagte Costa, »dann legt die Leiche nach der Besprechung auf eine Plane und schafft sie weg zur Obduktion.« Er deutete auf die Stereoanlage. »Da steckt 'ne CD in der Anlage. Hat jemand einen Blick draufgeworfen?«

Der Surfer meldete sich sofort. »Ja, ›Purple Rain‹. Das ist ’n illegaler Clubmix, der live aufgenommen wurde, als Prince hier auf der Insel war. Geile Nummer.«

Costa wurde aufmerksam. »Illegal? Haben alte Damen so etwas?«

»Kommt auf die Lady an. Manchmal sind die abgefahrener als die jungen. Aber die hier eher weniger. Die hat hier sonst nur Opern und Tango stehen.«

»Wovon handelt der Song?« Der Surfer fuhr sich einmal blitzschnell durchs Haar. »Ein Typ singt, er möchte sie nur im roten Regen sehen. Er führt sie in den roten Regen.«

»Ist *purple* nicht purpur? Also vom Farbton her blutrot?«, fragte Elena.

»Genau. Im blutroten Regen möcht er sie sehen.« Er grinste sie an: »Baby, love me or die!«

Costa bat um die CD und fragte, was es sonst noch gebe.

Alle schüttelten den Kopf. Elena Navarro sagte, im Kleiderschrank des Schlafzimmers befinde sich ein eingebauter Tresor. Costa fragte, ob sie auch da Fingerabdrücke genommen hätten. Elena bestätigte das. Danach hatte ihn der Bischof geöffnet. Er enthielt zwölftausend Mark, Schmuck und einen Dokumentenordner vor allem mit Unterlagen über den Kauf der Eigentumswohnung. Elena hatte das alles an sich genommen, eine Quittung in den Tresor gelegt und ihn wieder geschlossen.

Costa fragte den Surfer, ob die Leiche wegen eventueller Fasern von der Kleidung des Täters gründlich abgeklebt worden sei. Der Surfer nickte.

»Gut«, sagte Costa, »dann sind wir hier erst mal fertig.« Er wandte sich an Torres. »Was machen wir mit der Nachbarin?«

Torres sagte, er habe sie aufs Bett gelegt, ihr noch eine Injektion Valium gegeben und empfehle, sie schlafen zu lassen.

Als Costa aus dem Haus trat, begann es zu regnen. Er blickte zum Himmel. Das Firmament war schwarz. Aber der weiße Marmor vor ihm war blutrot. Costa kniff die Augen zusammen und streckte eine Hand in den Regen. Rot! Es gab keinen Zweifel. Der rote Regen hatte eingesetzt.

Er hörte ein Motorrad aufheulen. Elena Navarro Alvarez. Er sorgte sich um sie. Die Straßen wurden bei Regen spiegelglatt. Jedes Jahr starben deswegen mindestens zwanzig Menschen, wenn sie auch zumeist nicht völlig nüchtern waren.

Als er am Steuer saß, fühlte er sich hundeelend. Er hätte den starken Kaffee des Bischofs nicht trinken sollen. Er hatte ihn unnötig aufgedreht, und immer wieder standen ihm die aufwühlenden Bilder der beiden Frauen vor Augen. Damit konnte er nicht zu Bett gehen.

Er entschloss sich, im Sa Calima noch einen Absinth zu trinken, zog die CD aus der Brusttasche und schob sie in den Radioplayer. »Purple Rain« sang die Männerstimme, unterlegt von Technobeats. »Ich will dich im blutroten Regen sehen.« War mit dem Regen ihr Blut gemeint? Am Ende des Songs imitierte das Klavier Regentropfen und klang in dissonanten Moll-Akkorden aus. Ein ungewöhnlich schwermütiges Ende für einen Popsong, dachte Costa. Schmerz und Untergang. Sollte er hier irgendeinen Psychotäter vor sich haben? Und wenn – woher hätte der wissen können, dass kurz nach dem Mord der rote Regen einsetzen würde?

Costa nahm die CD wieder heraus und steckte sie ein.

Der Regen pladderte heftig gegen die Windschutzscheibe. Er konnte kaum sehen und musste vorsichtig fahren.

Im Hafengelände stellte er seinen Wagen ab und rannte die Charles III hinauf. Als er im Sa Calima ankam, war er nass bis auf die Knochen.

Er stellte sich an die Bar und bat Pep, »Buena Vista Social Club« aufzulegen. Die melancholische Musik der alten Männer aus Kuba beruhigte ihn. Sein Onkel, den sie El Cubano nannten, hatte sie ihm bei einem Urlaub geschenkt, noch bevor Wim Wenders seinen Film über die Musiker drehte.

Im Spiegel hinter der Theke sah Costa, dass der Regen wie rote Brühe an ihm heruntergelaufen war. Alle würden sie ihre weißen Häuschen neu kalken müssen.

Er bestellte noch einen Absinth. Was hatte er eigentlich erwartet, als er beschloss, seinen Job zu kündigen und auf die Insel zurückzukehren? Menschliche Nähe und Wärme? Ein Wetter, das einen jeden Tag mit einem Strahlen begrüßte? Wenig Arbeit und verliebte Stunden? Grimmig strich er sich noch einmal den Regen aus dem Haar und schüttelte sich das Wasser von den Klamotten. Er hatte davon geträumt, mit Karin Ausflüge zu unternehmen, ihr von der Insel und ihren Menschen zu erzählen. Hatte sich vorgestellt, dass sie ihm im Gegenzug bessere Essgewohnheiten und Entspannungsübungen beibringen würde. Nun fiel ihm plötzlich auf, dass diese Platte bereits einen Sprung hatte.

Als Pep ihn fragend ansah, ob er noch einmal nachschenken solle, hob er den Daumen.

Vielleicht hätte er von Karin auch lernen können, abends im Bett Romane zu lesen, statt sich mit Bier voll zu schlauchen. Oder gar mit Absinth.

Scheißegal! Er hatte sie verloren. Dafür war seine Familie hier. Nicht die, in der er Vater, sondern die, in der er Sohn war. Bedeutete die Familie seines Vaters, den sie El Alemàn nannten, für ihn menschliche Nähe? Er hatte die Tanten und Onkel, Urgroßmütter, Neffen und Cousins nach seiner Rückkunft so ziemlich alle besucht, aber nahe waren sie ihm dabei nicht gekommen. Lag es an ihm? Er wusste, dass sie keine Polizei mochten. Einige von ihnen hatten sogar ihre Männer und Väter im Widerstand gegen die Faschisten verloren. Franco war brutal vorgegangen und hatte die Insel durch die Guardia Civil besetzt. Jetzt unterstand diese paramilitärische Organisation mit übergreifenden Polizeiaufgaben dem König. Eine militärische Polizei, in der man keine Schulbildung, sondern nur Gesinnung brauchte. Direkt vom Kindergarten in die Guardia! Über ihrer Kaserne stand noch immer in großen Lettern *Todo por la patria*, Alles für das Vaterland, aber das Vaterland war nicht die Insel mit ihrer maurischen Erbschaft und den heidnischen Sitten, diese Insel, auf der die Göttin Tanit geherrscht und auf der es als einzigem Ort im Mittelmeer nie giftige Tiere gegeben hatte. *La patria* war das christlichkatholische Kastilien. Doch die Kastilianer sprachen nicht Katalan wie die Ibizenkos. Sie sprachen das Spanisch der Herrscher, das die Touristen kannten und das in Südamerika gesprochen wurde. Das Spanisch der Polizisten, zu denen auch er gehörte. Zugegeben, niemand seiner Verwandten hatte in seiner Gegenwart je eine Bemerkung über ihn gemacht, nicht mal sein Großonkel El Bruto, der Wasserträger, der mehrfach in den Kellern der Guardia Civil zusammengeschlagen worden war. Nein, niemand. Sie waren nicht wie seine deutsche Mutter, die ihn lauthals beschimpft hatte, als er ihr nach seiner Ausbildung bei der Bundeswehr verkündete, er würde zur Kripo gehen. Auch jetzt noch fragte sie ihn gelegentlich, wenn er sie in ihrem kleinen Hotel bei Santa Inés besuchte, ob er inzwischen herausgefunden habe, warum er sich so einen garstigen Beruf an den Hals hängen musste. Er kippte noch einen Absinth, denn er spürte stets ein tiefes Unbehagen, wenn er sich diesem Punkt näherte: Warum tat er das, was er tat? Karin schimpfte ja auch darüber, dass er Polizist war, und sagte, an ihm stimme etwas nicht. Obwohl er in Wahrheit nicht wusste, was sie meinte. Sollte er auch das herausfinden? Wie findet man heraus, was an einem nicht stimmt? Und warum es nicht stimmt?

Die Bar leerte sich, Pep hatte für die letzten Gäste ein Taxi bestellt, damit sie die hundert Meter zum Hotel nicht nass wurden.

»Gib mir noch einen. Und die Rechnung.«

Er könnte sie ja jetzt anrufen und fragen, hey, was stimmt an mir nicht? Was ist so komisch an mir? Oder am besten gleich bei ihr vorbeigehen. Eine Vorstellung, die ihn amüsierte.

Grinsend zog er einen Schein aus der Brieftasche, und Pep goss ihm zum Abschied noch einen ein.

Plötzlich spürte er wieder diesen scharfen Ton in beiden Ohren, obgleich die Musik noch lief. Das machte ihm Angst. Der Arzt hatte gesagt, besser keinen Alkohol und ihm die schlimmsten Formen des Tinnitus beschrieben. Grausig. Manchen Leuten donnerte unablässig ein ICE durch den Kopf.

Er versuchte, nicht daran zu denken, hatte es nun aber doch eilig und wollte so schnell wie möglich ins Bett.

Er reckte sich und hielt das Gesicht in den Regen, der nach dem Absinth nicht mehr kalt und nass war, sondern erfrischend und prickelnd.

## 2

Als der Wecker um sieben schrillte, schmerzte sein Körper. Er erlaubte es sich aber trotzdem nicht, noch liegen zu bleiben. Er wäre eingeschlafen und erst eine Stunde später wieder aufgewacht.

Er schob die Beine aus dem Bett, taumelte ins Bad und stellte sich unter die Dusche. Die Düsen waren verkalkt, und der Wasserstrahl nadelte auf seiner Haut herum. Er hatte sich schon etliche Male Entkalker besorgen wollen, es dann aber immer wieder vergessen.

Mit dem Fahrrad über der Schulter schleppte er sich durch das Treppenhaus vorbei an den spielenden und kreischenden Kindern. Er konnte sich kaum an gestern erinnern und hatte nur das eine Ziel, erst mal im Büro anzukommen. Ganz entfernt wusste er, dass irgendetwas Wichtiges dort auf ihn wartete.

Als er aus dem Haus trat, regnete es noch immer. Und plötzlich wusste er, was gestern Nacht geschehen war. Er schleppte das Fahrrad wieder hoch, zog seinen Trenchcoat an und setzte einen wasserdichten Hut auf. Am Hafen stieg er in seinen Wagen und fuhr zum Präsidium.

Er war zwar eine halbe Stunde früher im Büro, konnte sich aber auf nichts konzentrieren. Sein Blick fiel auf ein altes Poster an der Wand. Die Reproduktion eines Gemäldes von Goya. Es war ihm bisher nicht aufgefallen. Sein Vorgänger hatte es offenbar vergessen oder einfach hängen lassen. »Man kann es nicht ansehen«, stand darunter. Das Bild zeigte eine kleine Gruppe verzweifelter Menschen, die sich kniend aneinander drängten und ihren Tod erwarteten. Das Erschießungskommando ist nicht zu sehen. Die mit Bajonetten besetzten Gewehre stoßen spitz von rechts ins Bild, unmenschlich und unerbittlich. Alle Linien folgen dieser Stoßrichtung, in die die Armen wie geschnittenes Korn fallen werden, wenn in der nächsten Sekunde die Salve kracht.

In Costa regte sich die Frage, wer diese Menschen waren und wer ihre Mörder. Es waren einfache Menschen aus dem Volk, deren unauffälliges Leben in diesem Moment durch brutales, mutwilliges, gesichtsloses Töten beendet wurde. Sie starben ohne Heldentum oder Würde, und in der Art ihres Sterbens lag etwas ähnlich Zwiespältiges wie in vielen seiner Fälle. Es war Teil seines Alltags, doch in diesem Moment empfand Costa die Obszönität des Mordens. Dasselbe Gefühl hatte er gestern Nacht beim Anblick der ermordeten Ingrid Scholl gehabt. Aber es kam noch etwas hinzu, etwas, das ihn persönlich damit verband. Als hätte auch er Schuld daran. So, als wäre er in einem früheren Leben auf der Seite der Verbrecher oder Söldner gewesen.

Die Szene des Bildes war nicht sofort einzuordnen. Es konnte überall sein – in Polen, in Russland oder Kroatien vor 1945; es konnte My Lai sein, Bosnien, Afghanistan oder Afrika. Doch Costa erinnerte sich jetzt wieder: Es waren französische Gewehre, und es handelte sich um den spanischen Unabhängigkeitskrieg von 1808 bis 1814, den ersten Partisanenkrieg, den ersten »Volkskrieg« der modernen Geschichte, der zugleich der erste der modernen Bürgerkriege Spaniens war. Das gemarterte Volk begann ihn in Madrid mit einem Aufstand. Goya hatte die Schrecken des Krieges eingefangen, die dem Volk keine Freiheit, sondern noch mehr Unterdrückung brachten. Der Tod der Opfer auf beiden Seiten war der gleiche – Bajonette, die Herzen, Kehlen und Augen durchstachen.

Costa begann, nach einer Schachtel Aspirin zu suchen. Er war sich ganz sicher, sie irgendwo hingelegt zu haben, konnte sie aber nicht finden. Er wurde so wütend, dass er einen Stuhl heranzog, um auch noch im obersten Fach des Schrankes herumzuwühlen.

Es klopfte, und Elena Navarro steckte den Kopf zur Tür herein.

»Ich finde sie nicht«, sagte er mit gepresster Stimme.

»Wir warten«, meinte sie und machte die Tür wieder zu.

Er fluchte und gab auf. »Worauf wartet ihr?«, fragte er nörgelig, als ein Ordner aus dem obersten Fach kippte und mit der Spitze auf seinen Fuß fiel.

Als er in den Sitzungsraum hinkte, saßen sie schon um den großen Tisch, die riesige Thermoskanne des Bischofs in der Mitte.

Costa fragte, wer die Ergebnisse zusammenfassen könne. Der Surfer lächelte kurz, hob den Bleistift, mit dem er gespielt hatte und begann präzise und knapp die wesentlichen Erkenntnisse aufzuzählen, wobei er den Bleistift zur Akzentuierung benutzte.

Wenn er nicht surfen ging, so hatte Costa irgendwo gehört, verbrachte er seine Freizeit in den Diskos. Sicher würde er am Samstag auf einer der End-of-the-Season-Partys zu finden sein.

Der Vortrag des Surfers wurde unterbrochen, weil Costa einen Anruf auf seinem Handy erhielt. Der Chef verlangte, durch ständige und genaue Informationen eng in die Ermittlungen einbezogen zu werden. Er wünschte auch, dass keine Informationen an die Presse gingen. »So eine wahnsinnige Tat kann die Insel in Verruf bringen, und ich denke, dass der Einbruch des Tourismus seit dem elften September eine Warnung sein sollte, selbst wenn wir bislang nicht betroffen sind. Eine Leiche zu haben, ist eine Sache, aber mittels der Medien Angst und Abscheu bei einem breiten Publikum zu erzeugen, ist eine andere.«

Costa stimmte zu und versprach, ihn stets auf dem Laufenden zu halten.

Er war ganz froh über die Anweisung, nicht die Presse zu benachrichtigen. So hatte er Karin gegenüber wenigstens eine Ausrede.

Er musste ihr ja nicht sagen, dass diese Anweisung erst heute gekommen war, und er es nach ihrem gemeinsamen Essen einfach nicht fertig gebracht hatte, den Mord zu erwähnen.

Der Surfer nahm seinen Vortrag wieder auf. Er hatte aus Franziska Haitingers Wohnung ein Glas mitgenommen und es gleich noch gestern Nacht im Labor auf Fingerabdrücke untersucht. Costa kniff die Augen zusammen, um den jungen Kollegen schärfer zu mustern; dehnte er die Sätze etwa und grinste dabei? Costa rieb sich übers Gesicht. Womöglich halluzinierte er schon. Auch die Bratspieße hatte der Surfer auf Fingerabdrücke untersucht und sie mit denen von Franziska Haitinger verglichen. Er hob den Kopf, blickte bedeutungsvoll in die Runde, machte eine Pause, und schon begann sich Costa wieder zu ärgern. Wenn er etwas Besonderes herausgefunden hatte, würden sie es auch ohne Pause und Gegrinse bemerken.

»Sie waren identisch«, triumphierte der Surfer und ließ den Bleistift ein kleines Stück durch die Finger rutschen, sodass er auf der Holzplatte des Tisches aufprallte und einen trockenen Ton erzeugte.

»Du meinst, die Haitinger hat ihre Nachbarin erstochen?«, fragte der Bischof.

»Es scheint ganz so«, erwiderte der Surfer.

Costa konnte sich das nicht so recht vorstellen. »Die Fakten sind wichtig«, sagte er. »Aber wir dürfen uns durch sie nicht hypnotisieren lassen. Wir müssen auch noch andere Möglichkeiten sehen.«

»Welche?«, fragte der Surfer kühl.

»Sie könnte die Spieße lediglich angefasst haben.«

»Sie meinen, der Täter hat die Scholl mit den Spießen erstochen und sich dann an Frau Haitinger gewandt und gesagt, halten Sie bitte mal 'n Moment?«

Costa durfte seinen Ärger jetzt nicht zeigen, zumal klar war, dass sein Gegenüber die Argumente auf seiner Seite hatte.

»Was denkt Ihr?«, fragte er die anderen.

Der Bischof schwankte. »Mein Gefühl sagt mir, dass 'ne Frau so was nicht macht. Andererseits haben wir keine Einbruchsspuren gefunden. Sie muss dem Täter die Tür geöffnet haben. Aber würde sie abends einem Unbekannten die Tür öffnen?«

Elena Navarro machte ein bedenkliches Gesicht. »Und würde er bei den Sicherheitsvorkehrungen im Vista Mar überhaupt so weit kommen?«

»Bei so einer extremen Tat nützen uns unsere normalen Gefühle nichts«, griff der Surfer die Zweifel auf. »Im Labor sind sie noch dabei, die Blutgruppen zu vergleichen. Wenn sie auch das Blut der Nachbarin an ihren Händen hatte – und das ist ja wahrscheinlich, weil sie ja selbst nirgendwo geblutet hat –, müssten wir davon ausgehen, dass die Frau während der Tat anwesend war.«

Alles in Costa sträubte sich. Für ihn war es zu einfach und zugleich zu widersinnig. Seine Erfahrung hatte ihn gelehrt, dass man verhindern musste, gleich zu Anfang auf eine Lösung hereinzufallen, die sich so offensichtlich anbot. Andererseits gestand er sich ein, dass er den Argumenten des Surfers nur sein Gefühl entgegensetzen konnte. Das war nicht viel. Aber vielleicht war ihm dieser Surfer-Typ auch einfach nur unsympathisch.

»Was meinen Sie, Elena?«

»Die Frau war es nicht.« Ihr Votum kam klar und hart.

Der Surfer grinste. Er hatte gleich zu Anfang die Unverschämtheit besessen, Costa darauf hinzuweisen, dass Frauen in so einem Team nichts zu suchen hätten. Damit war er allerdings nicht alleine – der Bischof hatte nur den Kopf geschüttelt, als Costa ihm von seiner Entscheidung für Elena Navarro berichtete, und eine Handbewegung gemacht, die sagen sollte, »wenn du scharf auf sie bist«. Doch war auch ihm anzumerken, dass er das Ganze für eine Geschmacksverirrung hielt.

Die Stimmen standen drei zu eins *für* den großen Unbekannten und *gegen* die Haitinger.

»Bueno«, sagte Costa, »ich rufe jetzt dennoch den Staatsanwalt an, damit wir einen Haftbefehl für Franziska Haitinger kriegen. Inzwischen werden wir ins Vista Mar fahren und die Hausbewohner vernehmen. Wir müssen herausfinden, was die Scholl gestern den Tag über gemacht hat. Wir müssen feststellen, wer ihre Freunde waren und aufgrund der Aussagen und vorhandenen Spuren ihr Leben durchleuchten. Wir brauchen ein möglichst genaues Personagramm des Opfers – Schule, Lebenslauf, Freunde, Restaurants, Gewohnheiten. Wer sind ihre Erben? Wir müssen bei unseren Ermittlungen viele Möglichkeiten ins Auge fassen und uns von bestimmten Denkmustern befreien. Es gibt kriminalistische Erfahrungen, dass Gift die bevorzugte Tatwaffe von Frauen ist. Doch davon auszugehen, dass ein vergiftetes Opfer nur von einer Frau ermordet worden sein kann, ist genauso falsch wie die Annahme, eine Frau könnte niemals mit der Axt oder mit Fleischspießen morden. Solche Vorurteile können dazu führen, dass jemand, der unschuldig ist, lebenslang hinter Gittern sitzt. Damit wäre nicht nur unser Bemühen um Wahrheit und Gerechtigkeit vereitelt, sondern wir selbst wären zum Täter geworden, der ein Leben zerstört. Ich habe euch nicht zuletzt deshalb ausgesucht, weil ich den Eindruck hatte, dass ihr diese Philosophie teilt.«

Es war ihm nicht entgangen, wie er sich mehr und mehr in Rage redete, um seine Wut auf den Surfer niederzukämpfen und seine Autorität zurückzugewinnen. Der Surfer quittierte das mit einem blasierten Lächeln, und der Bischof gähnte. Nur Elena Navarro hatte kühl und sachlich zugehört.

»Wir werden sehen, wie weit wir in drei Stunden kommen. Wir treffen uns auf jeden Fall um zwei wieder hier.«

Er stand auf und verließ den Raum. Ihm war klar, dass er Druck ausübte, aber es würde ihnen nicht schaden, ein bisschen Feuer unter dem Arsch zu haben, dachte er, als er die Nummer des Staatsanwaltes wählte, um ihm klar zu machen, dass sie einen Haftbefehl für die Haitinger bräuchten.

Dann setzte er sich in den Wagen und fuhr nach Santa Eulalia. Der Himmel war rostrot, und es regnete immer noch. Einen Moment dachte er daran, Karin anzurufen. Irgendwie hatte er das Bedürfnis nach Trost. Er ließ es dann aber doch sein.

Kurz bevor er nach La Siesta abbog, erreichte ihn ein Anruf, in dem ihm das Labor mitteilte, die Blutreste an Franziska Haitingers Hand seien mit dem Blut von Ingrid Scholl identisch. Costa spürte einen leichten Druck im Magen. Das muss von diesem verdammten Absinth kommen, dachte er.

Nicht weit entfernt lag die Finca seiner Großmutter Josefa, auf der er als Kind oft gespielt hatte. Das Land war eingezäunt und stand jetzt zum Verkauf. Wenn er im Vista Mar fertig wäre, würde er dort hinfahren und im Wagen dem Regen lauschen.

Er parkte in der Tiefgarage des Appartementhauses und sah sich in Ruhe um. Die Parkplätze waren mit den Nummern der einzelnen Wohnungen gekennzeichnet, sodass er sehen konnte, welches Auto zu wem gehörte. 402, der Parkplatz der Ermordeten, war leer. Hatte das niemand bemerkt? Auf dem Parkplatz von Franziska Haitinger stand ein weißer Suzuki-Geländewagen. Er trug ein spanisches Kennzeichen.

Costa fuhr mit dem Fahrstuhl in den vierten Stock und klingelte bei Franziska Haitinger. Nichts rührte sich. Er versuchte es noch einige Male, klopfte auch gegen die Tür. Er rief den Hausmeister auf dem Handy an und bat ihn mit seinem Generalschlüssel herauf. Als er kam, fragte ihn Costa nach dem Auto der Toten, und er antwortete, sie habe einen schwarzen Mercedes-Geländewagen besessen. Er hatte aber keine Ahnung, wo sie den Wagen abgestellt haben könnte.

Costa dankte, schickte ihn wieder fort und ging in die Wohnung.

Das Appartement war in etwa so geschnitten wie das der Ermordeten, aber für Costas Geschmack angenehmer eingerichtet. Es gab viele Bücher und gemütliche Leseecken. Ein Sessel befand sich unter dem großen Fenster, neben einem anderen standen ein Beistelltisch und eine Leselampe.

Costa öffnete die Schlafzimmertür. Franziska Haitinger lag im Bett auf dem Rücken und atmete gleichmäßig und tief. Sie hatte dieselben Sachen an wie am Tag zuvor. Sie rührte sich nicht, und Costa beschloss, die Wohnung schnell zu durchsuchen.

Der Kleiderschrank war nicht so voll wie der ihrer ermordeten Nachbarin, in den kein einziger Rock mehr hineinpasste. Auch hier war ein Tresor eingebaut, dasselbe Fabrikat. Er überlegte, ob er den Bischof holen sollte, um ihn öffnen zu lassen, verwarf den Gedanken aber wieder. Er wollte erst einmal mit ihr sprechen.

Auf dem Nachttisch lagen neben den allgegenwärtigen Büchern auch Medikamente. Costa warf einen Blick auf die Verpackung der Tabletten. Auf der einen Schachtel stand »Lanirapid« und auf der anderen »Sintrom«, was er sich schnell notierte.

Im Schreibtisch entdeckte er einen Ordner mit ausgeschnittenen Zeitungsartikeln, in denen über unaufgeklärte Morde berichtet wurde. Im Bücherregal fand er ein Buch, das herausgenommen worden war und quer auf den anderen lag. Es war ein Sachbuch mit dem Titel »Der perfekte Mord«. Zusammen mit dem Aktenordner legte er es in den Flur, um es später mitzunehmen. Er warf auch noch einen Blick in die Küche, zog die Schubladen auf, doch Bratspieße fand er keine.

Dann ging er wieder ins Schlafzimmer und beugte sich über Franziska Haitinger. Sie schlief noch. In ihrem Gesicht waren noch die Spuren des Blutes, das sie sich mit den Händen dort hingewischt hatte. Das Blut der Toten. Blut ihres Opfers?

Er berührte ihre Schultern. Nichts. Dann fasste er sie an und schüttelte sie leicht. Er musste es etliche Male wiederholen, bis sie die Augen aufschlug.

»Frau Haitinger, ich muss mit Ihnen sprechen.« Er sagte es sanft, aber eindringlich.

Sie zog die Arme unter der Bettdecke hervor und hob abwehrend die Hände, an denen auch noch das Blut klebte. Sie war also seit gestern Nacht nicht aufgewacht und hatte sich noch nicht im Spiegel gesehen.

»Was ist? Wer sind Sie?«, fragte sie mit schleppender Stimme.

»Mein Name ist Costa. Ich bin von der spanischen Polizei.

Sie haben gestern zwei Beruhigungsspritzen bekommen. Das wirkt wohl noch.« Er schlug vor, einen starken Kaffee zu machen, während sie aufstehen und sich ein wenig zurechtmachen könnte.

In der Küche fand er eine Espressomaschine und füllte sie für einen dreifachen Aufwecker. Er öffnete den Kühlschrank, der ein Glas Erdbeermarmelade, ein Stück Gouda, ein Glas Oliven und noch ein paar Kleinigkeiten enthielt. Während der Espresso in die Tasse tröpfelte, sah er aus dem Fenster. Es regnete nun schon fast seit zwölf Stunden. Das Wasser in den blau gekachelten Springbrunnenbecken, die sich den Berg hinauf stuften, war trüb violett.

Er erinnerte sich, wie er als Kind einmal geholfen hatte, die großelterliche Finca zu weißen. Es war kurz vor Ostern. Als alles fertig war und das frische Weiß in österlichen Grün der Wiesen erstrahlte, erfüllten ihn Stolz und Freude. Er hatte eine ganze Wand alleine geschafft. Er war herumgesprungen und hatte es jedem erzählt, während sein Großvater zum Himmel aufsah, beide Arme hob und einen schrecklichen, grunzenden Schrei ausstieß. Der Himmel war wie vor einem Sommergewitter plötzlich ockerfarben geworden. Im nächsten Moment floss ein Strom von Rostbraun ein. Als heizte die Sonne diesen Himmelsofen, tönten sich die Flächen glühend rot, durchbrochen von dunklen Lavafarben. Es wurde kalt, und ein starker Wind kam auf. Die Pinien, die nun blau aussahen, bogen sich, das Meer wurde wild und böse und färbte sich dunkelgrün und violett. Plötzlich fielen Blutstropfen vom Himmel, zunächst nur einige auf die Ärmel seines weißen Hemdes, dann viele, bis schließlich blutroter Regen auf die Erde niederprasselte. Als er sich zum Haus umwandte, hatte sich sein schönes Osterweiß rosa verfärbt.

Er hörte etwas hinter sich und drehte sich um. Franziska Haitinger stand in einem weißen Bademantel in der Küchentür. Sie stützte sich mit dem rechten Arm gegen den Türrahmen und fragte, wer er sei und was er da mache. Er erklärte ihr die Zusammenhänge. Sie sah ihn immer ungläubiger an. Ihr Atem wurde heftiger. Sie legte eine Hand auf die Brust, um den Bademantel zu schließen. Costa betrachtete ihre langen, leicht gebräunten Finger und versuchte sich vorzustellen, dass sie ihre Freundin damit erstochen hätte.

»Hier ist Ihr Kaffee.« Er reichte ihr den dreifachen Espresso. Sie sah ihn an und bemühte sich, ihren Atem zu beherrschen, rührte sich aber nicht.

»Er ist ohne alles«, sagte Costa, und ihm fiel auf, dass er blödsinnigerweise flüsterte. Er fügte laut hinzu: »Oder möchten Sie Zucker?«

Ohne seinem Blick auszuweichen, streckte sie langsam die linke Hand aus und er stellte die Tasse hinein. Sie schlürfte den bitteren Sud in kleinen Schlucken, behielt ihn dabei aber die ganze Zeit im Auge. Sie muss doch merken, dass sie mich die ganze Zeit anstarrt, dachte Costa. Vielleicht denkt sie dabei an etwas ganz anderes. Aber an was?

»Erinnern Sie sich an die Vorgänge von gestern Abend?«

Sie ging zum Tisch, stellte die Tasse zitternd ab und verließ die Küche.

»Wollen Sie meine Fragen nicht beantworten?«, konnte Costa gerade noch sagen, aber da war sie schon hinaus. Er rief den Bischof auf dem Handy an und bat ihn, den richterlichen Durchsuchungsbefehl, den er inzwischen telefonisch erhalten hatte, auszuführen. Der Bischof war in der zweiten Etage dabei, weitere Zeugen zu befragen, wollte aber gleich heraufkommen.

Dann klopfte Costa an die Schlafzimmertür, doch es kam keine Antwort. Er öffnete vorsichtig die Tür. Aber Franziska Haitinger war nicht zu sehen. Durch die geschlossene Badezimmertür drang das Rauschen der Dusche. Costa ging nah an die Tür heran und rief ihren Namen. Doch es kam auch diesmal keine Antwort. In einem weiß lackierten Regal sah er Fotos in verschiedenen Rahmen. Er betrachtete sie genau. Es waren Familienfotos, die sie mit einem Mann und zwei Kindern zeigten.

Die Kinder, ein Junge und ein Mädchen, sahen ebenso gut aus wie der Mann. Alle hatten kräftige Augenbrauen, ein strahlendes Lächeln und tadellose Zähne. Er spielte Tennis und Golf, segelte und fuhr einen Porsche 911. Costa spürte plötzlich Unmut darüber, dass er zu viel arbeitete. Ein Gefühl von Sinnlosigkeit.

Er hörte von draußen den Bischof seinen Namen rufen. Er wollte zu ihm, aber da öffnete sich die Badezimmertür, und Franziska Haitinger stand im Türrahmen. Sie war in ein Badetuch gewickelt und trug einen weißen Frotteeturban. Dampfwolken stiegen hinter ihr auf. Costa erreichte ein Duft von Mandeln.

»Seien Sie bitte so freundlich und packen Sie alles ein, was Sie zur Übernachtung brauchen. Ich habe einen richterlichen Haftbefehl gegen Sie und werde Sie mitnehmen, sobald Sie angezogen sind. In der Zwischenzeit werden wir Ihre Wohnung durchsuchen.«

Er wartete auf Fragen oder Einwände. Da sie stumm blieb, ging er hinaus und bat den Bischof, den Tresor zu inspizieren.

»Lass dir aber von ihr den Schlüssel geben. Wir haben einen Durchsuchungsbefehl.« Dann berichtete er ihm kurz, was vorgefallen war und sagte, er würde mit der Haitinger losfahren, sobald sie fertig sei. Er solle später nachkommen, weil er es bis zum Sitzungsbeginn sicher nicht schaffen würde. Der Bischof nickte und begann das Zimmer sytematisch zu durchsuchen.

Costa fühlte sich müde, setzte sich in einen Sessel und wartete. Als Franziska Haitinger angezogen war und mit einer kleinen Reisetasche von Louis Vuitton aus dem Schlafzimmer kam, bat sie der Bischof um den Tresorschlüssel. Sie nahm das eher gleichgültig hin, holte ihn aus dem Schlafzimmer und übergab ihn wortlos.

Elena Navarro und der Surfer waren schon im Sitzungsraum, als Costa eintraf.

»Der dicke Bischof fehlt noch«, sagte der Surfer mit vollem Mund und biss wieder in seinen Mars-Riegel. In der anderen Hand hielt er eine Cola, mit der er gurgelte und nachspülte. Costa merkte erst jetzt, wie hungrig er war und ärgerte sich, dass er sich nicht das Stück Gouda aus Franziska Haitingers Kühlschrank genommen hatte. Sie wird sowieso keine Gelegenheit mehr haben, es zu essen, dachte er. Er war so hungrig, dass er den Surfer am liebsten gefragt hätte, ob er von seinem Mars-Riegel abbeißen dürfe. Stattdessen schlug er ihm vor, schon mal mit seinem Bericht über die Haitinger anzufangen, der Bischof sei bereits über alles Wesentliche informiert.

Elena und der Surfer nickten und schlugen ihre Notizblöcke auf. Costa wartete noch einen Moment, um sich zu konzentrieren. Bis auf das Trommeln des Regens war es sehr still in diesem hinteren und hochgelegenen Teil des Gebäudes. Auf dem Weg zum Wagen war er wieder nass geworden. Alles war feucht, und er fühlte sich ganz klebrig.

»Diese Frau Haitinger hat keine Aussage gemacht«, begann er etwas gequält. »Sie wollte nicht mal ihre Personalien angeben. Ich habe sie verhaftet und unten der Kollegin Ramon übergeben. Der Bischof ist noch mit der Hausdurchsuchung beschäftigt. Ich werde Franziska Haitinger nach der Sitzung verhören und dann ins Gefängnis überstellen. Ich habe ihr gesagt, dass es vielleicht besser wäre, sich einen Anwalt zu suchen. Hier ein Foto von ihr.« Er holte das Foto aus der Tasche, das er aus dem Schlafzimmer mitgenommen hatte, und schob es Elena hin. »Es zeigt sie mit ihren Kindern und ihrem Mann. Alle anderen Fotos in der Wohnung sind ähnlich. Sieht alles nach glücklicher Familie aus.«

Elena betrachtete das Foto. Die Tür ging auf, und der Surfer begrüßte mit einem Grinsen den Bischof, der hereinkam, sich flink wie ein Wiesel einen Stuhl heranzog, seine Thermoskanne auspackte und arbeitsbereit in die Runde sah. Als sein Blick auf die Cola-Flasche des Surfers fiel, machte er ein angewidertes Gesicht und schob sie weit von sich.

Costa erklärte, mehr könne er zu diesem Zeitpunkt nicht sagen, und fragte, ob Rafal noch etwas bei der Haitinger gefunden habe.

»Allerdings«, kam die tiefe Bassstimme aus dem mächtigen Leib des Bischofs. »Neben dem Sicherungskasten im

Flur gibt es ein Schlüsselschränkchen, in dem über einem leeren Haken die Nummer 402 vermerkt ist. Das ist die Wohnung der Ermordeten. Den fehlenden Schlüssel habe ich in der Tasche des Morgenmantels gefunden, den die Haitinger gestern anhatte.« Er hielt eine durchsichtige Plastiktüte hoch, in der ein Schlüssel lag. »Ich habe ihn ausprobiert. Er passt. Zweitens: Ich habe den Tresor geöffnet. Darin befanden sich ihre Unterlagen. Sie gibt im Monat etwa eine Million Peseten aus und hat auf ihrem Girokonto bei der Banco Sabadell im Moment exakt 5.430.640 Peseten. Außerdem hat sie bei derselben Bank ein Sparkonto mit 21 Millionen Peseten und bezieht darüber hinaus per Dauerauftrag monatlich 10.000 DM.« Er hatte die Zahlen von einem Zettel abgelesen und hielt wieder eine Plastiktüte hoch, in der Unterlagen zu sehen waren. In einer weiteren Plastiktüte, die er schwenkte, befanden sich Schmuck, zwei goldene Uhren und goldene Münzen. »Interessant ist«, sagte er grinsend, »dass es römische Münzen sind, die hier auf der Insel gefunden wurden und eigentlich in unserem volkskundlichen Museum in einer Glasvitrine liegen sollten statt im privaten Tresor einer deutschen Frührentnerin.« Er ließ den Plastikbeutel fallen und nahm ein beschriebenes Blatt. »Und hier noch das Testament. Im Falle ihres Todes vermacht sie ihr gesamtes Vermögen einem Dr. Gabriel Schönbach in München, Maximilianstraße 3.«

»Man sollte prüfen, ob sie mit diesem Dr. Schönbach ein Verhältnis hat«, sagte der Surfer.

»Ist bei der Scholl eigentlich ein Testament gefunden worden?«, fragte Costa.

Alle sahen sich an und schüttelten den Kopf. Costa meinte, man sollte das im Auge behalten, woraufhin sich die anderen eine Notiz machten.

Dann berichtete der Surfer, er habe sich erst einmal erkundigt, was das Vista Mar überhaupt sei. Er fragte Elena, ob sie gewusst habe, dass die Vista-Mar-Beautyfarm der Geheimtipp unter den Schönheitskliniken in ganz Europa sei. Elena schüttelte den Kopf. Der Surfer lachte und las aus einem Prospekt vor, den er mitgebracht hatte. »Der Fünf-Sterne-Wellness-Komplex ist als kleines, aber elegantes Luxushotel konzipiert, an das sich eine Senioren-Residenz mit Herz und Ambiente anschließt. Ausstattung und Technik entsprechen den neuesten Standards.« Er warf dem Bischof einen schelmischen Blick zu. »Bis auf die Tresore, die von jedem einigermaßen technisch begabten Bullen geöffnet werden können.« Der Bischof wollte etwas sagen, aber der Surfer war schneller und fuhr mit übertriebener Betonung fort: »Das Programmangebot der Schönheitsfarm reicht vom Wellness-Weekend ›Instant Beauty‹ über Face Lifting, Anti-Stress-Massagen mit ibizenkischen Heilkräutern bis zu apparativer Lymphdrainage für den ganzen Körper! Besonders empfohlen wird –«, er blickte amüsiert in die Runde, »die Fußreflexzonen-Massage mit anschließendem Augen-Ausstechen. Oder das Fleischspieß-Augenpeeling mit Paraffin-Aprikosen-Extrakt-Packung.«

Alle lachten. Costa sah auf die Uhr, doch der Surfer war nicht aufzuhalten und zog einen weiteren Prospekt mit Hochglanzfotos hervor. »Auf einer Anhöhe, acht Gehminuten vom Strand entfernt, umgeben von Pinienwäldern, bieten wir Luxusappartements mit Seniorenservice ab 304.000 DM.«

»Da ist mir mein billiges Häuschen im Zigeunerviertel lieber«, sagte Elena.

»Die süßen Trauben«, grinste der Surfer.

Costa wusste, dass sie ein riesiges Programm vor sich hatten und forderte ihn auf, seinen Bericht zu Ende zu führen.

Der Surfer hatte sich beim Hausmeister nach der Sicherheit für die Bewohner erkundigt. Die Wohnungen waren mit Alarmanlagen ausgestattet, die allerdings meistens nicht angestellt waren oder nicht funktionierten. Die Handhabung war zu kompliziert. Die Einfahrt konnte nur durch einen Zahlencode geöffnet werden, der von den Hausbewohnern nicht weitergegeben werden durfte. Der selbe Code blockierte auch die Haustür und die Garageneinfahrt. Die Wohnungstüren hatten individuelle Sicherheitsschlösser. »Die Anlage bei der Haitinger funktioniert. Die Anlage bei der Ermordeten ebenfalls. Übrigens fällt mir noch etwas ein«, fügte der Surfer hinzu. »Der im Testament der Haitinger genannte Dr. Schönbach könnte identisch sein mit einem Schönheitschirurgen aus München, der sozusagen der Hauptlieferant für die Beautyfarm im Vista Mar ist. Er soll ein ziemlich bekannter Chirurg sein, der seine Patienten nach der Operation zur Genesung dahin schickt, damit sie sagen können, sie sind im Urlaub auf Ibiza so schön und jung geworden. Wenn sie erst einmal da sind, weist sie der Manager Dr. Hörlander auf die wundervollen Appartements hin. Natürlich kassiert er Provision, wenn sie kaufen. Es ist möglich, dass der Chirurg an allem beteiligt ist. Jedenfalls wird viel Wert auf eine betuchte Kundschaft gelegt. Daher hat der ganze Komplex diesen ziemlich hohen Sicherheitsstandard. Es gibt auch eine direkte Leitung zur Polizei.«

Costa fragte, ob dem Hausmeister, der Einfahrt, Garage und Haupteingang per Video auf Bildschirmen überwachen konnte, irgendetwas aufgefallen sei. Der Surfer verneinte.

Zu den weiteren Informationen, die er hatte, gehörten auch die Personalien der Haitinger. Er wusste zu berichten, dass sie neunundvierzig Jahre alt war und wie Ingrid Scholl auch von der Ärztin Kirsten Sperl behandelt wurde.

»Wann hat sie das Testament aufgesetzt?«, fragte Costa den Bischof.

Er sah nach. »Am Sonnabend, dem 8. November '97.«

Costa notierte sich alles und bat dann Elena um ihren Bericht, doch der Surfer unterbrach sofort, weil er vergessen hatte zu bestellen, dass Dr. Torres mit seinem Gutachten noch nicht fertig war. Er hatte am Hals leichte Würgemale entdeckt, die entsprechenden Hautpartien an das Gerichtsmedizinische Institut in Barcelona geschickt und würde das Untersuchungsergebnis erst am Freitag erhalten.

Elena erzählte in ihrer ruhigen, sachlichen Art, was sie von den Hausbewohnern erfahren hatte, insbesondere von einer Lieselotte Mahler, einer sechsundsiebzigjährigen Rentnerin, die schon seit Herbst '96 im Vista Mar wohnte. Sie hatte die Wohnung mit ihrem Mann zusammen gekauft, der ein Jahr später gestorben war. Nach seinem Tod hatte sie sich mit dem

»Dreigestirn« angefreundet, wie sie Ingrid Scholl, Franziska Haitinger und Erika Brendel nannte. Die drei seien unzertrennlich gewesen, hätten alles zusammen gemacht. Sie beschrieb die Scholl als sehr bestimmte Frau, die jünger aussah, als sie war. Reich zwar, aber geizig bis zur Herzlosigkeit. Sie sei der Typ gewesen, der im Vorteil des anderen schon den eigenen Nachteil sieht. Aber um Erika Brendel habe die Scholl sich sehr gekümmert. Wahrscheinlich, weil sie keinen Mann hatte. Die Mahler hielt es für ausgeschlossen, dass Franziska Haitinger eine Gewalttat begehen könnte, war sich bei Erika Brendel hingegen in diesem Punkt nicht so sicher, wenngleich man sich so einen Undank gar nicht vorstellen könne, hatte sie gesagt. Franziska Haitinger hielt sie dafür zu weich.

Als Begründung gab sie an, dass sie sich sonst nicht mit diesem jungen Mann eingelassen hätte, der ihr den Computer verkauft hatte. Sie war sicher, dass er sie nur ausnutzen wollte. Er ließ sie ja dann auch sitzen. Die Haitinger habe sehr darunter gelitten. Elena hatte inzwischen herausgefunden, um wen es sich handelte. Ihm gehörte ein Computergeschäft in Santa Eulalia, Compu-World, und er hieß Wolfgang Krebs. Vierunddreißig Jahre alt.

Elena hatte sich vorgenommen, ihn in den nächsten Tagen zu vernehmen. »Der sollte sich lieber im Privilege was suchen«, murmelte der Surfer.

Elena hatte sich dann noch einmal genauer nach Erika Brendel erkundigt. Frau Mahler behauptete, sie wäre sehr aktiv im Abschleppen von Urlaubern. In der Mordnacht sei sie auf Mallorca gewesen, um ihren Sohn zu besuchen. Er selbst komme nie hierher, weil er nichts von ihr wissen wolle. Er hätte früher mal einen Autounfall gehabt, weil er betrunken gefahren sei. Er sei so entstellt gewesen, dass ihn niemand wiedererkannt hätte. Aber der Chirurg Dr. Schönbach habe ihn wieder zusammengeflickt. Für so reiche Leute wie die Brendel gebe es nicht mal den Tod, hatte die Mahler am Schluss bissig hinzugefügt.

Elena hielt sie für verschroben, aber glaubwürdig.

Der Hausmeister hatte bestätigt, dass Erika Brendel die beste Freundin der Toten gewesen war. Er hatte sie als lebenslustig, sehr freundlich und immer gut gelaunt beschrieben. Wenn einer etwas über die Scholl wisse, sei das die Brendel, hatte er gesagt. Die kannten sich schon aus der Schule.

Costa fragte nach der Telefonnummer der Brendel, und Elena nannte ihm die Handynummer, die sie in ihrem Notizblock vermerkt hatte.

»Vielleicht kann die uns weiterhelfen«, sagte Costa. »Ich ruf sie gleich mal an.« Costa stand auf, ging zur Tür und wählte dabei die Nummer auf seinem Handy. »Ich geh mal raus, dann könnt ihr in der Zwischenzeit die Zusammenfassung machen.«

Als er wieder hereinkam, berichtete er, dass sie von dem Tod ihrer Freundin noch nichts wisse und mit der Iberia-Maschine um fünf nach drei ankommen werde. Sie hatte zugestimmt, dass Costa sie abholen und nach Hause fahren würde. Vom Tod Ingrid Scholls hatte er ihr nichts gesagt.

Er bat Elena Navarro, schon mit dem Verhör von Franziska Haitinger zu beginnen, bis er mit der Brendel fertig sei. Er empfahl ihr, vorher das Buch »Der perfekte Mord« durchzublättern und sich auch die von der Haitinger gesammelten Zeitungsartikel über Tötungsdelikte anzusehen.

Der Surfer rekonstruierte noch mal die wahrscheinliche Handhabung der Mordwaffen. Der Spieß im rechten Auge trug den Abdruck des rechten Daumens und der Spieß im linken den Abdruck des linken Daumens. Der Täter musste also wie ein Stierkämpfer mit beiden Spießen zugleich zugestoßen haben. Costa wurde klar, dass die Haitinger dann im Moment des Zustechens der Scholl nicht gegenübergestanden haben konnte. Der Bischof verstand das im ersten Moment nicht, aber der Surfer erklärte ihm, dass man mit der rechten Hand in das linke Auge sticht. Die Haitinger musste also die Scholl erst gewürgt haben, bis sie ohnmächtig geworden und umgekippt war, dann sich vom Kopfende her über sie gebeugt haben, um ihr die beiden Spieße gleichzeitig in den Schädel zu rammen.

»Ist das nicht ein bisschen unwahrscheinlich?«, fragte Costa.

»Was soll überhaupt ihr Motiv gewesen sein?«, fragte der Bischof.

»Hass«, sagte der Surfer trocken.

»Okay«, sagte Costa, »wir werden sehen, was die Vernehmung der Haitinger ergibt und was die Brendel uns sagen wird. Ich schlage vor, wir treffen uns hier wieder um acht.«

Der Bischof und der Surfer waren darüber nicht gerade erfreut, aber sie trauten sich auch nicht zu widersprechen.

# 3

Der rote Regen hatte alles eingefärbt. Die Scheiben des Wagens waren braun verschmiert, und der rostrote Himmel war von ockerfarbenen und dunkelroten Streifen durchzogen. Costa schien es wie die blutige Untermalung des furchtbaren Mordes.

Am Flughafen fuhr er auf die Taxispur und parkte direkt vor der Ankunftshalle.

Auf dem Monitor sah er, dass die Maschine aus Palma gelandet war. Er stellte sich an das Geländer, das die Wartenden von den Ankommenden trennte und holte ein weißes Blatt heraus, auf das er *Brendel* geschrieben hatte. Während er wartete, beobachtete er einen Vater, der seine beiden Kinder begrüßte, die als Erste herausgestürmt kamen, während die Mutter wohl noch auf das Gepäck wartete. Es waren ein Junge und ein Mädchen, beide etwa im gleichen Alter wie Costas Kinder. Alexander war acht und Annalena sechs.

Das Mädchen rannte auf den Vater zu und begrüßte ihn stürmisch, während der Junge sich ihm langsam und vorsichtig näherte und hier und da herumguckte. Costa war gespannt auf die Reaktion des Mannes, der in der Hocke saß und auf seinen Sohn wartete. Schließlich hielt er ihm beide Hände entgegen, worauf der Junge jedoch nicht reagierte. Der Vater ließ ihn gewähren, wehrte eine zweite Attacke der Tochter sanft mit der linken Hand ab, um seinem Sohn die Chance zu lassen, ihn zu begrüßen. Schließlich schmiegte sich der Junge an ihn.

Costa hatte diese Szene mit seinen eigenen Kindern häufig erlebt. Annalena war ebenso stürmisch wie das kleine Mädchen und Alexander ebenso schüchtern. Ihm war plötzlich leicht und fröhlich ums Herz.

Er hörte eine Frauenstimme, die seinen Namen rief. Er wandte sich um, und eine hellblonde Frau stand vor ihm. Sie strahlte ihn mit großen blauen Augen an. Costa verwirrte der Widerspruch zwischen ihrer mädchenhaften Erscheinung und ihren sechzig Jahren. »Herr Kommissar?«

Costa nickte, und sie frohlockte über ihr Glück, bei diesem Weltuntergangswetter abgeholt zu werden! Costa fragte, ob er ihre Tasche nehmen dürfe und schlug vor, zu seinem Wagen zu gehen. Sie fragte, ob er ein deutscher Polizist sei, und Costa, der gerade vor drei Monaten seine spanische Staatsangehörigkeit zurückerhalten hatte, verneinte das, sagte aber, dass seine Mutter deutsch sei und bot ihr seinen Trenchcoat an.

Als sie im Wagen neben ihm saß, wollte sie doch erst einmal wissen, was ihr die Ehre verschaffe, von der Polizei eskortiert zu werden.

Costa hatte den Wagen noch nicht angelassen. Er wandte sich ihr zu, um ihre Reaktion beobachten zu können.

»Ihre Freundin Ingrid Scholl ist tot.«

Sie starrte ihn an, als hätte er einen makabren Witz gemacht.

»Wie – tot?«

Er hatte mit dieser Situation Erfahrung und wusste, dass man nie voraussagen konnte, wie Freunde und Angehörige eines Ermordeten reagierten, aber dass es wichtig war, ihnen in einer ruhigen Weise beizustehen. Einfach da sein und mit ihnen fühlen. Viel reden nutzte nichts. Wenigstens so lange nicht, bis sie den ersten Schock überwunden hatten.

Sie starrte ihn mit noch größeren Augen an. Ihr Gesicht spannte sich, und Costa erwartete, dass sie gleich schreien würde. Die Haut unter ihren Augen war dünn und die Fältchen zitterten. Plötzlich entspannte sich ihr Gesicht, Tränen rannen über ihre Wangen. Sie schluchzte nicht, es flossen einfach nur Tränen. Costa dachte, dass dies vielleicht der Ausdruck einer tiefen, unkomplizierten Liebe war.

»Kannten Sie Ingrid Scholl gut?« Er sprach leise und richtete sich darauf ein, das Gespräch für eine Weile hier auf dem Parkplatz zu führen.

Sie nickte und sah dabei aus wie ein schüchternes Mädchen.

»Wie alt war sie?«

»Sie fühlte sich noch nicht alt.« Sie brauchte eine Weile, um zu antworten.

»Wann wurde sie geboren?«

»Wir haben fast am gleichen Tag Geburtstag. Sie ist nur fünf Jahre älter.« Sie begann zu schluchzen, was aber kaum zu hören war, weil der Regen so laut auf das Dach prasselte.

»Kannten Sie sie schon lange?«

»Seit der Schulzeit«, sagte sie kaum hörbar. »Wir waren wie Zwillinge.«

Costa spürte, dass es ihr half, wenn sie über ihre tote Freundin sprach.

»Was war sie für ein Mensch?«

»Liebenswert und schön.« Dabei nahm sie ein Taschentuch aus ihrer Handtasche und wischte sich die Tränen ab.

»Hatte sie einen Beruf?«

»Nach der Schule hatte sie diverse Berufe. Und dann diese Computerfirma mit ihrem Mann.« Sie legte das Taschentuch auf ihre Augen und drückte mit beiden Händen dagegen. Als sie es wieder herunternahm, fragte Costa, ob sie an der Firma noch beteiligt war.

»Irgendwann ist sie ausgestiegen. Als noch kein Mensch daran gedacht hat auszusteigen.«

»Und ist hierher gekommen?«

»Ja. Ganz allmählich hat sie auf dieser Insel den Ausstieg geschafft. Sie hat sich von all dem Scheiß gelöst, ohne dem Inselkoller zu verfallen.« Ihre Stimme war nun wieder fester, und Costa dachte daran, die Befragung während des Fahrens weiterzuführen. Er wollte noch Franziska Haitinger vernehmen, bevor sie ins Gefängnis hinübergebracht würde. Er lehnte sich zurück.

»Was hat sie hier gemacht?«

»Hier waren wir wieder am Anfang, wie in unserer Jugend. Immer noch verliebt in das Leben.« Sie begann wieder zu schluchzen, und Costa, der den Wagen gerade anlassen wollte, zog seine Hand zurück.

»Wir konnten über alles reden, über Männer, über ihre Liebschaften, über alles.«

Draußen stolperten zwei Mädchen auf ein Auto zu. Sie trugen weiße, vom Regen rot gefärbte Blusen und hielten eine Reisetasche über ihren Köpfen.

»Sie war immer noch sehr attraktiv.« Sie warf Costa einen unsicheren Blick zu, so als wollte sie sichergehen, dass er das glaubte. Costa nickte zustimmend, und das freute sie. Er merkte, wie es ihr dadurch leichter wurde fortzufahren.

»Die Männer fielen immer noch auf sie rein. Hinter der Beautyfarm befindet sich ein wunderschöner Garten, da saßen wir beide gerne beim Rioja. Auf der Bank unter dem großen alten Olivenbaum. Mit Blick aufs Meer.« Sie sah in die Ferne, so als könnte sie das Meer auch jetzt sehen.

»Haben Sie da gestern auch gesessen?«

»Nein. Vorgestern. Gestern waren wir am Jachthafen im Mesón Sidreria.«

»Wann war das?«

»Mittags. Wir waren da von zwölf bis zwei.«

»Sie und Frau Scholl?«

»Und Franzi. Franziska Haitinger.«

»Und was machten Sie danach?«

»Ingrid hatte einen Termin beim Arzt, und Franzi und ich fuhren nach Hause. Um vier brachte mich ein Taxi zum Flughafen, weil ich abends meinen Sohn in Palma treffen wollte.«

»Welcher Arzt war das?«

»Frau Dr. Sperl. Ecke Juan Tur und Puget in Santa Eulalia.«

»Sahen Sie sie vor Ihrem Abflug noch? Oder telefonierten Sie mit ihr?«

»Nein.«

»Hatte sie sonst noch irgendeine Verabredung?«

»Ja. Um halb acht mit Martina Kluge. Martina wollte die Runen für sie legen.«

»Sonst noch jemand?«

»Nein.«

»Worüber unterhielten Sie sich im Mesón Sidreria, bevor Sie sich trennten?«

»Natürlich über die Vergangenheit. Wie immer. Wie es früher war, bevor wir nach Ibiza gekommen sind, und welche Träume wir hatten.« Ihre Stimme floss jetzt leicht dahin.

Costa ließ den Wagen an und setzte zurück. Er musste aber noch einmal anhalten und nach hinten kriechen, um die beschlagenen Scheiben abzuwischen. Was für ein Sauwetter, dachte er fluchend. Langsam fuhr er aus dem Flughafengelände heraus.

»Und wenn wir dann zurücksahen: Was hatten wir eigentlich geschafft? Im Grunde genommen war es doch eine ganze Menge.«

Costa warf ihr einen kurzen Blick zu. Sie schien von dem Unwetter kaum etwas zu bemerken. Sie war in einer anderen Welt. Sie lächelte nicht, aber die Erinnerungen gaben ihr etwas Ruhiges, fast Seliges.

»Was meinen Sie?«

»Na unser Leben. Ingrids auch.«

»Wie war es denn? Ich meine das Leben von Ingrid Scholl.« Costa warf einen Blick nach rechts zur Stadt hinüber, wo Torres im Keller der Gerichtsmedizin wohl gerade die Leiche von Ingrid Scholl obduzierte.

»Es war spannend. Es war kein ruhiges Leben, es war ein aufregendes Leben. Es passierten ständig irgendwelche Dinge, die sie nicht provoziert hatte, die einfach kamen. So nach dem Motto: Ich suche nicht, ich lass mich finden. Das hat sie immer gesagt: Ich suche nicht, ich lass mich finden.«

»Wann sind Sie geboren?«

Sie schien die Frage nicht zu hören.

»Wer hat sie umgebracht?« Ihre Stimme war plötzlich hart und scharf. Costa gelang es, seine Überraschung zu verbergen, weil im selben Moment der Lastwagen vor ihm durch eine Straßenüberschwemmung fuhr und seine Scheibe mit braunem Dreckwasser voll spritzte.

»Wir wissen es nicht. Deshalb brauche ich Ihre Hilfe.«

»Wie ist sie umgekommen?«

»Sie ist erstochen worden.«

Sie sah ihn an, als warte sie auf weitere Erklärungen. Da er nichts sagte, fragte sie: »Wie erstochen?«

»Mit den Bratspießen aus ihrer Küche.«

Sie schrie auf, hielt sich aber schnell die Hand vor den Mund, starrte ihn mit weit aufgerissenen Augen an und sackte völlig in sich zusammen.

»Das kann nicht sein. Das ist nicht vorstellbar«, hauchte sie.

»In die Augen«, sagte Costa.

Er war die Umgehungsstraße gefahren und verließ nun den letzten Kreisel, um in die Straße nach Santa Eulalia einzubiegen.

»Hatte Ingrid Scholl eine Beziehung?«

»Eine Beziehung?«

»Ja, eine Liebesbeziehung, eine sexuelle Beziehung zu einem Mann.«

Costa sagte alles in einem ruhigen und freundlichen Ton. Überreaktionen nahe stehender Zeugen und Verdächtiger war er gewohnt.

»Was weiß man schon?«

»Sie wissen es nicht?«

»Zu uns passen keine Männer auf Dauer. Sonst würden die Männer sich ja nicht trennen und sagen: Nie wieder. Hält kein Mann aus.«

Costa sah auf der linken Seite einige Autos an der öffentlichen Quelle halten und ihm fiel ein, dass er eigentlich die Wasserkanister in den Kofferraum legen wollte, um sie hier zu füllen. Zwanzig Liter kosteten an dieser Quelle nur hundert Peseten, während man im Laden eintausendzweihundert bezahlen musste.

»Aber sie war doch verheiratet? Oder?«

»Ja, war sie, recht lange sogar.«

»Wann hat sie geheiratet?«

»Mit vierundzwanzig. Viel zu jung. Sie wusste gar nicht, was das bedeutet. Genau wie ich.«

»Warum hat sie es dann getan?«

»Sie dachte eben jungfrauenmäßig. Ein ordentliches Leben und jetzt läuft alles seinen sozialistischen Gang. Das war ein

Riesenirrtum. Jungfrauen ziehen leider ständig Chaoten an. Nichts lief normal und geradeaus.«

»Wann sind Sie geboren?«

Sie sah ihn an. »Im September 1941, doppelte Jungfrau. Ganz furchtbar. Sehr quälend.«

»Und Ingrid Scholl?«

»Auch Jungfrau. Jungfrauen sind sehr pingelig und sehr ordentlich.« Sie sprach, als würde sie ein Selbstgespräch führen. »Alles muss stimmen. Vollkommen wahrheitsliebend. Damit ging sie allen Leuten ganz fürchterlich auf den Wecker. Weil das keiner mag. Keiner will die Krümel vom Tisch haben und keiner mag den erhobenen Zeigefinger. Das stört das relaxte Leben. Aber man lernt ja dazu. Die Jungfrau lernt dazu, versucht einiges zu ändern, was ihr dann auch gelingt.«

»Wie lange war Ingrid Scholl verheiratet?«

»Dreiunddreißig Jahre.«

»Wie hieß der Mann?«

»Siegfried. Jung-Siegfried. Es fehlte ihm nur die Stärke von Siegfried.«

»Lebt er noch?«

»In Köln.«

»Haben Sie seine Anschrift?«

»Nein, danke.«

»Was macht er beruflich?«

»Computerfachmann. Dank Ingrid hatte er auch gute Erfolge, weil die immer wieder zugetreten hat. Sonst wäre er irgendwo unten hängen geblieben.«

Ihr Ton war wieder hart geworden, obwohl ihr noch immer Tränen über die Wangen liefen. Sie konnte ihren inneren Zustand offenbar ganz von ihren Worten trennen.

»Zugetreten? Wie meinen Sie das?«

»Sie hat ihm den Weg gewiesen. Sonst hätte er wahrscheinlich sein ganzes Leben bei der Bundeswehr zugebracht. Das war ja sehr bequem. Aber es gefiel ihr halt nicht.«

Costa konnte das verstehen. Auch für ihn war es damals eine schwierige Entscheidung gewesen, die Bundeswehr zu verlassen. Alles war geregelt, alles klar, alles sicher.

In ihrer Stimme schwang Ärger mit. Sie mochte Ingrids Ehemann nicht, das war klar. Dieser Ärger stabilisierte sie und half Costa, so viel wie möglich über Ingrid Scholls Leben herauszufinden. Irgendwo in ihrem Umfeld hatte dieser wahnsinnige Mörder gelauert. Irgendwann würde Costa seine Umrisse erkennen. Das wusste er aus Erfahrung.

»Sie war also ehrgeiziger als er?«

»Richtig. Es war ihr wichtig. Und ich glaube, er war ihr letztendlich auch dankbar, denn er trug den Kopf sehr, sehr hoch, als er es geschafft hatte. Einer bleibt da natürlich immer auf der Strecke, und das war letztendlich die Ingrid, logisch.«

Costa überlegte, ob ihr bewusst war, dass sie den Ehemann mit ihren Aussagen stark in die Nähe der Verdächtigen rückte.

»Sie hat sich dann scheiden lassen?«

»Ja.«

»Wie war die Ehe bis dahin?«

»Am Anfang war es wohl sehr schön, und sie hatten viel Spaß miteinander.« Sie blickte für eine Weile aus dem Fenster. »In Ingrid war aber so eine gewisse Unruhe, weil sie durch die Ehe aus unserem Freundeskreis, der ihr unheimlich viel gegeben hat, raus war. Die Computerei von ihm war ihr zu wenig, das war ihr zu trocken und zu phantasielos.« Für einen Moment schien sie in ihren Erinnerungen zu versinken. »Was ihr auch nicht behagt hat – er lief jedem Rock hinterher. Das war auch der Grund, warum sie sich nach über zwanzig Jahren trennte. Der Mann war ihr von heute auf morgen so was von gleichgültig. Am Anfang hatte sie ihn natürlich völlig anders gesehen! Als den großen Zampano, den Charmeur, der alles macht und tut. Aber dann war sie diejenige, die das Ganze lebendig hielt. Er stand nur da, Pfeife im Mund, und nickte. Hat zu nichts etwas beigetragen. Ich denke mal, sie konnte froh sein, dass sie ihn endlich los war.«

»Finanzielle Probleme hatte sie nach der Trennung nicht?«

»Nein. Sie war ja an der Computerfirma beteiligt und hatte von ihren Eltern das Haus in Köln geerbt.«

»Hat sie Kinder?«

»Kinder, nein.«

»Warum nicht?«

»Keine Zeit. Das ergab sich so. Die Firma war im Aufbau, und es gab irrsinnig viel zu tun. Da hat man keine Zeit, an irgendwas anderes zu denken. An Kinder oder sonst was. Zwischendurch haben sie Urlaub gemacht. Immer im Süden. Das hat ihr gefallen. Sie liebte die Sonne und fröhliche Menschen. Genau wie ich.«

»War sie auch auf Ibiza in Urlaub?«

»Da waren wir zweimal zusammen. Er konnte nicht mit. Ein Glück, würd ich sagen, ein Glück für ihn, denn es war der Wahnsinn! Das war die Hippiezeit. Interessante Typen, mit langen Haaren, voll gekifft bis oben hin.«

Wieder warf Costa ihr einen prüfenden Blick zu. Sie lächelte!

»Sie hat also viele Jahre zusammen mit ihm gearbeitet, und dann kam die Scheidung?«

»Nach der Scheidung ist sie hektisch durch sämtliche Kneipen gezogen. Das kenne ich auch von mir.«

»Wie alt war sie da?«

»Siebenundfünfzig.«

»Wie ging es dann weiter? Die große Liebe?«

»Nein. Es war immer das Gleiche: Man saß mit jemandem beim Bier zusammen und war furchtbar verliebt, und am nächsten Tag war's vorbei. Die Säufersonne ging auf und ließ einen die Männer wunderschön finden, und dann kam der Sonnenuntergang.«

»Hatte Ingrid außer Ihnen hier noch andere Freunde?«

»Sie hatte mich und Franziska.«

»Und sonst?«

»Sonst nichts. Doch, in Köln hatte sie noch Anke.«

»Anke, was macht Anke?«

»Anke Vogt, sie arbeitete in der Firma ihres Mannes als Mädchen für alles.«

»Die könnte mir also etwas über den Ex-Mann der Ermordeten erzählen?«

»Wenn einer den kennt, dann Anke!«

Costa machte sich eine Notiz.

»Hatte Ingrid Scholl irgendwelche Krankheiten?«

»Sie hatte ’n bisschen Probleme mit dem Blutdruck.«

»Noch andere Krankheiten? Früher vielleicht?«

»Nichts. Ingrid war wirklich gut drauf. Nur ist sie etwas dünnhäutig geworden seit dem Schlaganfall.«

»Einen Schlaganfall hatte sie?«

»Richtig. Ich glaube ’91. Sie hat immer wieder davon gesprochen. Das war ganz merkwürdig. Sie wachte nachts auf, und ihr Körper war genau in der Mitte geteilt! Die eine Seite war völlig taub und die andere normal. Sehr komisch. Möchte ich nicht erleben. Im Krankenhaus haben die dann einen Schlaganfall diagnostiziert. Drei Wochen war sie da. Ich habe sie jeden Tag besucht.«

»Hat sie bleibende Schäden davongetragen?«

»Im Rollstuhl sitzen musste sie nicht, und Sprachstörungen hatte sie auch nicht. Nur, dass sie etwas empfindlicher geworden ist, dass sie Krankheiten eben schneller anflogen als vorher. Sie musste von da an mehr auf sich aufpassen. Man konnte nicht mehr nächtelang mit ihr in Kneipen sitzen. Das war natürlich ganz übel.«

»Aber sie hat doch geraucht. Das haben wir bei der Wohnungsdurchsuchung festgestellt.«

»Ja, heimlich sozusagen. Hinter dem Rücken der Ärzte.«

»Wie viel hat sie am Tag geraucht?«

»Unterschiedlich. Mal fünf, mal fünfzehn, mal gar nicht. Es kam auf ihre Stimmung an.«

»Und was?«

»Marlboro light.«

Sie standen nun vor der großen Einfahrt des Vista Mar. Sie zog die elektronische Fernbedienung aus der Handtasche und öffnete das Tor. Vor ihnen lag die Palmenallee, die zum Hauptportal führte.

»Hatte Ingrid Scholl Feinde?«

»Nicht, dass ich wüsste. Vielleicht ihren Ehemann. Aber ob er noch ein Feind ist? Sie ist immer zu jedem freundlich gewesen. Sie dachte einfach nur positiv von den Menschen.«

Er fuhr jetzt im Schritttempo. Gleichmäßig bewegten sich die Scheibenwischer auf und ab.

»Ist es denkbar, dass irgendjemand aus Ingrid Scholls Bekanntschaft oder näheren Umgebung ihr nach dem Leben trachtete?«

»Absolut undenkbar. Das muss ein Fremder gewesen sein.«

»Wie war das Verhältnis zwischen ihr und Franziska Haitinger?«

»Worauf wollen Sie eigentlich hinaus?«

»Franziska Haitinger war eine der Ersten, die ihren Tod feststellte. Der Arzt musste ihr gestern ein sehr starkes Beruhigungsmittel spritzen. Sie ist so geschockt, dass sie nicht spricht. Daher würde ich Sie gerne noch ein paar Dinge fragen.«

Er hatte angehalten. Es war still. Hatte der Regen endlich aufgehört?

»Nein, das geht nicht. Ich brauche jetzt erst mal Zeit für mich. Ich muss überhaupt erst mal begreifen, was Sie mir da alles gesagt haben.«

Was war mit ihr los?

Warum war sie plötzlich so abweisend?

»Wenn ich in einer Stunde wiederkomme?«

»Nein, nein, kommen Sie morgen. Ich muss mich erst mal sammeln.«

Sie machte die Tür auf und stieg aus. Er sprang ebenfalls aus dem Auto, um ihr die Tasche aus dem Kofferraum zu reichen. Sie ging grußlos davon. Es hatte tatsächlich aufgehört zu regnen. Nur der Wind trieb noch Tropfen von den Blättern der Bäume.

»Ich würde Frau Haitinger gerne aus dem Gefängnis entlassen«, rief er ihr hinterher. »Damit sie wieder nach Hause kann. Und ich denke, Ihre Aussage würde mir da sehr helfen.«

Sie drehte sich abrupt um.

»Gefängnis? Was reden Sie da? Warum ist Franzi im Gefängnis?«

»Es ist nun mal so, dass die Beweise absolut gegen sie sprechen.«

»Gegen wen? Gegen Franzi? Sie soll Ingeli ermordet haben? Ich glaub's ja nicht! Das kann doch wohl nicht Ihr Ernst sein!«

»Bei ihr wurde ein Buch gefunden, ›Der perfekte Mord‹ – kennen Sie das?«

»Jetzt wird's ja immer verrückter! Verschwinden Sie! Lassen Sie mich in Ruhe!«

»Wann kann ich –?«

»Gar nicht! Gehen Sie! Hauen Sie ab!!«

Sie verschwand in der Tür, die hinter ihr ins Schloss knallte.

Als Costa im Auto saß, rief er Elena Navarro an, aber er konnte sie nicht erreichen, sie hatte ihr Handy abgestellt. Schließlich erreichte er den Bischof, der ihm sagte, Elena sei noch bei der Vernehmung der Haitinger. Er könne zwar versuchen, ihn zu verbinden, aber wahrscheinlich hätte sie alle Telefone abgestellt. Er habe einmal bei ihr hineingeschaut und das Gefühl gehabt, dass sie ziemlich angespannt gewesen sei.

»Die Haitinger redet jetzt also?«

Der Bischof sagte, ob sie rede, wisse er nicht, aber sie habe geschrien.

»Ich glaube, Elena ist da als Frau richtig«, sagte Costa und beendete das Telefonat. Er überlegte einen Moment, und dann entschloss er sich, das kurze Stück zu der großelterlichen Finca zu fahren, auf der er als Kind so viel Zeit verbracht hatte. Vielleicht würden ihn die Träume seiner Kindheit in eine bessere Stimmung versetzen.

Er fuhr zügig, doch als er von der asphaltierten Straße abbog, ging er mit der Geschwindigkeit herunter, weil das rote Wasser aus den Schlaglöchern und Pfützen in großen Fontänen an die Windschutzscheibe spritzte.

Da das riesige Gelände der Finca eingezäunt war und er nicht gleich ein Schlupfloch fand, versuchte er wenigstens durch die grünen Büsche einen Blick auf das Hauptgebäude zu erhaschen. Doch es war alles zugewachsen. Er lehnte sich an den Maschendraht und musste an die starken Stimmungsschwankungen der Brendel denken. Warum hatte sie bei der Frage nach der Haitinger völlig blockiert? Er ärgerte sich, dass er sich durch ihr Gezeter hatte verblüffen lassen. Er würde ihr mit einer Vorladung drohen. Schließlich war es wichtig, gut informiert in die Vernehmung der Haitinger zu gehen.

Er stieg in den Wagen und fuhr zum Vista Mar zurück.

Da sich das Tor nicht öffnete, musste er aussteigen und klingeln.

Die Brendel hörte ihn schweigend an. Seine Drohung schien unnötig, denn sie sagte ganz aufgeräumt, er möge hereinkommen, sie erwarte seine Fragen. Costa unterdrückte einen Kommentar und versuchte mit einem schnellen Blick die Wohnung zu erfassen. Wenn er jemanden kennen lernte, interessierte es ihn immer, wie sich diese Person ihr Nest zurechtmachte. Er ahnte oft schon vorher, was ihn erwarten würde, aber in einigen Fällen hatte er sich total geirrt.

Erika Brendel lebte in einer Zweizimmerwohnung mit großen Fenstern und Parkettfußboden. Sie führte ihn in das Wohnzimmer mit Blick aufs Meer. An den orange getönten Wänden hingen Bilder, selbst gemalt oder von Freunden, so vermutete er. Am Fenster stand eine Jugendstillampe mit dem Kopf Nofretetes. Eine weitere Jugendstillampe stand auf dem Boden am Eingang, eine Tanzende, die mit beiden Händen ihr Kleid anhob. Neben dem Korbsofa mit vielen bunten Kissen befand sich ein Stuhl, der mit Leopardenfell bezogen war. Als Zeitungsablage benutzte sie einen aus Holz geschnitzten, bunt bemalten Hund. Auf einem antiken Sekretär lag eine seltsame Skulptur. Er fragte sie danach, und sie erklärte ihm, dass es keine Skulptur, sondern eine fünftausend Jahre alte Wüstenrose sei, deren Blätter aus Wüstensand geformt waren, der sich im Laufe der Jahre verfestigt hatte. Sie überraschte Costa, als sie hinzufügte, es würde sich um ein Erinnerungsstück an einen reichen Liebhaber handeln.

»Warum waren Sie eigentlich auf Mallorca?«

»Mein Sohn macht dort gerade mit seiner Frau Urlaub.«

»Hat er sie hier schon einmal besucht?«

»Mein Sohn besucht mich nicht. Seine Frau will das nicht.«

»Aber sie ist einverstanden, dass Sie kommen?«

»Wir haben uns in meinem Hotel getroffen.«

»Ist es eine glückliche Ehe?«

Sie lachte einmal bitter auf und sagte, so müsse es wohl sein, sonst würde man das alles ja wohl kaum mitmachen.

»Frau Haitinger ist ja auch noch verheiratet«, knüpfte er an. »Funktioniert denn eine Ehe auf solche Distanz?«

»Vielleicht besser als andersherum.«

Costa begriff, dass der Auftakt mit ihrem Sohn keine so gute Idee gewesen war.

»Ist Frau Haitinger denn zufrieden?«

»Sie kann ja hier noch einen anderen haben.«

»Hat sie?«

Sie machte eine ungeduldige Bewegung, mit der sie sagen wollte, das sei doch nur ein Witz gewesen. Costa war sich da nicht so sicher, ihr nächstes Statement klang ihm etwas zu gewollt.

»Franzi hat einen sehr erfolgreichen, vermögenden und gut aussehenden Mann und zwei hübsche begabte Kinder, die auf die besten Schulen Europas gehen. Sie besitzen eine wunderschöne Villa in Offenbach bei Frankfurt, und ihr Mann Rolf ist großzügig genug, ihr den Freiraum zu lassen, den sie braucht, und sie dabei finanziell zu unterstützen. Wie kann man es da anstellen, nicht glücklich zu sein?«

Costa ließ nicht locker.

»Warum braucht sie diesen Freiraum?«

»Sie hat einen kleinen Herzfehler und leidet an Herzrhythmusstörungen. In Frankfurt stand sie ihm immer zur Seite und konnte nicht loslassen. Daher wollte er, dass sie an einem Ort lebt, wo sie nicht so leicht in Stress geraten kann.«

Ja, dachte Costa, Leute mit Geld können sich das alles sehr gut einrichten, die brauchen sich nicht auf die Nerven zu gehen und können sich auch weiterhin respektvoll begegnen.

»Ich muss Sie nun doch noch einmal fragen, wie das Verhältnis zwischen Franziska Haitinger und Ingrid Scholl war.«

»Franzi ist eine leidenschaftliche Leserin, aber sie ist nicht so gerne alleine. So ging sie abends oft noch rüber, setzte sich an Ingrids Bett und las ihr vor. Mich hätte das genervt, ich lese lieber selbst, aber Ingrid hatte nichts dagegen.«

»Es gibt also keinen Grund, dass sie ihr etwas hätte antun wollen?«

»Sie meinen, sie erstechen?« Ihr Ton bekam wieder eine zynische Färbung, und sie blickte ihn mit ihren großen blauen Augen kalt an. Da Costa dem Blick standhielt und nichts sagte, fügte sie hinzu: »Ja, Franzi hatte vielleicht die Angewohnheit, heimlich Leute mit einer Gabel zu erstechen, nur dieses Mal fielen ihr halt die Spieße in die Hände.«

Costa mochte diese Art von Humor nicht, und er dachte grimmig, dass sie solche Scherze vermutlich unterlassen würde, wenn sie den Surfer zu dieser Frage hören würde.

Er bedankte sich und gab ihr seine Karte.

Als er ins Auto stieg, klingelte sein Handy. Der Bischof fragte, ob sie heute noch eine Sitzung hätten, was Costa bestätigte. Allerdings erst, wenn sie mit der Haitinger fertig sein würden. Der Bischof meinte, Elena sitze noch dran. Er selbst werde jetzt erst mal nach Hause fahren, um den Kindern Essen zu machen. Costa könne ihn aber jederzeit auf dem Handy erreichen.

»Ist okay«, sagte Costa und bat ihn, Elena wissen zu lassen, dass er jetzt in La Siesta losfahre.

»Auf der 733 war wegen des Regens ein Unfall, die Straße ist im Moment gesperrt.«

Costa bedankte sich und nahm die Straße über Jesus.

Auf der Fahrt überlegte er noch einmal, was er von der Brendel erfahren hatte. Für die Fünfundsechzigjährige und ihren Mann hatte es wohl nur das Geschäft gegeben. Die Ehe hatte unter den langen Arbeitsjahren gelitten. Es folgten die Scheidung und die Schlacht ums Geld und schließlich der Lebensabend in luxuriösem Umfeld – ganz nach amerikanischem Vorbild. Früher war es der Süden Deutschlands, heute der Süden der EU.

## 4

Als er im Präsidium ankam und in den vierten Stock ging, wo Elena ihr Büro mit zwei anderen teilte, nahm er sich vor, demnächst einen Bürotausch zu organisieren, sodass die vier, die an diesem Fall arbeiteten, näher zusammen sein würden.

Er klopfte, und Elena Navarro erschien in der Tür. Sie kam gleich heraus und machte ihm ein Zeichen, dass sie hier im Flur mit ihm reden wolle. Sie gingen etwas von der Tür weg, und sie erklärte ihm den Stand der Dinge. Die Personalien hatte Frau Haitinger nun endlich angegeben, nachdem sie ihr erklärt hatte, dass sie dazu verpflichtet sei und man sie sonst auf gar keinen Fall gehen lassen würde. Aber die Daten hatten sie ja ohnehin schon. Anschließend hatte sie ihr angeboten, einen Anwalt ihrer Wahl zu verständigen, was die Frau ablehnte. Dann hatte Elena beschlossen, ebenso zu schweigen wie die Haitinger. Sie hatten sich gegenüber gesessen, Elena mit den Fingern auf der Tastatur des Computers, die Haitinger kerzengerade, die Hände im Schoß. Das war anderthalb Stunden lang so gegangen. Schließlich hatte sie gefragt, was Elena von ihr wolle. Zwischendurch hatte sie ein paar Mal aufgeschrien. Elena hatte ihr ruhig erklärt, dass sie wissen wolle, was am Abend zuvor passiert war.

»Und?« Costa war gespannt.

»Sie sagt, sie hat gewusst, dass Martina Kluge kommen wollte, um für Ingrid Scholl die Runen zu legen.«

»Runen? Was ist das eigentlich?«

»Altgermanische Schriftzeichen.«

»Ja, das weiß ich auch. Aber was heißt ›für sie die Runen legen‹?«

»Im Ting, das heißt in ihrer Stammesversammlung, warfen

die Germanen Runen, um sich Rat zu holen. Die Runen warnten sie vor guten und schlechten Einflüssen.«

»Aha, und das macht diese Frau Kluge auch?«

»Die Runen sind auf Karten gezeichnet. Man legt sie auf den Tisch und wählt dann daraus welche aus.«

»Wann war die Kluge da? Wusste sie das?«

»Sie wusste nur, dass die Scholl sie um halb acht erwartete. So was dauert ungefähr eine Stunde.«

»Was tat die Haitinger in dieser Zeit?«

»Sie hat gelesen.«

»Was?«

»›Fortunas Tochter‹ von Allende. Ich habe mir den Inhalt erzählen lassen.«

Costa war zufrieden, er hatte sich in dieser jungen Frau nicht getäuscht. Sie war konzentriert und wach. Er wusste, er konnte sich auf sie verlassen.

»Und dann?«

»Dann war sie zu der Scholl hinübergegangen. Das war kurz nach zehn.«

»Hat sie auf die Uhr gesehen?«

»Ja, weil sie nicht in diese Runensitzung hineinplatzen wollte.«

»Nahm sie das Buch mit, um der Scholl daraus vorzulesen?«

Elena Navarro sah ihn verwundert an. »Nein, warum?«

»Nur so. Und dann?«

»Sie klingelte, aber niemand öffnete. Sie dachte, die Scholl würde vielleicht schon schlafen, wollte aber sichergehen und holte aus ihrer Wohnung den Schlüssel für das Appartement 402. Sie schloss auf und ging hinein. Es war still, sie rief Ingrid Scholls Namen und ging dann ins Wohnzimmer. Sie sagt, es war hell im Zimmer und sie hätte schon von der Tür aus ihre Freundin auf der Couch liegen sehen. Sie rief ihren Namen und rannte zu ihr hin. Es sei furchtbar gewesen. Aus ihren Augen hätten diese Fleischspieße geragt. Sie dachte, sie müsse ihr helfen, und habe die Spieße herausgezogen. An Fingerabdrücke oder so was habe sie dabei nicht gedacht. Aus den Augen floss etwas heraus, die Augenhöhlen waren schwarz und leer, und Ingrid Scholl war tot, sagt sie. Plötzlich habe sie so ein Gefühl gehabt, dass der Mörder noch im Raum steht und sie gleich von hinten ersticht. Sie sei in ihre Wohnung gerannt, habe sich in eine Ecke gekauert und gehofft, dass er nicht kommt. Aber sie habe gewusst, dass es keinen Zweck hatte – er würde sie finden und genauso umbringen. Bei jedem Geräusch habe sie ihre Hinrichtung erwartet.«

»Haben Sie sie gefragt, ob sie weiß, wer der Mörder ist?«

»Ja. Sie sagte nichts, aber ich habe das Gefühl, dass sie etwas verschweigt.«

»Sie meinen, sie hat den Mörder gesehen und will seinen Namen nicht nennen?«

»Ich weiß es nicht. Irgendetwas ist da komisch.«

»Und dann?«

»Und dann kamen Sie, und sie dachte, nun ist es so weit.«

»Sagte sie das?«

»Ja. Ich habe alles mitgeschrieben. Sie können es nachlesen.«

»Dann hat sie den Mörder ja wohl doch nicht erkannt.«

»Vielleicht hat sie ja auch nur seinen Schatten gesehen?«

»Haben Sie sie gefragt, was es mit der Abhandlung über den perfekten Mord auf sich hat?«

»Das wollte ich gerade. Aber jetzt können Sie sie ja fragen.«

Costa überlegte einen Moment, dann nickte er. »Was für ein Typ ist sie?«

»Sie macht auf mich den Eindruck einer sehr sensiblen, fast hysterischen, aber eigentlich freundlichen und sehr gebildeten Frau. Wenn sie Angst hat oder hart angesprochen wird, verschließt sie sich.«

Was auch immer Franziska Haitinger hinter sich hatte, es war ihr nicht mehr anzusehen. Als Costa sie begrüßte, wirkte sie entspannt und ruhig.

»Sicher ist es unangenehm, dass Sie noch weitere Fragen beantworten müssen, Frau Haitinger, aber ich habe nicht nur die Pflicht, diesen grausamen Mord aufzuklären, sondern ich möchte es auch. Verstehen Sie das?«

Franziska Haitinger nickte. Costa blickte auf den Bildschirm des Computers und bewegte den Cursor, so als würde er das Protokoll lesen. Er nahm sich etwas Zeit und sagte dann: »Aus Ihrer Darstellung geht hervor, dass Sie Angst hatten, ebenfalls vom Mörder angegriffen zu werden.«

Franziska Haitinger nickte. Ob furchtsam oder misstrauisch – das konnte Costa nicht sagen. Er setzte sich auf einen Stuhl und betrachtete in Ruhe ihr Gesicht.

»Waren eigentlich Sie sein Opfer? Und Frau Scholl ist nur dazwischengekommen?«

Franziska Haitinger schluckte und sah nach dem Glas Wasser auf dem Schreibtisch. Sie nickte, als sie das Glas nahm und trank. Hier musste er weiterbohren. Sie – das Opfer. Aber er wollte erst einmal davon ablenken. Nachdem sie ihr Glas wieder abgesetzt hatte, fragte er: »Sie besitzen ein Buch, ›Der perfekte Mord‹, und haben es intensiv durchgearbeitet. Sie haben an vielen Stellen etwas unterstrichen und am Rand Ausrufezeichen gemacht. Warum interessiert Sie das so?«

Sie sah ihn unsicher an und zuckte mit den Achseln.

»Ist es derselbe Grund, aus dem heraus Sie auch die Zeitungsartikel gesammelt haben? Unaufgeklärte Morde?«

»Ja.«

»Und warum?«

»So eine Marotte von mir.« Er hörte zum ersten Mal ihre Stimme. Hatte sie sich auf ihn eingestellt und sich gefangen?

»Ich verstehe. Ist Frau Brendel Ihre Freundin?«

Jetzt schwieg sie wieder.

»Sie sagte, Sie führen eine sehr glückliche Ehe.«

Er warf einen schnellen Blick zu Elena Navarro. Auf eine leise unauffällige Art schrieb sie alles im Computer mit.

»Das haben Sie erfunden.« Ihre Stimme war plötzlich ruhig und klar. Er musterte sie aufmerksam. Sie schien völlig gleichgültig.

»Ich habe es nicht erfunden. Frau Brendel sagte, Sie hätten sich an der Seite Ihres Mannes aufgeopfert, aber wegen Ihrer Herzrhythmusstörungen habe Ihr Mann darauf bestanden, dass Sie in eine ruhigere Umgebung ziehen, weil Ihre Gesundheit für ihn wichtiger ist.«

Sie wechselte die Farbe, ihre Lippen wurden schmal und Leben kam in ihre Augen.

»Mein Mann verachtet mich. Ich bin ihm vollkommen gleichgültig. Er hat sich nie für mich interessiert. Nachdem er den letzten Tropfen aus mir herausgepresst hat, war er meiner überdrüssig und sperrte mich in das Altersparadies im Vista Mar.«

Das war ein unerwarteter Wechsel. Auch Elena blickte erstaunt auf. Sogar die Stimme war anders – hart und sachlich. Sie schien nur noch Feststellungen zu treffen. Costa ließ sich darauf ein und wollte den Bogen noch etwas weiter spannen. Er grinste sie an, als hätte sie einen Witz gemacht und sagte, das sei ja irgendwie verständlich, als Mann würde er auch nicht gerne eine Frau um sich haben, die sich dauernd mit dem perfekten Mord beschäftigt. Er erwartete Widerspruch, aber sie blickte ihm ruhig in die Augen. Er hielt ihrem Blick nicht nur stand, sondern merkte plötzlich, dass es ihn entspannte, wenn sie sich ansahen. Er bezweifelte, dass sie neunundvierzig Jahre alt war, wahrscheinlich hatte sich da jemand geirrt.

»Ich hätte es ja niemals getan.« Ihre Stimme war wieder sehr getragen und ruhig. Elena unterbrach das Tippen und sah sie an.

»Sie meinen, Sie sind eine Frau, die ihre Vorsätze nicht in die Tat umsetzen kann?«, fragte Elena überraschend.

»Nicht in eine Tat gegen *ihn*«, sagte sie.

»Aber Sie wünschten, Sie könnten es?«, fragte Costa.

»Ich habe mir immer wieder vorgestellt, dass ich ihn umbringe.« Ihre Stimme war klar und fest.

»Wie hätten Sie ihn umgebracht?«, wollte Costa wissen.

»Mit einem Pilzgericht. Pilze isst er am liebsten. Geschmorte Pilze nach einem Rezept seiner Mutter.«

»Sie hätten ihn nicht mit Bratspießen erstochen?«

Sie betrachtete ihn einen Moment, dann sagte sie ganz teilnahmslos: »Was für ein grobschlächtiger Mensch Sie sind.«

Für seinen Geschmack war das ein bisschen übertrieben, aber er ärgerte sich dennoch. Sie soll lieber überlegen, wie sie hier wieder rauskommt, knurrte er innerlich, statt sich über mich den Kopf zu zerbrechen. Wahrscheinlich hatte sie noch nicht darüber nachgedacht, wie man sich in einem spanischen Knast fühlt. Er blickte auf die Uhr, denn er musste sie ja noch hinüberfahren, oder würde Elena Navarro ihm das abnehmen?

»Warum haben Sie gestern Abend überhaupt bei Ingrid Scholl geklingelt?«

»Gerade deswegen.«

»Das verstehe ich nicht.«

»Es war ein Fehler, dass ich mich so sehr mit der Rache an meinem Mann beschäftigt habe.«

»Warum?«

»Es hat mir ziemliche Schuldgefühle bereitet. Ich konnte abends nicht einschlafen und bin deshalb oft rüber zu Ingrid und habe ihr vorgelesen.« Sie starrte einen Moment ins Leere.

»Und gestern wollten sie ihr auch vorlesen?«

»Gestern habe ich gedacht, er ist mir zuvorgekommen. Er hat mich einfach ertappt, bevor ich überhaupt etwas tun konnte. So wie es immer war.«

»Zuvorgekommen? Wollten Sie denn gestern Ingrid Scholl umbringen?« Er behielt die Haitinger im Auge, aber er konnte Elenas Spannung spüren. Die Angeschuldigte saß wie erstarrt da. Er wollte schon eine andere Frage stellen, als sie sich bewegte und sagte: »Er wusste immer vor mir, was ich denke.«

Costa musste nun dranbleiben. »Welche Ihrer Gedanken kannte er?«

Jetzt antwortete sie nicht mehr. Es war aus, er konnte es an ihrer Haltung sehen. Er wechselte in eine härtere Tonart.

»Wie haben Sie die Spieße herausgezogen?«

Sie starrte ihn an.

»Können Sie das vormachen?«

Sie schüttelte langsam den Kopf.

»Sie sind Rechtshänderin. Haben Sie einen nach dem anderen herausgezogen?«

Sie wackelte mit dem Kopf. Das konnte Verzweiflung sein oder auch nein bedeuten.

»Heißt das nein? Heißt das, Sie haben sie beide mit der linken Hand herausgezogen?«

»Ich weiß es nicht«, hauchte sie. »Ich kann mich nicht richtig erinnern.«

Costa erhob sich. Er bat Elena Navarro, das Protokoll auszudrucken und fragte Franziska Haitinger, ob sie bereit sei, ihre Aussage zu unterschreiben. Sie reagierte nicht, und er erklärte ihr, sie hätte als belesener Mensch in Sachen *perfekter Mord* wissen müssen, dass man eine Leiche nicht berührt, um keine Spuren zu verwischen. Das aber habe sie getan, ihre Fingerabdrücke klebten an der Mordwaffe und das Blut Ingrid Scholls an ihren Händen. Angesichts dieser Sachlage müsse sie in Untersuchungshaft bleiben. Sie habe selbst nichts getan, um den Verdacht zu zerstreuen, das sei ihr ja wohl klar. Vielleicht sollte sie sich doch besser einen Anwalt nehmen.

Als Costa den Raum verlassen wollte, bat Franziska Haitinger, kurz einmal telefonieren zu dürfen, um ihre Familie zu verständigen. Costa nickte Elena zu und sagte, Frau Navarro werde sie über die Zentrale mit dem gewünschten Teilnehmer verbinden. Zu Elena sagte er, alle sollten sich in einer Stunde zur Sitzung treffen.

Costa hatte schlechte Laune. Er ging den Flur entlang und spürte ein unangenehmes Gefühl im Magen, das sich bis in Brust und Nacken zog. Er wusste nicht, woher es kam, aber eines war ihm klar: Er hatte nun eine Stunde Zeit, die einzige Stunde, in der er hätte Sport treiben können, um seinen Rücken zu stabilisieren. Er hatte überhaupt keine Lust, jetzt nach Hause zu fahren, sich schnell umzuziehen, dann in den Sportclub zu rennen und sich durch die Übungen zu quälen. Aber als er sich dagegen entschied, fiel ihm ein, dass dies jetzt auch eine gute Gelegenheit wäre, zu Hause die Waschmaschine anzuwerfen und die Küche aufzuräumen, was er schon seit mehr als einer Woche vor sich herschob. Das fand er jedoch noch scheußlicher und fragte sich, ob es für diese eine Stunde nicht etwas Nettes gebe. Dieser Tag hatte ihn ziemlich mitgenommen, und er meinte, eine kleine Auflockerung zu verdienen. Sollte er in den Social Club hinter dem Präsidium gehen? Oder Karin treffen und mit ihr zu Abend essen? Er sah auf die Uhr. Wenn er jetzt noch lange herumüberlegte, wäre es sowieso zu spät. Und lustig würde es mit Karin sicher nicht werden, wahrscheinlich war sie noch immer verärgert. Er blieb stehen, um schnell eine Entscheidung zu treffen und stand noch immer auf der Treppe, als Elena Navarro mit der Haitinger herunterkam, um sie ins Gefängnis zu fahren. Keine der beiden Frauen schien ihn zu bemerken. Das verschlechterte Costas Laune, und so sagte er sich, scheiß drauf, ging ebenfalls die Treppe hinunter, nahm im Hof sein Fahrrad und fuhr um den Block zum Social Club.

Es war voll wie immer am Feierabend. Der erste Raum mit den vielen Sportpokalen war sogar rammelvoll, lautes Gerede und Gelächter, und von den Wänden hallte das Gescharre der Füße und Holzstühle wider. Er ging zur Bar durch, die auch überall mit Sportpokalen voll gestellt war und brüllte Toni seine Bestellung zu. Toni, Geschirrtuch über der Schulter, griff mit Schwung einen Teller aus dem Regal, schepperte ihn auf die Steintheke und ließ grinsend zwei *bocadillo* mit Käse darauffallen. Dazu reichte er Costa zwei Bier.

Costa stellte das eine auf den Teller, nahm das andere in die rechte Hand und balancierte alles hinaus vor das Lokal. Er zog einen Stuhl in die letzte Abendsonne und streckte die Beine aus. Nach den ersten kräftigen Schlucken entspannte er sich. Er fühlte sich schon besser.

Auf der Wiese vor dem Club liefen drei Grillfeten gleichzeitig. Die Männer drehten das Fleisch, die Frauen saßen auf den Stühlen, die sie aus dem Lokal herbeigeschleppt hatten und redeten und schwatzten, als ginge morgen die Welt unter. Die Uralten saßen in ihren aufgebauschten, langen schwarzen Kleidern da und häkelten.

Costa trank das zweite Bier in einem Zug, denn er merkte, wie er traurig wurde. Es hätte ihm große Freude gemacht, an diesem schönen Septemberabend seine beiden Kinder bei sich zu haben und zu beobachten, wie sein Sohn plötzlich angelaufen käme, um ihn etwas zu fragen oder wie Annalena auf ihn zustürmte, um ihn zu umhalsen und zu liebkosen. Warum lebt man das Leben nicht auf eine einfache und liebevolle Weise?, dachte er.

Er war irgendwie schlecht drauf und kippte noch ein drittes Bier, bevor er sich auf den Weg zur Sitzung machte.

Später merkte Costa, dass er mal wieder zu schnell gegessen und zu viel getrunken hatte. Sein Körper fühlte sich schwer und müde an. Er machte als Erster seinen Bericht, um etwas in Schwung zu kommen.

Die Tote war vermögend und hatte sich das Geld wahrscheinlich zusammen mit ihrem Ehemann erarbeitet, von dem sie jetzt geschieden war. Er beschrieb Erika Brendel und ihr Verhältnis zu der Ermordeten. Beide Frauen schienen an Männern interessiert gewesen zu sein. Es ließ sich nicht ausschließen, dass der Täter aus dem Kreis ihrer Liebhaber stammte. Dritte im Bunde der Freundinnen war Franziska Haitinger. Franziska Haitinger die Mörderin? – Erika Brendel hatte den Gedanken als vollkommen absurd verworfen. Laut ihrer Aussage lebte Franziska Haitinger in einer guten Ehe, mit zwei halb erwachsenen Kindern und einem großzügigen Ehemann, was mit dem Eindruck übereinstimmte, den die Haitinger-Fotos vermittelten.

Er übergab dann das Wort an Elena Navarro, die die Ergebnisse der Vernehmung kurz zusammenfasste. Costa kommentierte, es sei psychologisch erwiesen, dass eine Frau, die Mordgedanken gegen ihren Ehemann hegt, zugleich Angstgefühle hat und fürchtet, der Mann könnte das bemerken und ihr zuvorkommen.

Der Surfer lächelte süffisant und beugte sich ein wenig vor. »Wir sollen glauben, die Haitinger hätte sich überlegt, ihren Mann mit Fleischspießen umzubringen? Und eines schönen Tages steht sie vor der Leiche ihrer Freundin, der genau das passiert ist, und denkt, jetzt hat *er* getan, was *ich* mit ihm zu tun wünschte. Warum sollte er sich ausgerechnet Frau Scholl aussuchen?«

Costa fragte sich, warum er sich schon wieder ärgerte. War es denn so absurd, von der Schuld Franziska Haitingers überzeugt zu sein? Natürlich hatte der Surfer von der reinen Logik her Recht. Aber mittels reiner Logik lässt sich das Verhalten von Menschen nicht erklären, und schon gar nicht von Menschen, die sich in einer Extremsituation befinden. Wenn die Haitinger wirklich nur auf ein Schwätzchen zu ihrer Freundin gewollt hatte und sie auf der Couch mit verdrehten Gliedmaßen und zwei Fleischspießen in den Augen fand, so war jede erdenkliche Reaktion und jede noch so wahnsinnige Vorstellung möglich.

»Außerdem haben Sie doch eben selbst berichtet«, hakte der Surfer nach, »dass Erika Brendel die Ehe ihrer Freundin Haitinger als glücklich bezeichnete. Es ist doch erwiesen, dass die Haitinger sich mit der Ermordung eines Menschen eingehend auseinander gesetzt hat. Sie hat Zeitungsartikel gesammelt und sogar Spezialliteratur darüber gelesen. Jetzt, wo sie in der Klemme sitzt, findet sie keine Ausrede und bedient sich des Klischees, dass Ehefrauen immer ihre Männer umbringen wollen. Erwiesen ist, dass sie sich mit der Ermordung eines Menschen beschäftigte und an ihren Händen das Blut der Ermordeten klebte. Dazu die Fingerabdrücke an der Tatwaffe. Ein Alibi hat sie auch nicht.«

Costa gab sich geschlagen und sparte sich die Antwort. Elena aber sprang ihm zur Seite und sagte, in dem Buch, das die Haitinger gelesen hatte, komme der Autor zu dem Fazit, dass es einen perfekten Mord nur gibt, wenn der Täter kein Motiv hat. »Ohne Motiv allerdings würde niemand einen Mord begehen«, schloss sie.

»Mit *kein Motiv haben* meint dein Autor«, erwiderte der Surfer kühl, »dass der Täter kein *uns verständliches* Motiv hat. Ich behaupte, ein Mord wie dieser wird jedem von uns hier in der Runde unverständlich bleiben, selbst wenn wir die Mörderin dazu bringen können, ihr Motiv zu erklären.«

Costa sah, dass die Diskussion in einer Sackgasse steckte. Er sagte, er werde noch einmal mit der Brendel sprechen und sie zur Ehe der Haitingers befragen. Ihm fiel dabei Franziska

Haitingers Telefonat ein, und er fragte Elena, wen sie angerufen hatte, bevor man sie ins Gefängnis brachte.

»Ihren Ehemann«, sagte Elena.

Costa war so überrascht, dass er sich keine Mühe gab, es zu verbergen. »Sind Sie ganz sicher?« Elena nickte, und er fragte, was sie ihrem Mann gesagt habe.

»Sie sagte ihm, dass die Polizei gerade dabei ist, sie wegen Mordes ins Gefängnis zu bringen. Er wollte wohl mehr wissen, doch sie sagte nichts weiter. Er schrie dann irgendwas, worauf sie das Telefonat kurzerhand beendete.«

Jetzt war der Bischof dran, der inzwischen Erkundigungen über Dr. Schönbach eingezogen hatte, der im Testament der Haitinger als Erbe eingesetzt war. Es handelte sich um einen berühmten Schönheitschirurgen, der auf Ibiza ein Haus besaß, das von seiner Ehefrau bewohnt wurde, einer Iranerin.

»Die Beautyfarm im Vista Mar macht die Nachbehandlungen für ihn. Man kann annehmen, dass ihn die Haitinger dort kennen gelernt hat.« Dann warf er eine deutsche Insel-Illustrierte auf den Tisch, in der ein Interview mit Dr. Schönbach abgedruckt war. Costa war plötzlich wie paralysiert – Karin hatte das Interview mit dem Chirurgen gemacht! Eines der Fotos zeigte sie sogar mit ihm zusammen.

Der Surfer musste ihm etwas angesehen haben, denn er bat ebenfalls um die Zeitung. Costa gab sie ihm, wollte aber, dass er erst seinen Bericht machte.

Der Surfer nahm seine Notizen und hakte sie einzeln ab, nachdem er sie vorgetragen hatte. Von der Haitinger waren keine Fusseln an dem Kleid der Toten gefunden worden. Fingerabdrücke gab es jede Menge in der Wohnung der Scholl, und sie mussten alle noch identifiziert werden.

Dann wollte er wissen, wer die Kosmetikerin von der Beautyfarm verhören würde, die offiziell als letzte Besucherin der Scholl galt. Costa sagte, er werde das selbst übernehmen.

Anschließend erzählte der Bischof, er sei noch einmal in der Wohnung der Scholl gewesen, um den Tresor genauer zu untersuchen, und habe Kratzspuren daran gefunden, die von dem Versuch herrühren könnten, ihn gewaltsam zu öffnen.

»Wie öffnen?«, fragte Costa.

»Zum Beispiel mit einem Schraubenzieher«, antwortete der Bischof.

»Geht das denn?«

»Wenn man sich auskennt – ja.«

»Das würde eigentlich nicht auf die Haitinger hindeuten«, sagte Costa. Doch der Surfer hakte sofort ein, die Schrammen könnten ja auch schon älter sein.

»Sicher, das ist möglich«, sagte der Bischof und schlug nach einer Mücke.

Elena stand auf und machte die Fenster zu. Es war ziemlich warm und stickig. Costa blickte auf die Uhr, es war bereits halb eins. Trotzdem bat er Elena, noch einmal alles kurz zusammenzufassen.

Sie entwarf das Bild einer fünfundsechzigjährigen lebenslustigen Frau, die eine langjährige Ehe und ein erfolgreiches Berufsleben hinter sich hatte und nun in sehr luxuriöser Atmosphäre mit gleich gesinnten Freundinnen ihren Lebensabend genießen wollte. Sie hatte offensichtlich kein Testament hinterlassen, was darauf schließen ließ, dass sie an ihren Tod nicht dachte. Auch den Zeugenaussagen habe sich entnehmen lassen, dass sie sich nicht bedroht fühlte. An ihrem letzten Tag hatte sie mit ihren zwei Freundinnen zu Mittag gegessen, wobei den beiden anderen nichts Ungewöhnliches aufgefallen war. Nach dem Essen war sie nach Hause gefahren, um sich hinzulegen und hatte später, um halb fünf, ihren Termin bei ihrer Hausärztin Dr. Sperl wahrgenommen.

Hier machte sich Costa eine Notiz und sagte, die müsse man noch hören. Er werde auf seinem Weg ins Vista Mar bei ihr vorbeifahren.

»Wir haben bislang nur die Freundin des Opfers, die sie abends oft besuchte und zu diesem Zweck einen Wohnungsschlüssel besaß«, setzte Elena ihre Zusammenfassung fort. »Sie ist kurz nach 22.00 Uhr mit dem Schlüssel in die Wohnung gegangen, so sagt sie. Es könnte jedoch auch früher gewesen sein, sie könnte mit dem Opfer über irgendwas Streit bekommen haben, es gewürgt und geschubst haben und dann in die Küche gegangen sein, um aus der dritten Schublade von oben die Fleischspieße zu nehmen und sie der Freundin in den Kopf zu stoßen. Nach der Tatortaufnahme fanden wir sie in ihrer Wohnung geschockt am Boden hocken. In ihren Aussagen bestreitet sie jede Schuld und erklärt ihre Fingerabdrücke auf den Fleischspießen damit, dass sie ihrer Freundin helfen wollte. Sie hätte ihr ohne weitere Überlegung diese Fremdkörper aus den Augen gezogen. Dann aber, so sagt sie, war das Opfer ohne Augen, sie sah nur diese Höhlen, aus denen Blut rann, und sie hätte nun erst gefühlt, dass ihre Freundin tot ist, und vor Entsetzen die Spieße fallen lassen.«

»Was bleibt uns, wenn man sie als mögliche Täterin außer Acht lässt?«, fragte der Bischof.

Elena Navarro nickte und blickte in die Runde. Niemand sagte etwas.

»Der Ex-Ehemann der Toten?«, fragte sie.

»Wir sollten ihn überprüfen«, sagte Costa. »Allerdings gibt es bisher keinen konkreten Hinweis.«

»Und Dr. Rolf Haitinger, der Ehemann, den die Verdächtige als Angreifer fürchtete und der – quasi als Drohung – erst einmal die Nachbarin umbrachte?«, überlegte Elena laut.

»Absurd«, murmelte der Surfer leise vor sich hin.

»Vielleicht jemand aus dem Vista Mar, der unserer Aufmerksamkeit bisher völlig entgangen ist«, meinte der Bischof.

Durch die Vernehmungen waren alle Bewohner bekannt, aber es erhob sich keine Stimme.

»Wie wär's mit der letzten Besucherin der Ermordeten?«, fragte Elena. »Martina Kluge?«

»Schon klar, ich werde sie mir vornehmen. Sie ist hoch verdächtig, daher möchte ich sie noch etwas zurückstellen und erst ihr Umfeld abklären.«

»Spricht gegen sie nicht die physische Roheit der Tat?«, sagte der Surfer mit beißender Ironie.

Costa ließ sich nicht provozieren. »Sie könnte jemanden dabeigehabt haben, das wissen wir nicht.«

»Der Mann auf dem Foto in Ingrid Scholls Wohnzimmer?«, versuchte Elena abzulenken.

»Wir wissen nichts über ihn«, brummte der Bischof.

»Wir sollten ihn auf jeden Fall überprüfen«, meinte Costa und machte sich eine weitere Notiz.

»Oder einer ihrer flüchtigen Liebhaber, wenn's denn solche gab«, fuhr Elena fort. »Es bliebe natürlich auch noch die Möglichkeit eines Ritualmordes. Jemand schleicht sich in den Wohnkomplex und klettert an der Fassade über den Balkon hoch. Für all das haben wir jedoch keine Anhaltspunkte. Der Bischof hat an den Außenseiten des Gebäudes keine Spuren finden können. Wir können die Zeugen noch ein zweites Mal verhören, ansonsten weiß ich nicht, was uns an Maßnahmen bleibt«, beendete Elena ihre Argumentation.

»Auf jeden Fall ist es schlecht, wenn dieser erste Fall unseres Teams unaufgeklärt bleibt«, sagte Costa müde.

»Er *ist* aufgeklärt«, hielt der Surfer dagegen.

»Wir haben nur dann ein Ergebnis, wenn der Richter es anerkennt«, wandte der Bischof ein und fügte hinzu: »Was hier zweifelhaft wäre, weil kein Motiv zu sehen ist.«

»Wir haben nur dann ein Ergebnis, wenn es der Wahrheit entspricht«, sagte Costa.

Es war zehn nach eins, als Costa sich auf sein Fahrrad setzte und durch die Ausfahrt des Präsidiums fuhr. Die Spuren des Unwetters sah man nur am Tag. Jetzt war es warm und die Sterne funkelten. Als Costa zum nächtlichen Himmel aufblickte, holte er tief Luft. Es tat ihm gut, diese lieblich warme Nachtluft einzuatmen, die nach dem Regen die Würze der Pinien und den Geruch des Meeres trug. Er wäre gerne den Erinnerungen an seine Kindheit gefolgt, den Erinnerungen an jene Nächte, in denen er mit seinem Vater von der Schreinerei zur Finca der Großmutter gewandert war, aber ihm fiel seine Mailbox ein. Immer wieder vergaß er, sie abzuhören. Er wollte es sich nicht eingestehen, aber er hasste es, jederzeit für jeden und für jeden Scheiß erreichbar zu sein. Doch als er die kräftige Stimme seiner Tochter hörte, freute er sich. Er ließ das Fahrrad rollen und genoss den Wind in seinem Gesicht.

Sie wollte ihm sagen, dass sie dabei war, ein Bild für ihn zu malen, mit einer Sonne und den Palmen, von denen er ihr erzählt hatte. Sie wolle noch den Hund ihrer Nachbarn dazumalen, schwarz-weiß gefleckt und mit einem Stummelschwanz. Zum Schluss fragte sie, wann er wieder nach Hamburg kommen werde. Tschüss Papi, rief sie. Er konnte ihr nicht antworten, weil sie jetzt schon schlief. Er drückte die anderen Nachrichten weg, wollte erst einmal in Ruhe an sie denken, während er nach Hause radelte.

Erst als er sein Fahrrad die Treppe hinaufschleppte, hörte er die restlichen Nachrichten ab. Da war Karin, die ihm mit angespannter Stimme mitteilte, dass sie noch Socken von ihm habe. Falls er sie noch brauche, sollte er sie in den nächsten Tagen abholen. Allerdings nicht am Wochenende, da würde sie nach Berlin fliegen. Das gab ihm einen Stich und ihn überkam ein Gefühl der Traurigkeit.

Während er das Fahrrad auf den Balkon bugsierte, erklang die Stimme seiner Mutter, die sich in ihrer stets fröhlichen Art darüber beklagte, dass er sie nie besuchte und nie Zeit für sie hatte. »Ich dachte, du lebst jetzt auf Ibiza und kannst mal eine Tasse Kaffee mit mir trinken – aber nein! Was machst du die ganze Zeit? Rennst Autodieben hinterher, die hier sowieso nichts mit den geklauten Wagen anfangen können! Na ja, ich versuch's halt wieder. Also Küsschen, Merlin!« Den Namen Merlin hatte sie ihm gegeben, und sie war die Einzige, die ihn so nannte. Und natürlich noch Elmar, ihr Lebensabschnittspartner, wie sie ihn zu bezeichnen pflegte, wobei sie hinzufügte: »Aber nicht der letzte Abschnitt!«

Costa machte sich in der Küche eine Flasche Bier auf und beschloss, in den nächsten Tagen bei ihr vorbeizufahren.

Er nahm noch eine zweite Flasche, zog sich schnell aus, legte sich ins Bett und schlug *Ibiza Heute* auf. Eine Weile starrte er auf das Foto, auf welchem Karin mit dem Schönheitschirurgen zu sehen war. Die anderen Fotos zeigten ihn beim Operieren, bei einer Modenschau in Paris und in einem offenen Mercedes auf der Insel. Die Überschrift zitierte ihn mit dem

Satz »Schönheit wird die Welt retten«. Er betrachtete noch einmal lange und genau das Foto mit Karin. Sie trug den engen weißen Pullover, den er so mochte. Er begann den Artikel zu lesen und wurde darüber aufgeklärt, dass Dr. Schönbach in der Schlagzeile Dostojewski zitierte. »Schönheit wird die Welt retten«. Für einen Augenblick hielt Costa mit dem Lesen inne und fragte sich, wo Dostojewski diese Erfahrung gemacht haben könnte. In dem sibirischen Straflager, in das man ihn gesteckt hatte? Na ja, er wusste nicht viel vom Leben des russischen Dichters. Er las den Artikel zweimal und war vollkommen fasziniert von den vielen Fragen, die Karin Dr. Schönbach stellte. So viel hatte sie *ihn* noch nie gefragt. Zum Beispiel: Wie fühlen Sie sich bei der Arbeit? (»Großartig.«) Haben Sie manchmal das Gefühl, dass Sie zu viel arbeiten? (»Nie.«) Was bedeuten Ihnen Frauen? (»Ohne sie gibt es kein Leben. Die Schönheit der Frauen ist das Höchste!«) Wie müsste die Frau beschaffen sein, die Ihnen genügen kann? (»Aussehen wie Greta Garbo.«) Was bedeutet Ihnen Schönheit und was Musik? (»Schönheit ist der Atem des Lebens, ohne sie ersticke ich. Musik? Es ist die Schönheit der Musik, die mich erreicht.«) Ist die Liebe wichtig in Ihrem Leben? (»Schönheit erweckt Liebe. Nur ist dies vielen Menschen leider nicht bewusst.«)

Costa fragte sich, ob er eifersüchtig war. Karin kam ihm in diesem Interview wie eine Fremde vor. Fast hatte er das Gefühl, der glänzende Chirurg hätte sie ihm weggenommen.

Wünschte er sich, dass Karin ihn all dies fragte? Er suchte eine Antwort auf die erste Frage des Interviews, schlief beim Gedanken an seine Arbeit aber ein.

Als der Wecker um acht klingelte, war er wie gerädert. Er hatte schlecht geträumt und konnte sich im ersten Moment nicht orientieren. Er suchte in seinem Gedächtnis, geriet dabei aber wieder in diesen Traum, sah das hohe Polizeigebäude in Hamburg, aus dem er nicht herauskam, weil der Fahrstuhl blockiert war; dann saß er im Wagen, auf dem sich ein Blaulicht drehte; der Verkehrsstau war so dicht, dass er es über den Bürgersteig versuchte, wo ihm mehrere Alte in Rollstühlen den Weg versperrten. Er sprang aus dem Wagen und versuchte es zu Fuß. Er musste irgendetwas unbedingt erreichen. Plötzlich sah er Dr. Schönbach in einem metallic-roten Mercedes-Cabrio davonschweben, als wäre es ein Hubschrauber. Nein! Er wälzte sich herum. Er wollte den Traum stoppen, doch er fühlte sich zu schwer. Lag er auf der Straße, und der Mercedes senkte sich auf ihn? Wollte er ihn unter sich begraben? Nein! Er schaffte es und riss die Augen auf. Er kam zu sich. Als er sich beruhigt hatte, schloss er die Augen wieder und setzte die Bilder noch einmal neu zusammen, um den Ablauf des Traumes zu ändern. Er wollte diesen Schönbach erreichen, wollte ihn verhaften und in den Knast stecken! Doch trotz aller Anstrengung gelang ihm das nicht. Immer wieder entglitt ihm die Kontrolle.

Schließlich gab er auf und wankte unter die Dusche, doch er hatte wieder vergessen, den Duschkopf zu entkalken. Er hasste dieses Piksen der Brause, drehte sich wieder um und zog sich gleich an. Der Kühlschrank war immer noch leer. Eine pochende Wut stieg in ihm auf. Er knallte die Kühlschranktür zu, wobei eine Bierflasche umkippte und auf den Fliesen zersprang. Es hätte ihn zu sehr gedemütigt, sich jetzt auch noch zu bücken und die Splitter aufzufegen.

Als er um neun das Büro betrat, blätterte er seine Notizen durch und versuchte, sich noch einmal alles vor Augen zu führen. Doch er konnte sich nicht konzentrieren und beschloss, im Social Club einen Cortado zu trinken und ein Croissant zu essen.

Er dachte, zehn Uhr sei die richtige Zeit für Erika Brendel, rief aber vorsichtshalber bei ihr an und holte sich ihre Zustimmung. Dabei hörte er gleich noch mal seine Mailbox ab und erfuhr, dass Karin sich anders entschieden hatte. Er sollte doch gleich heute Abend um sieben vorbeikommen und seine Socken abholen.

Costa schloss nicht aus, dass sie Sehnsucht nach ihm hatte, und das verbesserte seine Laune.

# 5

Pünktlich um zehn parkte Costa seinen Wagen vor dem Vista Mar. Er klingelte am Hauptportal. Durch die Sprechanlage ertönte die Jungmädchenstimme der Brendel.

»Ach Sie! Gut, dass Sie da sind! Kommen Sie herein.«

Die Tür summte, und Costa fragte sich, was passiert war, dass sie ihn so herzlich begrüßte.

Sie stand an der Wohnungstür und trug wieder ein langes wallendes Kleid wie am Flughafen. Jetzt aber nicht in leuchtendem Orange, sondern in Giftgrün. Die alte Frau Mahler hatte von ihr gesagt, sie trage nur Ibiza-Mode, das also, was sich aus den einstigen Hippiekreationen entwickelt hatte, zu deren Erfinderinnen auch Costas Mutter gehörte, als sie noch ihre Boutique in Ibiza-Stadt hatte.

»Na, haben Sie mit Franziska gesprochen?«

Die Brendel winkte ihn mit großer Geste herein. Er bedankte sich und erkundigte sich höflich, welche Musik da gerade lief.

»Enya«, sagte sie und goss ihm aus einer versilberten Porzellankanne Mokka ein.

»Hatte ihre Freundin den gleichen Musikgeschmack?«

»Nicht ganz. Sie spielte die Callas rauf und runter und hörte Tangos von Astor Piazzola, sonst ließ sie keine fremden Klänge an ihr Ohr.«

Costa zog die Purple-Rain-CD aus der Jackentasche und zeigte sie der Brendel. »Besaß sie diese CD? Es muss die letzte Musik gewesen sein, die sie gehört hat.«

Die Brendel besah sich das Cover mit dem androgynen Profil des Popsängers Prince. »Hab ich noch nie bei ihr gesehen. Vielleicht ein Geschenk, das sie uns verheimlicht hat.« Sie stand auf und schob die kleine Silberscheibe in ihre Anlage. »Vielleicht erkenne ich sie, wenn ich sie höre.«

Beide saßen da und lauschten der Musik. Immer wieder sah sie zu Costa und lächelte, als wären sie ein frisch verliebtes Paar. Schließlich ließ sie ihn gar nicht mehr aus den Augen. Costa wurde verlegen und fragte ein wenig zu laut, ob sie das bei ihrer Freundin schon mal gehört habe. Sie schüttelte den Kopf und sagte, nein, das sei ausgeschlossen.

Costa stand auf und beschloss, nun auf sein eigentliches Anliegen zu kommen.

»Wie lange kennen Sie Frau Haitinger?«

Sie lehnte sich entspannt im Sessel zurück und schlug die Beine übereinander. »Seit ihrer Nachbehandlung auf der Beautyfarm.«

»Nachbehandlung?«

»Sie hatte in München eine Operation.«

»Was hatte sie?«

»Ihr Mann wollte, dass sie ein paar Schönheitskorrekturen an sich vornimmt.«

»Aber sie sieht doch fabelhaft aus.«

»Eben.«

»Sie meinen, das ist alles der Operation zu verdanken?«

»Ich habe sie vorher nicht gesehen. Ich habe sie erst danach kennen gelernt.«

»Und was hatte ihr Mann damit zu tun?«

»Er wollte das. Sie wollte es nicht.«

»Sind Sie auch operiert?«

»Sie haben's erraten.«

»Frau Scholl auch?«

»Jede hier.«

»Finden Sie das normal?«

»Was heißt normal? Man restauriert ja auch ein altes Kunstwerk.«

»Und wann war das?«

»Im Dezember vor vier Jahren. Wir waren beide fast zur selben Zeit bei Schönbach. Er schickt seine Patientinnen immer zur Nachbehandlung hier auf die Beautyfarm. Da habe ich Franzi kennen gelernt.«

»Und dann sind Sie gleich hergezogen?«

»Ein Makler hat uns die Wohnungen gezeigt, und ich habe mich sofort entschieden. Kurz vor Weihnachten. Franzi fand es zu golden-age-club-mäßig, aber als ihre Ehe auf minus zwanzig Grad runterging, wollte sie plötzlich auch das schöne Wetter.«

»Letztes Mal haben Sie mir doch gesagt, die Ehe sei so glücklich«, meinte Costa ein wenig unfreundlich.

»Ich wollte, dass sie es Ihnen selbst erzählt. Was ist daran so komisch?«

»Nichts«, sagte er verdrossen. »Das Leben hier ist ja wohl nicht ganz billig. Kann sie sich das leisten?«

»R-R zahlt alles. Riese Rolf. Er lässt sich nur nicht scheiden.«

»Warum nicht?«

»Fragen Sie ihn.«

»Und warum sammelt Frau Haitinger Zeitungsausschnitte über unaufgeklärte Mordfälle?«

»Sie interessiert sich für das perfekte Verbrechen.«

»Und warum?«

»Ist das verboten?«

»Nein. Verboten ist nur, es zu begehen.«

Mit Schwung griff sie nach der Mokkakanne und goss ihm noch eine Tasse ein. »Das wird bei Franzi wohl ein Traum bleiben.«

»Ein Traum? Sie meinen, sie träumt davon, jemanden umzubringen?«

Erika Brendel antwortete nicht und sah ihn scharf an. »Nicht jemanden. Ihren Ehemann.«

»Warum?« Costa lehnte sich zurück.

»Haitinger ist der Typ, der eine Frau auf die sanftharte Tour zurechtbiegen will. Das ist ja nichts Seltenes. Nur gelang es hier nicht, weil sie überhaupt nicht in sein Schema passte.«

»Uns hat sie erzählt, wie sehr sie sich angestrengt hat, alles richtig zu machen.«

»Natürlich. Wenn einem das Fach nicht liegt, wenn man gar kein Talent dafür hat, dann muss man sich besonders anstrengen. Sie wollte eigentlich Kunstgeschichte studieren und nicht Management. Je mehr man sich aber anstrengt, umso mehr ist man verkrampft und umso weniger gelingt einem.«

»Also kriegte sie die Sachen dann tatsächlich nicht hin?«

»Das konnte sie gar nicht, weil sie immer viel zu große Angst vor dem nächsten Donnerwetter hatte.«

»Und ausbrechen?«

Zu Costas Erstaunen stand Erika Brendel plötzlich auf und hielt ihm eine kleine Rede, wobei sie sich zweimal drehte, wie die Gipstänzerin ihrer Lampe.

»Am Anfang hatte sie große Illusionen, und als sie dann merkte, dass die Sachen mehr und mehr schief gingen, steckte sie schon viel zu tief drin. Von einem bestimmten Moment an war ihr selbst gar nicht mehr bewusst, was da lief. Sie hat mir immer wieder erzählt, wie schrecklich er war. Wenn man durch Hass oder Angst so verblendet ist, ist das noch viel schlimmer, als vor Liebe blind zu sein.«

Costa wusste, dass sie Recht hatte. Immer wieder hatte er Frauen erlebt, die nur die Rolle des Opfers einnehmen konnten. Sie sahen sich stets einem Täter gegenüber und waren in ihrer Angst gefangen.

Erika Brendel ging zum Fenster und zog die Gardinen noch etwas weiter auf. »Es war die Hölle! Sie hing schon nach ein paar Jahren so tief drin, dass sie nicht mehr ausbrechen konnte. Sie hatte überhaupt kein Selbstbewusstsein mehr und schon gar nicht den Mut, einen neuen Anfang zu wagen.«

»Warum ließ sie sich von diesem Dr. Schönbach operieren, obwohl sie das gar nicht wollte. Hatte sie mit ihm ein Verhältnis?«

»Mit Schönbach? Wo denken Sie hin? Der ist doch mit einer Perserin verheiratet. Und Männer mit einer Orientalin nehmen keine Westfrauen mehr. Seine Frau lebt sogar hier auf der Insel. Nein, Riese Rolf hat irgendwann angefangen, auch an ihrem Äußeren herumzukritteln. Da hat sie gedacht, wenigstens das kann ich ändern. Sie hatte die Hoffnung, sich durch die Operation in eine Superfrau zu verwandeln, und glaubte, dass er sie dann endlich so nehmen würde, wie sie ist.«

»Hat ihm das Ergebnis gefallen?«

»Das kann schon sein. Aber sie hatte ein Problem damit. Sie hatte das Gefühl, jetzt bin ich nicht nur innerlich zerfetzt, sondern auch äußerlich.«

»Aber sie sieht doch sehr jung und sehr schön aus?«

»Sie hat aber plötzlich alles durchschaut. Sie begriff, dass er das brauchte.«

»Ihre Zerstörung?«

»Um sich selbst gut zu finden.«

»Aber wenn ihm doch ihr neues Aussehen gefiel?«

»Ja. Aber ihr gefiel es nicht. Nach der Operation schaut man ständig in den Spiegel, ist es besser, ist es schlechter? Für sie war es nicht schlechter, für sie war es der Horror! Das eigene Gesicht war ihr fremd. Die Haut zu straff, die Lippen zu dick. Ingrid und ich haben oft mit ihr geredet, und okay – jetzt hat sie sich irgendwie akzeptiert. Aber als sie noch bei ihm war, hat sie gesagt, jetzt hat er mich äußerlich auch noch zerstückelt.«

»Wie kam es dann zur Trennung?«

»Sie sind immer noch verheiratet. Sie wohnt nur nicht bei ihm.«

»Er gab ihr das Geld, um sich hier eine Wohnung zu kaufen und in Frankfurt auszuziehen?«

»Ihre Ergebenheit ist langsam in Hass umgeschlagen. Das hat er natürlich gespürt, und da ist ihm mehr und mehr die Lust vergangen, mit dieser Puppe zu spielen.«

»Und?«

»So ein Mann schickt seine Frau dann nicht einfach in die Wüste, sondern er steckt sie in einen Seitentrakt. Und der Seitentrakt ist in diesem Fall das Vista Mar.«

»Das hat ihn aber eine Menge gekostet?«

»Geld hat er genug, und außerdem ist es ja nicht verloren. Er lässt sich nicht scheiden, und wenn sie stirbt, erbt er die Wohnung.« Sie stand auf und goss ihm noch eine Tasse Mokka ein.

Offensichtlich weiß sie nichts von Franziska Haitingers Testament zugunsten von Dr. Schönbach, dachte Costa. So eng sind die beiden dann wohl auch wieder nicht. Aber wieso vermacht sie dem Chirurgen ihr Vermögen, wenn sie sich nach der Operation so schlecht fühlte?

»Ich glaube, durch Ingrid und mich hat sie sich irgendwie wieder gefangen. Viel hat auch Martina Kluge, unsere Schönheitsberaterin, dazu beigetragen. Sie ist auch Masseurin und Kosmetikerin, ja man kann fast sagen, eine Heilerin. Eine ganz besondere Person. Sie hat sich sehr um Franziska gekümmert.«

»Um Ingrid Scholl doch auch, oder?«

»Sicher. Auch um mich.«

»Was ist Martina Kluge für ein Typ?«

»Manche sagen, sie ist erleuchtet.«

»Was heißt das?« Ihn interessierte allerdings nur, ob das einen Mord ausschloss.

»Sie ist sehr offen. Lassen Sie sich das von ihr selbst erklären.«

»Wie stehen Sie zu Ihrer Freundin Franzi? Freundin darf ich doch sagen, oder?«

»Ja, natürlich. Sie ist meine Freundin.« Erika Brendel nahm die Serviette und tupfte sich die Augen ab. »Besonders jetzt, wo Ingeli nicht mehr da ist.«

»Wie ist das Verhältnis zwischen Ihnen?«

»Wenn ich mit ihr unterwegs bin, irgendwo am Strand oder in einem Café, dann nehme ich immer Rücksicht auf sie. Denn in meinen Augen ist sie krank. Ich meine nicht die Herzkrankheit, sondern ihr Verhalten. Die Art, wie sie ihr Leben gelebt hat, wie sie sich alles hat bieten lassen. Entsprechend behandle ich sie wie eine Kranke – sanft und freundlich, höchstens einmal eine kleine Andeutung, hättest du denn nicht …, aber nicht mehr. Es ist doch ganz klar, dass sie verdammt viel mitgemacht hat. Eine Freundin darf da nicht noch Salz in die Wunde streuen.«

»Sie empfinden Mitleid mit ihr?«

»Absolut. Man weiß zwar, dass Sie unfähig ist und nichts auf die Reihe bekommt, aber irgendwie hat man doch Mitleid und sagt sich, mein Gott, was für ein verpfuschtes Leben. Auch sind die Chancen in dem Alter nicht mehr so groß, noch mal von vorne anzufangen.«

»Was hätte sie machen sollen? Sich frühzeitig von ihrem Mann trennen?«

»Sie hätte ihm klarmachen sollen, dass sie ihre eigenen Vorstellungen vom Leben hat. Aber dafür war sie viel zu labil. Vielleicht hat sie den Mann ja auch abgöttisch geliebt und war deshalb so blind. Wer will das wissen?«

»In einer großen Liebe steckt ja auch immer ein großes Risiko«, rutschte es Costa heraus, und er merkte, wie sehr ihn die Sache mit Karin immer noch quälte.

»Sie war sowieso ein Typ, der gerne anderen die Verantwortung überlässt. Ihre Eltern waren gut betucht. Sie haben sie verhätschelt und ihr alles abgenommen. In Rolf hat sie dann wieder so einen Zuckerdaddy gefunden. Nur eben nicht liebevoll wie Papa, sondern mit Zuckerbrot und Peitsche.«

»Sie meinen, er ist im Grunde genau das, was sie will?«

»Nein nein, um Gottes willen! Oder ja – aber ohne Peitsche.«

»Wäre ihr so einer nicht zu weichlich?«

»Nein! So einen hatte sie doch hier!«

»So?«

»Ja! 'n ganz junger Typ!«

»Wer ist der Mann?«

»Wolfgang Krebs. Er hat ein Computergeschäft in Santa Eulalia. Franzi wollte ihren Computer aufrüsten, und er hat ihr das alles eingerichtet.« Sie lachte. »Er musste ihr dabei ja auch eine Menge erklären.«

»Und so ergab sich eine engere Beziehung?«

Erika Brendel stand wieder auf und zupfte an den Vorhängen herum. »Ja.«

»Und er hat sie sanft behandelt?«

»Er hat sich sehr um sie bemüht. Er tauchte immer wieder auf, fast täglich, ach, was sage ich – zweimal täglich! Er gab ihr das Gefühl, doch eine vollwertige Frau zu sein. Der Hammer kam erst hinterher.«

»Was für ein Hammer?«

»Darüber möchte ich nicht sprechen.« Sie setzte sich wieder hin und ordnete ihr Haar.

Costa konnte noch immer keine Linie erkennen. Er wusste aber, dass er einen Liebhaber von Franziska Haitinger nicht ausschließen durfte, insbesondere, wenn mit ihm irgendwas schief gegangen war.

»Was ist Wolfgang Krebs für ein Typ?«

»Er ist ja viel jünger als sie. Sie war für ihn ein Muttersatz, ganz einfach. Er bewunderte sie, machte ihr Komplimente, tat alles, was sie wollte. Auch steckte er mit seinem Laden in finanziellen Schwierigkeiten, und aus seiner Sicht ist Franzi richtig reich. Er hat ihr natürlich sonst was erzählt, mein Gott.«

»Was hat er erzählt?«

»Dass er junge Frauen gar nicht für voll nehmen kann, dass man sich mit denen nicht richtig unterhalten kann, na ja, wie man alte Weiber eben einwickelt.«

»Und das hat Frau Haitinger als Beweis seiner Liebe gereicht?«

»Sie haben wohl überhaupt keine Ahnung von Frauen? Er war der erste Mann in ihrem Leben, der bemerkt hat, dass sie gut geschminkt ist, dass ihre Haare toll sitzen und dass sie jugendlich aussieht! Er hat ihr gesagt, dass er von Anfang an überzeugt war, dass sie erst sechsunddreißig ist. Und – er hat sich nicht davon abbringen lassen! Wie oft haben Ingrid und ich darüber gelacht.«

»Hat er bei ihr gewohnt?«

»Nein, aber er ist viel mit ihr ausgegangen, Händchen haltend haben sie lange Strandspaziergänge gemacht. Er scheute sich nicht, auch wenn die anderen dachten, da kommt einer mit seiner Mutter.«

»Ich habe den Eindruck, dass Frau Haitinger eine intelligente Frau ist.«

»Das hat er ihr auch immer gesagt. In ihrer Ehe hat nur der Ehemann geredet, und hier war sie es, die den Ton angab. Er hat ihr zugestimmt. Und zwar in allem! Das war für sie wie ein Naturereignis.« Sie lachte laut auf: »Ein Niagarafall der Selbstbestätigung!«

»Vielleicht hat er sie wirklich geliebt?«

»Was heißt Liebe? Als er sie kennen lernte, hatte er sonst

niemanden. Außerdem brauchte er Geld. Sein Computerladen lief wie gesagt nicht so gut. Sie hat ihm dann ja auch ein Darlehen gegeben und er hat von dem Geld eine Sekretärin angestellt.«

»Vielleicht mag er tatsächlich nur ältere Frauen?«

Sie sah ihn einen Augenblick herausfordernd an. »Vielleicht hoffte er auch, dass sie Erfahrung hatte und ihm sexuell etwas beibringen konnte.«

»Klingt nicht wie eine erfüllte Beziehung.«

»Am Anfang war sie ganz begeistert.«

»Weil er so viel von Computern verstand?«

Sie musterte ihn spöttisch. »Weil er so lange konnte.« Sie trank ein Schlückchen von ihrem Mokka. »Sie hatte zum ersten Mal in ihrem Leben einen Orgasmus. Aber er nicht. Sie war sehr unglücklich, dass er nie einen hatte. Schließlich wurde ihre Angst immer größer, dass er das nur machte, um ihr einen Gefallen zu tun.«

Sie schien es zu genießen, ihm diese Pikanterien zu erzählen. Hielt sie ihn etwa für verklemmt? Dagegen musste er sich wehren. »Es war also nicht so eine kurze Rauf-runter-Geschichte, wenn Sie mir diesen Ausdruck gestatten?«

Sie lachte. »Nein, ganz im Gegenteil. Ingeli meinte sogar, letztendlich sei Franzi diese stundenlange Gymnastik ziemlich auf den Nerv gegangen. Deswegen hat sie darauf bestanden, dass er einen Therapeuten aufsucht.«

Mein Gott, sind die Frauen heute so drauf?, fragte sich Costa. Sagte dann aber: »Hat er das getan?«

»Natürlich nicht. Es war auch gar nicht nötig. Franzi hatte ihm ja das Geld für eine Sekretärin gegeben. Ein dreiundzwanzigjähriges hübsches Ding. Und als Franzi mal überraschend vorbeikam und keiner im Laden war, hat sie aus dem Büro, wo er mit seiner Sekretärin zugange war, plötzlich sehr gut hören können, dass das Orgasmusproblem gelöst war.«

»Sie meinen, er hatte mit der Sekretärin in seinem Büro Geschlechtsverkehr?« War das jetzt die richtige Ausdrucksweise?, überlegte Costa, hatte aber das Gefühl, dass sie ihn ohnehin schon wieder in die spießige Ecke stellte.

»Er hat so gejudert, dass Franzi im ersten Moment dachte, er hätte sich den Daumen geklemmt«, sagte Erika Brendel mit Spaß und Spott in der Stimme.

»Und was tat sie dann?« Costa gab endgültig auf.

»Was sollte sie tun? Einen Arzt holen? Sie klappte innerlich völlig zusammen. Begab sich dann auf einen langen Spaziergang in die Berge und überlegte sich ein paar Gemeinheiten.«

»Was zum Beispiel?«

»Wie sie ihm das heimzahlen kann. Dafür kaufte sie sich ja dann auch dieses Buch ›Der perfekte Mord‹ und schnitt solche Zeitungsartikel aus. Auf diese Weise konnte sie ihre Enttäuschung wenigstens ein bisschen rauslassen. Schließlich war sie entsetzlich gekränkt. Sie hat ja dummerweise alles geglaubt, was er ihr eingeredet hat.«

»Wusste oder weiß ihr Mann von der Beziehung?«

»Um Gottes willen! Auf gar keinen Fall!«

»Hatte sie nicht Angst, Sie oder Frau Scholl könnten etwas verraten?«

»Wir sind Freundinnen. Franzi war wie gesagt völlig am Boden, als sie hier auf der Insel ankam. Doch Ingrid hat sich wirklich sehr um sie bemüht. Sie hat sich sogar bei Martina Rat geholt, um Franzi wieder auf die Beine zu bringen.«

»Was hat sie getan?«

»Na ja, sie hat ihr eben geholfen, ihr Selbstwertgefühl zu stärken. Sie hat ihr Gejammer und ihre Klagen ertragen und ihr gesagt, jeder mag dich, und du siehst phantastisch aus. Natürlich riss ihr auch manchmal der Faden.«

»Welcher Faden?«

»Ich meine, manchmal hat sie die Franzi auch richtig gequält. Verstehen Sie, die Martina ist ein ganz anderer Typ. Sie hat 'ne richtige Ausbildung als Krankenschwester und Masseurin. Es ist ihr Beruf, anderen Menschen zu helfen. Das kann man nicht so einfach imitieren. Ich habe oft zu Ingrid gesagt, du bist Franzis Freundin, aber nicht ihre Heilerin. Sie wollte nichts davon hören, und dann gab es natürlich immer wieder Momente, wo sie richtig zugeschlagen hat.«

»Wann ist das zum letzten Mal passiert?«

»Am Tag, bevor ich nach Mallorca geflogen bin. Franzi hatte ein Käsefondue gemacht und uns eingeladen, und dann schwärmte Ingrid wieder von jungen Männern. Und Franzi war dann so taktlos, zu sagen, das würde ich mir lieber überlegen, zu groß darf der Altersunterschied nicht sein. Ingrid legte die Gabel auf den Tisch und sah Franzi ganz kalt an. Ich wusste schon, jetzt geht's gleich los. Als Franzi dann auch noch mit Totenstimme fragte: Denkst du nicht Ingeli, dass es Gesetze gibt, denen wir uns beugen müssen?, war es ganz aus. Ingrid hasste es, wenn Franzi ›Ingeli‹ zu ihr sagte, und explodierte: Du bist es, die süchtig ist nach Gesetzen. Du hast ihn wahrscheinlich noch drum angefleht. Und warum? Weil du die geborene Selbstzerstörerin bist! Rolf war nur dein Exekutor. Du hast ihn gesteuert! Franzi wurde noch blasser. Ich hab gedacht, o Gott, die kriegt gleich 'n Herzstillstand, aber Ingrid war das ganz egal. Sie machte in der gleichen Tonart weiter: Alles, was er mit dir gemacht hat, hast du gesteuert, er war dein Werkzeug, der arme dumme Rolf! Du hättest dich auch umbringen können, aber das wolltest du nicht. Du bist nämlich unfähig zu handeln, weil du meinst, dass du dich dadurch schuldig machst. Du spielst am liebsten das unschuldige Lamm. Der Böse und Schuldige ist immer er. Du bist nur das unschuldige Opfer! Du kannst dich selbst nicht lieben und nicht ertragen. Also musst du dich zerstören. Aber das kannst du nicht. Dafür brauchst du einen anderen. Das ist dein Problem! – Die Franzi sah aus wie der Tod. Sie ist in ihr Schlafzimmer gerannt, hat sich eingeschlossen und ist nicht mehr erschienen. Wir haben weitergegessen und sind dann irgendwann gegangen. Ingrid war richtig in Fahrt. Ihre Wangen glühten, und ihre Augen leuchteten.«

»Wie lange sind sie noch in der Wohnung geblieben?«

»Bis wir aufgegessen hatten. Wir haben auch noch eine Flasche Wein zusammen getrunken. Etwa zwei Stunden? Die Ingrid hat sich so geärgert, dass sie noch einmal an die Schlafzimmertür ist und gebrüllt hat, dass es mit der Wohnung ja nicht anders gewesen sei! Erika hat alles für dich gemacht!, hat sie geschrien. Die Wohnung ausgesucht, den Vertrag beim Notar, die Eintragung in die Escritura! Sonst wärst du gar nicht hier. Ich hab ihr hinterher schwere Vorwürfe gemacht.«

»Konnte Franziska Haitinger ihr das verzeihen?«

»Nein! Auf keinen Fall! Diese Nummer ging richtig unter die Gürtellinie.«

»Wann haben Sie sich denn wiedergesehen?«

»Am nächsten Tag. Mittags beim Essen am Hafen, im Mesón Sidreria.«

»Also am Mittwoch? Am 26. September?«

»Ja. Bevor ich nach Mallorca geflogen bin.«

»Und kam es erneut zu einem Streit?«

»Nichts. Kein böses Wort. Im Gegenteil, Franziska hat der Ingeli noch Komplimente gemacht, wie gut sie aussieht.«

»Aha. Und es war nicht das Geringste zu merken?«

»Nichts. Null. So ist die Franzi. Das hat sie ja in ihrer Ehe jahrelang trainiert. Aber in ihr war's trotzdem. Da muss ja auch ein tödlicher Hass in einem sein.«

Als Costa in seinen Wagen stieg, klangen die letzten Worte Erika Brendels vom tödlichen Hass noch in ihm nach. Er wollte den Schlüssel in das Zündschloss stecken und merkte, dass seine Hand zitterte. Er lehnte sich einen Moment im Sitz zurück und fühlte sich erschöpft und leer. Nahmen ihm diese Achterbahnfahrten durch die Emotionen der Frauen sein Gleichgewicht? Vielleicht lag es aber auch bloß daran, dass er heute nichts weiter als ein Croissant gegessen hatte. Als er daran dachte, spürte er seinen Hunger. Er hatte sich für zwölf mit Elena Navarro im Gefängnis verabredet, um das Verhör der Haitinger fortzusetzen. Er entschied sich jedoch, vorher noch kurz nach San Carlos zu fahren. Auf der Brücke vor dem Ort gab es ein kleines Lokal, das einem seiner Verwandten gehörte, der den köstlichsten Kaninchenbraten der Insel machte. Dazu eine Flasche Roten aus Toni Masos gutem Keller. Das würde ihn wieder auf die Beine bringen.

Wegen des Verkehrs in Santa Eulalia kam er jedoch kaum voran. Er setzte sein Blaulicht aufs Dach und fuhr auf die

Gegenspur, sodass die herankommenden Wagen auf den Bürgersteig und zur Tankstelle hin ausweichen mussten. In Deutschland hätte er sich dafür ein Disziplinarverfahren eingehandelt, aber hier würden seine Kollegen über eine Anzeige nur lachen.

Als er Santa Eulalia hinter sich gelassen hatte und auf die Straße nach San Carlos abbog, fühlte er sich schon etwas leichter. Er rief Elena an, um ihr mitzuteilen, dass es etwas später werden würde. Sie war damit einverstanden und fragte, ob das Gespräch mit der Brendel was gebracht hätte. Er sagte, es habe einige Akzente verschoben.

»In Richtung auf mehr Klarheit?«, fragte sie.

»Nein. Der Fall ist völlig obskur. Ich habe Kopfschmerzen, aber nicht die geringste Klarheit. Ich kann jetzt nicht darüber reden. Ich habe noch ein Gespräch mit Toni Maso und komme dann ins Gefängnis.«

Sie sagte nur »muy bien« und legte auf. Ein seltsames Mädchen, dachte er. Er hatte bisher kaum Zeit gehabt, über sie nachzudenken, doch sein Instinkt sagte ihm, dass da irgendwo eine Zeitbombe tickte. Und nicht nur deshalb, weil es vollkommen ungewöhnlich war, eine Frau in der Mordkommission zu haben.

Toni saß mit einigen Bauern in der Ecke des Restaurants und spielte Domino. Als er Costa hereinkommen sah, sprang er auf und ging freudig auf ihn zu. Sie schüttelten sich die Hände, und Toni fragte, ob er sich dazusetzen wolle, doch Costa war flau vor Hunger. Er musste erst einmal was zwischen die Zähne kriegen. Toni setzte ihn an einen leeren Tisch, stellte den Korb mit Brot vor ihn hin, drehte die Gläser um und sagte, er habe einen sehr guten Wein, wobei er genüsslich schmunzelte.

Costa streckte die Beine aus und merkte, wie er sich langsam entspannte. Wie ruhig, freundschaftlich und zuverlässig ist doch die Welt dieser Bauern, dachte er. Wenngleich sie sich auch schon mal wegen einer Erbgeschichte, einer Grenzstreitigkeit oder einer Liebschaft abknallen. Aber das war dann eine einfache Sache, keiner wollte da die Polizei und jeder wusste, wer es gewesen war. Bei dem Betroffenen war der Tod nur etwas früher gekommen, doch letztendlich würde er sie eines Tages alle treffen.

Nach Jahrhunderten der Armut und schweren Arbeit, nach Bedrohung durch Pest, Piraten, die Roten und Francos Schergen waren sie alle Brüder in mortem.

Toni entkorkte die Flasche. »Ich wollte ihn für Peps Geburtstag aufheben, aber warum nicht jetzt?«, sagte er lachend. Der Korken knallte, der Wein floss ins Glas. Wie der Kuss einer heidnischen Göttin zerging er auf Costas Zunge. Toni beobachtete, wie er den Wein kaute, wie er schmatzte und grinste, er sah die Freude in seinen Augen und strahlte selbst übers ganze Gesicht.

»Ich stell die Flasche hin, muss schnell nach dem Kaninchen sehen, das ich für dich im Ofen habe.«

Costa lächelte. In ihm war ein großes Gefühl der Dankbarkeit.

Leider hatte er sein Handy nicht abgestellt. Als er auf das Klingeln reagierte, hörte er Elenas Stimme, die sagte, er müsse sofort ins Gefängnis kommen. Der Mann von Franziska Haitinger sei mit Antoni Campaña und Llorente im Anmarsch, und das Gericht und die Staatsanwaltschaft hätten sie auch schon mobilisiert. Costa holte einmal tief Luft – Antoni Campaña und Llorente waren die Top-Anwälte der Insel, ohne die eigentlich nichts lief, außer man hatte es mit der Familie Matares oder seinem Onkel El Cubano zu tun.

Er ging in die Küche, umarmte Toni Maso, entschuldigte sich und sagte, er könne es nicht ändern, er müsse sofort los. Toni klopfte ihm auf den Rücken und versicherte ihm, dass er bei seiner Rückkehr alles noch genauso vorfinden würde.

Das Gefängnis lag unterhalb der westlichen Hügel von Ibiza. Es war ein großer leuchtend gelber Komplex mit einer zentralen Kuppel. Das Ganze erinnerte Costa an eine Moschee. Er klingelte an der Pforte. Eine Luke öffnete sich. Er zeigte seinen Polizeiausweis und wurde eingelassen.

In der Halle ging Elena Navarro nervös mit ihrer Aktentasche auf und ab. Als sie Costa sah, lächelte sie und sagte, die Haitinger werde gerade geholt. Sie hatten kaum Platz genommen, als Franziska Haitinger von zwei Beamtinnen in den Vernehmungsraum geführt wurde. Trotz der Nacht, die sie in dieser unangenehmen Umgebung verbracht hatte, sah sie schön aus. »Wir haben noch ein paar Fragen, Frau Haitinger.« Franziska Haitinger schaute Elena an, als käme die Frage von ihr. Doch Costa führte das Verhör.

»Hatten Sie mit Frau Scholl jemals einen heftigen Streit?«

Sie schüttelte sehr langsam den Kopf, ohne ihren Blick von Elena zu wenden.

»Hat Ingrid Scholl Sie jemals beleidigt, verletzt oder vielleicht auch nur wütend gemacht?«

Franziska Haitinger rutschte ein wenig auf ihrem Stuhl hin und her, so, als müsste sie sich erst ihres Körpers vergewissern, bevor sie antworten könnte.

»Manchmal hatte sie so eigenwillige Theorien über das Leben und die Männer. Ich konnte dem oft nicht zustimmen, aber sie gab meistens keine Ruhe. Sie wollte immer eine klare Meinung hören. Wenn ich mich dem nicht fügte, wurde sie manchmal sehr scharf.«

»Ging es dabei auch um Ihren Ehemann?«

»Ja, um den auch.«

»Würde es Ihnen etwas ausmachen, mir zu erzählen, wie Sie Ihren Mann kennen lernten und wie sich ihre Ehe entwickelte?«

Franziska Haitinger sah sich um, als sollte sie den Raum beschreiben und nicht ihre Ehe. Dann legte sie die Beine übereinander und fixierte ihre Schuhspitze. Plötzlich lächelte sie und sah Costa zum ersten Mal an.

»Als wir heirateten, war ich zweiundzwanzig. Meine Mutter war ganz stolz auf mich, denn Rolf war der Traum jeder Schwiegermutter. Er hatte Jura und Betriebswirtschaft studiert und begann – « Sie wandte ihren Blick wieder ihrer Schuhspitze zu. Costa fragte sich, ob sie dabei war, in Erinnerungen zu versinken.

»Er begann was?«, fragte er.

»Er begann, mich unverzüglich nach seinen Vorstellungen zu formen. Ich sollte eine Managerschule besuchen, obgleich ich im sechsten Semester Kunstgeschichte studierte. Ich empfand mich nie als Organisationstalent, doch er übertrug mir die Planung all seiner ehrgeizigen Aktivitäten. Beruflich und gesellschaftlich. Da das alles nicht von mir ausging, versiebte ich natürlich auch sehr viel, sodass er immer einen Grund hatte, mich als Versagerin hinzustellen. Ich würde sagen, es war eine Art Hassliebe.«

Costa war überrascht. Eloquent und selbstsicher – wie passte das zu der Frau, die er bisher kennen gelernt hatte?

»Warum sagten Sie ihm nicht, dass Sie lieber weiter Kunstgeschichte studieren wollten?«

Franziska Haitinger warf ihm einen kurzen Blick zu. »Alle Impulse gingen von ihm aus. Ich hatte immer nur ihn im Auge. Das fing schon an, bevor ich morgens überhaupt aufwachte. Wie Dornröschen war ich in einem emotionalen Nebel gefangen. Ich konnte mich nicht wehren und begriff fast nie, was ich falsch gemacht hatte.«

Sie hatte kein Problem, ihre Unterlegenheit zu beschreiben.

Costa war fasziniert. Ihre Stimme hatte ein angenehmes Timbre, und alles, was sie sagte, klang wie eine Melodie, einfach und klar.

» War er immer so anstrengend?«

»Manchmal war er auch sehr lieb und nett. Ganz überraschend. Er lobte mich, weil der Abschluss eines schwierigen Geschäfts gelungen war. Doch meistens folgte sofort eine Drohung. Nach dem Motto: Aber pass auf, dass du nicht wieder dieses oder jenes falsch machst! Ich stand stets unter diesem Druck.«

»Das sieht man Ihnen nicht an«, sagte Costa. Er bildete sich ein, dass Elena ihm von der Seite einen kritischen Blick zuwarf. Franziska Haitinger zog seine Aufmerksamkeit aber sofort wieder auf sich.

»Ich bin ja auch rauf und runter geliftet.«

Das klang hart und bitter. Costa sagte, diese Äußerung wirke auf ihn, als wäre sie nicht damit einverstanden.

»Wissen Sie, ich habe im Laufe der Jahre so viele Verletzungen erlitten. Wenn man älter wird, verwandeln sie sich in Wut oder Zynismus. Das Stadium hatte ich bereits erreicht, doch eines Tages übertrumpfte er alles, als er sagte, so wie du aussiehst, kannst du hier nicht mehr rumlaufen. Das muss sich ändern, du lässt dich operieren. Er fuhr dann mit mir zu einem Schönheitschirurgen nach München und besprach mit ihm, was er an mir geändert haben wollte.« Sie machte eine Pause und starrte Costa an. Er wich nicht aus, obwohl es ihm vor Elena peinlich war. Schließlich schob er die Skrupel beiseite und fragte, was Rolf Haitinger denn geändert haben wollte. Wieder lächelte sie, aber diesmal sah er ihren Hass aufblitzen.

»Die Nase hatte ihm noch nie gefallen, meine Lippen wünschte er sich dicker und die Brüste fülliger – das war ja eh klar.«

»Was empfanden Sie?«

»Wut. Aber als er mich plötzlich Schätzchen nannte und sagte, alle würden mich bewundern, das würde einfach toll für mich werden, da empfand ich nur noch Verachtung.«

»Hat er das bezahlt?«

Sie lachte laut auf. »Ich zahle doch alles! Und du hast den besten Chirurgen Deutschlands!, sagte er immer. Warum willst du jetzt so spießig sein, und dir deinen Hintern und Bauch nicht absaugen lassen?! Und die Waden etwas fülliger, wär doch schön, statt auf diesen Skistöcken rumzulaufen!« Sie sah ihn einen Moment schweigend an. »Was meinen Sie? Würden Sie Ihrer Frau auch so eine Verjüngung schenken?«

Costa hatte das Gefühl, dass sie ihren Mann in ihm ansprach. Schon als sie in ihrer Wohnung hockte und ihre Sinne gestört waren, hatte sie ihn für ihren Mann gehalten, der sie töten wollte. Und nun hatte Costa sie verhaftet und ihr die Freiheit genommen – wie ihr Ehemann.

Er musste sich eingestehen, dass er die Sache nicht mehr so gut im Griff hatte. Sollte er Elena das Gespräch weiterführen lassen?

Franziska Haitinger legte herausfordernd die Hände auf

den Tisch, spreizte ihre Finger und hob sie dann ganz langsam in die Luft.

»Wissen Sie, ich hatte vor der Operation eine höllische Angst.« Sie hörte mit dem exaltierten Spiel der Hände auf und legte sie in den Schoß.

Jetzt war vielleicht der Moment gekommen, den Pfeil abzuschießen. Costa hatte darauf gewartet, doch die Gelegenheit war ihm bisher nicht günstig erschienen.

»Warum haben Sie Dr. Schönbach als Ihren Erben eingesetzt?«

Ihre Reaktion enttäuschte ihn. Sie blieb vollkommen ruhig, wurde noch entspannter und sagte mit fast schläfrigem Unterton, er habe ihr sehr geholfen. Außerdem wolle sie nicht, dass ihr Mann irgendetwas von ihrem Geld bekäme. Costa dachte an das Interview, das Karin mit diesem Arzt geführt hatte. Wieder spürte er eine leichte Eifersucht und fragte, worin Schönbachs Hilfe denn bestanden hatte.

»Mein Mann wollte, dass mir Silikon-Waden implantiert werden. Für mich war das eine Horrorvorstellung. Dr. Schönbach akzeptierte meinen Einwand kurz vor der Operation, als mein Mann nicht dabei war, und strich das aus dem Programm. Ich war ihm dafür sehr dankbar.«

»Und das war's?«

»Er ist eben ein wundervoller Mensch. Man fühlt sich von Anfang an wohl in seiner Gegenwart. Seit ich ihm begegnet bin, habe ich das Gefühl, dass etwas Gutes und Unversehrtes in mir ist.«

Costa gab nicht so leicht auf. »Dann ging es Ihnen also nach der Operation gut?«

Sie holte so tief Luft, dass er glaubte, sie würde das Gespräch abbrechen. Sie begann, mit ihrem Fingernagel an der Tischkante herumzuritzen, sprach dann aber schließlich doch weiter.

»Ich fühlte mich in einem falschen Körper. Nachts habe ich geträumt, dass ich ganz ohne Haut leben muss. Wie die präparierten Muskeltorsi, die so'n Leichenpräparator gerade überall ausstellt. Ich hatte schreckliche Angst.«

»Das versteh ich sehr gut, aber da vermacht man dem, der's angerichtet hat, doch nicht sein ganzes Vermögen. Sie haben ja auch noch Kinder.« Costa wartete. Die Fadenscheinigkeit und Widersprüchlichkeit ihrer Erklärung war offenkundig.

Alle Farbe war aus ihrem Gesicht gewichen. Sie sah ihn mit leerem Blick an. Er wartete, doch es kam nichts.

»Und Ihr Mann?«

Sie räusperte sich. Ihre Stimme war leise. Sie sprach langsam. »Rolf war begeistert. Er fand alles super. Auch wenn er bei den ›Dingern‹ ein bisschen die Implantate spürte.« Franziska Haitinger lächelte zynisch und fügte hinzu: »Aber schließlich inspirierte ihn auch das und half ihm bei der gewünschten Wiederbelebung seiner Sexualität.«

»Meinen Sie das ernst?«, fragte Elena plötzlich.

»Bei mir war es mit dem Sex vorbei.« Die Antwort kam kurz und hart. Costa blickte aus Verlegenheit auf die Uhr. Es war fast halb zwei.

»Und dann trennten Sie sich?«, fragte Elena.

»Eines Tages waren wir zu einem Dinner eingeladen, und das Gespräch kam plötzlich aufs Liften. Ich wollte nicht, dass über die Sache gesprochen wird und versuchte, meinem Mann ein Zeichen zu geben. Alle merkten das, nur er nicht. Alle sahen mich an. Ich spürte, wie mir ganz heiß wurde, und meine Augen zu tränen begannen. Es war eine schreckliche Situation. Er löste sie, indem er allen am Tisch erklärte, ich hätte ihm nur signalisieren wollen, dass meine Augen, meine Nase und meine Titten nicht geliftet seien.« Sie sprach plötzlich nicht weiter, und Costa hörte Elena atmen. Er wollte unbedingt etwas sagen, aber ihm fiel nichts ein. Die plötzliche Stille lähmte ihn.

»Und dann?«, fragte Elena.

»Dann brach er in schallendes Gelächter aus«, sagte sie eisig.

Die Tür flog auf und Rolf Haitinger, den Costa von den Fotos her sofort erkannte, stürmte herein. Er wurde von den zwei Anwälten begleitet, die Elena schon erwähnt hatte. Er ging ohne Gruß auf seine Frau zu, ergriff ihren Arm und zog sie vom Stuhl hoch. »Komm Schätzchen, weg hier, dieser Spuk hat nun ein Ende! Beruhige dich!«

»Moment!«, sagte Costa scharf und erhob sich. »Ich habe noch eine Frage.«

»Da gibt's nichts mehr zu fragen«, blockte Rolf Haitinger ab und wollte seine Frau hinausziehen. »Fragen Sie die Anwälte.«

Antoni Campaña machte einen Schritt auf Costa zu und sagte, der Haftbefehl sei von Pere Montanyà, dem zuständigen Richter, aufgehoben worden, und es bestehe kein legaler Grund mehr, Señora Haitinger auch nur einen Moment länger hier zu behalten.

»Staatsanwalt Gomez hat den Haftbefehl erlassen«, sagte Costa ärgerlich.

Campaña zog die Augenbrauen und Schultern hoch. »Ich weiß. Aber Richter Montanyà hat ihn wieder aufgehoben. Man muss nur wissen, zu wem man geht«, fügte er grinsend hinzu.

Costa nickte und gab sich geschlagen, aber Franziska Haitinger riss sich von ihrem Mann los und kam noch einmal zurück. Ganz ruhig lächelte sie Costa an und sagte, er solle fragen, was immer er möchte.

Costa zog das Foto von Ingrid Scholl aus der Tasche, hielt es der Haitinger hin und fragte, ob sie den jungen Mann darauf kenne.

»Das war Ingrids ganz große Liebe. Er schickte ihr zweimal in der Woche Blumen, Schallplatten oder Konfekt. Sie sprach ununterbrochen von ihm, und es verging kein Tag ohne ihre Liebes- und Sehnsuchtsbeteuerungen.«

»Müssen wir uns dieses Gesülze anhören?«, fragte Rolf Haitinger unwirsch. Sie beachtete ihn aber nicht und fragte Costa, ob das alles sei.

»Wer, glauben Sie, hat sie auf diese fürchterliche Weise umgebracht?«

»Ich weiß es nicht. Aber wenn ich eine Vermutung äußern müsste, würde ich sagen, ihr Ehemann.« Dabei löste sie Haitingers Hand von ihrem Arm. »Der hat es ja schon einmal nach der Scheidung versucht.«

Haitinger packte sie wieder. »Jetzt reicht es aber!«

»Erika Brendel weiß darüber genau Bescheid, fragen Sie sie nach dem Autounfall«, sagte sie noch, bevor ihr Mann sie aus dem Raum zog.

Als Costa mit Elena Navarro das Gefängnis verließ, entschuldigte er sich bei ihr, dass er sie vorher nicht besser über sein letztes Gespräch mit Erika Brendel informiert hatte. Dadurch sei seine Gesprächsführung für sie sicherlich nicht einleuchtend gewesen. »Das Ganze muss Ihnen manchmal komisch vorgekommen sein«, sagte er unsicher.

»Nein«, erwiderte sie in ihrer einfachen Art. »Ich kenne niemanden, der in so kurzer Zeit ein so gutes Ergebnis erreicht hätte. Ich denke, es ist ziemlich unwahrscheinlich, dass es die Haitinger gewesen ist. Was wollen wir jetzt machen?«

Vielleicht will sie mit mir einen Kaffee trinken, dachte Costa, aber er musste die Sache unbedingt voranbringen. Wenn es die Haitinger nicht war, hatten sie schon eine Menge Zeit verloren. Er musste noch einmal zur Brendel und fragte Elena, ob sie bereit sei, Wolfgang Krebs von Compu-World zu vernehmen. Die Brendel hatte behauptet, er sei hinter Franziska Haitingers Geld her gewesen. Sein Alibi musste auf jeden Fall überprüft werden. Elena stimmte sofort zu.

# 6

»Sie schon wieder?!«, rief Erika Brendel, als Costa bei ihr vor der Tür stand. »Haben Sie denn kein Zuhause?«

Er hätte gelacht, wenn er nicht so hungrig gewesen wäre. Er wollte die Sache schnell hinter sich bringen, denn er hatte für 16.00 Uhr eine Sitzung anberaumt, um die neuesten Ergebnisse zusammenzutragen. Er hoffte, bis 18.00 Uhr mit allem durch zu sein, sodass er abends Zeit haben würde, bei Karin seine Socken abzuholen. Zeitknappheit und Termine sind der große Unterschied zur Kindheit, ging es ihm ärgerlich durch den Kopf. Wenn man Kind ist, möchte man unbedingt erwachsen sein, doch wenn man es endlich geschafft hat, ist man nur noch ein wandelnder Terminkalender.

Er hielt Erika Brendel das Foto von Ingrid Scholl hin und fragte, ob sie den Mann darauf kenne. Ihre Antwort war ein knappes Nein. Er merkte, er musste sich doch etwas mehr Zeit für sie nehmen. So auf die Schnelle war das mit ihr nicht zu machen.

Er nahm Platz und sagte, Franziska Haitinger lasse sie grüßen. Sie machte ein fragendes Gesicht, und er erklärte, dass ihr Ehemann sie aus der Untersuchungshaft geholt hatte.

Costa versprach, ihr alles zu berichten, wenn sie bereit wäre, ihm auch alles über den glänzend aussehenden jungen Mann auf dem Foto zu erzählen.

»Glänzend?!«, rief sie entrüstet. »Wenn Sie das glänzend finden, ist Sandpapier auch glänzend.«

Costa blieb ernst. Er wollte die Wahrheit herausfinden und nicht dem Affen Zucker geben, wie sein Lehrer für Vernehmungstechnik oft gewarnt hatte. Es gibt zwei Typen, hatte Mucke Walter immer gegrunzt. Die einen kriegen gar nichts raus und die anderen zu viel.

»Sie wissen aber, dass das Foto in Ingrid Scholls Wohnzimmer stand?«

»Gerahmt! Derselbe Silberrahmen, in dem vorher zwanzig Jahre lang Jung-Siegfried steckte. Nach der Scheidung flog der da raus.«

»Wann hat sie sich scheiden lassen?«

» '97. Nachdem sie diesen ›glänzenden‹ Günni kennen gelernt hat.«

»Günni?«

»Günter Grone, Doppel-G, Architekt. Ich nenn ihn nur *G-Geh-fort*.«

»Ein Architekt?«

»Vierunddreißig Jahre jünger als sie.«

Costa versuchte, sich das vorzustellen. »Das ist nicht wenig, oder?«

»Wenig? Für ihre Verhältnisse ist das ein Riesenfortschritt. Sie wollte ihn demnächst heiraten!«

»Wann wollten sie heiraten?«

»Sobald wie möglich. Am besten vorgestern. Meine ganz große Liebe, jubilierte sie von morgens bis abends. Mein Gott!«

»Wo ist er jetzt?«

»In Schweden. Seit zwei Jahren leitet er da ein Projekt. Nun sind es noch sechs Monate, dann sollte er kommen. Sie zählte ja schon die Tage. Jetzt wird er seinen Besuch wohl streichen und mir die Beerdigung überlassen.«

»Sie haben mir doch aber in unserer ersten Unterhaltung gesagt, Ingrid Scholl hätte keine sexuelle Beziehung zu einem Mann gehabt!«

»Das war ja auch keine sexuelle Beziehung, sondern eine Landplage.«

»Dennoch – Sie haben ihn verschwiegen.«

»Sie suchen den Mörder. Günter Grone war aber gar nicht hier. Das war ja Ingrids Problem – er war nie hier.«

Costa wollte jetzt die ganze Geschichte hören.

»Wie haben die beiden sich kennen gelernt?«

»Beim Karneval.« »Ist das Ihr Ernst?« »Ich war krank, und

sie ging zu einer Narrensitzung. Sehr passend! Was will man da anderes kennen lernen als einen Narren, habe ich oft gedacht. Sie trug eine Hexenmaske, und er war fast nackt. Das heißt, er trug so 'n schwarzen Lederslip und schwarze Lederstiefel. Sein Oberkörper war mit Goldfarbe bemalt. Sie sagte sich, das ist nicht schlecht, bloß schnell vernaschen, damit nichts anbrennt. So 'ne typische Ingrid-Schote. Der Morgen kommt und die Schatten verschwinden. Doch er war ein Schatten, der blieb. Ein regelrechter Teerfleck. Deshalb hat Ingrid ihn gehasst.«

»Und es war Schluss?«

»Im Gegenteil, das ging Wochen und Wochen so. Ingrid hat es mir immer erzählt, denn inzwischen war ich wieder auf Ibiza. Aber irgendwann hat sie gedacht, ach Gott, die arme Sau und ihn einfach gelassen. Mal durfte er mit ins Kino, mal mit auf 'n Drink. Er spielte immer den Hilflosen.«

»Spielte? Vielleicht war er hilflos.«

»Genau!«, lachte sie, »das dachte Ingeli auch. Deshalb fing sie an, ihn interessant zu finden. Jungfrauen haben ja ohnehin so ein Helfersyndrom. Außerdem kam er aus der DDR. Sein Architekturstudium wurde hier nicht anerkannt. Ingrid merkte allmählich, wie allein er war und dass er hier im Westen kaum eine Chance hatte. Ich habe ihr immer wieder gesagt, dass Mitleid keine Basis für eine Beziehung ist.«

Costa erinnerte sich wieder an Mucke Walter, der immer gesagt hatte, ihr müsst erst misstrauisch werden, wenn in den Aussagen *keine* Widersprüche auftauchen.

»Eines Tages hat sie mich dann auf Ibiza besucht. Sie war endlich vor ihm geflüchtet. Nur kam er gleich hinterher. Da hab ich ihr gesagt, er soll sich bloß nicht bei uns blicken lassen. Na ja, so saß er dann die ganze Zeit in seinem Hotel herum.«

»Hat sie ihn da besucht?«

»Ja, einmal. Ich hab sie hingefahren und draußen im Auto gewartet.«

»Welches Hotel war das?«

»Hotel Cala Llonga.«

»Wann war das?«

»Im Frühsommer ’97.«

»Und dann?«

»Als sie wieder in Köln war, kam die große Versöhnungsszene. Freude, Friede, Eierkuchen und er zog bei ihr ein. Aber sie konnte nicht verhindern, dass er schließlich doch Arbeit fand. Eine Baufirma übertrug ihm ein Projekt in Schweden. Ingeli nutzte ihre Sehnsucht und seine Abwesenheit für eine Runderneuerung.«

»Was meinen Sie damit?«

»Sie sprang in den Jungbrunnen.«

»In was?«

»Vierunddreißig Jahre waren doch ein bisschen viel. Sie beauftragte Dr. Schönbach, den Altersunterschied auf zehn Jahre zu verringern.«

»Zehn Jahre? Statt 65 wollte sie wie 55 aussehen?«

»Nein! Wie 41.«

Costa musste sich ziemlich zusammennehmen, um nicht loszulachen.

»Und? Ist es gelungen?«

»Was meinen Sie?«

Sie blickten sich für einen Moment an wie zwei Kinder, denen es verboten ist, bei Tisch zu sprechen.

»Warum sind Sie eigentlich nach Ibiza gezogen?«, wollte Costa ablenken.

»Wie Sie als Bulle ja herausgefunden haben, bin ich nicht vierzig sondern sechzig, und in Deutschland ist jeder fünfundzwanzigste Bürger zwischen fünfundsechzig und neunundsechzig dement. Nach Schätzungen des Statistischen Bundesamtes ändert sich das aber rapide. Schon bald wird nicht mehr jeder Fünfundzwanzigste, sondern jeder Zehnte in meiner Altersgruppe entweder ein Alzheimer, ein Creutzfeldt-Jakob oder ein Chorea Huntington sein. Gute Aussichten! Da dachte ich, ich hau lieber vorher ab.«

Costa stand lächelnd auf und ging zur Tür. »Noch eine Frage. Hatte Ingrid Scholl mal einen Autounfall?«

Brendels Gesicht veränderte sich schlagartig.

»Wie kommen Sie darauf?«

»Franziska Haitinger gab mir den Tipp, Sie mal nach diesem Unfall zu fragen.«

Erika Brendel bat ihn, sich noch einmal zu setzen und erzählte ihm von der dramatischen Auseinandersetzung, die es bei der Scheidung der Scholls um das gemeinsame Vermögen gegeben hatte. Alles gehörte ihnen zusammen, aber offiziell war nur er Gesellschafter der Kölner Firma, in der die Gewinne anfielen. Er hatte sie dafür benutzt, eine Firma auf Ibiza zu gründen, mit der Provisionsgeschäfte fingiert wurden. Damit verlagerte er einen Teil des Gewinnes in ihre Firma nach Spanien und musste in Deutschland erheblich weniger Steuern zahlen. Als sie sich scheiden ließen, wollte er von seiner Firma nichts abgeben, wollte aber fünfzig Prozent von den Provisionsgewinnen in Spanien haben. Er argumentierte, sie besitze ja das Haus in Köln, das sie von ihren Eltern geerbt hatte. Sie aber ließ sich gerichtlich ihren offiziellen Anteil an seiner Kölner Firma zusprechen und gab ihm als Strafe nun nichts von den spanischen Gewinnen. Einfordern konnte er das gerichtlich nicht, denn damit hätte er sich selbst bei der Steuer angezeigt. Wäre sie aber vor der Scheidung gestorben, hätte er alles geerbt. Also löste er die Bremsschläuche an ihrem Wagen.«

Die Brendel stellte dies als erwiesen dar; sie ließ keinen Zweifel. Ingrid Scholl konnte an der ersten roten Ampelkreuzung nicht stoppen, und ein VW-Transporter fuhr ihr rechts rein. Glücklicherweise wurde sie kaum verletzt.

»Angezeigt hat sie Schön-Siegfried aber nicht, weil dabei vielleicht auch ihre eigenen Steuerschiebereien ans Licht gekommen wären. Sie nahm sich einfach vor, sehr vorsichtig zu sein, was ihr ja auch gelang. Aber vielleicht war's ein Pyrrhussieg. Was meinen Sie? Vielleicht hat sie nun doch verloren.«

Sollte Siegfried Scholl der misslungene Anschlag auf das Leben seiner Frau am Ende doch noch geglückt sein?

Costa erhob sich. »Warum haben Sie mir das nicht gleich erzählt?«

»Warum sollte ich?«, sagte sie und begleitete ihn zur Tür. »Was immer wir Menschen uns untereinander antun – Ingeli ist tot und kehrt nicht zurück.« Ihr standen plötzlich Tränen in den Augen. Sie liefen ohne Schluchzen über ihre Wangen so wie am Flughafen. Er nickte zum Abschied und verließ schnell die Wohnung.

Als er in den Wagen stieg, war ihm nicht gut. Er musste irgendwo halten und etwas essen. Er ärgerte sich, dass er Erika Brendel nicht nach einem Stück Brot gefragt hatte. Irgendwas hatte sie bestimmt in ihrem Kühlschrank. Aber vielleicht war es ja auch besser so.

Als er auf die Straße nach Ibiza-Stadt kam, stellte er wieder das Blaulicht aufs Dach, um schnell durchzukommen, denn er wollte die Sitzung im Präsidium auf keinen Fall verschieben.

Der Surfer wurde ziemlich ernst, als Elena Navarro berichtete, dass Franziska Haitinger aus der Haft entlassen worden war. Er brummte missmutig, er müsse sich schon von den Kollegen einige seltsame Bemerkungen gefallen lassen, weil er im Team des Alemàn sitze, aber wenn die Arbeitsergebnisse jetzt von hoher Stelle und ganz offiziell in Frage gestellt würden, dann bräuchte man ja gar nicht erst anzufangen.

Überall gab es in Spanien Probleme mit den Zuständigkeiten. Das hätte der Surfer eigentlich wissen müssen, zumal es auch seinen eigenen Berufsalltag betraf: Die Guardia Civil bearbeitete alle Mordfälle außerhalb von Ibiza-Stadt, während im Innern des Ortes allein die Policia Nacional zuständig war. Und dann gab es noch die Ausnahmen – von den unklaren Stadtgrenzen mal ganz abgesehen. Aber mehr noch ärgerte sich Costa über den Defätismus des Surfers, wenngleich er sich nichts anmerken ließ. Er wollte stattdessen versuchen, den jungen Kollegen wieder aufzubauen. Er wusste allerdings nicht, wie er das anfangen sollte. Er entschied sich, sein Gegenüber mit dessen eigenen Waffen zu schlagen, so wie er es bei den Verhören machte.

»Sie sagten mir doch, als wir uns kennen lernten, dass das Leben für Sie ein aufregendes Abenteuer ist und Sie deshalb an so vielen Sachen Spaß haben«, begann er.

»Ja, stimmt. Aber was hat das mit der Aufhebung des Haftbefehls zu tun?«

»Zum Abenteuer, denke ich, gehört die Unvorhersagbarkeit von Ereignissen. Die Lust, etwas *nicht* zu wissen. Die Lust, sich jeweils schnell und neu zu orientieren. Und auch zu akzeptieren, dass der Gegner uns manchmal ein Stück voraus ist.«

»Was hat das mit der Entlassung der Haitinger zu tun?«

Costa merkte, wie das Blut aus seinen Lippen wich. Immer die gleiche Frage. Doch das, was er dem Surfer gerade zu sagen versuchte, musste auch für ihn gelten. Er musste gelassen bleiben, auch wenn er den Surfer fürs Team verlieren würde.

»Zum Abenteuer gehört auch, dass etwas einstürzt, das wir gerade aufgebaut haben. Dass wir etwas verlieren, was wir schon sicher zu besitzen glaubten.« Er lächelte. »Das ist das Abenteuer des Lebens.«

»Unter Abenteuer verstehe ich was Positives.«

»Das Positive daran ist, dass die Ereignisse schwer vorhersehbar sind und wir immer dicht am Risiko leben.«

»Und wie werde ich der positive Abenteurer, wenn man eine des Mordes Überführte so einfach laufen lässt?«

»Indem wir zum Beispiel hier in der Sitzung herauszufinden versuchen, *was* daran positiv ist. Wir tragen unsere Ergebnisse zusammen und suchen immer wieder eine neue Sicht.«

Der Bischof sah aus, als würde ihm gleich der Geduldsfaden reißen. Er beugte sich mit seinem massigen Körper vor, ließ seine Pranken auf die Tischplatte fallen und sagte, er werde jetzt mal anfangen, schließlich müsse er den Kindern noch Abendbrot machen. Der Surfer gab sich geschlagen.

Der Bischof hatte alles ausgewertet, was in der Wohnung und auch im Müll der Ermordeten gefunden worden war. Durch Einkaufsbons und Kreditkartenabschnitte konnte er die letzten Stunden genau rekonstruieren.

Costa warf einen verstohlenen Blick auf die Uhr. Vielleicht hätte er Karin noch einmal anrufen sollen.

Ingrid Scholl hatte mit ihren zwei Freundinnen zwischen

halb eins und zwei im Mesón Sidreria zu Mittag gegessen. Den beiden Freundinnen Erika Brendel und Franziska Haitinger war nichts Besonderes aufgefallen, außer dass sich Ingrid Scholl nicht so ganz wohl gefühlt und daher einen Termin bei ihrer Ärztin vereinbart hatte. Der Bischof schlug seine Akte auf.

»Um 14.02 Uhr zahlt sie im Mesón Sidreria mit ihrer goldenen Visacard. Um 14.10 Uhr etwa fährt sie zurück ins Vista Mar. Ausziehen, eine Stunde Bettruhe, Anziehen, Fahrt in die Arztpraxis. Sie löst um 16.27 Uhr einen Parkschein und betritt um 16.30 Uhr die Praxis. Die Ärztin Frau Dr. Sperl verschreibt ihr Digoxina, ein Herzmittel. Wir fanden das Mittel dann auch in ihrem Badezimmerschrank, wo sie noch Aspirin, Rohypnol – ziemlich starke Schlaftabletten – und verschiedene Tinkturen und Salben wie Pyralvex, Canisten und Zovirax aufbewahrte. Um 17.10 Uhr verlässt sie die Praxis und geht hinüber zum Supermarkt, wo sie um 17.59 Uhr an der Kasse bezahlt. In der San Jaime holt sie das verschriebene Medikament und bezahlt um 18.18 Uhr. Geht weiter zur Parfümerie Clapés, kauft das Parfüm Paloma Picasso und bezahlt um 18.49 Uhr. Ihre letzte Besorgung macht sie im Blumenladen El Ramo an der Plaza Macabich, wo sie zwei Orchideen im Topf kauft und die Verkäuferin dazu die Beisteckkarte ausfüllen lässt. Ich habe da nachgefragt. Auf der Karte, die wir neben dem Blumentopf fanden, steht ›In Liebe Günter‹. Sie ging dann zum Auto zurück, das noch in der San Juan stand, und muss gegen 19.10 Uhr zu Hause angekommen sein.«

»Kurz darauf traf die Kosmetikerin Martina Kluge ein«, sagte der Surfer.

»Moment mal, Moment mal«, unterbrach Costa.

»Noch mal dieses Blumenkärtchen. Heißt das, die Verkäuferin hat ›In Liebe Günter‹ auf das Kärtchen geschrieben?«

»Ja«, sagte der Bischof. »Seltsam. Finde ich auch.«

»Kein Irrtum möglich?«

»Ich bin extra noch ein zweites Mal hin und habe ihr das Kärtchen gezeigt. Kein Zweifel. Habe sie das auch noch mal schreiben lassen. Dieselbe Schrift.«

Costa schüttelte den Kopf und bat den Surfer, von seiner Unterhaltung mit Martina Kluge zu berichten, wobei er seinen Ärger unterdrückte, dass der junge Kollege seinen ausdrücklichen Wunsch umgangen hatte, die Runenlegerin selbst zu befragen.

Martina Kluge habe ausgesagt, berichtete der Surfer, dass sie um 19.30 Uhr oder etwas später bei Ingrid Scholl war. »Sie hatte vorher noch telefoniert und blieb dann etwa eine Stunde und zwanzig Minuten. Ihre Patientin fühlte sich müde und erschöpft vom Einkauf und legte sich hin. Kurz darauf wird sie getötet. Es war niemand in der Wohnung, alle Fenster und Türen geschlossen – außer Franziska Haitinger.«

»Und die Kosmetikerin«, sagte der Bischof.

»Oder jemand, der sich in der Wohnung versteckt hielt. Mit oder ohne Wissen von Ingrid Scholl«, meinte Elena Navarro.

»Vielleicht hat sie ihren Mörder im Schrank versteckt«, höhnte der Surfer.

»Ihren Ehemann.« Am Bischof prallte jeder Hohn ab. »Hereinlassen würde sie ihn, aber vor der Runenlegerin würde sie ihn verstecken, weil sie immer schlecht über ihn geredet hat. Jetzt kommt diese Freundin, und sie sitzt mit ihm Händchen haltend auf dem Sofa. Also schickt sie ihn so lange ins Schlafzimmer. Macht er ja auch gerne, ist ja nur 'n Vorteil für ihn. Ist doch logisch.«

»Und warum bringt er sie auf so grausame Weise um?«, fragte Elena.

»Weil er uns glauben machen will, dass es ein Verrückter war. Ein Sektierer oder jemand, der einer Heilanstalt entlaufen ist.«

Costa sagte, Siegfried Scholl müsse jedenfalls auf sein Alibi hin überprüft werden. Er bot an, für diesen Zweck nach Köln zu fliegen, denn eine Vernehmung im Amtshilfeverfahren würde viel zu lange dauern. Er werde dann auch noch gleich eine Freundin von der Scholl anrufen, Anke Vogt. Er bedauerte jedoch, dass die Kosten der Reise wohl an ihm hängen bleiben würden. Der Bischof schlug vor, die Frage der Kostenerstattung bei notwendigen Ermittlungen in Deutschland mit dem Chef zu klären. Costa war ihm dafür dankbar und bat den Surfer, mit seinen Ausführungen über Martina Kluge fortzufahren.

Martina Kluge arbeitete zu verschiedenen Zeiten auf der Beautyfarm im Vista Mar, wo er sie aufgesucht hatte. Er beschrieb sie als bildschöne und anziehende junge Frau, die nie in Diskos ging. Sie kannte die Partyszene überhaupt nicht. Sie widmete all ihre Zeit älteren Frauen, die oft unter Einsamkeit und der Trennung von ihren Familien litten. Sie behandelte ihre Patientinnen auch bei Hausbesuchen, aber was für Behandlungen das waren, hatte er weder behalten noch notiert. Er sah darin keine Relevanz. Costa fragte ihn, ob sie denn gut Spanisch spreche, und der Surfer meinte zweideutig lächelnd, gut genug.

»Ist Ihnen klar, dass diese Zeugin die Letzte war, die Ingrid Scholl lebend gesehen hat?« Wieder spürte er den Ärger, dass der Surfer die Vernehmung dieser so wichtigen Zeugin nicht ihm überlassen hatte. Er hatte vorschnell gehandelt; sie war nun gewarnt und vorbereitet.

Der Surfer warf einen Blick in seine Notizen. »Sicher. Sie war um 19.30 Uhr mit der Scholl verabredet, traf sie aber schon unten in der Garage. Die beiden wollten zusammen den Fahrstuhl nehmen, aber Martina Kluge hatte ihr Handy im Auto vergessen. Deshalb fuhr die Scholl schon vor. Martina Kluge ging noch einmal zum Auto zurück und kam dann später nach.«

»Wie viel später?«, wollte Costa wissen.

»Zwanzig Minuten.«

»So lange?«, fragte Costa.

»Sie hat noch telefoniert.«

»Wen hat sie angerufen?«

»Keine Ahnung. Ist das wichtig?«

Costa hätte ihm eine Ohrfeige geben können.

»Und dann?«

»Dann ist sie hoch und hat der Scholl die Karten gelegt. Nach etwa einer Stunde und zwanzig Minuten ist sie wieder gegangen. Sie kassiert dafür hundertfünfzig Mark.«

»Ist ihr irgendetwas an der Scholl aufgefallen? War sie nervös? Hat sie irgendetwas erzählt?«

»Die Kluge sagt, die Scholl wäre nervös gewesen wegen der Beziehung zu ihrem Verlobten. Ein Architekt, der in Schweden arbeitet. Vierunddreißig Jahre jünger als sie. Sie wollte ihn heiraten und hatte wohl Angst, dass er es sich in Schweden anders überlegt. Das war der Grund, warum ihr Martina Kluge wahrsagen sollte.«

Plötzlich war es sehr still im Raum. Alle schwiegen. Vielleicht sind sie erschöpft, dachte Costa. Es waren schon eine Menge Fakten beisammen, und während in der Runde jemand berichtete, musste man die Informationen mit dem vergleichen, was man schon hatte. Costa wollte sich noch einmal auf den Widerspruch konzentrieren, dass die Tote einen Mann heiraten wollte, sich seine Blumen aber selbst schickte. Schrieb sie auch die Liebesbriefe selbst? Gab es welche? Nein, der Bischof hatte nichts gefunden. Plötzlich lachte Elena Navarro.

»Was lachst du?«, fragte der Surfer missmutig.

»Was hat sie ihr denn gesagt?«, fragte Elena. »Wir warten doch alle darauf, was sie ihr gesagt hat.«

»Sie warnte sie.«

»Wovor?«, fragte Elena.

»Sie hat gesagt, dass sie in den Runen den Tod gesehen hat.«

Alle waren jetzt auf einmal wach.

»Den Tod?«, fragte der Bischof. »Hast du ihr gesagt, warum du kommst? Ich meine, wusste sie, dass die Scholl ermordet worden ist?«

»Ja, natürlich.«

Der Bischof fiel enttäuscht in seinen Stuhl zurück. »Dann hat sie das nachgereicht, um sich wichtig zu machen. Hellseher wollen ja immer alles schon vorher gewusst haben.«

Elena berichtete noch von ihrem Gespräch mit Wolfgang Krebs, dem vorübergehenden Liebhaber Franziska Haitingers. Sie hatte ihn in seinem Computerladen angetroffen. Anfangs gab er sich äußerst schwierig, sagte, er dürfe über Kunden keine Auskunft erteilen, gestand dann seine Liebesbeziehung mit

Franziska Haitinger nur widerstrebend ein und wollte mit Elena darüber diskutieren, was denn *Liebesbeziehung* überhaupt heiße. Als sie ihn fragte, ob er Schulden bei der Haitinger habe, konterte er, was sie das überhaupt angehe, und erst als Elena wiederholte, sie ermittle in einer Mordsache und werde ihn von ein paar Kollegen der Guardia Civil abholen lassen, wurde er auskunftsbereit. Er gab zu, ein Darlehen von der Haitinger erhalten zu haben, beteuerte plötzlich, er würde es noch in den nächsten Tagen zurückzahlen und bestritt auch sein Verhältnis nicht mehr, erklärte aber sofort, er habe sich trennen müssen, weil die Frau schwer depressiv sei. Er hätte ihr stundenlang nahe sein müssen, auch körperlich! Weil sie nicht mit sich allein sein könne.

»Ob die Haitinger Einsamkeit erträgt oder nicht, weiß ich nicht«, kommentierte Elena ihren Bericht in ihrer trockenen Art. »Sie muss aber auf jeden Fall starke Nerven haben bei so einem Typen.«

Man merkte ihr die verhaltene Wut über einen Mann an, den sie als gut aussehenden und starken Kerl beschrieb, der ihr mit seinen Sophistereien und Taktierereien jedoch entsetzlich auf die Nerven ging.

Letztendlich aber hatte er für die Tatzeit ein Alibi. Er war bis spätabends bei einem Kunden gewesen, einem Mitglied der Popgruppe SWEET, was der Betreffende bestätigt hatte.

»Gut«, sagte Costa, »dann können wir den abhaken«, und strich den Namen aus seinem Notizblock.

Es war kurz vor sechs, als Costa das Gebäude verließ und über den Innenhof auf seinen Wagen zuging. Als er in der Ausfahrt hielt, um ein Mofa vorbeizulassen, sah er Elena Navarro. Er ließ die Scheibe herunter und fragte sie, wo sie ihr Motorrad habe.

Sie beugte sich zu ihm ins Fenster und sagte, sie habe vergessen, Zündkerzen zu besorgen und sei daher heute zu Fuß unterwegs. Er bot ihr an, sie mit in die Stadt zu nehmen. Sie überlegte einen Moment, dann nickte sie und stieg ein. Bevor Costa sie darum bitten konnte, hatte sie schon den Gurt in der

Hand und schnallte sich an. Sie trug Jeans und ein blau-weiß kariertes Leinenhemd. Costa empfand ihre kühle Ausstrahlung als sehr angenehm. Obgleich beide kein einziges Wort bis zur Vara de Rey sprachen, genoss er ein Gefühl fröhlicher Entspanntheit.

»Sie können mich am Mar y Sol rauslassen. Ich kaufe da noch ein paar Sachen ein«, sagte sie.

Costa hielt vor dem Café, obwohl er damit den nachfolgenden Verkehr blockierte.

»Ist das nicht der Typ von dem Foto?«, sagte Elena plötzlich, als sie aussteigen wollte. Sie zog die Beine wieder ein und machte die Tür zu.

»Wer?«

»Der Typ von dem Foto in dem Silberrahmen, das auf Ingrid Scholls Kommode stand!«

»Wo denn?« Hinter Costa hupten drei Autos gleichzeitig, sodass er sich nicht konzentrieren konnte.

Die Tische vor dem Mar y Sol waren gut besucht, und es war ihm im ersten Moment nicht möglich, überhaupt jemanden zu erkennen. Außerdem kam mit langen Schritten ein Uniformierter von der Policia Local auf ihn zu.

Elena hatte offenbar keine Zweifel. Sie klopfte heftig gegen die Fensterscheibe. »Da! Sehen Sie nicht? Da sitzt er!«

Jetzt sah ihn Costa auch. Ein gut aussehender Typ mit Sonnenbrille, der lässig in seinem Stuhl hing und mit dem goldenen Kettchen an seinem linken Handgelenk spielte.

Der Polizist klopfte hart gegen die Scheibe. Costa ließ sie herunter und zerrte ärgerlich knurrend seinen Polizeiausweis hervor. Der Beamte warf einen Blick darauf, nickte freundlich und fragte, ob er behilflich sein könne.

»Bleiben Sie hier einen Moment stehen und lenken Sie den Verkehr um«, sagte Costa und steckte seinen Ausweis wieder ein. »Ich muss kurz mit einem Zeugen sprechen.«

Elena bot an, den Wagen einmal ums Viertel zu fahren, bis Costa mit seiner Personenkontrolle fertig sei. Er war einverstanden und ging langsam auf den Tisch zu, an dem noch ein leerer Stuhl stand. Costa fragte nuschelnd auf Deutsch, ob der Platz noch frei sei. Als der Mann nickte, wusste er, dass es ein Deutscher war. Er setzte sich und konnte sein Gegenüber durch seine Sonnenbrille in Ruhe betrachten. Der junge Mann, den Costa auf Anfang dreißig schätzte, trug Jeans und ein weißes T-Shirt. Sein graues Sweatshirt hing ihm lässig über die Schultern, und um den Hals hatte er ein grün-rot-braun gemustertes Seidentuch gebunden. Seine Haare waren blondiert. Costa war sich nicht so sicher wie Elena, dass es der Typ von dem Foto war, und bereute nun, dass er es sich nicht genauer angesehen hatte.

»Haben wir uns nicht schon mal gesehen?«, fragte er.

Der Mann kippte mit seinem Stuhl nach vorne, nahm sich einen Zahnstocher, sah Costa einen Moment unverwandt an, kippte wieder mit dem Stuhl nach hinten und begann, auf dem Holzstäbchen zu kauen.

»Stimmt, nicht wahr?«, versuchte es Costa lächelnd noch einmal.

»Nicht, dass ich wüsste«, kam es mürrisch zurück.

»Sind Sie nicht Günter Grone?«

»Nein. Das muss 'ne Verwechslung sein.«

Es war ihm nichts anzumerken. Costa nickte, verschränkte beide Arme hinter dem Kopf, blickte in den Himmel und fragte dann im Plauderton eines Touristen, seit wann sein Gegenüber auf Ibiza sei.

»Seit gestern«, sagte der Mann müde.

Wenn das stimmt, dachte Costa, ist er nicht der Mörder. Aber er tat, als würde er sich erfreut erinnern, dass sie in derselben Maschine gewesen waren. »Ja, genau! Da habe ich Sie gesehen! Gestern Abend mit der Hapag Lloyd!«

»Ich bin morgens um viertel vor zehn mit der LTU gekommen.« Er setzte sich wieder richtig hin. Seine Haltung war jetzt wachsamer.

Costa spielte ganz den geschwätzigen Touristen. »Gibt's denn hier keine Bedienung?«

Der Mann blickte sich um, sah aber auch keine Kellnerin.

»Wo sind Sie denn untergebracht?«, fragte Costa.

»Warum wollen Sie das wissen?«

Costa wechselte den Ton, obgleich er immer noch lächelte. »Weil ich von der Fremdenpolizei bin.«

»Sehr witzig.«

»Und doch denke ich, dass wir uns schon mal begegnet sind. Kennen Sie eine Ingrid Scholl?«

»Nein. Tut mir Leid. Kenne ich nicht.«

Es war ihm immer noch nichts anzumerken, aber Costa gab nicht auf. »Jetzt müssen Sie mir mal helfen – wie ist denn Ihr Name?«

»Wie heißen *Sie* denn?«

Costa erhob sich leicht und streckte ihm die Hand entgegen. »Toni Costa«, sagte er grinsend und hoffte, der Mann würde nun ebenfalls seinen Namen nennen.

»Ich heiße Ulf Hinrich.«

Costa hatte seine letzte Karte ausgespielt.

»Tja, wenn hier keine Bedienung kommt.« Er blickte noch einmal umher, stand auf und sah Elena gerade am Café vorfahren.

»Na, dann wünsche ich Ihnen noch einen schönen Aufenthalt, Herr Hinrich.«

Der Mann nickte beiläufig und spuckte den Zahnstocher aus.

Schnell ging Costa zwischen den Tischen hindurch und stieg zu Elena ins Auto. Sie konnte nicht stehen bleiben, da die anderen Wagen schon wieder hupten.

»Ich erinnere mich leider nicht genau an das Gesicht auf dem Foto«, meinte Costa.

»Was hat er denn gesagt?«

Sie war ein Stück die Avenida Santa Eulalia entlanggefahren und hielt nun an.

»Dass er Ulf Hinrich heißt. Einen Günter Grone und eine Ingrid Scholl will er nicht kennen.«

Elena stieg aus und wünschte ihm noch einen schönen Feierabend, während er hinter das Steuer rutschte. Er wünschte ihr das Gleiche und fuhr zu Karin, die jetzt ein Appartement am Hafen um die Ecke vom Casino bewohnte. Er wollte aber erst um sieben da sein, hatte also noch eine halbe Stunde Zeit.

Der Hafen lag im abendlichen Sonnenlicht. Costa überlegte, ob er seinen Wagen abstellen und bis zur Mole spazieren sollte. Oder sich auf eine der Steinbänke setzen und einfach die Möwen beobachten? Sein Leben spüren? Die Sekunden? War ihm das nur in den Momenten möglich, in denen die Zeit stillstand? Seine Kindheit war schön, weil sie aus einer langen Kette solcher Augenblicke bestanden hatte.

Er war in die Hafeneinfahrt eingebogen, als er plötzlich den Drang verspürte, ins Polizeipräsidium zurückzufahren, um sich das Foto noch einmal anzusehen.

Er parkte den Wagen direkt vor dem Eingang, ließ den Schlüssel stecken und rannte die Treppen hinauf. Mit einem Griff fand er den richtigen Hängeordner und entnahm ihm das Foto, das Ingrid Scholl im tief ausgeschnittenen dunklen Kleid mit Günter Grone zeigte.

Costa verglich im Geiste immer wieder das Foto mit dem Mann aus dem Mar y Sol. An beiden waren keine besonderen Merkmale zu entdecken, die die Frage entschieden hätten. Und überhaupt, warum sollte dieser Architekt so vehement bestreiten, sie zu kennen? Und außerdem noch einen falschen Namen angeben? Das machte keinen Sinn.

Aus irgendeinem unerfindlichen Grund steckte Costa das Foto ein und rannte wieder los.

Als Karin öffnete, wehte ihm ein Duft von Öl und Knoblauch entgegen. Sie hatte ihre Haare frisch gewaschen, trug ein weißes T-Shirt, weiße Seglerhosen und eine knallrote Schürze.

»Hallo Merlin«, sagte sie mit einem wundervollen Lachen und beschwor mit diesem Namen all die Gerüche und Farben seiner glücklichen Kindheit und die Erinnerung an seine stets fröhliche Mutter herauf. Der Duft des Knoblauchs weckte seine Lust auf einen guten Rotwein, den er leider vergessen hatte mitzubringen. Das alles versetzte ihn in eine sehnsuchtsvolle Stimmung. Sehnsucht nach Liebe, nach Harmonie und Zärtlichkeit. Er nahm Karin in den Arm, hielt sie fest, küsste ihren Hals, leckte ihre Ohrläppchen, stupste ihre Nase und zwinkerte ihr zu, bis beide lachten und eng umschlungen in die Küche stolperten. Er sah in den Wok.

»O wunderbar! Du machst Dorade.«

»Und vorher Gambas. Sie sind ganz frisch!«

»Soll ich noch mal los und bei Pep einen guten Weißwein holen?«

Sie lachte. »Ich weiß doch, dass du nur Roten trinkst. Ich habe einen super Jean Leon, einen 95er Reserva Cabernet Sauvignon hier.«

»Oh, wir heiraten!«, rief er. Sie lachten wieder, und er half ihr, den Tisch zu decken, obgleich sie wollte, dass er sich erst mal ihre neue Wohnung ansah. Den schönen Blick über den Hafen mit der Stadtmauer, der Burg und der weißen Kirche, die bereits angestrahlt waren. Er verbot sich den Gedanken, andere hätten die Schönheit und er die Leichen, denn er wusste, dass damit Stimmungen verbunden waren, die Karin unweigerlich spürte. Der Duft von frischem Mandelholz, das Spiel der letzten Sonnenstrahlen auf dem Meer, das er vom Balkon aus sehen konnte, waren die Einladung zu einem Abend mit freundlichen Gedanken.

»Von da aus kannst du den ganzen Hafen überblicken. Morgens frühstücke ich auf dem Balkon«, rief sie ihm zu.

Er öffnete die Flasche Wein und goss zwei große Gläser ein. Als er daran schnupperte, konnte er nicht widerstehen, sich ein kleines Schlückchen zu genehmigen. Sie sah es von der Küche aus und rief, dass er warten solle, um mit ihr anzustoßen. Er hätte jetzt Lust gehabt, sie auf die Arme zu nehmen und ins Bett zu tragen. Doch die Düfte aus der Küche waren so verlockend, dass sich sein Magen regte und vor Hunger zu knurren begann. Dann wiederum fiel ihm ein, dass sie die Liebe mit vollem Magen hasste. Ich fühle mich zu dick und quallig, war ihre Erklärung.

Also gut. Er ging in die Küche und sah über ihre Schulter in die Pfanne, wanderte mit seiner Hand ihren Rücken hinauf, blies ihr das Haar aus dem Nacken, holte die Gläser, stieß mit ihr an, küsste sie und lockte sie langsam ins Schlafzimmer. Er sah sein Handy auf dem Küchentisch liegen, aber nun war es zu spät. Sie stürzten zusammen ins Bett, und als er sie küsste und daran dachte, wie schön es wäre, immer bei ihr zu sein, fiel sein Blick auf die Fotos, die auf einem Stapel Zeitungen lagen. Sie zeigten den Schönheitschirurgen Dr. Schönbach in den verschiedensten Situationen. Außerdem waren es ungewöhnliche Vergrößerungen. Costa spürte, wie sein Mund trocken wurde und sich seine Kopfhaut zusammenzog. Er versuchte, sich dagegen zu wehren, indem er sich vorstellte, es wäre ihr Geburtstag! Ich schenke ihr all meine guten Gedanken, dachte er. Nur die guten! Mit den Lippen streichelte er ihre Stirn und ihre Wimpern. Sie schob ihn etwas von sich und blickte ihn an.

Ihre Augen leuchteten, und in dem Leuchten sah er den Glanz ihrer Wut, das tiefe Dunkel ihrer Trauer, das Sprühen ihrer Freude und den goldenen Schimmer ihrer Zärtlichkeit.

Er liebte sie und wollte, dass sie es wusste, doch bevor er etwas sagen konnte, klingelte sein Handy auf dem Küchentisch. Er hätte es klingeln lassen, aber es war nicht seine Melodie! War es überhaupt sein Handy? »Ist es deins?«, fragte er Karin. Sie würdigte ihn keiner Antwort. Sie glaubte nicht, was er später herausfand, dass nämlich der Bischof während der letzten Sitzung heimlich die Melodie verstellt hatte. Unentwegt schrillte der Radetzky-Marsch.

Er lag wie erstarrt. Er wartete, aber das Ding hörte nicht auf. Wütend sprang er aus dem Bett, aber statt es auszuschalten, nahm er das Gespräch an und hörte die klare Stimme Elenas.

Sie sei dem Mann aus dem Café bis zum Hotel Playa Central gefolgt, berichtete sie. Sie hatte beobachtet, wie er seine Sachen aus Zimmer 216 holte, unten an der Rezeption die Rechnung bezahlte und aus dem Hotel verschwand. Er musste etwas gemerkt haben, denn sie konnte ihn weder bei den Taxis noch auf der Straße finden. Sie war zur Rezeption zurückgegangen, hatte sich als Polizistin ausgewiesen und sich die Rechnung zeigen lassen. Der Mann war als Ulf Hinrich aus Köln eingetragen und das seit Mittwochvormittag.

»Mittwoch?«, fragte Costa. »Dann ist er schon am Mordtag auf der Insel gewesen und nicht erst am Donnerstag. Warum lügt er mich an, wenn er nichts zu verbergen hat?«

»Er hat«, sagte Elena.

»Was sollen wir machen?«

»Wir sollten das Hotelzimmer auf Fingerabdrücke untersuchen und sie mit denen aus der Wohnung der Ermordeten vergleichen.«

Costa blickte auf die Uhr. Es war 20.15 Uhr. Karin war inzwischen aufgestanden und hatte das Essen auf den Tisch gestellt. Sie hielt ein Glas Rotwein in der Hand und blickte aus dem Fenster.

»Wir kriegen jetzt keinen Durchsuchungsbefehl für das Playa Central«, sagte Costa mit leiser Stimme. »Inzwischen ist ein neuer Gast drin. Könnten Sie nicht mit der Geschäftsleitung sprechen?«

»Nein. Das müssen Sie selbst tun. Auch wird sich der Surfer mit Sicherheit nicht von mir dazu bewegen lassen, jetzt sofort mit der Arbeit zu beginnen. Und wenn wir etwas finden, müssen weitere Entscheidungen getroffen werden. Ich bleibe hier an der Rezeption und passe auf, dass das Zimmer nicht weitervermietet wird.«

Scheiße. Jetzt hatte er ein echtes Problem. Das würde Karin ihm nie verzeihen.

»Ich bin in zehn Minuten da.« Er flüsterte fast. Elena sagte okay und legte auf, aber Costa blieb noch einen Moment mit dem Telefon am Ohr stehen. Er musste Zeit gewinnen. Wie sollte er Karin die Situation erklären? Vier Minuten lang stand er so da und fand keine Lösung. Er ging zu Karin, legte seine Arme um sie und sagte, er müsse sofort weg, sie hätten jetzt die Gelegenheit, den Mörder einer alten Frau zu fassen.

Sie stieß ihn von sich. Dabei schüttete sie Rotwein auf ihre Hose. »Du hast mir nichts davon gesagt.« Ihre Stimme war eisig.

Costa verteidigte sich, dass er ihr nichts sagen durfte, weil der Chef die Presse ausgeschlossen hatte. Er drehte sich schnell um, zog sich an, und hörte noch ihre tränenerstickte Stimme, als er die Tür hinter sich schloss.

Als Costa das Hotel betrat, stand Elena an der Rezeption. Er regelte die Angelegenheit mit dem Manager und rief den Surfer an, der grollte, weil er irgendein Vergnügen aufgeben musste.

Die ganze Aktion dauerte zwei Stunden. Um drei, als er schon im Bett lag und schlief, erhielt Costa einen Anruf vom Surfer, der ihm mitteilte, dass einer der Fingerabdrücke mit den Fingerabdrücken aus der Wohnung der Ermordeten identisch war. Danach konnte Costa nicht mehr einschlafen. Er musste immerzu an Karin denken, fand aber keinen Weg, sie zu versöhnen. Er wälzte sich hin und her, und erst gegen halb fünf überwältigte ihn der Schlaf.

# 7

Als der Wecker um halb sieben klingelte, wachte Costa schweißgebadet und mit bleiernen Gliedern auf.

Um halb acht saß er in seinem Auto und fuhr in Richtung Vista Mar. Es war viel zu früh, um Karin anzurufen – und auch sinnlos –, aber mit irgendjemandem musste er sprechen. Er versuchte es beim Bischof, dessen tiefer und beruhigender Stimme er jetzt gerne lauschte.

»Um neun. Ist in Ordnung. Ich benachrichtige die anderen.«

Costa fuhr direkt in die Sonne. Seine Augen brannten. Er ließ alle Scheiben herunter und atmete den frischen Geruch der Kiefern, als er am Golfgelände vorbeikam.

Er zeigte dem Hausmeister das Foto von Grone und bat ihn, sich den Mittwoch noch einmal genau vor Augen zu führen. Der Hausmeister war sich ganz sicher, dass der Mann auf dem Foto am Mittwoch nicht in der Anlage gewesen war. Jedenfalls hatte er ihn nicht gesehen. Er erklärte Costa noch einmal, wie gut die Sicherheitsvorkehrungen seien und dass es praktisch unmöglich wäre, das Gelände unbefugt zu betreten. Der Hausmeister war ganz offensichtlich der Meinung, dass der Mörder unter den Bewohnern zu suchen war.

Costa überlegte. Wenn Ulf Hinrich mit dem Mann auf dem Foto identisch war, hätte ihn Ingrid Scholl sehnlichst erwartet, wie sich aus den Aussagen der Brendel und der Haitinger ergeben hatte. Wäre er also plötzlich am Mittwoch erschienen, hätte ihn die Scholl sicherlich voller Freude hereingelassen und ihr Glück sofort mit ihren Freundinnen Franzi und Erika geteilt. Der Griff zum Telefon wäre das Erste gewesen. Zumal sie sich die Blumen von Günter selbst schickte, um ihren Freundinnen eine große wundervolle Liebe vorzuspielen.

Es schien Costa so gut wie ausgeschlossen, dass sie ein so aufregendes Ereignis wie das plötzliche Auftauchen ihres ersehnten Liebhabers oder Verlobten für sich behalten hätte. Zunächst musste eindeutig geklärt werden, ob Ulf Hinrich mit Günter Grone identisch war, und wann dieser Ulf Hinrich seinen Fingerabdruck an der Türklinke von Ingrid Scholls Schlafzimmer hinterlassen hatte. Man musste ihn also finden und akribisch all seine Bewegungen auf der Insel nachvollziehen.

Costa beschloss, zur Haitinger hinaufzugehen, um noch genauere Informationen über Günter Grone einzuholen. Er wollte deswegen auch noch einmal mit der Brendel sprechen.

Er fragte den Hausmeister, ob Franziska Haitinger wohl zu Hause sei. Es interessierte ihn plötzlich, ob sie ihre Auflage einhielt, die Insel nicht zu verlassen.

»Könnte abgereist sein«, sagte der Hausmeister mit einem hilflosen Blick zu seiner Frau.

Jetzt war Costa alarmiert und rannte die Treppe hinauf. Er klingelte einmal, zweimal und schließlich Sturm, aber niemand öffnete. Er klopfte gegen die Wohnungstür – vergeblich. Er lief die Treppe wieder hinunter und klingelte bei der Brendel. Nach einem kurzen Augenblick stand sie in der Tür. Sie trug einen türkisfarbenen Seidenmantel mit großem Blumenmuster und hatte Lockenwickler im Haar.

»Ah, mein Freund!«, rief sie und begrüßte ihn mit einladender Geste. »Sie kommen zum Frühstück! Sie haben wohl die knusprigen Schrippen gerochen!«

Als ihm der Kaffeeduft in die Nase stieg, spürte Costa plötzlich einen starken Appetit auf frische Brötchen. Irgendwie hatte diese Brendel Ähnlichkeit mit seiner Mutter.

»Es tut mir Leid, Frau Brendel, aber ich muss weiter. Ich habe nur eine kurze Frage – haben Sie eine Ahnung, wo ich Frau Haitinger finde?«

»Deswegen habe ich ja Frühstück für zwei gemacht! Die Franzi wollte kommen.« Sie blickte auf die Uhr. »Ich warte seit einer halben Stunde, war sogar schon oben, aber sie ist *spurlos* verschwunden.« Sie dehnte das »spurlos« mit einem

Schmunzeln – in Anspielung auf seinen Beruf als Spurensucher.

Costa fragte, ob es sein könnte, dass Franziska Haitinger nach Deutschland abgereist war.

»Dann hätte sie genau das getan, was ihr Mann wollte. Das glaube ich nicht.«

»Was wollte er denn?«, fragte Costa misstrauisch.

»Dass sie verschwindet. Wer will schon ein zweites Mal hier im Gefängnis sitzen? So luxuriös ist es da nun auch wieder nicht.«

Bevor er ging, wollte Costa noch wissen, ob sie die Adresse des Architekten Günter Grone habe.

»Befand sich denn die Adresse nicht in den Unterlagen von Ingeli?«

»Seltsamerweise nicht.« Der Bischof und Elena hatten alles genau durchsucht, doch eine Adresse von Ingrid Scholls Liebhaber war nicht zu finden.

Costa entschloss sich, eine Großfahndung nach Ulf Hinrich alias Günter Grone einzuleiten. Dummerweise hatte er das Foto bei sich, das sie für die Fahndung brauchten. Wenn Hinrich mit der ersten Maschine entwischt war, ließ sich die Spur ohnehin nur noch sehr schwer weiterverfolgen.

Und was war mit der Haitinger? Vielleicht hatte sie sich ebenfalls ins Ausland abgesetzt, und alle Arbeit wäre erst mal so gut wie umsonst gewesen.

Es war kurz nach neun, als Costa in sein Büro kam. Auf dem Schreibtisch lag der ungelesene Obduktionsbericht, aber er hatte auch jetzt keine Zeit dafür. Die anderen waren noch nicht da, obgleich er die Sitzung für neun Uhr anberaumt hatte. Diese Unpünktlichkeit, die typisch für die Insel war, ärgerte ihn zwar, doch er gab dem nicht nach, sondern rief gleich Carmen Garcia in der Zentrale an. Er bat sie um die Telefonnummer von Antoni Campaña, dem Rechtsanwalt von Franziska Haitinger.

Er wusste, dass seine Mandantin die Auflage hatte, die Insel nicht zu verlassen, bis Richter Montanyà diese Einschränkung aufheben würde, und sicher hatte der Anwalt sich für sie verbürgt. Carmen hatte keine Handynummer von ihm, nur seine Nummer im Büro. Costa kritzelte sie auf den Rand des Obduktionsberichtes, obgleich er es für ziemlich unwahrscheinlich hielt, dass der gute Campaña am Sonnabendvormittag arbeiten würde. Er war nicht schlecht überrascht, als Campaña sich gleich meldete. Costa erklärte ihm sein Problem, aber Campaña tat so, als wäre er schwerhörig.

»Que passa?«, fragte er und Costa dachte, wie dickfellig es war, dass Campaña dröge auf Spanisch antwortete, während er Katalanisch mit ihm sprach.

»Nix passa«, gab Costa zurück. »Die Dame ist verschwunden, und ich denke, du hast dich bei Pere Montanyà ein bisschen weit nach vorne gelehnt.«

»Ich lehne mich nicht nach vorne«, sagte Campaña. »Nicht einmal nach hinten. Ich sitze hier aufrecht und mir gegenüber sitzt Señora Haitinger. Wir sprechen gerade über die nächsten Schritte unserer Verteidigung, wenn's genehm ist.«

Costa war erleichtert. Er entschuldigte sich und sagte, dass er doch sicher auch zum Schlachtfest auf die Finca seines Onkels El Cubano kommen werde, wo sich jeden Herbst traditionell die weit verzweigte Familie Costa einfand.

»Kommt Pere Montanyà auch?« Campaña spielte auf die lang anhaltende Familienfehde zwischen dem Richter und El Cubano an. Cubano hatte dem viel Jüngeren in seiner Jugend auf brutale Weise die Frau ausgespannt. Costa wusste, dass das Schlitzohr diese Geschichte meinte, hatte aber jetzt keine Zeit, sich darüber Gedanken zu machen, lachte und legte auf.

Elena kam herein, Costa blickte auf die Uhr. Vielleicht werde ich langsam schon ein bisschen kauzig mit meiner Pünktlichkeit, dachte er. Er war jetzt nicht mehr in Deutschland, war nicht einmal in Spanien, denn Ibiza, diese alte Maurensiedlung, diese Insel der Armut und vollkommenen Schönheit, war wieder etwas anderes.

Elena überraschte ihn nun damit, dass sie nicht von zu Hause, sondern vom Flughafen kam, wo sie herausgefunden hatte, dass ein Ulf Hinrich am Mittwoch, dem 26. 09., mit der

LTU 152 aus Düsseldorf angereist war, die um 9.45 Uhr landete. Der Bursche konnte also nicht mehr behaupten, er sei erst am Donnerstag angekommen. Es war der Mordtag. Elena hatte außerdem die Flughafenpolizei darum ersucht, Ulf Hinrich festzuhalten, falls er bei der Ausreise erwischt würde, und umgehend Costas Abteilung zu informieren. Sie hatte das getan, bevor die erste Maschine rausgegangen war. Wunderbar! Sie hatte sein Versäumnis ausgeglichen.

Er lächelte ihr zu und fragte, ob sie eine gute Nacht gehabt hätte. Sie sagte, sie würde all ihre Nächte lieben, weil sie immer interessante Träume habe, fast wie im Film.

»Gehen Sie denn manchmal ins Kino?«, wollte Costa wissen.

»Nein«, sagte sie und verließ das Büro.

Er fühlte sich ein wenig schroff behandelt, aber dennoch hatte er diese kurze morgendliche Begegnung als wohltuende Unterbrechung der Jagd nach einem Wahnsinnigen empfunden, der vielleicht noch weitere Frauen umbringen würde. Er wusste aus Erfahrung, dass jemand, der ein solches Verbrechen beging, nicht einfach davon loskam.

Er ging zum Bischof und zum Surfer hinüber, die sich ein Büro teilten, legte das Foto auf den Tisch und bat den Bischof, eine Großfahndung einzuleiten.

»Haben wir denn einen Haftbefehl?«

»Nein. Aber bis Montag können wir ihn hier behalten, wenn wir ihn denn überhaupt schnappen«, sagte Costa.

Der Surfer wies ihn auf den Obduktionsbericht hin und Costa sagte, er würde ihn im Flugzeug lesen. Carmen Garcia habe ihm für 16.30 Uhr einen Flug nach Düsseldorf gebucht, Rückflug Montagabend.

Der Surfer wollte den Zweck der Reise wissen. Das war zwar schon besprochen worden, doch Costa war es wichtig, dass jeder Mitarbeiter stets über das Tun seiner Kollegen informiert war.

»Ich gehe davon aus«, erklärte er ihm, »dass der Mann, den wir suchen, nicht Ulf Hinrich ist, sondern nur dessen Pass benutzt. Ich werde also gleich einen ehemaligen Kollegen in

Deutschland anrufen und ihn bitten, mir die Daten von jedem Ulf Hinrich in Köln herauszusuchen. Auch halte ich es für ziemlich wahrscheinlich, dass er der Mann auf dem Foto ist. Es ist erwiesen, dass er in Ingrid Scholls Wohnung war. Wahrscheinlich am Mordtag. In Köln haben wir außerdem noch den Ex-Mann der Ermordeten, Siegfried Scholl, als Verdächtigen. Laut der Aussagen von Erika Brendel und Franziska Haitinger hat er schon einmal versucht, Ingrid Scholl umzubringen. Er und dieser Hinrich – beide sind aus Köln. Sie könnten also auch zusammengearbeitet haben. Oder Siegfried Scholl gab den Auftrag, und Hinrich führte ihn aus.«

»Und die Haitinger hat die Spuren ausgelöscht. War sie die Dritte im Bunde?«

Costa sah den Surfer einen Moment an. Dann fuhr er fort. »Außerdem wohnt in Köln auch noch eine ehemalige Freundin der Toten, eine gewisse Anke Vogt, von der ich vielleicht einiges über ihn erfahren kann. Bevor ich fliege, wollte ich eigentlich noch eine Sitzung abhalten. Leider liegt mir aber Martina Kluge schwer auf dem Magen. Ich halte es im Moment für wichtiger, mir die Runenlegerin einmal persönlich anzusehen, bevor ich nach Köln fliege. Vorher würde ich gerne noch Ihr Vernehmungsprotokoll lesen.«

Der Surfer machte eine entschuldigende Geste und sagte, er habe das Protokoll noch nicht geschrieben, es sich aber fürs Wochenende vorgenommen.

Costa hatte keine Lust, darauf einzugehen. Er nickte und verließ das Büro.

Er rief Martina Kluge auf ihrem Handy an und erreichte sie auf der Beautyfarm. Sie war bereit, mit ihm zu sprechen, wenn er in der nächsten halben Stunde vorbeikäme. Anschließend setzte sich Costa mit seinem ehemaligen Kollegen von der Rauschgiftfahndung Hamburg in Verbindung, der jetzt bei der Mordkommission in Köln arbeitete. Ingo Kratz, ein fideles Haus, stets zu allerlei Unsinn aufgelegt, aber ein sehr effizienter Rechercheur.

»Hey Toni!«, jubelte Kratz ins Telefon, »ist ja toll, dass es dich noch gibt! Sitzt du jetzt auf Ibiza? Da muss ich dich auf jeden Fall besuchen! Ist doch meine Rauschgiftinsel! Du kennst dich da bestimmt gut aus, wie?«

Costa sagte, er kümmere sich nicht um Rauschgift, sondern um Mord.

»Wunderbar!«, rief Kratz. »Dann sind unserem Vergnügen ja keine Grenzen gesetzt!«

Costa erklärte ihm, dass er allerlei Schwierigkeiten habe und im Moment an einem ziemlich vertrackten Fall sitze. »Die nennen mich hier ›der Deutsche‹ und halten mich für einen spinnerten Preußen. Wenn ich diesen Fall nicht löse, dann mache ich mich besser wieder aus dem Staub.«

Kratz sagte, er sei doch ein Superbulle und würde dem Hasen schon das Salz auf den Schwanz streuen. Ob er ihm irgendwie helfen könne. Costa bat ihn um die Adressen von Günter Grone und Ulf Hinrich.

»Okay«, rief Kratz, »kriegst du gleich, gib mal deine Handynummer.«

Während Costa auf der E 20, der Umgehungsstraße E 20 von Ibiza-Stadt, fuhr, nahm er das Blatt, das er auf den Beifahrersitz gelegt hatte, aufs Steuerrad und warf einen Blick darauf. Immerhin hatte der Surfer einen Personalbogen der Zeugin ausgefüllt. Costa hatte wenig Zeit und wollte ihr keine unnötigen Fragen stellen. Er erinnerte sich an den Bericht des Surfers und daran, dass für den jungen Spanier aus Valencia ihr Aussehen ganz im Vordergrund stand. Wie zu erwarten, hatte er die Rubrik »Äußere Erscheinung« auch eifrig ausgefüllt. Augen: blau; Haare: blond. Besondere Kennzeichen: glatter, heller Teint, volle Lippen, kaum geschminkt; Figur: sportlich schlank; Größe: 1,73 m. Der Surfer hatte sogar noch das Gewicht eingetragen: 53 Kilo. Costa musste laut lachen. Er hatte keine Ahnung, wie viel das war, aber der Surfer schien sich seine Freundinnen immer nach dem Gewicht auszusuchen. Wahrscheinlich sitzt er abends im Pacha in der Nähe vom Eingang und beobachtet die hereinkommenden Damen. 52, 49, 56, 82 Kilo! Wieder musste er lachen.

Er kam am Elektrizitätswerk vorbei, aus dessen langem Schlot gleichmäßig gelb-brauner Wasserdampf aufstieg. Die Touristen glaubten, der Gestank hier in der Nähe käme von diesem Wasserdampf. Tatsächlich kam er aber von der Kläranlage am Hafen.

An den beiden Kreiseln war der Verkehr zähflüssig. Costa nutzte den Stau, um die Notizen des Surfers weiter zu studieren. Martina Kluge war 26 Jahre alt, am 6. Juni 1975 in Düsseldorf geboren und ledig. In Klammern hatte der Surfer vermerkt: »Keine Liebhaber«. Ob er sich da wohl bei den anderen Angestellten der Beautyfarm erkundigt hatte? Oder hatte er sie direkt gefragt? Wahrscheinlich Letzteres. Es war die Frage, die ihn vermutlich am meisten interessierte. Costa nahm die Information ernst, denn er ging davon aus, dass der Surfer nicht nur ein Interesse, sondern auch ein ausgezeichnetes Gespür dafür hatte. Martina Kluge bewohnte eine kleine, gemietete Finca bei San Carlos. Das Haus lag irgendwo an der Cami d' Àtzarro, südlich der Berge von Serra Mala Costa. Der Surfer hatte sogar herausgefunden, dass sie dort mit einem Hund und zwei Katzen lebte, die sie »Katze« und »Mond« nannte.

Costa war inzwischen vor der Brücke in Santa Eulalia Richtung Cala Llonga abgebogen und brauchte nur noch fünf Minuten bis zum Vista Mar.

Er führte sich noch einmal die Situation vor Augen, nach der er Martina Kluge befragen wollte. Die fünfundsechzigjährige Ingrid Scholl war an ihrem letzten Tag abends gegen 19.10 Uhr aus Santa Eulalia gekommen, hatte ihren Wagen in der Garage geparkt, die Einkaufstaschen in ihre Wohnung gebracht und war dann, warum auch immer, wieder in die Garage hinuntergegangen. Dort hatte sie Martina Kluge begrüßt, die ihr die Runen legen sollte. Beide wollen zusammen im Fahrstuhl hochfahren, doch Martina Kluge war zurückgeblieben, um noch zu telefonieren, nein, sie hatte ihr Handy vergessen und dann noch einen Telefonanruf erhalten. Ingrid Scholl war alleine in ihre Wohnung hinaufgefahren und hatte dort auf die junge Frau gewartet. Was war in dieser Zeit passiert? Zwanzig Minuten später kam Martina Kluge nach. Ein langes Gespräch. Hatte sie doch einen Liebhaber? Klingelte sie? Oder hatte Ingrid Scholl die Wohnungstür für sie offen gelassen? Jedenfalls war ihr an Ingrid Scholl nichts aufgefallen, wie der Surfer berichtet hatte. Alles war normal, kein weiterer Besucher in der Wohnung. Sie hatten die Sitzung gehabt, und dann war Martina Kluge gegangen. Was hatte sie der Scholl gesagt? Hatte sie in den Karten wirklich den Tod gesehen? Und in welcher Verfassung hatte sie Ingrid Scholl zurückgelassen?

Costa stieg am Tor der Beautyfarm aus dem Wagen und klingelte. Eine Stimme schnarrte durch die Sprechanlage, und er erwiderte, dass er eine Verabredung mit Frau Kluge habe. Das Tor öffnete sich und Costa fuhr vor den Eingang der Schönheitsfarm. Er parkte auf einem der Besucherparkplätze.

Der Haupteingang lag auf der Ostseite und war vom ersten Geschoss überdacht, das von griechischen Säulen getragen wurde. Er klingelte noch einmal. Wieder fragte eine Stimme nach seinem Namen, eine Melodie ertönte, und die Tür öffnete sich. Er trat in eine runde Halle, deren Wände und Türen mit illusionistischen Landschaftsmotiven bemalt waren. Es gab keine Rezeption und alle Türen waren verschlossen. Costa stand in der Mitte des Raumes und drehte sich im Kreis. Von einem griechischen Hügel blickte er über Tempelruinen und Lorbeerbäume hinunter in ein Tal mit einem Fluss, an dessen Ufern eine Schafherde weidete. Leise Musik und Vogelgezwitscher erfüllten die Halle und schließlich öffnete sich eine der Türen.

Eine spanische Sekretärin in einem hellblauen Kostüm mit der Aufschrift »Vista Mar Beautyfarm« trat freundlich lächelnd auf ihn zu. Sie sagte, Martina Kluge habe ganz vergessen, dass sie an diesem Wochenende einen Termin in Mallorca hatte. Sie hätte noch versucht, Costa zu erreichen, hatte von der Zentrale auch seine Handynummer erhalten und ihm eine Nachricht auf die Mailbox gesprochen.

Hatte er vergessen, sein Handy einzuschalten? Tatsächlich! Die Sekretärin schenkte Costa ein strahlendes Lächeln und sagte, dass Martina Kluge am Sonntagabend zurück sein werde und dann sicherlich Zeit für einen Termin mit ihm habe.

Costa kam sich in dieser Umgebung zu dick, zu staubig und zu schlecht gekleidet vor. Wie ein bedrohlicher Schatten überfiel ihn der Gedanke, dass er sich heute Morgen nicht die Zähne geputzt hatte. Er nickte der Dame mit geschlossenem Mund zu und war froh, als er wieder draußen war.

Er durfte auf keinen Fall vergessen, seine Zahnbürste mit nach Köln zu nehmen.

Der Besuch war also vergeblich gewesen, aber vielleicht konnten ihm Erika Brendel und Franziska Haitinger doch noch etwas über Günter Grone erzählen. Da er nun schon einmal hier war, wollte er die Gelegenheit nutzen.

Er ging den Weg zur Brendel zu Fuß und genoss den schön angelegten Garten, der die Beautyfarm mit dem Vista Mar verband. In solcher Ruhe, Sicherheit und Schönheit würde er wohl nicht die letzten Tage seines Lebens verbringen, dachte er betrübt.

Er hielt einen Moment inne, um den Blick über die dicht mit Pinien bewachsene Anhöhe zu genießen. Unter Arkaden folgte er dem Weg durch die Parkanlage mit Zypressen, Orangen- und Granatapfelbäumen, deren Früchte leuchteten.

Er traf Erika Brendel und Franziska Haitinger beim Kaffeeplausch an. Wahrscheinlich berichtete die Freundin gerade, was sie mit ihrem Anwalt Campaña besprochen hatte.

Erika Brendel stellte eine dritte Tasse auf den Tisch und goss Kaffee ein. Costa setzte sich und trank in kleinen Schlucken. Es war der erste frische Kaffee heute Morgen, und er merkte, wie ihn der Geschmack in eine bessere Stimmung brachte. Er behielt die Tasse in der Hand und lehnte sich im Sessel zurück.

Franziska Haitinger lächelte ihm zu, und er musste sich wieder eingestehen, dass sie eine angenehme Erscheinung war. Sie trug ein schlichtes, leichtes Kostüm in einem besonderen Grau-Rosé, das Costa sehr gefiel. Sie hatte die Beine übereinander geschlagen. Costa war unbegreiflich, wie man auf den Gedanken kommen konnte, diese Beine zu verändern. Wie war Rolf Haitinger überhaupt auf Schönbach gestoßen? Als Mann weiß man so was doch gar nicht.

Die Brendel sah seinen Blick und strahlte ihn wie eine Tochter an, die ihren Papi beim Naschen erwischt hat. »Das Kostüm ist von Escada«, sagte sie. »Aber ihr Mann will es jetzt zurück mit Inhalt. Ihm ist wohl klar geworden, dass er so eine schöne, intelligente und liebenswerte Frau wie sie nicht mehr findet.«

Franziska Haitinger reagierte nicht darauf, sondern erwartete ruhig seine Fragen.

»Eines wundert mich noch – wie ist ihr Mann überhaupt auf Dr. Schönbach gekommen?«

»Über einen geschäftlichen Kontakt zu so einer Art Schönheitsfabrik. Medico Ästhetik. In Offenbach. Bei uns in der Nähe. Da hat Dr. Schönbach mal gearbeitet. Und der Dr. Teckler verwies uns dann nach München.«

Costa bat die beiden, ihm noch einmal alles zu erzählen, was sie über die letzte Liebschaft der Ermordeten wussten.

Beide waren sich einig, dass Günter Grone Gartenarchitekt war und für eine deutsche Firma in Schweden arbeitete, dass der Job in den nächsten Monaten beendet sein würde, und er dann nach Ibiza zu Ingrid Scholl ziehen wollte. Sie hatte ihn am Rosenmontag im Kölner Päffgen kennen gelernt, und die Beziehung war seitdem immer enger geworden. Er wäre auch gleich mit nach Ibiza gezogen, wenn er nicht dieses attraktive Angebot aus Schweden bekommen hätte. Ingrid hatte furchtbar viel von ihm gesprochen und daher wussten sie auch, dass er am 22. September Geburtstag hatte, also ebenfalls Jungfrau war.

»Aszendent Widder«, sprudelte die Brendel heraus. »Ingeli hat ihn als einen beschrieben, der ein akribisch geordnetes Leben führt. Ein Hundertfünfzigprozentiger, was die Jungfrau angeht. Allerdings kam bei ihm streckenweise auch sehr stark der Aszendent durch. Ingeli sagte immer, sein Leben sei schon sehr, sehr bunt, sonst würde er gar nicht zu ihr passen.«

Costa hatte keinen großen Sinn für Astrologie. »Sie meinen, dass die beiden sich sehr gut verstanden?«

»Ja, absolut!«, sagte die Brendel.

Costa erinnerte sich, dass sie ihn zuvor als Mitleid heischenden, einsamen Ossi beschrieben hatte. Aber jetzt in Gegenwart der Haitinger bekam das alles einen anderen Akzent.

»Wie kann ich ihn denn erreichen? Man müsste ihm doch vielleicht mitteilen, was passiert ist.«

Da konnte ihm keine weiterhelfen. Er fragte, ob Ingrid Scholl sich denn nie für die Blumen und die Pralinen bedankt hätte, die er ihr regelmäßig schickte. Das habe sie getan, da waren sie sich sicher, auch hatte sie fast täglich mit ihm telefoniert.

»Hat er ihr denn oft Orchideen geschickt?«

»Ich glaube nicht«, sagte Franziska Haitinger. Sie sah ihre Freundin an. »Orchideen? Das war das erste Mal.«

Costa nickte. Er entschied sich, das Geheimnis Ingrid Scholls zu wahren, und den beiden Damen nicht mitzuteilen, dass der geheimnisvolle Liebhaber vermutlich nicht ein einziges Mal Blumen geschickt hatte. Er erhob sich, um sich zu verabschieden. Eigentlich hatte er nichts erfahren, was er nicht schon wusste. Nur passte das alles nicht zu einem Liebhaber, der sich seit Mittwochmorgen auf Ibiza aufhielt.

Als er an der Tür stand, drehte er sich noch einmal um und sagte, dieser Verlobte Ingrid Scholls sei am Tag ihres Todes in ihrer Wohnung gewesen. Ob sie sich das erklären könnten.

Franziska Haitinger hob die Augenbrauen und meinte, das könne sie nicht glauben. Das hätte Ingrid ihnen sofort erzählt. Costa bemerkte, dass Erika Brendel bleich wurde.

Im Auto rief er den Bischof an, um zu fragen, ob sich bei der Fahndung nach Grone schon irgendetwas ergeben habe.

Nichts. Sie hatten das Foto dem Zoll am Flughafen überlassen und der Hafenpolizei, die alle auslaufenden Fähren und Jachten überprüfen sollte. Es war an alle Taxifahrer verteilt worden, an die Hotels und an etliche Bars und Restaurants. Es war nicht ausgeschlossen, dass der Mann bereits entwischt war. Wenn einer nach einem Verbrechen die Insel erst einmal verlassen hatte, war das Spiel so gut wie verloren.

Die Zusammenarbeit mit Inter- und Europol sowie mit den nationalen Polizeidienststellen war, außerhalb der eingefahrenen Suchschemata, sehr umständlich und bürokratisch. Die persönliche Motivation des Jägers, sein Spürsinn, seine Intuition und die Schnelligkeit des Zupackens – all das wurde dann gehemmt. Der, den sie suchten, hatte die ersten Hürden bereits genommen, sie hatten ihn nicht innerhalb von vierundzwanzig Stunden fassen können, die Spuren verwischten allmählich, die Erinnerung der Zeugen ließ nach – auch die verräterische Anspannung des Täters. Er fühlte sich sicher und war imstande, möglichen Bedrohungen durch die Polizei mit kühler Berechnung zu begegnen.

Als Costa am Gardencenter vorbeikam, klingelte sein Handy. Es war sein Kollege Ingo Kratz, der ihm mitteilte, dass er in Köln zwei Männer namens Ulf Hinrich gefunden hatte, einen in der Yorkstraße 53 und einen im Mohnweg 24.

Costa fuhr rechts ran und notierte sich die Anschriften und Telefonnummern. Außerdem brauchte er noch ein Hotel. Ingo sagte, er kenne da ein paar Typen in dem Gewerbe und bot sich an, eine preiswerte Übernachtung für ihn klarzumachen. Super, diese praktische rheinländische Art, dachte Costa und bedankte sich erfreut. Ingo sagte, er würde ihm den Namen des Hotels auf die Mailbox sprechen, falls er schon in der Maschine säße.

Costa fuhr nach Hause, um zu packen. Er putzte sich als Erstes die Zähne und legte dann Zahnbürste und Zahnpasta in die Reisetasche. Er verspürte ein kleines Gefühl des Triumphes – die Zahnbürste würde er nicht vergessen!

# 8

Die Maschine war bis auf den letzten Platz ausgebucht. Costa hatte die Wartezeit bis zum Boarding genutzt, um den Obduktionsbericht zu lesen.

Dr. Torres und zwei Kollegen hatten fünfeinhalb Stunden an der Leiche gearbeitet. Sie hatten Haarproben entnommen, auch in der Schamgegend, hatten Abstriche gemacht und die Tote dann vollständig enthäutet, um festzustellen, ob es unter der Hautoberfläche Blutergüsse gab, die von starkem Druck oder Schlägen herrührten. Zum Schluß hatten sie die Leiche von oben bis unten geröntgt. An der Vorgehensweise und der Sorgfalt konnte Costa sehen, dass Torres ein gründlicher Mann war. Da Ingrid Scholl gewürgt worden war, hatte er sogar einen Abstrich von der Halshaut gemacht. Es ist unmöglich, jemanden zu würgen, ohne Spuren an der Halshaut zu hinterlassen, die dann anhand eines DNA-Tests identifiziert werden können. Der Hautabrieb von Ingrid Scholl war in der Lufttrocknung und wurde aufgehoben, bis Costa einen Verdächtigen gefunden hatte.

Außer im Bereich der Augen waren an der Leiche keine Wunden festgestellt worden. Die Glaskörperflüssigkeit war ausgelaufen und die Augäpfel zerfetzt.

An den neben der Leiche gefundenen Metallspießen wurden Blutspuren der Ermordeten und Partikel ihrer Gehirnmasse entdeckt. Die Gerichtsmediziner gingen davon aus, dass die Fleischspieße zum Durchstechen der Augen benutzt worden waren. Der Stichkanal verlief durch die Augäpfel. Am linken Auge ging er auch durch das Lid, durchbrach den Knochen der Augenhöhle und drang durch die rechte und linke Großhirnhemisphäre bis zum Hinterkopf. Die Metallspieße trugen die Fingerabdrücke von Franziska Haitinger, die behauptete, die Spieße herausgezogen zu haben, nachdem sie die Tote gegen 22.10 Uhr gefunden hatte. Demnach hatten die Spieße also eine Weile in den Augen gesteckt. Gerichtsmedizinisch ließ sich aber keine Aussage darüber machen, ob die Spieße gleich herausgezogen worden waren oder maximal 35 Minuten in der Leiche gesteckt hatten.

Als die Maschine aufstieg, lag die Insel im Sonnenschein. Aber nicht für Ingrid Scholl, dachte Costa. In diesem Moment kam ihm sein Abflug wie eine Kapitulation vor. Irgendwie fühlte er sich, als wäre sein Versuch gescheitert, in der Heimat zu arbeiten und zu leben. Er musste sich selbst daran erinnern, dass er nur mit Handgepäck reiste und seine wenigen Habseligkeiten nicht in fünf Koffern verstaut im Laderaum standen wie auf dem Hinflug vor einigen Monaten. War er wirklich dabei zu scheitern? Er musste sich die Situation noch einmal vor Augen führen. Jetzt hatte er Zeit dazu.

Ingrid Scholl war eine erfolgreiche Geschäftsfrau, letztendlich erfolgreicher als der Mann, mit dem sie mehr als dreißig Jahre verheiratet gewesen war und zusammengearbeitet hatte. Sie besaß eine Firma auf Ibiza, was ein gemeinsamer Steuerhinterziehungstrick der beiden Ehepartner war, und bei der Scheidung zog sie ihn über den Tisch. Weil ihr Mann das nie erwartet hätte und tief enttäuscht war, versuchte er sie zu ermorden. Beim ersten Mal klappte es nicht, beim zweiten Mal heuerte er einen Killer an und es funktionierte. Aber warum hatte sie ihn bei der Scheidung so hereingelegt? Da stimmte irgendetwas nicht. Okay, er hatte ihr irgendwann eine Jüngere vorgezogen, sie also gegen ein besseres Modell ausgewechselt, wie sich die Brendel auszudrücken pflegte. Aber war das ein Grund, plötzlich sämtliche Energien gegen ihn zu richten? Sie war dabei nicht nur skrupellos und kaltherzig vorgegangen, sondern hatte eindeutig mehr Umsicht und Intelligenz bewiesen als er. Während er vermutlich mit einer ganzen Kiepe von Problemen auf der Strecke geblieben war, rauschte sie mit sieben Millionen aus dem Ehekrieg davon und setzte sich im »Paradies der Senilen«, wie der Surfer das Vista Mar nannte, zur Ruhe. Am Schluss fühlte er sich nicht nur beraubt, sondern auch wie der Depp vom Dienst. Costa wusste aus vielen Fällen, welch tödlichen Hass so eine Niederlage auslösen konnte. Einen Mordversuch hatte Scholl bereits hinter sich, das jedenfalls meinte die Brendel. In der Kfz-Werkstatt war Ingrid Scholl später mitgeteilt worden, dass an den Bremsschläuchen möglicherweise manipuliert worden war. Costa glaubte nicht, dass sie das erfunden hatte. Da sie keine weitere Eskalation wollte, hatte sie die Sache nicht zur Anzeige gebracht. Sie verstand seine Wut und dachte, er hätte sich genug gerächt. Als kluge Frau, die sie war, ging es ihr vor allem um einen angenehmen und glücklichen Lebensabend. Ein Strafprozess oder Medienskandal hätte ihren Frieden erheblich gestört.

Doch sie hatte sich verrechnet. Für ihn war nichts erledigt. Er hatte gerade irgendwo eine große Schlappe erlitten, und die alte Wut auf sie kam wieder hoch. Er war kurzerhand nach Ibiza geflogen, stellte sie zur Rede und verlangte einen Teil des Geldes zurück. Dann hatte er in der Küche die Spieße rumliegen sehen und sie damit erstochen.

Doch wie konnte er so genau die Augen treffen, wenn er sie im Affekt angegriffen hatte? Er hätte sicherlich drei- oder viermal zustechen müssen. Torres hatte aber keine zusätzlichen Kratz- oder Stichwunden festgestellt. Natürlich hatte der Bischof die Listen der Fluggesellschaften prüfen lassen: Es war am 25. oder 26. September kein Siegfried Scholl auf Ibiza gelandet. Vielleicht hatte er beim Kauf des Flugtickets einen falschen Namen angegeben. Heutzutage kontrollierte kein Mensch mehr die Reisepässe von Deutschland nach Ibiza. Oder hatte er Hinrich geschickt?

Costa war nicht zufrieden. Die Geschichte war nicht stimmig. Seiner Erfahrung nach passte das Muster dieses Verbrechens nicht auf den Fall eines jähzornigen und rachsüchtigen Ehemannes. Aber hatte ihm seine ibizenkische Großmutter Josefa als Kind nicht immer wieder eingebläut, kein Naseweis und Vorwitz zu sein? Merk dir, Toni, du weißt nichts, aber du kannst alles lernen! Warum jetzt also nicht einen neuen Fall, eine neue Struktur annehmen? Ein Muster, das ihm noch nie begegnet war.

Oder doch Franziska Haitinger? Sie hätte schon eine Wahnsinnige sein müssen, um so etwas zu tun. Doch das war sie nicht. So viel Menschenerfahrung hatte er, da war er sich sicher.

Blieb noch der Liebhaber. War in der Liebe nicht am meisten möglich? Die größte Hingabe, aber auch Leidenschaft, Eifersucht, Hass, Rachsucht und tödliche Gewalt? Dennoch glaubte Costa nicht, dass sich eine kluge und erfolgreiche Geschäftsfrau, deren Alltag in der richtigen und kühlen Einschätzung von Sachlagen, Menschen und Gegnern bestand, so täuschen konnte. Dass sich jemand wie Franziska Haitinger einen jungen Mann nahm, der es vielleicht nur auf ihr Geld abgesehen hatte und sich dann in eine Jüngere verliebte – das konnte man verstehen. Aber dass eine kluge Geschäftsfrau einem Wahnsinnigen wie diesem Killer, der vermutlich schon irgendwo polizeiauffällig geworden war, ihre ganze Aufmerksamkeit und Liebe schenkte, widersprach Costas Erfahrungen. Möglich noch, wenn sie isoliert und einsam gelebt hätte; solche Fälle kannte er. Aber Ingrid Scholl hatte Freundinnen, konnte sich Anwälte und Berater leisten und war keineswegs vereinsamt.

Was hingegen ins Auge sprang, und was er nicht erklären konnte, war die unglaubliche Ähnlichkeit zwischen Ulf Hinrich und Günter Grone. Costa hatte immer noch Zweifel daran, dass es sich um ein und dieselbe Person handelte, denn der Mann, den er im Mar y Sol getroffen hatte, wirkte nicht wie ein Architekt, der an einem großen Projekt in Schweden arbeitete. Er wirkte eher wie jemand, der auf sein gutes Aussehen reist. Ein ewiger Tourist, ein Tagedieb oder ein gut situierter Arbeitsloser. Fest stand jedoch, dass er in der Wohnung von Ingrid Scholl gewesen war. Das musste noch nicht heißen, dass er die Frau auf bestialische Weise umgebracht hatte. Doch solange er keine plausible Begründung liefern konnte, warum sein Fingerabdruck an der Türklinke des Schlafzimmers klebte, stand er unter schwerem Verdacht. Eindeutig war auch, dass er gelogen hatte. Er war nicht erst am Donnerstag angekommen, sondern bereits am Mittwoch. Costa hoffte, dass er noch auf der Insel war und sie ihn schnappen würden. Wenn er in den Mord an Ingrid Scholl verwickelt war, hatte er keine Chance. In Costas Verhörtechnik hatte sich bislang noch jeder verfangen.

Die Stewardess hatte kleine Lunchpakete verteilt. Costa hatte nicht einmal gemerkt, dass er gegessen hatte. Er hatte alles gierig verschlungen, ohne seine Gedanken zu unterbrechen. Jetzt, da er sich den letzten Keks auf der Zunge zergehen ließ, merkte er, dass der Snack seinen Hunger erst so richtig geweckt hatte. Er blickte sich um; die anderen Passagiere hatten ihr Essen noch auf den Klapptischen und kauten vor sich hin. Bis auf den Mann rechts neben ihm. Der hatte sein Paket noch nicht angerührt. Ihm das Essen wegnehmen? Ihn fragen? Es kostete ihn eine furchtbare Überwindung, doch der Hunger war so stark, dass er es tat!

»Wollen Sie nichts essen?«

»Doch«, sagte der Mann.

Er gab keine weitere Erklärung und schaute ihn nicht einmal an. Costa fühlte sich blamiert und warf einen schnellen Blick zur Begleiterin seines Nachbarn. Sie hatte natürlich alles mitbekommen, lächelte ihn an und reichte ihm ihr Paket.

»Nehmen Sie 's nur, wenn Sie noch Hunger haben.« Sein Nachbar griff die Tüte und reichte sie weiter, ohne ihn eines Blickes zu würdigen. Diesmal war nicht Käse auf dem Brötchen, sondern Hühnerbrust mit einem Blatt Salat.

Als alle die Maschine verließen, gewährte Costa seinem Nachbarn und dessen Frau den Vortritt, wobei er den Gang für die Nachfolgenden blockierte. Sein Blick fiel auf den Sitz, den sein Nachbar gerade verlassen hatte. Da lag der Fressbeutel, unangerührt! Von hinten drückte schon jemand gegen seinen Rücken, aber er gab nicht nach und beugte sich blitzschnell zur Seite, um den Beutel zu schnappen. Er steckte ihn unter seine Jacke.

Irgendwie kam er sich vor wie Mister Bean. Er musste lächeln, und das nahm ihm etwas von der quälenden Peinlichkeit. Er erinnerte sich, wie er manchmal mit seinen Kindern »Mister Bean« spielte und ihnen vormachen musste, in die Waschmaschine zu kriechen. Er sah sie lachen, und das machte auch ihn froh.

Er beschloss, die Verhöre in Köln so schnell wie möglich hinter sich zu bringen und noch kurz zu seinen Kindern nach Hamburg zu fahren. Er würde von dort aus zurückfliegen. Dann könnten sie alle drei zu McDonalds gehen und Spaß haben, und er würde die Erwachsenen mit ihrem verqueren Destruktionstrieb für eine Weile vergessen.

Costa war gespannt, wie er Deutschland nach seiner Auswanderung empfinden würde. Der Düsseldorfer Himmel war leicht bewölkt, ein warmer Herbstabend. Die Luft schien ihm etwas schwerer als die von Seewinden durchwirbelte Luft Ibizas, die immer duftete – nach Jod, Salz, dem Harz der Pinien oder den Feuern auf dem Land.

Als er das Flughafengebäude verließ, klingelte sein Handy. Kollege Kratz war dran, um ihm zu sagen, dass er ihn in einem kleinen Hotel am Stapelhaus in der Kölner Altstadt einquartiert hatte. Bei »Kunibert, dem Fiesen«, Costa musste schmunzeln. Kratz hatte ein Talent für Doppeldeutigkeiten. Er war eine rheinische Frohnatur und hatte schon damals in Hamburg gute Laune verbreitet. Also wohnte Toni, der Spanier, jetzt in Köln bei Kunibert, dem Fiesen.

Costa fuhr mit der S-Bahn bis zum Hauptbahnhof und nahm von dort einen Zug nach Köln. Vom Bahnhofsvorplatz ging er die Treppe zur Domplatte hinauf und blieb für einen Moment stehen, um das machtvolle Anstürmen der Steine gegen Gott zu bestaunen. Der Koloss war eingezwängt zwischen Gleisen und Zügen, zwischen Häusern und dem Gewimmel der Menschen. Costa fühlte sich klein wie als Kind, aber sicher und heiter. So als wären seine Eltern endlich wieder vereint. Spanien oder Deutschland? Fast schien es, als wäre das schmerzliche Entweder-Oder von ihm abgefallen.

Er bahnte sich einen Weg vorbei an Bettlern, Gruppen von Japanern und Skateboardern und ging auf das Wallraff-Richartz-Museum zu, in dessen Passage Straßenmusikanten spielten. Als er am Seitenflügel des Museums Ludwig vorbeikam, fiel sein Blick in das erleuchtete Foyer mit Plakaten von Andy Warhol und Rauschenberg. Er fand Warhol interessant und lustig, aber die Spanier Goya, Velasquez und Picasso waren ihm näher.

Costa ging ein paar Schritte auf den Rhein zu, bog bei einem Italiener rechts ab und gelangte in die Altstadt mit ihren Restaurants aller Nationalitäten. Kurz vor dem Stapelhaus, das ihm Kratz als blockartiges Gebäude beschrieben hatte, sah er das von ihm empfohlene Hotel »Kunibert, der Fiese«. Ein traditionelles weißes Altstadthaus, schmal, dreistöckig mit spitzem Giebel und gelb abgesetzten Fenstervorsprüngen.

Durch eine Glastür betrat er die Rezeption, an der eine stämmige, rotbäckige Frau saß. Als er sagte, Kratz habe ein Zimmer für ihn reserviert, strahlte sie übers ganze Gesicht und meinte, die Kripo sei ihr immer willkommen. »Ihr Kollege sagt immer, wo der Kratz ist, sind keine Mäuse.«

Das Zimmer im zweiten Obergeschoss war gemütlich, adrett und sauber. Er öffnete das Fenster. Aus den Kneipen und Gassen drangen Musik, Rufe und Stimmen herauf. Er blickte auf die erleuchteten Kähne am Anleger der Kölner Rheinschifffahrtsgesellschaft. Nachdem er seine Toilettentasche ins Bad gebracht und sich die Zähne geputzt hatte, rief er Anke Vogt an, die er als Erste aufsuchen wollte. Er erreichte sie auf ihrem Handy und erklärte ihr die Situation. Sie bedauerte, weder heute noch morgen Zeit zu haben, war aber bereit, ihm seine Fragen am Telefon zu beantworten. Sie wirkte klar und direkt. Eine typische Kölnerin, dachte er und fragte sie, ob sie Ingrid Scholls Ehemann kenne.

»Mein Mann und ihr Mann waren beide in der Computerbranche tätig. Wir haben uns durch die Männer kennen gelernt.«

»Was ist der Ehemann von Ingrid Scholl für ein Typ?«

»Siegfried? Eigentlich sehr souverän. Der richtige Typ, um Computer zu verkaufen, zumindest äußerlich.«

»Ein guter Verkäufer?«

»Ja. Er konnte sich schon gut verkaufen.«

»Sie meinen, man vertraute ihm?«

»Ja. IBM hat dieses Standardbild von Menschen im blauen Einheitsanzug geprägt, die auf die Straße gingen und verkauften – heutzutage nennt man sie Drücker und sie tragen Bundjacken.«

»Was heißt das genau?«

»Das sind Leute, die ihnen an der Tür alles andrehen können, selbst wertlose Aktienpakete.«

»Siegfried Scholl entsprach also ganz diesem Standardbild?«

»Ja. Die sahen sich doch alle ähnlich. Ich weiß nicht, ob das heute noch so ist, aber damals war es so.«

»Und was war Ingrid Scholl für ein Mensch?«

»Sie ist immer sehr quirlig gewesen.« Ihre Stimme zitterte, sie kämpfte mit den Tränen. »Entschuldigen Sie«, sagte sie schniefend. »Es ist so unglaublich. Man denkt, so etwas passiert irgendwo, aber nicht in der eigenen Familie oder im engsten Freundeskreis.« Sie hatte sich wieder gefangen. »Siegi war viel zurückhaltender als Ingeli. Sie war eigentlich die Powertante. Immer freundlich, immer positiv.«

»Sie passten gut zusammen?«

»Wenn sich Gegensätze anziehen, ja. Sie ist sehr lebendig, mein Gott, sie *war* sehr lebendig, aber er betrog sie nach Strich und Faden.«

Die Ehe mit Siegfried Scholl sei nichts als nüchterner Alltag gewesen, erzählte Anke Vogt. Sie hatten die Firma zusammen aufgebaut. Ein Leben für die Arbeit, selten unterbrochen von gemeinsamen Unternehmungen.

Wenn Ingrid Scholl ihr Recht auf Liebe und Glück einforderte, war dabei meistens doch nur grobes Gelächter und ungelenkes Herumgeschiebe auf der Tanzfläche herausgekommen. Zu guter Letzt hielt sich Siegfried Scholl zweieinhalb Jahre lang »eine junge Katze«, wie er es ganz offen nannte. In der eiskalt geplanten Trennung habe sich dann ihre Enttäuschung und furchtbare Verletzung ausgedrückt.

»Dafür hat ihn Ingrid zahlen lassen. Ihm alles abgenommen bei der Scheidung, nur eine Wohnung hat er behalten dürfen, sonst nichts. *Und* dieses junge Gör. In aller Heiligkeitsnamen soll er sie sich um den Hals hängen, hat sie immer gesagt. Diese Schwachsinnige, deren Schwachsinn sich sexuell überträgt.«

Anke Vogt lachte mit erstickter Stimme. »Er hat zwar prozessiert, aber er wäre niemals an das Geld herangekommen, denn sie hat das Schwarzgeldkonto rechtzeitig auf eine Freundin übertragen.«

»Wer ist diese Freundin?«, fragte Costa.

Anke Vogt zögerte: »Das weiß ich nicht.« Costa war überzeugt, dass sie log.

»Wie viel war das?«, versuchte er es weiter.

»Das waren schon ein Milliönchen oder zwei. Und das Haus ihrer Eltern.«

»Frau Brendel erzählte mir, die Scholls hätten das schwarze Geld in einer spanischen Firma gesammelt, die Ingrid allein gehörte.«

»Ja, auf Ibiza.«

»Hatte sie nach der Scheidung Männer?«

»Ja, sicher. Einen Gartenbauarchitekten.«

»Da sind Sie sicher?«

»Ja. Gut aussehender Typ, obgleich er ja ihr Sohn hätte sein können. Aber wahrscheinlich gab er ihr das, was sie bei Siegfried vermisste. Und schließlich hat sie auf dieser Ebene auch noch gegen ihn gewonnen. Das war halt mal was anderes. Sich einfach gehen lassen, genießen und fühlen. Den Abend, als wir zusammen aus waren, hat sie viel gelacht. So ausgelassen habe ich sie mit Siegfried nie gesehen.«

»Wussten Sie, dass Siegfried Scholl nach der Scheidung versucht hat, seine Frau zu ermorden?«

»Wenn Sie mich fragen – jetzt hat er es geschafft!«

Costa hörte im Hintergrund ein Auto hupen, und sie sagte, ihre Freunde seien da und sie müsse nun los. Er dankte ihr, dass sie sich die Zeit für dieses Gespräch genommen hatte. »Kein Problem. Das bin ich Ingrid wohl schuldig.«

Costas Magen knurrte. Er ging in die von Kratz empfohlene Kneipe Zum braven Soldaten Schwejk, bestellte Himmel und Ähd mit Flöns und dazu zwei Kölsch. Er hatte richtigen Heißhunger auf das Blutwurstgericht. Vielleicht sollte er es zweimal bestellen und dann im Hotel schwer wie ein Panzer in die Kissen abtauchen.

# 9

Costa wachte um fünf nach sechs auf, und sofort stand ihm die schwere Anklage vor Augen, mit der Anke Vogt ihr Telefonat beendet hatte. Sie hielt Siegfried Scholl für den Mörder.

Er lag da und starrte an die Decke, die durch ein Neonlicht von draußen grünblau erleuchtet wurde. Er fragte sich, welche Motive überhaupt in Frage kamen, Ingrid Scholl zu ermorden. Es war nichts entwendet worden. Noch kurz vor seiner Abreise hatte ihm Elena Navarro bestätigt, dass alles genau überprüft worden war. Das deutete auf Rache hin. Auf Siegfried Scholl.

Costa schob die Beine aus dem Bett und beschloss, so früh wie möglich bei ihm anzuklopfen. Im Hotel gab es ab sechs Frühstück, und danach würde er mit der Straßenbahn zur Fürst-Pückler-Straße am Stadtwald hinausfahren.

Er ging von der Haltestelle noch etwa zwanzig Minuten zu Fuß und genoss die kühle Luft. Der Spaziergang erinnerte ihn an die Zeit, als er im Alter von zehn Jahren mit seiner Mutter von Ibiza nach Deutschland gezogen war. Als Erstes war ihm das andere Wetter aufgefallen. Wenn es regnete, hörten die Spatzen auf zu zwitschern, die Vorgärten waren nass, die kleinen Einfamilienhäuser tropften, und er versteckte sich in den Betonhäuschen, wo die Mülltonnen standen.

Costa warf einen Blick auf die Klingelschilder. Er fand keinen Siegfried Scholl, nur ein »SS« im 6. Stock. Vermutlich Scholls Initialen. Er klingelte. Nach einer Weile quakte eine heisere Stimme: »Wer da?«, und Costa antwortete, es gehe um den Tod von Ingrid Scholl, er komme aus Ibiza. Der Summer schnarrte. Als der Fahrstuhl nach fünf Minuten immer noch nicht gekommen war, entschloss sich Costa, die Treppe hinaufzusteigen. Siegfried Scholl erwartete ihn an der Wohnungstür. Er trug einen dunkelgrauen Boss-Jogginganzug.

Er war zwei Jahre älter als seine Ex-Frau, aber es sah aus, als wären es zwanzig.

Scholl machte einen angespannten Eindruck, blickte ziemlich verkniffen drein und starrte auf seine goldene Rolex, statt die Hand zu nehmen, die Costa ihm reichte.

»Tut mir Leid, Sie so früh geweckt zu haben«, sagte Costa, »aber ich muss heute Abend um achtzehn Uhr in Hamburg sein und habe hier noch zwei andere Termine.«

»Schon gut«, murmelte Scholl. Er führte Costa ins Wohnzimmer und zeigte auf einen Sessel. Costa nahm Platz und erklärte in groben Zügen die Situation.

Scholl stand an der halb offenen Balkontür und sah hinaus in den Park, die Hände auf dem Rücken verschränkt. Er tat Costa nicht den Gefallen, sein Gesicht zu zeigen. Costa wusste, dass er machtlos war, denn er hatte weder einen Haftbefehl noch überhaupt die Befugnis, in Köln zu ermitteln.

Als er mit seinen Ausführungen fertig war, sagte Scholl nichts, sondern wippte nur leicht auf den Zehen. Costa merkte, wie Ärger in ihm aufstieg. Er wollte diesen alten verbohrten Mann verunsichern und fragte, ob er auch Firmen in Spanien besitze. Wenn die Frauen Recht hatten, war das sein wunder Punkt. Vielleicht würde er darauf reagieren. Doch er tat es nicht. Es kam nur ein kurzes, trockenes Nein.Er blickte immer noch zum Fenster hinaus und wandte Costa den Rücken zu, der ihm am liebsten kräftig in den Hintern getreten hätte, doch er zügelte seine Wut und fragte stattdessen, ob er sich vorstellen könne, wer seine Ex-Frau umgebracht hatte.

»Ich kann mir nichts vorstellen«, antwortete Scholl und wippte weiterhin auf seinen Zehen.

Also musste Costa eine härtere Gangart einlegen. »Was haben Sie am vergangenen Mittwoch gemacht?«

»Gemordet.« Scholls Stimme hatte sich nicht verändert, aber er hörte auf zu wippen, hob das rechte Bein und begann seinen Fuß kreisend zu bewegen.

Das ist das Schöne an meinem Beruf, dachte Costa. Man erlebt immer wieder was Neues. Er erhob sich. »Dann will ich mal die Kollegen anrufen und Sie abholen lassen.«

»Das haben Sie doch hören wollen, oder?« Scholl drehte sich langsam um. »Ich war am Mittwochabend mit meiner Freundin essen. Wir waren im Bellini in der Bonner Straße. Genau um zwanzig Uhr. Ich hatte dort einen Tisch reserviert. Moment –«, er ging an seinen Sekretär, klappte einen schmalen Leitz-Ordner auf und entnahm ihm eine Restaurantquittung mit angeheftetem Kreditkartenbeleg.

»Der Tag, die Tischnummer, das verzehrte Essen – alles drauf.«

Costa sah, dass es stimmte.

»Und nun wollen Sie mich sicher fragen, ob das bezeugt werden kann. Es kann.« Er öffnete die Tür zum Flur und brüllte: »Melissa!« Dann begab er sich wieder auf seine alte Position an der Balkontür, diesmal Costa zugewandt.

Es dauerte nicht lange und eine etwa dreiundzwanzigjährige Blondine mit einem Pferdeschwanz schob sich extrem langsam zur Tür herein. Sie trug einen kurzen Leopardenrock und ein petroleumfarbenes T-Shirt, auf dem »Global Player« stand. Der straffe Stoff spannte über ihren Brüsten, die nicht größer waren als zwei Orangenhälften. Um den langen Hals hatte sie ein schwarzes Lederband geknotet, an dem ein Schlüssel hing. An den Füßen trug sie rote Socken, aber keine Schuhe. Sie stand auf den Zehenspitzen und rieb ihre Knie aneinander.

»Wo waren wir am Mittwoch essen?«

Scholls barsche Stimme bewirkte nichts. Die Blondine starrte Costa an. Dann öffnete sie langsam ihre Lippen und fragte: »Lini?« Wobei ihre rechte Hand über die nackte Hüfte Richtung Bauchnabel wanderte, in dem ein Brillant funkelte.

Scholl raunzte sie an, sie möge das gefälligst deutlich aussprechen und auch die Uhrzeit nennen und sagen, was sie da gegessen hätten. »Der Herr hier ist von der Kripo und will mich wegen Mordes verhaften!«

Ihre Hand hatte jetzt den Bauchnabel erreicht. »Selbstmord?«, fragte sie, und ein strahlendes Lächeln ging über ihr Gesicht.

»Der Herr ist nicht vom Beerdigungsinstitut, sondern von der Kripo!«

Costa hatte das Gefühl, Scholl würde jeden Moment handgreiflich werden. Er ging aggressiv auf die Blondine zu, machte aber drei Schritte vor ihr kehrt und schlurfte den gleichen Weg zurück. Dennoch war ihr das zu viel.

»Wie seid Ihr denn drauf?«, empörte sie sich leise und verschwand.

Costa fragte ihn, ob er einen Günter Grone oder einen Ulf Hinrich kenne. Scholl wandte sich ab und stellte sich wieder an die Balkontür. »Nein«, sagte er und wippte auf den Zehen.

Costa kam sich vor wie in einem Traum. Auf dem Tisch vor ihm lag noch der Ordner mit dem Kreditkartenbeleg. Er steckte das Beweisstück schnell in seine Jackentasche, stand auf und verabschiedete sich rasch.

Er hatte jetzt keine Lust mehr, mit der Straßenbahn zu fahren. Er wollte sich ein Taxi bestellen, hatte aber weder eine Funknummer noch die Nummer der Auskunft im Kopf. Ingo Kratz konnte er mit einer solchen Lappalie so früh am Sonntagmorgen wohl kaum behelligen. Schließlich fand er eine Telefonzelle und auch eine Taxinummer.

Die erste Adresse war falsch. Der Mann, der die Tür öffnete, wog mindestens zwei Zentner, hatte langes, strähniges Haar, hängende Augenlider und war über fünfzig. Im Hintergrund stand eine sechsköpfige Familie und beobachtete Costa argwöhnisch.

Der zweite Ulf Hinrich wohnte im Mohnweg 24. Als Costa die Treppe hinaufstieg, war es halb elf. Eine günstige Zeit, dachte er, da sind die Leute sonntags meistens noch zu Hause. Er klingelte und konnte sehen, wie sich nach einer Weile das Licht im Spion veränderte.

Costa sagte schnell: »Herr Hinrich, ich habe eine Nachricht für Sie!«

Eine Kette schabte hinter der Tür, der Schlüssel wurde

zweimal im Schloss gedreht und ein Gesicht erschien im Türspalt. Auch dieser Mann war dem Mann auf dem Foto in keiner Weise ähnlich. Er war mehr als zehn Jahre älter, hatte eine leichte Hakennase, sehr dunkle, strenge Augenbrauen, eine volle Unterlippe und einen schwarzen Schnurrbart. Sein Haar war kurz geschnitten. Am rechten Ohrläppchen trug er einen silbernen Ring. Unter dem weißen T-Shirt war der Ansatz einer Tätowierung zu sehen.

Costa zeigte seinen deutschen Polizeiausweis, den er offiziell als verloren gemeldet hatte, und stellte vorsichtshalber seinen linken Fuß in die Tür. »Kriminalpolizei.«

»Was wollen Sie?«

»Ich habe nur ein paar Fragen, die Sie als Zeugen betreffen.«

Der Mann löste die Türkette nicht und bewegte sich kein Stück von der Stelle.

Dieser Typ hatte Erfahrung mit der Polizei. Er wusste, dass man einen Haft- oder Hausdurchsuchungsbefehl brauchte oder ihn hätte vorladen müssen.

»Wahrscheinlich wird Ihr Reisepass im Zusammenhang mit strafbaren Handlungen missbraucht. Ich möchte Sie bitten, mir dazu ein paar Fragen zu beantworten.«

Der Mann zögerte einen Moment, dann schob er die Kette zurück und ließ ihn herein.

Costa trat in einen sehr großen Raum mit einer Küchenzeile, eine Art Loft, dessen Fenster zugehängt waren.

Der Mann hatte Costa einen Schritt hereingelassen, blieb dann aber vor ihm stehen und wartete auf die Fragen. Er war nicht ganz so groß wie Costa, aber breitschultriger. Er hatte muskulöse Arme und einen kräftigen Trommelbauch. Costa hatte einst alle möglichen Kampfsportarten praktiziert und sich dabei angewöhnt, sofort die Haltung und Fußstellung des Gegners zu registrieren. Der Mann vor ihm war kräftig, aber körperlich ungeschult.

»Sind Sie Ulf Hinrich?«

Der Mann nickte.

»Ich würde Sie bitten, mal nachzuschauen, wo Ihr Reisepass ist.«

Er brummte irgendetwas in sich hinein und ging zu einem Schreibtisch, auf dem unzählige Papiere und Bücher lagen.

Während er darin herumkramte, näherte sich Costa langsam einem Magnetbrett hinter der Küchenzeile, das voller Fotos war. Er war noch zu weit entfernt, um etwas zu erkennen.

Hinrich wandte abrupt den Kopf. »Woll 'n Sie sich 'n Kaffee machen, oder was soll das?«

»Ich würde mir gerne einmal die Fotos anschauen.«

»Nein.« Der Mann wühlte weiter. Er war selbstsicher. Er ging gar nicht davon aus, dass Costa weiter auf die Fotos zugehen könnte.

»Sind Sie am 28. 4. 1962 geboren?«

Der Mann richtete sich auf. »Ja. Woll'n Sie mir dann gratulieren?«

»Nein. Aber dann ist es Ihr Pass, mit dem ein Hotelzimmer auf Ibiza gemietet wurde.«

Hinrich war ernsthaft überrascht. »Mein Pass? Das ist ja 'n Ding!«

»Kennen Sie einen Günter Grone?«

Hinrich ging zur Küchenbar und zündete sich eine Zigarette an. »Der reist auf meinen Pass?«, fragte er und blies dabei grimmig den Rauch in die Luft.

»Darf ich mir jetzt mal die Fotos da ansehen? Vielleicht erkenne ich den Grone.«

»Nein.«

»Wann haben Sie Grone das letzte Mal gesprochen?«

»Mittwochmorgen, bevor er nach Ibiza geflogen ist.«

»Wohnt er hier?« Costa sah sich in dem Raum um.

»Was interessiert Sie das? Hat er die Hotelrechnung nicht bezahlt?«

»Doch, doch«, sagte Costa.

»Was wollen Sie dann von ihm?« Die Fragen kamen hart und wie aus der Pistole geschossen.

Costa griff zu einer Lüge, denn er wusste, dass Hinrich ihn jederzeit vor die Tür setzen konnte, und ein Amtshilfeverfahren hätte Tage gedauert. Außerdem hätte er ihn dann nicht vernehmen können.

»Er wird in Spanien festgehalten, solange er nicht nachweisen kann, woher das Geld stammt, mit dem er bezahlt.«

»Was für ein Delikt liegt vor?« Der Mann kannte sich aus. Da Costa sich nun schon einmal zur Lüge entschlossen hatte, bereitete ihm das Weitere kein Problem.

»Er checkt mit falschem Pass in die Hotels ein. Nämlich mit Ihrem. Das ist Betrug.« Costa lächelte. »Uns interessiert das nicht weiter, wenn wir wissen, wie viel Geld er besitzt und woher er es hat. Das verstehen Sie doch, nicht wahr?«

Hinrich ging auf die Frage gar nicht ein. »Den Pass hat er sich ohne mein Wissen genommen. Das Geld hat er von seinem Vater in Düren.«

»Wie viel hat der ihm gegeben?«

»Dreitausend Mark.«

Costa nahm seinen Block und einen Kugelschreiber heraus. »Das müsste der mir dann noch bestätigen. Seine Adresse?«

Hinrich antwortete, ohne zu zögern: »Hauptstraße 3.«

Das war mehr Glück, als Costa zu hoffen gewagt hatte. Plötzlich stieg ihm ein ganz eigenartiger Geruch in die Nase. Er schnupperte und fragte, was das sei.

»Poppers«, sagte Hinrich trocken.

Alles klar, dachte Costa. Wahrscheinlich ist dieser gut aussehende Grone der schlaflose Traum seiner Nächte. Er kennt die Adresse seines Vaters auswendig, fährt ihn zum Flughafen und leiht ihm auch noch seinen Pass. Aber wieso hat Grone keinen eigenen Pass?

»Wie lange kennen Sie Günter Grone schon?«

»Was geht Sie *das* nun wieder an?«

»Das kann ich Ihnen genau sagen, wenn Sie mir erzählen, woher Günter Grone Ingrid Scholl kennt.«

»Er hat bei ihr den Garten gemacht.«

»Sie meinen, er war ihr Gartenarchitekt?«

»Ich meine, was ich sage.«

»Wie lange war er bei Frau Scholl tätig?«

»Jetzt sind Sie dran. Warum wollen Sie das alles wissen?«

Als Costa ihm die näheren Umstände erklärte, insbesondere auf welche Weise Ingrid Scholl umgebracht worden war und dass man am Tatort Fingerabdrücke von Grone gefunden hatte, wurde sein Gesprächspartner blass und veränderte spürbar seine Haltung. Costa kannte diese Art von Kleinganoven. Hinrich mochte dieses oder jenes auf dem Kerbholz haben, doch mit einem Mord, an dem er überhaupt nicht beteiligt war, wollte er nichts zu tun haben.

Er beantwortete nun bereitwillig Costas Fragen, wobei herauskam, dass Grone am Dienstag aus dem Gefängnis entlassen worden war, wo er zwei Jahre abgesessen hatte. Er sei gleich »nach Hause« gekommen, was bedeutete, dass er mit Ulf Hinrich zusammenwohnte.

Hinrich hatte ihn 1989 während des Mauerfalls kennen gelernt. Als damals die Glienicker Brücke geöffnet wurde, war Grone mit Hunderten von ostdeutschen Landsleuten über diese legendäre Brücke gekommen, die bis dahin nur von Agenten im Ost-West-Austausch überschritten werden durfte. Viele aus dem Westen reisten damals schnell mit Bussen an, um die Brüder und Schwestern aus dem Osten zu empfangen. Hinrich war von Beruf Busfahrer und fuhr damals eine solche Tour von Köln zur Glienicker Brücke. Costas tätowiertes Gegenüber war sozusagen der erste Wessi, den Grone kennen gelernt hatte. Grone fuhr dann mit zu Hinrich und zog auch gleich bei ihm ein. Grones Vater war Schreiner im Holz verarbeitenden Kombinat in Dresden gewesen, wo die Mutter als Malerin für Dekorationsartikel gearbeitet hatte.

Grone hatte seine Mutter sehr geliebt, doch sie war gestorben, als er acht Jahre alt war. Er hatte öfter davon erzählt, weil er sich insgeheim die Schuld an ihrem Tod gab. »Tatsächlich aber ist sie an Leukämie gestorben«, sagte Hinrich. Der Vater ist Alkoholiker und hätte Günter ohne die Hilfe seiner uralten, fast tauben Mutter gar nicht aufziehen können. Nach der Schule war Grone von zu Hause abgehauen und hatte eine Gärtnerlehre gemacht.

Costa wollte wissen, warum Grone im Knast war. Hinrich sagte, er habe mit einem Freund irgendjemanden in einer Wohnung überfallen.

»Hier in Köln?«, fragte Costa. Hinrich stutzte und korrigierte sich. Plötzlich wollte er das mit irgendetwas anderem verwechselt haben, mit irgendeiner Geschichte aus seinem Bus. Grone jedenfalls habe keinen überfallen, sondern sei bei den Nachbarn von Frau Scholl eingebrochen. Die Scholl selbst habe ihm den Tipp gegeben.

»Welchen Tipp hat sie ihm gegeben?«

Hinrich zündete sich seine vierte Zigarette an. »Irgendwie brauchte Günni Geld. Erst wollte die Scholl ihm was leihen, aber dann hat sie es doch nicht gemacht und ihm gesagt, wenn er unbedingt Geld brauche, könne er es sich ja bei der Nachbarin holen, die hätte immer ein paar tausend Mark in der Keksdose in der Küche.«

Die Sache wurde immer undurchsichtiger. Das Bild, das Costa durch die Gespräche mit Erika Brendel und Franziska Haitinger von Ingrid Scholl gewonnen hatte, passte immer weniger zu dem, was ihm dieser tätowierte Busfahrer erzählte. Hinrich ging an den Kühlschrank, holte sich eine Flasche Bier, machte sie mit den Zähnen auf und nahm einen tiefen Schluck.

»Warum sollte sie ihm so einen Tipp geben? Das ist Anstiftung, das ist strafbar.«

Hinrich stieß ein kurzes heiseres Lachen aus. »Wär ja nicht die erste Dame aus der so genannten besseren Gesellschaft, die was auf dem Kerbholz hat. Aber sie hat das ja später wieder gutgemacht.« Der zynische Unterton war nicht zu überhören, und Costa fragte, wie das gemeint sei.

»Er ist am nächsten Tag nicht bei der Scholl zur Arbeit erschienen, und sie hat ihn bei der Polizei angezeigt. Die haben ihn dann hier abgeholt, und das Geld haben sie natürlich auch bei ihm gefunden. Die alte Hexe von Nachbarin hatte die Geldscheine mit winzigen Zeichen markiert. Zweieinhalb Jahre hat er sich dafür eingefangen.«

»Und die waren jetzt um?«

»Noch nicht ganz, aber sie haben ihn auf Bewährung rausgelassen.«

So langsam wurde Costa ein Teil der Geschichte verständlich. Wenn das stimmte, was Hinrich ihm erzählte, musste dieser Grone einen ziemlichen Hass auf die Scholl haben. Sie selbst lebte in wohlhabenden, gesicherten Verhältnissen, leistete sich einen Gärtner aus den neuen Bundesländern, nutzte seine finanzielle Notlage aus, um ihn zu einer strafbaren Handlung anzustiften, und er ging auch tatsächlich in die Falle. Im Kölner Gefängnis hatte er genügend Zeit einen Racheplan zu schmieden. Er wird entlassen, holt sich von seinem Vater Geld und von seinem Freund den Pass, fährt zu ihr und bringt sie um. Costa hatte mehrere solcher Fälle erlebt. Er nahm sich vor, Grones Zellengenossen zu vernehmen, da würde er sicher die ganze Geschichte erfahren. Aber wieso benutzte er einen falschen Pass? War er wirklich so dumm zu glauben, den Verdacht auf Hinrich lenken zu können?

»Hat er keinen eigenen Pass?«

Hinrich zuckte mit den Schultern. »Doch, hatte er immer.«

»Was wollte er auf Ibiza?«

»Sie hat ihm in den Knast geschrieben. Sie hat sich entschuldigt und ihm das Geld versprochen, das sie ihm damals verweigert hat.«

»Sie meinen, sie hat ihn direkt zu sich eingeladen?«

Hinrich sah auf die Uhr und sagte, er müsse jetzt fort. Costa wollte nur noch diese eine Frage beantwortet haben. War er sich wirklich sicher, dass die Scholl Günter Grone eingeladen hatte?

Hinrich zog sich seine Jacke an, ging zur Tür und hielt sie auf. »Er hat mir den Brief gezeigt. Sie hatte ihm nicht nur die Adresse und Telefonnummer, sondern auch das Klingelzeichen und den Geheimcode geschrieben und dass er sie abends ab acht mit Sicherheit zu Hause antreffen würde. Ich hab den Wisch nur überflogen, aber das stand da drin.«

»Wieso erinnern Sie sich so genau an diese Details?«

»Er hatte das unterstrichen.«

Costa bat den Taxifahrer, in die Lindenallee 16 zu fahren, wo Ingrid Scholl damals gewohnt hatte. Das Haus war inzwischen verkauft. Er wollte es sich aber dennoch ansehen und wenn möglich auch den Garten, in dem Grone gearbeitet hatte.

Es war ein Klinkerbau mit großen bogenförmigen Fenstern. An den Scheiben im ersten Stock klebten bunte Tierbilder. Es waren wohl die Kinderzimmer der Familie, die das Haus gekauft hatte. Eine kopfsteingepflasterte Einfahrt führte zu einem etwas tiefer gelegenen Pavillon, der als Garage diente. Dahinter konnte Costa eine mächtige Linde sehen, die im Sommer eine nach hinten gelegene Terrasse beschattete. Das Haus war teilweise mit Efeu bewachsen. Im Vorgarten leuchteten kunstvoll angelegte Blumenbeete, auf denen Rosen und Astern blühten.

Das Taxi wartete an der Ecke, und Costa wollte gerade gehen, als er einen älteren Herrn sah, der die Gartenpforte des Nachbarhauses aufschloss. Er grüßte ihn und erklärte, er bewundere gerade den schönen Garten und die herrlichen Rosen. Der Alte gab ihm Recht, meinte aber, hinter dem Haus sei das eigentliche Paradies, ein sehr fein angelegter Jugendstilgarten, wie man ihn selten sehe.

»Gab's den Garten schon immer?«, fragte Costa.

»Nein, die Vorbesitzerin, die jetzt irgendwo in Spanien lebt, hat ihn anlegen lassen. Sie hatte da einen jungen Mann, der das gemacht hat.«

»Kannten Sie den jungen Mann, der den Garten angelegt hat?«

Der alte Herr sah Costa mit seinen blauen Augen nachdenklich an. »Ein hübscher Kerl. Er konnte mit den Pflanzen sprechen, und sie verstanden ihn. Ich hatte eine kleine Azalee, die war drauf und dran zu verkümmern. Er kam jeden Tag zu mir in den Garten und sprach mit ihr. Er hat ein richtiges Wunder vollbracht. Leider klaute er dann bei uns in der Küche Geld. Wir selbst haben das ja gar nicht sofort bemerkt. Die Nachbarin hat ihn angezeigt. Kurz darauf hat sie dann dieses schöne Kunstwerk verkauft und ist nach Spanien gezogen. Er war trotz allem ein begabter Kerl. Gibt's kaum noch, gute Gärtner.« Er fragte, ob er die Azalee sehen wolle, doch Costa bedankte sich und deutete auf sein Taxi.

Hinrich hatte ihm gesagt, dass Grone Geld von seinem Vater in Düren bekommen habe. Das musste er noch überprüfen. Im Taxi rief er Ingo Kratz an, bedankte sich für die gute Hotelempfehlung und bat ihn, die Strafakte Günter Grone anzufordern, der in Köln gerade zwei Jahre wegen Einbruchs abgesessen hatte.

Kurz bevor Costa die Wohnung des Vaters von Grone erreichte, klingelte sein Handy. Es war Ingo Kratz, der ihm mitteilte, dass gegen Günter Grone ein Fahndungsgesuch vorliege. Der Häftling Grone war am Montag, dem 24. September, von einer Außenarbeitsstelle in der Großgärtnerei Borchers in Köln-Poll geflohen. Er hatte einen Antrag auf vorzeitige Entlassung laufen, dem bereits stattgegeben worden war. Grone hatte aus dem Spind eines Gärtnereiangestellten eine Hose, ein Hemd und eine Jacke entwendet. Die Gefängniskleidung hatte er wahrscheinlich irgendwo in eine Mülltonne geworfen. Jetzt war klar, warum Grone keinen Reisepass hatte. Der lag noch in der Vollzugsanstalt. Costa bat Kratz, seiner Dienststelle auf Ibiza über Interpol einen internationalen Haftbefehl zuzustellen und gab ihm die Faxnummer seines Büros.

Walter Grone, der Vater des Gesuchten, lebte mit seiner zweiten Frau in einer dunklen, muffigen Dreizimmerwohnung. Hin und wieder goss er sich aus einer Flasche, die für homöopathische Tinkturen bestimmt war, ein kleines Glas grüne Flüssigkeit ein. Costa tippte auf umgefüllten Escorial Grün.

Walter Grones Gesicht war leicht gerötet, er sprach langsam und mit gebrochener Stimme, die im gleichen Rhythmus wie seine Hände zu zittern schien.

Costa sagte dem alten Mann nicht, um was es ging, sondern nur, dass er von der Kriminalpolizei sei und wegen der Sache damals ein paar Informationen brauche. Der Alte war offensichtlich bereit, jede Auskunft zu geben, die man von ihm verlangte, und fragte, welche Sache er meine – die seinerzeit in der DDR oder die in Köln.

Auf diese Weise erfuhr Costa, dass Grone schon in der DDR im Gefängnis gesessen hatte, und das erklärte ihm nun auch

Hinrichs Irritation, als er über Grones Vorstrafen gesprochen hatte. Langsam setzte sich das Puzzle zusammen. Er machte sich eine Notiz für Ingo Kratz, der ihm auch diese Akte besorgen sollte.

Grone beschrieb seinen Sohn als ein ruhiges und auffallend hübsches Kind, an dem er sehr gehangen hatte. Nach dem Tod der Mutter hatte er nicht darauf bestanden, dass der Junge weiter zur Schule ging, wenn er nicht wollte. Er fand, man sollte die Menschen nicht zu etwas zwingen, das sie ablehnten. Dadurch war es zu einigen Schwierigkeiten mit den Behörden gekommen, man hatte ihm Alkoholismus vorgeworfen, das Erziehungsrecht entzogen und den Jungen in die Jugendheimerziehung nach Dresden gesteckt. Als er aus dem staatlichen Erziehungsheim entlassen wurde, fing er eine Gärtnerlehre an. Doch er hatte sich verändert, war nicht mehr der friedliche Junge von einst. Dem Vater fiel auf, dass er bei den geringsten Anlässen völlig ausrastete. Einmal hatte er ihn versehentlich gekratzt, da sei er ihm direkt an die Kehle. »Aber das konnte auch passieren, wenn man ihm eindringlich in die Augen blickte«, fügte der Alte traurig hinzu.

Günter Grone vernachlässigte seine Lehre und geriet schnell in zwielichtige Kreise, die an der tschechischen Grenze illegale Geschäfte machten. Ins Gefängnis war er aber wegen einer anderen Sache gekommen, an der er gar keine Schuld hatte. Die Richter hielten den Jungen für ein schlechtes Subjekt und ließen ein Gutachten erstellen. Auch er als Vater wurde dazu befragt.

Nach dem Gefängnis ging der Junge nach Berlin und kümmerte sich um die Gärten hoher russischer Offiziere und Parteigenossen. Das war keine gute Arbeit für ihn, denn er beschwerte sich in einem Brief über deren aufwändigen Lebensstil, ihre Orgien und Saufgelage. »Da wurde viel gefressen und jede Menge Wodka gesoffen, und jeden Abend haben sie sich Weiber kommen lassen. Das war nichts für Günter, dazu war der Junge zu sensibel«, sagte der Alte, und Costa spürte, wie ihn das Unglück seines Sohnes betrübte.

Über die jüngsten Kölner Ereignisse wusste der Alte nichts,

weil Günter am Dienstag nur kurz zum Kaffee da gewesen war. Er hatte ihn dann zum Abschied gefragt, ob er Geld brauche und ihm das gegeben, was er hatte.

Costa bedankte sich für das Gespräch und entschied sich, den Alten in Unwissenheit zu lassen. So würde es ihm am wenigsten wehtun.

Es war noch Zeit genug für den Regionalexpress um 17.30 Uhr nach Köln. Costa rief auf dem Weg zum Bahnhof noch einmal Ingo Kratz an. Er gab ihm alle Informationen über Grone und bat ihn, auch die Strafakte aus Dresden zu beschaffen und ihm das Urteil und das psychiatrische Jugendgutachten nach Ibiza durchzufaxen.

»Kein Problem«, sagte Kratz, »wenn du mit mir auf Ibiza mal eine Achterbahnfahrt durch eure Partyszene machst.« Costa versprach es ihm, auch wenn er ihn wahrscheinlich nicht selbst herumführen konnte. Doch für solche Fälle hatte er ja einen Spezialisten im Team.

Als Costa am Bahnhof auf den Zug nach Köln wartete, rief er den Bischof an, konnte ihn jedoch nicht erreichen. Er versuchte es bei Elena Navarro, die ihm mitteilte, dass Grone bei einem Gast im Royal Plaza wohnte. Sie warteten darauf, dass er in das Hotel zurückkehrte, um ihn festzunehmen. Außerdem habe ein Taxifahrer ihn auf dem Foto wiedererkannt und sich erinnert, dass er ihn am Mittwochabend vom Hotel Playa Central ins Vista Mar gefahren hatte, und zwar zwischen sieben und acht.

Costa wollte wissen, ob es ganz sicher war, dass der Gesuchte im Royal Plaza wohnte. Elena sagte, mehrere Hotelangestellte hätten ihn auf dem Foto wiedererkannt, es bestehe gar kein Zweifel. Costa bedankte sich und sagte, er sei mit seinen Ermittlungen in Köln fertig und werde sofort versuchen, eine Maschine nach Ibiza zu bekommen. Sie solle mit ihm in Kontakt bleiben und mit den Vernehmungen warten, bis er da sei.

Als Nächstes telefonierte er die Fluggesellschaften durch und bekam noch eine Maschine nach Barcelona mit Weiterflug nach Ibiza, wo er um 22.10 Uhr landen würde.

Im Bus zum Kölner Flughafen erhielt er einen Anruf von Elena. Sie berichtete ihm von der Verhaftung Grones. Er war mit einem älteren Herrn in das Hotel zurückgekehrt. Sie hatten das Zimmer beobachtet und zehn Minuten verstreichen lassen. Während die anderen draußen warteten, war sie zusammen mit dem Zimmerservice eingedrungen. Sie überraschte die beiden, wie sie sich umarmten und küssten. Sie hatten Grone mitgenommen, der sich weiterhin als Ulf Hinrich ausgab. Von seinem Freund hatten sie die Personalien aufgenommen. Am Ende des Gesprächs bot Elena an, Costa vom Flughafen abzuholen.

Als er mit den anderen Reisenden auf den Einstieg in die Maschine wartete, quälte ihn der Gedanke, dass er seine Kinder nun doch nicht mehr sehen würde. Vielleicht machte er einen Fehler, dem Beruf solch einen Vorrang zu geben, zumal in diesem Fall nicht einmal die Behörde scharf darauf war, den Killer zu finden. Schon lange hatte er sich vorgenommen, in den Ferien mit den Kindern nach Irland zum Angeln zu fahren. Den ganzen Tag still neben ihnen sitzen und sie nur spüren, wissen, dass sie da sind, und abends gemeinsam kochen. Sein Großvater wusste davon. Er hatte diese Weisheit noch besessen, aber in der Mitte des vorigen Jahrhunderts waren Produktion und Märkte explodiert, die boomende Wirtschaft lockte seinen Vater zu VW nach Wolfsburg, und von da an hatte sich jedes Tempo geändert. Setzte er die Hatz jetzt fort?

Vielleicht sollte er Karin anrufen, sich für alles entschuldigen und sie bitten, ihn vom Flughafen abzuholen. Er würde Grone vernehmen und sich dann später mit ihr bei einem Gläschen Wein entspannen. Als er sich das vorstellte, musste er lachen. Eindringlich hatte sie ihm erklärt, das Spiel sei aus. Nach all diesen widerstreitenden Gefühlen war es eine Wohltat Elena Navarro zu sehen, die am Flughafen auf ihn wartete und ihren knappen Bericht über die Verhaftung Grones abgab.

Sie war im Royal Plaza hinter dem Etagenservice in das Zimmer geschlichen. Der Gast, der das Zimmer gemietet hatte, war ein gewisser Dr. Gerd Weber, Steuerberater aus Gifhorn,

53 Jahre alt. Das Hotel hatte sie informiert, als er Champagner aufs Zimmer bestellte. Als der Kellner klopfte, öffnete Weber nicht, sondern brüllte nur »entrada«. Der Kellner schloss das Zimmer mit seinem eigenen Schlüssel auf und Elena folgte ihm. Der Steuerberater und Grone waren wohl gerade aus der Dusche gekommen. Sie hatten ein Handtuch um die Hüften, standen vor dem Doppelbett und küssten sich. Der Kellner tat, als sehe er nichts, stellte das Tablett mit dem Champagnerkübel und den Gläsern ab, während Elena ein-, zweimal hüstelte, wenn auch ohne Erfolg.

Schließlich fragte sie in ihrer kühlen Art: »Entschuldigen Sie, Herr Dr. Weber, ist das nicht Günter Grone, den Sie da küssen?« Das hatte gewirkt. Weber drehte sich irritiert um und starrte sie an. Sie hielt ihm direkt ihren Polizeiausweis unter die Nase und sagte, es liege ein internationaler Haftbefehl gegen Günter Grone alias Ulf Hinrich alias sein derzeitiges amouröses Abenteuer vor.

Costa ließ sich nichts anmerken, aber innerlich musste er lachen, als er sich vorstellte, wie der leicht überanstrengte »Stockfisch« – so wurde sie vom Bischof und vom Surfer genannt – versucht hatte, die peinliche Situation aufzulösen. Wie mag sie nur auf diesen blödsinnigen Zusatz gekommen sein – *alias Ihr derzeitiges amouröses Abenteuer*?

Doch Elena erzählte das alles ganz emotionslos, während sie den Wagen auf den Innenhof der Guardia fuhr.

Bevor sie ausstieg, hielt er sie am Arm fest und schlug vor, jetzt noch einmal alle eiligen Maßnahmen zu bedenken.

»Zum Beispiel?«

»Spurensicherung und -vergleich. Vielleicht stimmen Textilspuren überein. Er könnte Ingrid Scholl mit seiner Kleidung berührt haben, als er sie im Arm hatte oder festhielt.«

»Der Surfer hat Textilproben von all seinen Sachen genommen. Außerdem hat er ihm ein paar Haare ausgerissen.«

»Ließ Grone das freiwillig zu?«

»Ja. Der Surfer ist bereit, noch heute Abend nach Barcelona zu fliegen, um morgen früh gleich im Institut zu sein.«

»Eine Hotelübernachtung?« Costa dachte an die Spesen, die der Chef auf keinen Fall bewilligen würde.

»Er hat eine Freundin dort«, kam ihm Elena zuvor.

»Eine Freundin?« Wo andere Hotelkosten haben, hat dieser Typ Frauen, dachte Costa.

Elena überging die Frage. »Vielleicht sollten Sie Dr. Torres bitten, in Barcelona anzurufen, damit die Proben dann auch gleich morgen früh bearbeitet werden.«

»Bueno. Ich rufe ihn sofort an.«

Er nahm sein Handy und drückte eine der gespeicherten Nummern. Während er wartete, wurde ihm klar, dass der Fall kurz vor seiner Lösung stand. Gute Arbeit mit dem neuen Team. Er freute sich. »Wenn sich ergibt, dass der Würgegriff am Hals des Opfers von Grone ist, haben wir ihn. Dazu seine Fingerabdrücke in der Wohnung der Toten. Nach allem, was sich in Köln ergeben hat, ist er die Person, die wir suchen.« Jetzt meldete sich Torres, und Costa fragte ihn, wie lange die Untersuchungen und der Vergleich der Spuren dauern würden.

»Ich werd da morgen früh gleich anrufen, dann hast du das Ergebnis zwischen vierzehn und fünfzehn Uhr. Telefonisch jedenfalls. Nur muss dafür morgen früh einer mit den Asservaten vor dem Institut stehen.«

»Nulla problema«, sagte Costa, »der Surfer ist morgen früh da.«

Er dankte Torres und beendete das Gespräch.

»Sehr gut, Elena. Also geben Sie dem Surfer grünes Licht. Und jetzt würde ich den Mann gerne vernehmen, wenn Sie ihn freundlicherweise in mein Büro bringen lassen würden.« Er war ausgestiegen, nickte ihr noch einmal zu und ließ vorsichtig die Tür ins Schloss fallen. Er wusste, dass sie es hasste, wenn jemand die Autotür knallte.

## 10

Der gut aussehende junge Mann, dem Costa im Mar y Sol bereits persönlich begegnet war, wurde von zwei Beamten hereingeführt. Er trug ein kanariengelbes Jackett und immer noch das grün-rot-braune Seidentuch mit dem unruhigen Muster. Costa forderte ihn mit einer Handbewegung auf, sich auf den Stuhl vor seinem Schreibtisch zu setzen, und bat einen der Beamten, draußen vor der Tür zu warten. Bevor er den Raum verließ, legte der Beamte eine Akte vor Costa auf den Schreibtisch. Costa schlug sie auf. Ganz oben lag der Reisepass, den man dem Verdächtigen abgenommen hatte, und dann folgte das Verhaftungsprotokoll.

Er nahm den Reisepass und betrachtete das Bild. Ganz eindeutig: Es war Hinrich! Beide waren nicht zu verwechseln. In den Hotels nahmen sie die Pässe offenbar entgegen, ohne einen Blick auf das Foto zu werfen.

»Sie sind also – «, Costa tat, als könnte er den Namen im Pass nicht richtig lesen.

Sein Gegenüber lächelte. »Mein Name ist Ulf Hinrich. Steht ja da.«

Ein Schauspieler, dachte Costa und fragte, wie spät es sei.

»Fünf vor elf«, sagte Grone, verwirrt über diese Frage.

»Wollen Sie denn die ganze Nacht hier auf dem Präsidium verbringen?«

»Warum bin ich überhaupt verhaftet worden? Was für ein Recht hat die spanische Polizei dazu?« Da Costa ihn ruhig ansah, aber nichts sagte, fügte er hinzu: »Sind Sie als deutscher Vertreter hier, um uns vor den Übergriffen der spanischen Polizei zu schützen?«

Nach den letzten anstrengenden Tagen war Costa dieses unsinnigen Spiels müde. Außerdem hatte er wenig geschlafen.

»Nein«, sagte er. »Ich bin Spanier. Ich spreche nur zufällig Deutsch.«

Grone sah ihn mit einem überraschten Lächeln an und sagte, es sei kaum zu glauben, dass jemand eine fremde Sprache so toll spreche. Costa bedankte sich für das Kompliment und verlieh seiner Hoffnung Ausdruck, dass die gute Sprache auch dem guten Verstehen zwischen ihnen beiden dienen möge.

»Ganz sicher«, sagte Grone und legte dabei seine rechte Hand an die Wange, sodass Costa die farblos lackierten Fingernägel sehen konnte.

»Herr Grone, warum sind Sie ausgerechnet nach Ibiza gekommen?«

»Weil es auf Ibiza einen weltweit bekannten Gay-Strand gibt. In Es Cavallet.«

»Sie wollten hier einen Strandurlaub machen?«

»Zur Selbstfindung ist es manchmal ganz wichtig, sich aus dem Alltag auszuklinken und anderswo aufzutauchen.«

»Zur Selbstfindung?« Costa warf einen Blick ins Verhaftungsprotokoll, wo der Mann erwähnt wurde, mit dem Grone beim Küssen erwischt worden war: Dr. Gerd Weber. »Es scheint, als hätten Sie nicht sich selbst, sondern einen anderen gefunden.«

»Ja, Gino. Mein Gott, ich brauche manchmal auch jemanden, bei dem ich mich geborgen fühle und zur Ruhe komme. Solche Menschen sind ganz, ganz rar, und wenn man mal so jemanden wie ihn gefunden hat, muss man die Freundschaft pflegen.«

Costa staunte einen Moment über diese unerwartete Offenheit, aber wahrscheinlich hatte der Bursche ein paar Seiten, die er erst mal bedenkenlos aufdecken konnte, bevor es ans Eingemachte ging. Bevor sich hinter Charme und Erotik die Fratze des Bösen zeigte; diese schwarze Gestalt, die ihn im Moment des Mordens ganz ausfüllte und völlig beherrschte. Costa warf wieder einen Blick in die Akte.

»Ist der Name Ihres Bekannten nicht Gerd Weber?«

»Sicher. Aber hier auf der Insel nennt er sich Gino.«

»Wenn ich richtig informiert bin, haben Sie doch einen Lebenspartner in Köln. Der Mann, mit dessen Pass Sie reisen.«

»Jeder kommt mal in die Situation, wo er jemanden braucht, dem er vertraut. Das ist in den seltensten Fällen der Lebenspartner. Meistens ist das jemand, der sich außerhalb dieser Kategorie bewegt. Mit so jemandem kann man dann auch über seine sexuellen Probleme oder Wünsche reden. Das ist ziemlich wichtig.« Die Sache mit dem Pass hatte er einfach übergangen.

»Sie meinen, Sie konnten Ihrem Lebenspartner nicht anvertrauen, dass Sie aus dem Knast ausgebrochen sind?«

»Bin ich das?«

Costa warf erneut einen Blick in die Akte. »Sie sind am Mittwoch, dem 26. 9., um 7.20 Uhr unter dem Namen Ulf Hinrich von Düsseldorf mit der LTU 152 nach Ibiza geflogen. Die Maschine landete um 9.45 Uhr. Sie haben dann ein Taxi genommen und sind um elf im Hotel Playa Central angekommen, wo Sie sich unter Vorlage des Passes Ihres Freundes Ulf Hinrich ein Zimmer nahmen. Zimmer 216.«

Costa schob das Anmeldeformular des Hotels beiseite und nahm das Fax von der Kölner Kripo. »Am Montag, dem 24. 9., haben Sie im Großgärtnereibetrieb Borchers in Köln-Poll aus dem Spind eines Angestellten dessen Hose, Hemd und Jacke entwendet und ihren Blaumann mit der Aufschrift der Justizvollzugsanstalt Köln irgendwo in die Mülltonne geworfen.« Er lehnte sich zurück und sah Günter Grone für einen Moment nachdenklich an. Würde der sonnengebräunte und gut aussehende Typ jetzt seine Spielchen lassen?

Grone hatte die Augen niedergeschlagen und starrte vor sich hin. Beide schwiegen.

»Sind Sie aus der Haft ausgebrochen, um Ihre frühere Arbeitgeberin Ingrid Scholl zu besuchen?«

Grone hob abwehrend die Hände. »Nein, um Gottes willen, das gerade nicht!«

»Was dann?«

»Ich wollte mich hier einfach erholen und ’n bisschen amüsieren. Ich wollte sie nicht treffen! Sie weiß ja gar nicht, dass ich schwul bin. Deswegen habe ich Ihnen auch neulich im Café vorgeflunkert, dass ich Ingrid Scholl nicht kenne und gar nicht Günter Grone bin. Weil ich nicht wollte, dass sie es erfährt! Sie darf es nicht erfahren, verstehen Sie? Ich möchte sie nicht enttäuschen! Ich will hier einfach ein paar schöne Tage in der Schwulenszene erleben. Wenn sie weiß, dass ich hier bin, ist das nicht möglich!«

Costa fragte sich, ob die kindliche Art, mit der Grone sprach, als Unbefangenheit zu deuten war oder als die raffinierte Verschleierung eines eiskalt kalkulierenden Verbrechers.

Costa hatte einige erlebt, die sich in einer solchen Situation in Schweigen hüllten, aber auch andere, die sich geradezu in einen Schwall von Erklärungen, Beteuerungen und widersprüchlichen Unsinnigkeiten flüchteten. Ihm war es gleichgültig, wie ein Verbrecher sich zu retten versuchte, doch es tat ihm weh, wenn er einen Unschuldigen quälte. Er hatte sich kein dickes Fell zugelegt wie andere Kollegen. Daher versuchte er bei jedem Verhör gleich zu Anfang die entscheidende Frage für sich zu klären – schuldig oder nicht schuldig? Vielleicht war Grone wirklich nur der Vergnügungsreisende, der einer alten Bekannten nicht begegnen wollte. Vielleicht hatte er in den vielen Monaten dort im düsteren Kölner Gefängnis davon geträumt, einmal das schöne Licht und die fröhlich bunten Leute auf dieser Insel zu erleben. Costa jagte Menschen, die andere umgebracht hatten, aber er mochte nicht solche herumschubsen, die nur für ein paar Momente glücklich sein wollten.

»Gut«, sagte er. »Die Frau Scholl hat nichts erfahren. Haben Sie sich denn gut amüsiert?«

Grone nickte erfreut. »Ja. Absolut.« Aber dabei schien ihm gleich wieder etwas Unangenehmes einzufallen. »Bis auf diesen furchtbaren Regen!«, fügte er hinzu.

»Ja, der rote Regen«, sagte Costa. »Aber sonst war es schön?«

»Wunderschön! Ja, wirklich.«

»Vielleicht erzählen Sie mir mal alles ganz genau. Angefangen bei Ihrer Ankunft auf Ibiza. Meinen Sie, das kriegen Sie hin?« Costa sprach ruhig und freundlich, wie ein Arzt, der den Patienten bittet, ihm seine Krankengeschichte zu erzählen.

Grone nickte. »Der Donnerstag war total verregnet. Das war ja echt grausig. Wir haben den ganzen Tag in der Sauna verbracht. In Figueretas. Und abends waren wir dann –«.

»Ich meine, der Reihe nach. So, wie Sie es erlebt haben. Wie im Film. Dass ich es mir vorstellen kann«, unterbrach ihn Costa lächelnd.

»Na ja, ich bin vom Flughafen ins Hotel. Als Gepäck hatte ich nur eine kleine Toilettentasche. Es ist ja warm auf der Insel. Ich wollte nur ausspannen. Dieser traumhafte Himmel, dieses wunderbare Wetter!« Er lächelte schwärmerisch.

»Also? Was haben Sie dann gemacht?«

»Dann bin ich mit dem Taxi zum Es-Cavallet-Strand gefahren.«

»Wer hat Ihnen das empfohlen?«

»Niemand.«

»Niemand?«

»Ja, meine Güte, ich hab natürlich den *Spartakus* bei mir.«

Costa hatte einmal einen sehr kniffligen Fall in Hamburgs Schwulenszene lösen müssen und kannte daher diesen Szene-Guide und Reiseführer der Schwulen.

»Und? Wie war es da?« Costa musste Grone dazu bringen, ganz locker draufloszureden. Er sollte sich in Sicherheit wiegen. Das Verfahren setzte voraus, dass der andere redewillig war, und funktionierte nur dann nicht, wenn der Schuldige diese Verhörsituation vorher genau berechnet hatte, wenn er seine Ausflüchte und Lügen einstudiert und wie ein Schauspieler regelrecht geprobt hatte.

Costa kannte solche Typen. Doch Grone hielt er nicht dafür. Wenn Grone der Täter war, war er entweder benutzt worden oder hatte es in einem Anfall paranoider Selbstvergessenheit getan.

Costa zog eine Packung Zigaretten aus der Schublade seines Schreibtischs. Obgleich er selbst nicht rauchte, bot er seinem Gegenüber eine an. Er wollte Grone nicht das Gefühl geben, kalt ausgefragt zu werden.

»Wie ist es am Es-Cavallet-Strand? Ich war noch nie da. Ich kenn mich überhaupt nicht aus.«

Grone war offensichtlich bereit zu reden. Das hatte Costa gehofft, und er entspannte sich etwas.

»Der Es-Cavallet-Strand ist ja am Anfang ein ganz normaler Strand«, sagte Grone. »Da geh ich immer gerne zum Essen. Ins Escollera. Das ist immer gut besucht, und man hat einen guten Blick rüber nach Formentera. Und hundert Meter davon entfernt liegt das absolute In-Restaurant, wo sich die Prominenz trifft, das El Chiringuito, in dem sogar Polanski Hof hält.«

Grone beschrieb den Strand, als wäre er schon oft dort gewesen. Costa nannte das den In-Group-Effekt. So nach dem Motto, ey, ich gehöre doch schon lange dazu, ich kenn mich aus!

»In der letzten Biegung am Turm«, fuhr Grone fort, »mündet der Strand in den Gay-Strand. Als ich da ankam, konnte ich gleich sehen, da wird kontaktet, na ja, deswegen bin ich ja auch hergekommen. Da liegen die Schönen, da liegen die Eingeölten, die Rasierten und die Spanner. Eine superbunte Mischung. Da ist das Chiringay. Halb Strandbar, halb Disko und auch ein bisschen Travestie-Entertainment. Ich habe da einen Drink genommen und eine Kleinigkeit gegessen. Das ist der absolute Treff. Die meisten kommen schon in kleinen Cliquen an.«

Grone begann, über das ganze Gesicht zu strahlen. Er hatte sehr weiße, gesunde Zähne. »Da hab ich dann später auch Gino kennen gelernt. Aber erst mal bin ich am Chiringay vorbeigelaufen bis zu den Dünen, da wo die Krüppelkiefern anfangen. Das sind ungefähr zwei Kilometer.« Grone lehnte sich lächelnd zurück und legte die Hände in den Schoß. »Da findet das Kontakten für den schnellen Sex statt. Da wird gefickt auf Teufel komm raus, 'tschuldigung, aber es ist so. Von euch ist da keiner. Spanische Polizei gibt's da nicht. Nicht ein einziger Polizist.«

Costa war nicht entgangen, dass der Bursche ihn bei diesem kleinen rüden Ausfall scharf ins Auge genommen hatte, um zu testen, ob er sich empören würde oder ob er ihn um den Finger wickeln konnte. Auf jeden Fall war er selbstsicherer geworden, und Costa wusste nun, dass Verführung und Sexualität sein eigentliches Feld waren.

»Es wird da wohl überhaupt keinen Spanier geben«, sagte er, um das Gespräch in Gang zu halten.

»Im Gegenteil«, lachte Grone auf. »Hinter den Dünen gibt es einen schmalen Pfad, der vor allem von älteren Spaniern benutzt wird. Die Männer stehen hinter den Bäumen, fummeln an sich herum und versuchen damit die Aufmerksamkeit eines Interessenten zu wecken.«

Grone wurde immer entspannter.

»Aber wir sind jetzt noch auf der anderen Seite«, fuhr er fort, »auf der Meerseite, wo du das herrliche Wasser hinter dir hast und die schwule Szene lecker badet. Dort sind die Dünen fast wie kleine Berge, mit kleinen cañyonartigen Einschnitten. Auf den höchsten und exponiertesten Stellen stehen diese einzelnen Indianer, diese einzelnen, nackten Männer und halten Ausschau. So als hätte die Kurverwaltung alle fünfzig Meter eine griechische Säule auf den Sandbergen aufgestellt.« Schwärmerei war Teil seiner Verführungskunst. Es riss ihn selbst mit. »Die halten von dort oben Ausschau und signalisieren, hier könnte was passieren. Das muss einfach jeden, der es noch nicht kennt, interessieren und anturnen. Das sind absolut durchtrainierte Körper. Man sieht Leute da hochgehen und kann beobachten, wie die Köpfe nach unten wandern und in irgendeiner Sandmulde verschwinden. Es gibt andere, die laufen splitterfasernackt zwischen den Fichten und Büschen auf den Dünen herum. Als Spaziergänger sieht man an allen Ecken und Kanten irgendwelches Rumgebumse und Leute, die in dem feinen Sand herumkriechen. Darunter auch viele Briten. Man erkennt sie an den Tätowierungen. Es ist allein schon stimulierend, da in der Sonne zu liegen und mitzukriegen, was um einen herum passiert. Das ist der gleiche Kitzel wie in der Sauna. Ich gehe ja oft in die Dampfsauna, wo ein ganz direktes Kontakten stattfindet. Das war dann aber einen Tag später, am Donnerstag. Als der Regen einen Strandbesuch unmöglich machte. Schummerlicht und dieser Dampf, und wenn du dann merkst, neben dir ist so ein ganzes Rudel am Werk, stimuliert das die Sinne. Absolut! Auch wenn man keine sexuellen Absichten hat und sich einfach so in die Dünen legt – es kribbelt anders, als wenn man sich an der Cala Tarida sonnt.«

»Und da waren Sie mit Gino Weber?«

»Nein, Gino war nicht in den Dünen. Es gibt auch Leute, die wollen keinen direkten Sex, sondern suchen nur jemanden, mit dem sie sich für den Abend verabreden können. Ich hab ihn später im Chiringay kennen gelernt. Man nimmt Blickkontakt auf und klönt ein bisschen herum. Ich komme aus Köln, was machst du? Alle sind splitterfasernackt. Und dann verabredet man sich für den Abend, wo jeder aufs Feinste hergerichtet ist – natürlich im Szene-Look und nur teure Designerklamotten.«

»Sie haben sich also mit Gino für den Abend verabredet?«

»Ja, es hat sofort zwischen uns geklickt. Wir wollten uns um zehn Uhr treffen. Bin auch pünktlich wie der Glockenschlag da reingeschwebt.«

»Wo?«

»Im Dome. Ich mag diese Szene, wo sich Heteros und Schwule mischen. Der totale In-Treff.«

»Wie sind Sie dahingekommen?«

»Ich bin vom Playa Central runter zum Strand geschlendert, bin am Wasser entlang flaniert und irgendwann auf die Hauptstraße gekommen, die zur Vara de Rey führt. Von da bin ich in die Altstadt rauf. Gino hat mir erzählt, dass dort in der Saison so ein Gewühle herrscht, dass man alles festhalten muss. Die Menschen reiben sich aneinander, lautes Gelächter und Gequatsche, die Travestie-Stars treten auf und man verabredet sich für die einschlägigen Partys. Gut aussehende, gut riechende und interessante Leute werden angesprochen, du, wir machen heute Abend in der Finca bei Santa Gertrudis eine Party. Oder wir gehen nachher alle ins Amnesia. Oder wir sind nachher alle im Pacha. Oder sie treffen sich alle auf der großen Jacht von irgendeinem Milliardär. Oder bei Gaultier. Das entscheidet sich dort. Mein Gott, was für eine Insel!«

»Wie lange haben Sie gebraucht, um ins Dome zu kommen?«

»So gegen fünf, halb sechs bin ich vom Strand weg, dann war ich um sechs im Hotel, hab mich frisch gemacht, 'n bisschen rumgezappt, dann 'n Drink unten an der Bar.«

»Wann war das?«

»Um neun bin ich so langsam losgezockelt runter zur Bar.«.

»Bis dahin haben Sie ferngesehen?«

»Ja, halt so rumgezappt.«

»Was haben Sie gesehen? Erinnern Sie sich an irgendeine Sendung?«

»Nichts Bestimmtes. Wollte mir die spanischen Sender mal ansehen, aber ich habe nichts verstanden.«

»Aber an irgendetwas werden Sie sich doch erinnern?«

»Ja. So eine Show. Da saßen ein paar Leute rum, eine Spiel- oder Rateshow. Und dann Sport. 'n bisschen Fußball. Aber ich habe nicht mitgekriegt, welche Mannschaften da spielten.«

»Und wann waren Sie dann im Dome? Können Sie sich daran genau erinnern?«

»Ja, genau um zehn. Ich wollte auf keinen Fall zu spät kommen. Sonst wäre er womöglich weg gewesen.«

»Und dann?«

»Im Dome habe ich zwei Veuve Cliquot getrunken und Gino zwei Gin Tonic und dann sind wir weitergeschlendert, links die Treppe hinauf ins Angelo, dieser Schwulenclub mit der offenen Terrasse. Da haben wir jeder 'n Ibizy-Crazy getrunken und sind von da aus durch die engen kleinen Gassen bis zur Calle de la Virgin gelaufen. Ein Ding neben dem anderen. Wir sind vorbei am Capriccio und ins Foc y Fum, nachdem wir noch kurz ins Exis und schräg gegenüber ins Léon sind. Und zum Schluß natürlich ins Ánfora, die absolute Schwulendisko.«

»Das war alles an Ihrem ersten Tag, am Mittwoch?«

»Ja.«

»Heute ist Sonntag. Sie sind wahrscheinlich jeden Abend ausgegangen. Verwechseln Sie da nichts?«

Grone lachte. »Was sollte ich verwechseln? Es war jeden Abend dasselbe. Nach dem Strand zurück ins Hotel, ein bisschen ausruhen, dann so gegen zehn ins Dome und anschließend in die Bars und ins Anfora.« Grone lachte. »Jetzt hab ich doch gelogen. Donnerstag waren wir nicht am Strand, da war ja dieser höllische rote Regen. Als wenn der Himmel blutet, mein Gott, hab ich gedacht, wer hat das ausgelöst? Wir sind im Morgengrauen zu Fuß nach Hause gegangen, in Ginos Hotel, und Ginos weißes Hemd war rot wie nach einem Schlachtfest. Schlachtfest? Wie kommst du auf Schlachtfest, hat er gesagt, ich habe meine Tage. Wir haben da im Regen gestanden und uns vor Lachen ausgeschüttet. Gino ist ein sehr witziger Typ. Sie werden ihn mögen.«

Costa hatte sich in seinem Beruf von Anfang an daran gewöhnt, mit Verrückten oder Wahnsinnigen zu verkehren wie andere Leute mit den Kollegen aus der Rechnungsabteilung. Er hatte versucht, gegen die grellen Akzente unempfindlich zu werden, aber es war ihm nicht gelungen. Immer wieder stand er staunend wie ein Kind vor diesem Leben, das sich Gott so überraschend vielseitig ausgedacht hatte.

So saß er jetzt vor diesem bildschönen Menschen und fragte sich, wohin die Fahrt wohl gehen würde.

»Wir waren pudelnass, als wir in Ginos Hotel ankamen. Aber es machte nichts, es war unsere erste Nacht! Ich möchte dich unbedingt wiedersehen, sagte Gino am nächsten Tag zu mir. Wir verabredeten uns an der Kirche von Santa Gertrudis. Der rote Regen hatte aufgehört, es war ein wunderschöner Tag. Gino zeigte mir die Insel, und ich verliebte mich sofort in sie. Ich dachte, irgendwann möchte ich hierher, möchte 'ne eigene kleine Finca haben. Die nächste Nacht verbrachten wir wieder zusammen. Gino wollte, dass ich mein Hotel aufgebe, und das machte ich dann ja auch, übrigens kurz nachdem Sie mich in dem Straßencafé angesprochen hatten.«

Sollte er einen brutalen, grausamen Mörder vor sich haben, konnte Costa ein Gefühl der Bewunderung nicht verhehlen. Wie glänzend hatte er die Begegnung mit Costa und die anschließende Flucht aus dem Hotel in das Gespräch eingeflochten und damit als Verdachtsmoment weggezaubert!

Das Telefon klingelte. Am Apparat war der Surfer, der ihm stolz mitteilte, das Ergebnis des Vergleichs der Fingerabdrücke zu haben.

»Grone war in der Wohnung«, sagte er. »Es besteht kein Zweifel. Die Abdrücke im Hotel und auf der Türklinke des Schlafzimmers sind eindeutig von ihm. Die restlichen Untersuchungsergebnisse kriegen wir in vierundzwanzig Stunden.«

Costa bedankte sich und sagte, dass er ihn heute nicht mehr brauche. »Morgen ist um 13.30 Uhr Sitzung«, fügte er noch hinzu. Er konnte spüren, dass sich der Surfer freute, nicht dabei sein zu müssen, war jedoch zu erschöpft, um darauf zu reagieren. Er beendete das Gespräch und rief Elena Navarro in ihrem Büro an. Er hatte es für unwahrscheinlich gehalten, aber sie war noch da.

»Noch nicht müde?«

»Nein. Ich wollte noch das Ergebnis Ihrer Vernehmung abwarten.«

»Gut. Dann kommen Sie kurz rüber.«

Sie erschien sofort, wach und frisch, so als hätte sie gerade ein Bad genommen.

»Ich komme mir ja wie ein ganz wichtiger internationaler Verbrecher vor«, sagte Grone strahlend und erhob sich, um Elena zu begrüßen.

Er scheint sich pudelwohl zu fühlen, dachte Costa und beschloss, ihm eine kalte Dusche zu verpassen.

»Es liegt ein internationaler Haftbefehl gegen den Herrn hier vor, verbunden mit einem Auslieferungsgesuch. Aber wir behalten ihn hier, bis er uns erklärt, warum er Ingrid Scholl ermordet hat.«

Grone fuchtelte mit den Armen herum, zischte etwas von der typischen Brutalität der spanischen Polizei und rannte zur Tür.

»Sie werden nicht weit kommen«, sagte Costa.

Grone ließ den Türgriff los, wandte sich um und schrie, er lasse sich nicht als Mörder bezeichnen.

»Werden wir nicht«, sagte Costa. »Wir werden Sie Angeschuldigter nennen. Ob wir damit richtig liegen, können Sie sich ja gleich mal anhören, wenn Sie noch einen Moment Platz nehmen.«

Widerstrebend ging Grone zu seinem Stuhl zurück. Costa wandte sich wieder an Elena. »Also, um Sie kurz ins Bild zu setzen: Der Herr, der Ihnen hier gegenübersitzt, ist Günter Grone, geboren am 22. 9. 70 in Seiffen im Erzgebirge. Er lernte Gärtner in Dresden, saß von 1985 bis '89 dort im Gefängnis, wurde aber früher entlassen, ging dann nach Ostberlin und machte in den Villen der russischen Besatzer die Gärten. Als '89 die Mauer fiel, lernte er einen Busfahrer aus Köln kennen, Ulf Hinrich, zog zu ihm in die Wohnung und lebt seitdem in dieser Partnerschaft. Am 3. Februar '97, einem Rosenmontag, lernte er im Kölner Päffgen Ingrid Scholl kennen und arbeitete später bei ihr als Gärtner. Am 4. August '98 beging er bei Ingrid Scholls Nachbarn in der Lindenallee 16 einen Einbruch und erbeutete 5.400 Mark. Deswegen wurde er zu zweieinhalb Jahren Gefängnis verurteilt. Er hat etwa zwei Jahre davon verbüßt. Seinem Antrag auf vorzeitige Entlassung ist vor einigen Tagen stattgegeben worden.« Grone machte eine wegwerfende Handbewegung, als wollte er sagen, eure Schuld, wenn ich das erst jetzt erfahre. »Am Dienstag dieser Woche ist er aus der Haft entflohen. In Köln übernachtete er bei seinem Lebensgefährten Ulf Hinrich und stahl dessen Reisepass.« Grone wollte protestieren, aber Costa hob abwehrend die Hand. »Am Mittwoch ließ er sich früh morgens von ihm zum Flughafen nach Düsseldorf fahren und flog nach Ibiza, wo er im Hotel Playa Central eincheckte. Er verbrachte den Tag am Strand, lernte dort einen Dr. Gerd Weber aus Gifhorn kennen und verabredete sich mit ihm für abends um zehn im Dome. Gegen 17.30 Uhr verließ er den Strand und fuhr ins Hotel, um sich frisch zu machen. Gegen 19.30 Uhr nahm er ein Taxi, das ihn zum Vista Mar brachte und vor dem verschlossenen Tor der sehr gut gesicherten Anlage absetzte.« Costa wandte sich höflich lächelnd an Grone. »Meine Kollegin hat den Taxifahrer gefunden. Er hat Sie anhand eines Fotos identifiziert.«

»Das war der Typ mit der Glatze, wenn Sie sich erinnern.« Elena sagte es mit der gleichen, verbindlichen Freundlichkeit, mit der Costa seinen Bericht abgegeben hatte. Gutes Zusammenspiel, dachte er.

Grone starrte die beiden wie gebannt an.

»Er gelangte dann in die Wohnung von Ingrid Scholl, wie die von uns gefundenen Spuren eindeutig beweisen, und muss sich dort auch noch nach 21.35 Uhr aufgehalten haben, als Ingrid Scholl umgebracht wurde. Entweder sagt er uns nun, warum er es getan hat. Oder er sagt uns, wer der Täter ist.«

Er wandte sich plötzlich Grone zu, der jede seiner Bewegungen genau beobachtet hatte. »Ich weiß, Sie hatten Ihre Gründe. Die Frage ist – werde ich sie verstehen?« Aus Costa war alle Müdigkeit gewichen. Er wartete. Es war totenstill. Auch Elena rührte sich nicht. Costa spürte, wie sein Blut pulsierte.

Grone schluckte, bewegte seinen Kopf hin und her, hob den rechten Arm und kratzte sich am Hals. Seine Augen wanderten von Costa zu Elena und wieder zurück.

Schließlich lachte er kurz auf. »Ja, es stimmt.« Dann schluckte er wieder, räusperte sich und hustete.

»Was stimmt?«, fragte Elena. Costa wunderte sich, wie weich und melodisch ihre Stimme plötzlich klang.

»Dass ich sie besucht habe. Weil sie es so wollte. Ich hatte einen Brief von ihr bekommen, dass ich sie unbedingt besuchen soll, dass sie mich wahnsinnig gerne sehen möchte. Ich konnte ihr den Wunsch einfach nicht abschlagen. Sie hat sich so sehr darauf gefreut, dass ich einfach aus Köln abgehauen bin.«

»Haben Sie den Brief noch?«

»Nein. Ich habe ihn schon überall gesucht. Ich hab ihn irgendwo liegen lassen.«

»Wie sind Sie in die Wohnung gelangt?«, fragte Costa.

»Sie hat mir ihr Klingelzeichen geschrieben.«

»So? Wie ging das?«

Grone machte das Klingelzeichen vor. Ulf Hinrich hatte den Brief erwähnt und auch das Klingelzeichen. Aber in den

Verhören mit den Hausbewohnern hatte Costa davon nichts gehört. Er würde Erika Brendel danach fragen. Wenn es stimmte, dann hatte Ingrid Scholl natürlich auf das Zeichen hin geöffnet, ohne weiter nachzufragen.

»Und dann?«, fragte Elena.

»Ich habe nur kurz mit ihr gesprochen, weil sie Besuch erwartete. Ich bin schnell ins Bad, weil ich auf die Toilette musste, und dann hat sie mir ihr Auto gegeben und gesagt, ich soll noch etwas durch die Stadt fahren und zurückkommen, wenn ihr Besuch weg ist.«

»Hat sie gesagt, was für einen Besuch sie erwartete?«

»Sie sagte, eine Freundin, die ihr Karten legen wollte.«

Martina Kluge, das stimmte. Costa war sich schon fast sicher gewesen. Sollte er jetzt doch den Falschen vor sich haben?

»Und was geschah weiter?«

»Ich war einverstanden und bin mit dem Wagen nach Ibiza gefahren, weil ich ja noch diese andere Verabredung hatte, mit Gino Weber um zehn im Dome.«

»Und?«

»Ich habe den Wagen abgestellt, bin dann zu Fuß ein bisschen herumgeirrt, weil ich mich nicht auskannte. Und hab mich dann durchgefragt bis zum Dome.«

»Wo haben Sie den Wagen abgestellt?«

»Wenn man nach Ibiza reinkommt, rechts an der Straße.«

»Haben Sie den Schlüssel noch?«

»Ja.« Grone griff in die Tasche. Nichts. Er suchte genauer, stand sogar auf, konnte aber keinen Schlüssel finden. »Ich muss ihn verloren haben«, sagte er ratlos.

»Und wann waren Sie im Dome?«

»Ich war um zehn da.«

»Gerd Weber auch?«

»Der war auch da. Sie können ihn fragen. Es war genau zehn, ich habe auf die Uhr geschaut, weil ich dachte, ich bin vielleicht zu früh.«

Costa sah auf seine Uhr.

»Wie spät ist es jetzt bei Ihnen?«

Grone war etwas verwirrt. »Wozu? Ich habe keine Uhr.«

»Sie sagten doch, Sie hätten auf die Uhr geschaut und wussten daher, dass es genau 22.00 Uhr war, als Sie ins Dome kamen.«

»Ja, ich hatte die Uhr von Gino. Er hat sie mir am Strand gegeben, damit ich nicht zu spät komme.« Er lächelte süffisant. »Irgendwie wollte er mich mit diesem Pfand ja auch binden.«

Costa ging nicht darauf ein. »Und auf Webers Uhr war es genau zehn, als sie wo waren?«

»Als ich auf die Terrasse des Dome kam. Ich stand da und blickte so um mich, all die Leute, wo ist er denn nun? Vielleicht bin ich zu früh? Ich sah auf die Uhr – genau zehn! Wunderbar, ich bin absolut pünktlich, habe ich noch gedacht, und da war er auch schon. Ich bin hin und habe gesagt, siehst du, ich komme mit dem Glockenschlag, hier hast du die Uhr zurück. Genau zehn.«

Wenn Weber das Alibi bestätigte ... – nein, Costa konnte das nicht glauben! Dieser Bursche war der Täter und nicht die Haitinger oder sonst jemand. Vielleicht war er von Siegfried Scholl beauftragt worden, doch er war es, der diese schreckliche Tat begangen hatte. Torres hatte gesagt, dass die Frau nach 21.35 Uhr ermordet worden war. Die Strecke nach Ibiza-Stadt war in der Zeit von 21.35 Uhr bis 22.00 Uhr allerdings nicht zu schaffen. Das war ausgeschlossen.

»Warum haben Sie ihr das Auto nicht zurückgebracht?«

»Ich wollte es. Aber sie war nicht zu Hause. Ich habe immer wieder versucht, sie anzurufen.«

Ziemlich kaltschnäuzig, fand Costa, falls er sie wirklich umgebracht hatte.

»Auch am Mittwochabend?« Costa wartete neugierig. Bis nachts um zwei war er mit dem ganzen Team in der Wohnung gewesen, da hätten sie das Telefon gehört. Einen Anrufbeantworter hatte die Scholl nicht.

»Nein, am selben Abend nicht. Am nächsten Tag. Mittags. Und auch am Freitag und Sonnabend. Ich musste ihr ja das Auto zurückgeben.«

Der Kerl war die Unschuld in Person. Aber es würde kein Problem sein, die Wahrheit herauszufinden. Grone war die letzten zwei Jahre im Gefängnis gewesen, und so kannte er die neuen Telefone nicht, die die Nummern der letzten zwanzig Anrufe speicherten.

»Wie oft haben Sie es versucht?«

»Na, so fünf-, sechsmal.«

Costa forderte ihn auf, noch einmal genau zu beschreiben, wo er den Mercedes abgestellt hatte und ließ ihn dann abführen.

Er ließ sich in den Stuhl fallen und streckte die Beine aus. Elena saß kerzengerade vor dem Tonbandgerät und beschriftete die Kassetten.

Costa überlegte, ob er sie noch auf einen Nachttrunk einladen sollte. Wäre er nach Hamburg gefahren, würde er jetzt selig und ruhig mit den Kindern im Bett liegen und nur aufwachen, wenn er von Annalena einen Tritt bekam. Wer sollte ihn nun hinwegtrösten über die Sehnsucht nach dieser Familienknuddelei? Elena im Sa Calima? Ein bisschen Buena Vista Social Club, ein schönes Bier und dann nicht zu ernst sein! Ein bisschen herumalbern! Es gab ja sogar einen Grund, entspannt aufzuatmen. Die letzten Ergebnisse lagen zwar noch nicht vor, aber es war klar, was sie bringen würden.

Morgen würde er diese Bestie beim Verhör an die Wand stellen und Satz für Satz das Geständnis aus ihr herauspressen. Am Dienstagabend hätte er seinen Bericht für den Staatsanwalt fertig, und Mittwoch würde er beim Chef sitzen, um mit ihm die Presseerklärung abzustimmen. Danach würde er sich einen Tag freinehmen.

Ein bisschen Freizeit könnte er sich vielleicht schon morgen Vormittag gönnen. Für die Wäsche. Denn er hatte nichts mehr anzuziehen. »Ich glaube, ich komme morgen etwas später ins Büro«, sagte er zu Elena. »Als Erstes werde ich den Bischof bitten, den Wagen der Scholl zu suchen und abschleppen zu lassen. Wär möglich, dass wir da noch Blutspuren finden.«

Elena sagte, das sei nicht nötig, sie würde Rafal verständigen. Costa bedankte sich und schlug ihr vor, danach ins Royal Plaza zu gehen, um Gino Weber, den Lover von Grone, zu verhören.

»Der Mann wird keinen ausgebrochenen Sträfling schützen, der unter Mordverdacht steht. Wenn die Scholl zwischen 21.35 Uhr und 22.00 Uhr umgebracht wurde, kann Grone niemals um zehn im Dome gewesen sein. Ich kenne die Strecke. Selbst bei bester Ortskenntnis, verkehrsfreien Straßen und Höchstgeschwindigkeit bräuchte er auf jeden Fall dreißig Minuten. Wahrscheinlich wird Weber sagen, dass sie sich irgendwann nach zehn trafen. Übrigens sagte Grone, dass er die Scholl am Donnerstag, Freitag und Sonnabend noch ein paar Mal angerufen hat. Ich werde morgen selbst noch mal in die Wohnung gehen und das Telefon überprüfen. Wenn er sie umgebracht hat, wird er danach wohl kaum versucht haben, mit ihr zu telefonieren.«

Elena hatte inzwischen ihre Sachen zusammengepackt. »Ich denke, ich sollte morgen als Erstes die Kassetten abtippen lassen.«

»Ja, das ist wichtig, er muss es ja unterschreiben«, bestätigte Costa.

Sie erinnerte ihn daran, dass er die Schönheitsberaterin Martina Kluge noch sprechen wollte. Costa nickte, er würde sie morgen früh gleich anrufen und mit ihr einen Termin ausmachen.

»Okay, dann haben wir's«, sagten beide fast gleichzeitig, und das entlockte Elena Navarro sogar ein kleines Lächeln.

Als sie auf den Flur traten, ging im ganzen Gebäude das Licht aus. Costa fluchte leise. Jedes Mal ärgerte er sich darüber, obgleich das keine Seltenheit war. Instinktiv nahm er Elenas Arm, um sie durch das dunkle Treppenhaus zu führen. Sie ließ ihn gewähren und sagte kein Wort. Costa fühlte sich ihr in diesem Moment sehr nahe. Er wollte sie gerade fragen, ob sie noch mit ins Sa Calima käme, als er stolperte. Wahrscheinlich wäre er gefallen, hätte sie ihn nicht gestützt. Sie sagte, das sei ein Werkzeugkasten gewesen, denn auf der Etage würden die Leitungen neu verlegt. Als sie im vierten Stock waren, ging das Licht wieder an und Elena verabschiedete sich. Sie wollte noch etwas in ihrem Büro erledigen.

Er sah auf die Uhr. Es war bereits kurz nach eins. Er musste ins Bett. Ihm waren schon während des Verhörs ein paar Mal fast die Augen zugefallen. Außerdem hatte er morgen früh endlich einmal Gelegenheit, seine Wohnung aufzuräumen. Vorher musste er nur noch das Treffen mit Martina Kluge vereinbaren und das Telefon in Ingrid Scholls Wohnung überprüfen. Da blieb ihm sogar noch Zeit, den Entkalker für die Dusche zu besorgen.

## 11

Als Costa an diesem ersten Oktobermontag auf den Balkon hinaustrat, waren es achtzehn Grad und ein strahlend blauer Himmel. Ihm fiel sofort der Surfer ein. Vielleicht verpennte er die Zeit und vergaß, die Asservate ins Institut zu bringen. Costa machte sich einen Kaffee, setzte sich auf den Balkon in die Sonne und rief den Surfer an, der sich bereits auf dem Weg zum Institut befand. Er konnte am Verkehrslärm erkennen, dass es wirklich Barcelona war.

Für Martina Kluge war es noch zu früh, aber mit seiner Wäsche konnte er schon mal beginnen. Er zog die Betten ab und stopfte alles in die Trommel. Dann räumte er das Geschirr in die Spülmaschine, stellte sie an und entschloss sich, Fenster zu putzen.

Er hatte vor drei Wochen extra einen Scheibenwischer, einen Eimer und ein Ledertuch besorgt. Wenn die Kinder ihn besuchten, machte er die Hausarbeiten immer mit ihnen zusammen, wahrscheinlich bekam er deshalb plötzlich große Lust, sie schnell einmal anzurufen.

Um die Zeit würde er Annalena vielleicht noch vor dem Kindergarten erreichen. Und so war es auch. Sie erzählte ihm, dass sie wieder einen Zahn verloren hatte. Sie sagte, sie werde ihn einwickeln und in einen Briefumschlag stecken und ihm schicken. Er meinte, er würde sich sehr darüber freuen und ihn aufbewahren.

»Wenn du mich dann in den Ferien besuchst, kannst du ihn wiedersehen«, sagte er.

»Ich muss ihn nicht wiedersehen«, antwortete sie. »Ich habe dann einen neuen.«

Um neun erreichte er Martina Kluge. Sie hatte eine warme Stimme. Wenn sie sprach, klang alles leicht, genau und klar.

Da sie erst am Nachmittag konnte, verabredeten sie sich um fünf auf der Beautyfarm.

Eine angenehme Person, dachte er. Wie mag sie wohl aussehen?

Als er mit dem Fensterputzen fertig war, meldete sich sein Hunger. Costa schimpfte sich einen Idioten, dass er an einem Tag wie diesem, an dem er es sich leisten konnte, nicht zuallererst an seinen Genuss dachte. Aber es war ja noch nicht zu spät.

Er beschloss kurz ein paar Sachen einzukaufen und sich ein leckeres Frühstück zuzubereiten. Drei Spiegeleier mit Schinken. Das hatte er sich auf jeden Fall als Belohnung verdient.

In seinem Viertel gab es noch all die kleinen Läden, die woanders längst verdrängt worden waren: eine Metzgerei, einen Gemüseladen, eine Bäckerei, ein Dessousgeschäft, einen Zeitungsladen, eine voll gestopfte Buchhandlung, eine Spielhalle und viele kleine Restaurants.

Costa kaufte Eier, Schinken und Brot. Auf dem Rückweg warf er noch einen Blick in die Auslagen der Videothek, in der er sich einmal »Der Englische Patient« ausgeliehen hatte. Doch er kam vor lauter Überstunden ohnehin nicht dazu, sich einen Film anzusehen.

Als er gerade dabei war, die Eier in die Pfanne zu schlagen und sie mit Salz zu bestreuen, erklang »Üb immer Treu und Redlichkeit«, die Melodie, auf die er das Handy eingestellt hatte. Er versuchte, das Ding aus seiner Hosentasche zu angeln, ohne Salz und Ei an den Stoff zu schmieren.

Es war Elena. Gino Weber, der Liebhaber Grones, sei nicht zu finden, sagte sie.

»Ist er abgereist?«

»Nein, er wohnt noch im Royal Plaza, aber er war heute Morgen nicht auf seinem Zimmer und ist bis jetzt nicht erschienen. Ich habe an der Rezeption gebeten, uns umgehend zu informieren, wenn er auftaucht. Was soll ich jetzt tun?«

Costa erwiderte, es sei auch nicht so wichtig, weil sich an der Täterschaft Grones wahrscheinlich ohnehin nichts ändern würde.

»Die Haitinger haben Sie dann wohl ganz gestrichen?«, fragte Elena.

»Sie glauben doch selbst nicht, dass sie es war.«

»Aber ich streiche sie deswegen nicht von der Liste der Verdächtigen. Das würde ich nur tun, wenn ich in sie verliebt wäre.«

Costa fand das nicht so witzig. Die Eier hatten sich inzwischen in der Pfanne festgebacken. Er versuchte, sie mit dem Holzschieber zu lösen, was ihm aber nicht gelang, weil er in der linken Hand das Telefon hielt. Er klemmte es zwischen Kinn und Hals und nahm beide Hände. Er stieß kräftig zu, aber der Holzschieber rutschte ab, prallte gegen den Pfannenrand und heißes Fett spritzte ihm auf die Hand. Er zuckte zusammen, und das Telefon knallte auf den Küchenfußboden. Damit war das Gespräch beendet. Die Eier waren halb verbrannt. Am liebsten hätte er sie in den Müll geworfen, doch ihm war bewusst, dass er sich keine verschwenderischen Launen leisten konnte. Er biss ein Stück Brot ab, stopfte sich die restlichen Eistücke in den Mund und kaute grimmig vor sich hin. Er war gerade dabei, sich ein Glas Don-Simon-Orangensaft einzugießen, als sein Handy wieder »Treu und Redlichkeit« spielte. Costa wollte das Gespräch nicht annehmen, weil er glaubte, dass es Elena war, die ihn noch mal wegen der Haitinger anmachen wollte. Er verliebt in die Haitinger! So ein unglaublicher Blödsinn! Und das von der oberkühlen Navarro! Als das Telefon nicht aufhörte, gab er schließlich nach, donnerte aber gleich los: »Ich bin nicht verliebt in die Haitinger! Wie kommen Sie auf solchen Scheiß?«

»Das habe ich auch gar nicht behauptet«, sagte Franziska Haitinger.

Die Bratpfanne begann wieder zu qualmen, Costa bemerkte, dass er vergessen hatte, sie vom Herd zu nehmen.

Am anderen Ende der Leitung herrschte Stille. »Hallo? Sind Sie noch dran?« Costa wollte schon auflegen, als er wieder die schwache Stimme der Haitinger hörte. Sie wollte ihm noch die Telefonnummer von Dr. Teckler geben, dem Arzt, der sie an Schönbach verwiesen hatte, und ihm außerdem sagen, dass sie auf dem Weg zum Flughafen war, um nach Frankfurt zu fliegen. Nur damit er sich nicht wieder Sorgen machte, sie könnte flüchten. »Ich komme wieder. Ich mache da nur einen Arztbesuch. Ich hoffe, das ist in Ordnung. Ich gebe Ihnen aber gerne meine Handynummer, dann können Sie mich jederzeit erreichen.«

Costa entschuldigte sich. Er habe sie mit einer Mitarbeiterin verwechselt, die ihm den Vorwurf machte, dass er sie für unschuldig hielt. Franziska Haitinger bedankte sich für sein Vertrauen und sagte, sie sei auch unschuldig, diese Geschichte wäre doch völlig absurd. Während er nach einem Stift suchte, fragte Costa höflich, warum sie in Deutschland einen Arzt aufsuchen wollte, ob sie krank sei. Er fügte hinzu, dass sie auch etwas angegriffen klingen würde.

»Das wundert Sie?« Zum ersten Mal, seit er sie kannte, schwang in ihrer Stimme ein Vorwurf mit. »So etwas geht doch nicht spurlos an einem vorüber! Das ist doch ganz furchtbar!« Das letzte Wort war kaum noch zu verstehen, weil sie zu weinen begann. Er wollte sie trösten, aber ihr Schluchzen wurde immer lauter. Er hatte sie als beherrschten und leidensfähigen Menschen kennen gelernt, und jetzt, wo schon fast alles vorüber war, brach es aus ihr heraus. Er dachte, sie würde das Gespräch beenden, doch sie blieb am Apparat, sodass er ihren Zusammenbruch hilflos miterleben musste.

»Entschuldigen Sie«, sagte sie schließlich, »aber mir ist überhaupt nicht gut. Das ist auch der Grund, warum ich zu einem Spezialisten fliege.«

»Wann fliegen Sie denn?«

»Um 13.10 Uhr.« Sie gab ihm die Telefonnummern und entschuldigte sich noch einmal.

»Frau Haitinger, ich bin Ihnen gerne jederzeit behilflich«, sagte Costa so einfühlsam wie möglich. »Und ich freue mich, dass Sie mich angerufen haben.«

Als Costa zur Sitzung kam, erwartete ihn eine Überraschung. Der Bischof hatte den Wagen der Scholl abschleppen und das Lenkrad auf Fingerabdrücke untersuchen lassen. Fingerabdrücke waren zwar gefunden worden, aber keine von Grone. Hatte er den Wagen gar nicht gefahren? Dazu passte, dass er den Autoschlüssel nicht hatte finden können. Vielleicht war er gar nicht in seinem Besitz gewesen.

Costa ließ sich noch einmal beschreiben, wo der Wagen gefunden worden war und verglich das mit der Aussage Grones, der gesagt hatte, am Hafen auf der rechten Seite der Straße. Das war nicht sehr präzise, aber es entsprach in etwa dem Fundort auf der Avenida Santa Eulalia gegenüber dem Hafenbecken, wo sich eine baufällige Werkhalle befand.

»Es ist so ein kleiner Sandsteinquader mit einer Palme davor. Zwischen dieser Palme und dem Gebäude haben wir den Wagen gefunden.« Weil Costa immer noch verständnislos dreinblickte, fügte der Bischof hinzu: »Es ist da, wo das große Schilffeld zwischen dem E-Werk und der alten Arena an die Avenida grenzt. Daneben ist noch ein kleiner Parkplatz und gegenüber der Club Nautico.« Jetzt wusste Costa Bescheid.

»Vielleicht ist ein anderer gefahren«, sagte der Bischof.

»Oder er trug Handschuhe«, meinte Elena.

»Vielleicht«, sagte der Bischof. »Aber bei seinen Sachen wurden keine gefunden und im Auto auch nicht. Vielleicht ist die Brendel gefahren.«

Costa lächelte und hielt das für einen Witz, bis ihm der Bischof einen Brief rüberschob und sagte, den habe er zwischen den beiden Sitzen gefunden.

Der Brief war auf dem Briefpapier der Brendel mit der Hand geschrieben und trug darüber hinaus Erika Brendels Unterschrift. Er war an Günter Grone adressiert: Strafvollzugsanstalt, Rochusstr. 350, Köln und trug das Datum des 2. September 2001. Der Bischof las die wichtigen Passagen vor: »Ich kenne Sie sehr gut durch Ingrids Erzählungen. Ich bin ihre beste Freundin und möchte ihr ein Geburtstagsgeschenk machen. Wenn Sie wüssten, wie sehr sie Sie liebt, würden sie sicher nicht zögern, sie wiederzusehen. Und das soll mein Geschenk sein: Kommen Sie! Ingeli erzählte mir, dass sie sich Ihnen gegenüber sehr falsch verhalten hätte. Jedenfalls will sie das jetzt wieder gutmachen! Ein schöner Wiedersehensgrund! Mein Geburtstagsgeschenk soll eine Überraschung sein. Sie müssen keine Schleife tragen, aber sie soll vorher nichts merken. Deshalb liste ich Ihnen alle Infos auf, die Sie benötigen: Appartement 402/4. OG. Code für Toreinfahrt und Haustür: 1998 (bitte behalten Sie diesen Geheimcode für sich). An der Wohnung machen Sie bitte folgendes Klingelzeichen: 3 x lang, 2 x kurz … – sie ist immer zur Tagesschau zu Hause, also um zwanzig Uhr. – Wie wär's? Mit den besten Grüssen, Erika Brendel.«

»Das ist ja 'n nettes Geburtstagsgeschenk!«, sagte Costa, stand auf und ging ans Fenster. War es derselbe Brief, den Grone und sein Freund Hinrich erwähnt hatten? Er brauchte einen Moment, um das zu verarbeiten. Sollte er es tatsächlich mit einem Auftragsmord zu tun haben? Was für ein Motiv hätte die Brendel gehabt? War der Brief die kaschierte Anweisung zur Durchführung eines Verbrechens? Er erinnerte sich, dass Erika Brendels Aussagen zu den beteiligten Personen nicht selten gewechselt hatten. Es entsprach ihrem Temperament. Er hatte das zunächst recht witzig gefunden und für eine charakterliche Eigenheit gehalten. Doch jetzt fragte er sich, ob sich dahinter nicht die tiefe Unsicherheit eines Menschen verbarg, der an einem Verbrechen beteiligt war. Lügen heißt, ein logisches und schlüssiges Märchen erfinden, aber nicht ein Märchen wie Hänsel und Gretel, sondern ein Märchen, dass an ganz bestimmten Punkten der Realität festgemacht ist. Dabei verheddern sich die meisten, denn es verlangt ein sehr schnelles Denken und das Gedächtnis eines Pokerspielers, der stets weiß, welche Karten noch im Spiel sind und welche schon abgelegt wurden. Was habe ich gesagt, was muss ich noch sagen und was darf ich auf keinen Fall wissen? Lebhafte Temperamente wie die Brendel hatten dabei häufig einen hohen Korrekturquotienten.

Costa wandte sich zum Bischof. »Du meinst, sie hat mit laufendem Motor im Wagen gewartet, während er oben die Freundin umbrachte? Dann rannte er hinunter, sprang ins Auto und fuhr so schnell wie möglich in die Stadt, um sich ein Alibi zu verschaffen?«

Der Bischof rieb sich den Hals und druckste ein wenig herum. »Was weiß ich. Ich kenne die Deutschen nicht. Vielleicht spielen sie sich zum Zeitvertreib so kleine böse Streiche.« Auf Ibiza hingegen kannte er jeden Taschendieb, jeden Einbrecher und jeden Betrüger. Er wusste sogar bei den Zigeunern gut Bescheid.

Elena hatte in der Akte geblättert. »Wir haben alle Sachen in der Wohnung der Ermordeten aufgelistet«, sagte sie. »Haushaltshandschuhe aus Gummi sind nicht dabei.«

»Und?«, brummte Costa.

Sie deutete auf einen Einkaufsbeleg. »Auf der Einkaufsquittung vom Supermarkt sind aber Gummihandschuhe vermerkt. Wir hätten sie finden müssen. Wir können ja noch einmal suchen, aber wenn wir nichts finden, könnte er sie angezogen haben, um Fingerabdrücke zu vermeiden.«

»Und wo sind sie geblieben?«

»Er hat sie zusammen mit dem Autoschlüssel weggeworfen, nachdem er den Wagen abgestellt hat.«

»Wäre eine Möglichkeit«, sagte Costa. Er fühlte sich nicht sehr fit. Irgendwie kam es ihm vor, als wäre die Brendel mit ihrem Jungmädchenlachen im Raum anwesend.

»Es wäre keine schlechte Erklärung«, sagte Elena, und ihm schien, als hätte sie plötzlich ein mitfühlendes Lächeln für ihn. »Außerdem war die Brendel an dem Abend auf Mallorca! Sie haben Sie doch am nächsten Tag selbst vom Flughafen abgeholt.«

»Gut«, sagte Costa, »ich werde die Brendel heute noch aufsuchen und sie in die Zange nehmen.« Dann fragte er Elena, ob der Zeuge Weber inzwischen aufgetaucht sei.

»Ich habe kurz vor der Sitzung noch einmal im Hotel angerufen. Er ist bislang nicht erschienen. Es sieht so aus, als hätte er die Nacht woanders verbracht.«

»Haben die denn nachgesehen, ob seine Sachen noch im Zimmer sind?«

»Ja, sie haben das Zimmermädchen gefragt. Es ist noch alles da. Er hat ja seine Rechnung auch noch nicht bezahlt und bleibt noch vierzehn Tage.«

»Bueno, kein Problem«, sagte Costa. »Dann werden wir ihn ja auf jeden Fall noch hören.« Er sah auf die Uhr. Allmählich hätte der Surfer von sich hören lassen müssen. Der Bischof sagte, er habe ihn gesprochen und die Ergebnisse würden gegen 14.00 Uhr vorliegen.

»Jedenfalls laufen die Spurenuntersuchungen?«

»Ja, Torres hat das eingefädelt.«

Jetzt blieb nur noch Costas Bericht über die Köln-Reise. Er würde heute Abend länger im Büro bleiben, die Notizen seiner Zeugenvernehmungen ausarbeiten und dann jedem eine Kopie ins Fach legen. Er wollte sich den mündlichen Bericht sparen, weil der Surfer ohnehin nicht anwesend war. Er sagte jedoch, dass der geschiedene Mann von Ingrid Scholl als Verdächtiger nicht weiter in Frage käme, da er zur Tatzeit bei einem Italiener in Köln essen gewesen sei.

»Man müsste herausfinden, ob er oft essen geht oder ob dieser Abend beim Italiener eine Ausnahme war«, wandte der Bischof ein.

»Du meinst, das Alibi könnte ebenso gut *gegen* ihn sprechen?«

Der Bischof nickte. »Genau. Wenn das ein Auftragsmord ist, würde er sich als Auftraggeber natürlich ein Alibi für den Abend verschaffen.«

»Stimmt«, sagte Elena lächelnd. »Er müsste dann in dem Restaurant sogar etwas ganz besonders Auffälliges angestellt haben. Das sollte man überprüfen.«

Costa wollte gerade etwas erwidern, als sein Handy klingelte. Es war der Surfer, der aufgeregt berichtete, dass die Spuren am Hals des Opfers von Grone stammten und auch die Fusseln, die an Brust und Bauch der Ermordeten gefunden worden waren. »Dem Fingerabdruck nach zu urteilen, ist er aus dem Schlafzimmer gekommen, hat dann das Opfer in den Arm genommen und an sich gedrückt. Darauf lässt die Verteilung der Fusseln schließen. Und dann hat er sie gewürgt. Nur – am Würgen ist sie ja nicht gestorben! Sie ist mit den Spießen erstochen worden. Und das deutet auf die Haitinger!« Costa meinte einen spöttischen Unterton herauszuhören. Der Bursche hat eine Supernacht in Barcelona hinter sich, dachte er, hat satt gefrühstückt, wahrscheinlich hat ihm seine Freundin auch noch seinen Lieblingskäse besorgt und die Spiegeleier nicht auslaufen lassen. Als Leckerle möchte er jetzt noch, dass ich aus der Haut fahre, damit ihm bestätigt wird, dass es auch Menschen gibt, denen die Fähigkeit fehlt, ihre Arbeitszeiten als Genuss zu empfinden! *Hijo de puta!* »Vielen Dank. Wir gehen die schriftlichen Untersuchungsergebnisse morgen früh um neun zusammen durch.«

Die anderen blickten ihn erwartungsvoll an.

»Er war's«, sagte Costa und stand auf. »Ich knöpf ihn mir jetzt vor. Er wird sich nur noch mögen, wenn er ein Geständnis ablegt.«

»Ich würde gerne –« deutete Elena zögernd an.

»In Ordnung«, sagte Costa. »Schnappen Sie sich das Tonbandgerät und kommen Sie runter. Ich warte im Auto.«

# 12

Grone hatte wieder das gelbe Jackett an und um den Hals den seidenen Schal, der Costa auf so unangenehme Weise faszinierte, doch sein strahlender Ausdruck war erloschen. Die Bräune war zwar noch nicht gewichen, doch seine Haut wirkte jetzt aschfahl. Costa fragte ihn, ob sie sich wieder ein bisschen unterhalten könnten. Grone strahlte und zeigte seine schönen weißen Zähne. »Gerne. Gerne, Herr Oberkommissar.«

»Sind Sie weiterhin der Meinung, dass Sie keinen Anwalt brauchen?«, fragte Costa, und Grone nickte noch einmal freundlich.

»Es wär schon nett, wenn Sie Ja oder Nein sagen würden, anstatt immer nur den Kopf zu schütteln. Wir nehmen das nämlich alles mit dem Tonband auf.«

»Ja! Ich brauche keinen Rechtsanwalt! Ich mache diese Aussagen, weil ich unschuldig bin!«

»Mit dem Tonband haben Sie kein Problem?«, fragte Costa.

Grone zog das Mikrofon etwas zu sich heran. »Nicht, wenn Sie mir die Kassetten geben, wenn alles vorüber ist.« Mit einem Augenaufschlag fügte er hinzu: »Als Erinnerung. Am Tag meiner Abreise.«

»Wann denken Sie, könnte Ihre Abreise sein?« Costa beobachtete ihn neugierig.

Grone fuhr sich mit beiden Händen durchs Haar. »Ich weiß nicht. Heute ist es vielleicht schon etwas zu spät. Morgen? Übermorgen?«

»Herr Grone, anfangs haben Sie uns erzählt, Sie sind gar nicht Günter Grone, sondern Ulf Hinrich. Sie wollten auch Ingrid Scholl nicht kennen. Dann gaben Sie das aber zu, auch, dass Sie den Reisepass Ihres Lebenspartners Ulf Hinrich benutzen. Anfangs haben Sie gesagt, dass Sie am Donnerstag angereist sind, dann aber eingestanden, dass es doch der Mittwoch war. Schließlich haben Sie auch zugegeben, dass Sie am Mittwochabend um acht bei Ingrid Scholl in der Wohnung gewesen sind. Sie sagten, sie hätte Ihnen den Wagen geliehen, weil Besuch kam –« Costa unterbrach plötzlich seine Rede und fragte scharf: »Haben Sie die junge Frau gesehen?«

Grone war durch den Stimmungswechsel einen Moment verwirrt. Er riss sich jedoch zusammen, als würde er einen schlechten Traum abwehren und schüttelte den Kopf. »Nein.«

»Sie nahmen Frau Scholls Angebot an, ihren Wagen zu benutzen und fuhren damit nach Ibiza. Richtig?«

»Ja, genau.«

»Hatten Sie dabei Handschuhe an?«

»Wieso Handschuhe?«

»Hatten Sie welche an oder nicht?!«, brüllte Costa, und die Frage traf wie ein Peitschenhieb.

Grone brauchte eine Weile, bis er sich von dem Schock erholte. »Ingrid Scholl wusste, dass ich an den Händen eine Lederallergie habe und hat gesagt, dass ich mir lieber Handschuhe anziehen soll, denn das Lenkrad ihres Wagens ist mit Leder überzogen.«

Costa war nicht schlecht erstaunt. Dieser Bursche hatte eine besondere Begabung, das war klar. Ihm fiel Ingrid Scholls Nachbar in Köln ein, der alte Herr, der ihm von Grones Gartenkunst vorgeschwärmt hatte. Seinem Verstand und seiner ganzen Art nach hätte Costa Grone pfiffige Betrügereien zugetraut, aber nicht eine so grausame Gewalttat. Außer, er war jemand, der diesen bestialischen Teil seiner Persönlichkeit völlig abspaltete und unterdrückte. Es waren ganz normale, oft sogar liebenswürdige Zeitgenossen, deren legale und harmlose Existenz manchmal von grausamen und mörderischen Aktionen ausgeblendet wurde. Mancher KZ-Scherge war so und ein häufiger Typus des Serienmörders. Solche Leute waren wandelnde Zeitbomben.

»Und?«

»Was und?«

»Und haben Sie nun Handschuhe angezogen oder nicht?«

Jetzt war Grone pikiert. »Ja. Sage ich doch. Sie hat mir diese Haushaltshandschuhe aus Gummi gegeben.«

»Und wo haben Sie die Handschuhe gelassen?«

»Sie waren so eklig. Sie klebten so. Ich habe sie auf dem Weg zum Dome weggeworfen.«

»Sie brauchten die Handschuhe nicht mehr?«

»Nein, wozu?«

»Sie wollten den Wagen also nicht wieder zu Frau Scholl zurückfahren?«

»Doch! Aber ich wollte schnell ins Dome und hatte vergessen, diese Dinger auszuziehen. Ich wollte da ja schließlich nicht mit gelben Gummihandschuhen herumlaufen, das verstehen Sie doch, oder?«

»Hatten Sie es so eilig, ins Dome zu kommen, weil es schon kurz vor zehn war?«

Grone erstarrte. Costa wartete und beobachtete ihn. Langsam fing er wieder an sich zu bewegen, verzog den Mund, fuhr sich mit der Zunge über die Lippen und fing an zu sprechen. »Was wollen Sie eigentlich? Was wollen Sie mir eigentlich einreden?«

»Was denken Sie?«

»Ich habe Ihnen doch gesagt, dass ich so gegen acht bei Frau Scholl weggefahren bin, nach Ibiza, und erst um zehn im Dome sein wollte. Da hatte ich doch genug Zeit.«

Costa schwieg einen Moment.

Grone schlug seine Beine übereinander, schnaufte unwillig und blickte fragend zu Elena. Dann wandte er sich wieder an Costa. »Ist das Verhör nun zu Ende, oder was?«

»Herr Grone, haben Sie Ingrid Scholl gewürgt?«

Grone fuhr hoch. »Gewürgt?! Sind Sie wahnsinnig?!« Sein Aufschrei war nicht sehr laut, aber eindringlich.

»Sie haben Frau Scholl in den Arm genommen, Sie haben sie gewürgt und dann mit den Eisenspießen erstochen!«, sagte Elena plötzlich mit klarer Stimme.

Grone wandte sich ihr langsam zu und begann zu lächeln. »Sie sind wie meine Mutter«, sagte er freundlich. »Sie müssen jetzt nur noch *siehste* sagen.«

Elena hatte sicherlich erwartet, dass er entweder vor Überraschung gestehen oder vor Angst schreien würde. Aber nichts dergleichen geschah. Costa fühlte eine Wut in sich aufsteigen.

»Wir haben vor einer Stunde einen Anruf aus der Gerichtsmedizin in Barcelona erhalten«, sagte er eisig. »Die wissenschaftlichen Untersuchungsergebnisse beweisen eindeutig, dass Sie am Mittwoch, dem 26. September, nach 21.00 Uhr in der Wohnung von Ingrid Scholl waren, dass Sie ein Sweatshirt anhatten, das wir bei Ihnen im Hotel fanden, dass Sie Frau Scholl mit ihrem Oberkörper breitflächig berührten, also entweder auf ihr lagen oder sie im Arm hatten, dass Sie sie mit Ihren bloßen Händen würgten, sodass sie davon leicht besinnungslos wurde, und dass Sie sie dann mit zwei Eisenspießen erstachen. Sie zogen sich anschließend Gummihandschuhe an, nahmen den Autoschlüssel aus der blauen Schale im Flur, liefen die Treppe hinunter in die Garage und fuhren mit dem Mercedes-Geländewagen der Frau Scholl bis zum Tor der Wohnanlage. Sie nahmen den Brief, den Sie im Gefängnis von Erika Brendel erhalten hatten, um noch einmal den Code zu überprüfen, gaben ihn in die Fernbedienung ein und fuhren vom Gelände. Wir wissen, dass das um 21.48 Uhr war. Sie brauchten nun dreißig Minuten um nach Ibiza zu kommen, den Wagen abzustellen, im Dauerlauf zum Dome zu rennen, wobei Sie unterwegs die Gummihandschuhe und den Autoschlüssel wegwarfen. Zwanzig Minuten nach zehn kamen Sie im Dome an, wo Sie Gino Weber trafen. Das alles, Herr Grone, können wir unwiderlegbar beweisen. Dagegen kommen kein Verteidiger und kein Gutachter an. Ich befasse mich nicht erst seit heute mit diesen Dingen, und so wie ich den Fall sehe und ihn auch der Richter sehen wird, besteht kein Zweifel an Ihrer Täterschaft.«

Grone saß starr da, die Hände steif auf die Sitzfläche des Stuhls gepresst. Costa sprach nun in einem sehr weichen Ton. »Alles sieht jedoch nach besonderen Umständen aus. Diese Umstände aber kennen nur Sie. Wenn Sie uns jetzt nicht sagen, wie das alles passiert ist und warum, werden Sie vor den Menschen dastehen wie eine eiskalte Bestie, die zu keinem Gefühl fähig ist und entsprechend hart bestraft werden muss.« Grone veränderte seine Haltung nicht. Atmete er überhaupt noch?

Plötzlich begann er zu weinen.

Costa verspürte das starke Bedürfnis, den Raum zu verlassen oder wenigstens auf und ab zu gehen. Doch er zwang sich, sitzen zu bleiben und sich zu entspannen. Er warf einen Blick zu Elena. Sie beobachtete Grone, aber es war schwer zu sagen, was sie in diesem Moment empfand. Vielleicht hatte seine Mutter doch Recht, dass es ein Scheißjob war. Der Fall war vollkommen klar. Drei erwachsene Menschen saßen in einem Raum. Jeder wusste, was passiert war, und jeder wusste, was nun zu tun war, doch einer saß da und weinte und wollte sein Schicksal nicht annehmen. Und was hieß das – sein Schicksal nicht annehmen? Er wollte nicht akzeptieren, dass er der war, der er war. Sein Tun, seine Handlungen und die damit verbundenen Konsequenzen wollte er sich nicht ankreiden lassen. Es war alles zu schrecklich, und er wollte sagen, das bin ich nicht, das habe ich nicht getan.

Grone wurde jetzt von seinem Schluchzen überwältigt. Costa sah auf die Uhr. Er hatte um fünf eine Verabredung mit Martina Kluge. Aber vielleicht brauchte er sie gar nicht mehr. Dieser Mann hier war erledigt. Es war nur eine Frage der Zeit, bis er alles erzählen würde. Wahrscheinlich eine Frage von Minuten. Er würde morgen seinen Bericht schreiben. Am Mittwoch früh würde dieser Bericht dem Chef vorliegen, und die Sache wäre erledigt.

Es sei denn, es waren noch andere Personen in diese Geschichte verwickelt.

Allmählich beruhigte sich Grone wieder, und Costa sagte, wenn er ihm jetzt noch einige Fragen beantworten würde, hätte die Geschichte ein Ende. Dann hätte er vielleicht sogar noch Zeit, ihm aus der Kneipe gegenüber eine kleine Stärkung zu holen »Na? Wie sieht's aus?«, fragte er.

Grone lächelte traurig, und nickte mit dem Kopf.

Costa wandte sich an Elena und deutete gelassen auf das Tonbandgerät. »Also stellen wir das Ding noch mal an. Als Sie die Spieße nahmen, Günter, wo haben Sie sie da her genommen?«

Grone hob den Kopf und blickte ihn mit großen Augen an. Er sagte nichts und Costa fragte noch einmal: »Waren die in der Küche? Oder lagen die schon auf dem Tisch neben der Couch?«

»Ich konnte das nie zugeben.«

»Was?«, fragte Costa.

»Dass wir uns geliebt haben.« Grone blickte Costa plötzlich offen und voller Vertrauen an. »Ich konnte es nicht wegen Ulf. Ich lebte bei Ulf, und der hat mir so viel gegeben und so viel geholfen, da konnte ich ihm nicht sagen, dass ich eine Liebesbeziehung zu einer Frau habe. Ich musste es sogar vor mir selbst verschweigen.«

»Und was bedeutet das jetzt für unseren Fall?«

»Ich habe sie nicht umgebracht. Ich habe sie nur in den Arm genommen, ich habe sie mit meinen Händen berührt, auch am Hals. Wir wollten Liebe machen, aber dann wurden wir unterbrochen. Ich sollte mich schnell im Schlafzimmer verstecken. Aber dann fand sie es doch besser, wenn ich das Auto nehmen und später wiederkommen würde.« Er lächelte wehmütig. »Ja, so war das. Jetzt kennen Sie die Wahrheit.«

Costa konnte es nicht fassen. Dieser Bursche hatte in die schnell erfundene Romanze alle Beweise, die ihn des Mordes überführten, eingeflochten und damit neutralisiert. Man könnte auch sagen, er hatte all diese akribisch von der Polizei zusammengetragenen Beweise wie die Samen einer Pusteblume weggeblasen.

Costa schüttelte sich einmal kurz. Natürlich hatte dieser Grone keine Liebesbeziehung zur Scholl, denn es war ja längst klar, dass die alte Dame sich das alles nur vorgeschwindelt hatte und sich sogar die Orchideen und Pralinen, die angeblich von ihrem Liebhaber stammten, selbst zugeschickt hatte. Dieser Liebhaber in Schweden war ein schwuler Verbrecher hinter schwedischen Gardinen.

Grone ließ ihn nicht aus den Augen. Mit leiser, kaum hörbarer Stimme sagte er: »Ich habe keine Spieße oder Messer oder sonstwas gesehen. Ich habe nur die Handschuhe genommen und wollte nicht stören. Den Wagen wollte ich auch zurückbringen. Aber sie war ja nicht da.« Sein Blick schweifte von Costa zu Elena. Er sprach sie beide an: »War sie denn verreist?«

Costa erhob sich und sagte: »Okay. Das war's. Machen wir Schluss.«

Er ging zur Tür und drückte auf die Klingel, damit die Vollzugsbeamten Grone abführten.

»Wir brauchen das Geständnis nicht. Beim aktuellen Stand der Beweise nützt es allein dem Angeklagten. Es ist die Tür zu mildernden Umständen. Und die schlägt er sich selber zu. Oder er öffnet sie. Ganz wie er möchte.«

Das war Costas letztes Wort. Schweigend verließen sie den Raum.

Als sie im Auto saßen, machte Costa seiner Entrüstung Luft. »Der Hund ist der Killer, ich schwör's Ihnen! Der hält mich nicht zum Narren! Die Trümpfe, die der ausspielt, gehören in ein Pokerblatt, das ich schon als angehender Kommissar blind und mit links spielen konnte!«

Elena sah ihn von der Seite an. So hatte sie ihn noch nie erlebt. »Was sollen wir jetzt machen?«

»Er hat mich herausgefordert. Jetzt verstopfe ich ihm seine letzten Schlupflöcher. Wir werden warten, bis wir den Weber erwischt haben und er uns bestätigt hat, dass Grone zwanzig nach zehn im Dome eintraf! Oder später. Je nachdem wie der Verkehr war. Es ist ein Mordfall, und das Früchtchen ist so gut wie überführt! Dieser Weber ist Steuerberater und hat eine Familie. Er wird das nicht für eine Schwuchtel aufs Spiel setzen, glauben Sie mir! Wir werden hören, was die Kluge zu dem guten Grone zu sagen hat. Sie war ja schließlich an dem Abend eingeladen, um ein paar Voraussagen über das Verhalten dieses werten Herrn zu machen. Da wird sie ja etwas über ihn wissen!«

Costa nahm den Weg über Jesus. Er fuhr noch schnell am Vista Mar vorbei und klingelte bei der Brendel. Er wollte von ihr eine Erklärung für den Brief. Doch nichts rührte sich.

Martina Kluge hatte ein kleines Office mit Einbauschränken und einer Liege für ihre Massagen. Der Raum war kühl und ganz in Weiß gehalten. Es roch nach Minze. Durch die Lamellen einer Jalousie fiel das Sonnenlicht in Streifen auf eine Sitzecke unter dem Fenster. Auf dem weiß lackierten Tisch stand eine ockerfarbene marokkanische Vase mit Mistelzweigen. Der einzige Farbfleck in diesem Raum.

»Frau Kluge, das ist Señora Navarro, eine Kollegin. Ich sagte Ihnen, dass wir Sie in der Mordsache Scholl als Zeugin vernehmen müssen. Frau Navarro wird das Gespräch auf Tonband aufzeichnen. Ich hoffe, Sie sind damit einverstanden.«

Martina Kluge hatte Elena mit einem strahlenden Lächeln die Hand gereicht. Offenbar war sie erfreut darüber, dass eine Frau bei diesem Gespräch dabei war. Ihre Stimme, die Costa schon vom Telefon kannte, war angenehm weich und einfühlsam. Costa setzte sich in den Sessel, Elena zog sich einen Stuhl heran und baute das Tonbandgerät auf. Martina Kluge nahm auf dem Sofa Platz. Es standen Gläser und Wasser auf dem Tisch, und sie fragte, ob sie ihnen etwas eingießen dürfe.

Elena war fertig und schaltete das Gerät ein. Costa sagte, er müsse nun die Frage noch einmal wiederholen und bat sie, vor dem Mikrofon zu bestätigen, dass sie mit der Aufnahme einverstanden sei. Während Elena sie nach ihren Personalien fragte, hatte Costa Gelegenheit, sie in Ruhe zu betrachten.

Was an ihr ins Auge fiel, war ihre lichte Erscheinung. Nicht nur die Umgebung war hell, auch ihre Person strahlte Klarheit aus. Ihr naturblondes Haar war zu einem Bubikopf geschnitten, was sie fast jungmädchenhaft aussehen ließ. Sie war schlank, und Costa gefiel, was sie anhatte: weiße Jeans und ein Baumwoll-T-Shirt. Sie hatte weiche Züge und war kaum geschminkt. Costa mochte ihre leuchtend blauen Augen und konnte sich nicht vorstellen, dass sie bei Schönbach unterm Messer gelegen hatte.

Aus irgendeinem Grund kam es ihm in den Sinn, dass ihre Schlichtheit und Reinheit im Kontrast zur Göttin dieser Insel stand. Tanit war eine dunkelhaarige, leidenschaftliche, sinnliche

Orientalin, in deren Tempelhöhle die heilige Prostitution stattgefunden hatte. Ihr wurden – seiner mit dem Finger drohenden Großmutter Josefa zufolge – in sehr frühen Zeiten Kinder geopfert. Damit jedenfalls hatte seine Großmutter ihm als Kind immer Angst zu machen versucht, wenn er nicht gehorchen wollte. Für das Urvolk der Ibizenkos war Tanit die Mutter dieser Insel; sie gewährte Schutz und Fruchtbarkeit, erfüllte die Menschen mit Liebe, gab und nahm das Leben. Wenn es ihr gefiel, feierte sie mit Gott Baal orgiastische Feste. Aber selbst dann war sie die unumstrittene Herrscherin. Sie war es, die ein Lächeln schenkte oder ihn mit ihrem Feueratem anblies.

Die junge Frau ihm gegenüber schien hingegen in Enthaltsamkeit zu leben. Costa war sich dennoch sicher, dass sie eine kindliche und tiefe Fähigkeit zur Hingabe besaß. Er spürte es fast wie einen Sog. Es ging von ihrer Stimme und ihren Bewegungen aus. Costa verbot sich innerlich ganz entschieden, sie zu begehren. Es wollte ihm nicht gelingen. Wie in einem angenehmen Halbschlaf fühlte er sich, bis Elena ihn fragte, ob er das Gespräch weiterführen wolle.

Er wollte sich nichts anmerken lassen, wusste aber nicht, worüber sie geredet hatten. Was sollte er fragen?

»Frau Kluge, Sie waren am Mittwochabend um 19.30 Uhr mit Frau Scholl verabredet, um ihr die Karten zu legen.« Damit konnte er nichts falsch machen.

»Ja, ich war etwas später bei ihr. Wohl so gegen acht.«

»Aus den Karten lesen Sie die Zukunft?«

»In den Karten fängt sich das Karma dessen, der sie mischt. Die betreffende Person zieht dann drei Karten, und ich kann erkennen, auf welchen Wegen sich die hellen und leichten Energien bewegen und wo Gefahr droht.«

»Drohte ihr Gefahr?«

»Ja.«

»Worin bestand die Gefahr?«

»Ihre Schönheit war in Gefahr zu zerfallen, sich aufzulösen.«

Das ist ja nun eingetreten, dachte Costa und überlegte, wie er das Gespräch in den Griff kriegen konnte.

»Wann haben Sie Frau Scholl verlassen?«

»So gegen halb zehn.«

»In welchem Zustand befand sich Ingrid Scholl zu diesem Zeitpunkt?«

»Ihr war nicht ganz wohl. Sie wollte sich aufs Sofa legen, und ich habe ihr dabei geholfen. Ich hatte noch eine weitere Verabredung und musste sie alleine lassen. Es tat mir furchtbar Leid, aber sie war damit einverstanden. Sie beruhigte mich, dass es nur ein vorübergehender Schwächeanfall sei, weil sie wieder mal vergessen hatte, ihre Blutdrucktabletten zu nehmen. Sie hatte sich bei unserem Gespräch ein wenig aufgeregt. Das tat sie immer bei den Runensitzungen. Auch beim letzten Mal musste sie sich danach eine Weile ausruhen.«

»Worüber sprachen Sie?«

»Sie hat erzählt, dass sie einen Bekannten heiraten wollte, und ich habe ihr gesagt, dass sie nichts überstürzen soll, der Altersunterschied betrug mehr als dreißig Jahre. Sie wollte von dem Thema nichts hören. Sie hat immer versucht, ihr Alter auszublenden.«

»Wie tat sie das?«

»Sie verdrehte die Zahlen und behauptete, jünger zu sein als sie in Wirklichkeit war. Ich denke, sie hat es selbst geglaubt.«

»Was sagten Sie ihr?«

»Ich habe gesagt, sie soll ein wenig in sich hineinhorchen und nicht so hart mit sich umgehen. Sich nicht damit verrückt machen, dass sie nicht mehr dreißig ist. Sie hat deswegen oft schlechte Laune gehabt.« Martina Kluge lächelte, wobei ihre Augen strahlten. »Dabei sah sie wunderschön aus, schlank und sportlich und mindestens fünfzehn Jahre jünger.«

»Was bedeutet Ihnen Schönheit?«

»Die Schönheit ist ein Ausdruck der Liebe Gottes.«

»Ich meine *äußerlich*«, sagte Costa etwas irritiert.

»Die Liebe zeigt sich äußerlich.«

»Sie meinen, hässliche Menschen werden nicht von Gott geliebt?«

»Nein.«

Costa war überrascht. Diese harte Antwort passte nicht zu ihrem weichen Wesen.

Er warf einen kurzen, prüfenden Blick zu Elena. Sie saß vollkommen entspannt da. War sie der Meinung, dass er abschweifte, weil eine attraktive Frau vor ihm saß? Sie griff doch sonst manchmal ein! Warum sagte sie nichts?

»Als Sie Frau Scholl dieses letzte Mal besuchten, war da noch jemand in ihrer Wohnung?«

»Das weiß ich nicht. Ich war in ihrem Wohnzimmer und bin durchs Schlafzimmer ins Bad gegangen, aber sie hat noch ein anderes Zimmer, und in der Küche war ich auch nicht.«

»Gehört haben Sie aber nichts und gesagt hat Ingrid Scholl auch nichts?«

»Nein.«

»Wie kann der Täter dann hereingekommen sein?«

»Sie kann ihm geöffnet haben.«

»Nachdem Sie gegangen waren?«

»Ja.«

Costa erinnerte sich an kriminalpsychologische Statistiken, die erwiesen hatten, dass der Schuldige nicht mithilft, die Umstände der Tat zu klären. Er würde die Frage, wie der Täter in die Wohnung gekommen ist, immer mit einem Schulterzucken beantworten.

»Kennen Sie Günter Grone?«

»Nein. Ich kenne ihn nur von dem Foto, das bei Ingeli auf der Kommode steht.«

»Wissen Sie etwas Genaueres über das Verhältnis zwischen Ingrid Scholl und Günter Grone?«

»Sie hat ihn sehr geliebt. Es gab keine Begegnung, bei der sie nicht von ihm gesprochen hat, von ihrer Sehnsucht und ihrer Sorge um seine Gesundheit.«

»War er krank?«

»Nein. Aber er hat in Schweden als Gartenarchitekt auf einer Großbaustelle gearbeitet, und sie erzählte mir, wie leicht da etwas passieren kann.«

»Hatten die beiden auch eine sexuelle Beziehung?«

Martina Kluge blickte zu Elena und dann wieder zurück zu

Costa. Zum ersten Mal schien sie auf eine Frage nicht vorbereitet zu sein.

»Ich weiß nicht«, sagte sie schließlich.

»Frau Kluge, die Beantwortung dieser Frage ist der eigentliche Grund, warum wir gekommen sind. Dieser Günter Grone steht unter dem starken Verdacht, Frau Scholl umgebracht zu haben.« Martina Kluge wirkte plötzlich sehr erschreckt, sie bedeckte ihr Gesicht mit beiden Händen, und sah aus wie ein kleines Mädchen.

Costa fuhr fort: »Er war kein Gartenarchitekt, sondern ein zweifach vorbestrafter Hilfsarbeiter. Er hat die letzten zwei Jahre auch nicht in Schweden gearbeitet, sondern in Köln im Gefängnis gesessen.«

»Mein Gott!«, stöhnte sie. »Das ist ja schrecklich!«

»Wir müssen wissen, in welchem Verhältnis Ingrid Scholl und Günter Grone zueinander standen. Ich bitte Sie, alles zu sagen, was Sie darüber wissen.«

Martina Kluge nickte und überlegte einen Moment. »Ja. Ingrid war süchtig nach seinem Körper. Das war in der Zeit, als sie noch ihr Haus in Köln hatte und er täglich wegen des Gartens kam. Sie hat ihn nur beschäftigt, damit er über Nacht bei ihr bleibt. Damit er bei ihr wohnt.«

Costa war so überrascht, dass er im Moment keine weiteren Fragen hatte. Er machte Elena ein Zeichen.

»Ich glaube, das war's erst mal. Vielen Dank, Frau Kluge. Vielleicht kann ich mich wieder an Sie wenden, wenn ich noch Fragen habe?«

Martina Kluge lächelte freundlich und nickte. »Ja, gerne. Wann immer Sie wünschen.«

Costa erhob sich. »Gehen Sie eigentlich manchmal aus? Für junge Leute ist es doch eine wundervolle Insel – all die Diskos und die Partys.«

Martina Kluge hatte sich ebenfalls erhoben. Sie schüttelte lächelnd den Kopf. »Ich kümmere mich um ältere Menschen. Das füllt mich aus. Außerdem habe ich einen Hund. Ich stehe jeden Tag früh auf und gehe mit ihm an der Playa d'es Canar spazieren. Mein Hund liebt diesen Platz.«

Costa wandte sich im Gehen noch einmal um. »Ach ja, eine Frage habe ich noch. Sie sagten, Sie hätten nicht bei Frau Scholl bleiben können, weil Sie anschließend noch einen Termin hatten. Mit wem waren Sie verabredet?«

Martina Kluge schob sich ihre blonden Haare aus der Stirn und sah ihn strahlend an. »Ich habe vorher noch einen Anruf von Frau Schönbach bekommen. Ich versprach ihr, gegen neun da zu sein.«

»Ist das die Ehefrau des Schönheitschirurgen Dr. Schönbach aus München?«

»Ja.«

»Warum wollte Sie Frau Schönbach sehen?«

»Sie hatte Rückenschmerzen. Ich sollte ihr eine Druckpunktmassage geben.«

Costa bedankte sich und wünschte ihr noch einen schönen Abend.

Anschließend ging er mit Elena in die Wohnung von Ingrid Scholl. Er wollte prüfen, welche Anrufe nach ihrem Tod eingegangen waren. Er drückte auf dem Telefon die entsprechende Taste und bat Elena, die Nummern zu notieren, die auf dem Display erschienen. Es waren eine spanische Handy- und zwei Festnetznummern. Außerdem noch sechs Anrufe von einem deutschen Handy. Elena schlug vor, die Nummern gleich zu überprüfen. Es meldeten sich der Blumenladen in Santa Eulalia, wo man wissen wollte, ob sie diese Woche wieder Rosen bestellen würde, eine Wäscherei, bei der noch Wäsche von ihr lag, und ein Klempner, der wegen eines tropfenden Wasserhahns vorbeikommen wollte.

Auf der deutschen Handynummer meldete sich Gerd Weber. Elena schaltete sofort und log, sie habe den ganzen Tag versucht, ihn zu erreichen, ob sie sich jetzt mit ihm treffen könne. Er wunderte sich darüber, dass sie die Nummer seines Zweit-Handys hatte, stimmte aber einem Treffen innerhalb der nächsten Stunde zu. Sie verabredeten sich für neunzehn Uhr in der Bar des Royal Plaza.

Hatte Grone das Handy von Weber benutzt und waren

diese sechs Anrufe von ihm? Der letzte Anruf war am Sonnabendnachmittag um kurz nach vier eingegangen. Hatte Grone die Wahrheit gesagt, als er behauptete, er habe nach dem Mittwochabend mehrfach versucht, Ingrid Scholl zu erreichen? Wollte er ihr tatsächlich das Auto zurückzugeben?

»Glauben Sie, er hat sie umgebracht und danach immer wieder hier angerufen?«, fragte Elena.

Costa zuckte mit den Achseln.

Auf der Fahrt ins Royal Plaza fragte er Elena nach ihrem Eindruck von Martina Kluge.

Elena hatte sich in der Personalabteilung der Beautyfarm des Vista Mar über Martina Kluge erkundigt. Sie war dort bereits seit der Eröffnung im Oktober 1997 als Schönheits- und Reha-Therapeutin angestellt und sehr beliebt. Man hatte sie nach folgenden Kriterien ausgewählt: Vielseitige Kenntnisse und Erfahrung in Kur- und Schönheitsanwendungen sowie heilkundlichen und physiotherapeutischen Programmen. Ausgebildet war sie als Krankenschwester und als Visagistin mit einem Diplom für Farb- und Stilberatung. Sie war auch Masseurin und machte sogar Akupunktur. Gearbeitet hatte sie in renommierten internationalen Häusern – zuletzt in einer Gesundheits- und Schönheitsklinik am Genfer See. Aufgrund dieses breiten Spektrums konnte sie ihre Kundinnen sehr individuell betreuen. Eine Kollegin hatte ihr die Begabung attestiert, gut auf Menschen eingehen zu können. Seit Januar 1998 arbeitete sie zusätzlich für Patientinnen von Dr. Schönbach, die nach ihrer Schönheitsoperation zur Nachbehandlung auf die Vista-Mar-Beautyfarm kamen.

»Was ist Ihr persönlicher Eindruck?«, fragte Costa.

»Sie wirkt sehr offen. Ich glaube aber, in Wirklichkeit ist sie sehr verschlossen. Irgendwie kommt sie mir leer und unnahbar vor.«

Weber war ein schlanker, sportlicher, braun gebrannter Mann, mit ebenmäßigen Gesichtszügen und wachen Augen. Costa erkannte ihn sofort wieder, obgleich er jetzt ganz anders aussah als neulich im Elephante, wo er schwarzes Leder getragen hatte wie der junge Typ, mit dem er sich vor dem Kamin angeschwiegen hatte. Jetzt trug er eine grün-rot changierende Jacke, ein schwarzes T-Shirt, eine hellgrüne Leinenhose und Slipper ohne Strümpfe. Am Handgelenk hatte er eine Swatch mit einem Mickey-Mouse-Zifferblatt. Das angegraute Haar war kurz geschoren, das linke Ohr zierte ein silberner Ohrring und am rechten Handgelenk trug er einen silbernen Reif. Zwei teure Nokia-Handys lagen vor ihm auf dem Tisch, das eine rot, das andere blau.

Weber bot ihnen Platz an und fragte, was sie zu trinken wünschten. Elena lehnte dankend ab, Costa wählte das Gleiche wie Weber: Chivas Regal on the rocks.

Er erklärte ihm, dass Günter Grone ihn als Zeugen benannt hätte. Es gehe um einen Mord. Eine Frau sei grausam erstochen worden. Die Tat habe sich ereignet, kurz bevor er sich mit Grone im Restaurant Dome getroffen hatte. »Es kommt für uns darauf an, die genaue Uhrzeit Ihres Zusammentreffens zu erfahren. Wann haben Sie ihn im Dome gesehen? Können Sie sich daran erinnern?«

»Sehr gut sogar«, sagte Weber. »Wir hatten uns nachmittags in der Strandbar Chiringay für zehn Uhr abends im Dome verabredet, und er kam auch genau um zehn dort auf mich zu.«

Costa traute seinen Ohren nicht. »Woher wissen Sie das so genau?«

Weber lachte, schob den Ärmel seiner Jacke hoch und löste die Uhr von seinem Handgelenk. Er hielt sie Costa hin. »Am Strand hat er mir gesagt, dass er keine Uhr hat. Ist ja hier auf der Insel nichts Ungewöhnliches. Damit er pünktlich ist, habe ich ihm die hier gegeben. Als er im Dome ankam, gab er sie mir zurück. Er hat gesagt: Ich hole mir den Purple Rain! Pünktlich mit dem Glockenschlag deiner Uhr! Wir hatten nämlich um die CD ›Purple Rain‹ gewettet, die er sich am Nachmittag von mir ausgeliehen hatte.« Weber zündete sich eine Zigarette an.

»Und Sie haben dann auf die Uhr gesehen und festgestellt, dass es genau zehn war?«

»So ist es«, sagte Weber und blies einen Ring in die Luft.

Costa lehnte sich in seinem Sessel zurück. Das musste er erst einmal verdauen. »Sie sind sich da ganz sicher?«

»Ganz sicher.«

Costa suchte eine Erklärung für diese unerwartete Aussage. »Wie spät ist es jetzt auf Ihrer Uhr?«

»Sechzehn Minuten nach sieben«, antwortete Weber und hielt die Uhr ins Licht. Costa verglich das mit seiner. Es stimmte.

»Haben Sie die Uhr denn zwischendurch einmal verstellt?« Weber schüttelte den Kopf. »Oder abgelegt? Sie waren ja bis Sonntag mit Günter Grone zusammen.«

»Ich lege meine Uhr nie ab. Ich habe sie immer am Arm.«

»Das werden Sie so auch vor Gericht beschwören?«

Costa merkte, dass Weber dieser Gedanke unbehaglich war. Der Gedanke nämlich, sich als unbescholtener Familienvater in einem Skandalprozess als schwuler Liebhaber eines Mörders outen zu müssen.

»Ich kann doch nicht –« Er stotterte und setzte noch einmal an. »Ich kann doch nicht einfach etwas Falsches sagen, weil Ihnen und mir die Fakten zu unbequem sind. Oder?«

Costa antwortete nicht darauf. Er drehte mit dem Finger das Eis im Glas und starrte vor sich hin.

Elena fragte Weber, ob Grone mit seinem Handy telefoniert hatte.

»Ja, er erzählte, dass ihm eine Freundin ihr Auto geliehen hatte. Er wollte es ihr zurückbringen und hat ein paar Mal vergeblich versucht, Sie zu erreichen.«

Elena fragte noch nach seinem Abreisetag und notierte sich, wie man ihn am besten nach seinem Urlaub in Gifhorn erreichen könnte, sofern es noch Fragen gäbe. Dann bedankte sich Costa, und sie verließen das Hotel.

Als sie auf der Straße standen, wusste Costa nichts zu sagen. Er musste den Fall ungelöst abschließen. Elena blieb geduldig neben ihm stehen. Schließlich murmelte sie: »Soll ich Ihnen helfen, den Abschlussbericht zu schreiben?«

Costa fiel ein, dass er noch die Wäsche in der Waschmaschine hatte. Er wusste nicht, warum er gerade jetzt darauf kam, aber es ärgerte ihn, dass alles muffig riechen würde. Er hatte seine Betten abgezogen und keine frischen Bezüge mehr. Auch die Ersatzwäsche war in der Trommel.

»Was meinen Sie?«, fragte er leise und fühlte sich ziemlich elend.

Elena wandte sich ihm besorgt zu. »Ist Ihnen nicht gut?«

Costa sagte, er habe manchmal so einen hohen Ton in beiden Ohren. Elena wollte ihm von jemandem erzählen, der auch einen Tinnitus hatte, aber Costa verabschiedete sich und ging davon. Er stieg in seinen Wagen, fuhr die enge Gasse an der alten Stierkampfarena entlang und bog Richtung Santa Eulalia ab.

Seine letzte Chance war die Brendel.

# 13

Nachdem ihm der Hausmeister geöffnet hatte, stand Costa jetzt vor Erika Brendels Wohnung und klingelte zum wiederholten Mal. Es rührte sich nichts. In der Tür steckte eine Visitenkarte von einem Jani Perakis. Costa zog sie heraus und las die Rückseite. »War wie verabredet da.« Er wählte die Nummer und erfuhr, dass er Frau Brendels Frisör am Apparat hatte, der mit ihr um fünf verabredet gewesen war und dem sie ebenfalls nicht geöffnet hatte. Er hatte die Verabredung vor einer Woche getroffen und sie am Sonntag früh noch einmal angerufen, um sich den Termin bestätigen zu lassen. Er wunderte sich, weil sie sonst immer sehr zuverlässig war. So etwas war noch nie vorgekommen.

Costa sagte, er müsste ihn vielleicht noch einmal sprechen und fragte, ob er die nächste Zeit erreichbar sei. Dann ging er hinunter in die Tiefgarage, um auf Erika Brendels Parkplatz nachzuschauen. Der Wagen, ein dunkelblauer VW, stand da. Costa befühlte die Haube, der Wagen war in letzter Zeit nicht gefahren worden. Er rief den Hausmeister an und bat ihn, die Wohnung aufzuschließen.

Dort war alles so, wie Costa es kannte. Die Tür zum Schlafzimmer war angelehnt. Er machte Licht und schob sie langsam auf. Erika Brendel lag mitten auf dem breiten französischen Bett zwischen zwanzig oder dreißig Stofftieren. Sie war halb ausgezogen. Es sah aus, als hätte sie ins Bett gehen wollen, wäre dann aber plötzlich, wie vom Blitz getroffen, umgefallen. Costa spürte den süßlichen Geruch des Todes. Der Kontrast zwischen ihrer Lebhaftigkeit und diesem Grab inmitten der Stofftiere schnürte ihm die Kehle zu.

Er beugte sich über die Tote. Die Pupillen waren geweitet und zeigten keine Reflexe; am Hals hatten sich Totenflecken gebildet, die sich nicht mehr wegdrücken ließen. Der Körper war kalt und starr.

»Haben Sie die Nummer der Hausärztin von Frau Brendel?«

Der Hausmeister nickte. »Ja, in meiner Wohnung.«

Während der Hausmeister die Nummer der Ärztin holte, rief Costa Dr. Torres an. Er saß beim Essen, war aber bereit, gleich loszufahren. Glücklicherweise erreichte er wenig später auch Frau Dr. Sperl, die Hausärztin. Sie würde ebenfalls gleich da sein.

Bevor Costa den Hausmeister fortschickte, fragte er ihn, wann er die Brendel zuletzt gesehen hatte.

»Gestern, am Sonntag, kurz nach dem Mittagessen. Bei den Mülltonnen. Sie kam gerade gut gelaunt vom Strand.«

»Haben Sie irgendetwas Besonderes an ihr bemerkt?«

Der Hausmeister dachte nach und schüttelte den Kopf. »Nein, sie war wie immer guter Laune.«

Costa bat ihn, das Licht zu löschen und die Wohnungstür einen Spalt aufzulassen. Als er allein war, rief er noch einmal den Frisör an und bat ihn, gleich herzukommen, weil er ein paar dringende Fragen an ihn hätte. Der Frisör sagte, er habe noch Kunden und könne nicht vor zehn.

Costa hatte das Gefühl, dass er eine Begegnung vermeiden wollte, ließ aber nicht locker, und als er ihm schließlich die Anschrift seiner letzten Kundin in der Filipe II entlockt hatte, schlug er vor, sich gegen zehn im Sa Eche Pere Francis Calima zu treffen.

Costa erreichte auch den Bischof, erzählte ihm von Erika Brendels Tod und beauftragte ihn, Erkundigungen über den Frisör Jani Perakis einzuziehen. Er wollte wissen, wen er vor sich hatte, wenn er ihn heute Abend traf.

Dann setzte er sich in einen Sessel im Wohnzimmer und betrachtete die weiße Porzellan-Nofretete am Fenster.

Er ging hin und knipste sie an. In dem hohen Kopfschmuck aus Porzellan leuchtete eine Glühbirne. Sollte sie den Betrachter daran erinnern, dass Schönheit nur leuchtet, wenn das Licht von innen kommt? Er schaltete die Lampe wieder aus und setzte sich zurück in den Sessel. Draußen war es noch hell und ihm fiel auf, dass die Vorhänge zugezogen waren. Wenn die Brendel die Vorhänge zugezogen hatte, musste sie gestern nach neun gestorben sein.

Er ging ins Schlafzimmer, ohne etwas zu berühren und betrachtete sie. Ihre offenen Augen starrten zur Decke. Die fahle Haut hatte sich bereits eng an den Knochen angelegt. Die erschlaffte Gesichtsmuskulatur verlieh ihr einen vollkommen unpersönlichen Ausdruck. Ihr Lachen, ihr Erstaunen, ihr Spott – all der Zauber ihres Wesens war entflohen. Man konnte nicht sehen, ob sie kurz vor ihrem Tod gelitten hatte. So, wie sie dalag, hatte sie vielleicht einen Herzanfall gehabt und versucht sich ins Bett zu retten. Es war auch möglich, dass sie jemand aufs Bett geworfen hatte, als sie dabei war, sich auszukleiden. Ihre Bluse hing ordentlich über einer Sessellehne.

Costa hörte Schritte. Er ging zur Wohnungstür und begrüßte Frau Dr. Sperl. Sie war eine recht gut aussehende fünfundvierzigjährige Frau mit blauen Augen und blonden Haaren. Ein nordischer Typ. Sie trug ein Jeanshemd und einen Leinenrock, in der Hand hatte sie ihren Arztkoffer.

Costa erklärte ihr kurz die Situation und dass er noch den Gerichtsmediziner hergebeten habe, da es eine unaufgeklärte Verbindung zwischen Erika Brendel und dem Mord an Ingrid Scholl gebe. Ein rätselhafter Brief, den er sich von Erika Brendel erklären lassen wollte.

»Gut, dann setze ich mich«, sagte Dr. Sperl. »Warten wir, bis der Kollege kommt.«

»Ingrid Scholl war auch Ihre Patientin, nicht wahr?«

»Ja, wie die meisten hier im Vista Mar.«

»Ich leite die Ermittlungen im Fall Scholl. Gab es da irgendetwas Auffälliges in der Krankengeschichte?«

»Eigentlich nicht. Sicher, sie hat viel geraucht und gut gelebt und hatte daher schon Herzkranzgefäßveränderungen. Sie hatte ja bereits einen kleinen Herzinfarkt, und daraus hat sich dann eine allgemeine Herzmuskelschwäche entwickelt. Na ja, und dann das Rauchen. Trotz ihres Infarktes rauchte sie heimlich weiter.«

»Wann hatte sie den Infarkt?«

»In diesem Frühjahr.«

»Sonst keine weiteren Krankheiten?«

»Nein. Sie konnte zwar nicht mehr auf Berge steigen oder sich in größeren Höhen aufhalten, aber sonst führte sie ein ganz normales Leben. Sie bekam ein herzstärkendes Medikament.«

»Was bekam sie?«

»Ich verschrieb ihr Digoxina 0,25 mg. Eine Tablette pro Tag. Am Tag, als sie starb, war sie ja noch bei mir, da hab ich ihr ein neues Rezept ausgestellt.«

»Ist Ihnen da irgendetwas Besonderes an ihr aufgefallen?«

»Nein. Sie fühlte sich am Vormittag nicht ganz wohl, aber das lag daran, dass sie am Vorabend mit ihren Freundinnen zu viel Rotwein getrunken hatte. Nein, sie war recht fit, und als sie ging, war das auch schon alles wieder in Ordnung.«

»Sie war ja auch eine Patientin von Dr. Schönbach, nicht wahr?«

Sie lachte auf. »Ja, sind die meisten hier im Vista Mar. Die Beautyfarm und das Altersparadies gehen auf eine Initiative Schönbachs zurück. Neuerdings will er auch hier auf Ibiza operieren.«

Es war Costa ein seltsamer Gedanke, dass es auf dieser Insel demnächst einen Operationstisch geben sollte, auf dem Menschen lagen, um sich die Haut straffen, die Nasen begradigen und verkleinern zu lassen. Alle, die er in seiner Kindheit geliebt hatte – Josefa, Maria, Eulalia, Ria, auch all die Männer –, hatten Falten und sonnengegerbte Haut, krumme oder zu große Nasen, von denen manche so platt waren wie die seines Großonkels El Bruto, der früher Wasserträger in Dalt Vila gewesen war.

»Die Vorgespräche mit den Patienten führt er schon. Jeden Dienstag auf der Beautyfarm. Und am Sonnabend gibt er im Hacienda einen großen Empfang, um sein Vorhaben hier auf der Insel bekannt zu machen.«

»Werden Sie dort sein?«, fragte Costa.

Sie lachte wieder. »Aber sicher. Sie nicht?«

Costa wollte etwas sagen, aber da erschien Torres. Er stellte ihm Frau Dr. Sperl vor und bat die Ärztin, nichts zu berühren, so lange die Todesursache nicht geklärt sei.

Torres bat Dr. Sperl, die Krankengeschichte ihrer Patientin zu skizzieren, bevor sie anfingen.

»Erika hatte im Frühjahr einen Herzinfarkt. Sie hatte immer hohen Blutdruck.«

»Wie hoch war ihr Blutdruck?«, fragte Torres.

»Über hundertsiebzig. Zweihundert bis zweihundertzwanzig. Die Leute fühlen sich ja im Grunde relativ wohl, sie wollen sich eigentlich oft gar nicht behandeln lassen, weil dann ihr Wohlbefinden abnimmt. So war das auch bei Erika. Sie genoss ihre wundervollen Hochstimmungen. Sie war sogar ein bisschen davon abhängig. Ich verschrieb ihr ein Blutdruckmittel. Aber wie gesagt, sie wollte das dann nicht so richtig nehmen, weil es ihr mit dem Mittel schlechter ging als ohne. Das sind immer die Fälle, die relativ jung an einem Infarkt sterben.«

»Was gaben Sie ihr?«

»Ich verschrieb ihr Betablocker, das heißt Tenormin 100, eine Tablette pro Tag. Die enthält hundert Milligramm Atenolol. »

Sie gingen ins Schlafzimmer und zogen die Leiche aus. Nirgendwo waren Spuren einer Gewaltanwendung zu finden. Sie maßen die Temperatur im Enddarm, sie betrug 25,5 Grad. Die Messung der Umgebungstemperatur ergab 25 Grad. Torres konstatierte, die Frau sei beim Zubettgehen zwischen 19.30 Uhr und 22.30 Uhr an einem Herzschlag gestorben.

Dr. Sperl nickte. »Das ist auch meine Meinung.«

Costa spürte einen inneren Widerstand. »Sie könnte doch vergiftet worden sein.«

»Dann müssen wir eine Obduktion machen. Aber gibt es irgendwelche Anzeichen dafür?« Torres murmelte das gleichmütig vor sich hin und blickte sich im Zimmer um.

»Nicht unmittelbar. Nicht hier in der Wohnung«, sagte Costa. »Das hab ich mir angesehen. Aber es wäre doch möglich, dass man ihr etwas in ein Getränk getan hat.«

»Gibt es in der Küche oder sonst wo eine benutzte Tasse oder ein Glas?«

»Nein, gar nichts. Aber sie könnte doch etwas bekommen haben, was erst viel später gewirkt hat.«

»Wie viel Stunden vorher?«, fragte Torres.

»Ich weiß nicht, aber sie muss sehr gut gelaunt gewesen sein, als der Hausmeister sie gestern Mittag vom Strand heraufkommen sah.«

»Eben!«, sagte Frau Dr. Sperl, »das war ja gerade ihr Problem. Sie nahm die Medikamente häufig nicht, und in so einem Fall steht der Herzinfarkt vor der Tür.«

Torres pflichtete ihr bei. »Das, was wir hier sehen, ist der Tatort eines plötzlichen Herzinfarkts.« Dabei machte er eine das Zimmer umgreifende Armbewegung.

Costa wandte sich zum Gehen. »Bueno, dann ist es so. Herzinfarkt.« Er fragte Frau Dr. Sperl, ob sie für den Notfall eine Nummer von den Angehörigen habe.

»Ihr einziger Verwandter ist ihr Sohn, Andreas Brendel. Hier ist die Nummer.«

Nachdem Frau Dr. Sperl gegangen war, goss Costa sich einen Gin ein und sagte, er sei nicht zufrieden, sondern habe ein ganz schlechtes Gefühl, ob Torres nicht doch eine Obduktion vornehmen könne.

»Toni, du hängst dich da zu sehr rein. Du kanntest sie, und jetzt willst du nicht wahrhaben, dass wir alle irgendwann einmal sterben. Ohne Sinn und meist ganz ohne verbrecherisches Drama. Lass los, Toni!«

»Ich werde den Sohn anrufen und ihn fragen. Wenn er der Obduktion zustimmt, machen wir eine.«

Er erreichte Andreas Brendel sofort. Sachlich, aber behutsam teilte er ihm mit, dass seine Mutter gestern Nacht gestorben war. In der Leitung war es still. Er ließ Brendel einen Moment Zeit, die Nachricht zu verdauen.

»Das kann nicht sein!«, kam es von der anderen Seite.

»Es hat den Anschein, dass sie an Herzversagen gestorben ist, aber ich möchte ganz sichergehen«, sagte Costa und bat ihn um die Zustimmung zur Obduktion.

Andreas Brendel lehnte kategorisch ab. »Sie wollte nicht zerschnitten werden. Der Tod ist Ruhe, hat sie immer gesagt.« Er sei sich zuletzt mit seiner Mutter vollkommen einig gewesen. Er sollte ihr Vermögen erben, aber auch dafür sorgen, dass sie im Fall von Altersschwachsinn oder schwerer Krankheit nicht an irgendeine Maschine gehängt würde. Er bat Costa um Rat, denn er wusste nicht, was mit seiner Mutter bis zu ihrer Überführung nach Köln geschehen sollte. Er musste morgen früh dringend für seine Firma nach Warschau fliegen, hatte seiner Mutter aber versprochen, sie nach ihrem Tod neben ihrer Freundin Ingrid auf dem Melaten-Friedhof in Köln begraben zu lassen.

Costa versprach ihm, sich darum zu kümmern und bat ihn, sich bei ihm zu melden, wenn er auf Ibiza eintreffen würde.

Er fragte Torres, ob es möglich wäre, die Tote in der Gerichtsmedizin zu behalten, bis der Sohn ein Beerdigungsunternehmen für die Überführung nach Deutschland beauftragt hätte. Torres stimmte zu, bestellte einen Leichenwagen und sagte dann, sein Abendessen sei nun wohl kalt, doch die Flasche Wein, die er sich aufgemacht habe, wolle er nicht sauer werden lassen.

Costa klopfte ihm auf die Schulter. »Ich warte hier auf den Wagen. Vielen Dank für deine Hilfe Jaime.«

Als Torres weg war, begann Costa, den kleinen Schreibtisch der Brendel zu durchsuchen. Vielleicht würde er irgendwo einen Hinweis oder eine Erklärung dafür finden, warum sie diesen seltsamen Brief an Grone geschrieben hatte. Doch seine Suche blieb erfolglos.

»Ich kann nicht glauben, dass sie an einem Herzschlag gestorben ist«, sagte er zum Bischof, als dieser anrief, um ihm zu berichten, was er über den Inselfrisör herausgefunden hatte.

»Ich kann mir aber auch nicht vorstellen, wer sie ermordet haben soll und wie«, entgegnete der Bischof.

Er meinte, der Frisör könnte möglicherweise bei der Aufklärung dieser Fragen helfen. Er hätte auch die Scholl als Kundin gehabt.

»Bueno, spuck aus. Was weißt du über ihn?«

»Der Knabe ist achtundzwanzig Jahre alt, Grieche, geboren in Saloniki. Nach der Schule lernte er Frisör und wurde in Münchens Schickimickiszene erfolgreich. '96 kam er mit seiner Freundin nach Ibiza und fing hier als Hausfrisör an. Jetzt lebt er mit Carmen zusammen, einer Spanierin mit zwei Kindern. Er ist bei den Frauen beliebt und hat eine Menge zu tun. Nach allem, was ich so höre, föhnt er sie nicht nur, sondern ist zugleich ihr Herzens- und Beichtvater. Ich denke, du wirst eine Menge über die Brendel und die Scholl erfahren, wenn du ihn zum Reden bringst.«

»Wie hast du das alles so schnell rausgefunden?«

»Ich kenne Carmen, seine Spanierin.«

»Woher?«

»Wir haben denselben Frisör.«

»Ihn?«

»No, senõr.« Der Bischof ließ sein tiefes Lachen hören und war weg.

Nachdem der Leichenwagen da gewesen war, um Erika Brendel abzuholen, löschte Costa das Licht, schloss die Wohnung ab und brachte dem Hausmeister den Schlüssel zurück. Er dachte daran, dass sie einmal gesagt hatte, hoffentlich wartet nicht die Hölle auf mich. Ihr Wunsch war in Erfüllung gegangen. Es war das Eisfach.

Als Costa im Auto saß, blickte er auf die Uhr und gab Gas. Es war Viertel vor zehn, also ziemlich genau die Zeit, zu der Grone hier losgefahren war. Er musste sich wegen seines Treffens mit dem Frisör sowieso beeilen und beschloss, die Strecke bis zum Dome in kürzester Zeit zurückzulegen.

Ingrid Scholl war zwischen 21.35 Uhr und 22.00 Uhr gestorben, das heißt, Grone musste den Weg in weniger als dreißig Minuten gefahren sein. Wenn das nicht möglich war, war Grone unschuldig. Die Strecke über Jesus war länger, also nahm Costa die C733. Schon als er bei Santa Eulalia auf die Schnellstraße abbiegen wollte, blockierte ihn der dichte Verkehr und die Chance, es zu schaffen, war eigentlich schon verspielt. Er stellte das Blaulicht aufs Dach, um eine verkehrsfreie Situation zu simulieren. Bei Can Ramon bog ein Trinkwasser-Transporter vor ihm auf die Straße und zwang ihn, scharf zu bremsen. Wegen des Gegenverkehrs konnte er nicht überholen. Er stellte seine Polizeisirene an, und der Laster zog auf die Seite. Als Costa an ihm vorbei war, überquerte ein Trecker die Straße, der auf seinem Anhänger Orangen geladen hatte. Der Bauer hockte gleichmütig auf seinem hohen Sitz und schwenkte eine Laterne. Den Touristen gefiel das. Sie hatten ihren Spaß. Costa sah auf die Uhr und zog dreieinhalb Minuten von der Fahrzeit ab.

Er erreichte den Kreisel an der Avenida Santa Eulalia nach einundzwanzig Minuten theoretischer Fahrzeit, der Zeit, die er gebraucht hätte, wenn weder Menschen, Fahrzeuge noch Orangen auf den Straßen gewesen wären. Jetzt musste er noch irgendwo am Straßenrand einen Parkplatz finden. Überall standen Autos. Costa fuhr im Schritttempo. Schließlich sah er eine Lücke. Er stieg aus, schloss den Wagen ab, rannte Richtung Altstadt, fragte mindestens zweimal nach dem Dome, denn Grone war hier fremd. Costa musste einsehen, dass es unmöglich war. Niemand würde das schaffen. Wenn man davon ausging, dass Weber die Wahrheit gesagt hatte, schied Grone endgültig als Täter aus.

Costa ging zurück zum Wagen und fuhr durch die engen Gassen seines Viertels. Hinter der alten Arena fand er einen Parkplatz. Als er ausstieg, fiel ihm wieder seine Wäsche ein, die immer noch in der Trommel steckte. Er musste sie gleich nach dem Gespräch mit dem Frisör herausnehmen.

Aus dem Sa Calima erklang die kubanische Musik, die ihm sein Onkel geschenkt hatte und die er wiederum Pep gegeben hatte, weil die Eckkneipe der einzige Ort war, wo er Zeit hatte, seine CDs zu hören. Diese Musik war weit entfernt von den Hits der Saison, die im Sommer aus jedem Lautsprecher der Insel schallten, wie dieses Jahr der Remix von Prince. Costa wartete nur darauf, dass Rafal und der Surfer ihm als Nächstes die Melodie von »Purple Rain« auf sein Handy programmierten.

Am ersten Tisch in der Nähe der Tür saß ein junger Mann. Er hatte dunkles, leicht gelocktes Haar, das ihm über Stirn und Ohren fiel. Ein angenehmer, sehr gut aussehender Grieche. Als er Costas prüfenden Blick sah, erhob er sich.

Sonst waren nur ein paar Leute aus Peps Familie da. Costa winkte ihnen zu und setzte sich. Pep brachte ihm ohne zu fragen einen doppelten Absinth. Es spielte gerade das Lied »Veinte años«, und Omara Portuondo sang von der längst vergangenen Liebe: *Was bedeutet dir meine Liebe, wenn du mich nicht mehr liebst?*

Der Frisör saß da und wartete. Er machte einen lässigen Eindruck und schien geübt im Umgang mit fremden Menschen. Costa ahnte, dass er versuchen würde, ihn in ein liebenswürdiges unverbindliches Gespräch zu verwickeln. Daher entschied er sich für die spröde, unbequeme Version: Er sagte gar nichts.

Nach einer Weile begann der Frisör zu lächeln, schüttelte den Kopf und warf seine Haare nach hinten. Schließlich brach er das Schweigen. »Sie wollten mich sprechen?« Er hatte eine dunkle, weiche Stimme. Costa ließ noch einen Moment verstreichen.

»Sie leben mit einer spanischen Frau zusammen. Sie sind schon seit fünf Jahren auf dieser Insel und wollen hier noch weiter erfolgreich arbeiten. Dazu gehört es, dass Sie die Geheimnisse Ihrer Kundinnen wahren. Richtig?«

Der Gesichtsausdruck seines Gegenübers veränderte sich. Er sah nicht mehr so zufrieden aus, nickte aber.

»Das gilt nicht für Kundinnen, die auch unsere Kundinnen sind. Zum Beispiel weil sie ermordet worden sind oder Selbstmord begangen haben. Verstehen wir uns da richtig?«

»Ja, natürlich, ist doch klar«, stotterte der Frisör.

»Wie soll ich Sie anreden?« Costa wählte plötzlich einen freundlichen und väterlichen Ton.

Sein Gegenüber wirkte erleichtert. »Ich heiße Jani. Sie können Jani zu mir sagen.« Er griff nach seinem Bierglas und nahm einen kleinen Schluck.

Costa lehnte sich zurück und signalisierte, dass er nun bereit war, ihm in aller Ruhe zuzuhören. »Gut. Dann erzählen Sie mir mal alles, was Sie über Erika Brendel wissen.«

Jani wirkte nun vollkommen verunsichert. »Alles?«, fragte er.
»Alles«, sagte Costa.

Der Frisör berichtete ihm nun, dass er Erika Brendel vor etwa zwei Jahren durch Ingrid Scholl kennen gelernt hatte. Er beschrieb sie als fröhlich und übermütig. Etwas Nachteiliges könne er nicht über sie sagen.

»Sie hat also nie versucht, Ihnen zu nahe zu treten?«

Jani schüttelte den Kopf.

»Sie ist ihnen auch nie Geld schuldig geblieben?«

Der Frisör lachte auf und sagte, er würde relativ kleine Beträge fordern.

»Was nehmen Sie?«

»Ungefähr zehntausend Peseten pro Schnitt.«

Costa fragte ihn, ob sie irgendwann mal etwas von Selbstmord gesagt hatte.

Jani konnte sich einen Selbstmord bei der Brendel nicht vorstellen.

»Könnte es denn jemanden geben, der ihr böse wollte?«

Jani dachte nach und zögerte.

Costa sah ihn scharf an.

»Wie war das Verhältnis zwischen Erika Brendel und ihrer Freundin Ingrid Scholl?«

Der Frisör zuckte hilflos mit den Achseln. »Erika war von der Ingrid total abhängig. Finanziell.«

»Aber die Brendel ist doch selbst vermögend.«

»Soweit ich's von der Ingrid weiß, hatte die Erika keinen Pfennig. Die Ingrid Scholl zahlte alles für sie. Erika wollte zu ihrem Sohn nach Mallorca fliegen, weil ihr das irgendjemand eingeredet hatte, ich glaube, Martina Kluge. Aber sie musste erst Ingrid fragen, ob sie ihr das Ticket zahlt. Erika war nur eine einfache Sekretärin, die hatte nie eine müde Mark, und wenn sie eine hatte, gab sie das Geld gleich aus. Das war ja das große Geheimnis zwischen den beiden. Als Ingrid Scholl sich von ihrem Mann scheiden ließ, gab es dieses Hickhack um das gemeinsame Vermögen, und damit er es nicht kriegt, hat sie alles der Erika überschrieben. Davon hat die Erika dann auch die Wohnung hier gekauft. Damit es echt wirkte. Sie musste der Ingrid natürlich versprechen, ihr bei Bedarf alles zurückzugeben. Und jetzt wollte Ingrid alles zurück. Beim letzten Mal hat sie mir erzählt, dass sie in der nächsten Woche einen Termin beim Notar machen würde, und Erika alles Geld und alle Aktien auf sie rückübertragen müsste.«

Costa staunte. »Und das hat sie Ihnen alles erzählt?«

»Die Hausbesuche sind in vielerlei Hinsicht etwas sehr Intimes. Ich spreche mit meinen Kundinnen fast über alles, während ich sie frisiere. Manchmal höre ich Geschichten, die vom Hass diktiert sind, und ich muss das natürlich alles für mich behalten, wenn ich die Kunden nicht verlieren will. Es interessiert mich oft gar nicht, aber ich darf ihnen nicht vermitteln, dass mir ihre Probleme scheißegal sind. So war es auch mit Ingrid. Sie hat mir jede Kleinigkeit erzählt, ja sie war geradezu redesüchtig, und ich musste mir alles merken. Sie wurde immer ganz böse, wenn ich irgendwas vergaß, das sie mir schon einmal erzählt hatte.«

»Hat sie der Brendel denn auch die Schönheitsoperation bezahlt?«

»Ja. Und die Operation von Erikas Sohn hat Ingrid selbstverständlich auch bezahlt. Ein schwerer Autounfall, an dem sie eine gewisse Schuld trug.«

»Wer? Ingrid Scholl?«

Costa erinnerte sich. Frau Mahler, die Nachbarin aus dem Vista Mar, hatte Elena von diesem Unfall erzählt, aber von irgendeiner Schuld der Scholl hatte sie nicht gesprochen.

Jani kannte alle Einzelheiten dieser Geschichte. Es war an einem Geburtstag von Ingrid Scholl gewesen. Der Sohn kam an diesem Tag von einem Urlaub in Spanien zurück. Erika wollte ihn abholen, und Ingrid hatte ihr versprochen, das Taxi zu bezahlen. Die beiden tranken eine Menge Alkohol, doch als Erika zum Flughafen aufbrechen wollte, war Ingrid sehr enttäuscht. Sie hatte Lust weiterzufeiern und wollte Erika plötzlich das Geld nicht mehr geben. Also nahm Erika ihr eigenes Auto. Sie war ziemlich betrunken, und auf dem Rückweg hatte sie dann diesen schweren Unfall, bei dem ihr Sohn ziemlich schlimm zugerichtet wurde. Die Freundschaft zwischen den beiden wäre aus gewesen, aber Ingrid bot an, die teure Operation von Andreas Brendel zu bezahlen, die Dr. Schönbach dann durchführte. Dafür stand Erika nun aber stark in Ingrids Schuld. Sie musste ihr den Gefallen tun, die Strohfrau für die krummen Geschäfte zu spielen, mit denen Ingrid ihren Ehemann bei der Scheidung über den Tisch zog.

»Immer wenn sie sich schlecht fühlte«, sagte Jani, »dachte sie daran, dass sie ihren Mann beraubt und besiegt hatte. Dann ging es ihr gleich wieder besser.«

Wenn das stimmte, was der Frisör ihm erzählte, hätte die Brendel ein Motiv gehabt, ihre Freundin zu töten. Sie hätte damit die Rückgabe des Geldes verhindert. Dafür sprach, dass sie ihrem Sohn kürzlich in Mallorca versprochen hatte, ihm alles zu vermachen. Das würde auch den Brief an Günter Grone erklären. Allerdings nur, wenn ihr klar gewesen war, dass Grone die Absicht hatte, Ingrid Scholl für ihren Verrat umzubringen.

»Hat Ingrid Scholl Ihnen denn auch etwas über einen gewissen Günter Grone erzählt?«

Es ergab sich, dass der Frisör auch diese Geschichte bis in alle Einzelheiten kannte. Mit einer Einschränkung: Ingrid Scholl hatte ihn glauben gemacht, dass es sich tatsächlich um einen Gartenarchitekten handelte. In allen Zeugenaussagen war sie Costa als die große Liebende dargestellt worden, die heiraten wollte und jede Woche Blumen erhielt.

Als Costa das erwähnte, erklärte Jani süffisant, sie habe die Rosen und Orchideen immer selbst im El Ramo des Flores an der Plaza Macabich in Santa Eulalia bestellt.

Das stimmte, und der Frisör wusste auch, dass sie Grone mit irgendetwas schwer bestraft hatte, weil ihr Geliebter sie für drei Wochen verlassen wollte, um mit jemand anderem in Spanien Urlaub zu machen. Welche Strafe es war, wusste er nicht. Dass sie ihren zukünftigen Ehemann ins Gefängnis befördert hatte, wollte sie dem schönen Frisör, der sie sicherlich an Günter Grone erinnerte, dann doch nicht preisgeben.

»Kennen Sie den Arzt Dr. Schönbach?«

Jani erwiderte, er kenne ihn nicht persönlich, aber alle Frauen würden für ihn schwärmen, und Ingrid Scholl hätte ihn für ein Genie gehalten. »Sie hat sich immer wieder von ihm operieren lassen und stand kurz vor einer neuen Operation«, sagte er.

Costa hatte die tote Scholl vor Augen. »Was wollte sie verändern lassen?«

»Sie hasste ihre schmale Oberlippe und ließ sie sich immer wieder aufspritzen. Doch das letzte Mal hat sie mir erzählt, ihr Zauberdoktor hätte eine neue Methode erfunden, die das Aufspritzen unnötig macht. Da wird unter der Nase ein Stück herausgenommen, sodass sich die Oberlippe verkürzt. Dadurch kommt mehr Lippenrot nach außen.«

»Das hat sie Ihnen erzählt?«

Jani lächelte. »Dies ist eins von den Geheimnissen. Ich musste schwören, dass ich es niemandem sage. Weil Erika es nicht erfahren sollte.«

»Warum nicht?«

»Die Ingrid hat sich immer wieder operieren lassen, aber Erika durfte nichts davon wissen. Es war immer sehr umständlich. Sie musste dann für eine Weile verreisen, und wenn sie zurückkam, hat sie vor Erika ein großes Theater gemacht, wie erholsam alles war und wie genau sie sich an die Diät gehalten hätte.«

Costa verstand das nicht. »Warum sollte ihre beste Freundin das nicht wissen? Sie waren doch wie Schwestern.«

»Sie sollte neidisch sein und leiden.«

»Warum das?«

»Die Ingrid wollte ihren Zauberdoktor, so nannte sie den Dr. Schönbach, am liebsten für sich alleine. Sie versuchte, ihn mit allen Mitteln zu zwingen, nur über sie nachzudenken und alles zu tun, was ihr Aussehen irgendwie verbessern könnte. Sie war richtig süchtig. Sie hat begriffen, dass ihr Körper etwas ist, das sie von außen modellieren kann, und empfand das als eine große Macht. Doch um diese Macht über ihren Körper auszuüben, brauchte sie Schönbach. Sie hat ihm sogar ihr ganzes Vermögen vererbt, um ihn zu zwingen, stets ihrer Jugend und Schönheit zu dienen. Sie hat immer gesagt, ich will diesen wundervollen Traum der Menschheit nicht träumen, ich will ihn leben. Sie war die Fünfundsechzigjährige, der man ihr Alter nicht ansehen durfte. Wundervoll geformte strahlende Augen, ein sinnlicher Mund, den ein verführerisches Lächeln umspielte, ein ebenmäßiges Gesicht und eine glatte und zarte Haut. Alle um sie herum sollten von ihrer Schönheit verzaubert werden.« Jani sah Costas Gesichtsausdruck und lachte.

»Ja, so hat sie geredet. Sie kam dabei richtig ins Schwärmen. Immer hat sie über den Schönbach fantasiert. Er hat begriffen, dass er nichts falsch machen darf, kein falscher Schnitt, nicht eine falsche Naht. Sie hat ihn ein Genie genannt und gesagt, seine Ehefrau Arminé würde seine Meisterschaft beweisen.«

»Kennen Sie die Frau des Arztes?«, fragte Costa.

Der Frisör erzählte, dass er sie vor einiger Zeit einmal im El Ayoun gesehen hatte. Sie war ihm vorgekommen wie eine ägyptische Königin. Es gefiel ihm, dass sie ganz allein an einem Tisch gesessen hatte, obgleich das ganze Lokal voll war und die Leute an der Tür Schlange standen. Sie saß ruhig und kerzengerade da und ließ sich in winzig kleinen Schalen ihre Mahlzeit servieren. Die Leute regten sich ziemlich darüber auf, dass einem Schönheit ein solches Recht gibt.« Er trank einen Schluck und dachte einen Moment nach, wobei er sich zu amüsieren schien.

»Warum lachen Sie?«, fragte Costa.

»Ich habe es der Ingrid bei unserem nächsten Treffen erzählt, und sie hat gesagt, wer weiß, wie die vorher ausgesehen hat. Und dann war sie empört darüber, dass sie durch die Lokale ging und für ihre künstliche Schönheit so viel Bewunderung kassierte.«

Costa verstand nun gar nichts mehr. »Was heißt das? Sie wollte doch selbst auch schön sein, damit andere sie toll finden.«

»Ingrid Scholl hatte die Theorie, dass der Arzt seine Frau für sich allein verzaubert hatte, und es ihm nicht gefiel, dass sie durch die Diskos zog, um wie eine Bienenkönigin die Männer einzufangen. Ingrid sagte, der wird sie eines Tages so hassen, dass er sie bei der nächsten Operation nicht wieder aufwachen lässt.«

Costa war ziemlich irritiert.

Jani blickte auf die Uhr und sagte, seine Frau warte auf ihn.

Costa bedankte sich und meinte, es sei schon in Ordnung, die Getränke gingen auf seine Rechnung. Jani stand auf und blickte Costa für einen Moment lächelnd an. »Schöne Musik«, sagte er und drehte sich in der Tür noch einmal kurz um.

Pep hatte Costas CD noch einmal aufgelegt und Omara Portuondo sang wieder *Was bedeutet dir meine Liebe, wenn du mich nicht mehr liebst?*

Bei dieser Zeile musste er immer an Karin denken. Sein Onkel Joan Costa Mari hatte ihm erzählt, dass er die Portuondo persönlich erlebt hatte, mit Anacaona, einem Orchester, das nur aus Frauen bestand. Eine Frau hatte diesen Song geschrieben, und El Cubano hatte sie gekannt! Diese Geschichte gehörte zum festen Repertoire des alljährlichen Schlachtfestes, wenn auf El Cubanos Order hin eine einheimische Gruppe versuchte, diese kubanische Musik nachzuspielen. Es war stets das Gleiche. Sein Onkel hob die behaarten Hände, als wollte er Gott als Zeugen laden und rief: Maria Teresa Vera, was für eine Frau! Natürlich glaubte ihm niemand, aber Costa war anderer Meinung, denn sein Vater hatte ihm erzählt, dass El Cubano schon Kontakt mit der Mafia hatte, bevor er in die USA ging, wo später seine zwei Söhne bei einer Auseinandersetzung verschiedener Gangs erschossen wurden. Und für einen Mafiosi hätte Maria Teresa Vera sicher gesungen.

Pep spielte den Song immer wieder und goss Costa dabei jedes Mal Absinth ein. Da er sich zwischendurch selbst auch einen genehmigte, schaukelte er um die Theke herum und tanzte, als wäre er die Sängerin.

Der plötzliche Tod der Brendel und die Informationen, die er gerade über sie und Ingrid Scholl bekommen hatte, machten Costa traurig. Er hatte den Wunsch, die Realität in diesen melancholischen Liedern und dem dämmrigen Licht der

Kneipe zu ertränken. Er summte den Song vor sich hin, und Pep forderte ihn grinsend auf, mitzutanzen. Costa schüttelte den Kopf, denn Tanzen war für ihn mit Karin verbunden.

Beim Tanzen waren sie einander näher gekommen. Es war Werben und Locken und Liebe.

Costa wankte aus dem Lokal und klemmte sich hinter das Steuer seines Autos. Auf der Avenida am Hafen bog er rechts ab, parkte kurz hinter dem Spielcasino und stolperte zum Edificio Transart, wo er an Karins Appartement Sturm klingelte. Doch es kam keine Antwort. Mit einem tiefen Gefühl der Leere torkelte er wieder zum Auto und fuhr extrem langsam zurück in Richtung alte Arena. Er stellte den Wagen ab, entfernte mit dem Jackenärmel einen Möwenschiss vom Dach des Autos und tastete sich singend die Pere Francis bis zur Felipe II entlang.

# 14

Am Dienstagmorgen schrillte es eine ganze Weile, bevor Costa langsam den Arm hob und ihn schwer auf den Wecker fallen ließ. Einen Moment lag er so da und versuchte, sich zu erinnern. Er sah das eingefallene Gesicht der Brendel und den tanzenden Pep. Er presste die Hände an den Kopf, um die Bilder loszuwerden. Doch es nützte nichts, Pep tanzte immer noch. Dann schob er die Beine aus dem Bett, beugte sich vor und drückte die Knie vorsichtig durch. Wie ein Roboter bewegte er sich Schritt für Schritt Richtung Badezimmer und balancierte sich unter die Dusche. Als die wenigen dünnen Wasserstrahlen ihn pikten, wurde ihm bewusst, dass er den Duschkopf immer noch nicht entkalkt hatte. Also wusch er sich die Haare nicht.

Im Büro warteten sie schon auf ihn. Behutsam nahm er an dem großen Tisch Platz. Der Bischof holte eine selbst gemachte Wurst, eine *Sobrassada*, aus der Tasche und schob sie ihm hin. »Damit du nicht vom Fleisch fällst«, brummte er fürsorglich.

Costa dankte und spürte ein Würgen im Hals. Der Alkoholgehalt des Absinth war zwar gesetzlich begrenzt, weil zu viele wahnsinnig geworden waren, doch er hatte nicht den Eindruck, dass das viel half.

Er schlug vor, dass Elena Navarro die Ergebnisse vom Vortag zusammenfasste. Sie musste seine Fahne bemerkt haben, denn unaufgefordert erklärte sie, dass die Menge des Nervengiftes Thujon, das in der Wermutpflanze enthalten war, seit 1999 im Absinth reduziert worden sei.

»Wie schlimm für Dr. Pierre Ordinaire«, sagte der Surfer, um ihr zu zeigen, das er wusste, wer das Gesöff erfunden hatte.

Elena begann ihren Bericht und erinnerte an seine Spurenanalyse, derzufolge Grone am Tattag in der Wohnung der Scholl gewesen war – der Fingerabdruck! –, sie in den Arm genommen – die Fusseln von seinem Sweatshirt! – und sie vermutlich gewürgt hatte – die Druckspuren am Hals und Abschuppungen von seinen Händen! Es war ihnen immer ein Rätsel gewesen, wie ein Fremder in die Wohnung der Scholl gelangen konnte, aber der Brief, den der Bischof in dem von Grone benutzten Auto gefunden hatte, lieferte die Erklärung. Die gesamte Anleitung inklusive Klingelzeichen hatte er schriftlich von Erika Brendel erhalten. Er war anschließend in dem Auto der Scholl mit Handschuhen gefahren, was nahe legte, dass er keine Spuren hinterlassen wollte, weil er sie umgebracht hatte. Dann berichtete sie von dem Verhör Grones. Der Verdächtige hatte für all diese Dinge blitzschnell eine Erklärung bereitgehabt. Natürlich hätten sie und Costa das für Ausreden gehalten, aber überraschenderweise hatte sich einiges davon doch als richtig erwiesen. Erst wollte er den Namen der Scholl nie gehört haben, dann war sie eine Auftraggeberin, für die er gearbeitet hatte, und schließlich seine Geliebte. Auch die Schönheitsberaterin Martina Kluge hatte bestätigt, dass Grone und Ingrid Scholl ein sexuelles Verhältnis gehabt hatten. Elena hatte sich außerdem mit dem Arzt der Strafanstalt in Köln verbinden lassen, der bestätigte, dass Grone einmal wegen einer Allergie an den Händen bei ihm in Behandlung gewesen war. Eine solche Allergie war Grones Erklärung dafür, dass er in Scholls Auto Handschuhe getragen hatte. Donnerstag, Freitag und Sonnabend – also nach ihrem Tod – wollte er mehrere Male bei ihr angerufen haben, um den Wagen zurückzubringen. Auch das stimmte und wurde durch die Überprüfung des Speichers in Scholls Telefon bestätigt. Schließlich präsentierte Elena dem staunenden Bischof und Surfer den Haupttreffer: Das Alibi! Steuerberater Weber hatte bestätigt, dass Grone Punkt 22.00 Uhr im Dome aufgetaucht war. Das gab den Ausschlag: Er konnte die Tat nicht begangen haben!

Nach einem Moment der Überraschung und des Schweigens sagte der Surfer: »Ich hab's doch gesagt, es war die Haitinger.«

»Was ist denn bei der Befragung des Frisörs gestern rausgekommen?«, fragte der Bischof.

Costa sah Elena und den Surfer an.

»Dass die Brendel tot ist, wisst ihr schon?« Seine heisere Stimme zwang ihn, sich ein paar Mal zu räuspern.

»Sie ist tot? Was soll das heißen?«, fragte Elena.

Costa berichtete.

»Und jetzt liegt sie bei Torres im Kühlschrank?«

Costa blickte den Surfer einen Moment an und nickte müde.

»Also wird sie uns nicht mehr erklären können, woher sie die Adresse von Grone hatte, während sie vorher behauptete, diese nicht zu kennen. Auch werden wir nicht erfahren, warum sie ihn ohne Wissen von Ingrid Scholl einlud und ihm in ihrem Brief alle Sicherungssysteme verriet. Richtig?«, fragte der Bischof.

»Es sollte vielleicht tatsächlich nur eine Überraschung oder ein Scherz sein. Das würde zu ihr passen. Aber als sie erfuhr, was passiert war, hat sie ihre Schuld vielleicht nicht mehr ertragen können und sich das Leben genommen«, sagte Elena.

»Wer weiß«, meinte Costa.

»Was war eigentlich in Köln mit dem Ehemann?«, wollte der Surfer wissen.

»Scholls Ex-Mann hat ein Alibi. Er war zur Tatzeit mit seiner Freundin in einem italienischen Restaurant«, sagte Costa. »Ich lasse das noch von einem Kollegen in Köln überprüfen, aber ich gehe davon aus, dass es sich so verhalten hat.«

»Bleibt wiederum die Haitinger«, meinte der Surfer und traf bei Costa so genau den Nerv, dass dieser aufstand und sagte, er werde jetzt den Abschlussbericht schreiben und ihn anschließend zur Durchsicht herumgeben. Er zwang sich noch zu einer kurzen Erklärung.

»Das Vermögen der Brendel gehörte vermutlich der Scholl. Sie wollte in Kürze alles zurückhaben. Auch die Wohnung. Die Brendel könnte also ein Motiv gehabt haben, Grone als Killer anzuheuern.«

Alle starrten ihn verwundert an.

»Die beste Freundin Ingrid Scholls war in Wirklichkeit ein bösartiger Teufel?«, fragte der Bischof stirnrunzelnd.

»Teufelin«, verbesserte ihn Elena.

»Dadurch wird eine Frau erst richtig interessant«, stichelte der Surfer.

Der Bischof zog die Augenbrauen hoch, sagte aber nichts.

Costa nahm die Wurst und verließ den Sitzungsraum. Er brauchte etwa drei Stunden, dann hatte er das Wichtigste zusammengeschrieben. Der Bericht war voller Fehler und vielleicht auch Ungereimtheiten, doch er war eine gute Grundlage, und fürs Erste reichte das.

Costa verließ das Präsidium, klemmte die Wurst aufs Fahrrad und fuhr nach Hause. Im Hof sprang die Katze auf ihn zu und schnurrte ihm um die Beine, aber er hielt die Wurst hoch. Als er in seiner Wohnung war, nahm er die Wäsche aus der Trommel und hängte sie auf.

Anschließend radelte er mit der Wurst auf dem Gepäckträger zum Hafen. Draußen waren dreißig Grad im Schatten, und Costa spürte seinen hämmernden Kopfschmerz. Gleich hinter dem Spielcasino bog er nach links und fuhr auf der gegenüberliegenden Straßenseite auf den Bürgersteig, vorbei an dem kleinen Supermarkt, in dem Karin morgens immer einkaufte. Pedro, der langhaarige, spitzohrige Terrier stand vor der Tür. Plötzlich machte er einen Sprung und kläffte ihn an, dass er fast vom Rad fiel. Das kleine Wollknäuel ließ nicht locker, und Costa wunderte sich, dass der sonst so ängstliche Hund auf einmal so verändert war. Während er bei Karin klingelte, hielt er ihm das Fahrrad entgegen. Der Summer ging und Costa verschwand im Haus. Böse starrte ihm Pedro durch die Glastür hinterher.

Als Costa aus dem Aufzug trat, stand Karin in der offenen Wohnungstür. Er wollte sie lächelnd umarmen, als ihm ein hartes *Was-willst-du*? entgegenschlug.

Sie machte einen Schritt auf ihn zu. »Glaubst du, du kannst

es dir leisten, mitten in der Nacht bei mir Sturm zu klingeln, gegen die Haustür zu treten und dann auch noch die Leute zu beschimpfen?!«

Costa war völlig perplex. Wovon redete sie?

»Sie haben die Fenster aufgemacht und dich genau gesehen! Du hast mit deinen Armen herumgefuchtelt und Unflätigkeiten heraufgebrüllt!« Costa lächelte unsicher und hielt ihr die Wurst hin.

»Nimm deine Wurst und verschwinde!«, fauchte sie ihn an.

Costa widersetzte sich nicht. Er trat in den Fahrstuhl und versuchte sich verzweifelt zu erinnern, was in der vorigen Nacht passiert war.

Er brachte sein Fahrrad nach Hause und ging wieder hinunter, um sich gegenüber bei Tomaso rasieren zu lassen. Er brauchte jetzt jemanden, der sich ein wenig um ihn kümmerte. Doch statt zum Frisör zu gehen, lief er dann doch weiter bis zur alten Arena. Er bedauerte, dass sie verschlossen war, denn er hätte sich gerne auf die Tribüne in den Schatten gesetzt. Als Kind hatte ihn El Bruto eines Sonntags an die Hand genommen und hierher gebracht, um ihm einen Stierkampf zu zeigen. Er erinnerte sich an die Musik, die bunten Farben, das rote Tuch, das Stöhnen, das Schreien und den Jubel, als der Stier zu Boden ging.

Er beschloss, zum Vista Mar zu fahren. Es würde ihm gut tun, ein wenig herumzulaufen und sich noch einmal alles durch den Kopf gehen zu lassen. Vielleicht am ihm doch noch eine Idee. Irgendwie musste es eine Lösung geben.

Er parkte ein Stück vor dem Eingangstor und ging die letzten Schritte zu Fuß. Strahlend blau lag das Meer links unter ihm. Die Kiefern glitzerten in der Sonne, als wären ihre Nadeln aus Silber. Es duftete nach Harz.

Vor dem Tor sah er die lange Allee hinauf und erinnerte sich, wie er mit der Brendel bei strömendem Regen angekommen war. Er trat vor die große Klingeltafel. Ingrid Scholls Namensschild war noch nicht ausgewechselt.

Hinter ihm war eine dunkelgrüne Jaguar-Limousine vor das Tor gefahren und wartete, während es sich langsam öffnete. Costa trat zur Seite. Am Steuer saß ein kräftiger, kantiger Kerl mit Bürstenschnitt. Sein Fahrgast im Fond war hinter den getönten Scheiben nicht zu erkennen.

Der Chauffeur fragte, was er hier suche. Costa fragte zurück, wieso er etwas suchen solle. Ohne den Kopf zu wenden, lehnte sich der Fahrer nach hinten, um eine Anweisung entgegenzunehmen.

»Wenn Sie hier nichts zu suchen haben, gehen Sie!«

»Wohin?«, fragte Costa.

Der Fahrer lauschte wieder für einen Moment nach hinten, und als er die Anweisung verstanden hatte, sagte er: »Gehen Sie nach Hause.« Er musterte Costa etwas genauer.

»Ich komme von zu Hause«, antwortete Costa und sah, wie sich der Mann wieder zurücklehnte, um den leisen Befehl besser verstehen zu können.

Das Tor hatte sich inzwischen ganz geöffnet. »Zu wem wollen Sie im Vista Mar?«

»Wie wär's, wenn ich Sie besuchen würde«, fragte Costa mit einem Augenzwinkern. »Oder Ihren Chef da hinten, den man wegen der verdunkelten Scheiben nicht erkennen kann.«

Der Mann stieß die Fahrertür auf und streckte schon ein Bein heraus, da kam von hinten wieder die leise Befehlsstimme. Er zog das Bein ins Auto zurück und setzte sich aufrecht hin, bereit für eine neue Order. Dann hob er den Arm und zeigte auf Costa. »Bleiben Sie da stehen, wir warten auf die Polizei.« Der Wagen zog an, und das Tor begann sich zu schließen. Costa konnte noch schnell hineinschlüpfen.

Auf der rechten Seite der Allee, die zum Haupteingang führte, stand eine dichte Rhododendronhecke. Costa ließ die dicken Blätter durch seine Finger gleiten und drückte seinen Daumennagel hinein, wie er es als Junge getan hatte. Plötzlich traf ihn ein Schlag am Kopf, und alles wurde dunkel.

## 15

Als Costa wieder zu sich kam, schrillte neben ihm sein Handy. Er fühlte einen stechenden Schmerz, der sich über die ganze Kopfhaut zog. Vorsichtig betastete er die Platzwunde an seinem Kopf. Wo war er? Er blickte sich um.

Er lag am Strand zwischen leichtem Geröll. In etwa dreißig Metern Entfernung spülte das Meer gegen das Ufer der kleinen Bucht. Die Sonne stand immer noch hoch. Er blickte auf die Uhr. Es war zehn nach zwei. Sehr viel Zeit konnte also nicht vergangen sein seit dem Gespräch am Tor.

Er versuchte sich zu erinnern, was danach geschehen war, doch er hatte ein völliges Blackout.

Plötzlich ergriff ihn Angst, er begann zu zittern und merkte, wie kalter Schweiß auf seine Stirn trat. Er zwang sich, an etwas anderes zu denken, und konzentrierte sich auf einen Hund, der am Wasser entlanglief.

Während er sich mühsam aufrichtete, versuchte er noch einmal, sich zu erinnern. Wieder begann er zu zittern. Die Angst wurde stärker, wenn er sich dem schwarzen Loch näherte. Er kannte das, er hatte diese Anfälle seit seiner Kindheit. In den letzten Jahren in Hamburg waren sie fast nie mehr aufgetreten, aber seit er zurück war, spürte er diese innere Bedrohung, die langsam näher kam. Hatte sie ihn jetzt erreicht?

Er schüttelte den Gedanken ab, stand auf und überzeugte sich, dass er nicht weit vom Vista Mar entfernt war. Es war klar, dass ihn jemand von hinten niedergeschlagen hatte. Doch wer konnte ein Interesse daran haben? Irgendwelche Kollegen, die ihm einen Denkzettel verpassen wollten, weil ihnen seine Ermittlungsmethoden nicht gefielen? Dieser Typ im Jaguar hinter den verdunkelten Scheiben? Und wie sollte er herausfinden, wer es gewesen und wo es passiert war, wenn er sich an nichts erinnerte?

Sein Handy hatte inzwischen aufgehört, die Melodie zu spielen. Er prüfte seine Sachen. Es war noch alles da, aber er war ohne Zweifel durchsucht worden. Also hatten die Täter seinen Polizeiausweis gesehen und kannten seinen Namen und die Abteilung, für die er arbeitete.

Alles, woran er sich erinnerte, war das Gespräch mit dem Chauffeur des grünen Jaguar. Vielleicht sollte er den Hausmeister fragen, wem der Wagen gehörte.

Er klopfte seine Hose ab, reckte sich und befühlte seine Knochen. Es war alles heil, bis auf die Platzwunde an seinem Kopf. Er machte sich auf den Weg zum Vista Mar, klingelte beim Hausmeister und ließ sich ein Glas Wasser, drei Aspirin und ein Stück Eis geben.

Von ihm erfuhr er, dass es das Auto des Schönheitschirurgen Dr. Schönbach war, der seit einiger Zeit dienstagnachmittags seine Sprechstunde auf der Beautyfarm abhielt. Costa fragte den Hausmeister, ob ihm in den letzten zwei Stunden irgendetwas Besonderes aufgefallen war, doch Bal Bino verneinte das. Wollte dieser Schönheitschirurg nicht, dass er hier herumschnüffelte? Der Surfer hatte inzwischen nicht nur herausgefunden, dass Schönbach die Beautyfarm und das Vista Mar gehörten, sondern dass auch Costas Onkel El Cubano und der mächtige Carlos Matares an dem Bauprojekt beteiligt waren.

Trotz seines schmerzenden Kopfes ging Costa zur Schönheitsfarm hinüber. Die Jaguar-Limousine stand auf dem Personalparkplatz, aber von dem Fahrer war nichts zu sehen. Inwiefern standen Schönbach oder der Überfall auf ihn in einem Zusammenhang mit dem Mord an Ingrid Scholl? Wollte der Chirurg nicht, dass die Tat aufgeklärt wurde? Sollte er bei seinen Ermittlungen den Mut verlieren? Wenn Grone oder Franziska Haitinger nicht die Täter waren, sollte es etwa ein Unbekannter sein? Etwa der, der ihn niedergeschlagen hatte? Oder wollte die Gegenseite nur von Grone ablenken, weil der etwas wusste, das nicht herauskommen durfte? Vielleicht wer sein Auftraggeber war? Grone hatte sich immer noch keinen Rechtsanwalt genommen, doch beim nächsten Haftprüfungstermin würde er entlassen oder nach Deutschland überführt werden, sofern bis dahin ein Auslieferungsgesuch vorlag. Sicher, der Staatsanwalt würde die Akte erst durchsehen und den Abschlussbericht lesen, aber Grone konnte die Sache mit einem Anwalt auch jederzeit beschleunigen. Es gab jedenfalls nur noch formaljuristische Gründe, ihn festzuhalten. Costa hatte aufs falsche Pferd gesetzt und würde sich wahrscheinlich schon morgen oder übermorgen den herablassenden Kommentar des Chefs anhören müssen.

Er fühlte sich nicht nur miserabel, sondern auch einsam. Immer wieder nagte der Gedanke an ihm, dass es ein Fehler gewesen war, Hamburg zu verlassen, wo er nicht nur eine gesicherte Position gehabt hatte, sondern auch seinen Kindern nahe war.

Er schob den Gedanken beiseite. Das konnte er jetzt überhaupt nicht gebrauchen!

Er stieg in seinen Wagen und überprüfte, wer sein letzter Anrufer war. Sein Display zeigte eine deutsche Handynummer. Er wählte, und es meldete sich der Sohn von Erika Brendel. Wieder empfand Costa Trauer über ihren Tod. Gerne wäre er jetzt zu ihr gegangen und hätte ein bisschen mit ihr geplaudert. Vielleicht hätte es ihn weitergebracht, zu erfahren, warum sie Grone zu dem überraschenden Besuch bei Ingrid Scholl veranlasst hatte. Jedenfalls stimmte irgendetwas nicht an dieser ganzen Sache.

Andreas Brendel teilte ihm mit, dass nicht er der Alleinerbe seiner Mutter sei, sondern Dr. Schönbach. Er war ziemlich aufgebracht. Bei ihrem letzten Treffen auf Mallorca hatten sich Mutter und Sohn versöhnt. Es war eine wirklich herzliche Begegnung gewesen. Sie hatte ihm versprochen, ein neues Testament aufzusetzen und ihn zum alleinigen Erben zu bestimmen.

»Vielleicht hat sie's sich wieder anders überlegt«, sagte Costa.

Andreas Brendel regte sich über diesen Gedanken heftig auf.

»Meine Mutter hatte zwar manchmal komische Ideen und gewiss auch eine sonderbare Auffassung von Humor, aber sie hat nie ihre Versprechen gebrochen! Sicher war sie dem Schönbach genauso dankbar wie ich, dass er mich wieder zusammengeflickt hat! Aber das ist sein Beruf, dafür ist er bezahlt worden. Das ist noch lange kein Grund, ihm unser ganzes Vermögen zu vermachen! Ich kann mir einfach nicht vorstellen, dass meine Mutter diesen ganzen Versöhnungskrempel in Mallorca nur aufgezogen hat, um mich hinterher zu verarschen!«

Er sprach so laut, dass Costa das Telefon von seinem schmerzenden Kopf weghalten musste. »Sie war ja nicht ganz gesund, da kann doch leicht jemand nachgeholfen haben, um zu verhindern, dass sie das Testament ändert!«

»Herr Brendel, ich hatte zwei voneinander unabhängige Ärzte am Totenbett Ihrer Mutter. Beide stellten einen natürlichen Tod fest. Was soll ich da machen?«

»Wie wollen die das von außen sehen?«, brüllte Brendel. »Sie waren doch auch misstrauisch! Sonst hätten Sie mich doch nicht gefragt, ob ich einer Obduktion zustimme!«

Costa erinnerte sich, dass Brendel das abgelehnt hatte. Sollte er jetzt anderer Meinung sein?

»Wenn Sie eine Obduktion wollen, bestätigen Sie mir das per Fax. Dann kann ich es sofort veranlassen.«

Brendel stimmte zu.

»Woher hatte ihre Mutter eigentlich so viel Geld? Sie war doch bloß eine einfache Sekretärin.«

»Vielleicht hat sie im Lotto gewonnen«, sagte Brendel und beendete das Gespräch.

Im Lotto? So ’n Blödsinn.

Costa rief Torres an, um ihm den Auftrag zu erteilen. »Die Kosten übernimmt der Sohn. Lass es express machen. Wann kann ich das Ergebnis haben?«

»Morgen Mittag«, sagte Torres.

Costa wollte eigentlich zu Frau Dr. Sperl fahren, um seine Platzwunde untersuchen zu lassen, doch er entschied sich, ein Gespräch mit der Ehefrau Schönbachs zu führen. Vielleicht würde er da herausfinden, warum die Frauen so wild darauf waren, diesem Arzt all ihr Geld zu vermachen. Es wäre ja nicht der erste Fall, in dem ein Arzt seine Vertrauensposition gegenüber seinen Patientinnen ausnutzte. Costa erinnerte sich an einen spektakulären Fall, den er selbst bearbeitet hatte, bei dem ein Arzt wahrscheinlich hundertdreiundzwanzig Menschen umgebracht hatte, um sie zu beerben, wenngleich ihm nur sieben Tötungen nachgewiesen werden konnten. Sicher, nach allem, was er bisher über ihn erfahren hatte, war Schönbach nicht der Typ dafür. Aber wie falsch war es doch immer gewesen, nach solchen Äußerlichkeiten zu gehen!

Costa wählte die Nummer von Schönbachs Haus auf Ibiza, die der Surfer für ihn herausgefunden hatte. Arminé Schönbach hatte eine warme Stimme mit einem kleinen Akzent. Ihre Antworten kamen schnell und leicht, wie von einem Lächeln getragen. Sie selbst stellte keine Fragen, sondern beschrieb ihm freundlich, fast beschwingt den Weg zu ihrem Haus. Der Tag schien endlich eine Wende zu nehmen.

Costa fuhr über San Rafael und nahm vor San José die Abzweigung zur Cala Vadella. Vor der Cala Vadella bog er links ab und suchte nun Richtung Es Cubells einen Weg am Torre del Pirata vorbei, von wo aus man die alles überragende Villa der Iranerin sehen konnte. So jedenfalls hatte Arminé Schönbach ihm das beschrieben.

Doch er fand das Haus nicht.

Er fuhr wieder zurück, die Straße am Fuße des Berges entlang, immer Ausschau haltend nach einem sandsteinfarbenen, teilweise zweistöckigen Haus mit maurischen Bögen und einem großen Pool mit Wasserfall. »Ich blicke auf den heiligen Felsen Es Vedrà«, hatte sie gesagt. Es Vedrà ragte auf der rechten Seite steil aus dem Meer, doch eine Villa orientalischen Stils war nicht zu sehen.

Er fuhr auf ein kleines Bauerngehöft und fragte dort nach dem Anwesen von Arminé Schönbach. Der Bauer schüttelte den Kopf; es gab mehrere Villen von Ausländern in dieser Gegend. Costa wusste vom Surfer, dass sie ein Mercedes-Cabrio in Weinrot-metallic mit weißen Ledersitzen fuhr. Das Gesicht des Bauern hellte sich auf, ja, die Frau kenne er. Er beschrieb den Weg zu ihrem Anwesen, warnte Costa aber zum Schluss noch vor dem bissigen Hund, einem Kampfhund, der das Grundstück bewachte. Die Villa sei von zwei Mauern umgeben, in deren sieben Meter breitem Mittelstück dieser Hund herumlaufe.

Costa bedankte sich und folgte dem beschriebenen Weg. Während der Fahrt bezog sich der Himmel und nahm die Farbe des Vedrà-Felsens an, ein dunkles Anthrazit, durchwirkt von Silberstreifen. Es war fast dunkel geworden.

Costa stieg aus dem Wagen und läutete an dem großen schmiedeeisernen Tor. Er schrak zusammen, als ein schwarzer Schatten auf ihn zuflog, etwas Dumpfes gegen die Stäbe des Tores krachte und ein ungeheures Geheul begann, das in ein mörderisches Kläffen überging. Es war der Wachhund, von dem der Bauer gesprochen hatte, ein Mastino. Costa beobachtete ihn. Der Hund musste als aggressiver Kampfhund abgerichtet worden sein. Plötzlich erklang eine Glocke, der Hund verstummte, blickte in Richtung Haus, wedelte mit dem Schwanz und trabte davon. Ein Gitter rasselte, und er war verschwunden. Dann öffnete sich das Tor. Costa entschied sich, den Wagen draußen stehen zu lassen und den von mächtigen Bäumen gesäumten Weg zur Villa zu Fuß zu gehen.

Der Mastino war nirgendwo mehr zu sehen. Es war still.

Als Costa nach etwa zehn Metern ein zweites Tor erreichte, öffnete es sich automatisch.

Zum Eingang der Villa führte eine lange Freitreppe hinauf. Costa sah, dass sich etwas bewegte, jemand war aus der Tür getreten, doch es war zu dunkel, um den Betreffenden zu erkennen. Als er näher kam, sah er, dass es eine Frau war. Sie trug ein fließendes Gewand aus weißer Seide. Ihr schwarzes Haar war lang und glänzend.

In dem Augenblick, als Costa vor ihr stand, riss die Wolkendecke auf und strahlendes Sonnenlicht fiel auf Arminé Schönbach.

Er hatte sie zuvor schon einmal auf einem Gemälde seines Cousins Mateo gesehen, das in der Galerie Meves an der Plaza del Parque ausgestellt war. Mateo Verdera hatte ihn bereits mehrfach in sein Atelier eingeladen, seit er wieder auf Ibiza lebte. Er hatte zwar bisher keine Zeit gefunden, der Einladung zu folgen, sich aber dafür mit schlechtem Gewissen Mateos Bilder am Platz der Kaffeehäuser angesehen.

Arminé war so schön, dass man an keine Sünde denken konnte, fand Costa jetzt, wo er sie zum ersten Mal vor sich sah. Wenn sie das Werk ihres Ehemannes war, musste sogar er seine Meisterschaft anerkennen.

»Sind Sie Kommissar Costa?« Er erkannte ihre warme, melodiöse Stimme wieder.

Costa nickte.

»Seien Sie willkommen in meinem Haus«, sagte sie lächelnd, »und folgen Sie mir an einen Ort der Fantasie.«

Costa betrat eine große Halle mit einem gigantischen Springbrunnen. Die von oben herabstürzende Fontäne stieg bis in die Kuppel, deren Wände mit Mosaikspiegelchen verkleidet waren. Alles glitzerte und funkelte und wiederholte sich in silbernen Bruchstücken.

Arminé führte ihn weiter in das Wohnzimmer, wo Costa fast der Atem stehen blieb. Die riesigen Glastüren waren geöffnet, und der Blick ging über den rötlichen Granit des Bodens auf die blaue Wasserfläche eines riesigen Swimmingpools, die in das noch tiefere Blau des Meeres überzugehen schien, aus dem sich die steilen silbergrauen Wände des heiligen Felsens Es Vedrà erhoben.

Welches Bemühen um Schönheit!, dachte Costa. Was für ein Versprechen mag in ihr liegen, wenn sie so viel dafür bezahlen?

»Warum lachen Sie?«, fragte Arminé.

Ihre Zähne strahlten und ihre Augen blitzten. »Ja, warum lache ich?«, sagte Costa. »Wahrscheinlich habe ich gerade so was wie Ehrfurcht vor der Schönheit empfunden. Lachen befreit davon.«

»Sie müssen es erst einmal von der Brücke aus sehen.« Sie ging auf die Terrasse und Costa folgte ihr.

Über den Pool spannte sich eine Eisenbogen-Konstruktion des amerikanischen Bildhauers Richard Serra, darunter hing eine aus der Entfernung unsichtbare Plexiglasbrücke. Costa zögerte, die Brücke zu betreten.

»Gehen Sie ruhig hinauf«, rief sie. »Die bricht nicht.«

In der Mitte der Brücke blieb Costa stehen. Unter ihm stürzte das Poolwasser sechs Meter tief in ein zweites Becken.

»Spüren Sie das Zusammenspiel der Energien von Luft, Licht und Wasser?«

Costa spürte nur die Hitze und hatte große Lust, in das blaugrüne Wasser zu springen. Er blickte auf die Felseninsel vor ihm. Als Junge war er dort oft hinaufgeklettert.

Sie bat ihn, ihr in den Patio zu folgen und deutete auf einen Sessel, an dem bereits Tee serviert war. »Oder möchten Sie lieber Kaffee?«

Costa bedankte sich und meinte, es sei schon recht so. Er blickte interessiert umher, und sie erklärte ihm, dass es sich bei diesem Patio um eine maßstabgerechte Kopie des Innenhofes der Moschee von Zabid handelte, jenes verschlafenen Dörfchens im Jemen, in dem die Algebra erfunden worden war, und wo Pasolini seinen Film »Erotische Geschichten aus Tausendundeiner Nacht« gedreht hatte. Costa hatte den Film zwar nicht gesehen, doch alles kam ihm märchenhaft vor. Schon allein die Tatsache, dass es diesem Chirurgen gelungen war, hier in der Cala Carbó ein solches Grundstück zu kaufen und dafür eine Baugenehmigung zu erhalten, grenzte an ein Wunder. Die ganze Gegend gehörte Matares und ohne dessen Zustimmung war kaum etwas möglich.

»Was führt Sie zu mir?«, fragte sie mit unverhohlener Neugier, wobei sie ihren großen weißen Schal wieder nach hinten warf.

Costa erklärte ihr, dass er die Pflicht habe, Alibis zu überprüfen, auch wenn er von der Unschuld der betreffenden Personen überzeugt sei. »Reine Routine. Es muss eben in meinem Bericht stehen, das ist alles.«

»Und um welche unschuldige Person geht es?«, fragte sie sichtlich vergnügt.

»Martina Kluge. Sie sagte, dass sie am vorigen Mittwoch um neun Uhr abends mit Ihnen verabredet gewesen sei. Sie hätten sie gegen 19.30 Uhr angerufen.«

Arminé betrachtete ihn einen Moment mit ihren haselnussbraunen Augen. »Richtig. Nur ist sie nicht gekommen.«

Costa wusste das natürlich, er hatte sie ja zu der Zeit im Elephante gesehen, wo er mit Karin gegessen hatte. Die Frage diente ihm auch nur als Vorwand. Denn in Wahrheit wollte er sie über ihren Mann ausfragen und in Erfahrung bringen, warum die Frauen ihm ihr Geld vermachten. »Und warum ist sie nicht erschienen?«

»Sie sagte mir, sie hätte einen dringenden Termin hereinbekommen, aber was es war, weiß ich nicht. Ich habe auch nicht nachgefragt.«

»Hat Frau Kluge irgendetwas mit Ihrem Mann zu tun?« Für einen Moment musterte sie ihn spöttisch. Sie hatte die feinen, aparten Gesichtszüge orientalischer Frauen. Das natürliche Braun ihres glatten Teints leuchtete wie mit Blattgold unterlegt. Costa schätzte sie auf ein Meter achtundsiebzig. Durch den Wind, der ihr Seidenkleid den Hüften angeschmiegt hatte, durch ihre Drehungen und eleganten Bewegungen war ihm ihre wie von einem Bildhauer modellierte Figur aufgefallen. Der Surfer hätte sie vielleicht auf vierundfünfzig Kilo geschätzt, aber Costa ärgerte sich sogleich über diesen Gedanken. Warum fiel ihm bei jeder attraktiven Frau sein junger Kollege ein?

»Ich habe mit ihr zu tun. Sie kommt manchmal, um mir eine Druckpunktmassage zu geben. Dafür hat sie wundervoll begabte Hände. Sie betreut ehemalige Patientinnen meines Mannes, aber ich denke nicht, dass sie auch ihn betreut.«

»Was ist sie für ein Mensch?«

»Sehr einfühlsam. Sie opfert ihr Leben für andere. Sie ist ein logisch denkender Typ, aber auch robust. Ihre Logik ist die Logik der Hingabe. Doch wenn man anderen hilft, muss man auch ein bisschen robust sein.« Sie überlegte einen Moment. »Sie ist meine Freundin. Nicht die meines Mannes.«

»Warum ist sie ihre Freundin?«

»Ich selbst bin eher künstlerisch veranlagt. Wir ergänzen uns ideal. Martina hilft mir, mit beiden Beinen auf dem Boden zu bleiben. Häufig gibt sie mir sehr praktische Tipps«, sagte Arminé lächelnd. Ihre Stimme war wie eine gleichmäßige Melodie, die Costa in der Hitze des Nachmittags ganz schläfrig machte.

»Und was geben Sie ihr dafür?«

»Ich erfreue ihren Geist mit Musik und Poesie. Sie liebt das. Es ist eine gute Freundschaft, weil wir uns gegenseitig bereichern.«

Costa hatte vorher in dem großen Wohnzimmer einen schwarzen Flügel gesehen und fragte, was sie denn spiele.

Sie machte eine ausladende Geste mit den Armen, so als wollte sie das Rad eines Pfaus beschreiben. »Omar-i-Chajjam. Er war der größte Poet und Sufi-Musiker des alten Persien.«

Schönbach, so dachte Costa, würde hierher kommen, sich auf einer der Liegen ausstrecken und ihrer Sufi-Musik lauschen, während seine Augen im Blau des Meeres spazieren gingen. Kein schlechtes Leben! Im Hafen hatte der Chirurg noch eine ziemlich teure Motorjacht liegen, und manchmal charterte er sogar einen Lear-Jet, um von München schnell zur Insel hinüberzufliegen. Er hatte einen Pilotenschein und flog selbst. Der Surfer hatte bei der Überprüfung der Eigentumsverhältnisse der Schönbachs auch herausgefunden, dass die Villa Arminé gehörte. Sie hatte ein Konto bei der Bank, die der Familie Matares gehörte. Dort wurden darüber hinaus erhebliche Aktienbestände für sie verwaltet.

»Lieben die Frauen Ihren Mann, weil er ihnen Schönheit schenkt?«

Sie lachte und sagte, die Schönheit einer Frau komme von innen. Es gebe Frauen, die äußerlich eher unauffällig wirkten, aber eine spannende und interessante Ausstrahlung hätten. »Das ist für mich Schönheit«, sagte sie. »Das Äußere muss die Form der inneren Wellen und Bewegungen annehmen. Beides sollte eine rhythmische Einheit bilden wie bei einem Tanz.«

»Und was halten Sie von Schönheitschirurgie?«, fragte Costa.

»Wenn eine Frau alt ist und dadurch ein paar Falten wegkriegt, dann ist es okay. Nur, die Chirurgen müssen ein bisschen besser werden, wissen Sie? Vielleicht sind sie ja so weit, wenn ich sie irgendwann mal brauche.«

Costa lächelte. Er hatte von allen Seiten gehört, dass Schönbach seine Ehefrau als Vorzeigeobjekt benutzte. Als Beweis für sein göttliches Talent. Jetzt aber tat sie so, als hätte sie niemals ein Messer gestreift. Er wollte sie ein wenig in die Enge treiben. »Sie werden sich also im Alter operieren lassen?«

»Wissen Sie, ich will in Würde alt werden.«

»Wie wollen Sie das machen?«

Sie wirbelte mit den Händen herum, als wollte sie ihn verzaubern. »Mein Geist soll schneller schön werden als mein Körper alt«, sagte sie lachend.

»Wie gehen Sie das an?«

»Mit Meditation und Yoga und mit dem richtigen Essen. Ich esse nur vegetarisch, und wenn ich koche, koche ich mit Muße. Bei jeder meiner Bewegungen spüre ich den Atem meines Körpers. Dadurch verlangsame ich die Zeit. Hektik, Unentschlossenheit und Klagen sind geistiger Krebs und zernagen den Körper.« Sie strahlte Costa an. »Man hat zwar wunderbar aufgeblasene Silikon-Lippen und geliftete Augen, aber innerlich ist man frustriert, wie man es so oft bei jungen Frauen findet. Das ist hässlich.«

Costa wollte versuchen, das Gespräch wieder auf ihren Mann zu lenken.

»Wie alt waren Sie, als Sie heirateten?«

»Fünfzehn.« Sie betrachtete ihn aufmerksam, als genieße sie seine Überraschung.

»Wie? Sie haben Dr. Schönbach mit fünfzehn geheiratet?«

»Mein erster Mann war nicht Schönbach. Er war Armenier und Musiker im Palast des Schahs in Teheran. Er besaß einen Diplomatenpass und spielte vor Jimmy Carter, Rockefeller, Saddat und dem sowjetischen Staatsoberhaupt. Er war ein wundervoller Musiker. Doch dann brach in Persien die Revolution aus. Der Schah musste fliehen, und auch mein zukünftiger Mann war plötzlich in hohem Maße gefährdet.«

»Und da haben Sie ihn geheiratet?«

»Ich dachte, ich muss ihn retten. Ihm helfen, aus dem Land zu fliehen. Mein Vater war Architekt im Palast des Schahs. Wir hatten bereits zwei Monate vor Ausbruch der Revolution einen Hinweis erhalten und die Ausreise in die USA vorbereitet. Um auch meinem Mann zur Flucht zu verhelfen, musste ich ihn heiraten. Doch einen Tag, bevor wir ausreisten, verurteilte ihn Khomeini zum Tode. Er wurde mit seinem Instrument auf einem öffentlichen Platz verbrannt. Die auf einem westlichen Instrument gespielte Musik sollte in Flammen aufgehen. Oft hatte ich ihn spielen sehen, er hatte mir dabei zugelächelt, doch jetzt sah ich ihn brennen und hörte ihn schreien, bis er erstickte.«

Costa war erschüttert. Alles in ihm wehrte sich gegen das grausame Bild dieser Szene. Arminé stand auf und holte aus dem Sekretär ein Album mit den Fotos von ihrer iranischen Hochzeit. Sie war ein zarter Engel von fast überirdischer Schönheit, ein Kind inmitten einer vielköpfigen, orientalischen Märchenhochzeit.

»Hier bin ich in London«, sagte sie und zeigte auf ein Foto, auf dem sie Röhrenjeans und ein knappes T-Shirt mit dem Peacesymbol trug. »Meine Eltern hatten sich getrennt. Mein Vater war nach Los Angeles gegangen, und meine Mutter hatte mich mit nach London genommen.«

Neben das Foto hatte sie einen Brief eingeklebt. Ein Abschiedsbrief. Sie schrieb darin, dass sie für immer gehe, sich aber wünsche, niemandem damit wehzutun. Der Brief trug weder Datum noch Anrede, und sie hatte ihn mit ihrem Namen unterschrieben. Arminé sah Costas erstaunten Blick und sagte, dass sie damals oft sehr traurig gewesen sei und schließlich versucht hatte, sich mit den Valium-Tabletten ihrer Mutter zu töten. Sie hatte zwanzig Stück davon geschluckt.

»Und das haben Sie überlebt?« Costa spürte, wie ihn die weiße Seide ihres Kleides streifte, wenn sie sich bewegte. Ein berauschender Duft von Moschus oder Amber war um sie herum.

»O mein Gott, dachte ich, nachdem ich sie heruntergeschluckt hatte, jetzt werde ich sterben!« Sie wandte den Kopf und sah Costa an. Er spürte ein Kratzen in der Kehle und musste sich räuspern.

»Ich wollte nicht sterben«, sagte sie mit tiefer Stimme. »Ich rief meine Tante an, die mich sofort ins Krankenhaus brachte. Dort stellte sich heraus, dass in der Valium-Schachtel Aspirin-Tabletten gewesen waren.« Arminé klappte das Fotoalbum zu. »Den Brief habe ich jedenfalls aufgehoben.«

Costa wollte wissen, wie sie ihren derzeitigen Mann kennen gelernt hatte. Wo trifft man eine solche Frau, fragte er sich, und wie muss man beschaffen sein, um so von ihr geliebt zu werden, dass sie jahrelang bei einem bleibt?

Arminé hatte ihn in München in einer Disko kennen gelernt.

»Ich sah ihn und war sofort hin und weg. Er war stark und hatte eine wundervolle Stimme. Unglaubliche Augen! Ein wirklich schöner Mann«, sagte sie lachend.

Costa war erstaunt. Die Fotos zu Karins Artikel zeigten ein anderes Bild von Schönbach, und irgendwie war er ein wenig neidisch. So wäre er auch gerne von Frauen beschrieben worden.

»Es war eine langweilige Disko. Ich entdeckte niemanden, der mich hätte interessieren können. Überall nur diese gelackten Jüngelchen, die in sich selbst verliebt sind. Pfauen, die eine Frau zur Dienerin ihres Narzissmus machen, sobald sie sie verführt haben. Plötzlich traf mich eine starke Energie. Ich drehte mich um und sah direkt in seine Augen. Ich wusste sofort, wir gehören zusammen!«

Es machte ihr Spaß, aus ihrem Leben zu erzählen. Ihre Sätze flossen leicht und unbeschwert dahin. Costa kam immer wieder auf Schönbach zurück, notierte sich die biografischen Daten und hoffte, im Laufe der Unterhaltung ein Bild von ihm zu bekommen.

Damals, als sie ihn kennen lernte, hatte sie in Paris gerade ihr Studium der Kunstgeschichte abgeschlossen und wollte in die USA gehen. Doch Schönbach überredete sie, zu ihm nach München zu ziehen, wo er in der Königinstraße am Englischen Garten eine große Altbauwohnung hatte. Er pries ihr die Schwabinger Künstlerszene. Sie, die immer offen für einen Wechsel und das Erleben einer neuen Kultur war, löste ihre Wohnung in Paris auf und zog zu ihm. Am Anfang reisten sie viel. Nach Florida, Japan, Australien – wo immer Schönbach zu Vorträgen eingeladen war. Sie besuchten den Wiener Opernball, Premieren in der Mailänder Scala und der Met in New York, das Guggenheim Museum, das Museum of Modern Art und das noch nicht ganz fertige Getty Museum in Los Angeles. Sie erlebte Schönbach als charmant und virtuos. Er redete immer wieder von Heirat, doch sie fand die Beziehung auch ohne Trauschein gut und war der Meinung, die Ehe sei Eis für die Liebe.

In München richtete sie dann einmal im Monat einen Jour fixe für ihn aus, zu dem die gesamte Schickeria geladen wurde. Feinkost-Käfer brachte das Büfett, sie spielte Klavier und organisierte Ausstellungen junger Künstler. Höhepunkt dieser Abende waren seine Vorträge über die Neuigkeiten aus der Welt der Schönheit.

Später fand sie das dann alles ein bisschen fade. Bis auf die Freundschaft zu einer sehr vermögenden und einst erfolgreichen Pianistin, Elfriede Meister. Die alte Dame war sehr witzig und schlagfertig und kommentierte Schönbachs Vorträge mit pointierten Zitaten von Oscar Wilde, Nietzsche oder Schopenhauer, was Arminé ungemein amüsierte. Sie lud Elfriede Meister auch privat zu sich ein, um ihr die Musik von Chajjam vorzuspielen. »Ich mochte sie sehr«, sagte Arminé. »Sie erinnerte mich so an meine Großmutter.«

»Wenn die Ehe Eis für die Liebe ist, dann haben Sie ihn also nie geheiratet«, sagte Costa.

Sie lachte. »Wenn die Leidenschaft zu heiß ist, muss sie gekühlt werden. Also heirateten wir im Mai '94. Er überraschte mich mit einer wundervollen, armenisch-persischen Hochzeit, so wie ich sie in meiner Kindheit schon einmal erlebt hatte.«

Das Ganze fand im Bayerischen Hof statt, und Schönbach hatte an alles gedacht. Er hatte Köche, Musiker und Tänzer aus ihrem Heimatland holen lassen, ihren Vater aus Los Angeles, ihre Mutter aus London und die Großmutter aus Teheran herbeigeschafft. Sein Hochzeitsgeschenk war ein Mercedes-Cabrio, dasselbe, das sie jetzt noch fuhr.

Doch schon wenige Monate nach der Hochzeit hörten die Reisen und alles andere auf. Schönbach hatte keine Zeit mehr. Seine Praxis boomte, er operierte fast Tag und Nacht. Da erwachte in ihr wieder ein Gefühl der Traurigkeit und der Verlorenheit, was dazu führte, dass er ihr noch mehr auswich, denn er quittierte alle Schwächen mit Verachtung. Costa wurde jetzt klar, was das Versprechen der Schönheit war: die Ausgrenzung von Leid. Schönheit erinnert nicht an Schmerz oder Zerfall; sie macht keine Angst.

Schönbach hatte von einer Patientin eine große Villa am Starnberger See geerbt und sie renovieren lassen. Auf der Einweihungs- und Silvesterparty kam es dann zum ersten großen Krach zwischen Arminé und ihrem Ehemann. Arminé stellte fest, dass ihre großmütterliche Freundin Elfriede Meister nicht eingeladen war. Als sie bei ihr anrief, erfuhr sie von der Haushälterin, dass Frau Meister vor zwei Tagen gestorben war. Dr. Schönbach sei auch da gewesen, berichtete sie, er habe aber nicht mehr helfen können. Arminé stellte ihren Mann zur Rede. Seine einzige Erklärung war, dass er ihr das Fest nicht verderben wollte. Sie war zutiefst verletzt und flog gleich am nächsten Tag zu Freunden nach Ibiza. Dort beschloss sie, sich von ihm zu trennen.

Costa konnte sehen, wie sich ihre Stimmung während des Erzählens wandelte. »Seitdem habe ich alles versucht, um von ihm loszukommen. Ich habe versucht, Skandale zu provozieren und ihm alles Mögliche an den Kopf geworfen.«

Arminé lachte, aber es war kein befreites, es war ein zynisches Lachen. »Kein Mann bekommt Macht über mich. Auch er nicht!«

Costa dachte an Frauen, die sich auf Ibiza erfolgreich und gegen jeden Widerstand von ihren Männern getrennt hatten.

Für eine Scheidung brauchten sie nur ein Jahr alleine zu leben.

»Immerhin war er damit einverstanden, dass ich hier das Haus baute, weil er ja an dem Vista-Mar-Projekt beteiligt war. Das nahm ihn zwar nicht sehr in Anspruch, doch er spielte mit dem Gedanken, auf der Insel eine Privatklinik mit einem supermodernen Operationssaal zu eröffnen. Die Vorbereitungen sind so gut wie abgeschlossen. Neuerdings ist er einmal die Woche hier, auch heute.« Und sie fügte lächelnd hinzu: »Er könnte jeden Moment hereinkommen.«

Sie erhob sich und entschuldigte sich, dass sie so ins Reden gekommen war. »Aber es ist wunderbar, einen Menschen zu treffen, der zuhören kann. Ich meine damit nicht jemanden, der schweigt und auf Durchzug schaltet, sondern dessen innere Bewegung man spürt.«

Costa beteuerte, dass er gerne noch weitere Geschichten aus ihrem Land und ihrer Kindheit gehört hätte, doch er konnte sie nicht dazu bewegen, die Unterhaltung fortzusetzen. Er bedauerte das, denn er verließ das Haus praktisch ohne Ergebnis. Was hatte er? Schönbach war ein Mann, der Frauen faszinierte, aber letztendlich nur Zeit für den Beruf hatte. Unwillkürlich musste er an Karins Vorwürfe denken.

Nachdem die erste erotische Anziehungskraft der Gewohnheit gewichen war – der Trägheit des Herzens, wie seine Mutter es nannte –, kühlte ihre Beziehung schnell ab. Als er es dann nicht einmal mehr der Mühe wert fand, ihr zu sagen, dass ihre alte Freundin Elfriede Meister gestorben war, wurde ihr dieser Mann sehr fremd. Er blieb kalt, wenn Menschen aus seinem Leben schieden, weil er sie nicht liebte. So sah und so verstand sie es. Sie wollte sich trennen, doch er hielt sie an der langen Leine, von der sie bis heute nicht losgekommen war. Für eine Scheidung hätte sie nur ein Jahr von ihm getrennt leben müssen. Aber auch das vereitelte er, denn er wohnte ja mit im Haus und war jede Woche anwesend. Er hatte immer noch Macht über sie. Costa konnte spüren, wie sie sich anstrengte, die Unruhe über Schönbachs mögliches Erscheinen zu verbergen.

Costa versuchte dennoch seinen Abschied hinauszuzögern. Er hätte nichts dagegen gehabt, Schönbach hier anzutreffen und ihm ein paar Fragen zu stellen.

Arminé warf den Schal über die Schulter und ging mit großen Schritten zum Ausgang. Auf halbem Weg drehte sie sich abrupt um und war erstaunt, dass Costa immer noch an seinem Platz stand und ihr nicht gefolgt war. Ihr Ton wurde etwas schärfer. »Ich habe Sie gar nicht gefragt, aber ich nehme an, Sie kommen wegen des grausamen Mordes an dieser Patientin von Martina. Haben Sie den Täter gefunden?«

Costa gestand, dass ihm alle Beweise zwischen den Fingern zerronnen waren.

»Und nun denken Sie an Martina?« Die Frage klang wie ein Angriff.

»Nein. Mich beschäftigt die Frage, warum die Tote ihr ganzes Vermögen Dr. Schönbach vermachte, obgleich sie eine große Liebe hatte, von der sie jeden Tag schwärmte.«

Er konnte sehen, wie sich Arminés Haltung veränderte, wie sie plötzlich großes Interesse zeigte. Langsam kam sie wieder zurück. »Wollen Sie damit sagen, dass mein Mann die Frau umgebracht hat?«

Costa wehrte entschieden ab. »Um Gottes willen! Aber das Seltsame ist, dass eine andere Dame, die auch Patientin Ihres Mannes war und von Martina Kluge behandelt wurde, vorgestern Nacht gestorben ist und ebenfalls alles Dr. Schönbach vermacht hat, wie ich vor zwei Stunden von ihrem Sohn erfuhr. Er ist ziemlich empört. Für ihn war klar, dass er alles erbt.«

Arminé setzte sich wieder und machte ihm ein Zeichen, auch Platz zu nehmen. »Wie ist die Frau gestorben?«

»Sie hatte einen Herzinfarkt.«

Sie hob die Augenbrauen. »Und? Daran sterben die meisten Menschen im Westen. Was ist daran komisch?«

»Die Ärzte stellten einen natürlichen Tod fest. Es gibt aber noch eine andere Bewohnerin des Vista Mar. Sie ist verheiratet und hat Kinder. Doch auch sie hat, wie wir wissen, Dr. Schönbach zum Alleinerben bestimmt.«

»Warum fragen Sie sie nicht?«

»Hab ich.«
»Und?«
Costa schüttelte nachdenklich den Kopf. »Das ist es ja. Die Erklärung ist vollkommen fadenscheinig.«
»Was sagte sie?«
»Er sei ein so wundervoller Mensch.«
Arminé lachte schallend auf. »Ist sie inzwischen tot?«
»Nein, aber sie rief mich gestern an, weil sie irgendein gesundheitliches Problem hat und einen Spezialisten in Deutschland aufsuchen wollte. Auf meiner Fahrt hierher versuchte ich sie zu erreichen. Es ist mir aber nicht gelungen.«
»Sie meinen, die ist nun doch tot?«
»Ich weiß nicht. Nein, nein.«
»Sie will ihm alles vermachen, weil er ein so wundervoller Mensch ist«, wiederholte sie amüsiert. »Er ist eben ein Sonntagskind. Schütze, Aszendent Löwe. Doppelt Feuer, selbstbewusst, perfektionistisch und sehr intelligent.«
»Und das mögen Frauen?« Arminé lächelte wieder, und er war sich nicht sicher, ob es herablassend war. Vielleicht machte ihn nur sein ungebügelter Anzug unsicher und dass er nicht rasiert war.
»Die Patientinnen sind vor allem von seinen Augen gefesselt. Sein Blick hat einen stählernen Glanz, fast magnetisch.«
Costa war nicht zynisch, aber jetzt konnte er eine sarkastische Bemerkung nicht unterdrücken. »Spricht er auch mit ihnen oder hypnotisiert er sie nur?«
»Er fragt die Patientinnen seelenruhig über ihre intimsten Probleme aus«, sagte sie und fügte lächelnd hinzu: »So als wenn die Operation davon abhängt, dass er ihre Geheimnisse kennt.«
»Was ist denn sein Geheimnis?«
Geräuschvoll sog Arminé die Luft durch ihre gespitzten Lippen ein. »Sein Geheimnis ist, dass er aussieht wie ein Schimpanse, die Frauen ihn aber schön finden.«
Costa wusste nicht, ob sie es ernst meinte. Schimpansen assoziierte er mit Kraft. Wieso sollte ein Chirurg so stark sein?
Sie sagte schmunzelnd: »Er ist unglaublich stark. Er hat etwas von einem Wilden.«

»Und deshalb vererben die Frauen ihm ihr Vermögen?«

Arminé erhob sich, gab ihm ein Zeichen, ihr zu folgen, und führte ihn zum Ausgang.

»Es liegt wohl in der Natur der Frau zu schenken«, sagte sie, ihn charmant anlächelnd. »Jedenfalls denen, die ihr sagen, dass sie schön ist, oder die ihr sogar zu einer größeren Schönheit verhelfen.«

Ja, dachte Costa, als er wieder im Wagen saß, und es liegt in der Natur des Mannes zu nehmen und zu töten. Aber was nutzte ihm dieses Wissen? Es trübte nur seine Stimmung. Er war ärgerlich. Vielleicht kam der Ärger daher, dass er vergessen hatte, ihr seine Handynummer zu geben. Sie wusste viel und hatte so gut wie nichts gesagt. Vielleicht war es auch egal, weil sie ihn ohnehin nie anrufen würde.

Als er abfuhr, hörte er wieder das scharfe aggressive Bellen des Hundes.

Auf der Rückfahrt ließ er sich Zeit. Es war ein Nachmittag mit einem Wechselbad an Eindrücken gewesen. Er brauchte jetzt irgendetwas, das ihm vertraut war. Vielleicht sollte er von hier aus seine Mutter besuchen? Oder Mateo Verdera, seinen Cousin, den Maler? Er entschloss sich, erst mal zu Mateo zu fahren.

# 16

Kurz vor San José bog er in den holprigen Feldweg zu Mateos Finca ein. Links ging es zur Bergspitze des Atalaya und rechts blickte er über terrassenförmig angelegte Felder auf die Bucht von San Antonio hinunter. Rechts der Hang führte zu einer Hügelkuppe hinauf und fiel zur anderen Seite, zur Cala Tarida hin, wieder terrassenförmig ab. Auf der Kuppe stand Mateos Haus, das er sich aus einer Ruine aufgebaut hatte. Erhalten geblieben waren noch der tiefe Brunnen, der alte Backofen und die Grundmauern des Haupthauses, auf denen Mateo eine riesige Küche mit einem Rauchfang errichtet hatte, in der man lange Nächte plaudernd am offenen Feuer sitzen konnte. Die eine Seite der Küche war offen und grenzte an eine Wiese, auf der einer der mächtigsten Feigenbäume der Insel stand. Die Äste waren so schwer mit reifen Früchten beladen, dass Mateo überall hölzerne Stützen aufgestellt hatte.

Als Costa ankam, saß der Maler vor seiner Küche und beobachtete die Schafe, die auf der Nordseite des Hügels grasten.

Er empfing ihn mit einem breiten Lächeln. Sein braunes gegerbtes Gesicht strahlte unter dem sonnengelben Strohhut, der Costa an Van Gogh erinnerte. Das lockige, fast schulterlange Haar war so schlohweiß wie das getünchte Gemäuer. Mateo trug seine weiten olivenfarbenen Leinenhosen und sein blaues Baumwollhemd. Costa hatte ihn nie anders gesehen.

Nach einem kurzen *hola* setzte er sich, und beide lauschten für eine Weile dem Bellen der Hunde aus dem Tal. Der Maler griff zu einer Flasche, füllte ein kleines Glas und stellte es vor Costa hin. Der Selbstgebrannte lief ihm warm die Kehle hinunter und verursachte ein angenehmes Feuerchen in seinem Magen. Mateo schenkte ihm nach, sie hoben die Gläser und tranken.

Costa wusste, dass er besser gleich fragte, was ihm unter den Nägeln brannte, anstatt zu warten, bis sie die Flasche geleert hatten oder gar noch eine zweite.

»Wann hast du sie gemalt?«

»Wen?«

»Arminé Schönbach.«

»Du meinst Arminé Tomasian.«

»Sie ist noch verheiratet.«

Mateo machte ein unwilliges Gesicht und zuckte mit den Schultern. »Auf meinem Bild habe ich sie für immer.«

Costa lächelte. »Für immer jung, für immer schön.«

Mateo goss ihm einen weiteren Kräuterschnaps ein. »Ich habe sie wegen ihrer Vollkommenheit gemalt. Eigentlich regt eine Frau, die vollkommen schön ist, einen Künstler nicht an. Er sucht das Unvollkommene, das nach Vollendung strebt. Außer er will die Mutter Gottes malen. Arminé Tomasian hat mir für die Heilige Maria Modell gestanden, wie sie dem Karmelitermönch Francisco Palau erschienen ist.«

»Hatte einen guten Geschmack, der Junge«, sagte Costa und hob sein Glas noch einmal.

»Der Selige Palau wurde 1811 in Spanien geboren. 1833 trat er in Barcelona in den Orden der ›Barfüßigen Karmeliter‹ ein, lebte mehrere Jahre in Frankreich und gründete nach seiner Rückkehr in Barcelona die ›Schule der Tugend‹, deren Methoden seine Verbannung nach Ibiza zur Folge hatten.«

»Wurde man damals für Tugendhaftigkeit nach Ibiza verbannt?«, fragte Costa amüsiert. »Wäre ja wie heute.«

»Für Besserwisserei«, lächelte Mateo.

»Ist diese Insel ein Ort, wo man von Besserwisserei geheilt wird?«

»Im Allgemeinen ja. Unser guter Mönch aber nicht.«

Mateo folgte mit den Augen einer Libelle, nippte an seinem Glas und schickte sich an, über die Motive seiner Malerei zu erzählen, wie Costa es von ihm kannte.

»Palau ließ sich in einem Boot zur Vedrà bringen, stieg den steilen Abhang hinauf und entdeckte oben eine Grotte, die so feucht war, dass das Wasser an ihren Wänden heruntertröpfelte. Ihm reichte das als Trinkwasser, und so lebte er dort und meditierte, bis ihm die Jungfrau Maria erschien. Er sah sie als die Verkörperung der Schönheit.« Der Maler schlug ein Buch auf, das in einem großen Bücherstapel vor ihm auf dem Tisch lag und suchte das Lesezeichen. »Hier! Er hat alles aufgeschrieben: Der ganze Raum erfüllte sich mit dem Glorienschein Gottes, und ich sah die Tochter des Ewigen Vaters in ihrer ganzen Schönheit, so schön, wie es dem sterblichen Auge nur möglich ist zu sehen.« Der Maler blickte lächelnd auf. »Dann vermählte er sich mit der schönen Frau Maria.« Mateo beugte sich wieder über das Buch und las: »All das Licht und das Helle wichen zurück, und ich konnte ihren wunderschönen Körper sehen. Ich sah ihren Kopf von einem Glorienschein gekrönt, ihre Haare waren aus reinem Gold und jedes einzelne strahlte Licht aus. Plötzlich gerieten sie in Bewegung und bildeten oben auf dem Kopf eine Krone, wie von einem bestimmten inneren Leuchten hervorgerufen, und es strahlte gen Himmel in alle Richtungen, und eine Stimme sagte zu mir: Folge mir, und ich folgte ihr auf die Spitze des Berges, der ganz in Glorie getaucht war. Die Tochter des Ewigen Vaters setzte sich auf einen glänzenden Thron, dann gab sie den großen Himmeln Anweisung, mich anzukleiden mit reinen, feinsten Gewändern, weiß wie Schnee, Zingulum aus reinstem Gold und das Messgewand karminrot, aus so wertvoll gewebtem fließenden Stoff, dass ich die Qualität nicht kannte. Dann gewährte mir die Heilige Tochter die geistige Vermählung. Anschließend befahl sie mir, diese Gegend zu verlassen, hinzugehen und zu predigen.« Der Maler klappte das Buch wieder zu. »Das ist die Szene, die ich gemalt habe.«

»Hast du mal ihr Haus gesehen?«

Mateo nahm sich eine Zigarre, biss die Spitze ab, entzündete ein Streichholz, paffte einen Moment und lehnte sich wieder zurück. »Ja. Sie hat das Haus selbst entworfen und die Bauarbeiten überwacht. Es gab mit der Kommune einigen Ärger, weil sie es genau an der Stelle haben wollte, wo es der magischen Insel Vedrà gegenüberliegt.«

»Möchtest du jeden Tag auf Es Vedrà blicken?«

»Ihr Boot liegt in der Bucht von Cala D' Hort. Sie rudert damit hinüber und steigt dann in die Höhle des Einsiedlers hinauf. Sie verehrt dort unsere Göttin Tanit.«

Costa war nicht überrascht, es passte zu ihr. Sie war eine Geschichtenerzählerin. Auch Mateo erzählte Geschichten, jeder hier tat das. Auch sein Bewusstsein würde sich auf dieser Insel langsam mit sonderbaren Dingen füllen, mit seltsamen Geschichten, die ihm weder in Hamburg, noch im Traum, noch im Kino begegnet wären.

»Hat sie erzählt, woher sie das viele Geld hat?«

»Welches Geld?«, fragte Mateo.

»Zum Beispiel um so ein Haus zu bauen.«

»Ihr Mann macht doch riesig Kohle mit seiner Sucht nach künstlicher Schönheit.«

Costa merkte, dass ihn das Thema verärgerte, blieb aber hartnäckig. »Das Haus gehört nicht ihrem Mann. Sie ist im Grundbuch eingetragen.«

»Wie auch immer, von ihm ist das Geld. Meine Farben werden trocken«, sagte der Maler und erhob sich. »Wie geht es deinem Vater?«

»Gut. Er arbeitet immer noch in der Schreinerei.«

»Und deiner Mutter?«

»Da fahre ich jetzt hin.« Costa drehte sich beim Weggehen noch einmal um, winkte Mateo zu, bückte sich und hob eine Feige auf, an der schon der Saft herunterrann. Er steckte sie in den Mund, zog den Stängel heraus und schnippte ihn einer Libelle hinterher.

Das kleine weiße Fincahotel seiner Mutter lag in der noch kaum besiedelten Landschaft zwischen Santa Inès und San Mateo. Im Land der Mandelbäume. Das abseits gelegene Landhaus war ein Geheimtipp für Leute, die ohne Telefon, Fernsehen und Internet ungestört in der Natur Urlaub machen wollten. Christa und Elmar konnten sich keine teure Hightech-Ausstattung leisten und hatten aus der Not ein Konzept gemacht, das ankam. Im Laufe der Jahre hatte sich eine feste

Stammkundschaft herausgebildet, zu der Deutsche, Skandinavier, Franzosen und Amerikaner gehörten.

Als Costa aus dem Wagen stieg, sah er seine Mutter oben auf dem Balkon stehen, wo sie gerade dabei war, den Tisch zu decken. Es gab Curado – ibizenkischen Käse – und selbst gebackenes Brot. Sie stellte eine Schüssel Olivenöl mit Silberzwiebeln, Knoblauchzehen, grünen und schwarzen Oliven dazu. Wein sah Costa nicht, aber er hatte ohnehin schon genug intus. Sie schob ihm alles hin und strahlte ihn an. Sie hatte ein kerniges, immer noch jugendliches Gesicht. Ihre Haare waren blond gefärbt, aber ansonsten trug sie ihr Alter mit Selbstbewusstsein.

Costa nahm ein Stück Brot, tauchte es in das Olivenöl und steckte sich ein Stück Curado in den Mund.

»Alle ausgeflogen?«, fragte er.

»Die paar Gäste sind am Strand, und Elmar ist nach San Antonio gefahren, um eine neue Wasserpumpe zu kaufen. Die letzte hat gerade mal ein Jahr gehalten. Unglaublich.«

»Und sonst«, erkundigte sich Costa, »hattest du eine gute Saison?«

»Ja, das muss ich sagen. Im Juli und August waren wir komplett ausgebucht. Viel besser als im letzten Jahr. Elmar will anbauen, ich aber nicht. Mir reicht's. Und du? Wie geht's dir hier? Bist du nun ein toller Guardia-Offizier?«

»Jetzt nervst du genau wie Karin«, sagte Costa und tunkte noch ein Stück Brot ein.

»Karin war bei mir«, sagte sie mit großer Betonung, obgleich das nichts Ungewöhnliches war. Karin mochte seine Mutter, worüber Costa sehr froh war. Sie telefonierten miteinander und sahen sich wahrscheinlich öfter als er und seine Mutter. »Hat sie dir von unserer Trennung erzählt?«, fragte er und spürte eine leichte Wut.

»Du weißt, dass ich mich nicht einmische, ich habe meine Meinung, aber ich kann sie auch für mich behalten. Es ist schließlich eure Beziehung.«

Costa zuckte die Achseln und kaute. »Und?«, knurrte er.

»Sie ist unglücklich.«

Costa zog die Augenbrauen hoch. »Worüber?« Ihm fiel sein Blackout der letzten Nacht ein.

»Was denkst du, warum Karin ein Problem mit dir hat?«

»Ich weiß nicht. Wahrscheinlich arbeite ich zu viel. Vielleicht ist sie auch eifersüchtig. Ich habe eine sehr attraktive Spanierin im Team.«

»Soll ich dir noch zwei Spiegeleier machen?«

Costa lehnte dankend ab.

Sie schob ihm die Schüssel hin, damit er sich noch etwas nahm. »Mir hat sie erzählt, sie kann dich mit anderen Frauen überhaupt nicht in Verbindung bringen. Sie meint, du hast außer Sabine vielleicht noch andere Frauen vor ihr gekannt, aber das sei für sie völlig bedeutungslos. Sie ist von dir überzeugt. Für sie bist du ein ganz besonderer Mensch. Befreit und groß, hat sie dich genannt.«

»Wie kommt sie denn auf den Unsinn?«

»Das habe ich sie auch gefragt.«

Costa war von der Situation, in der er gerade steckte, ziemlich überfordert. Er fühlte sich alles andere als frei oder befreit.

»Sie sagt, endlich seist du nicht mehr nur das Ergebnis von Gerüchten.«

»Das Ergebnis von Gerüchten? Was heißt das?«

»Sie geht ja immer in der riesigen Costa-Familie herum und trinkt in jeder Küche diesen scheußlichen Kräuterschnaps, und wenn sie irgendwo über dich reden, dann spitzt Karin die Ohren! In diesen Gerüchteküchen wird man automatisch zu einer Gerüchtefigur. Und aus den Gerüchtefiguren entstehen die wahren Figuren, hat sie gesagt. Befreit und groß.«

»Und was bin ich als wahre Figur?«

»Das weiß ich auch nicht. Es ist, wie es ist. Du solltest dich nur fragen, was ihr beide füreinander sein könnt, Karin und du. Besonders weil ihr so unähnlich seid. So völlig verschieden.«

»Sie ist eben eine Frau.«

»Das ist nicht eine Frage des Geschlechts. Natürlich sind Mann und Frau verschieden. Aber es hängt doch alles mit deiner gefestigten und ihrer ungefestigten Existenz zusammen.

Du hast dein Leben eben nie nur aus dir selbst heraus gelebt. Immer hast du einen Auftrag oder eine Pflicht. Nie verschwendest du deine Zeit einfach nur für dich. Mit Nichtigkeiten. Nie lässt du etwas auf dich zukommen, und nie gerätst du in etwas hinein. Sie ist da ganz anders. Sie lebt. Während du wie eine Aufziehpuppe immer nur die Aufträge anderer erfüllst.«

Costa war wütend. Das schaffte nur seine Mutter, und ohne dass ihre Laune im Geringsten darunter litt. »Stimmt«, sagte er grimmig. »Eigentlich haben wir wenig miteinander zu tun.«

»Eben. Aber ich sage euch, wenn die sexuelle Anziehung vorüber ist, werdet ihr einander nicht mehr wahrnehmen, euch nichts mehr zu sagen haben und völlig aneinander vorbeileben.« Über Sex sprach sie immer wie der Pfarrer von Gott. Costa schüttelte grinsend den Kopf.

»Warum heiratet man dann überhaupt?«

»Damit Mannesmut und Frauentreu sich zusammentun«, sang sie.

Das liebte er an ihr. Weil sie alle Opern kannte und viel las, konnte sie ihn jederzeit mit einer Kostprobe aus ihrem Zitatenschatz überraschen. Er war dann glücklich wie er es als Kind gewesen war, weil das Leben plötzlich eine gute Wende nahm, den Kopf hob und einen Scherz machte.

Sie war richtig in Fahrt gekommen, er kannte das. Sie war dabei, das Leben, das sie gerade beim Wickel hatte, in ein absurdes Spiel zu verwandeln. Er musste lachen. Sie wollte ihm dazwischenfahren, aber er wehrte sich: »Ich lache und lache, ich muss so jauchzen vor Lachen«, sang er.

»Am Lachen erkennt man den Narren«, sagte sie, griff unter den Tisch, zauberte eine Flasche Wein hervor und goss sich ein. »Du musst ja noch fahren«, meinte sie und drückte den Korken wieder rein, ohne ihm einen Schluck zu geben.

Als Costa nach Hause fuhr, nahm er die Straße über Santa Gertrudis vorbei am leuchtenden Ocker einer Mauer und am Erdrot der Felder. Das Licht auf dieser Insel war immer scharf und klar wie der Schatten eines Hauses auf der strahlend weißen Kirchenwand.

Als er sich Ibiza näherte, bog er von der Straße auf einen Feldweg ab, eine Abkürzung, die er noch aus seiner Kindheit kannte. Er hatte die Scheiben heruntergelassen und wandte sich zur Seite, wo die Stadt in der Ferne wie ein sandfarbenes Schneckenhaus auf ihrem steinernen Hügel hockte. Sein Blick wurde teilweise durch Opuntienhecken und Agaven verdeckt, deren Blütenstauden hoch aufragten.

Immer wieder musste er an das Gespräch mit Arminé Schönbach denken. Er konnte sich nicht vorstellen, wie sich ihr Eheleben mit einem Mann wie Schönbach gestaltete. Was sollte er ihm vorwerfen? Dass die Frauen nach ihm verrückt waren, dass sie ihn bewunderten und anbeteten und ihm schließlich ihr ganzes Geld vererbten? Auf jeden Fall reizte ihn der Kontrast zwischen seiner eigenen Wahrnehmung und der Wahrnehmung der Frauen. Dieser Mann hatte Kontakt zu Matares und zu seinem Onkel, den beiden mächtigsten Männern der Insel. Er hatte eine schnelle Luxusjacht, auf die er während der Saison vermutlich die Könige der Musikszene zu rauschenden Partys einlud, und er hatte die schönste Frau, der Costa je begegnet war. Warum sollte jemand, der alles hatte, was man sich im Leben wünschen konnte, ein schweres Verbrechen begehen, das nicht nur das Opfer traf, sondern vernichtend auf ihn selbst zurückschlagen könnte?

Aber vielleicht ging es gar nicht um Geld dabei? Costa spielte im Kopf noch einmal alle Informationen durch, die er bisher über Schönbach gesammelt hatte.

Gabriel Schönbach war am 28. November 1948 in Österreich geboren. Ein Sonntagskind! Die Frauen liebten ihn. Seit Karin Schönbach begegnet war, wusste sie, dass sie eine *geheimnisvolle* Frau war!

Aber wen liebte er? Seinen Kampfhund? Eine Tötungsmaschine, die er auf den Namen »Baal« getauft hatte. Ein Gott dieser Insel! Er hatte vor nichts Respekt.

Seine Mutter war Malerin und sein Vater Erfinder. Auf dem Gymnasium hatte Schönbach immer zu den Klassenbesten gezählt, besonders in den naturwissenschaftlichen Fächern. Nach der Matura, die er mit Auszeichnung bestanden hatte, ging er nach München und studierte Medizin. Ein Überflieger. Sein Studium, das er mit summa cum laude abschloss, absolvierte er schneller als andere, wurde Facharzt für Chirurgie, spezialisierte sich außerdem auf Knochen- und Gefäßchirurgie und arbeitete einige Zeit sogar als Kieferchirurg. Ein unersättliches Arbeitstier von hoher Intelligenz und großer Rücksichtslosigkeit gegen sich selbst, dachte Costa und konnte plötzlich eine leichte Bewunderung nicht verhehlen. Der säuft sich bestimmt nicht die Hucke voll, schlaucht sich Spiegeleier mit Speck rein oder Brot mit dick Butter drauf! Der frisst Kraftfutter und trinkt Kombucha, oder wie das Zeugs heißt!

Costa griff in seine Tasche und zog den Zettel heraus, auf dem er sich Notizen gemacht hatte. '73 bis '76 Facharztausbildung am Klinikum rechts der Isar, dann Stationsarzt der chirurgischen Abteilung in Aachen, dann '81 bis '84 Köln, wo er seinen Facharzt für plastische Chirurgie machte und Oberarzt wurde, '84 bis '88 Medico Ästhetik in Offenbach bei Frankfurt, eine kleine Schönheitsfabrik, die er mit zwei anderen Kollegen gegründet hatte. Dorthin war Franziska Haitinger gegangen, bevor sie zu Schönbach nach München kam. Warum hatte Schönbach das Team in der kleinen Schönheitsfabrik verlassen?

Wenn Costa etwas darüber in Erfahrung bringen wollte, musste er Schönbachs ehemalige Kollegen befragen. War Schönbach im Streit ausgeschieden, hatte er eine reale Chance, dass jemand auspackte.

# 17

Als Costa bei der Sitzung am nächsten Tag das Gespräch auf Schönbach lenkte, wurde er gleich vom Surfer unterbrochen, der wissen wollte, was der Chirurg mit ihrem Mordfall zu tun habe. Er schlug vor, lieber noch einmal gemeinsam die Zusätze und Anmerkungen im Abschlussbericht Grone durchzugehen.

Costa wurde weiß im Gesicht, aber eine innere Stimme warnte ihn, sich jetzt bloß keine Blöße zu geben. Offenbar spürte Elena die Spannung, denn sie wurde plötzlich unruhig und kramte in ihren Notizen. Es sei ursprünglich ganz klar gewesen, dass Schönbach nichts mit dem Mordfall zu tun habe, sagte sie, aber ihre Erkundigungen beim Nachlassgericht in Köln ergaben, dass er den Erbschein für Ingrid Scholl und Erika Brendel beantragt hatte.

Elena hatte in Costas Auftrag langwierige Recherchen angestellt, wo Erika Brendels Vermögen herstammte, und hatte die Angaben Anke Vogts bestätigt gefunden. Bevor sich Ingrid Scholl von ihrem Mann scheiden ließ, parkte sie einen Großteil ihres Vermögens auf Erika Brendels spanischen Konten.

»Gut«, sagte Costa. »Aber wir werden ihr post mortem kaum noch eine Beteiligung an der Ermordung Ingrid Scholls nachweisen.«

Dann fragte er, was es außerdem noch für Anmerkungen zum Abschlussbericht gebe.

»Ich bin noch mal die Liste mit den Asservaten durchgegangen«, sagte der Bischof, »und habe entdeckt, dass in der Tablettenpackung, die die Scholl kurz vor ihrem Tod kaufte, zwanzig Pillen fehlen.«

»In welcher Packung?«, wollte der Surfer wissen.

»Die Scholl war kurz vor ihrem Tod noch bei ihrer Hausärztin, die ihr eine Packung Digoxina verschrieb. Sie musste wegen ihrer Herzschwäche jeden Tag eine Tablette nehmen. Sie hat das Medikament in der Apotheke gekauft, aber ja wohl kaum zwanzig von den Dingern geschluckt, wenn ihr nur eine pro Tag verordnet war.«

Der Surfer klopfte dem Bischof auf die Schulter. »Wahrscheinlich hat sie die weggeworfen oder sonst was. Der Täter wird sie ja wohl auch nicht gefressen haben.«

Costa nickte und dankte dem Bischof. Das war genau die Arbeit, die er von seinen Mitarbeitern erwartete. Man musste diese Dinge aufspüren, auch wenn sie ins Leere führten, wie zum Beispiel diese Geschichte mit den Tabletten. Die Scholl war durch die Bratspieße ums Leben gekommen und nicht durch Medikamente. »Sonst noch was?«, fragte er.

Alle schüttelten den Kopf. Rafal fragte, ob sie den Bericht heute noch nach oben weitergeben sollten. Costa nickte. Er sah keine Möglichkeit, das zu verhindern. Er sagte, die Sitzung sei beendet und verließ den Raum.

Er wollte sich einen Kaffee holen, weil er sich ziemlich schlapp fühlte. Doch der Automat spuckte nur heißes Wasser aus. Daneben lagen zwei Teebeutel. Er warf einen Blick darauf: Mate-Tee. Nein danke, das war nicht sein Geschmack. Ärgerlich kehrte er um. Auf dem Weg zurück in sein Büro erreichte ihn ein Anruf von Torres. Während er zuhörte, ging er immer langsamer, hielt fast den Atem an und blieb schließlich stehen. Es war geradezu sensationell!

Dieser rotweinsüchtige Gerichtsmediziner, dieser große, gebeugte, stets unrasierte Mann hatte das Unglaubliche herausgefunden! Die Brendel war nicht eines natürlichen Todes gestorben. Sie war nicht durch einen Herzinfarkt ums Leben gekommen, sondern durch eine Überdosis Atenolol, dem Hauptbestandteil der Tabletten, die ihr Dr. Sperl gegen ihren Bluthochdruck verschrieben hatte. Man hatte bei ihr etwa vierzig Gramm Atenolol entdeckt, was der Einnahme von vierzig Tabletten entsprach. Natürlich waren es ihre Tabletten, und sie konnte sie selbst eingenommen haben. Aber eines war klar: Mit diesem Ergebnis schied eine natürliche Todesursache aus! »Wie sie ums Leben gekommen ist, das musst du nun herausfinden«, hatte Torres zum Schluss gesagt.

Doch die eigentlich sensationelle Nachricht war eine andere. Torres hatte zusammen mit der Gewebeprobe von der Brendel auch Gewebeteile von Ingrid Scholl ans Institut in Barcelona geschickt. Auch bei ihr war eine Überdosis ihres eigenen Medikaments gefunden worden, nämlich die letale Dosis von fünf Milligramm Beta-Metildigoxina. Das entsprach genau den zwanzig fehlenden Tabletten, von denen der Bischof gerade berichtet hatte. Zwar war sie durch die brutalen Verletzungen in Augen und Gehirn umgekommen, aber zugleich hatte sie die tödliche Menge eines Medikaments im Blut gehabt. Torres konnte es sich nur so erklären, dass der Mörder erst versucht hatte, sie mit ihrem eigenen Medikament zu vergiften, dann aber die Geduld verlor.

Costa stand einen Moment wie betäubt da. Der Fall wurde immer verworrener. Oder waren es mehrere Fälle, die nichts miteinander zu tun hatten? War er in einen Strudel von Zufällen geraten, der ihn in die Tiefe ziehen würde? Zufälle, die manchmal im Leben zusammentrafen und einen Anfang, eine Karriere, vielleicht auch eine Beziehung vernichten konnten. Er fühlte sich einsam und vom Leben abgewiesen. Ausgelacht in der ihm ohnehin fremden Polizeibehörde, isoliert von seiner Familie, die El Cubano beherrschte, fern von seinen Kindern, ohne Freund und verlassen von der Frau, um deretwillen er sein altes Leben aufgegeben hatte.

Er umklammerte das Handy in seiner Hosentasche, zog es heraus und wählte eine Nummer, die er auswendig kannte.

Arminé meldete sich mit einer provozierend erotischen Stimme. Im ersten Moment konnte er nicht reagieren. Was wollte er überhaupt von ihr? Sie fragte ungeduldig auf Spanisch, ob da jemand sei. Er überspielte seine Unsicherheit mit den harten Fakten aus Torres' Bericht. Kühl präsentierte er ihr die Tatsache, dass zwei der Erblasserinnen, über die sie vorgestern gesprochen hatten, vergiftet worden waren.

»Vielleicht wollten sie sich das Leben nehmen«, sagte Arminé leise.

»Würde man sich erst der Schönheit wegen operieren lassen und sich dann das Leben nehmen?«, wandte Costa ein, der bereits mit Torres darüber nachgedacht hatte.

»Vielleicht stimmte etwas mit dem Operationsergebnis nicht. Sprechen Sie mit einem Chirurgen, der wird Ihnen erzählen, wie häufig das vorkommt.«

»Würde man dann diesem Chirurgen sein Geld vermachen?«

An dieser Stelle wechselte Arminé abrupt das Thema. Sie lachte hysterisch auf und sagte, Ibiza sei eine fantastische Insel mit einer Menge fantastischer Leute, aber natürlich auch einem großen Sack voll Müll. Doch es gebe ja nie nur das eine oder das andere. »Ich liebe Ibiza«, schwärmte sie. »Ich liebe diese Insel mit ihrer schönen und magischen Energie. Diese Energie ernährt uns. Sind Sie ein guter Mensch, so schenkt Ihnen diese Insel ihr Herz, ihre Schönheit und ihre Kraft. Sind Sie aber schlecht, erteilt sie Ihnen eine so schlimme und harte Lektion, dass Sie sie fluchtartig verlassen müssen.«

Costa fragte, was sie damit sagen wolle. Sie lachte und antwortete, es gebe viele Plätze mit wundervoller Energie auf dieser Insel, um zu meditieren, um schöne Sonnenuntergänge oder Sonnenaufgänge zu sehen, und es gebe *sa por* – den seltsamen Ort der Wandlung. Es blieb einen Moment still in der Leitung, nur leise Musik war im Hintergrund zu hören. Es war »Purple Rain«.

Costa fragte, ob sie alleine sei, denn er hatte das Gefühl, als wäre jemand anwesend und als wollte sie verbergen, mit wem sie gerade sprach. Er konnte aber nichts weiter herausfinden, denn sie legte plötzlich auf.

Vielleicht war Schönbach da? Vielleicht konnte er über die Hausanlage mithören? Wollte sie ihm signalisieren, dass sie jetzt nicht reden konnten?

Er kannte *sa por*, diesen ibizenkischen Aberglauben, aus den Erzählungen seiner Lieblingstante Maria. *Sa por* war katalanisch und hieß »die Angst«. Doch Maria beschrieb *sa por* als einen Ort, wo sich die Seele wandeln konnte, wenn man nicht wegliefe. »Wenn du nicht wegläufst«, pflegte sie zu sagen, »sondern in dich hineinlauschst, hörst du Schreie aus dem Jenseits und Kettengerassel. Und wenn du dann immer noch nicht fliehst, sondern in dich hineinschaust, siehst du fliegende Lichter und leuchtende Wasserfälle, die so stark werden, dass du entweder tot daliegst oder gestärkt und voller Kraft davonschreitest.« Er hatte den Ort als Kind überall gesucht: im geheimnisvollen Schatten der Johannisbrotbäume, in den Höhlen, wo die Schätze vor den Piraten versteckt worden waren, auf den Hügeln, wo die Käuzchen riefen und die Hunde heulten, aber er hatte ihn nicht gefunden. Später hatte er diesen Ort dann vergessen. Geblieben war nichts als eine dunkle Erinnerung.

Was meinte Arminé Schönbach, wenn sie auf diesen Aberglauben anspielte? Den Ort der Angst? Hatte *sie* ihn gefunden?

# 18

Am nächsten Morgen wünschte der Chef Costa zu sprechen. Da erwartete ihn nichts Gutes. Wenn er mit dieser Voraussage richtig lag, würde er sich am Abend eine gute Flasche Rotwein gönnen und Karin dazu einladen! Das war ein guter Ausgleich. Er machte einen kleinen Hüpfer auf dem Weg zum allerhöchsten Büro, weil er sich nun fast schon auf das Gemecker des Comisario Principal Don Andrès Lopez Santander freute.

Er war überrascht, als es ganz anders kam. Lopez lobte ihn für die gute Arbeit und versuchte ihn sogar zu trösten, dass man nicht immer den Täter finden könne. Gut aber, wenn man alles getan hatte, was zu tun war. Ein pflichtgemäßes Bemühen aber verdiente eine Belohnung, und so hatte er sich entschlossen, auf den Besuch eines internationalen Polizeitreffens in Brüssel zu verzichten und stattdessen ihn, Toni Costa Mari, dorthin zu entsenden. Er werde die Umbuchung des Fluges für morgen früh veranlassen, sagte er gemütlich, und wenn Costa schlau wäre, würde er das mit einem angenehmen Wochenende in Brüssel verbinden. »Wer weiß, wen Sie da kennen lernen«, fügte er anzüglich lächelnd hinzu.

Costa fragte ihn, was mit dem Untersuchungshäftling Grone geschehen würde. Lopez zündete sich eine Zigarette an, hielt die Schachtel auch Costa hin, der ablehnte, und sagte, der Mann würde ausgeliefert werden, sobald das Gesuch aus Deutschland vorliege. »Ob er hier oder in Deutschland im Knast sitzt – die Zeit wird ihm angerechnet«, meinte er, so als kümmerte ihn das Schicksal eines Gefangenen. Dann stand er auf, gab Costa die Hand und rief ihm eine freundliche Empfehlung an seinen Onkel El Cubano nach.

Costa ging nicht in sein Büro. Er verließ das Präsidium und machte einen kleinen Spaziergang zum Club Social, denn er brauchte jetzt einen Kaffee und einen Cognac.

Er glaubte nicht an die Geschichte mit der Belohnung, sondern hatte das Gefühl, dass er aus der unmittelbaren Ermittlungsarbeit abgezogen werden sollte. Das konnte sehr gut mit den neuen Erkenntnissen zusammenhängen, die Torres durch die Obduktion der Brendel gewonnen hatte. Er konnte von Torres nicht verlangen, so etwas geheim zu halten und hatte es selbst ja auch weitererzählt. Ein Fehler.

Costa bestellte sich noch einen Cortado, doch seine Laune wurde nicht besser, und so ging er in sein Büro zurück, das vor lauter Verwaltungskram überquoll. Am liebsten hätte er ein Streichholz daran gehalten. Er beschloss, diese unangenehmen Dinge jetzt zu erledigen, da es ihm ohnehin so mies ging. Jedenfalls war er den Mordfall Scholl los.

Während er den Papierkram abarbeitete, kam ihm sein Leben umso sinnloser vor.

Er überlegte, ob er zu Karin fahren sollte, um sich ihr in seinem Elend und mit seinem geknickten Selbstbewusstsein anzuvertrauen. Vielleicht würde sie dann sagen, komm, wir besaufen uns, und alles würde wie ein Spuk verschwinden. Dann würden sie zusammen essen gehen, schön beschickert und hungrig wie zwei Wölfe, würden um die Wette lachen und sich anschließend in der Wärme ihres Bettes wiederfinden! Und nach dem tiefen Schlaf würde kein verlogener Chef auf ihn warten, keine Bedrohung, keine Anstrengung, sondern ein herrliches Frühstück auf Karins Balkon mit Blick auf Hafen und Altstadt und mit knusprigen Baguettes aus ihrem Ofen. Er rief sie an und informierte ihren Anrufbeantworter, dass er morgen früh zu einer Europoltagung nach Brüssel fliegen und am Sonntag zurückkommen werde. »Vergiss nicht El Cubanos Schlachtfest«, fügte er hinzu.

Er schlief mit dem intensiven Wunsch ein, von Karin zu träumen. Er träumte aber nicht von ihr, sondern von Erika Brendel, die er vor einem Operationssaal mit bangen und klammen Gefühlen erwartete, weil er wusste, dass drinnen Dr. Schönbach mit dem Skalpell über ihr stand. Plötzlich kam sie heraus, fröhlich lachend, mit einem schrillen Hut schräg auf ihren blonden Locken. Der Hut war feuerrot und hatte eine breite Krempe mit zebragestreiftem Hutband, in dem eine viel zu große Pfauenfeder steckte. Das Rot troff an ihr herunter und hinterließ Spuren blutiger Tränen. Costa erwachte, als er mit den Armen um sich schlug. Für einen Moment lag er ganz still. Dann schielte er zum Wecker. Es war längst über der Zeit. Hatte er nicht geklingelt? Costa sprang aus dem Bett. Er musste sich beeilen, wenn er die Maschine noch bekommen wollte.

Als Costa im Brüsseler Hotel du Congrès ankam, waren die Begrüßung und der erste Teil des Vortrags schon vorbei. Er lief direkt an das üppige Lunchbüfett, das auf die Tagungsteilnehmer wartete. Es waren etwa vierzig Polizisten aus allen Teilnehmerländern von Europol anwesend. Allein aus Spanien waren sechs Kollegen gekommen. Die Stimmung war gut, es gab Wein in Krügen, alle standen essend, trinkend und palavernd herum.

Normalerweise hätte Ibiza keinen Vertreter auf diese Europol-Veranstaltung geschickt, die unter dem Thema »Täterfluktuation im vereinten Europa« stand. Doch das Justizministerium, Richter und Staatsanwälte auf Ibiza forderten schon seit einiger Zeit eine freie Handhabe für »Schnellverfahren gegen Kriminelle«, um die hohe Zahl der Straftaten, die in der Hauptsaison häufig von Inselbesuchern verübt wurden, in den Griff zu bekommen.

Costa fühlte sich fehl am Platz. Sein Problem war in erster Linie der Widerstand gegen die Aufdeckung von Schwerstkriminalität, der ihm auch von der eigenen Behörde entgegenschlug. Man untersuchte die Fälle nicht mit kostspieligen Methoden, sondern sagte, der Tote sei ganz natürlich gestorben, abgereist oder im Meer ertrunken. Zu teuer waren die Ermittlungen, zu gering das Interesse an einer Aufklärung.

Costa beschloss, etwas Nützliches zu tun und Dr. Teckler von

Medico Ästhetik anzurufen. Er hatte Glück, Teckler war selbst am Apparat. Derselbe, der Franziska Haitinger und ihren Mann Rolf empfangen hatte. Costa erklärte ihm, dass er von der spanischen Polizei sei und in einem Fall von fahrlässiger Tötung die Meinung eines Fachmanns brauche. Er war erstaunt über Tecklers jugendliche Stimme und seine positive Reaktion. Teckler war bereit, ihn am Sonnabendmittag zu empfangen.

Costa flog von Brüssel nach Frankfurt, und als er in Offenbach aus dem Taxi stieg, stand er vor einem einstöckigen Doppelbungalow, der mit weißen Marmorplatten verkleidet war. »Medico Ästhetik« war in großen Lettern über der Eingangstür zu lesen. Ein Schild warnte vor einem bissigen Hund. Über der Vorgartentür war eine Videokamera mit einem Scheinwerfer installiert, der sich einschaltete, als Costa klingelte. Bevor er den Vorgarten betrat, blickte er sich vorsichtig um, konnte aber keinen Hund entdecken.

In der Haustür erschien ein Mann, der aussah wie ein etwas größerer Jockey. Er trug eine dunkelgrüne Cordhose, ein Polohemd und darüber eine Wildlederjacke. Er winkte Costa fröhlich heran. »Keine Angst, da ist kein Hund.«

Als Costa ihn erreichte, streckte er ihm seine schmale Hand entgegen, die mit einem blauen Siegelring geschmückt war. Am rechten Handgelenk trug er ein goldenes Kettchen und eine goldene Rolex und um den Hals eine schwere Goldkette. Nach Haitingers Beschreibung hatte Costa etwas ganz anderes erwartet, aber es war Dr. Teckler. Costa stellte sich vor und fragte nach dem Hund.

»Ein ehemaliger Kollege hatte einen Mastino. Sie waren sich auf besondere Weise ähnlich ›Herr und Hund‹«, lachte Teckler, »aber der Bestie von Köter habe ich keine Träne nachgeweint. Kommen Sie herein. Wir sind alleine. Wenn Sie einen Kaffee wollen, müssen wir in die Küche gehen und uns selbst einen machen.«

Costa stimmte zu, und Teckler führte ihn über Marmorfußböden, vorbei an Samttapeten, Gobelins und Heiligenstatuen. Die Möbel waren mit Englisch-Leder bezogen und an den Decken hingen Lüster aus Kristall. Als sie an der Gästetoilette vorbeigingen, deren Tür halb offen stand, konnte Costa die goldenen Wasserhähne erkennen.

»Wir können auch hier den Kaffee nehmen«, sagte Teckler und öffnete die Tür zu einem riesigen Swimmingpool, der dem Schwimmbad eines Hotels ähnelte. Der Eindruck wurde noch durch die vielen Spiegel verstärkt, die alle mit einer Penisgravur versehen waren.

»Das ist der Quell des Lebens«, sagte Teckler, während sie das Schwimmbad durch eine Tür auf der gegenüberliegenden Seite verließen.

Er führte Costa in die andere Hälfte des Bungalows und zeigte ihm drei nebeneinander liegende Operationsräume.

»Alles vom Feinsten. Die neueste Technik. Doch es ist niemand da, der die Geräte benutzt.« Er schob Costa wieder hinaus und bugsierte ihn in eine Reihe weiterer Räume, die durch Türen miteinander verbunden waren.

»Das sind die so genannten Erweckungsräume«, sagte er. »Trinken Sie Kaffee oder möchten Sie vielleicht doch lieber ein Glas Rotwein?«

Costa entschied sich für Kaffee und folgte Teckler in die große Küche, in der in guten Zeiten wahrscheinlich für zwanzig Personen gekocht worden war. Teckler machte sich an der Kaffeemaschine zu schaffen und bat Costa, am Küchentisch Platz zu nehmen.

»Das hat alles eine Stange Geld gekostet«, sagte er. »Ist doch ein Jammer, dass das nun leer steht, weil ich keinen finde, der es kauft.«

»Sie operieren nicht mehr?«

»Ich könnte gar nicht darauf verzichten. Es ist wie ein Rausch, die Menschen schöner zu machen. Schönheit ist der Jugend nahe, wie Sie wissen. Und Jugend hat das ewige Leben!« Lachend fügte er hinzu: »Was denken Sie, wie alt ich bin?«

Costa schätzte ihn auf einundsechzig, zweiundsechzig.

»Sechsundsiebzig!«, trompetete Teckler und hüpfte triumphierend zur Kaffeemaschine.

»Wie haben Sie das hingekriegt?«, fragte Costa anerkennend.

Teckler fuchtelte mit seinem Zeigefinger unter seinen Augen, hinter seinen Ohren, an seinem Bauch und auf seinem Kopf herum. Sollte das heißen, dass dieses alte Männchen rundherum operiert war? Dass ihm sogar seine Haare verpflanzt worden waren?

Teckler freute sich wie ein Schneekönig über Costas Verwunderung. Kunden gegenüber trat er wahrscheinlich anders auf, denn sonst hätte Franziska Haitinger ihn wohl kaum als seriösen, älteren Herrn beschreiben können. Vielleicht hatte Rolf Haitinger seinem Gegenüber aber auch gar keine Chance gelassen, und von Anfang an das Gespräch bestimmt, sodass Teckler nichts anderes übrig geblieben war, als zu einem ruhigen, freundlichen älteren Herrn zu mutieren.

Als Teckler ihm den Kaffee eingoss, fragte Costa, wie diese beeindruckende Schönheitsklinik denn überhaupt entstanden sei.

»Der Grund«, so erklärte ihm Teckler, »war das Werbeverbot für Ärzte. Wir Ärzte dürfen unter unserem Namen weder Anzeigen schalten noch Rundfunk- oder Fernsehwerbung betreiben. Einem Gewerbebetrieb wie einer Klinik aber ist das erlaubt, und sogar mit dem Namen des Arztes. Also empfahl mir mein Berater Rolf Haitinger, eine Praxisklinik für plastische Schönheitschirurgie zu gründen. Dazu brauchte man einen echten Chirurgen, einen Facharzt für plastische Chirurgie also, und Betten, damit die Patienten zwei Nächte in der Praxis bleiben konnten. Ohne diese zwei Übernachtungen wäre es nur eine Praxis, aber keine Klinik gewesen. Gut, musste ich machen«, sagte Teckler mit Verachtung, »obwohl ich ja ein großer Verfechter der ambulanten Chirurgie bin. '84 habe ich dann diesen Horstmeier getroffen, der mitmachen wollte. Ein Facharzt für Chirurgie, aber ein Pfuscher und Vollidiot wie er im Buche steht. Seine Freundinnen wurden alle umoperiert. Doch wenn er sie dann zurechtgeschnitten hatte, verlor er schnell das Interesse.«

Costa verstand nicht, warum Teckler als Schönheitschirurg zusätzlich einen Facharzt für Chirurgie brauchte. »Sind Sie denn kein richtiger Chirurg?«

»Gott bewahre, Facharzt für Chirurgie bin ich nicht. Früher war ich Homöopath, habe aber bald erkennen müssen, dass mit den Tröpfchen nicht viel zu verdienen war. Also wurde ich Akupunkteur, dann Chiropraktiker und machte schließlich die Frischzellentherapie nach Alexander Bogomolez. 1967 beschloss ich dann, meiner Slalomfahrt durch die Irrwege der Heilkunde ein Ende zu setzen und nur noch kosmetische Chirurgie zu betreiben. Inzwischen bin ich ein sehr guter Handwerker.«

Costa war fassungslos. Wenn er bei der Bundeswehr oder der Polizei zu einem Dienstarzt gegangen war, hatte er zumindest Vertrauen in deren Ausbildung gehabt. »Es ist doch nicht einfach, jemandem mit dem Messer in seinen Körper zu schneiden! Das muss man doch lernen!«, protestierte er.

Teckler lachte. »Da haben Sie Recht. Ich weiß noch – meine erste Nase, da musste ich mit spitzem Skalpell den Steg hier vom Knorpel trennen. Ich geh also mit dem Skalpell da rein, mache das auf und zack ging's daneben. Da war mir ganz schön schwummerig. Gott sei Dank hatte ich neben mir einen, der etwas davon verstand. Ein französischer Chirurg, dem ich vorher schon oft assistiert hatte.«

»Hat er denn eingegriffen?«, fragte Costa, der sich das immer noch nicht vorstellen konnte.

Teckler lachte wieder. »Nein. Er hat sich nicht gerührt. Doch er hat mich beruhigt und gesagt, das sei nicht so schlimm, das könne jedem passieren. Dadurch war ich gezwungen, es selbst hinzukriegen.«

Costa wünschte sich, nie unter das Messer dieser Leute zu geraten. »Haben Sie denn Angst gehabt zu Anfang?«

»Ja, sicher! Wenn Sie alleine da stehen und keiner ist mehr neben Ihnen, der einspringen könnte, ist das schon komisch.«

»Ich würde mir so etwas nicht zutrauen. Selbst im Notfall nicht«, sagte Costa.

Teckler hatte inzwischen eine Flasche Rotwein aufgemacht und goss sich ein Glas ein. Er kaute den Wein genüsslich, schmatzte und lachte fröhlich. »Was müssen Sie denn können als Chirurg? Sie müssen Blut stillen können. Aber das ist kein so großes Problem, wenn Sie gelernt haben, mit der Pinzette die Ader zu fassen. Was wirklich schwierig ist, sind Nasen. Nasen sind schwierig.«

»Sie meinen rein von der Fingerfertigkeit her?«

»Ja. Sie müssen genau die Spitze treffen und von innen her den Höcker abtragen. Das ist aber noch nicht so schlimm, das kann man relativ schnell lernen. Sie dürfen natürlich nicht zu viel abtragen. Die eigentliche Schwierigkeit besteht darin, die Nasenspitze zu formen. Es gibt da mindestens vier bis fünf verschiedene Techniken. Sie müssen den feinen Knorpel verschmälern, aber er muss trotzdem stehen. Ich habe von einem Mitarbeiter, der jetzt in München operiert, eine spezielle Technik erlernt, die Knorpel zusammenzunähen. Ist nicht einfach.«

»Aber Sie scheinen nicht alles zu machen. Frau Haitinger erzählte mir nämlich, dass sie hier bei Ihnen war und Sie sie zu Dr. Schönbach nach München geschickt haben.«

Teckler schlug vor, ins Wohnzimmer zu gehen. Er stellte alles auf ein Tablett und bat Costa, es zu tragen. »Unternehmensberatung Haitinger! Rolf Haitinger hat mich ja, wie gesagt, bei meinem Medico-Konzept beraten. Von ihm stammt auch der Name ›Medico Ästhetik‹. Später kam er dann mit seiner Frau und wollte sie generalüberholen lassen. Er war der Meinung, ich wär ihm noch einen Teil seines Honorars schuldig. Wir hatten da eine kleine Meinungsverschiedenheit.« Teckler kicherte. »Bin nicht drauf reingefallen.«

Costa setzte im Wohnzimmer das Tablett ab und stellte ihm seinen Rotwein hin. Überall im Raum standen Statuen von nackten Frauen. Auch die Tischplatte wurde von vier nackten Marmorfiguren getragen. »Wie sind Sie mit Dr. Schönbach zusammengekommen?«

Teckler öffnete einen Sandelholzkasten und nahm sich eine Zigarre heraus. »Das ist eine Cohiba. Möchten Sie auch eine?«

Costa lehnte dankend ab.

»Schönbach – das ist der Kollege mit dem bissigen Hund, von dem ich die spezielle Nasentechnik habe.«

Er erzählte Costa, dass er ihn 1984 bei einem Kongress für

Schönheitschirurgie in München kennen gelernt hatte. Sie waren abends in der Hilton-Bar ins Gespräch gekommen. Schönbach war damals Oberarzt für plastische Chirurgie an der Universitätsklinik in Köln und suchte ein neues Betätigungsfeld. Er interessierte sich sehr für Tecklers Ideen, besonders für die Idee einer Arbeitsteilung. Teckler wollte Brüste und Nasen machen, Horstmeier Bäuche, Hintern, Beine und Arme, und sie suchten noch einen Spezialisten für das große Gesichts- und Augenlifting, schwierige Haartransplantationen und Geschlechtsumwandlungen. Schönbach machte mit und entwickelte sich sehr schnell zu einem hoch effizienten Techniker, dem kein einziger Fehler unterlief. Er lernte permanent dazu, bildete sich auf Kongressen und in Kursen weiter und meisterte immer schwierigere Aufgaben. So blieb es nicht aus, dass es bald zu Spannungen zwischen ihm und Horstmeier kam. Horstmeier war ein wurschtiger und dazu gieriger Typ, während Schönbach der perfekte Superprofi war. »Verstehen Sie mich nicht falsch«, korrigierte sich Teckler eilfertig, »der Schönbach war auch gierig wie eine Hyäne und dazu noch machthungrig und ein Zocker, aber nicht auf die Dumme. Schönbach war ein Virtuose und Horstmeier ein Pfuscher. Das war der Unterschied.«

»Und wie entwickelte sich das dann weiter?«, fragte Costa.

»Schönbach rückte an und los ging's«, sagte Teckler und starrte mit geröteten Wangen und glänzenden Augen süchtig in eine Vergangenheit, die für ihn Leben und Schönheit bedeutete. »Wir operierten in drei verschiedenen Räumen, manchmal zehn Stunden am Tag. Schönbach machte die meisten und schwierigsten Sachen. Unglaublich. Der hatte bald internationales Renommee. Da störten die Prozesse, die durch Horstmeiers Kunstfehler ins Haus kamen.«

Teckler goss sich noch ein Glas Wein ein und bedauerte, dass Schönbach die Klink Ende '88 wegen der Inkompetenz seines Kollegen verlassen hatte. Er bewunderte Schönbach nicht nur wegen seines Könnens, sondern fühlte sich ihm auch als Sammler verwandt. Beide waren leidenschaftliche Sammler von allerlei Kram.

Costa wollte etwas über Schönbachs Beziehung zu Frauen hören, doch in diesem Punkt war aus Teckler nichts weiter herauszubringen. Es kam Costa seltsam vor, so als wollte Teckler irgendein Geheimnis verschweigen. Er sagte nur, dass Schönbach ein verdammt gut aussehender Mann sei, eine Meinung, die Costa nicht teilte.

Es wurde eine lange, durchzechte Nacht mit tausend Geschichten aus dem Babel der Schönheitschirurgie, die in Tecklers finnischer Sauna endete.

Als Costa am Sonntagmorgen in einem der »Erweckungsräume«, auf einer Liege erwachte, taten ihm alle Glieder weh. Der Geruch von irgendeinem Saunaöl stach ihm in die Nase und sein Schädel schmerzte. Aus dem Nebenraum hörte er das Schnarchen Tecklers. Leise stand er auf, rief sich ein Taxi und verließ das Haus.

Auf dem Weg zum Flughafen rief er Karin an, um ihr zu sagen, dass er um 11.25 Uhr auf Ibiza landen werde. Er sprach ihr auf den Anrufbeantworter und bat sie, ihn abzuholen, damit sie rechtzeitig zu El Cubanos Schlachtfest kämen.

Gleich darauf erreichte ihn ein Anruf von Andreas Brendel, der wissen wollte, ob die Obduktion seiner Mutter irgendetwas ergeben habe.

Costa hatte natürlich daran gedacht, ihn über das Ergebnis zu informieren, es dann aber immer wieder aufgeschoben. Es bedrückte ihn, dem Sohn sagen zu müssen, dass sich seine Mutter entweder umgebracht hatte oder ermordet worden war.

»Wir haben in Barcelona eine spezialtoxikologische Untersuchung machen lassen. Auf unseren besonderen Wunsch hin wurde auch der pharmakologische Anteil von Atenolol ermittelt. Sie musste ja regelmäßig Betablocker nehmen, in denen dieser Wirkstoff enthalten ist. Wir wissen, dass eine Überdosis dieses Medikaments tödlich ist.«

»Eine Überdosis?«

»Vier Gramm wurden festgestellt«, sagte Costa ruhig.

»Na und? Was heißt das? Was bedeutet das?!« Seine Stimme war spitzer und höher als zuvor.

»Das entspricht einer Menge von vierzig Tabletten.«

»Na und?! Was bedeutet das? Musste sie täglich diese Dinger schlucken oder was?!«

Costa kannte diese hoch explosive Mischung aus Schmerz, Enttäuschung und Wut. Man musste nach dramatischen Verbrechen immer mit einer solchen Reaktion rechnen.

»Die Ärztin hatte eine Tablette pro Tag verordnet. Die Einnahme von vierzig Tabletten ist tödlich.« Am anderen Ende der Leitung war es still. War das Gespräch unterbrochen? Dann fragte Andreas Brendel mit der weinerlichen Stimme eines kleinen Jungen, wie seine Mutter gestorben sei.

Costa war vor der Halle des Flughafens stehen geblieben und beobachtete die vorbeieilenden Reisenden.

»Von der Einnahme bis zum Tod dauert es drei Stunden«, sagte er, als spräche er von der Flugdauer nach Ibiza.

»O Gott!« Es klang wie ein Röcheln. »Wie ist das? Wie erlebte sie das?«

»Der Gerichtsmediziner sagte, die Symptome seien Blutdruckabfall, Schwäche, Schweißausbrüche und schließlich Ohnmacht.«

Andreas Brendel schrie auf: »Wusste sie, dass sie stirbt?«

»Sie wusste es, sofern sie die Überdosis selbst eingenommen hat.«

»Und wenn nicht?!«

»Wenn sie nichts von der Überdosis wusste, wird sie es mit schlechtem Essen oder zu viel Alkohol in Verbindung gebracht haben. Oder mit einer beginnenden Grippe. Das jedenfalls sagte mir der Gerichtsmediziner. Man fühlt sich dann immer schwächer und will sich hinlegen. Sie hat sich ausgezogen, ihre Bluse sorgfältig zusammengelegt, sich aufs Bett gesetzt, wurde ohnmächtig und starb. Sie ist einfach nicht wieder aufgewacht.«

»Danke. Ich danke Ihnen sehr«, sagte Brendel. Dann war es still in der Leitung. Costa steckte das Handy ein. Er musste sich beeilen, wenn er die Maschine nicht verpassen wollte.

## 19

Karin holte ihn vom Flughafen ab. Sie trug ein schwarzes Leinenkleid und dazu eine ibizenkische Trachtenschürze. Er war sich nicht sicher, ob das ein Witz sein sollte, oder ob sie diese Zusammenstellung originell fand. Doch als er sah, wie sie sich über seine Verblüffung amüsierte und ihn vor Lachen kaum begrüßen konnte, freute auch er sich, nahm sie in den Arm und wirbelte sie herum. Er hatte noch ihr griesgrämiges Gesicht vom letzten Mal in Erinnerung und sich schon auf einen mühseligen Tag mit ihr zwischen all seinen Verwandten eingestellt. Eigentlich hätte er mit ihr verheiratet sein müssen, um sie auf das Familienfest mitzubringen, denn Außenstehende waren dort kaum gelitten. Doch er hatte seinen Onkel vorher informiert. »Bring sie mir, bring sie mir«, hatte El Cubano genuschelt. »Frauen sind das Blut, wir sind nur die Muskeln.«

Costa nahm sich vor, mit ihr zur Musik der Ibizenkos zu tanzen, die man sonst fast nirgendwo mehr hörte. Es war ein sehr archaischer Musikstil, dessen Ursprung unergründbar war. Die Begleitmusik war von solch schallender Lautstärke, dass er sich stets die Ohren zuhielt. Die Kastagnetten, die Trommeln, die Flöte und der *espadín* – eine Art Klangdegen – waren ihm schon als Junge wie wilde Vögel vorgekommen, die auf seine Ohren einhackten. Dazu würden El Cubanos Sänger ihre rätselhaften *caramelles* singen, diese langen Texte, auf die Karin schon ganz gespannt war. Er sollte sie für sie übersetzen, was nicht so einfach war, ganz abgesehen vom Ende der einzelnen Strophen, das aus einem seltsamen Lallen ohne Sinn bestand, das die Einheimischen *sa redoblada* nannten.

Er setzte sich auf den Beifahrersitz, wo ein Ordner lag, den er auf seinen Schoß nahm. Er genoss die gute Stimmung. Hoch am Himmel zerfederten einige Zirruswolken. Er war richtig glücklich. Dieser Tag war ein Ruhetag und würde keine bösen Überraschungen bringen. Er konnte sich entspannen und alles in sich aufnehmen: Karins Gegenwart, das besondere Licht der Insel, das Leben!

Karin war ebenso guter Laune, aufgekratzt und fröhlich. Sie erzählte von ihrem Buchprojekt mit der englischen Adligen. Sie kämen gut voran und hätten zuletzt das »Haus des Indianers« fotografiert. »Indianer nennen die Ibizenkos einen Einheimischen, der nach Amerika ausgewandert und später wieder zurückgekommen ist«, erklärte sie.

Costa wusste das. Er wollte sie fragen, ob sie auch schon die Villa der Iranerin fotografiert hatten, doch Karin ließ sich nicht unterbrechen.

»Fritzi ist eine fantastische Fotografin, eine echte Künstlerin. Gestern haben wir Fotos auf der Klippe gemacht«, sprudelte es aus ihr heraus. »Ich stand am Rand des Kliffs direkt über dem Abgrund, und sie fotografierte mich in den verrücktesten Stellungen.« Sie lachte, als sie hinzufügte: »So bringt man hier Leute um, dachte ich die ganze Zeit!«

Costa hatte einmal eine Kamera kaufen wollen, doch sie hatte gesagt, brauchst du nicht, ich lass mich von dir sowieso nicht fotografieren.

»Ich denke, ihr fotografiert nur Häuser?« Wahrscheinlich war sie Samstagnacht mit Fritzi herumgezogen und deshalb nicht zu Hause, als er bei ihr angerufen hatte. Was trieb sie überhaupt, wenn sie sich nicht sahen oder sprachen? Er blickte sie prüfend von der Seite an.

»Wir brauchen ja auch noch Autorenfotos. Fritzi hat eine ganze Serie von mir gemacht. Sonst ist mir das ja zu blöd, aber bei ihr hat das einfach eine andere Dimension.«

Während das Wort Dimension noch in ihm nachklang, starrte Costa in die tiefen, dunklen Bereiche der Landschaft, die sich scharf vom gleißenden Licht des Tages absetzten. Gedankenverloren schlug er den Ordner auf, den er auf seinem Schoß hatte. Es waren Abrechnungen, die Karin für das Steuerberatungsbüro zusammengestellt hatte. Ganz oben lag der Kreditkartenbeleg für das Essen im Elephante, zu dem sie ihn eingeladen hatte. Als er den Betrag sah, bekam er noch nachträglich ein schlechtes Gewissen. Sein Blick fiel auf die Uhrzeit neben dem Datum: 23.04 Uhr. Daran hatte er noch gar nicht gedacht! Seit es diese Computer gab, wurde die Uhrzeit stets mitgedruckt. Bevor Gino Weber Grone im Dome getroffen hatte, war er im Elephante gewesen, hatte bezahlt und aller Wahrscheinlichkeit nach einen Beleg mit Uhrzeit erhalten. Es gab also doch noch eine Möglichkeit, Webers Aussage zu überprüfen. Als Costa ihn mit dem Typen in schwarzem Leder am Kamin hatte sitzen sehen, musste es kurz vor 22.00 Uhr gewesen sein. Costa hatte bei dieser Geschichte die ganze Zeit ein seltsames Gefühl gehabt.

Er rief sofort Elena an und bat sie, die Uhrzeit auf Webers Kreditkartenbeleg zu überprüfen. Er hatte weitere vierzehn Tage bleiben wollen, musste also noch auf der Insel sein. Das Hotel würde er wohl auch nicht gewechselt haben.

Costa entschuldigte sich bei Elena für die Störung der sonntäglichen Kirchenruhe, hörte ihr Nichts-für-ungut und schaltete das Handy aus.

El Cubanos Finca lag in den Montanes Verdes zwischen La Siesta und dem Golfclub Roca Llisa, ehemaligen Grundstücken der Costas. Karin fuhr den Privatweg hinauf, der sich durch die bewaldeten Hügel schlängelte. Costa lehnte sich aus dem Fenster, ließ sich den Wind durchs Haar wehen und blickte hinunter ins Tal. Pinien, Sabinas, Feldsteinmauern und die besondere Form der phönizischen Terrassen schützten die Flächen zwar vor den Winden, die Löß und feinen Wüstensand aus Nordafrika herbeitrugen, aber nicht vor der sengenden Sonne im Juli und August.

Der steinige Weg endete auf einer Plaza mit einem großen Brunnen, die vom Haupthaus, den Nebengebäuden und Stallungen, von einer privaten Kapelle und Pferdekoppeln umgeben war. Über einem Teil der Gebäude ragten die Windräder einer alten Mühle auf. Überall liefen Esel, Ziegen, Schafe,

Hühner und die für Ibiza typischen schwarzen Schweine herum. Viele Autos parkten schon auf der Wiese am Eingang des Grundstücks. Alte Schrottkisten, die durch keinen deutschen TÜV gekommen wären, teure Cabrios, Gelände- und Lastwagen und sogar ein Eselkarren zeigten die unterschiedlichen gesellschaftlichen Schichten, die hier zusammentrafen, um gemeinsam einen ganzen Tag und eine ganze Nacht lang diesen Höhepunkt des Jahres zu feiern: die Matanza.

Costa stieg aus und reckte sich.

Xicu, der Metzger, der Bischof und zwei Söhne der Costa Ribas sengten drei Schweinen am Scheunentor mit Fackeln die Borsten ab. Sie trugen weiße hochgekrempelte Hemden mit Krawatte, schwere Metzgerschürzen und feste Stiefel. Costa und Karin spazierten heran, als sie gerade Eimer mit kochendem Wasser gegen das gut gemästete Schwein schütteten. Wasserdampf hüllte sie ein. Mit scharf gewetzten Messern machten sie sich an die Rasur. Der Bischof drehte sich um und streckte Karin zum Gruß den kleinen Finger entgegen.

»Warst du im Europuff, Toni?«, fragte er Costa grinsend.

»Sehr witzig«, erwiderte Costa.

Aus einem der Nebengebäude, in dem sich die Küche befand, kam unter lautem Lachen eine Horde Kinder gerannt, gefolgt von Frauen in langen weiten Röcken mit Schürzen und Umhängetüchern. Sie schleppten Berge von Tellern, Schüsseln, Krügen und Metallblechen herbei und stellten sie auf den etwa fünfzehn Meter langen Holztisch, der unter zwei großen Korkeichen aufgebaut war. Am Kopfende des Tisches stand ein großer gusseiserner Fleischwolf.

El Cubano hatte wahrscheinlich gerade eines seiner Pferde vorgeführt, denn als er auf den Platz trat, ergoss sich mit ihm die ganze Festgesellschaft auf den Hof. El Cubano ließ sich vom Bischof ein großes Messer reichen und stach dem nächsten Schlachttier in die Halsschlagader. Das Blut strömte in eine metallene Auffangwanne. Einige Frauen sorgten mit großen Schneebesen dafür, dass das Blut in der Wanne nicht gerann oder klumpte. El Cubano schöpfte mit einem Becher den »roten Lebenssaft«, wie er heiser ausrief, und trank, dass alle es sehen konnten. Dann reichte er den Becher weiter.

Als Nächstes wandte er sich den Schweinen zu und teilte das erste in zwei Hälften. Der Bischof schnitt die Innereien heraus, und die anderen machten sich an das Zerkleinern der beiden Fleischstücke. Costa entschuldigte sich bei Karin, nahm ein Messer, prüfte es mit dem Daumen und half beim Zerlegen. Die Stücke wurden nach und nach durch den Fleischwolf gedreht, unter den die Frauen die Schüsseln hielten, bis sie voll waren. Dann wurden sie in die Küche getragen, und das Fleisch wanderte in riesige Töpfe, wo aus der Blut- und Fleischsuppe unter ständigem Rühren nach uraltem Familienrezept die einheimische Blutwurst *butifarra* wurde.

Der andere Teil der Fleischmasse, der auch die edlen Stücke wie Schinken und Filet enthielt, wurde aus dem Fleischwolf heraus mit Paprika gewürzt und in Därme gefüllt. Diese Därme wurden anschließend neben Tomaten und Paprika unter den Balkendecken der Bauernkaten zum Trocknen aufgehängt. Eine solche *sobrassada* hatte ihm der Bischof neulich aus der eigenen Hausschlachtung mitgebracht.

Als sie mit dem dritten Schwein durch waren, legte Costa das Messer beiseite und setzte sich zu seinem Vater, El Alemán, auf den Rand des alten Brunnens. Es wirkte beruhigend auf ihn, neben seinem stets schweigsamen Vater zu sitzen und die emsigen Aktivitäten am *forn*, dem Steinofen, zu beobachten. Jungen schürten mit Holzscheiten die rote Glut, in die Frauen und Mädchen Brotlaibe aus selbst gemachtem Teig schoben, die sie als *pá pagés*, als frisch gebackenes braunes Steinofenbrot, wieder herauszogen.

Costa hatte seinen Vater seit ungefähr einem Vierteljahr nicht mehr gesehen. Das war weder lang noch kurz, denn zwischen ihnen gab es ein Einverständnis mit dem Tun des anderen. Wenn sein Vater etwas sagte, war es knapp und meist treffend. Es brachte die Zuhörer entweder zum Nachdenken oder zum Lachen. Oft wollten sie ihn in ein Gespräch verwickeln, aber er blieb auf seine Art unnahbar. Costas vor Leben sprühende Mutter hatte es mit ihm deshalb nur zehn Jahre ausgehalten. »Er ist ein wunderbarer Mensch, aber er lebt in einer anderen Welt«, pflegte sie zu sagen. Nach einer Weile legte sein Vater ihm die Hand aufs Knie. »Lass dich nicht unterkriegen«, sagte er.

Jemand zupfte Costa am Ärmel. Es war der Bischof, der ihm ein Glas Rotwein brachte und unter vier Augen mit ihm sprechen wollte. »Dein Onkel El Cubano verurteilt deine Obduktionen und dass du Schönbach mit dem Fall in Verbindung bringst.«

»Woher weiß er das?«, fragte Costa.

»Er ist genau informiert. Er weiß alles. Keine Ahnung woher.« Er sah Costa einen Moment ruhig in die Augen. »Schönbach ist eng mit Carlos Matares.« Er grinste. »Er hat Maria Eugenia schon dreimal unter dem Messer gehabt. Sie schwört auf ihn. Sie hat ihr Essen umgestellt und lässt ihre zweite Tochter Medizin studieren. Was immer Schönbach sagt, macht sie.«

Maria Eugenia Matares war die First Lady der Insel, die Frau von Carlos, mit dem El Cubano so war, als würde man zwei Zeigefinger aneinander reiben. So jedenfalls sprach man hier von den beiden.

»Du achtest nicht genügend die Interessen der Familie, sagte er. Und die Familie ist heilig, Toni. Das ist das Gesetz.«

»Womit will er mir drohen?«

»Dass deine Mordkommission wieder geschlossen wird, weil du die Prüfung nicht bestanden hast.«

»Welche Prüfung? Wer will *mich* prüfen? Wer nimmt sich das Recht heraus, *mich* zu prüfen?!« Costas Stimme schallte über den Platz. Für einen Moment verstummte das Lachen und Rufen der Kinder.

Rafal ließ sich nicht aus der Ruhe bringen. Er holte eine aufgerissene Tafel Schokolade aus der Tasche, biss ein Stück ab und führte sein Rotweinglas zum Mund. Während er trank und schmatzte, sagte er: »Es gibt Gesetze hier, an die man sich halten muss, Toni.«

»Und das sagst ausgerechnet du, Rafal?! Du weißt, wessen Gesetze das sind!«

Rafal drehte das Glas und hob es hoch. »Für einen Ibizenko, Costa, zählt seine Familie mehr als alles in der Welt. Auch für dich sollte sie mehr gelten als deine Toten im Vista Mar.«

Costa schluckte. Er hatte verstanden. Es war besser, wenn er ging.

Der Bischof warf sein Glas über die Schulter, nahm Costas Gesicht zwischen seine beiden Pranken, zog ihn heran und gab ihm einen dicken Schmatzer auf den Mund. Costa rollte die Augen und holte tief Luft. Dann schob er den Bischof zurück und machte sich auf die Suche nach Karin. Er würde abhauen, auch wenn sie noch Lust hatte zu bleiben. Von heute an würde er nicht mehr zu dieser Familie gehören, würde weder ihre Freude noch ihre Trauer teilen.

Als er zwischen all seinen Verwandten nach Karin Ausschau hielt, winkte ihm Mateo zu, der mit einer Flasche Wein auf einem Stuhl saß. Er streckte Costa die Flasche entgegen und forderte ihn auf, sich einen Hocker zu holen. Costa tat es widerstrebend, denn er wollte sich nicht lange aufhalten. Mateo zeigte grinsend auf El Cubano, der ein paar Musiker zu dirigieren begann, die kubanische Lieder für ihn spielten.

»Die bringen Josefa ein Ständchen«, sagte er, als sich die Gruppe auf das Kopfende des Tisches zubewegte.

El Cubano machte ein Zeichen, und zwei Enkel von Mariano Ferrer Costa hoben Josefa in ihrem Sessel auf den Tisch. Costas Großmutter lachte, und jemand reichte ihr ein Glas, das sie in einem Zug leerte und in die Luft warf. Alle klatschten. Die Kapelle begann ein neues kubanisches Lied, und Yldelisa, die alte kubanische Sängerin, trat vor Josefa hin und sang mit ihrer rauchigen Stimme: »In dieser Nacht voller Stille, in dieser Nacht mit ihrem tropischen Parfüm saßen wir am Meer, und er schwor mir, ewig mich zu lieben. Warum ging er fort?«

»Weil du keine Zähne mehr hast!«, rief jemand, und alle lachten, und Josefa feuerte die zwanzig Jahre Jüngere an.

El Cubano, der wie Yldelisa zweiundsiebzig war, nahm die Sängerin in den Arm und tanzte.

»Es ist doch seltsam«, sagte Mateo.

»Was?«, fragte Costa.

»Vielleicht hatte sie die gleiche Angst wie Dorian Gray.« Mateo blickte Costa an. »Vielleicht wollte sie nicht älter werden als auf dem Bild, das ich von ihr gemalt habe.«

Costa begriff nicht, was er meinte.

»Ich denke, sie hat sich umgebracht, weil sie niemals schöner hätte werden können.«

Costa verstand immer noch nicht. »Was meinst du? Wer hat sich umgebracht?«

»Du musst es doch wissen. Deine Dienststelle hat doch den Fall bearbeitet. Arminé Schönbach hat sich das Leben genommen.«

Costa sprang auf. »Bist du verrückt? Was sagst du da von Arminé?«

»Weißt du es denn nicht? Sie hat sich erhängt. Der Hausmeister hat mich angerufen.«

Costa ging zum Bischof und fragte ihn, ob er auch darüber informiert sei. Der Bischof nickte. Die Nachricht sei von der Policia Local gekommen.

»Warum weiß ich nichts davon?«, fragte Costa scharf.

»Du warst in Brüssel. Und warum soll ich dir jetzt hier eine so belanglose Sache erzählen. Du warst ja sicher nicht in sie verliebt«, fügte er grinsend hinzu.

»Ich sollte es nicht erfahren, weil es wieder Schönbach betrifft«, sagte Costa und unterdrückte nur mühsam seine Wut.

»Frau Schönbach!«, versuchte der Bischof zu witzeln.

»Wer hat den Fall bearbeitet?«

»Der Surfer.«

Costa ging zu Karins Auto. Er wollte versuchen, den Surfer zu erreichen und sich den Fall genau erklären lassen.

Als sich der Surfer meldete, ließ Costa keinen Zweifel daran, dass er einen sehr genauen Bericht über den Tod von Arminé Schönbach erwarte.

Am Freitag um elf, als Costa in Brüssel war, sei die Meldung vom Tod der Frau Schönbach im Präsidium eingetroffen, sagte der Surfer. Von einer lokalen Polizeistelle in Es Cubells. Er war gleich hingefahren. Der Hausmeister hatte ihm geöffnet und erklärt, dass seine Frau Floralisa die Tote eine Stunde zuvor, also um zehn, erhängt am Pool gefunden hatte. Sie hatten nichts verändert und nichts angefasst, bis auf einen Abschiedsbrief, der auf dem Steinway-Flügel gelegen hatte. »Der Brief ist der typische Aufschrei einer enttäuschten Geliebten«, sagte der Surfer selbstzufrieden, und Costa dachte, gut, dass wir einen Kenner haben.

Dennoch überlegte er, wen Arminé geliebt haben könnte. Vielleicht sollte er Mateo fragen. Schönbach konnte es ja wohl kaum gewesen sein.

Der Surfer berichtete weiter, dass der Hausmeister dann sofort bei Schönbach in München angerufen hatte, der ihn beauftragte, die Polizei zu benachrichtigen. Arminé Schönbach hatte im Wasserfall des Pools gehangen. Der Surfer hatte seine Kamera mitgenommen und war die Steinstufen zum Garten hinuntergegangen, um die Tote zu fotografieren. Sie hing an einem Seil, das über den Eisenbogen geworfen und am Geländer der Plexiglasbrücke befestigt war. Sie trug ein kirschrotes Seiden-T-Shirt, Shorts und einen Tennisschuh. Der Surfer war auf die Brücke gegangen und hatte den Knoten des Seiles gelöst. Dann war er mit dem Hausmeister ins Wasser gestiegen und hatte die Tote herausgetragen. Sie lag nun im Krankenhaus Can Misses in Ibiza-Stadt und sollte übermorgen beerdigt werden.

Der Surfer hatte einen Bericht geschrieben und diesen zusammen mit den Fotos an den Chef weitergeleitet. Er bewahrte jedoch eine Kopie der Akte in seinem Schreibtisch auf.

Costa fragte ihn, ob er das Seil und die Kleidung der Toten gesichert habe und was sonst noch für Spuren am Tatort gefunden worden waren. Der Surfer war einigermaßen verwirrt und sagte, es sei doch eindeutig Selbstmord gewesen, das habe auch der Arzt im Can Misses gesagt, der den Totenschein ausgestellt hatte.

Costa ging darauf nicht ein, sondern sagte, er erwarte ihn gleich vor der Villa Schönbach. Er beendete das Gespräch, weil jemand an die Scheibe des Wagens klopfte. Es war der Bischof. Er machte die Tür auf und fragte, ob Costa sein Büro hierher verlegt habe oder schon nach Hause fahren wolle. Costa blickte ihn wenig erfreut an, und der Bischof sagte versöhnlich, er sei nur gekommen, um ihm zu sagen, dass Carmen Garcia aus der Telefonzentrale eine Nachricht in seinem Fach hinterlassen habe. Ob es was Dringendes sei, wisse er nicht. Er bot ihm noch einen Schluck aus seinem Glas an, doch Costa lehnte ab.

Er war gereizt, fühlte sich ausgeschlossen und hinters Licht geführt. Dazu kam das große Unbehagen, dass er die Kontrolle über sein Team verloren hatte. Die Dinge liefen hier auf der Insel einfach nicht so, wie er es gewohnt war. Viele seiner ausländischen Kollegen empfanden seine deutsche Mentalität, diese unflexible Hartnäckigkeit, als rechthaberisch.

Costa wählte die Nummer von Carmen Garcia. Sie erzählte ihm, es hätte eine Frau angerufen und dringend um seine Handynummer gebeten. Da sie nicht befugt war, die Nummer herauszugeben, hatte sie das verweigert. Die Dame war dann sehr schroff geworden und hatte immer wieder insistiert. Carmen hatte sich jedoch nicht erweichen lassen. Erst als die Frau unbedingt wissen wollte, ob es ein Zeugenschutzprogramm gebe, hatte sie sie zum Chef durchgestellt. An den Namen der Frau konnte sie sich nicht erinnern, es war jedoch eine Ausländerin, die irgendwie Angst zu haben schien. Zu guter Letzt fiel der Telefonistin ein, dass die Anruferin in der Nähe von Llentrisca bei Es Cubells wohnte.

Es war Arminé Schönbach gewesen! Sie hatte Angst gehabt. Sie wollte eine Aussage machen, aber nur unter der Voraussetzung eines Zeugenschutzprogramms. Sie musste geahnt oder gewusst haben, wer hinter dem Verbrechen an der Scholl steckte. Ein anderer als Grone? Trotz Grones Alibi hatte Costa nie so richtig an dessen Unschuld geglaubt. Sollte er es jetzt vielleicht doch nicht gewesen sein? Wer immer Ingrid Scholls Mörder war, was konnte er Arminé angedroht haben, das ihr solche Angst machte? Eine Angst, die sie in den Selbstmord trieb?

Costa musste sich den Tatort unbedingt ansehen! Er sprang aus dem Wagen, um Karin Bescheid zu sagen. Sie würde nicht begeistert sein, das war klar, aber er konnte sich jetzt nicht damit aufhalten.

Er fand Karin bei Josefa. Er wollte sie ansprechen, doch Karin kam ihm zuvor und erzählte, was sie gerade erfahren hatte: die Geschichte von Josefas Hochzeit! Sein schlechtes Gewissen zwang ihn, Karin nicht zu unterbrechen, obgleich er Josefas Geschichte besser kannte als die Bibel. Toni und Josefa waren einst unsterblich ineinander verliebt gewesen, doch ihre Eltern hatten die Zustimmung zur Heirat wegen Tonis schlechtem Ruf verweigert. Etliche seiner männlichen Vorfahren litten nämlich an einer Melancholie, die sich nur mit Absinth-Schnaps lindern ließ. So beschlossen die Verliebten eine Entführung zu inszenieren, durch die Josefa ihren Heiratswert für andere verlor. Die Eltern mussten sich fügen, »die Piratin« hatte sich durchgesetzt und heiratete Toni im Mai des Jahres 1922 in der Festungskirche Puig d'en Missa in Santa Eulalia. Ein Jahr später wurde Toni Costa Mari geboren, El Alemán, Costas Vater.

Jeder in der Familie kannte diese Geschichte bis in alle Einzelheiten. Zwei gute Erzähler konnten einen ganzen Abend damit verbringen, sie in einer großen Runde zum Besten zu geben. Jetzt hatte Josefa in Karin ein neues Opfer gefunden, und Costa musste hinnehmen, dass seine junge Geliebte ihm diese alten Kamellen als überraschende Neuigkeiten präsentierte. Ungeduldig trat er von einem Fuß auf den anderen und kam schließlich auf die rettende Idee zu sagen, er hätte etwas vergessen und müsse mal kurz nach Hause.

# 20

Als Costa sich dem Anwesen von Arminé Schönbach näherte, sah er schon von weitem den Surfer, der vor seinem Wagen wartete. Der Mastino rannte hinter den Gittern des großen Tores hin und her. Bellend und knurrend fletschte er die Zähne.

Sie klingelten und hörten kurz darauf einen Stab gegen eine Metallglocke schlagen. Der Hund, der darauf konditioniert zu sein schien, drehte ab und verschwand. Nach einer kurzen Weile öffnete sich das Tor. Sie gingen hinein und sahen hundert Meter weiter den Hausmeister auf sie warten.

Sie erklärten ihm, sie müssten sich noch einmal den Poolbereich ansehen, weil der Surfer vergessen hätte, eine Skizze anzufertigen. Der Hausmeister nickte und führte sie in die Vorhalle mit dem großen Springbrunnen. Durch das Plätschern drang Klaviermusik. Costa erkannte eine Beethoven-Sonate, die er bei seiner Mutter oft gehört hatte. Plötzlich musste er sich gegen die Vision wehren, dass Arminé in ihrem weißen Seidengewand am Flügel saß und spielte.

»Das ist der Hausherr«, flüsterte der Surfer. »Jetzt kriegen wir ein Problem.«

Costa bat den Hausmeister zu bleiben, falls er irgendwelche Fragen an ihn hätte. Dieser nickte und öffnete die Tür zum Salon. Das Klavierspiel brach ab.

Als Costa den Raum betrat, stand Schönbach vom Flügel auf und kam auf ihn zu. Costa war irritiert. Er hatte ihn am Mittwoch im Elephante nicht so genau erkennen können, doch was er jetzt sah, entsprach weder Arminés Vergleich mit dem Schimpansen noch den Porträtfotos von Karins Artikel. Er hatte sich einen starken, durchtrainierten Mann vorgestellt und sah jemanden, der ihn eher an einen Orang-Utan erinnerte: krumme Beine, ein mächtiges Gesäß, ein starker Oberkörper und kräftige Schultern. Der Affe trug einen eleganten, dunkelblauen Brioni-Anzug mit Einstecktuch und am rechten Handgelenk eine teure Platinuhr. Seine stahlblauen Augen strahlten, als hätte er sein halbes Leben auf Costa gewartet.

»Comisario Costa, nehme ich an«, sagte er mit ruhiger Stimme.

Er weiß Bescheid, dachte Costa. Dieser Mann verstellt sich nicht. Schönbachs Händedruck war warm und fest.

»Ich nehme an, Sie wollen sich selbst davon überzeugen, dass Ihr junger Kollege keinen Fehler gemacht hat.« In einer sehr freundlichen und vertrauensvollen Art hielt sich Schönbach einfach an die Fakten. Im Grunde wollten die Menschen alle dasselbe, doch die Spielregeln, auf die sie sich einließen, waren verdammt verschieden. Nach welchen Regeln und auf welchem Niveau spielt mein Gegenüber?, fragte sich Costa. Auf der Ebene einer Beethoven-Sonate? Oder doch nur auf dem Niveau eines Flohwalzers?

»Darf uns der Hausmeister draußen noch einmal zeigen, wie er Ihre Frau vorgefunden hat?«

»Sicher. Wenn Sie irgendwelche Fragen an mich haben, stehe ich Ihnen gerne zur Verfügung.«

Die Glaswand zum Pool war offen. Sie konnten frei hinaustreten, während Schönbach zurückblieb und sie beobachtete.

Costa erinnerte sich an Arminés Lachen und daran, wie er vor ein paar Tagen auf der durchsichtigen, leicht geschwungenen Brücke unter dem Serra-Bogen gestanden hatte. Nun sollte sie von diesem Platz aus mit dem Strick um den Hals in die Tiefe gesprungen sein? Wissend, dass sie im strömenden Wasser hängen würde, die Augen auf den Felsen gerichtet, der für sie eine so wunderbare Kraft besaß?

Costa spürte eine Bewegung hinter sich und hörte Schönbachs sonore Stimme: »Sie sind der Meinung, Ihr Kollege weiß nicht, dass Erhängte nicht vorschnell als Selbsttötung abgehakt werden dürfen?«

Der Surfer wollte sich wehren und bellte: »Ich bin Spurenspezialist. Es ist mein Job, einen Unfall oder Selbstmord von einem Tötungsdelikt zu unterscheiden.«

Lächelnd stimmte ihm Schönbach zu. »Wer sollte so was auch tun? Der Hund lässt niemanden herein. Er ist immer in der Sperrzone.«

Costa wandte sich an den Hausmeister und fragte, ob in der fraglichen Zeit jemand da gewesen sei.

Der Hausmeister zögerte. Er wirkte ängstlich und verschreckt. Vielleicht lag das an der Autorität seines Chefs. Da Costa ihn aber nicht aus den Augen ließ, sagte er, Frau Schönbach habe am Donnerstagmorgen um 11.30 Uhr eine Verabredung mit der Masseurin Martina Kluge gehabt. Ob sie da gewesen sei, wisse er aber nicht, da er selbst frei gehabt hätte und den Tag sowie die darauf folgende Nacht bei seinem Bruder Bal Bino im Vista Mar verbracht hätte. Sein Bruder habe ihn um Hilfe bei Malerarbeiten gebeten, und da sei es später geworden. Dr. Schönbach hätte ihm jedenfalls den Tag bis zum nächsten Morgen freigegeben.

»Bemerkten Sie irgendetwas Auffälliges, bevor Sie gingen oder als Sie wiederkamen?« Der Hausmeister schüttelte den Kopf. »War Frau Schönbach niedergeschlagen? Nahm sie Medikamente?«

Der Hausmeister überlegte, verneinte aber wieder. Alles sei normal gewesen. Wie immer. Und Medikamente? Nicht dass er wüsste. Vicente Bino sah seine Frau an, die ebenfalls den Kopf schüttelte.

»Nein, nichts«, sagte der Hausmeister. »Frau Schönbach hat sogar das Frühstück gegessen, dass meine Frau auf Bitten Dr. Schönbachs für sie hingestellt hat. Obwohl sie morgens nie etwas aß. Deshalb hat Floralisa ihr auch nur etwas Leichtes zubereitet: Karotten-Selleriesalat mit Avocadocreme und Sojabrot.«

»Gab es Besucher oder Anrufe in den letzten Tagen?«, fragte Costa noch einmal.

Der Hausmeister dachte angestrengt nach. »Doch, da war jemand, der mehrfach angerufen hat und Frau Schönbach unbedingt erreichen wollte. Ein Mann namens Dominique-Jacques. Er hat sich auch der DJ genannt, doch Frau Schönbach wollte nicht mit ihm sprechen.«

Costa fragte Schönbach, ob er sich den Selbstmord seiner Frau erklären könne. Schönbach überlegte einen Moment. Seine Frau habe in ihrer Jugend ein furchtbares Erlebnis gehabt und seitdem an schweren endogenen Depressionen gelitten. »Sie hat bereits mehrfach versucht sich umzubringen.«

Costa entschuldigte sich bei Schönbach, ließ ihn stehen und bat den Surfer, ihm noch einmal alles genau zu beschreiben. Sie gingen am Pool entlang, dessen blaue Mosaiksteine das Becken über den Rand hinaus einfassten. Rechts auf der Terrasse standen ein paar Lambert-Liegen mit hellblauen Auflagen. Eine Angora-Katze sprang hoch und verschwand über eine Natursteintreppe in den etwa acht Meter tiefer liegenden Park. Der Surfer ging bis zur Mitte der Plexiglasbrücke. Er zeigte Costa, wie er Arminé Schönbach gefunden hatte. Das Seil war am Geländer der Brücke festgemacht, über den Serra-Bogen geworfen und wieder eingeholt worden, um die Schlinge zu knüpfen. Es war ein einfacher Knoten gewesen, wie ihn jeder machen konnte. Sie musste sich die Schlinge dann um den Hals gelegt haben und über das Geländer in den Tod gesprungen sein. Sie hatte etwa vier Meter unter dem Bogen gehangen und einen Meter unterhalb des Wasserfalls. Costa dachte an die Fingerabdrücke, die sie dabei hinterlassen haben musste und fragte den Hausmeister, ob das Geländer seitdem abgewischt worden sei. Der Hausmeister schüttelte den Kopf.

Costa konnte sich einfach nicht vorstellen, dass sich Arminé umgebracht hatte, so wie er sie erlebt und in Erinnerung hatte. Er wusste, dass es bei verschleierten Tötungsdelikten im Wesentlichen zwei Gruppen gab. Im ersten Fall wurde das Opfer »in die Schlinge gelockt« und dann irgendwo heruntergestoßen. Das waren jene, die lebend erhängt wurden. Im zweiten Fall war das Opfer bereits tot, als es erhängt wurde. In diesen Fällen musste die Lage des Opfers verändert werden, es musste zum Aufhängepunkt geschleift oder getragen werden, sodass es Schleifspuren am Boden, an der Kleidung, insbesondere an den Schuhen oder an der Haut gab. War das Opfer nicht vergiftet worden, fanden sich auch Spuren äußerer Gewalteinwirkung.

Der Surfer hatte die Leiche genau untersucht, aber nichts dergleichen festgestellt.

Costa ließ sich beschreiben, wann und wie sie die Leiche abgenommen hatten.

»Zwischen zwölf und eins. Eher gegen eins. Nachdem wir die Leiche aus dem Wasser hatten, habe ich die Temperatur gemessen. Siebzehn Grad. Genau wie das Wasser«, sagte der Surfer.

Vicente Bino fügte hinzu, dass Arminé Schönbach es ja immer recht kalt haben wollte.

»Die hing da in dem strömenden Wasser auf jeden Fall schon seit Donnerstag um 22.00 Uhr«, fuhr der Surfer fort, »da lässt sich der Todeszeitpunkt nicht mehr eindeutig feststellen.«

Falls Arminé Schönbach getötet worden war, hatte der Täter vielleicht ganau das beabsichtigt. Warum sollte er sie sonst im Wasser aufgehängt haben? Costa ertappte sich dabei, dass er schon wieder an Schönbach dachte. Nur dieser hoch intelligente Arzt wäre zu solchen Erwägungen fähig. Ein normaler Verbrecher würde überhaupt nicht daran denken.

Der Surfer hatte das Seil vom Brückengeländer gelöst und die Tote langsam in das untere Becken hinabgleiten lassen. Das Seil war ungefähr zehn Meter lang gewesen. Anschließend hatten der Hausmeister und er sie gemeinsam aus dem Wasser gezogen. Er hatte die Schlinge gelockert und ihr über den Kopf gestreift. Dann hatte er gesehen, dass sie nur einen Schuh trug – einen weißen Turnschuh ohne Strümpfe. Den anderen hatte sie vermutlich beim Sturz verloren. Er hatte ihn aus dem Wasser geholt und später mit in den Leichensack gesteckt.

Costa ärgerte sich darüber, wie der Surfer die Schlinge abgenommen hatte. Richtig wäre es gewesen, sie durchzuschneiden und die beiden Enden mit einer zusätzlichen Schnur zu verknüpfen. Danach hätte man den Strang über den Kopf ziehen können. Dadurch wäre es anschließend ohne weiteres möglich gewesen, die ursprüngliche Situation wiederherzustellen. Costa ließ das unerwähnt, fragte aber, was der Surfer mit dem Seil gemacht hatte. Der Hausmeister erklärte, er habe es mit in seine Küche genommen und dann Dr. Schönbach gegeben, der es sich nach seiner Ankunft am Freitagabend ansehen wollte.

Costa wandte sich Schönbach zu, der an der Terrassentür stand und sie beobachtete. »Wo haben Sie das Seil gelassen?«, rief er ihm zu.

»Weg! In den Müll!«, rief Schönbach zurück. Er hätte dieses schreckliche Ding nicht im Hause behalten wollen.

Costa fragte den Hausmeister, ob er ihm den Müll zeigen könnte, doch der hatte ihn am Sonnabendvormittag auf dem Weg zum Supermarkt entsorgt.

Es wäre eine Riesenaktion gewesen, das Seil suchen zu lassen, und Costa hatte bisher noch keinen konkreten Anhaltspunkt, dass irgendetwas nicht stimmte. Doch warum hatte Arminé so verzweifelt versucht, ihn zu erreichen ?

Er bat den Hausmeister, eine Leiter auf die Brücke zu stellen, um sich das Metall an der Stelle anzusehen, wo das Seil verlaufen war. Doch er konnte nichts Auffälliges entdecken, alles entsprach einer suizidalen Aufhängesituation. Die ganze Angelegenheit war etwas wackelig. Costa musste mehrmals mit dem Arm in die Luft greifen, um die Balance zu halten. Als er sich umsah, hatte er das Gefühl, dass Schönbach über ihn lachte.

»Konjunktivale Stauungsblutungen sowie Gedunsenheit und Zyanose des Gesichtes waren nicht festzustellen«, sagte der Surfer die Leiter hinauf. »Vom Hals abwärts hatten sich die Totenflecken netzförmig ausgebreitet«, fuhr er lässig fort.

Wahrscheinlich hat er sich das im Nachhinein angelesen, der Idiot, brummte Costa in sich hinein.

»Wann hat sie sich umgebracht?«, fragte er. Der Surfer verstand die Frage nicht. Für ihn war klar, dass sich das wegen der Temperaturangleichung an das Wasser nicht feststellen ließ.

Costa wandte sich an den Hausmeister. »Wann haben Sie am Donnerstag mit Ihrer Frau das Haus verlassen?«

»Wir wollten eigentlich um neun los, aber ich hatte vergessen, die abgeblätterte Farbe unten an der Brücke auszubessern. Deswegen sind wir erst um zehn losgekommen.«

Costa nickte und ließ sich zeigen, wo er die Ausbesserungsarbeiten vorgenommen hatte.

Am Fuß der Treppe wurde der blaue Mosaikrand des Pools von einer herausnehmbaren Holzeinlage unterbrochen, sodass die Plexiglasbrücke bequem abgebaut werden konnte. Der Hausmeister hatte diese Holzeinlage neu gestrichen. Costa kniete nieder und untersuchte den blauen Farbaufstrich. Es waren sehr deutliche Rillen und Einkerbungen in der Farbe zu sehen. Jemand hatte etwas darüber geschleift. Die Holzeinlage auf der anderen Seite der Brücke war ebenfalls neu lackiert worden, aber völlig unbeschädigt. Costa richtete sich auf und blickte sich um. Wenn jemand Arminé betäubt und auf die Brücke geschleift hatte, ohne sie zu verletzen, wie konnte er das angestellt haben? Costas Blick fiel auf die aus Korb geflochtenen Liegen mit den hellblauen Auflagen. Er nahm jede dieser Matten hoch und drehte sie um. An einer waren mehrere blaue Lackspuren zu sehen. Costa schaute genauer hin. Die Auflage war mit einer gewissen Belastung über das lackierte Holzstück gezogen worden, denn der Lack saß fest im Stoff.

Costa winkte den Surfer heran. »Das nehmen wir mit«, sagte er. »Außerdem möchte ich, dass Sie Elena Navarro herbestellen und den gesamten Tatort gründlich nach Spuren absuchen. Der Bischof ist im Moment wahrscheinlich zu betrunken.«

»Spuren?« Dem Surfer missfiel die Anweisung ganz offenkundig.

»Ich möchte, dass Sie Fingerabdrücke vom Brückengeländer nehmen und mit denen der Toten vergleichen. Wo ist der Abschiedsbrief?«

Der Surfer sagte, er habe auch davon eine Kopie angefertigt.

»Ich will das heute noch haben. Sie erreichen mich über Handy. Ich fahre jetzt ins Krankenhaus, um mir die Leiche anzusehen.« Costa wandte sich zum Gehen, drehte sich aber noch einmal um. »Als Sie am Freitag um elf hier ankamen, war der Hund da eigentlich draußen?«

Der Surfer bejahte das.

»Ich bitte Sie außerdem noch, diesen Dominique-Jacques ausfindig zu machen, der hier vor Frau Schönbachs Tod etliche Male angerufen hat.«

Der Surfer nickte und sagte, es würde sich dabei mit großer Wahrscheinlichkeit um einen Diskjockey aus dem Privilege handeln, derselbe, der auch bei der Closing-Party am Samstag vor einer Woche die Musik gemacht hatte.

Costa fragte Schönbach, wie er ihn erreichen könnte, wenn er noch weitere Fragen hätte. Der Arzt äußerte seine Verwunderung darüber, dass plötzlich so genaue Untersuchungen angestellt wurden. Costa sagte, es gebe Anzeichen dafür, dass in die Villa eingebrochen worden sei. Dem müsse er nachgehen. Schönbach hielt dies für völlig ausgeschlossen. An dem Hund würde niemand vorbeikommen. Costa erklärte ihm, dass es nicht schwierig sei, Tiere zu betäuben. Schönbach wandte ein, er habe auch nicht bemerkt, dass irgendetwas kaputt war oder fehlte. »Meine Frau hat zwar ein sehr kostbares, wunderschönes Collier, aber ich glaube kaum, dass es weg ist. Es ist immer in ihrem Tresor eingeschlossen.«

Costa ließ sich den großen, hinter einer Spiegeltür verborgenen Tresor zeigen. Er sah auf einen Blick, dass er unversehrt war.

»Kann ich Ihnen sonst noch irgendwie behilflich sein?«, fragte Schönbach freundlich.

Die Höflichkeit in Person, dachte Costa. Entweder hat er überhaupt kein Gewissen oder ein besonders gutes. »Nein, danke, das genügt, aber wenn ich noch weitere Fragen habe –«

Schönbach gab ihm seine Karte. »Sie erreichen mich am besten in einer meiner Praxen. Wenn Sie mich jetzt entschuldigen möchten. Sie können selbstverständlich noch hier bleiben und sich weiter umschauen. Aber ich habe eine Verabredung im Hacienda.«

Schönbach verabschiedete sich und forderte den Hausmeister auf, den Polizisten etwas zu trinken anzubieten. Plötzlich geriet er in Bewegung, fummelte ein Tempotaschentuch hervor, holte tief Luft und nieste. »Pollenallergie«, sagte er lächelnd und warf das Taschentuch beim Hinausgehen in den offenen Kamin. Costa fiel auf, dass er beim Gehen den Oberkörper nach vorne beugte und die Schultern drehte. Als er seine krummen Beine sah, war ihm klar warum. Es wäre besser, er würde sich beim Gehen mit den Händen aufstützen, dachte er grinsend.

Der Hausmeister wollte wegen der Getränke fragen, aber Costa winkte ab und bat ihn, ihm noch einmal zu zeigen, wo der Abschiedsbrief gelegen hatte. Vicente Bino ging an den schwarzen Flügel, klappte den Deckel herunter, den Schönbach geöffnet hatte, und zeigte mit dem Finger mitten auf die schwarze Fläche.

»War der Brief aufgestellt?«

»Nein, er lag einfach so da.«

»War er auf einem DIN-A4-Blatt geschrieben?«

»Er steckte in einem Umschlag und war etwa doppelt so groß wie dieser.«

»Was stand auf dem Umschlag?«

»Nichts, gar nichts. Meine Frau wollte den Brief auch gar nicht anrühren. Ich habe ihn aufgemacht.«

»Was stand denn drin?«

»Dass sie enttäuscht war von Dr. Schönbach, weil er sie nicht liebte und dass sie sich verraten fühlte und so nicht weiterleben konnte.« Es fiel dem Hausmeister ziemlich schwer, dies auszudrücken. »Und dass sie sehr traurig war.«

»Wurde Dr. Schönbach direkt erwähnt?«

»Nein.«

»Haben Sie noch den genauen Wortlaut im Kopf?«

»Nein, nicht mehr.«

»Sie steckten den Brief dann wieder in den Umschlag und legten ihn zurück?«

»Den Brief habe ich wieder zurückgelegt, doch den Umschlag hab ich dort drüben am Sekretär in den Papierkorb geworfen. Es stand ja nichts drauf.«

Costa zog den Umschlag aus dem Papierkorb hervor und betrachtete ihn. Er war zugeklebt worden, Arminé musste ihn also mit ihrer Zunge berührt haben. Wenn sie jemand gezwungen hatte, den Abschiedsbrief zu schreiben, hatte ihn möglicherweise auch der Täter angeleckt und zugeklebt. Beim jetzigen Stand der Ermittlungen durfte Costa diese Möglichkeit nicht ausschließen. Wenn er schnell Ergebnisse haben wollte, musste möglichst bald ein DNA-Test durchgeführt werden.

Er erklärte dem Hausmeister die Situation, bat ihn um fünf Briefumschläge und weiches Papier, auf das er und seine Frau spucken sollten. Inzwischen holte er das von Schönbach benutzte Tempotaschentuch aus dem Kamin und steckte dann alles gesondert in die Umschläge. Er beschriftete sie und gab sie dem Surfer mit dem Auftrag, morgen früh alles mit der ersten Maschine nach Barcelona zu bringen.

Die restlichen zwei Umschläge steckte Costa ein. Dann ging er hinaus und ließ sich alle Sicherheitsvorkehrungen erklären.

Als Erstes zeigte der Hausmeister ihm den Hundezwinger. Unter dem wilden Kläffen und Gefletsche der Bestie brüllte ihm Vicente zu, dass der Hund auf Anweisung von Dr. Schönbach immer im Umlauf blieb. Außer wenn jemand das Grundstück betrat oder verließ. Er zeigte auf eine elektrische Glocke und erklärte, dass der Hund beim Ertönen eines bestimmten Signals in den Zwinger zurückkehrte. Der Käfig war wie eine Schleuse konstruiert, beide Seiten ließen sich per Knopfdruck öffnen.

»Vorsicht!«, sagte der Hausmeister, als Costa zu nah an einen der roten Knöpfe kam. »Der öffnet die Tür, vor der wir gerade stehen.«

»Und als Sie am Freitag zurückkamen, war der Hund draußen im Umlauf?«

»Ja, der Hund war draußen. Aber ich habe eine Fernbedienung, mit der ich zugleich die vordere Falltür öffnen und die Glocke auslösen kann.«

»Wer hat noch so eine Fernbedienung?«

»Meine Frau und ich haben jeder eine, im Haus liegen vier, und eine hatte die Masseurin Martina Kluge.«

»Warum die?«

»Frau Schönbach rief sie immer, wenn sie starke Rückenbeschwerden hatte. Sie wollte dann nicht extra aufstehen, um den Hund in den Zwinger zu sperren. Doch Frau Kluge hat mir die Fernbedienung inzwischen zurückgegeben.«

Costa fragte den Hausmeister, wann und wo das gewesen sei. Der Hausmeister dachte angestrengt nach. »Donnerstag um 15.00 Uhr im Vista Mar. Ich war draußen am Streichen, als sie vorbeikam. Sie wollte, dass ich die Batterien auswechsle.«

Als sie am Innentor angelangt waren, fiel Costas Blick plötzlich auf einen zerrissenen Handschuh neben der Mauer. Es war ein roter, lederner Motorradhandschuh, den der Hund zum Teil zerbissen hatte. Mit einem Taschentuch nahm Costa ihn auf und untersuchte ihn näher. Der Handschuh trug zwei schwarze Initialen: DJ. Vielleicht war dieser DJ über das Außentor geklettert, während sich der Hund gerade auf der anderen Seite des Grundstücks befand. Er hatte es nur knapp geschafft, sich am Innentor hochzuziehen, und dabei den Handschuh verloren. Costa suchte nach weiteren Spuren oder Kleidungsfetzen, konnte aber nichts finden. »Sagten Sie nicht, ein DJ habe in den letzten Tagen ein paar Mal angerufen?«, wandte er sich an den Hausmeister.

»Ja. Aber Frau Schönbach wollte wie gesagt nicht mit ihm sprechen.«

Costa brachte den Handschuh ins Haus zum Surfer, der ihn auf weitere Spuren untersuchen sollte. »Wir müssen dringend diesen DJ aufspüren. Es gibt eine Menge Anzeichen, dass hier etwas nicht stimmt. Versuchen Sie es zuerst im Privilege und sagen Sie mir sofort Bescheid, wenn sich etwas ergibt.«

Dann stieg Costa in seinen Wagen und fuhr nach Ibiza zum Krankenhaus. Es waren inzwischen mehr als zwei Stunden vergangen. Karin war sicher schon ganz ungeduldig, doch er wollte auf jeden Fall noch einen Blick auf die Tote werfen.

In der Aufnahme des Krankenhauses bat Costa um die Registriernummer des »Eingangs Arminé Schönbach« – Suizid.

Die Angestellte warf einen Blick auf seinen Polizeiausweis und blätterte dann das große Buch mit den Neueingängen durch, wobei sie den Zeigefinger langsam von oben nach unten bewegte, bis sie fand, was sie suchte. Die Registriernummer lautete: Keller K-1 Nr. KI SU 51001.02, was hieß, dass es an diesem Tag die zweite Leicheneinlagerung im Kühlhaus gewesen war. Costa fuhr mit dem großen Aluminiumaufzug ins erste Untergeschoss.

Er ging durch das trübe Neonlicht eines langen Ganges und klingelte an der Tür der Kühlhalle. Ein Angestellter öffnete und Costa betrat den Raum, der im Gegensatz zur Sommerhitze draußen angenehm kühl wirkte. Er nannte dem Angestellten die Nummer und folgte ihm zu einer der großen Stahlkassetten, die wie die Schließfächer einer Bank die Längsseite des rechteckigen Raumes bildeten. Mit routiniertem Griff zog der Angestellte eine der Kassetten heraus und machte eine einladende Armbewegung in Richtung auf die in Plastikfolie gehüllte Leiche.

Costa wollte die Plane herunterziehen, doch irgendetwas verbot ihm, diese schöne, unnahbar stolze Frau ohne ihre Einwilligung anzusehen. Er öffnete die Plane am Fußende und hob das linke Bein leicht an. Die Haut war vom Wasser schrumpelig. Ganz deutlich sah er die Hautabschürfungen an der Ferse, konnte jedoch keine blauen Farbspuren erkennen. Sicher hatte das Wasser die Farbe weggewaschen. Er hob den Fuß mit dem Tennisschuh, der immer noch feucht war, kniete nieder und untersuchte den Hacken. Blaue Farbe war tief in Gummi und Leinen eingedrungen. Costa prüfte nun auch den anderen Schuh, den der Surfer in den Totensack gesteckt hatte. An ihm war keine Schleif- oder Farbspur zu erkennen. Er musste also schon abgefallen sein, bevor Arminé über das lackierte Brett geschleift worden war. Hinterher hatte ihn dann jemand ins Wasser geworfen. Das sind die Tücken des Mordens, dachte Costa, mit denen selbst ein abgefeimter Verbrecher seine Probleme hat.

Er richtete sich auf. Es gab gar keinen Zweifel mehr: Arminé Schönbach war zwei Tage nach seinem Besuch ermordet worden! Es musste während der Abwesenheit des Hausmeisterehepaars zwischen Donnerstag- und Freitagmorgen passiert sein. Der Hausmeister hatte gesagt, dass der Hund draußen gewesen war. Natürlich hätte der Hund betäubt werden können, aber das setzte schon fast eine medizinisch versierte Vorgehensweise voraus. Normale Einbrecher hätten Gift benutzt, an dem der Hund gestorben wäre. Es gab allerdings jemanden, der Arminé dringend sprechen wollte, dieser DJ, der vermutlich auch in das Haus eingedrungen war und dabei seinen Handschuh verloren hatte. Hatte er Arminé umgebracht und war auf demselben Wege wieder hinausgelangt? Und vor allem, wie hatte er sie getötet?

Costa schlug nun doch die ganze Plane auf. Arminés Körper war vom Wasser aufgedunsen, die Haut war welk und schrumpelig wie an den Füßen. Er betrachtete die Strangulationsmale am Hals. Der Abdruck des Seils sah im ersten Moment aus wie eine blau-schwarze Kette. Von fern hätte es eine Tätowierung sein können, wie sie manche Mädchen in den Diskos trugen. Eine zweite Spur, eine Würgespur, war nicht vorhanden, was darauf schließen ließ, dass der Täter mit großer Planmäßigkeit und Sorgfalt vorgegangen war. Vielleicht hatte er Erfahrung. Vielleicht war dies nicht sein erstes Verbrechen. Hatte er Arminé vorher gezwungen, den Abschiedsbrief zu schreiben? Dann hätte er sie sicher auch gezwungen, den Umschlag mit einem Adressaten zu versehen. *Für meinen Mann*, oder so etwas in der Art. Vielleicht war es ihm aus irgendeinem Grund aber erst hinterher wichtig gewesen, den Brief nicht offen liegen zu lassen. In dem Fall musste er ihn selbst in den Umschlag gesteckt und diesen zugeklebt haben. Die Analyse der Spucke und ein Vergleich mit der DNA von Arminés Haar würden darüber Aufschluss geben.

Costa nahm einen der Umschläge aus der Tasche, die er vom Hausmeister bekommen hatte und riss Arminé ein paar Haare aus. Ihr Kopf wackelte dabei hin und her, und Costa fühlte sich unbehaglich.

Er hatte genug gesehen, alles andere musste Torres bei der Obduktion herausfinden.

Bevor Costa losfuhr, rief er den Gerichtsmediziner an. Er erreichte ihn zu Hause im Garten, wo er unter einer großen Akazie saß und las. Torres wollte die Obduktion Arminé Schönbachs jedoch nicht ohne richterliche Anweisung vornehmen.

»Ruf den Richter oder den Staatsanwalt an«, sagte er. »Wenn sie es dir mündlich zusagen, reicht mir das. Dann gebe ich meinen Sonntagabend dran und mach mich an die Arbeit.«

Costa sagte, er werde gleich zurückrufen. Er hatte Glück und erreichte »Franco Segundo« beim Dominospielen. Franco aber lehnte jede forcierte Maßnahme im Fall Schönbach ab. »Die liegt kalt«, sagte er, »melden Sie sich morgen wieder, dann werden wir sehen, was Sie haben.«

Costa versuchte zu protestieren, doch der Staatsanwalt beendete das Gespräch mit der unfreundlichen Bemerkung, er solle hier nicht den übereifrigen Sonderermittler spielen.

Als er gerade den Richter anwählen wollte, um bei ihm sein Glück zu versuchen, ertönte »Üb immer Treu und Redlichkeit«. Es war Elena. Sie hatte sich noch einmal mit der Haushälterin Floralisa unterhalten und dabei erfahren, dass Schönbach die Beerdigung bereits bis in alle Einzelheiten geplant hatte. Sie sollte übermorgen um elf stattfinden, und Schönbach hatte sogar die Genehmigung für eine Verbrennung erwirkt. Feuerbestattungen waren seit einiger Zeit nur noch in Mallorca möglich, weil die Verbrennungsanlage auf Ibiza stillgelegt worden war. Eigentlich sollte alles schon am Montag über die Bühne gehen, aber das Unternehmen brauchte noch einen Tag, um die Anlage wieder in Ordnung zu bringen. Die Haushälterin hatte die Einladungen bereits alle am Sonnabend per Fax rausgeschickt. Sie hatte gesagt, dass ziemlich viele bedeutende Leute kommen würden, unter anderem auch die Matares.

Costa dankte ihr. Er warf seine Jacke auf das Autodach und lehnte sich mit dem Oberkörper dagegen. Das Dach war heiß von der Nachmittagssonne, aber das störte ihn jetzt nicht. Er hatte ein riesiges Problem und wusste, wie gering seine Chancen waren. Wahrscheinlich würde auch sein Chef zur Beerdigung kommen, sicher auch der Präsident der Policia Nacional, wahrscheinlich sogar der oberste Polizeichef aus Palma, die Bosse der Tur-Familie, der Vorsitzende der Universidad und El Cubano. Bei Hochzeiten und Beerdigungen gaben sich die Mächtigen ein Stelldichein. Da beteuerten und versicherten sie sich gegenseitig ihrer Solidarität. Sollte ein simpler Bulle ihnen den Braten vom Tisch reißen, wo sie doch den Ofen extra repariert hatten und schon heizten?

Er brauchte eine Obduktion, bevor Arminé verbrannt wurde, und dazu benötigte er die Einwilligung des Richters. Pere Bernat Montanyà Salleras war ein entfernter Verwandter. Er stammte aus einem Zweig der Familie, dessen Wurzeln bis zu dem Seeräuber Pere Bernat zurückreichten, der im vierzehnten Jahrhundert von Pedro IV. geehrt worden war. Einer seiner Vorfahren war auch Kapitän Bernardo Salleras, der bei der sagenumwobenen Schlacht gegen den überlegenen englischen Korsaren El Papa dabei war, an die im Hafen ein Denkmal erinnerte. Der Richter war stolz darauf, dass das Blut dieser mächtigen und angesehenen Familie in seinen Adern floss. Es war klar, dass Costa versuchen musste, ihn von dieser Seite zu ködern, wenn er die Erlaubnis erhalten wollte, eine so wichtige Leiche auf dem Seziertisch der Gerichtsmedizin obduzieren zu lassen.

Er erreichte Montanyà und sagte, er habe gerade auf dem großen Schlachtfest seiner Familie eine Wette abgeschlossen und müsse ihn deswegen sofort sprechen. Pere Bernat Montanyà lachte und sagte, bueno, wenn er denn gleich käme.

Während der Fahrt zum Haus des Richters rief Elena noch einmal an. »Wir haben am Außentor der Villa die Fingerabdrücke einer rechten Hand gefunden. Der Handschuh mit den Initialen DJ stammt auch von der rechten Hand. Es handelt sich wirklich um den DJ aus dem Privilege. Die Kollegen sind in den Club gefahren und haben ein Glas mitgehen lassen, das er angefasst hat. Der Surfer ist damit ins Labor, um die Abdrücke zu vergleichen.« Costa bedankte sich und bat sie, ihn später zu Martina Kluge zu begleiten.

Er traf den zweiundsiebzigjährigen Richter auf seiner Veranda vor einer Flasche Rotwein an. Montanyà schmauchte ibizenkisches Kraut, der giftigste Tabak, der Costa je unter die Nase gekommen war. Trotz seiner Eile zwang er sich zur Ruhe und ließ sich ein Glas Wein einschenken. Genüsslich kaute er ihn, sah eine Weile in den Sonnenuntergang, der gelb und orange durch die Kiefernzweige glühte, massierte sich ausgiebig die Kopfhaut und sagte, er hätte gewettet, dass heutzutage niemand mehr gegen den Einfluss der mächtigen Ausländer und Touristen etwas wagen würde, selbst wenn sie das Recht beugten, wie es die Kolumbianer schon einmal versucht hatten. »Wenn man an die alten Seefahrer denkt, die zu einem Teil von uns abstammen, würde man kaum glauben, was wir uns heutzutage alles gefallen lassen«, sagte Costa und beobachtete zwei Spatzen, die auf dem Springbrunnenrand saßen und abwechselnd tranken.

»Zu der Zeit waren unsere Leute mehr als nur Seefahrer«, belehrte ihn der Richter. »Sie wussten alle, wie man eine Kanone ausrichtet, ein Gewehr handhabt und ein Enterbeil sausen lässt. Damals reichte es nicht, intelligent zu sein und jeden Handgriff genau zu beherrschen. Ein sehniger Arm und ein furchtloses Herz gehörten auch dazu. Nur so konnten wir überleben und der Piratenbrut Furcht einjagen, die ungehindert das Mittelmeer unsicher machte.« Er trank seinen Wein in einem Zug und goss sich wieder ein.

»Heute aber kann ein einfacher Polizist nichts machen, wenn die modernen Piraten unsere Insel mit ihrem Geld überfallen und eine Frau kaltblütig ermorden«, erwiderte Costa, schwenkte seinen Wein und sah trübsinnig auf den Boden des Glases.

»Welche Frau?«, fragte der alte Montanyà. Frauen hatte er immer geliebt.

»Eine Frau von großer Schönheit, voller Temperament und Intelligenz«, antwortete Costa und sah, wie die Spatzen aufflogen und einen Moment über dem Wasser flatterten.

»Wer ist diese Frau?«

»Sie heißt Arminé Schönbach und war die Frau des berühmten Schönheitschirurgen, der Eugenia Matares zwar nicht von ihrer Hässlichkeit, aber von dem Kamelhöcker auf ihrer

Nase befreit hat. Sie bringen extra wieder die Verbrennungsanlage in Schwung, damit die Leiche gleich Dienstagmorgen eingeäschert werden kann und alle Beweise verschwinden.«

»Ich höre aber, mein Junge, dass sie sich selbst das Leben genommen hat. Deine eigene Dienststelle hat es festgestellt. Eurem Chef liegt der Bericht vor, und er hat es mir mitgeteilt.« Alle Besinnlichkeit war nun aus seiner Stimme gewichen. Aufmerksam sah er Costa mit seinen Adleraugen an. »Na?«, fasste er brummend nach.

»Ich mag zwar kein guter Familienvater sein«, begann Costa, denn das war Montanyàs Kritik an ihm, »aber ich bin ein guter Polizist und kann einen Mord von einem Suizid unterscheiden. Die Frau ist an die Stelle geschleift worden, an der man sie gefunden hat. Ich habe Schleifspuren am frisch gestrichenen Holz des Swimmingpools und an ihren Fersen gefunden. Daraus schließe ich, dass es nur einen Täter gibt. Er hat sie auf die Brücke geschleppt und von dort mit der Schlinge um den Hals in den Wasserfall gestoßen. Eine Obduktion würde die Sache klären.«

Montanyà runzelte die Stirn. »Würde sie?«

Costa nickte. »Fragen Sie Torres. Er wird Ihnen bestätigen, dass wissenschaftlich ganz eindeutig nachzuweisen ist, ob das Opfer tot oder lebendig erhängt wurde.«

Montanyà zog ein paar Mal an seinem Zigarillo, damit er nicht ausging. »Nun? Was ist das Problem?«

»Sie kennen El Cubano. Er ist zur Beerdigung eingeladen. Er wird nicht gern umsonst hingehen.«

Montanyà blickte in die Ferne. »Joan Costa Mari. Das Schlitzohr.« Er schüttelte nachdenklich den Kopf. »Dein Vater El Alemàn hat keine Ähnlichkeit mit seinem Bruder. Und du?«

Costa hatte sicherlich auch keine Ähnlichkeit mit El Cubano, aber das interessierte ihn jetzt nicht. Er wagte den nächsten Schachzug. »El Cubano hat Ihnen Ihre große Jugendliebe weggenommen.«

Montanyà schüttelte nachdenklich den Kopf. »Das ist lange her, mein Junge. Ich habe geheiratet und fünf wundervolle

Söhne. Das Schlimme ist, El Cubano benutzt diese Insel, statt sie zu lieben. Wie die Matares.« Der alte Mann stand auf und reckte sich. »Wir können uns nicht jedem und allem beugen.«

Costa stand ebenfalls auf und hielt dem Alten die Hand hin. »Sie stimmen der Obduktion also zu?«

Montanyà musterte ihn einen kurzen Moment, dann nickte er und lächelte. »Aber bevor du gehst, zeig ich dir noch meine Neue.« Es hörte sich an, als würde er von einer Geliebten sprechen.

»Sofort«, sagte Costa und entschuldigte sich einen Moment. Er rief Torres an, dass die Obduktionsgenehmigung erteilt sei und fragte, wann er das Ergebnis haben könnte. Torres wollte gleich loslegen, musste aber erst noch einen Kollegen auftreiben und die Leiche aus dem Hospital zur Gerichtsmedizin hinüberbringen lassen. Er bat Costa, bei der Obduktion dabei zu sein. Dann folgte er dem Richter, der langsam durch seinen Garten ging.

Er war ein kenntnisreicher Orchideenliebhaber und duldete keine der Pflanzen in seinem Garten, die mit dem Bau des Flughafens im Jahre 1958 neu auf die Insel gekommen waren. »An dieser Welt, in der sogar Pflanzen fliegen können, nehme ich nicht mehr teil«, sagte der Alte schmunzelnd und zeigte im Vorbeigehen auf eine Blume mit rosafarbenen Blüten. »Meine ›Barlia Robertina‹, die gigantische Orchidee.« Das Exemplar erinnerte Costa an die Orchideen in Ingrid Scholls Wohnung.

»Und das«, Montanyà bückte sich und legte seine Hand behutsam unter eine andere Blüte, um sie Costa zu präsentieren, »ist sie: ›Ofride Azzurra‹ – die Spiegelorchidee.«

Costa betrachtete das grünschwarze, zungenartige Blütenblatt mit einem Bart rotschwarzer Härchen. Es erinnerte ihn an eine fette Hornisse.

»Hier: ›Genneria Diphylla‹. Ein lebendes Fossil. Sie blüht schon seit fünfzehn Millionen Jahren.«

In der freien Natur hätte Costa diese Pflanze mit ihren winzigen, grünlich gelben Blüten sicher übersehen. Aber vielleicht hatte sie gerade aufgrund dieser Unscheinbarkeit so lange überlebt. Er dachte an die äußere Schönheit, der die Menschen nachjagten. In der Natur war gerade das Schöne exponiert und damit gefährdet.

# 21

Als Costa in der Gerichtsmedizin ankam, hatten Torres und seine Kollegen schon mit der Obduktion begonnen.

Die äußere Untersuchung war abgeschlossen. Es waren keine großen Verletzungen zu erkennen, nur Risse und Schleifspuren am linken Fuß, der ohne Turnschuh war. Außerdem ein Bluterguss am linken Arm, der wahrscheinlich durch den Einstich einer Nadel entstanden war. Es war möglich, dass Arminé auf diese Weise betäubt worden war.

Costa erlebte sie jetzt in ihrem ganzen Ausgeliefertsein – nackt und wehrlos. Fremde Menschen beugten sich über sie und zerstörten endgültig ihre Schönheit.

Costa fragte, ob sie Narben von einer Schönheitsoperation hatte. Torres schüttelte den Kopf. Costa erinnerte sich an sein Gespräch mit ihr und daran, dass sie bestritten hatte, je von ihrem Mann operiert worden zu sein.

Nachdem die Arbeit beendet war, überließ Torres seinem jüngeren Kollegen das sachgerechte Verpacken des Gehirn- und Körperblutes, des Herz-, Muskel- und Magengewebes, und nahm Costa noch einen Moment mit in sein Büro. Er holte aus seinem Schreibtisch eine Flasche Rotwein und goss sich ein Glas ein. Costa lehnte dankend ab. Torres nahm einen tiefen Schluck: »Ich brauch das nach so einem Durchgang«, sagte er grinsend und goss sich gleich noch ein zweites Glas ein. Dann schwang er sich auf seinem Drehsessel zu Costa herum. »Was für ein verdammt schwieriger Fall«, sagte er.

Costa wollte seine Meinung hören.

Torres sah ihn einen Moment an. »Möchtest du ganz ehrlich wissen, was ich denke, Toni?«

Costa sagte, dass sie sich dafür lange genug kannten.

»Bueno«, meinte Torres, »dies ist ein verdammt raffiniertes Schachspiel! Ist dir das schon klar geworden, Toni?«

»Kommt drauf an, was du meinst, Jaime.«

Torres erhob sich und ging auf und ab. Costa musste sich immer wieder umdrehen, um ihn nicht aus dem Blick zu verlieren.

»Wir haben drei tote Frauen. Die Erste wurde auf brutale und bestialische Weise ermordet, aber später stellten wir fest, dass sie auch gestorben wäre, wenn der Fleischspieß-Mörder sie nicht umgebracht hätte. Sie war voll gepumpt mit ihrem eigenen Medikament. Die Dosis hätte ausgereicht, sie in den nächsten zwei Stunden ins Jenseits zu befördern. Es ist möglich, dass der Täter erst versuchte, sie mit dieser Überdosis zu vergiften, dann vielleicht aber die Geduld verlor, mit ihr in Streit geriet und sie auf zügigere Weise erledigte. Vier Tage später nimmt sich ihre beste Freundin das Leben, verspricht ihrem Sohn aber kurz zuvor noch, ihr Testament zu seinen Gunsten zu ändern. Wäre sie eine Selbstmörderin gewesen, hätte sie dieses letzte Versprechen wahrscheinlich erfüllt. Auch wenn Menschen nicht religiös sind: In der letzten Minute wollen sie ihre Rechnungen doch gern noch begleichen. Wen hatte sie denn als Erben eingesetzt?«

»Dr. Schönbach.«

»Der Chirurg? Derselbe, den auch die Scholl eingesetzt hat?«

Costa nickte. »Vielleicht haben sich die beiden miteinander abgesprochen. Sie waren ja Freundinnen.« Er erklärte ihm, dass Dr. Schönbach als Schönheitschirurg so beliebt sei, dass ihm auch andere Frauen ihr gesamtes Vermögen vermachten.

Mit einer übertriebenen Geste schob Torres seine Brille auf die Nasenspitze und sah Costa über den Rand hinweg an. »Das glaub ich nicht! Er legt sie auf seinen Seziertisch, macht ein paar Schnitte, und dafür vererben sie ihm ihr ganzes Vermögen?«

»Er macht nicht nur ein paar Schnitte, er gibt ihnen die letzten zehn bis fünfzehn Jahre ihres Lebens zurück. Dafür kann man nach dem Tod schon auf sein Geld verzichten.«

Torres lächelte. »Er könnte doch erfahren haben, dass die Brendel das Testament ändern wollte und gab ihr deshalb eine Überdosis von dem Medikament, das sie täglich einnahm. Du beschreibst ihn als brillanten Mediziner, also würde er solche Dinge wissen. Das Risiko ist gleich null, denn wer sollte je beweisen, dass es kein Selbstmord war?«

»Er hätte es ihr heimlich in ein Getränk mischen müssen«, wandte Costa ein.

»Oder er hat ihr das Medikament in einer anderen Verpackung gegeben und gesagt, um noch jünger zu werden, müsste sie jeden Tag vierzig Stück davon nehmen.«

Costa war Torres' Meinung, doch er hatte keine Beweise.

»Jetzt Fall drei: die Ehefrau des Magiers!« Torres grinste. Ihm war das Vergnügen anzusehen, jemanden allein mit den Waffen der Logik zu schlagen. »Gehen wir von den Fakten aus: Die schöne Iranerin wurde ermordet. Es war ein heißer Tag. Schon morgens um zehn stieg die Temperatur auf 26 Grad im Schatten. Sie nahm sich ein großes Glas Wasser und legte sich auf eine der Liegen. Sie wartete auf die Masseurin, die für 11.30 Uhr bestellt war. Sie musste nicht öffnen, denn Martina Kluge hatte eine Fernbedienung. Im Wohnzimmer wartete ein Frühstück, das die Haushälterin ihr hingestellt hatte, bevor sie für den ganzen Tag und die darauf folgende Nacht mit ihrem Mann das Haus verließ. Arminé aß zwar vormittags nie etwas, doch ihr Mann hatte darauf bestanden, dass es ihr hingestellt wird. Nehmen wir an, die Masseurin kam, behandelte ihren Rücken, und danach hat sie gegessen, also etwa gegen 13.00 Uhr. Bis der Magen so leer ist, wie wir ihn bei der Obduktion vorfanden, dauert es acht bis neun Stunden. Die Masseurin verabschiedet sich, unser Opfer verbringt den Tag mit Sonnen und Baden, es wird Abend, sie isst nichts und trinkt auch keinen Alkohol. Die Masseurin aber kommt wieder, um noch einmal nach ihr zu schauen oder ihr eine zweite Behandlung zu geben. Sie bietet an, ihr ein schmerzlösendes Medikament zu spritzen, das in Wirklichkeit ein Betäubungsmittel ist. Sie schleppt sie auf die Brücke, hängt sie auf und stößt sie in den Wasserfall.«

»Kann nicht sein«, sagte Costa. »Bei einem so sonnigen Tag wäre der Lack auf dem Holzbrett schon längst trocken gewesen. Nichts wäre mehr an ihrem Turnschuh davon kleben geblieben.«

Torres lächelte anerkennend. »Das musst du prüfen. Ich habe neulich einen Tisch lackiert, der brauchte drei Tage, bis er trocken war.«

Costa machte sich eine Notiz. Torres hatte Recht. Er würde den Hausmeister später anrufen und ihn bitten, morgen früh noch einmal Farbe auf ein Brett aufzutragen und es in die Sonne zu legen.

»Nehmen wir an, die Farbe war gegen zehn Uhr abends vollkommen trocken. Befand sich der Hund zu der Zeit draußen?«

Costa nickte. »Er war die ganze Nacht draußen, bis zum nächsten Morgen um zehn, als der Hausmeister und seine Frau zurückkamen.«

»Also kommen in Frage: der Hausherr Dr. Schönbach und die Masseurin mit ihrer Fernbedienung. Sonst niemand.«

»Martina Kluge hatte ihre Fernbedienung am Nachmittag dem Hausmeister gegeben, weil sie neue Batterien brauchte.«

»Dann hat die Schönbach sie abends eben reingelassen.« Torres konnte nicht aufgeben. Costa kannte das. Es war der Effekt scharfer Logik. Man kam zu einem Resultat, das man nicht in Frage stellen wollte.

»Überall im Haus lagen doch solche Fernbedienungen herum. Frau Schönbach hätte den Mörder hereinlassen können. Er hat sie umgebracht, hat dann eine Fernbedienung genommen, ist rausgegangen und hat den Hund wieder aus dem Zwinger gelassen.«

»Unmöglich«, sagte Costa, »es fehlt keine Fernbedienung. Der Hausmeister hat es bestätigt.«

»Hast du das Alibi des Hausmeisters überprüft?«

Costa nickte. Elena hatte mindestens sechs Leute im Vista Mar befragt, die die Verwandten des dortigen Hausmeisters gesehen hatten.

Costa erinnerte an den mysteriösen Motorradfahrer. Auch

er kam als Täter in Frage. Arminé Schönbach hatte ihn vielleicht hereingelassen. Er hatte sie umgebracht, anschließend den Hund auf die andere Seite des Grundstücks gelockt und war dann in einem wahnsinnigen Tempo durch den Garten gesprintet und über das Tor geklettert, bevor ihn der Hund erreichte. Dabei hatte er wahrscheinlich den Handschuh verloren.

Torres gab zu, dass auch dies eine Möglichkeit war. Er goss sich das Glas noch einmal voll und nahm einen kräftigen Schluck.

»Trink nicht so viel«, sagte Costa. Torres lachte laut auf und meinte, wenn sie hier und jetzt den Fall lösten, würde Costa ihm dafür eine ganze Kiste guten Rotwein schulden.

»Du bringst dich um«, sagte Costa.

»Du siehst doch selbst, es gibt schlimmere Arten zu sterben. Oder glaubst du, im Wasserfall hängen, ist schön? Was haben wir also? Du musst diesen DJ finden und ihm nachweisen, dass er seinen Handschuh am Donnerstagabend gegen 22.00 Uhr auf dem Grundstück verloren hat. Du musst die Alibis der Masseurin und des Schönheitschirurgen überprüfen. Außerdem musst du das Ergebnis der Laboruntersuchungen abwarten. Wenn kein Betäubungsmittel gefunden wird, kann sie nur in die Schlinge gelockt worden sein, nicht wahr? Doch dann hätte sie wiederum keine Schleifspuren an Schuh und Ferse. Wenn kein Barbiturat gefunden wird, hast du ein Problem. Die Schleifspur alleine reicht dann nicht.«

Costa wollte wissen, warum nicht, und Torres erklärte ihm, Arminé Schönbach könnte ja vorher an der Brücke gefallen und mit der Ferse aufgekommen sein. Für eine Verurteilung wegen Mordes wäre der Beweis zu schwach. »In dubio pro reo«, fügte Torres spöttisch hinzu.

»Es gibt einen Abschiedsbrief«, sagte Costa. »Er steckte in einem verschlossenen Umschlag, und wer den angeleckt hat, wird der Mörder sein.«

»Aber nur, wenn du beweisen kannst, dass sie wirklich ermordet wurde und der Täter zum Zeitpunkt des Todes im

Haus war.« Er grinste wieder schadenfroh. »Lecken alleine reicht nicht.«

Aber mir reicht es jetzt, dachte Costa. Er stand auf und sagte, Karin würde auf dem Schlachtfest auf ihn warten und er müsse vorher noch zu Martina Kluge. Doch bevor er die Tür erreichte, trat ihm Torres in den Weg.

»Halt«, sagte er. »Erst noch sagen, auf wen du setzt!«

Costa wusste, dass Torres ein Wettnarr war und einem solche Gefälligkeiten wie eine Sonntags-Obduktion nur erwies, wenn man auf seine Spiele einging. Dabei war es wichtig, dass er gewann. Es war klar, dass Torres auf den DJ setzte, denn die Masseurin hatte ihre Fernbedienung dem Hausmeister gegeben und hätte die Villa abends gar nicht alleine verlassen können. Sie war nicht der Typ, es mit einem bissigen Hund aufzunehmen. Der DJ? Das würde sich zeigen. Also kam noch Schönbach in Frage. Den aber hatte der Hausmeister am Freitagmorgen um zehn Uhr in seiner Praxis in München angerufen. Wie sollte der Arzt mitten in der Nacht nach München zurückgekommen sein? Costa wusste zwar, dass er einen Pilotenschein hatte, aber … Nun gut, er würde auf jeden Fall den Flugverkehr der Privatmaschinen am Flughafen überprüfen lassen. Schwerer wog aber der Handschuh eines mutmaßlichen Einbrechers, der zur fraglichen Zeit in das Haus eingedrungen sein konnte. Torres, das war klar, würde auf ihn setzen.

»Ich setze auf Dr. Schönbach«, sagte Costa.

Torres grinste, hob die Hand und meinte: »Gut, die Wette gilt, ein Kasten!«

»Auf wen setzt du?«

»Ich setze auf den DJ«, sagte Torres und hielt Costa zuvorkommend die Tür auf.

Anschließend holte Costa Elena Navarro ab, um mit ihr zu Martina Kluge zu fahren. Er wollte die Zeugin in einem so brisanten Ermittlungsverfahren nicht alleine vernehmen und Elena schien ihm für diese Aufgabe am besten geeignet. Sie hatte bereits mit Martina Kluge telefoniert und ein Treffen in ihrem kleinen weißen Behandlungsraum auf der Beautyfarm vereinbart, wo sie eine Woche zuvor schon einmal zusammen gesessen hatten. Auf der Fahrt ins Vista Mar bereiteten sich Costa und Elena auf die Vernehmung vor. Beim letzten Mal hatte Martina Kluge nicht preisgegeben, wo sie zum Zeitpunkt der Ermordung von Ingrid Scholl gewesen war. Sie hatte gesagt: »Ich habe vorher einen Anruf von Frau Schönbach bekommen. Ich versprach ihr, um neun da zu sein.« Doch stattdessen hätte sie sagen sollen: Ich war mit Dr. Schönbach im Elephante. Dort nämlich, wo Costa sie gesehen hatte. Warum hatte sie das verheimlicht?

Außerdem wollten Costa und Elena sie fragen, wo sie zum Zeitpunkt von Erika Brendels Tod gewesen war. Torres hatte den Todeszeitpunkt ziemlich genau bestimmt. Erika Brendel war genau vor einer Woche zwischen 19.30 Uhr und 22.30 Uhr gestorben. Warum sollte Martina Kluge am vorigen Sonntagabend nicht auch um diese Zeit auf der Beautyfarm gewesen sein? Wenn es Erika Brendel schlecht gegangen war, weil sie die falschen Tabletten geschluckt hatte oder mit dem Gedanken spielte, sich aus Verzweiflung über den Tod der Freundin das Leben zu nehmen, hatte sie möglicherweise ihre Vertraute Martina Kluge angerufen. Costa hatte versäumt, die Schönheitsberaterin danach zu fragen. Das war ein Fehler gewesen. Er würde es jetzt nachholen.

Und natürlich der Tod Arminés. Wann hatte Martina Kluge sie zum letzten Mal gesehen? War Sie am Donnerstag bei ihr gewesen? Hatte Arminé danach etwas zu sich genommen? Oder hatte Martina das Frühstück gegessen und Arminé war nüchtern geblieben, wie es ihre Gewohnheit war? Würde sie diese Frage wahrheitsgemäß beantworten, wenn sie Arminé ermordet hatte? Costa musste an Torres denken, der ihm jetzt sicherlich entgegnet hätte: »Wenn sie als Killerin auch noch an Zersetzungszeiten von Nahrung im Magen ihrer Opfer denkt, dann fängst du sie nie! Dann wäre sie ein Genie wie der berühmte und niemals überführte Mörder Wayne Wright!« Nun, wie eine skrupellose Intelligenzverbrecherin wirkte sie nicht auf Costa. Eher wie eine aufopferungsvolle Heilige. Am

Schluss würde er sie fragen, ob sie bei ihrer vielseitigen Ausbildung auch gelernt hatte, Spritzen zu setzen. Denn nach Torres' Theorie war Arminé zuvor mit einer Injektion betäubt worden.

Martina Kluge saß still und entspannt auf ihrem weißen Ledersofa. Sie trug ein weißes Leinenkleid und hatte die Beine übereinander geschlagen. Wieder bemerkte Costa den Geruch von Minze. Er wollte das Gespräch schnell hinter sich bringen, denn sein Unbehagen war wegen der zu erwartenden Vorwürfe Karins in der letzten halben Stunde gestiegen.

»Frau Kluge, Sie sagten mir das letzte Mal, dass Sie nach der Runensitzung bei Ingrid Scholl um neun von Frau Schönbach erwartet wurden. War das so?«

»Ja, das war so.« Sie sagte es, ohne die Hände, die locker in ihrem Schoß lagen, zu bewegen. Sie saß kerzengerade, richtete sich noch etwas auf und lächelte.

»Und waren Sie zu der Zeit bei ihr?« Costa fühlte sich plötzlich sehr wohl. Martina Kluge schaffte es mit wenigen Worten, ihn in eine ruhige Stimmung zu versetzen. Das Schlachtfest und die drohenden Vorwürfe Karins waren fast schon vergessen.

»Dr. Schönbach erinnerte mich daran, dass ich eigentlich mit ihm zum Essen verabredet war.«

»Warum waren Sie mit ihm verabredet?«

»Es war eine geschäftliche Besprechung. Dr. Schönbach wollte sich für meine Arbeit und meine Treue bedanken. Das war mir fast schon ein bisschen peinlich, es ist ja ein so teures Restaurant.«

»Wie lange kennen Sie Dr. Schönbach?«, fragte Costa.

»Wir arbeiten seit genau vier Jahren zusammen. Dr. Hörlander machte uns miteinander bekannt. Wir haben für Dr. Schönbachs Nachbehandlungen hier auf der Beautyfarm gemeinsam ein individuelles Reha-Programm entwickelt. Das geht von Drainagen und Packungen über Massagen, chinesische und tibetanische Energie- und Atemübungen, ayurvedische Trinkkuren und Ernährungsprogramme bis hin zu Gesprächstherapien. Letztere werden besonders von Frauen in Anspruch genommen, denen eine Vertrauensperson fehlt.«

»Wie läuft das ab?«, fragte Costa.

»Ich besuche die Patientinnen zu Hause. In der privaten Umgebung fällt es ihnen leichter, sich zu öffnen. Sie reden sich ihre Sorgen von der Seele und machen sich dadurch ihre Probleme bewusst. Wenn man seine Probleme verdrängt und sie in sich hineinfrisst, wird man nicht nur krank, sondern auch hässlich. Der Kummer gräbt sich ins Gesicht ein. Da hilft dann auch keine noch so gelungene Schönheitsoperation.« Martina machte eine kurze Pause, wie um sich zu sammeln.

Elena und Costa warteten gespannt, sie hatten Martina Kluge noch nie so erlebt. Ihre Antworten waren sonst eher knapp.

»Ich mache jetzt das, was ich eigentlich schon immer machen wollte, ich decke den gesamten Wellness-Bereich ab. Da kann ich alles einbringen, was ich gelernt habe. Zuerst habe ich in London eine Ausbildung zur Kosmetikerin gemacht und dort auch Visagistin gelernt. Einen weiteren Teil meiner Ausbildung habe ich in Frankreich absolviert und danach mit Wally Suttmann in Deutschland zusammengearbeitet, die eine Schule für Farb- und Stilberatung hat und große Konzerne berät. Mit ihr zusammen habe ich neue Richtlinien für Stil- und Farb-Pässe entwickelt. Bis dahin gingen die Frauen mit ihren Farbmustern in den Laden und sagten, jetzt ist Frühling, jetzt kann ich nur noch diese Farben tragen. Das ist natürlich schrecklich, und das haben wir geändert. Wir haben Stilmuster entwickelt, die mit verschiedenen Farben korrespondieren, und den Frauen unser Wissen in Kursen vermittelt.«

»Stil-Pass, was bedeutet das genau?«, fragte Elena.

»Eine Frau – oder auch ein Mann«, sie sah Costa an, »kann sich richtig anziehen oder total danebenliegen. Wer jedoch bereit ist, etwas über sich zu lernen, orientiert sich an so einem Stil-Pass. Wer seinen Typ zulässt, fühlt sich natürlich auch von der Psyche her besser. Er schaut in den Spiegel und denkt: Ja, das bin ich.«

»Können Sie mir ein Beispiel nennen? Wie war das mit Ingrid Scholl?« Elena hörte sehr aufmerksam zu. Costa, der sich schon längst aus dem Gespräch ausgeklinkt hatte, suchte nach einem Dreh, das Thema zu wechseln, ohne allzu unhöflich zu wirken.

»Ingrid Scholl ist ein gutes Beispiel. Wenn eine sehr schmal ist, wie Ingeli, dann sollte sie keine Muster tragen, die sie noch dünner machen. Als sie hier ankam, trug sie Kleider mit Längsstreifen. Das war sehr unvorteilhaft für sie. Sie ließ sich helfen und sah ein, dass ihr Kleider mit breitflächigen Dekors und warme Töne viel besser stehen.«

»Und ihre anderen Patientinnen, was sind die für ein Typ. Erika Brendel und Franziska Haitinger zum Beispiel?«

Es war Martina Kluge anzumerken, dass sie sich über Elenas Interesse freute. »Franziska geht mit dem Farb-Pass einkaufen. Sie ist eher der klassische Typ. Ich habe ihr geraten, ihre Haare nicht mehr zu blondieren und wieder ihre natürliche Haarfarbe anzunehmen. Zu ihrem braunen Typ passen helle und warme Farben – nur in den Accessoires setzt sie einen Akzent grün, der ihre Augen betont. Und Erika Brendel: Sie ist hellblond, ein alerter, sehniger Typ. Sie trägt Ibiza-Look, also lange und wallende Kleider. Das kann man hier besser kaufen als irgendwo sonst auf der Welt. Sie liebt leuchtende Farben und hat eine starke Fantasie, die sie auszuleben versucht. Das wirkt sich auch auf ihre Kleidung aus. Ihr Leitsatz lautet: Lebe für den Tag!«

Costa wunderte sich, dass sie von den beiden Verstorbenen in der Gegenwart sprach.

Elena fragte, ob sie wisse, wann Erika Brendel gestorben war. Als Martina Kluge das bejahte, wollte Elena wissen, wo sie sich zu jenem Zeitpunkt aufgehalten hatte.

Costa fand das ein bisschen schroff, aber da es nun einmal passiert war, beobachtete er Martina genau. Sie blieb freundlich und antwortete völlig unbefangen, dass sie am Sonntag ab 18.00 Uhr bei Erika Brendel gewesen sei. Die Brendel habe sie angerufen und sie gebeten, mit ihr über ihren Sohn zu sprechen. Sie war in Palma gewesen, um sich mit ihm zu versöhnen. Seine Frau hasste die Mutter ihres Mannes offenbar sehr, was Mutter und Sohn einander entfremdete.

»Darüber war Erika sehr traurig. Ich versuchte sie mit ein paar Atem- und Entspannungsübungen aufzuheitern. Sie machte ja selber jeden Morgen die Fünf Tibeter und mochte es gerne, wenn ich abends noch Qi Gong oder Yoga mit ihr machte. Sie war sehr aufgekratzt, weil sie das Gefühl hatte, sich endlich mit ihrem Sohn vertragen zu haben. Natürlich befürchtete sie, dass die Schwiegertochter ihn wieder umdrehen würde. Ich wollte sie von diesen negativen Gedanken befreien. Man muss das Gute annehmen, ohne gleich das Schlechte herbeizureden. Ich habe sie noch daran erinnert, pünktlich ihre Blutdrucktabletten einzunehmen. Sie hat das gerne vergessen. So kurz vor 21.00 Uhr bin ich dann gegangen. Ich wollte noch bei Franziska Haitinger vorbeischauen, weil es ihr nach dem Gefängnisaufenthalt nicht so gut ging.«

Alles stimmte. Costa hatte ja selbst mit Franziska Haitinger gesprochen, bevor sie nach Deutschland geflogen war. Er fragte Martina, ob sie seither Kontakt zu Franziska Haitinger gehabt hätte, was sie verneinte.

»Es ist unsere Pflicht, alles zu überprüfen«, erklärte Costa ein wenig entschuldigend. »Zum Beispiel auch, wann Sie Frau Schönbach das letzte Mal sahen.«

»Ich war am Donnerstag um halb zwölf bei ihr. Ich gab ihr eine Druckpunktmassage, weil sie wieder Rückenbeschwerden hatte. An dem Tag war es ganz schön schlimm«, sagte sie mitfühlend.

»Und wann gingen Sie wieder?«

»Um halb eins. So eine Massage dauert fünfundvierzig Minuten.«

»Wie kamen Sie raus?«

»Arminé hat mir eine Fernbedienung gegeben, damit ich das Tor öffnen und diesen abgerichteten Hund in seinen Zwinger sperren kann. Ich habe ja auch einen Hund, Trini, aber das ist nicht so ein schreckliches Tier.« Sie zog die Augenbrauen etwas hoch und zuckte mit den Schultern, wie um sich von diesem Tiermissbrauch zu distanzieren.

Würde sie jetzt sagen, dass sie die Fernbedienung beim Hausmeister abgegeben hatte, um sich zu entlasten? Costa wartete gespannt. Aber nichts dergleichen geschah.

»Nahm Frau Schönbach vorher oder hinterher ihr Frühstück ein?«

»Nachher.«

»Aßen Sie auch etwas davon?«

»Ich esse im Dienst nie etwas.«

Diese Aussage bestätigte Torres' Vermutung, dass Arminé Schönbach gegen 22.00 Uhr ermordet worden war. Obwohl Martina als Täterin ausschied, da sie das Haus nicht ohne Fernbedienung hätte verlassen können, bat Costa sie dennoch um ein paar Haare. Er sagte, dass es seine Pflicht sei, alle Unverdächtigen durch eine möglichst genaue Methode auszuschließen. Martina Kluge brauchte diese Erklärung aber gar nicht. Sie riss sich ganz selbstverständlich ein paar Haare aus und gab sie Costa, der sie in einen Umschlag steckte. Im Aufstehen fragte er sie noch, ob sie auch Spritzen setzen könne.

»Ja, das gehört natürlich auch zu meiner Arbeit. Ich mache Unterspritzungen und habe in der Klinik in Genf auch gelernt, Blut abzunehmen und intravenös oder intramuskulär zu spritzen. Die Patienten und Kunden sagen, ich hätte ein gutes Fingerspitzengefühl.« Trotz des laufenden Tonbandes machte sich Elena nebenbei noch Notizen, was Costa übertrieben fand. Neben dieser jungen Therapeutin wirkte sie ziemlich hart. »Ich hatte allerdings auch eine gute Übung. Mein Vater war zuckerkrank, und ich musste ihm helfen, sich das Insulin zu spritzen, meine Mutter konnte das nicht.«

»Wie alt waren Sie da?«, fragte Elena ohne jedes Mitgefühl.

»Zehn, glaube ich. Aber es machte mir nichts aus«, sagte sie lachend.

»Was bedeutet unterspritzen?«, erkundigte sich Costa.

»Das mache ich hier auf der Beautyfarm.« Martina deutete auf die Liege in ihrem Behandlungszimmer. »Es gibt ja viele Frauen, besonders jüngere, die nicht gleich unters Messer wollen oder müssen, und sich die Haut erst durch Unterspritzungen auffüllen oder straffen lassen. Allerdings muss man ständig nachbehandeln, das heißt, in bestimmten Intervallen immer wieder nachspritzen. So etwa alle sechs Monate.«

Costa fragte Martina unvermittelt, wie ihr Dr. Schönbach gefalle. Sie sah ihn mit großen Augen an. Er hielt ihrem Blick einen Moment stand, spürte aber sehr wohl die Verärgerung, die darin lag. Natürlich hatte er kein Recht und keinen Grund, das zu fragen.

Er hatte den Eindruck, dass von Martina Kluge nicht mehr zu erfahren war. Außerdem saß er wegen Karin noch immer auf heißen Kohlen und musste auf das Schlachtfest zurück. Er stand auf und bedankte sich. Elena packte das Aufnahmegerät zusammen und nickte Martina lächelnd zu.

Costa nahm Elena bis nach Jesus mit, wo sie ihr Motorrad hatte stehen lassen. Er sagte, er hätte sich nie träumen lassen, womit sich Frauen beschäftigten. Elena warf ihm einen skeptischen Blick zu, was ihn so sehr ärgerte, dass er hinzufügte: »Ich finde sie sehr einfühlsam und nett.«

»Entweder ist sie kalt oder sie ist verrückt«, entgegnete Elena trocken, ohne ihn anzusehen.

»Finden Sie es verrückt, wenn man sein Leben anderen widmet?«, brummte Costa.

Elena blickte gleichgültig aus dem Fenster. »Sie braucht die Energien der anderen, um selbst zu existieren. Sie kommt mir vor wie ein Parasit oder ein Vampir – ihr ganzes Handeln wird von außen bestimmt.«

»Wessen Leben wird nicht von außen bestimmt?«, knurrte Costa böse. Was war bloß los mit Elena? So hatte er sie noch nie erlebt.

»Meins«, kam es so knapp und hart zurück, dass Costa dachte, er hätte sich verhört. Über ihr Leben wollte er nun wirklich nicht reden. Schweigend fuhren sie zum Bon Lloc.

Als Elena ausstieg, sagte sie: »Sie wirkt auf mich wie eine lebende Tote.«

Costa war schockiert. Eine Frau im Team war schon schwierig genug, aber eine, die eifersüchtig war, und zu solch extremen Fehlurteilen kam?

Als Costa in der Dunkelheit den Hügel zu El Cubanos Finca hinauffuhr, sah er schon von weitem den Lichterschein. Musik und Lachen schallten herüber. Er hörte Yldelisas durchdringende Stimme und rhythmisches Klatschen. Nur auf den Festen der Einheimischen hörte man ibizenkische Kastagnetten. Sie waren doppelt so groß wie die herkömmlichen spanischen und wurden in der traditionellen Musik der Insel als eigenständiges Instrument eingesetzt.

Costa stellte den Wagen am Wegrand ab, weil die Wiese inzwischen zugeparkt war. Auf dem Platz herrschte reges Treiben. Die Feuerstellen warfen ein flackerndes Licht auf Gruppen und Paare, die aßen, tranken oder tanzten. Costa schätzte etwa hundertfünfzig Gäste. Hundertfünfzig Verwandte, dachte er. Alte und Kinder, Ehepaare, Geschiedene, frisch Verliebte, Freunde, die Ränke schmiedeten oder ihre Fehden beendeten.

Im Schatten der Scheune, wo die Schweine geschlachtet worden waren, sah er Rafals achtzehnjährigen Sohn, Pedro, mit einer jungen Schönheit. Auf der Treppe zum Haupthaus stand El Cubano mit Matares und Roca Ribas, dem Anwalt von Schönbach, sowie einer weiteren Person, die Costa nicht sogleich erkannte. Franco Segundo? Er hatte richtig gesehen. Was machte der Staatsanwalt hier? Er war doch gar nicht mit ihnen verwandt?!

Jemand rief seinen Namen, Costa sah sich um. Die alte Catalina winkte ihn zu sich. Einige der Gäste hatten sich um den langen Tisch versammelt und klatschten im Takt zu den harten Akkorden einer Gitarre.

Costa schob sich in die vorderste Reihe. Von der Schlachtsuppe und dem Arroz de Mantanza war nichts mehr übrig, alles war abgeräumt, und Karin tanzte barfuß und angefeuert von Josefa, die sie mit dem »Hey! – Hey!« ihrer krächzigen Stimme und mit großen Armbewegungen dirigierte. Karin tanzte so, wie er es als Junge bei den Zigeunerinnen gesehen hatte. Den ganzen Tag über hatte die Sonne ihrem Gesicht und ihren Armen eine kräftige Farbe gegeben. Ihre schlanken, muskulösen Beine schimmerten bronzefarben. Sie drehte sich und warf den Kopf herum, während die raue Stimme der Sängerin von den Klagen der Verlassenen erzählte, die ihren Liebsten mit den Piraten ziehen ließ und nie wieder von ihm hörte.

Catalina reichte Costa eine Karaffe und ein Glas, aber er ließ sich den Rotwein direkt in die Kehle laufen, reichte die Karaffe hustend und lachend an Mateo weiter und fiel in das Klatschen ein. Er freute sich über Karins Hingabe und konnte seinen Blick nicht von ihr lassen, denn er liebte diesen Ausdruck ihres Gesichtes. Die Sehnsucht nach ihren ersten verliebten Tagen, die er so oft fühlte, wandelte sich in die Gewissheit, diese Nacht mit ihr zu verbringen.

Karin hatte ihn in der Menge entdeckt. Das Lied war zwar noch nicht zu Ende, aber sie stieg vom Tisch herunter, nahm sein Gesicht in beide Hände und küsste ihn. Costa fasste sie um die Taille und zog sie mit sich. Dabei begegnete er dem Blick des Bischofs. Sah er da einen Vorwurf? Hatte er schon wieder irgendeine Familienregel verletzt?

Karin kicherte beschwipst, als er sich mit ihr in einen Strohhaufen fallen ließ.

Das ist die Nacht der Wünsche, flüsterte er ihr ins Ohr. Er schloss die Augen und spürte ihren Atem: »Ich liebe dich, ich liebe dich.« Von diesem ewigen Lied konnte er nie genug hören. Er bedeckte ihre Arme mit Küssen, als ihm jemand auf die Schulter klopfte. Er fuhr herum und sah in das grinsende Gesicht des Bischofs, der ihm ein Telefon reichte.

»Sie haben den DJ«, sagte er. »Der Surfer will dich dringend sprechen.«

Es war seine ganz private Katastrophe. Er wusste selbst nicht, warum er sich das immer wieder antat. Wie Feuer brannte der Schmerz, Karin schon wieder verlassen zu müssen. Doch sie war so aufgekratzt, dass sie es diesmal gar nicht zu bemerken schien.

# 22

Der Surfer wartete an der Einfahrt zum Privilege auf ihn. Costa hielt an und ließ ihn einsteigen. Sie fuhren über das riesige Terrain, auf dem in der Saison Tausende von Autos und Motorrädern standen.

»Ich habe das Ergebnis. Die Fingerabdrücke auf dem Tor sind wirklich von dem DJ hier aus dem Privilege.«

»Was ist das für ein Typ?«, fragte Costa.

»Sieht sehr gut aus. Als DJ ist er Spitze. Aber ein Verrückter. Er nimmt an Käfigkämpfen teil.«

»Was ist das?«

»Freistil im Käfig. Ein Schaukampf, in dem alle Mittel erlaubt sind.«

Costa dachte sofort, dass er es dann vielleicht auch mit bissigen Hunden aufnehmen würde.

»Dann wollen wir ihn uns mal ansehen.« Costa ging auf den Eingang zu. Nun würde er diesen berühmten Club zum ersten Mal von innen sehen.

Der Surfer führte ihn durch die hoch aufragende Konstruktion aus Glas und Stahl, die einem riesigen Ufo glich. Ihre Schritte hallten auf dem nackten Stahlboden, als sie durch die große menschenleere Halle bis zur Bar gingen.

»Da hinten. Der in der Mitte«, flüsterte der Surfer.

Costa sah einen jungen, muskulösen, durchtrainierten Mann. Er war braun gebrannt und trug einen Irokesenschnitt. Als sich der DJ umdrehte, sah Costa in dunkelgraue Augen. Ein wacher, taxierender Blick. Er streckte Costa die Hand entgegen und setzte ein sympathisches Lächeln auf.

»Ich höre, Sie wollen etwas über Arminé wissen«, sagte er, küsste seinen Daumennagel und bekreuzigte sich.

Costa nickte. Der Surfer hatte ihn also schon vorbereitet.

Er lächelte ebenfalls und sagte, jede Information würde ihm helfen. Der DJ fragte, was sie trinken wollten und empfahl »Roederer trocken«. Costa lehnte ab und der Surfer blieb so unentschieden, dass die Bestellung schon raus war, bevor er nein sagen konnte. Die Flasche kam, der Korken knallte, das Glas schäumte über, und der Barkeeper tat dem DJ noch ein Stück Eis hinein. Er prostete Costa zu, nahm einen kleinen Schluck und blickte einen Moment nachdenklich vor sich hin. – Ein Mädchen in einem ungeheuer kurzen, lackglänzenden Latexrock, großmaschigen schwarzen Netzstrümpfen und Schaftstiefeln ging unbeteiligt wie ein Geist durch die Halle. Das Echo ihrer Metallabsätze schallte herüber und unterbrach für einen kurzen Moment die Unterhaltung. Sie stieg auf einen Sockel, gab ein Zeichen, aus einer Anlage ertönte Musik, und sie begann zu singen. Costa war irritiert.

»Sie probt«, sagte der DJ. »Ein Soundcheck. Ich rekorde sie nachher.«

Costa nickte, und der DJ sagte mit klagender Stimme: »Arminé. Arminé.« Er hob die Augen und blickte Costa ernst an. »Eine der schönsten Frauen und eine der besten Tänzerinnen. Eine Frau voller Verlangen und voller Begehren! Eine superintelligente Frau mit einem echten Feeling für Musik. Die meisten hier dröhnen sich ja nur die Ohren voll und wackeln mit dem Arsch. Doch sie verwandelte sich in Akkorde, in Kaskaden von Tönen! Yeah, baby, sie wurde selbst die Melodie und der Beat!« Er sah Costa strahlend an. »Sie fiel mir jedes Mal auf, wenn sie kam.«

»Kam sie oft?«

»So etwa alle vierzehn Tage. So zwischen eins und zwei, wenn ich anfange zu arbeiten, ich kenn das schon, ist ja auch klar.«

»Was meinen Sie?«

»Der DJ ist der Star des Abends.«

Costa wünschte sich zu Karin zurück. Er musste das Gespräch so schnell wie möglich hinter sich bringen. »Ist man als Diskjockey fest angestellt oder jobbt man nur so für den Abend?«

Der DJ sah Costa an, als wollte er gleich zuschlagen. Dann aber blickte er zur Sängerin und sagte: »Das ist Cindy Ann.« Er zeigte seine makellosen weißen Zähne, spülte mit dem Schampus seinen Mund aus und hielt das Glas dem Barkeeper hin, der nachschenkte. »Das Publikum erwartet den DJ«, sagte er. »Bei der Closing night, dem absoluten Highlight zum Abschluss der Saison, laufen zwanzigtausend Menschen durch diese Hallen! Das Privilege ist der größte Club der Welt! Sie finden uns sogar im Guinness-Buch der Rekorde: Staus bis zu fünfzehn Kilometern und endlose Menschenschlangen vor den Einlässen! Yeah, man! Die Leute stehen ab neun Schlange, damit sie um Mitternacht reinkommen.« Er lachte. »Um zwei ziehe ich mit meiner Harley an dieser kilometerlangen Autoschlange vorbei. Und dann, Mann, bin ich da, und die Party geht ab! Das ist so unglaublich geil, Mann, da kannst du dreihundert Jahre in deinem Ballhaus in Flensburg Wiener Walzer tanzen und kommst doch nicht auf dem Mond an!« Er lachte, und der Barkeeper lachte auch. »Ibiza, das ist das Sodom und Gomorrha der Neuzeit. Für zwei Monate im Jahr kommen alle hierher zum Ficken. Das ist die Wahrheit. Und der DJ ist ihr Rattenfänger. Die Leute wollen von mir, dass ich sie mit meiner Musik in Ekstase versetze, dass ich sie bis zum Höhepunkt bringe, bis zum totalen Overkill. Sie wollen mehr und immer mehr, sind völlig willenlos, das ist wie eine Droge. Aber sie wissen auch, dass ich sie wieder runterhole, kurz bevor sie zusammenbrechen. In dem Moment spürst du die Macht, Mann. Absolute Macht.« Dabei schlug er Costa gegen die Brust.

Der Surfer nickte bestätigend.

»Wie haben Sie Arminé denn kennen gelernt?«, fragte Costa, um zur Realität zurückzukehren.

»Will ich doch gerade erzählen«, sagte er. »Oder willst du es erzählen?«

»Nein, nein«, murmelte Costa und warf Cindy Ann einen Seitenblick zu.

»Na bitte. Als Erstes sehe ich mich immer in meinem Laden um, registriere, wer da ist und mit wem. Alles. Das mach ich aus den Augenwinkeln, verstehst du? Nichts Direktes. Und eines Nachts war sie da. Ich weiß, wer gut tanzt und wer die anderen mitreißt. Für den leg ich die Musik auf, den setz ich ins Licht. Ich sah sofort, dass Arminé eine fantastische Tänzerin war. Die Schwächlinge geifern nach solchen Frauen, und bums ist die Tanzfläche voll. Die Mädels sind eifersüchtig, jede glaubt doch, sie selbst sei die Queen des Abends. Das bringt Spannung, das bringt Elektrizität.«

»Haben Sie Arminé über den Lautsprecher angeredet?« Costa kannte das von den Tanzvergnügen seiner Jugend. Er hatte die Musiker immer darum beneidet. Sie gingen ans Mikrofon und sprachen einfach mit einem der netten Mädels.

»Ich beachtete sie gar nicht«, fuhr der DJ fort. »Die Frauen wollen keinen unterwürfigen Mann. Eine Frau, die so schön und so stark ist wie Arminé, verachtet jeden, der ihr seine plumpe Verehrung zeigt. Eine Frau wie Arminé, die will das Tier im Mann. Das ist nicht einfach nur ein Spruch. Dahinter steckt eine tiefe Wahrheit. Schwache Männer, okay, aber ihr seid alle auf dem Holzweg. Was ihr noch nicht geschnallt habt ist, dass sich die Frauen den Mann wählen, der sie wählen darf.« Er lachte laut auf. »Die Frauen wählen aber nur den, der sich *nicht* wählen lässt. Das ist das Spiel. Ein Stierkampf, verstehen Sie?«

»Sie hatten also gar keinen Kontakt mit ihr?«

»Falsch. Ich war in ihr vom ersten Moment an. Und sie war in mir.«

Dieser Mann drosch leeres Stroh wie ein Verzweifelter. Doch wovon wollte er ablenken?

»Sie wollen etwas Greifbares, Mann! Aber nicht Greifen ist wichtig, sondern Be-Greifen. Sie wollte, dass ich ihr folge, und ich tat ihr den Gefallen. Sie glaubte, sie hat mich, aber da hatte sie sich getäuscht. Ich wies sie zurück.«

Costa begriff nicht. »Wie haben Sie das gemacht?«

»Ich sagte ihr, *ich* würde den Zeitpunkt bestimmen. Ich wusste, dass sie das heiß macht, verstehen Sie? Ich ließ sie eiskalt abblitzen und wusste, dass ich gewonnen hatte und sie besitzen würde.«

Beim Sprechen tänzelte der DJ hin und her. Es waren die Bewegungen eines Boxers, und es war klar, dass er Kampferfahrung hatte. Costa wusste, dass es gefährlich werden konnte, wenn er ihn in die Enge trieb.

»Okay. Und wie kam es dazu?«

»Sie gab mir ihre Visitenkarte und lud mich zu sich ein. Sie wollte –«

»Was wollte sie?«

»Einen richtigen Kerl.«

»Wann war das?«

»Bei der Closing-Party Samstag vor einer Woche. Ich legte ›Purple Rain‹ auf und sie tanzte. Als sie heiß war, gab sie dem Body ihre Visitenkarte mit der Nachricht, dass sie mich erwartete. Der brachte sie mir in die Kanzel.« Der DJ zeigte auf die Kabine im Zentrum des Pools. Sie war durch Laufstege aus Plexiglas mit den einzelnen Tanzflächen verbunden und mit einem Mischpult und Türmen von CD-Playern ausgerüstet.

»Dann kam sie zu Ihnen herüber?«

»Nein, sie ging. Sie ging auf diese Weise, wie Frauen gehen, wenn sie bereit sind.«

»Bereit wozu?«

»Zum Sex.«

»Und wann hatten Sie Sex mit ihr?«

»Gar nicht.«

Die Sache schien sich zu einer dieser typischen Geschichten zu entwickeln: Die Frau lässt sich auf einen Flirt ein, er versteht das als Einladung, sie verweigert sich, er vergewaltigt und tötet sie. Costa musste ihn erst einmal dazu bringen, einzugestehen, dass er in der Villa gewesen war. Völlig überraschend hielt er plötzlich den Handschuh in die Höhe. »Ist das Ihrer?«

Der DJ warf einen kurzen Blick darauf. »Klar. Den hat der Scheißköter mir weggerissen.«

»Wann war das?«

Der DJ zögerte und Costa stieß endgültig zu. »Ich kann es Ihnen sagen. In der Diskonacht konnten Sie ja nicht weg, weil

Sie Dienst hatten, doch in der folgenden Woche riefen Sie mehrmals bei Arminé Schönbach an. Sie ließ sich verleugnen, doch Sie wollten sich nicht abwimmeln lassen. Denn sie war Ihnen ja noch die Antwort auf eine wichtige Frage schuldig geblieben, nicht wahr?«

Der DJ antwortete nicht gleich, und Costa brüllte ihn an: »Nicht wahr?!« Eisig starrten sie sich in die Augen. Leise und gepresst hämmerte Costa auf ihn ein. »Und da fuhren Sie am Donnerstag hin, kletterten über die beiden Tore, drangen in das Haus ein und stellten ihr diese eine entscheidende Frage!«

Der DJ starrte ihn immer noch an. Seine Augen wurden zu Schlitzen. Vielleicht hatte Costa einen Wahnsinnigen vor sich. Automatisch veränderte er die Position seiner Füße.

»Soooo?«, fragte der DJ gedehnt.

Costa spürte, wie sich der Surfer nervös hin und her bewegte.

»Welche Frage haben Sie denn im Sinn?«, fragte der DJ gefährlich leise.

Costa versuchte, ihn mit seinem Terence-Hill-Lächeln zu überraschen, das er als Junge immer vor dem Spiegel geübt hatte, und sagte: »Wie sie den Sex haben wollte.« Er lachte: »Nur – sie wollte gar keinen Sex! Und da brachten Sie sie um.« Die Falle war zugeschnappt. Gespannt wartete Costa auf die Antwort.

»Ich bin Donnerstagmittag gegen halb eins da gewesen, das stimmt. Und es stimmt auch, dass ich über das Tor klettern wollte, weil sie nicht aufmachte. Aber dann war da diese Scheißbestie von einem Kampfhund, der mich anfiel und mir den Handschuh wegriss, ich sprang zurück und haute ab.«

»Warum wollten Sie denn rüberklettern, wenn da so ein gefährlicher Hund war?«

»Er war erst nicht da. Sie hat ihn rausgelassen.«

»Wo war er denn?«

»Er war in seinem Zwinger. Dann rasselte plötzlich das Gitter, und er kam angeschossen.«

Es war Costa nicht neu, dass jemand auf die Idee kam, ein Ereignis, das tatsächlich stattgefunden hatte, zeitlich zu verschieben, um eine detaillierte und damit glaubwürdige Schilderung abgeben zu können.

»Okay«, sagte er, »das leuchtet mir alles ein. Sie machen Frauen nicht an, Sie beachten sie gar nicht, Sie steigen nur zu bissigen Hunden in den Zwinger, um der Dame Ihres Herzens näher zu sein.«

»Mit beidem hab ich kein Problem.« Der DJ sah Costa herausfordernd an. »Ich denke, Sie sind genau der Gegentyp. Sie scheißen sich vor einem bissigen Hund in die Hosen und ziehen vor der Dame Ihres Herzens den Schwanz ein. Stimmt's?«

Costa ging nicht darauf ein. »Sie hauten also ab. Später sind Sie dann wieder hingefahren. Stimmt 's?«

»Nein. Stimmt nicht. Ich fuhr an den Strand von Cala d'Hort und ging erst mal schwimmen. Ich hatte die Schnauze voll, okay?! Ich fuhr auch danach nicht hin. Ich zog es vor, mich telefonisch zu erkundigen, warum sie mich einlädt und dann nicht aufmacht. Ich steh nicht auf diese Spiele. Wenn eine Frau nicht weiß, was sie will, kann sie mir eh gestohlen bleiben.«

Costa machte es kurz. »Wo waren Sie am Donnerstag, dem 4. Oktober, um zehn Uhr abends? Wenn Sie mir das nicht beantworten können, nehme ich Sie auf der Stelle fest.«

Der DJ starrte ihn für einen Moment an. »Mann, bist du kaputt.« Er holte einmal tief Luft, dann sagte er flüsternd: »Genau um die Zeit hatte ich einen Käfigkampf im Container. Hier ist die Nummer des Veranstalters.« Er zog eine Visitenkarte aus der Tasche und gab sie Costa, der sie an den Surfer weiterreichte.

»Wir haben Spuren im Haus gefunden und müssen einen DNA-Test machen. Dazu brauchen wir ein paar Haare von Ihnen. Wenn Sie freiwillig bereit sind, müssen wir nicht –«.

Der DJ zupfte sich ein Haar von der Brust und reichte es dem Surfer mit einem sarkastischen Lächeln, wie um ihm zu signalisieren, dass er ein hühnerbrüstiges Weichei sei.

Der Surfer sicherte das Haar in seinem Notizblock und sagte trocken: »Das reicht nicht.«

Der DJ riss sich ein paar Haare aus dem Kopf und steckte sie dem Surfer in den Umschlag. »Verpiss dich«, sagte er.

»Kennen Sie Dr. Schönbach, Arminés Ehemann?«, fragte Costa.

Der DJ verneinte, und Costa machte dem Surfer ein Zeichen, dass sie fertig seien.

Im Wagen gab er ihm den Turnschuh mit den blauen Lackspuren und die Umschläge mit den Haarproben von Arminé und Martina Kluge. Er sollte sie zusammen mit den anderen Asservaten, die er am Tatort an sich genommen hatte, mit der ersten Maschine nach Barcelona bringen.

Costa betonte noch einmal, wie wichtig ihm das war, denn wer immer den Abschiedsbrief in den Umschlag gesteckt hatte, war der Täter.

Er überlegte kurz, ob er zu El Cubanos Fest zurückfahren sollte, entschied sich dann aber doch, ins Bett zu gehen.

# 23

Als der Wecker am nächsten Morgen um fünf Uhr klingelte, wusste Costa nicht, wo er war. Er erinnerte sich schwach, dass er den Surfer anrufen wollte, um sicherzugehen, dass dieser mit den Untersuchungsproben nach Barcelona unterwegs war. Er erreichte ihn auf dem Weg zum Flughafen, und der Surfer erzählte ihm, dass der DJ gerade bei Radio Ibiza auf Sendung war.

Costa fragte ihn, wo genau er seinen Bericht und den Abschiedsbrief von Arminé Schönbach finden würde. Der Surfer hatte die Kopien in die unterste Schublade seines Schreibtisches gelegt.

An diesem Montag war er vor allen anderen im Präsidium. Sein Büro war stickig, da in seiner Abwesenheit niemand die Fenster geöffnet hatte. Costa ging in die Teeküche und goss sich aus der Thermoskanne den Kaffee ein, der vom Freitag übrig geblieben war. In der Schreibtischschublade des Surfers fand er die Kopie des Berichtes und des Abschiedsbriefes.

Als er ihn vor sich hatte, war er schockiert. Es war der Brief, den er in Arminés Fotoalbum gesehen hatte! Er konnte sich ganz genau an die Zeilen erinnern. Sie sagte darin, dass sie für immer gehe, aber niemandem wehtun wolle. Er war an keine bestimmte Person gerichtet; unterschrieben hatte sie mit *Arminé*.

Hatte der Täter sie gezwungen, diese Zeilen noch einmal zu schreiben? Oder hatte er einfach den alten Brief aus dem Album genommen? Auf jeden Fall musste er sich gut ausgekannt haben. Sie hatte Costa den Brief bei ihrer ersten Begegnung gezeigt. Warum sollte nicht auch der DJ davon wissen? Wer konnte es sonst noch gewusst haben? Der Hausmeister und seine Frau? Doch die hatten ein Alibi. Martina Kluge? Arminé hatte sie als Freundin bezeichnet, was dafür sprach, dass sie den Brief kannte. Doch Martina schied für die angenommene Tatzeit aus. Blieb noch Dr. Schönbach.

Costa rief den Hausmeister an und bat ihn, ein Stück Holz blau zu lackieren und es zum Trocknen auf die Terrasse zu legen. Er würde später vorbeikommen und es sich ansehen.

Carmen Garcia brachte ihm frischen Kaffee und belegte Brötchen. Sie war noch immer besorgt wegen des Anrufs von Arminé Schönbach. Costa beruhigte sie und sagte, es sei sowieso nicht mehr zu ändern.

Um Punkt zehn erschien Elena und fragte, ob sie gleich mit der Sitzung anfangen könnten. Doch Costa wollte noch auf den Bischof warten, der nach der langen Nacht sicherlich etwas später kommen würde.

Auf der Matanza hatte sich deutlich gezeigt, wie unverblümt El Cubano versuchte, über Rafal Einfluss auf ihn zu nehmen. Schon bei seinen ersten Worten hatte Costa gefühlt, wie sehr ihn ein Abschied Rafals aus dem Team treffen würde. Er wusste, dass Rafal weder parteiisch noch käuflich war, doch seine Bemerkung »die Familie hat Vorrang vor allem« war Costa noch deutlich im Gedächtnis.

Es war Viertel nach zehn, als der Bischof seinen mächtigen Leib durch die Tür schob. Er stellte seine Thermoskanne auf den Tisch und ließ sich ächzend in den Stuhl fallen. Wahrscheinlich wird er die Sitzung nur mit großen Schwierigkeiten durchstehen, dachte Costa, war aber froh, dass er sich überhaupt blicken ließ. Es gab ohnehin nicht viel zu besprechen.

Elena berichtete, sie habe Weber noch nicht ausfindig machen können. Er sei am Donnerstag letzter Woche aus dem Royal Plaza ausgezogen, vermutlich in ein anderes Hotel. Sie hoffte nicht, dass er privat bei einem Freund abgestiegen war, dann würde es länger dauern, ihn zu finden. Sollte er jedoch abgereist sein, würde sie im Elephante sämtliche Abrechnungsbelege prüfen.

Im Mordfall Ingrid Scholl lag das Ergebnis der spezialtoxikologischen Untersuchung vor, die positiv war. Die zwanzig

Tabletten Digoxina, deren Fehlen dem Bischof aufgefallen war, hatten dem Täter dazu gedient, sie verteidigungsunfähig zu machen, bevor er sie mit den Spießen auf bestialische Weise tötete. Diese Frage musste von Grone beantwortet werden. Sein Countdown lief.

Was Erika Brendel betraf, so war sie nicht, wie zunächst vermutet, eines natürlichen Todes gestorben. Sie hatte ihr Medikament Tenormin 100 mit dem Wirkstoff Atenolol in vierzigfacher Dosis zu sich genommen. Costa zweifelte an einem Selbstmord, doch er hatte keine Beweise in der Hand. Wesentlich war nun die Mission des Surfers, aus der sich alles andere ergeben würde.

Daher nutzte Costa die Gelegenheit, zum Chef zu gehen und ihm von seiner Reise nach Brüssel zu berichten.

Der Chef interessierte sich jedoch nur für das Schlachtfest bei El Cubano, was es Costa leicht machte, die Mordfälle unerwähnt zu lassen.

Anschließend fuhr er in die Schönbach-Villa. Er wollte einen Blick in Arminés Fotoalbum werfen und außerdem prüfen, ob die Farbprobe des Hausmeisters inzwischen getrocknet war.

Als Costa vor das Tor fuhr, sprang der Hund wie wahnsinnig dagegen. Kurz darauf ertönte die Glocke, die den Hund in seinen Zwinger lockte. Als er verschwunden war, öffnete sich das Tor und Costa fuhr hinein.

Der Hausmeister sagte, Dr. Schönbach sei am Morgen nach München abgereist. Sehr enttäuscht und traurig, weil die so sorgsam vorbereitete Beerdigung seiner Frau wegen der Beschlagnahme ihrer Leiche nicht stattfinden konnte.

Costa ging hinaus auf die Terrasse. Für einen Moment stand er in der wärmenden Sonne, und es war ihm, als bewegte sich etwas hinter ihm. Langsam drehte er sich um. Doch da war niemand. Er stieg die Treppe zur Bibliothek hinauf und suchte die Stelle, an der Arminé Schönbach das Fotoalbum aus dem Regal gezogen hatte. Sein Blick wanderte über die Buchrücken, als sein Handy klingelte.

Der Bischof meldete, dass das Alibi des DJ hieb- und stichfest sei. Er hatte am Abend von Arminés Tod tatsächlich an einem Käfigkampf teilgenommen, der in einer Lagerhalle des Containerhafens von Ibiza stattgefunden hatte. Die Halle gehörte der Import-Exportfirma Ibicosa, die ein Monopol auf die Belieferung der Supermärkte hatte. Carlos Matares war an dieser Firma beteiligt. Bei den Käfigkämpfen wurde wie bei Hahnen- oder Hundekämpfen auf Sieg oder Niederlage gesetzt. Dabei ging eine Menge Kohle an den Veranstalter Cardones, der einen Teil seiner Einnahmen an El Cubano abführte.

Costa hatte von solchen Kämpfen noch nie gehört. So wie es der Bischof beschrieb, fand der Kampf in einem geschlossenen Käfig statt. Waren die Kontrahenten einmal eingesperrt, kämpften sie ohne Unterbrechung oder Pause. Ein Kampf ohne Regeln, in dem alles erlaubt war. Man brauchte keine Taktik, aber eine hohe Beherrschung des Körpers und der Sinne. Es lag allein im Ermessen der Kämpfer, wo sie die Grenze zwischen Leben und Tod setzten.

Costa bedankte sich und wusste nun, dass der DJ nicht als Täter in Frage kam.

Er lehnte sich gegen das Geländer der Bibliothek und sah aus dem Fenster. Nur Schönbach blieb als Verdächtiger übrig.

In der Ferne flimmerte die Hitze, aber hier im Haus war es angenehm kühl. Am Horizont sah Costa ein Blitzen und erkannte nach einer Weile den silbernen Mazda von Martina Kluge. Der Hund war immer noch im Zwinger. Sie kam zügig heran und hupte. Das Tor öffnete sich, und sie fuhr die Einfahrt hinauf. Sie stieg aus und rief dem Hausmeister etwas zu, der daraufhin in seinem Häuschen verschwand. Als er zurückkam, gab er ihr etwas. Es musste die Fernbedienung für den Hundezwinger sein, denn sie schloss das Innentor und ließ den Hund anschließend heraus. Dann ging sie auf den Eingang des Haupthauses zu. Costa hörte Schritte und beobachtete sie von der Galerie aus.

Sie ging am Flügel vorbei, ließ ihre Hand über den schwarzen Lack gleiten, wandte sich dann nach rechts zum Rosenholz-Sekretär, neben dem der Papierkorb stand. Costa hatte darin den Umschlag gefunden, in dem der Abschiedsbrief steckte. Sie betrachtete den Sekretär, als wollte sie eine der vielen kleinen Schubladen aufziehen, wandte sich dann aber nach links, machte zwei Schritte und blieb vor dem Papierkorb stehen, in den sie lange hineinblickte. Dann bückte sie sich und fuhr mit der Hand darin herum.

Sucht sie den Umschlag?, fragte sich Costa.

Sie nahm nichts heraus, richtete sich wieder auf und ging langsam auf die Terrasse hinaus. Auf der Brücke blieb sie stehen und schien in den Anblick des heiligen Felsens Es Vedrà versunken.

Als Costa aus dem Schatten des Wohnzimmers auf die Terrasse trat, und sie ihn sah, führte sie ungewöhnlich langsam die Hand an die Stirn, um ihre Augen vor der Sonne zu schützen. Dann hob sie ihren weiten hellen Rock, setzte den rechten Fuß nach hinten und deutete wie ein Ballettmädchen einen Knicks an. Was sollte das? Wollte sie sich an der Stelle, wo die schöne Arminé ums Leben gekommen war, vor ihm wie vor einem Zuschauer verbeugen? Ihm fiel Elenas Behauptung ein, dass sie verrückt sei.

Wie in Zeitlupe kam sie auf ihn zu. Als sie ihn erreicht hatte, gab sie ihm die Hand und fragte, ob er es heute auch so heiß finde. Es waren dreißig Grad im Schatten, und bis auf einige Schäfchenwolken war der Himmel strahlend blau. Er nickte und fragte, ob sie etwas gesucht habe.

Sie legte den Kopf schräg und lächelte. »Und Sie?«

»Ich habe mich gerade gefragt, ob die Zeit von nachts um zwölf bis morgens um neun ausreicht, um von hier nach München zu kommen.«

Sie zuckte mit den Achseln. »Wenn man Pilot ist und ein Flugzeug hat?« Sie blickte sich gelangweilt im Raum um, als suchte sie nach einem neuen Gegenstand für ihr Interesse.

»Was suchen Sie?«

Sie schenkte ihm wieder ihr mildes Lächeln. »Den Briefumschlag.«

Costa war verblüfft. Wieso sagte sie das? »Wo hoffen Sie ihn denn zu finden?«

»Sagten Sie nicht gestern, dass er in dem Papierkorb neben dem Sekretär gelegen hat?«

Costa konnte sich nicht daran erinnern, mit ihr darüber gesprochen zu haben. Wollte sie bluffen? Oder irrte er sich? Er ließ sich nichts von seiner Unsicherheit anmerken.

»Richtig. Aber ich habe ihn herausgenommen.«

Sie nickte. »Weil sie ihn angeleckt hat.«

Was meinte sie? Dass der Täter eine Frau war? Oder dass Arminé Schönbach es selbst gewesen war?

»Wen meinen Sie mit *sie*?«

Sie zuckte unbekümmert die Achseln. »Die Person, die es getan hat.« Sie sah ihn groß an. Ihre Augen waren ungewöhnlich grün. Ihre helle Haut ließ darauf schließen, dass sie nie in die Sonne ging. Ihre Lippen waren rot, obgleich sie keinen Lippenstift aufgetragen hatte. Sie war ein vollkommen anderer Typ als Arminé, aber nicht weniger schön. Der Unterschied lag darin, dass Martina sich aufzulösen schien, wenn man mit ihr zusammen war, während Arminé immer mehr an Substanz gewann. Ein unsicherer Mann, so schoss es Costa durch den Kopf, hätte bei Martina das Gefühl, sich selbst zu verlieren und bei Arminé die Angst, überfahren oder verschluckt zu werden. Hatte Martina überhaupt ein eigenes Leben? Oder lebte sie das Leben all jener Frauen, denen sie mit ihren Karten eine Vergangenheit oder eine Zukunft erfand? Er begriff, wie sehr die Scholl und die Brendel sie gemocht haben mussten. Besonders Erika Brendel, die stets genau wusste, was sie wollte und es herrlich fand, wenn man ihre Wünsche erfüllte.

Martina stand vor ihm, als erwartete sie die Antwort auf eine Frage. Er bemerkte wieder den Duft von Minze. Sie sprachen nicht. Costa fühlte sich entspannt und ruhig. Er hätte noch stundenlang so neben ihr stehen können, wäre die Stille nicht durch seine Handy-Melodie unterbrochen worden. Es war der Surfer, der gerade das Ergebnis der Analysen bekommen hatte. Costa nickte Martina entschuldigend zu und trat zur Seite.

»Erst mal die Blut- und Gewebeuntersuchungen von Arminé Schönbach«, sagte der Surfer und fragte, ob er das vorlesen oder in seinen eigenen Worten zusammenfassen solle. Costa bat um Letzteres. Er würde die Akte später einsehen.

»Okay, also Folgendes: Die Frage war ja, ob die Schönbach vorher betäubt worden ist. Richtig?«

Costa bestätigte das.

»Okay, die Jungs haben also gezielt nach Barbituraten oder anderen Betäubungsmitteln gesucht. Resultat: Zero.« Costas Laune sank. Torres hatte bei seinem Gedankenspiel auch diese Möglichkeit erwähnt und ihm ein Problem vorausgesagt. Die Schleifspur an den Füßen war als Beweis zu schwach.

»Sie haben überhaupt nichts gefunden?«, fragte Costa schlecht gelaunt.

»Gar nichts. Null.« Dem Surfer machte das offenbar noch gute Laune.

»Aber sie hatte doch einen Nadeleinstich!«

»Richtig. Aber es wurde offenbar nichts injiziert.«

»Haben Sie selbst mit Professor Iglesias gesprochen?« Costa konnte nicht so leicht aufgeben.

»Habe ich. Die einzige Erklärung wäre, dass ihr eine Substanz gespritzt wurde, die sich nach ein oder zwei Stunden von allein im Blut auflöst und dann nicht mehr nachweisbar ist. Allerdings müsste der Täter dann schon ein Superspezialist sein. Ein KK, wie wir das auf der Schule nannten.«

Costa war irritiert. »Ein was?«

»Ein Killing-Künstler. Jemand, der nur vom Zufall aus der Bahn geworfen werden kann. Wie De Quincey gesagt hat: Kein noch so großes Genie kann sich sicher sein, dass sein Masterplan ohne Störungen abläuft.«

Was erzählte er ihm von De Quincey? Entweder versuchte er von irgendetwas abzulenken oder er war besoffen. Flog der Bursche immer so gerne nach Barcelona, weil er dort ungestört Drogen nehmen konnte? Costa herrschte ihn an, versuchte sich dann aber wieder zu beruhigen. Schließlich hatte jeder einen Verrückten im Betrieb.

Ein bisschen beleidigt setzte der Surfer seinen Bericht fort. Ein anderer Befund sprach jedoch dafür, dass das Opfer vor dem Erhängen betäubt worden war. Wenn jemand bei vollem

Bewusstsein erhängt wird, werden im Körper und im Kopf Stresshormone ausgeschüttet, die sich nach dem Tod noch nachweisen lassen. Wird das Opfer aber vor dem Erhängen betäubt, werden nur im Körper Stresshormone ausgeschüttet und nicht im Kopf. Im Blut von Arminés Körper hatte man Stresshormone gefunden, im Blut ihres Kopfes aber nicht. Da sie weder durch einen Schlag noch durch irgendwelche nachweisbaren Substanzen betäubt worden war, gab es für Professor Iglesias nur eine Lösung. Ihr war ein Curarederivat wie zum Beispiel d-Tubocurarin, ein Atemlähmungsmittel, in die Vene gespritzt worden.

»Hat diese Sache mit den Stresshormonen volle Beweiskraft? Hat Iglesias etwas dazu gesagt?«

»Absolut. Ich habe ihn extra danach gefragt.«

Dann bestand kein Zweifel mehr, dass Arminé Schönbach ermordet worden war! Das wurde auch durch den Vergleich der Lackproben bestätigt. Dieser hatte ergeben, dass sie identisch waren, was bewies, dass Arminé betäubt auf die Brücke geschleift worden war.

Für die Ermittlung des Täters kam es jetzt noch auf den genauen Todeszeitpunkt an. Doch dazu gab es keine neuen Erkenntnisse.

Blieb noch die Frage, wer den Briefumschlag angeleckt hatte. »Was hat der DNA-Test ergeben?«, fragte Costa.

Der Surfer druckste herum und zählte umständlich die Personen auf, bei denen das Vergleichsergebnis negativ war: Die Tote selbst – ein weiteres Indiz, dass sie ermordet worden war –, das Hausmeisterehepaar und der DJ.

Costa hatte während des Telefonats immer wieder zu Martina Kluge hinübergeschaut. Es war ihm peinlich, dass er während des Gesprächs ein paar Mal laut geworden war. In der Aufzählung des Surfers fehlte sie noch, doch Costa wollte es vermeiden, in ihrer Gegenwart ihren Namen auszusprechen.

»Wir hatten noch zwei weitere Personen.«

»Ja, Dr. Schönbach«, sagte der Surfer. »Das ist der Punkt. Die Probe mit dem Nasensekret ist verloren gegangen. Ich weiß ganz genau, dass ich sie abgegeben habe«, beteuerte er.

»Keiner kann sich das im Institut erklären, es ist eine verdammte Scheiße.«

»Sind die Proben im Institut registriert worden?«

»Ja, sind sie. Mit Ausnahme der Schönbach-Probe. Deswegen können die das so schlecht zurückverfolgen.«

Costa wusste, dass stets alles registriert wurde. In dieser Hinsicht war es in Spanien wie in Preußen: Stempel und zweifache Unterschrift. Was für eine Chuzpe dieser Bursche hatte! Wo hatte er das verdammte Tempo-Taschentuch von Schönbach verloren? Oder gehörte er zu den Kollegen, die nebenher bei den Hauptverdächtigen abkassierten?

Costa schüttelte diesen Gedanken ab. »Wir haben noch eine!«, brüllte er. »Da ist noch eine!« Er warf einen Blick zu Martina Kluge, die ihn jetzt sicherlich für einen typischen Kommisskopp hielt, wie seine Mutter ihn in seiner Bundeswehrzeit genannt hatte.

»Hola! Hola?«, rief er. War die Leitung unterbrochen?

»Ja, Moment, das Ergebnis für die –«, der Surfer war offensichtlich in ein Funkloch geraten.

»Mein Gott, die letzte Vergleichsperson haben Sie mir noch nicht genannt!« Costa brüllte fast schon wieder.

»Ich hab doch alle genannt. Wen meinen Sie?«

Costa riss der Faden. »Martina Kluge, verflucht noch mal!«

»Hab ich doch gesagt«, meinte der Surfer, »die ist negativ. Also, die war's nicht.«

Costa hatte genug. »Legen Sie die Akte gleich auf meinen Schreibtisch, wenn Sie zurück sind«, sagte er und beendete das Gespräch. Als er sich umdrehte, war Martina Kluge verschwunden.

Er ging hinaus, um in Ruhe noch einmal alles durchzuspielen. Arminé Schönbach hatte auf einer dieser Liegen gelegen und dort war ihr eine Betäubungsspritze gegeben worden. Vermutlich handelte es sich um das nicht nachweisbare Atemlähmungsmittel d-Tubocurarin. Das deutete auf Schönbach. So etwas wusste nur ein Mediziner, und nur ein Mediziner hatte Zugang zu einem solchen Mittel. Allerdings war der Stoff nicht mehr nachzuweisen. Weniger clever war dagegen der ungelenke Einstich am Arm. Torres hatte ihm erklärt, dass der Einstich bei einer dünnen Insulinspritze überhaupt nicht aufgefallen wäre. Und die Geschichte mit dem Lack an den Füßen der Toten, ohne die Costa gar keine Erlaubnis zur Obduktion erhalten hätte! Die Matte, auf der Arminé betäubt wurde, war angehoben worden, ihr Körper war etwas heruntergerutscht, als man sie auf die Plexiglasbrücke gezogen hatte, sodass ihre Füße über den rauen Boden schleiften, wobei sie einen Turnschuh verlor. Costa hatte nicht nur an ihren Füßen, sondern auch an der Matte Schleifspuren entdeckt.

Der Täter hatte vorher wahrscheinlich das Seil am Geländer der Brücke festgebunden, es über den Stahlbogen geworfen, eine Schlinge geknüpft und sie um Arminés Hals gelegt. Dann hatte er die Frau aufgerichtet, sie gegen das Geländer gelehnt und in den Abgrund gestürzt. Er warf den abgefallenen Turnschuh ins Wasser und ging zum Bücherregal. Dort nahm er den alten Abschiedsbrief aus dem Fotoalbum, steckte ihn in den Umschlag, den er aus dem Sekretär genommen hatte, leckte ihn an, klebte ihn zu und legte ihn auf das Klavier. Zwar hatte der Surfer das Tempo-Taschentuch mit Schönbachs Nasensekret verloren – oder jemand hatte es beiseite geschafft –, doch ein weiterer DNA-Test würde den endgültigen Beweis liefern. Die Sache stand Costa jetzt vollkommen klar vor Augen. Schönbach kannte die Krankheitsbilder und die Medikationen seiner Patientinnen ganz genau. Er wusste, dass die Scholl eine Herzmuskelschwäche hatte, und daher täglich Digoxina einnahm. Er wusste auch, dass sie ein Testament zu seinen Gunsten gemacht hatte, und brauchte nur auf eine Gelegenheit zu warten, ihr die Überdosis zu verabreichen. Wie er das gemacht hatte, war Costa noch nicht klar. Schönbach riskierte überhaupt nichts dabei, denn jeder Arzt hätte einen natürlichen Tod diagnostiziert, schlimmstenfalls einen Selbstmord wie bei der Brendel. Schönbach hatte das Pech gehabt, dass gerade in dem Moment, als die tödliche Wirkung des Medikamentes einsetzte, ein Wahnsinniger aufgetreten war, der einen brutalen Raubüberfall auf Ingrid Scholl verübte. Dieser Gewalttäter war ein derartiger Dilettant, dass er nicht einmal an den Tresorinhalt herankam. Doch er lockte die Polizei an, mit deren Auftreten Schönbach sonst nie hätte rechnen müssen. Costa hatte ein paar Mal die These aufgestellt, dass Grone im Auftrag Schönbachs gehandelt hatte. Aber ihm fehlten die Beweise. Inzwischen war ihm klar, dass hier zwei vollkommen unvereinbare Welten aufeinander trafen: die kontrollierte, zielgerichtete des Ästheten und Perfektionisten Schönbach und die impulsive, rohe Welt des Günter Grone. Im Gegenteil: Diese beiden Menschen durften sich nie begegnen, wenn nicht alles schief gehen sollte.

Auf die gleiche Weise hatte Schönbach Erika Brendel erledigt, von der er erfahren hatte, dass sie das Testament ändern wollte. So wie Costa sie einschätzte, hatte sie Schönbach wahrscheinlich vorher informiert. Schönbach hatte oft genug auf der Beautyfarm zu tun. Er war am Vista Mar beteiligt und konnte sich dort überall unbemerkt bewegen. Vielleicht hatte er sogar Nachschlüssel von den einzelnen Wohnungen.

Costa selbst war nicht ganz unschuldig an Arminés Tod gewesen. Er hatte ihr von der Scholl und der Brendel erzählt und sehr wohl bemerkt, wie sehr sie diese Nachrichten aufgewühlt hatten. Wahrscheinlich musste sie an frühere Erfahrungen mit Schönbach zurückdenken und begriff plötzlich, wie sich alles verhalten hatte. Costa vermutete, dass Schönbach einer dieser Ärzte war, die auf subtile Art viele Patienten umgebracht hatten, ohne dass man ihnen etwas nachweisen konnte. Er war sich ganz sicher, dass eine internationale Untersuchungskommission noch auf weit mehr Fälle dieser Art stoßen würde. Schönbach spannte weite Drähte. Er operierte auch in England, Irland, Skandinavien und gelegentlich in den USA.

Costa war klar, warum Arminé ihn so plötzlich hatte sprechen wollen. Er konnte sich nicht verzeihen, dass er ihr damals nicht seine Handynummer gegeben hatte. Vielleicht würde sie dann noch leben. Vermutlich hatte sie ihren Mann zur Rede gestellt und ihm von seinem Besuch erzählt. Sicher hätte ein so kluger Kopf wie Schönbach sofort bemerkt, dass sie drauf und dran war, sich diesem Polizisten anzuvertrauen, dem sie bei einer Tasse Tee bereits ihr halbes Leben erzählt hatte. Schönbach musste sofort handeln, wahrscheinlich war er am Donnerstagabend mit einem privaten Jet von München nach Ibiza oder Mallorca geflogen, um die Sache noch vor Mitternacht durchzuziehen. Costa fiel ein, dass er noch auf das Ergebnis der Flugüberwachung wartete. Er machte sich eine Notiz, um dort noch einmal nachzufragen. Schönbach hoffte vermutlich darauf, dass niemand die Privatflüge überprüfen würde. Wer sollte auch auf so eine Idee kommen? Der Fall Arminé Schönbach war ja bereits als Suizid zu den Akten gelegt worden, und gäbe es nicht so einen alten Dickschädel wie Richter Montanyà, hätte man sie bereits verbrannt.

Costa war gerade dabei, auf der Terrasse nach dem Brett zu suchen, das der Hausmeister frisch lackiert hatte, als ihn das Gedudel seines Handys unterbrach.

Es war Elena. Sie hatte Weber im Hotel Las Brisas de Ibiza am Cap Roig im Nordosten der Insel aufgetrieben. Dort wohnte er seit letztem Donnerstag mit seinem Freund, Dieter Möller, jenem Lederschwulen, mit dem er am Mordtag der Scholl im Elephante gewesen war. Als ordentlicher Buchhalter und Steuerberater hatte er den Zahlungsbeleg des Restaurants gleich zur Hand. Die Abbuchung war um 21.56 Uhr erfolgt. Weber konnte also keinesfalls um 22.00 Uhr im Dome gewesen sein, denn für die Strecke vom Restaurant in San Rafael bis vor die Tore der Altstadt von Ibiza brauchte man mindestens fünfzehn Minuten. »Weber hat daraufhin seine Aussage zurückgezogen. Grones Alibi ist gekippt«, schloss Elena ihren Bericht.

Costa dankte ihr und bat sie, sich für das Verhör mit Grone bereitzuhalten. Er sah auf seine Armbanduhr und sagte: »Ich kann in einer Stunde im Gefängnis sein.«

Jetzt musste Grone gestehen!

Im Salon stieg Costa wieder die Stufen zur Bibliothek hinauf, fand diesmal das Fotoalbum auf einen Blick und schlug gleich die Seite mit dem Schnappschuss auf, der Arminé in London zeigte.

Der Platz daneben war leer. Der Täter hatte also wirklich den Abschiedsbrief verwendet. Er hatte es sich in der Tat leicht gemacht. Costa packte das Fotoalbum ein, um es auf Fingerabdrücke untersuchen zu lassen.

Der Mörder besaß freien Zugang zum Haus, er hatte für Donnerstagabend zehn Uhr kein Alibi und wusste, wo Arminé diesen Brief aufbewahrte. Alles sprach für Dr. Schönbach.

Nach dem Verhör mit Grone würde er nach München fliegen und Schönbach direkt mit seinen neuen Erkenntnissen konfrontieren. Costa beschloss, ihn gleich anzurufen.

Er wählte die Nummer der Praxis in München. Er war sich nicht sicher, wie Schönbach sich in dieser Situation verhalten würde. Er hatte gute Erfahrungen damit gemacht, Verdächtige auf sein Erscheinen vorzubereiten, indem er das, was auf seinen Gegner zukam, am Telefon bagatellisierte. Er wollte das Gespräch zwar ankündigen, aber den Verdächtigen zugleich in Sicherheit wiegen.

Die Sekretärin ließ ihn einen Moment warten. Ein erster Test! Würde Schönbach das Telefonat annehmen? Oder sich verleugnen lassen?

Es dauerte nicht lange, da hörte er die ruhige Stimme Schönbachs. Er begrüßte ihn freundlich und fragte, womit er ihm helfen könne.

Costa sagte, wie Leid es ihm täte, dass die für Dienstag angesetzte Beerdigung vorerst habe verschoben werden müssen, aber die gerichtsmedizinischen Untersuchungen hätten den Anfangsverdacht bestätigt, dass seine Frau ermordet worden war. »Verzeihen Sie, dass ich Ihnen das hier so am Telefon sagen muss«, fügte er hinzu. Schönbach erwiderte nichts darauf. »Ich führe auch die Ermittlungen im Mordfall Scholl, von dem Sie sicherlich gehört haben. In beiden Fällen sind wir ganz nah am Ziel. Ich denke, ich werde noch heute ein Geständnis erhalten, doch bevor ich in das Verhör gehe, würde ich gerne noch ein Problem klären, das mich etwas behindert.«

»Was wäre das?« Schönbachs Stimme war warm und freundlich.

»All die Frauen, mit denen ich im Mordfall Scholl und Schönbach in Berührung kam, hatten eins gemeinsam. Sie vermachten Ihnen, Herr Dr. Schönbach, ihr gesamtes Vermögen. Wir Beamten sind bei jedem Mordfall verpflichtet, solche Auffälligkeiten aufzuklären.«

»Ich verstehe das, ich verstehe das«, sagte Schönbach in seiner einfühlsamen Art. »Mich bedrückt es auch, aber ich habe leider keinen Einfluss darauf, wen meine Patientinnen als Erben einsetzen. Da dies mit meiner Ehre als Mediziner nicht zu vereinbaren ist, und ich gar nicht erst den Eindruck aufkommen lassen will, es ginge mir um das Geld meiner Patientinnen, habe ich bei meinem Notar die Verpflichtung unterschrieben, alle Zuwendungen dieser Art unmittelbar weiterzuleiten.«

»Ich verstehe«, sagte Costa. »Könnten Sie mir eventuell den Namen des Empfängers nennen?«

»Ich würde die Sache gerne erst mit meinem Anwalt und dem Begünstigten besprechen, bevor ich irgendeinen Namen preisgebe. Wäre das für Sie in Ordnung?«

»Was bedeutet das praktisch?«

»Wenn Sie möchten, gebe ich Ihnen die Telefonnummer des Notariats. Sie können sich da erkundigen, ob ich die Wahrheit sage. Nur was den Namen angeht, würde ich gerne noch eine Nacht darüber schlafen. Aber darauf kommt es Ihnen ja auch nicht so sehr an. Sie wollen ja nur wissen, ob ich ein Motiv hatte, Frau Scholl und meine eigene Ehefrau umzubringen. Habe ich Sie so richtig verstanden?«

Costa stimmte ihm zu, bedankte sich und fragte, ob er ihm der guten Ordnung halber auch noch mitteilen könne, wo er sich am 26. September und am 4. Oktober aufgehalten habe.

»An den Tagen habe ich operiert. Ich werde Sie gleich an meine Sekretärin weiterleiten, damit sie Ihnen die genauen Termine gibt. Die Namen meiner Patientinnen kann ich natürlich nicht preisgeben, dafür bräuchten wir schon einen richterlichen Beschluss.«

Costa fühlte Unmut über die wechselnden Stimmungen, denen er in Gegenwart dieses Mannes ausgesetzt war. Eben noch wollte er ihn verhaften, und nach ein paar Sätzen war ihm schon wieder der Wind aus den Segeln genommen.

»Und abends?«, fragte er ganz ruhig.

Für einen Moment blieb es in der Leitung still, dann hörte er wieder Schönbachs warme melodische Stimme: »Es freut mich, dass ich Ihnen helfen kann, Herr Kommissar. Am Donnerstagabend gab ich in meiner Wohnung in der Königinstraße ein Essen, bei dem auch der Münchner Polizeipräsident zugegen war. Sie können sich das gerne in seinem Büro bestätigen lassen, wenn Ihnen das weiterhilft.«

Costa machte noch einen letzten Versuch und fragte, ob Schönbach gesehen hatte, dass der Abschiedsbrief auf dem Klavier ein alter Brief aus der Jugend seiner Frau war. Schönbach sagte nein, das sei ihm nicht aufgefallen.

»Wer konnte denn von diesem Brief wissen?« Costa gab noch nicht auf.

»Den Abschiedsbrief zeigte meine Frau jedem, der nur im Entferntesten Interesse an ihrem Leben bekundete. Im Übrigen habe ich meine Frau geliebt«, sagte er mit einer Stimme, in der tiefe Trauer mitschwang. Konnte ein Mensch sich so perfekt verstellen?

Costas Überzeugungen waren wie ein Schwarm Spatzen auf und davon. Er kam sich vor wie ein Idiot. Eben noch hatte er die vollkommene Vision von Schönbachs Täterschaft gehabt. Bis auf einige Einzelheiten des Tathergangs war ihm alles klar gewesen. Auch die Tatsache, dass Schönbach viel zu viel verdiente, um sich auf kriminellem Wege noch zusätzlich Geld zu beschaffen, hatte ihn nicht zweifeln lassen, denn er wusste von Teckler, dass Schönbach habgierig und extrem verschwendungssüchtig war. Solche Menschen streben nicht nach Reichtum, um sich ein gutes Essen, einen Anzug, ein Auto oder ein Haus zu kaufen. Ihr Machthunger hat sie fest im Griff und zwingt sie, mit ungeheurem Ehrgeiz mehr und mehr an sich zu reißen, in sich hineinzustopfen und zu verschlingen. Von Teckler wusste Costa, dass Schönbach ein fanatischer Sammler war. Das gehörte auch dazu. Menschen, die alles und jedes horteten. Schönbach besaß etwa fünftausend sehr wertvolle Tabakspfeifen, und wo immer er noch eine kriegen konnte, verhielt er sich wie ein auf Beute abgerichtetes

Tier. Außerdem sammelte er Handschriften von Johann Sebastian Bach, Originalausgaben deutscher Klassiker und Kunstobjekte wie den Serra-Bogen auf seiner Terrasse – teure Vergnügen!

Costa konnte nicht glauben, dass sich seine Vision in nichts aufgelöst hatte. Plötzlich fiel ihm Karin ein, und er ahnte den Spott, den er kassieren würde. Wie hatte er nur darauf kommen können, dass ein so honoriger und berühmter Arzt seine Patientinnen umbrachte und schließlich noch seine eigene Frau?!

Costa ließ sich von der Sekretärin die OP-Termine nennen und notierte sie. Ebenso die Nummer des Notariats. Dort würde er später anrufen.

Er musste sich beeilen, um Elena Navarro nicht zu lange im Gefängnis warten zu lassen.

Bevor er ging, rief er noch den Hausmeister und fragte ihn nach dem Brett mit der Farbprobe.

Der Hausmeister führte ihn auf die Terrasse, wo er das Brett hingelegt hatte. Costa kniete nieder und berührte es. Der Lack war glashart. Er fragte den Hausmeister, wann genau er das Brett lackiert hatte. Vicente Bino entschuldigte sich, dass er es heute Morgen vergessen und erst gegen elf Uhr erledigt hatte. Costa blickte auf die Uhr, es war jetzt kurz vor zwei. Das bedeutete, dass der Lack nach etwa drei Stunden fest war und an Stoffen oder Gegenständen, die darüber hinweggezogen wurden, nicht mehr kleben blieb.

Er hatte im Moment aber keine Zeit, sich weiter damit zu beschäftigen. Er bedankte sich bei Bino und bat ihn, den Hund einzusperren.

Bevor er das Haus verließ, fiel ihm noch rechtzeitig ein, sich in Schönbachs Bad Ersatz für die verlorene DNA-Probe zu holen. Er schüttete die Barthaare aus dem Rasierapparat in das Plastiktütchen einer Tempo-Packung, wickelte auch noch Schönbachs Zahnbürste in ein Stück Papier und steckte beides in die Brusttasche seiner Jacke.

## 24

Als Costa das Gefängnis erreichte, führte ihn der Beamte in den Verhörraum, wo Elena Navarro allein an einem großen Tisch vor einer Akte saß. Sie lächelte ihm zu und sagte, sie habe Grone noch nicht kommen lassen, sondern schlage vor, sich erst auf dieses Verhör vorzubereiten. Costa war neugierig, was sie damit meinte und nahm Platz.

Sie hatte die Strafakten aus Grones vorigen Prozessen gründlich durchgearbeitet und referierte ihm die wesentlichen Punkte. Costa war klar, dass er das selbst hätte tun sollen und dass es wichtig war, dem Angeschuldigten innerhalb eines Verhörs das Gefühl zu vermitteln, alles über ihn und sein Leben zu wissen.

Elena konzentrierte sich auf die Einschätzung der Persönlichkeit Grones, da er zwar des Mordes an Ingrid Scholl so gut wie überführt war, sie aber bislang kein Motiv für seine Tat hatten.

Günter Grone war in der DDR als Sechzehnjähriger wegen gemeinschaftlichen Raubmordes zu vier Jahren Jugendstrafe verurteilt worden. Die Gerichtsakte enthielt auch ein psychologisches Gutachten. Schon damals waren die Erinnerungen an seine Kindheit von Schuld- und Angstgefühlen beherrscht. Das Gutachten kam zu dem Schluss, dass die Mutter nicht in der Lage gewesen war, dem Sohn Geborgenheit zu geben. Sie litt unter paranoiden Persönlichkeitsstörungen und fühlte sich bei der Arbeit im Kombinat und auch zu Hause von Ablehnung und Missachtung umgeben. Auch der stets alkoholisierte Vater konnte ihm die Mutter nicht ersetzen, zumal sie ihn beschuldigte, das Kind zu sehr zu verhätscheln und es ihr abspenstig zu machen. Sie empfand das Zusammensein von Vater und Sohn als Verschwörung. Sprachen die beiden miteinander, war es ein Sprechen *gegen* sie, was sie manchmal so aufbrachte, dass sie den Jungen schlug. Mischte sich der Vater ein, wurde sie umso wütender. Trost fand der kleine Günter nur bei ihm, doch schon bald sah die Mutter in dieser Zuneigung verbotene Zärtlichkeiten und das Vorspiel zu sexuellen Handlungen. Das Gutachten berichtete von mehreren Szenen, in denen die Mutter den Sohn bezichtigte, sich von seinem Vater verführen zu lassen. Der Vater hole sich bei ihm, was er bei ihr nicht kriegen könne. Um das zu beweisen, untersuchte sie den Körper des Jungen immer wieder auf Spuren einer Misshandlung. Eine ihrer Methoden war, Günters Gesicht in beide Hände zu nehmen und ihn zu zwingen, ihr in die Augen zu schauen. Dann starrte sie ihn minutenlang an, als wollte sie ihn durchbohren, und forderte ihn auf, zuzugeben, was er nicht zugeben konnte. Denn es gab keine sexuelle Beziehung zwischen ihm und dem Vater. Die Mutter nutzte gelegentlich auch Situationen aus, in denen der Junge Vertrauen schöpfte und sich unter ihrem freundlichen Blick entspannte. Manchmal lockte sie ihn sogar an, nur um ihm dann plötzlich noch schärfer in die Augen zu sehen, sodass sich auch diese Situation in eine fast hypnotische Bedrohung verkehrte. Der Gutachter sah in diesem für das Kind unauflösbaren Widerspruch – nämlich die Eltern lieben zu sollen, aber dafür zugleich eines Verbrechens beschuldigt und körperlich misshandelt zu werden – die Hauptursache für die Zwangsstörungen Grones.

Costa hatte Grone aus den Verhören vor Augen. Ihm war er bislang als heiterer, unbeschwerter Mensch erschienen, der in einer fast anstößigen Art versuchte, anderen zu gefallen. Elena aber stellte ihn jetzt als eine mit Blumen und Herzchen bemalte Zeitbombe dar. Hinter der guten Laune, den vielen positiven Beschreibungen und einer unruhig-liebenswürdigen Fassade verbarg sich eine tiefe Verletzung, eine schwere Kränkung, das, was die Psychologen eine schizoide Störung kennen. Die Mutter hatte ihn immer wieder schmerzhaften, widersprüchlichen Situationen ausgesetzt. Wie jedes Kind musste er seine Eltern lieben, beschwor aber damit ein Unheil herauf, das ihm Todesängste verursachte. Wandte er sich an den Vater, griff ihn die eifersüchtige Mutter an. Ging er aber zu ihr, so erfüllte sie ihn statt mit Liebe mit Schrecken. Nur durch den Tod der Mutter hätte sich das lösen können. Doch auch da hatte sie vorgebaut, indem sie ihm frühzeitig einredete, ihr Tod wäre seine Schuld. Da sich die Liebe zu seiner Mutter nicht erfüllen konnte, er von dieser Liebe also niemals satt wurde, war der »Hunger« nach ihr unstillbar.

»Vermutlich hat er in den Frauen immer wieder die Mutter gesucht«, sprach Costa seine Gedanken laut aus.

»Aber mit ihnen kamen auch der Schrecken und die Angst zurück«, sagte Elena.

»Und das sichere Gefühl, dass er an ihrem Tod schuldig sein würde.« Costa wusste, dass Menschen oft zwanghaft taten, was ihnen vorgeworfen wurde.

»Sicherlich musste er den Wunsch, sie umzubringen, dauernd unterdrücken.«

»Was nützt uns das?«, fragte Costa.

»Es kann sein, dass er sich an die Tötungshandlung überhaupt nicht mehr erinnert. Er befand sich mit seiner Mutter – und sicher auch mit Ingrid Scholl – in einer Situation, in der er seinen Wunsch, sie zu töten, nicht mehr beherrschen konnte. Aber er hat den Impuls gleich danach verdrängt – wahrscheinlich zusammen mit der Tötungshandlung.«

»Wie kommen Sie darauf?«

»Weil er die Scholl nach dem Mord ein paar Mal angerufen hat, um ihr den Wagen zurückzubringen. Es ist möglich, dass er tatsächlich annahm, dass sie noch lebt.«

»Wenn er glaubte, dass sie noch lebt, warum hat er dann anfangs geleugnet, Grone zu sein?«

»Er war aus dem Gefängnis geflüchtet und musste damit rechnen, dass man ihn unter seinem richtigen Namen sucht.«

»Als wir seinen Namen wussten, warum hat er da nicht zugegeben, dass er die Scholl kannte und bei ihr war?«

»Er ahnte, dass da irgendetwas nicht stimmte. Er wusste nicht, *was* mit ihr geschehen war, doch er wusste, *dass* mit ihr irgendetwas Unheilvolles verbunden ist. Der Gutachter damals in Dresden hätte diese Details über Grones Verhältnis zu seiner Mutter übrigens nie in Erfahrung gebracht, wenn er nicht mit sehr modernen Trance-Verfahren gearbeitet hätte.«

»Trance-Verfahren, was soll das sein?« Costa fühlte sich mit Elena im Moment sehr wohl. Er freute sich immer, wenn er etwas dazulernen konnte.

Elena erklärte ihm die bei der Untersuchung angewandte Hypnosemethode, die in dem Gutachten genau beschrieben war. Der als Hypnotiseur ausgebildete Psychotherapeut hatte Grone in seine Kindheit zurückversetzt und sich einzelne Erlebnisse beschreiben lassen.

Costa wollte nicht glauben, dass so etwas funktionierte. Elena erzählte, dass sie sich in einen anderem Mordfall schon einmal damit befasst hatte. Das Unterbewusstsein des Menschen speichert die Gesamtheit früherer Erlebnisse bis in die geringste Einzelheit, wenngleich es normalerweise nicht möglich ist, sich all diese Informationen jederzeit ins Bewusstsein zurückzurufen.

»Ist das denn bei polizeilichen Ermittlungen überhaupt erlaubt?«

»Nicht in Deutschland. Auch nicht in Spanien. Aber was erlaubt ist, ist die Gegenhypnose. Wenn jemand unter einem so genannten posthypnotischen Befehl ein Verbrechen begeht und von der Hypnose gar nichts weiß, weil die Erinnerung daran von dem Hypnotiseur blockiert wurde, kann man einen geschulten Psychiater bitten, per Hypnose die vorangegangene Konditionierung aufzuheben.«

»Die Gutachter haben sich von Grone also Einzelheiten aus seiner Kindheit berichten lassen. Gut. Wie gehen wir die Sache jetzt an?«

Elena schlug vor, den brutalen, direkten Tötungsakt gar nicht anzusprechen und Grone vielmehr dafür zu loben, dass er ihr die Herzpillen gegeben hatte.

Costa dachte einen Moment darüber nach und fand die Idee nicht schlecht. Doch bevor Grone hereingeführt wurde, wollte Elena ihren Bericht zu Ende bringen.

Nach dem Tod der Mutter blieb der achtjährige Günter bei seinem Vater. Der Vater hatte schon immer getrunken, verfiel jetzt aber dem Alkohol so sehr, dass sich die Großmutter um den Jungen kümmern musste, obgleich sie schon sehr alt und halb blind war. Es fiel auf, dass der Junge mehrfach von zu Hause ausriss, weil er Angst hatte, von der Großmutter angefasst zu werden. Immer wieder wurde er von der Polizei aufgegriffen, die seine Fluchtversuche auf die von der Gicht entstellten Hände der alten Frau zurückführte.

Nach der Schule bekam Grone eine Lehrstelle in einer Gärtnerei in Dresden und wohnte in einem Jugendwohnheim. Im Gutachten wurde der Vierzehnjährige als ein hübscher Junge mit einem mädchenhaft schönen Gesicht beschrieben. Seine introvertierte Art und seine Scheu machten ihn zum Schwarm aller Mädchen, deren Verhalten ihm jedoch zu fordernd und aufdringlich erschien. In der Gesellschaft von Jungen und Männern fühlte er sich weitaus sicherer. Er ließ sich in dem Jugendheim verführen und erlebte es wie eine Art Befreiung. Denn die Liebe zu männlichen Partnern war nicht von Angst besetzt. Er verhielt sich zwar in allem passiv, machte aber dennoch bei einem Einbruch mit, der vom attraktiven Anführer der Jugendbande angezettelt wurde. Der jüngere Grone durfte Schmiere stehen. Die anderen brachen in die Wohnung des Heimleiters ein, wurden von ihm erwischt und in ein Handgemenge verwickelt. Dabei erschlug der Anführer ihn mit einem schweren Aschenbecher. Als die Polizei eintraf, stand Günter Grone immer noch vor dem Haus Wache. Die Täter waren mit fünfhundert Ostmark durch den Hinterhof entkommen. Beim anschließenden Prozess blieb das Gutachten, aus dem Elena berichtet hatte, weitgehend unbeachtet. Der Richter sah in dem ängstlichen und schuldbeladenen Sechzehnjährigen, der verschlossen blieb und kaum ein Wort sprach, einen kalten, verstockten Mordkomplizen. Nach dem Gefängnis zog Grone nach Ost-Berlin und arbeitete in Potsdam als Gärtner.

Nach dem Mauerfall ging er in den Westen und lebt seitdem mit Ulf Hinrich in Köln zusammen. Am 7. August 1998 war Grone von einem Kölner Gericht wegen Einbruchdiebstahls zu zweieinhalb Jahren Gefängnis verurteilt worden. Über sein Verhältnis zu Ingrid Scholl aber war der Akte nichts zu entnehmen. Das Gericht beschrieb ihn als männliche Gelegenheitsprostituierte, arbeitslos und polizeilich nicht gemeldet.

»Gut«, sagte Costa, »lassen wir ihn hereinkommen. Ich werde es so machen, wie Sie empfohlen haben. Wir werden sehen, was dabei herauskommt.«

Costa war zufrieden und seiner Kollegin für die intensive Vorbereitung dankbar. Er hatte das Gefühl, dass der Täter nun endgültig in der Falle saß.

Die beiden Beamten führten Grone herein und zogen sich dann zurück. Costa begrüßte ihn freundlich und gab ihm die Hand. Grone schien sich aufrichtig zu freuen, dass er ihn und Elena wiedersah. »Ohne diese Verhöre ist es im Knast ziemlich langweilig«, sagte er und fragte, was er denn heute über sich erzählen solle.

Elena bot Grone eine Zigarette an und gab ihm Feuer.

»Wissen Sie«, sagte Costa, »wir haben ein Problem. Erinnern Sie sich an Ingrid Scholl?«

Grones Gesicht bekam einen fast weinerlichen Ausdruck, aber er versuchte dennoch zu lächeln. Er war sichtlich um ein freundliches Verhältnis zu den ihn verhörenden Polizisten bemüht.

»Ich habe ihr den Garten schön gemacht. Er war hinterher so unglaublich schön, dass Ingrid sagte, es müsste jeden Tag die Sonne scheinen, dann würden wir immer in diesem Garten sitzen, sie und ich, und dabei hat sie meine Hand gestreichelt.«

Bei der Erinnerung an Ingrid Scholls streichelnde Hand, meinte Costa ein Zucken um Grones Mund zu bemerken, doch vielleicht irrte er sich auch, denn Grone lächelte immer noch.

»Inge ist ein so lieber Mensch!«, sagte er, lehnte sich zurück und entspannte sich. Er hatte die Frage beantwortet und war erleichtert.

Costa beugte sich vor und sagte mit leiser, aber eindringlicher Stimme: »Sie musste ein Herzmittel nehmen, nicht wahr?«

Grone nickte. »Ja, sie durfte es nicht vergessen, sie musste immer schön brav ihre Tabletten schlucken.«

Costa ließ ihn nicht aus den Augen. »War es denn tatsächlich nötig, Günter, dass Sie ihr zwanzig Stück von diesen Pillen gaben? Also nicht nur eine, sondern zwanzig?«

Elena und Costa beobachteten ihn gespannt. Doch er blieb ganz ruhig. Statt Angst breitete sich ein ruhiges, fast seliges Lächeln auf seinem Gesicht aus. »Das war ich nicht. Ich habe immer sehr genau aufgepasst.«

Costa holte tief Luft. Es war eine gute Idee von Elena gewesen, doch es hatte nicht funktioniert. Der Bursche verarschte sie nicht nur, sondern es bereitete ihm auch noch Vergnügen! Costa spürte, wie ihm das Blut in den Schläfen pochte, doch ein gewisses Phlegma hielt ihn in der Spur. Er tat nichts weiter, als Grone ausdruckslos anzusehen. »Dann war es ein anderer, der Ingrid Scholl vergiftete?«, fragte er tonlos.

Grone beugte sich vor, hob leicht die Hand, so als wollte er ihn trösten oder sogar streicheln. »Ja, es war eine andere Person«, sagte er mit ruhiger Bestimmtheit. Es hätte Costa nicht gewundert, wenn dieser Bursche hinzugefügt hätte: Vielleicht waren Sie es, Herr Costa, ich könnte es ja verstehen, es macht auch gar nichts, wir bringen ja alle mal jemanden um!

Costa explodierte. Er sprang so heftig auf, dass sein Stuhl durch den Raum flog, und schlug mit der flachen Hand auf den Tisch: »Grone, geben Sie auf, das Spiel ist aus!«

Elena hob beschwichtigend die Hand, doch Costa wehrte wütend ab und donnerte Grone entgegen, dass sein Alibi geplatzt war. Es war bewiesen, dass er nach der grausigen Metzelei genügend Zeit hatte, Ingrid Scholls Auto aus der Tiefgarage zu fahren, den Wagen in Ibiza-Stadt abzustellen und ins Dome zu gehen, um dort Gerd Weber zu treffen! »Wir haben die genauen Uhrzeiten, Grone«, brüllte Costa. »Wir haben die Aussage Webers. Wir haben den genauen Todeszeitpunkt und den wissenschaftlichen Beweis, dass Sie mit Ingrid Scholl eine körperliche Auseinandersetzung hatten! Wir können den Tathergang genau rekonstruieren! Uns bleibt an Sie nur eine Frage: Wieso haben Sie Ingrid Scholl mit den Bratspießen erstochen, nachdem Sie sie doch vorher schon mit einer Überdosis ihrer Herztabletten vergiftet hatten?« Costa wartete die Antwort nicht ab: »Auch das kann Ihnen übrigens ganz eindeutig nachgewiesen werden! Sie haben die Tabletten in einer Flüssigkeit aufgelöst und ihr dann zu trinken gegeben. Der Tod wäre sowieso eingetreten – warum sie also noch erstechen?«

Grone war bleich geworden. Er starrte Costa an. Mit gepresster Stimme sagte er: »Das war ich nicht. Das war diese Frau!«

»Welche Frau meinen Sie?« Das Tonband lief und Elena machte sich zusätzliche Notizen. Grone saß da wie eine Wachsfigur.

»Was für eine Frau?!«, brüllte Costa so laut, dass die Tür aufflog und ein Beamter den Kopf hereinsteckte. Elena machte ihm ein Zeichen, dass alles in Ordnung sei.

»Die Frau mit der Glatze«, sagte Grone leise.

Costa war einen Moment irritiert. Hatte er es hier mit einem Verrückten zu tun? Vorsichtig fragte er: »Welche Frau mit welcher Glatze?«

»Mit der schwarzen Tätowierung auf dem Kopf«, sagte Grone, ohne seine Haltung zu verändern.

»Was für eine Tätowierung? Können Sie das aufmalen?« Elena schob ihm ein Blatt Papier und einen Stift hin.

Costa blickte sie verwirrt an. Was wollte sie mit dieser Frage? Sollte das ein psychologisches Gutachten über die Wahnvorstellungen eines Irren werden?

Grone zeichnete etwas auf, und Costa sah sofort, dass es eine Rune war.

»War es eine junge, sehr schöne Frau mit einer blonden Perücke?«, fragte Elena.

Grone nickte.

Costa konnte nun nicht mehr an sich halten. »Beschreiben Sie hier Martina Kluge oder was?«

»Wir werden sehen«, sagte Elena und wandte sich wieder an Grone. »Was hatte sie an?«

Grone beschrieb die Kleidung Martina Kluges – weiße Jeans und eine hellbeige Leinenjacke – und erzählte, dass er sich im Bad versteckt hatte, weil er Ingrid Scholl alleine sprechen wollte. Doch er war durch diese junge Frau gestört worden, die unerwartet in der Wohnung auftauchte. Plötzlich war sie im Bad erschienen, und er hatte sich schnell hinter der Tür versteckt. Er hatte den Atem angehalten und den Rücken gegen die Wand gepresst. Er war im toten Winkel des Spiegels, sodass sie ihn nicht sehen konnte, als sie sich die Haare kämmte. Sie war dann mit ihrer Frisur immer unzufriedener geworden, hatte hier und da herumgezupft und plötzlich ihre Perücke abgenommen. Grone war geschockt, man merkte es ihm sogar jetzt noch an. Dann hatte sie sich den Kopf unter dem Wasserhahn gewaschen, die Perücke wieder aufgesetzt, aus dem Badezimmerschränkchen Tabletten herausgenommen und sie in einem Zahnputzbecher aufgelöst. Anschließend hatte sie die Flüssigkeit in eine Flasche gegossen. Nur weil sie die Badezimmertür offen gelassen hatte, die sich nach innen öffnete, war Grone nicht entdeckt worden.

Grones Widerstand war gebrochen. Elenas Taktik hatte doch funktioniert. Aber Costa wollte nun aus Grones Mund das Eingeständnis hören, dass er Ingrid Scholl mit den Spießen erstochen hatte! Er konnte ihn nicht dazu zwingen. Er musste ihn langsam dorthin führen und ihn erzählen lassen. Er sollte beschreiben, wie er Ingrid Scholl kennen gelernt hatte, und was sie für ihn war. Eine Frau nämlich, die die Gestalt seiner Mutter annehmen konnte und zu einer tödlichen Bedrohung wurde, wenn sie ihn anstarrte.

In immer neuen Wendungen erzählte Grone, wie sehr er seine Mutter geliebt hatte. »Sie war schön und hatte wundervolle Hände, mit denen sie malte. Sie zeichnete für mich alle Märchen: Rübezahl und Hänsel und Gretel, doch am schönsten malte sie Schneewittchen. Ich machte ihr stets kleine Geschenke, und dann sah sie mich mit ihren schönen Augen lange an. Im Frühling, im Sommer und im Herbst pflückte ich Blumen für sie und stieg in fremde Gärten. Einmal wurde ich dabei verprügelt und in einen Rosenbusch gestoßen, sodass ich überall blutete. Doch das machte mir nichts. Ich tat es ja für meine Mutter. Ich habe ihr auch Figuren und Pflanzen aus Ton geknetet. Meistens half mir mein Vater dabei. Doch meiner Mutter gefiel das gar nicht. Er sollte mich nicht zu sehr verhätscheln. Und sie hatte Recht: Ich bin doch ein bisschen –«, er zögerte und sah Elena an, als könnte sie ihm helfen, »zu weich geworden. Mein Vater und ich haben manchmal auch etwas für sie geschnitzt. Den großen Lebensbaum zum Beispiel. Das hätte ich alleine nicht geschafft. Sie dachte, ich hätte mich mit dem Schnitzmesser verletzt und untersuchte mich am ganzen Körper.« Er lächelte strahlend. »Aber mir war nichts passiert, es war nur ihre Angst.«

»War sie auch manchmal böse?«, fragte Elena.

»Sie war nie böse. Sie hatte nur diese Angst, dass ich mit Papa verschwinde. Ich musste ihr immer wieder versprechen, sie nicht zu verlassen. Sie tat alles für mich und meinte es gut mit mir, dabei war sie doch so krank. Wenn ich das früher gewusst hätte, hätte ich mehr für sie getan. Und vielleicht würde sie dann noch leben. Sie brauchte viel Liebe, weil sie so krank war. Mein Vater liebte sie aber nicht genug, und ich war daran schuld, weil ich ständig etwas von ihm wollte. Als sie starb, war es zu spät. Ich konnte nichts mehr für sie tun! Mein Vater holte dann meine Großmutter zu uns ins Haus, aber daran erinnere ich mich nicht mehr so genau. Ich weiß nur, dass sie ganz dicke Hände hatte und schlecht sehen konnte.« Grone berichtete, dass er nach ihrem Tod ins Jugendheim gekommen war. Er erzählte von seiner Verurteilung, vom Jugendgefängnis und von seinem Verhältnis zu Männern. »Ich fühlte mich bei Männern sehr wohl«, sagte er. »Ich erklärte meiner Mutter, dass das nichts mit ihr zu tun habe. Auch nach ihrem Tod war sie immer die einzige Frau für mich. Deshalb war ich mit Männern zusammen.« Er lachte schrill auf, als würde er selbst nicht an diese Erklärung glauben. »Nach dem Gefängnis hatte ich Lust auf Berlin, doch ich war kaum da, als die Mauer fiel. Ich werde nie vergessen, wie wir über die Glienicker Brücke auf die andere Seite gingen. Wenn meine Mutter das noch erlebt hätte! Doch ich wusste, sie konnte mich sehen. Ihre Augen waren immer auf mich gerichtet. Dort begegnete ich dann auch gleich Ulf Hinrich. Den kennen Sie ja«, wandte er sich an Costa.

Costa erinnerte sich sehr wohl an den brutal wirkenden Mann.

»Ulf hat viel für mich getan. Aber er wollte immer mehr Liebe und die konnte ich ihm nicht geben.«

»Wie kam es zu Ihrem Verhältnis mit Ingrid Scholl?«, fragte Costa ungeduldig und fing sich einen strafenden Blick von Elena ein.

Grone erzählte, wie er einen Job suchte, wie sie ihn auf dem Karneval angesprochen und ihm Arbeit und Geld gegeben hatte. Auch jetzt bemühte er sich ängstlich, nur positiv von ihr zu sprechen. »Sie versorgte mich, und ich machte ihr den Garten. Sie zeigte mir ganz offen ihre Liebe und bedrängte mich. Zu Hause saß Ulf und wollte ebenfalls Liebe. Ich hatte das Gefühl, ausgesaugt zu werden.«

»Sie haben sich dann Geld geliehen?«, fragte Costa, und Elena warf ihm wieder einen strengen Blick zu.

»Ingrid schuldete mir noch Geld für meine Arbeit. Außerdem bat ich sie um einen Vorschuss, weil Ulf und ich nach Spanien wollten. Sie bekam sofort Angst, ich würde abhauen. Ständig hatte sie diese Panik, ich würde am nächsten Tag nicht wiederkommen. Ich musste ihr schwören, dass ich sie nicht verlasse. Ich meine, sie tat alles für mich und war ganz, ganz lieb, aber manchmal verstand sie mich überhaupt nicht. Weil Ulf damit drohte, sich von mir zu trennen, hab ich das Geld von der Nachbarin genommen, so wie Inge es gesagt hat. Ich wollte es mir nur leihen, bis sie mich ausbezahlt. Na ja, und dann passierte, was passieren musste. Doch sie hat mir wenigstens den Anwalt bezahlt und das war wiederum sehr lieb von ihr. Im Gefängnis erhielt ich dann diesen Brief, in dem stand, dass ich Ingrid überraschen sollte. Es war wie damals, als sich die Mauer öffnete und man einfach rüber in die Freiheit ging.«

Costa überlegte, ob Grone den Mord auch ohne Erika Brendels aberwitzige Idee begangen hätte.

»Haben Sie den Geheimcode benutzt?«

»Damit habe ich das Einfahrtstor und die Haustür geöffnet. Oben sollte ich ja klingeln, doch die Tür stand auf. Ich habe noch überlegt, ob ich klingele, doch da kam jemand mit dem Fahrstuhl, und ich bin rein. Es war Inge. Ich hab mich schnell im Schlafzimmer versteckt. Wenig später tauchte dann die Frau mit der Perücke auf. Ich habe gewartet, bis sie wieder weg war, denn ich wollte mit Ingrid alleine sprechen.«

So wie Grone den Fall darstellte, war es Martina Kluge gewesen, die Ingrid Scholl die tödliche Dosis ihres eigenen Medikamentes verabreichte. Sie hatte zwanzig Tabletten aus der gerade erst gekauften Packung entnommen, sie aufgelöst und ihr dann unter irgendeinem Vorwand davon zu trinken gegeben. Die schnell wirkende Überdosis musste das Opfer in eine Art Delirium versetzt haben, in dem Grone sie antraf, als er aus dem Bad kam, um sie zu überraschen. Sicher war er durch ihren Verrat, der ihn ins Gefängnis gebracht hatte, tief gedemütigt. Erika Brendels Brief klang dann wie das Versprechen auf eine Entschädigung. Und nun wurde er durch ihr seltsames Verhalten wieder vor den Kopf gestoßen. Ein Verhalten, das er als herabsetzend empfand, und das all die Probleme mit seiner Mutter heraufbeschwor. Da drehte er durch. Costa fragte sich, inwieweit man bei einer so ungünstigen Verkettung von Umständen noch von Schuld sprechen konnte.

»Hat sich Ingrid Scholl gefreut, als Sie hier auf Ibiza plötzlich vor ihr standen?«, fragte Costa gespannt.

Grone blickte betrübt drein. »Ich weiß nicht, Sie tat so komisch.«

»Wie war das genau?«

»Ich hörte, wie die Frau mit der Glatze ging, machte die Schlafzimmertür auf und Ingrid lag auf dem Sofa.«

»Und dann?«

»Sie schrie auf vor Freude und streckte mir die Arme entgegen. Ich wollte aber erst mit ihr reden. Ulf hatte gesagt, klär die Sache mit dem Geld, bevor sie dich wieder einwickelt. Doch sie schien vollkommen betrunken zu sein.«

»Woran merkten Sie das?«

»Ich kenn das von meinem Vater. Sie grinste und leckte sich die Lippen.« Er machte es vor, und Costa warf einen schnellen Blick zu Elena, die kühl alle Bewegungen Grones verfolgte.

»Und dann?«

»Sie hatte eine ziemlich raue, lüsterne Stimme: Komm, komm! Dabei streckte sie die Arme aus wie ein Kind. Ich setzte mich auf die Couchkante, und sie nahm mein Gesicht in beide Hände, richtete sich auf und starrte mich an. Sie stierte mir förmlich in die Augen. So ganz komisch. Das habe ich noch nie erlebt, ich wurde richtig panisch. Ich sprang auf, doch sie hielt sich fest und kratzte mich.« Er sah ins Leere.

Costa wartete. Wollte er noch mehr sagen? »Und dann?«

Grone fasste sich an die Stelle am Hals, wo er gekratzt worden war. »Da bin ich total ausgerastet.«

»Was haben Sie gemacht?«

»Ich habe mir mit beiden Fäusten die Augen zugehalten und geschrien.« Er blickte Costa an. »Ich musste es rausschreien.«

»Haben Sie dann die Bratspieße genommen?«

»Nein, nein, das ist ja das Komische. Sie haben mir ja die Fotos gezeigt. Jeden Tag und jede Nacht denke ich, wie das passieren konnte.« Grone warf die Arme hoch und ließ sie hilflos und kopfschüttelnd auf die Stuhllehne fallen. »Ich verstehe es einfach nicht.«

Alle drei schwiegen einen Moment.

Eine letzte Sache hatte Costa noch, die er klären wollte.

»Sie haben sich von Weber nicht nur die Uhr geliehen, sondern auch eine CD von ihm bekommen, die Sie auflegten, als Sie Ingrid Scholl ermordeten.«

»Das ist eine total schöne Nummer. Ich habe sie für sie aufgelegt. Es sollte eine Überraschung sein.«

»War's sicher auch.« Costa war angespannt und konnte seinen Zynismus nicht mehr unterdrücken. Doch Grone nahm es für bare Münze. Er war offenbar für jede positive Bemerkung dankbar. »Meinen Sie?«

Costa wollte nicht weiter darauf eingehen.

»Sie haben Webers Uhr wieder vorgestellt. Wann und wo war das?«

Costa konnte spüren, dass Grone keine Energie mehr hatte, sich gegen die Fakten zu wehren. Er beschrieb, wie er am Morgen nach der Tat die Uhr verstellte, die Weber vor dem Duschen im Badezimmer abgelegt hatte. Grone hatte sie am Abend zuvor zwanzig Minuten zurückgestellt und stellte sie nun wieder vor.

Das war eine raffinierte Art, sich ein Alibi zu verschaffen, wohingegen alles andere so planlos und brutal gewesen war. Die Gutachter werden einige Mühe mit dem Mann haben, dachte Costa.

Es war schon zehn nach elf, als Costa und Elena das Gefängnis verließen. Er musste jetzt Abstand gewinnen und sich noch einmal die ganze Situation vor Augen führen. Er wollte auch die anderen Kollegen in seine Ermittlungen einbeziehen und bat Elena, den Surfer und den Bischof um neun zur Sitzung zu bestellen. »Wir werden die nächsten Schritte gemeinsam beschließen«, sagte er.

Würde es für die anderen auch auf der Hand liegen, dass Martina Kluge den Mordversuch an Ingrid Scholl und die Morde an Erika Brendel und Arminé Schönbach begangen hatte? Costa wehrte sich nicht dagegen, diese Schlussfolgerung für sich zu ziehen, entschied sich aber, ihre Verhaftung nicht mehr in dieser Nacht vorzunehmen. Sie würde schon nicht weglaufen, redete er sich ein. Er brauchte erst einmal ein paar Stunden Schlaf, um sich zu regenerieren. Er verabschiedete sich von Elena und ging noch ins Sa Calima, wo er schweigend drei Schnäpse kippte.

Als er im Bett lag, spürte er seine Erschöpfung, doch er konnte nicht gleich einschlafen. Er lag da und starrte an die Decke. Er hatte sich darauf eingestellt, Schönbach zu verhaften. Er wusste, dass das nicht einfach geworden wäre – ein langes bürokratisches Hin und Her zwischen Spanien und Deutschland, das Schönbach genutzt hätte, um sich seines Angreifers zu erwehren. Er war intelligent und reich und hatte Verbindungen zu den höchsten Stellen – einschließlich leicht aktivierbarer Beziehungen zur internationalen Mafia, wie Costa annahm. Allein die Art und Weise, wie er im Vista Mar niedergeschlagen worden war – eine kleine Warnung! –, hatte ihm gezeigt, mit welchen gegnerischen Möglichkeiten er es zu tun hatte. Doch er war nicht zurückgewichen und würde es auch jetzt nicht tun. Und nun war auf einmal wieder alles völlig anders. Er fühlte sich, als wäre er aus einem hoch technisierten Auto auf eine Wiese geschleudert worden, wo er sich unter weidenden Schafen wieder fand. Sollte er nun seinen Jagdinstinkt auf eine so nette und harmlose Person wie Martina richten? All seinen Spürsinn, seine Logik und seine Rücksichtslosigkeit? Er empfand Widerwillen bei diesem Gedanken. Doch er würde es tun.

Am nächsten Tag waren alle pünktlich zur Sitzung. Auch ein Fortschritt, dachte er.

Elena berichtete über die letzten Ereignisse und fasste Grones Geständnis zusammen. »Mit dem Geständnis ist der Fall abgeschlossen«, entfuhr es dem Surfer sichtlich erleichtert, »aber es stellt unsere bisherigen Ermittlungsergebnisse auf den Kopf.«

Costa dankte Elena und übernahm das Wort. »Gestern am Telefon war ich ja noch der Meinung«, fuhr er fort, »dass alles auf Schönbach hinweist. Das Geständnis von Grone lenkt nun aber den Verdacht auf Martina Kluge.«

Elena wiederholte, wie Martina Kluge im Bad eine tödliche Dosis des Medikamentes aufgelöst und es vermutlich der arglosen Ingrid Scholl eingeflößt hatte. Halb vergiftet verhielt sich die Scholl dann so, wie Grone es nicht ertragen konnte, woraufhin er sie in einer Art Übersprungshandlung tötete. Dadurch wiederum sei Martinas Aktion überhaupt erst ans Licht gekommen.

Ihr nächstes Opfer war dann vermutlich Erika Brendel, denn die Vorgehensweise war die gleiche, wenn die Beweise auch erst noch erbracht werden mussten. Auch im Mordfall Arminé Schönbach sprachen alle Indizien eindeutig dafür, dass Martina Kluge die Täterin war. Es musste als erwiesen gelten, dass die Iranerin durch eine Spritze betäubt worden war. Das Medikament konnte zwar nicht mehr nachgewiesen werden, doch wissenschaftlich gab es keinen Zweifel, dass sie bewusstlos auf die Brücke geschleift worden war. Dabei blieben an ihrem rechten Schuh die Lackspuren eines frisch gestrichenen Brettes haften. Das Brett war am Morgen des Mordtags gestrichen worden, und ein Test hatte ergeben, dass die Farbe innerhalb von drei Stunden trocknete. Also musste die Bewusstlose vorher über das lackierte Brett geschleift worden sein. In dieser Zeit, nämlich zwischen halb zwölf und halb eins, war Martina Kluge nach eigenem Bekunden im Haus gewesen. Wahrscheinlich hatte sie den Mord geplant und dazu den Strick wie auch die Spritze und das Betäubungsmittel mitgebracht. Sie hatte dann vermutlich Arminé Schönbachs Abschiedsbrief aus dem Fotoalbum genommen, ihn in einen Umschlag gesteckt, diesen angeleckt und zugeklebt und auf den Flügel gelegt. Ob es ihr Speichel war, musste durch einen erneuten DNA-Test ermittelt werden, weil beim ersten Mal nicht ihre eigenen Haare zur Verfügung standen. Eine weitere Frage war, warum sie diese Verbrechen begangen hatte.

Martina Kluge hatte Arminé also aller Wahrscheinlichkeit nach am Donnerstagvormittag umgebracht. Dass deckte sich mit der Aussage des DJs, der versucht hatte, gegen 12.30 Uhr über das große Eingangstor zu klettern, weil der Hund im Zwinger war. Martina Kluge hörte vermutlich den Hund kläffen, nachdem sie Arminé bereits in den Wasserfall gestoßen hatte. Sie ging nachschauen und sah, wie der DJ versuchte auf das Grundstück zu gelangen. Um das zu verhindern, ließ sie den Hund heraus, dem der DJ nur mit knapper Not entkam, wobei er den Motorradhandschuh verlor. Und der Abschiedsbrief? Arminé hatte ihn sicherlich auch ihrer Freundin Martina Kluge gezeigt, die ihn benutzte, um einen Selbstmord vorzutäuschen.

Der Bischof sagte, er hätte Torres' Obduktionsbericht gelesen. Darin würde der Todeszeitpunkt allerdings gegen 22.00 Uhr vermutet.

»Du hast Recht«, sagte Costa, »wenn sie das Frühstück gegessen hat, das ihr die Hausmeisterin hinstellte. Hat sie das Frühstück aber nicht gegessen, dann kann sie sehr wohl zwischen zehn und ein Uhr vormittags umgebracht worden sein. In dieser Zeit ist sie jedenfalls über das Brett mit der feuchten Farbe geschleift worden.«

»War denn das Frühstück noch da, als das Hausmeisterehepaar am nächsten Tag zurückkam?«

»Nein.«

»Wenn Martina Arminé umgebracht hat, dann hat sie es selbst gegessen. Das würde doch passen«, sagte Elena.

»So ist es«, bestätigte Costa.

Am Ende der Sitzung dankte er seinen Mitarbeitern für ihren Einsatz im Fall Grone. Er lobte ihre Offenheit für die verschiedenen Probleme, die im Laufe der Untersuchungen aufgetreten waren. Er informierte die Kollegen, dass er jetzt zum Chef gehen werde, um den Abschiedsbrief von Arminé Schönbach zu holen und ihn spurenkundlich untersuchen zu lassen. Anschließend werde er mit dem Staatsanwalt über den Haftbefehl für Martina Kluge sprechen. Die Verhaftung wollte er gerne zusammen mit Elena Navarro vornehmen.

# 25

Costa hatte Glück, denn als er beim Chef eintrat, saß dort auch Franco Segundo. Der Chef raunzte Costa sofort an, warum gestern im Gefängnis stundenlange Verhöre stattgefunden hätten, die Akte Grone sei doch geschlossen!

Die sonst laut surrende Klimaanlage war nicht an, und Don Lopez kramte mühsam ein großes Taschentuch heraus, um sich den Schweiß von Stirn und Nacken zu wischen. Sein Jackett war über dem massigen Körper verrutscht, und unter seinen Armen und auf der Brust hatten sich große Schweißflecken gebildet. Falls er sich das Fett von Dr. Schönbach absaugen lassen will, dachte Costa sarkastisch, steht dem nichts mehr im Wege, denn es geht ja jetzt nur noch um den Haftbefehl gegen eine kleine Schönheitstherapeutin.

Costa klärte ihn und den Staatsanwalt über die neue Sachlage im Fall Grone auf und teilte ihm mit, dass seit gestern ein vollständiges Geständnis vorliege.

»Sehr gut«, sagte Don Lopez und fuhr sich noch einmal mit dem Taschentuch über den Nacken. »Dann können Sie den Fall ja Señor Rabal übergeben.« Er deutete mit einer knappen Geste auf den Staatsanwalt. »Noch was?«

»Aus dem Geständnis ergaben sich Hinweise für den Mordfall Schönbach«, sagte Costa ungerührt. Seine Bemerkung stieß auf Unverständnis. Don Lopez war einer von den Männern, die sofort grimmig wurden, wenn sie etwas nicht verstanden.

»Suizid, Costa, nicht Mordfall!« Er legte seine breite Hand auf eine dünne Akte. »Selbstmord, wenn Sie das besser verstehen. Ich habe den Untersuchungsbericht aus Ihrer Abteilung hier vor mir.«

»Ich weiß. Doch die Sache hat sich inzwischen ein bisschen anders entwickelt.« Als Costa sah, dass Lopez ihn zurechtweisen wollte, fügte er schnell hinzu: »Richter Montanyà hat noch am Sonntag die Obduktion der Leiche angeordnet. Das Ergebnis von Dr. Torres spricht ohne jeden Zweifel für Mord.«

Lopez zog eine übertriebene Grimasse und blickte den Staatsanwalt an, als wollte er sagen, was soll man mit solchen Idioten machen.

»Mit hoher Wahrscheinlichkeit haben wir den Täter«, fuhr Costa fort. »Es ist eine Schönheitstherapeutin, die auf der Beautyfarm im Vista Mar arbeitet. Sie versuchte bereits, Ingrid Scholl umzubringen, wahrscheinlich hat sie auch deren Freundin Erika Brendel auf dem Gewissen und mit ziemlicher Sicherheit die Frau des Schönheitschirurgen Schönbach.«

Der Staatsanwalt begann plötzlich großes Interesse zu zeigen. Er wollte genau wissen, aus welchen Verdachtsmomenten sich die Täterschaft ergab. Costa berichtete die Ereignisse in seiner ruhigen und scheinbar gleichgültigen Art. Als er seine Ausführungen beendet hatte, sahen sich Don Lopez und der Staatsanwalt ziemlich ratlos an. Sie überlegten einen Moment, und der Staatsanwalt sagte, er werde einen Haftbefehl beim Richter beantragen.

Costa bedankte sich, nahm den Bericht des Surfers vom Schreibtisch, nickte den beiden zu und wünschte ihnen eine gute Siesta, doch als er die Tür erreichte, fragte ihn Staatsanwalt Rabal, was denn diese Martina Kluge für ein Motiv gehabt habe. Costa hatte diese Frage befürchtet. Er wusste, dass dies der heikle Punkt war. Er drehte sich langsam um und sagte, dass er das mit einiger Sicherheit erst nach dem Verhör der Angeschuldigten sagen könne. Um jede weitere Diskussion zu vermeiden, schloss er schnell die Tür hinter sich.

Er holte Elena ab, und sie fuhren in seinem Wagen nach Santa Eulalia. Als sie das kleine, weiße Büro Martina Kluges betraten, erinnerte sich Costa wieder an seinen ersten Besuch. Wie schnell hatten sich die Dinge gewandelt. Sie war eine so hilfsbereite und freundliche Gastgeberin gewesen, und jetzt wurde sie von Elena gefragt, ob ihre Haare echt seien.

Martina reagierte freundlich und gleichgültig. »Nein«, sagte sie.

»Darf ich?«, fragte Elena und nahm ihr die Perücke ab, bevor sie antworten konnte. Sie hatte tatsächlich eine Tätowierung auf dem Kopf. Der Beweis, dass Grone die Wahrheit gesagt hatte.

»Was ist das für ein Zeichen?«, fragte Costa.

Für einen Moment sah es so aus, als würde Martina Kluge nicht darauf antworten. »Es ist das Zeichen der f-Rune. Sie bedeutet Glück und Reichtum.«

Costa sagte, alle Aussagen, die sie jetzt mache, könnten in einem Prozess wegen Mordes an Ingrid Scholl, Erika Brendel und Arminé Schönbach gegen sie verwendet werden. Er wies sie auch darauf hin, dass sie einen Anwalt anrufen könnte, der dann bei den Vernehmungen im Präsidium dabei wäre. Oder wollte sie ihre Aussagen sowieso nur vor einem Richter machen?

Martina Kluge lehnte alles ab.

Costa verstand das nicht, wollte ihr aber Zeit geben, in Ruhe darüber nachzudenken. Daher fuhren sie schweigend zum Präsidium zurück und begannen erst mit der Vernehmung, nachdem Costa sie ein zweites Mal auf ihre Rechte hingewiesen hatte. Doch Martina Kluge reagierte auch diesmal nicht.

Er hatte bereits einen Amtsarzt für die Blutabnahme bestellt und erklärte ihr, dass das jetzt nötig sei, weil sie ihm beim letzten Mal die Haare aus der Perücke gegeben hatte. Vollkommen entspannt stimmte sie allem zu, sodass er sich wünschte, er hätte diese Vernehmung einem anderen überlassen können. Andererseits ahnte er, dass Elena Navarro, der Surfer oder wer auch immer, viel härter mit ihr verfahren wären.

»Frau Kluge, wir vernehmen Sie, um herauszufinden, ob Sie versuchten, Ihre Klientin Ingrid Scholl zu vergiften, ob Sie das auch bei Erika Brendel taten und ob Sie Arminé Schönbach dadurch ums Leben brachten, dass Sie sie mit einer Injektion betäubten, dann auf die Brücke am Pool schleppten, ihr einen Strick um den Hals legten und sie in den Wasserfall stießen. Was haben Sie uns dazu zu sagen?«

»Ich war um 11.30 Uhr bei ihr, weil sie Rückenschmerzen hatte. Ich gab ihr eine Druckpunktmassage. Ihre Schmerzen waren besonders schlimm. Ich ging um halb eins.«

Costa fragte, ob sie während ihres letzten Besuches bei Ingrid Scholl im Bad zwanzig Digoxina-Tabletten aufgelöst und Ingrid Scholl zu trinken gegeben hätte.

»Ich war um halb acht mit Ingrid Scholl verabredet, um ihr die Runen zu legen und mit ihr über ihren Liebeskummer zu sprechen. Ich hatte mit Ingrid Scholl eine Trinkkur begonnen und gab ihr einen ayurvedischen Ingwertee. Sie hatte ihre Herztabletten noch nicht genommen, deshalb gab ich ihr die Medikation zusammen mit dem Vitamintrunk.«

Costa erinnerte sich, dass sie in der Zeit von 18.00 Uhr bis 21.00 Uhr bei Erika Brendel gewesen war, die dann kurz darauf starb. »Haben Sie Erika Brendel mit irgendeiner Flüssigkeit eine Überdosis ihres Blutdruckmedikaments eingeflößt?«

Martina sagte, sie sei bei ihr gewesen, um Entspannungsübungen mit ihr zu machen, und um mit ihr über ihren Sohn zu sprechen. »Es gehört allerdings auch zu meinen Aufgaben, dafür zu sorgen, dass Medikamente, die der Arzt verschrieben hat, eingenommen werden. Erika vergaß ihre Blutdrucktabletten ständig. Es kann also sein, dass ich ihr auch an diesem Abend ihr Tenormin 100 gab. Mit Kombucha. Ingwertee, der gesünder ist, war ihr zu scharf. Ich bin dann bis kurz vor neun bei ihr geblieben.«

»Sie wollen sagen, dass Sie sich nicht genau daran erinnern, ob Sie Erika Brendel eine erhöhte Dosis des Medikamentes gaben?«

»Ja.« Sie sah ihn ruhig und strahlend an.

»Heißt das, es könnte möglich gewesen sein?«

»Nur, wenn Erika es von mir verlangt hat.«

»Hat sie es von Ihnen verlangt?« Costa wusste, dass dies eine brisante Frage war. Würde sie mit Ja antworten, wäre es Beihilfe zum Selbstmord, und das war straffrei.

Martina saß für einen Moment unentschlossen da. Sie schien sich in einem inneren Konflikt zu befinden. Aber vielleicht dachte sie auch nur angestrengt nach.

Schließlich sagte sie: »Ich glaube – nein.«

Nein! Würde man ihr nun nachweisen können, dass sie der Brendel die Tabletten gegeben hatte, dann wäre es Mord. Waren ihr diese juristischen Differenzierungen bewusst? Der Brendel-Fall zeigte jedenfalls das Raffinement eines alles erwägenden Killers. Ein perfekter Mord! Einzig und allein durch das Geständnis des Täters aufzudecken. Oder der Täterin.

»Was empfanden Sie, als Sie erfuhren, dass Erika Brendel gestorben ist?«

»Ich war traurig.«

»Als Sie am Donnerstag bei Arminé Schönbach waren, wo war sie da?«

»Auf der Terrasse auf einer Liege.«

»Gaben Sie ihr dort eine Spritze in die Vene des linken Armes?«

»Ja. Sie hatte Schmerzen und wollte sich entspannen.«

Costa fragte nach den Schmerzen, und Martina erklärte, dass Arminé Schönbach seit einiger Zeit Bandscheibenbeschwerden hatte.

»Was spritzten Sie?«

Martina blickte ihn an, antwortete aber nicht darauf.

»Woher hatten Sie das Mittel?«

Auch darauf gab Martina keine Antwort.

»Haben Sie sie dann auf der Matte zur Plexiglasbrücke gezogen?«

»Sie ließ sich gerne auf der Matte herumziehen, wenn sie Schmerzen hatte. Das entlastete ihre Wirbelsäule und lenkte sie ab.«

»Legten Sie ihr dann eine Schlinge um den Hals?«

»Nur, wenn sie es von mir verlangt hat.«

»Und tat sie das?«

Martina öffnete ihre Tasche, entnahm ihr einen kleinen Spiegel und ein Make-up-Etui und begann, sich sehr langsam und sorgfältig zu schminken.

Sie tupfte sich mit einem Kleenextuch die glänzenden Partien an Stirn, Nase und Kinn. An ihren Lidern korrigierte sie mit der Kuppe ihres Mittelfingers den verwischten Kajalstift und trug einen Hauch Rouge auf. Elena zog die Augenbrauen hoch, doch Martina Kluge war bei dem, was sie tat, völlig entspannt. Das einzig Ungewöhnliche daran war, dass es nicht zu einer Mordvernehmung passte.

Costa warf einen Blick zu Elena, die das Tonband gestoppt hatte und jetzt darauf wartete, dass Martina ihr Schminkzeug wieder einsteckte. Sie verstand die Situation als Frau sicher besser, und wenn sie damit umgehen konnte und das normal fand, war das für ihn auch okay.

Er lehnte sich zurück und warf einen Blick aus dem Fenster. Seine Kinder kamen ihm in den Sinn und wie schön es wäre, diesen Spätsommerabend mit ihnen zu verbringen.

»Erinnern Sie sich an Ihre Kindheit?«, fragte er.

Martina Kluge lächelte, legte das Schminkzeug zurück in ihre Tasche und sah ihn freundlich an. »Ja.«

»Erzählen Sie etwas. Wie war sie?«

»Es war eine schöne Kindheit. Meine Mutter war berufstätig und hatte nicht viel Zeit für uns, aber sie schenkte mir ein Pferd zum Reiten. Mein Vater unterstützte meine beruflichen Interessen und ermutigte mich, Visagistin zu werden. Ich hatte Glück, sehr schnell herauszufinden, dass es mich erfüllt, anderen Menschen zu helfen. Ich liebe die Menschen und ich habe viel zu geben. Das ist meine Lebensaufgabe.«

Costa hörte aufmerksam zu. Er suchte nach einem Motiv für ihre Taten, aber er konnte nicht einmal den Ansatz zu einer Hypothese finden. Auch diese Aussage klang nicht nach einer taktischen Irreführung. Sie erschien ihm wie ein »Engel der Alten«, und so hatte er sie auch bisher stets wahrgenommen.

Es wurde schon dunkel, als sie die Vernehmung beendeten und Martina Kluge abgeführt wurde. Sie hatte bereitwillig über alles, was er wissen wollte, Auskunft gegeben, obgleich sie stets vage geblieben war, wenn er mit Fragen kam, die den direkten Tathergang betrafen.

»Was meinen Sie?«, fragte er Elena. »Wie ist Ihr Eindruck?«

»Ich denke, sie hat die Taten begangen.«

»Alle drei?«

»Alle drei. Aber wir müssen sie zur Beobachtung in die Psychiatrie einweisen lassen. Sie ist irgendwie nicht normal.«

Costa wollte sich jetzt nicht schon wieder mit ihr über Martina streiten. Aber er konnte sich nicht die Bemerkung verkneifen, dass sie doch einen ruhigen, ausgeglichenen, sogar freundlichen Eindruck gemacht hätte. »Finden Sie das nicht normal? Ist es nur normal, wenn einer lügt und herumschreit?«

»Wir können das nicht beurteilen. Sie ist eine sehr attraktive Frau, da wirkt auf den ersten Blick alles ein bisschen normaler«, sagte sie mit einem zynischen Blitzen in den Augen.

Er lächelte sie an.

»Sie lächeln«, sagte sie, »aber vielleicht übersehen Sie, dass wir ein Problem haben.«

»Und das wäre?«

»Wir haben kein Motiv.«

Er wollte etwas antworten, aber das Telefon klingelte. Staatsanwalt Rabal war am Apparat. Costa hielt die Muschel zu und flüsterte: »Franco Segundo.« Rabal sagte, Rechtsanwalt Roca Ribas sei Martina Kluges Anwalt und habe schon alle in Aufruhr versetzt. Richter Montanyà erwartete noch innerhalb der nächsten Minuten eine Darstellung des Falles, denn Roca Ribas habe eine Kaution angeboten und wolle nun die Höhe festsetzen lassen.

»Sie hat keinen Anwalt«, sagte Costa.

»Dann hat sie jetzt einen! Jeder Angeklagte hat einen Anspruch darauf! Was wollen Sie mir erzählen?!«

Costa entschuldigte sich und sagte, der DNA-Test des Blutes der Verdächtigen würde den Beweis erbringen, doch das Ergebnis würde erst morgen Nachmittag aus Barcelona kommen.

»Haben Sie ein Geständnis?«

»Nicht direkt«, sagte Costa.

»Haben sich aus dem Verhör neue Erkenntnisse ergeben?«

Costa wollte einen Moment überlegen, aber da hörte er schon wieder die ungeduldige Stimme Rabals. »Hat sie irgendetwas gesagt, was wir nicht schon wussten?«

»Nein.« Costa gab sich geschlagen.

»Was könnte ihr Motiv sein?«

»Keine Ahnung.« Es herrschte einen Moment Schweigen. Kein Motiv – das verblüffte sogar den Staatsanwalt.

»Irgendetwas wird einen Menschen doch antreiben, wenn er kurz hintereinander mehrere Leute umbringt!«

»Wir müssen sie für ein Gutachten in die Psychiatrie überstellen.«

»Ausgeschlossen! Ausgeschlossen! Montanyà will ein Motiv, sonst ist sie frei. Ich werde morgen früh um zehn mit ihm sprechen. Überlegen Sie sich bis dahin etwas, Costa.«

Costa fragte Elena, aber sie wusste auch keinen Rat.

Bevor Costa nach Hause fuhr, kaufte er sich am Flughafen ein Ticket für die erste Maschine nach München. Als er endlich im Bett lag, meldete sich wieder sein Tinnitus. Außerdem hatte er Kopfschmerzen und nichts mehr im Kühlschrank, obgleich ihn Hunger quälte. Am liebsten hätte er eine Schlaftablette genommen, um alles zu vergessen. Er wälzte sich eine Weile hin und her, aber das machte die Sache nicht besser.

Sein Hauptproblem war die enge Frist, die sie ihm gesetzt hatten, um ein Motiv für Martina Kluge zu präsentieren. Er hatte nichts, nicht einmal einen Ansatz. Sie half vielen Menschen ganz selbstlos, war ruhig, freundlich, ausgeglichen und sehr anziehend. Die Tatsache, dass er sich ihr Handeln nicht erklären konnte, machte sie für den Richter nicht automatisch zu einer Verrückten. Er würde sie auf Kaution freilassen, und sie würde die Insel verlassen. Hinzu kam, dass er selbst Schwierigkeiten hatte, sie als kaltblütige Mörderin zu sehen. Er bekam Schweißausbrüche, wenn er versuchte, sich Martina Kluge als Täterin vorzustellen. Schon allein der Gedanke, dass er in der scheußlichen Kellerzelle eine Unschuldige eingesperrt hielt, raubte ihm den Schlaf.

Wenn ihm überhaupt jemand helfen konnte, dann Schönbach. Er kannte Martina Kluge seit Jahren, hatte mit ihr relativ eng zusammengearbeitet, war mit ihr ja vor kurzem sogar in einem feinen Restaurant essen gewesen. Dahin ging man nicht mit einer Angestellten, die einem völlig fremd war.

Schönbach wusste vielleicht etwas über Martina, dass ihr Verhalten erklärte. Außerdem musste er ein Interesse daran haben, dass der Mörder seiner Frau gefunden wurde. So begann sich Costa auf das Gespräch mit Schönbach vorzubereiten.

Er musste eine positive Einstellung zu Schönbach gewinnen, wenn er wollte, dass er ihm half. Sie müssen sich das Ergebnis, das Sie erzielen wollen, bildlich vorstellen, hatte der Polizeipsychologe an der Akademie gelehrt. Also versuchte sich Costa vorzustellen, wie ihn Schönbach strahlend und mit offenen Armen empfing.

Er versuchte es immer wieder, doch es war so schwierig, dass er darüber einschlief.

Am nächsten Morgen um neun fuhr Costa mit der S-Bahn vom Flughafen in die Münchner Innenstadt. Staatsanwalt Rabal erwartete um zehn seinen Anruf wegen der Haftentlassung Martina Kluges. Er entschloss sich, erst anzurufen, wenn er Klarheit darüber hatte, was für ein Tätertyp sie war.

Er stieg am Marienplatz aus, lief die Treppen hinauf und blieb oben einen Moment stehen, um sich das Glockenspiel im Rathausturm anzusehen. Dann ging er am Feinkostgeschäft Dallmayr vorbei, wo sich im Schaufenster blaue Dosen Beluga-Kaviar auftürmten. Er warf einen kurzen Blick in den Franziskaner und überlegte, ob er noch Zeit für eine Weißwurst hätte, verschob es dann aber auf später, bog rechts in die Maximilianstraße und ging an Mooshammer vorbei bis zur Praxis von Schönbach.

Costa hatte ihn gleich nach dem Gespräch mit Rabal angerufen und für elf Uhr einen Termin bekommen. Es war fünf vor elf, als er die Praxis betrat.

## 26

Der Boden war aus Veroneser Marmor, die Wände weiß gestrichen und die Decken lackiert. Am Empfang saßen mehrere gut aussehende Sprechstundenhilfen. Alle wussten Bescheid, als Costa seinen Namen nannte. Eine von ihnen führte ihn zu Schönbachs Sekretärin, die ihn freundlich begrüßte und ihm einen Kaffee anbot. Costa dankte, und sie sah auf die Uhr. Da es genau elf war, öffnete sie die Tür zu Schönbachs Sprechzimmer.

Schönbach erhob sich, begrüßte ihn zurückhaltend, aber freundlich und bot ihm einen Platz an.

Der Raum war sehr hell und groß, an den Wänden hingen Gemälde, wahrscheinlich wertvolle moderne Kunst. Costa hatte keine Zeit, irgendetwas näher zu betrachten, denn Schönbach fragte ihn sogleich, wie er ihm helfen könne.

Costa informierte ihn über die Verhaftung von Martina Kluge und erklärte die Umstände, die dazu geführt hatten. Schönbach hörte ihn wortlos an und als Costa fertig war, nickte er, sagte aber nichts. Schließlich brach Costa das Schweigen. »Mich berührt es sehr«, sagte er, »besonders weil ich die junge Frau nicht verstehe. Das Bild, das ich von ihr habe, passt nicht zu dem, was sie getan hat.«

Schönbach sah ihn immer noch schweigend an. Zwischen seinen behaarten Fingern spielte er gedankenverloren mit einem goldenen Montblanc-Füllfederhalter; er hatte sich den Nagel seines linken Daumens gequetscht.

»Gibt es so viele verschiedene Motive für das älteste Verbrechen der Menschheit? Warum tat es Kain?«

Costa wusste nicht, was er meinte. Außerdem fiel ihm im Moment nicht ein, warum Kain Abel umgebracht hatte. War es wegen einer Frau? Wollte er ihn beerben? Er hatte nicht die geringste Idee, was er darauf antworten sollte. Im Gegenteil, irgendwie fühlte er sich schläfrig. »Sie haben Recht«, sagte er. Wieder schwiegen sie für einen Moment, und Costa dachte daran, wie sie alle vier zusammen in dem Restaurant in San Rafael gesessen hatten – er mit Karin und Schönbach mit dieser jungen angenehmen Frau, die gerade eine seiner Patientinnen umgebracht hatte.

»Sie hat kein Motiv«, sagte Costa. »Das macht die Sache so seltsam.«

»Sie irren sich. Sie hatte ein ganz einfaches Motiv.«

Costa starrte Schönbach an. Fieberhaft ging er in Gedanken noch einmal alles durch. Was konnte er übersehen haben? Warum brachte ihn dieser kluge Mann immer wieder dazu, sich wie ein Idiot zu fühlen? Was könnte das sein?«, fragte er.

»Ich sagte Ihnen am Telefon, dass ich mit meinem Anwalt besprechen wollte, ob ich verpflichtet bin, den Empfänger meiner Schenkungen namentlich zu nennen. Er sagte, es bestehe kein Hindernis und riet mir, offen mit den Strafverfolgungsbehörden zusammenzuarbeiten.«

»Und?« Costa begriff nicht, was er meinte.

»Die Empfängerin ist Martina Kluge.«

Costa war sprachlos. Er konnte sich das einfach nicht vorstellen. Wieso gerade sie – eine relativ unbedeutende Mitarbeiterin der Beautyfarm? »Warum haben Sie das getan?«

Schönbach sagte, er würde die Patientinnen immer bitten, ihm keine Geschenke zu machen und ihm nichts zu vererben. Eine Schenkung könne er immer gleich ablehnen, aber im Falle einer Erbschaft war der Erblasser ja bereits tot. Auch wenn er die Erbschaften ausschlagen würde, wäre es in jedem Fall ein gefundenes Fressen für die Presse. Daher hatte er sich von seinem Anwalt nach langen Überlegungen dazu überreden lassen, sich notariell zu verpflichten, das Geld für eine gute Sache zu spenden. Er hatte geglaubt, in Martina Kluge die Richtige gefunden zu haben. Er hatte ihre Biographie genau studiert. Sie hatte ihr ganzes Leben in den Dienst hilfsbedürftiger, alter und allein stehender Menschen gestellt und ihm mit großer Verve von einem Projekt erzählt, das sie eines

Tages realisieren wollte: Ein selbstverwaltetes Dorf für Kinder aus aller Welt, eine richtige kleine Kinderstadt mit eigenen Produktionsstätten, Läden und Schulen. Die Idee hatte ihm nicht nur gefallen, er war davon absolut begeistert.

»Daher bin ich nun zutiefst erschüttert über das, was passiert ist«, sagte er und fügte hinzu, er habe zwar sofort einen Anwalt für Martina Kluge bestellt und auch angeboten, die Kaution zu bezahlen, aber die Enttäuschung sei doch riesengroß.

Dann fragte Schönbach, was denn nun mit ihr geschehen würde. Costa sagte, sie würde nun in der Psychiatrie auf ihren Geisteszustand untersucht werden. Schönbach fixierte ihn für einen Moment eiskalt. Costa wunderte sich, und dachte im ersten Moment, er hätte ihn irgendwie verletzt. Doch an seiner Bemerkung konnte es eigentlich nicht gelegen haben. Aber Schönbach hatte sich schon wieder gefangen und lächelte. »Gibt es denn Anzeichen dafür, dass sie nicht normal ist?«

Costa wich aus und sagte, das könne er nicht beurteilen. Dann wollte Schönbach wissen, was Psychiatrie in Spanien bedeutete.

»Sie kommt in eine geschlossene Anstalt nach Barcelona, wo sie mehrere Wochen lang genau beobachtet und auf alle möglichen Symptome hin untersucht wird«, erklärte ihm Costa.

Schönbach hatte plötzlich wieder diesen eiskalten Ausdruck, zwang sich jedoch schnell zu einem Lächeln und fragte, ob Costa noch weitere Fragen hätte.

»Eine Frage habe ich noch. Ich verstehe einfach noch nicht, wie es überhaupt zu diesen Erbschaften kommt. Wie kann eine Patientin ihrem Arzt ihr ganzes Vermögen vermachen? Ich meine, wenn keine besonderen Umstände vorliegen.«

»Da gebe ich Ihnen Recht. Aber in den Fällen, die Sie hier nennen, lagen besondere Umstände vor. Frau Brendel war mir extrem dankbar, weil ich ihren Sohn wieder zusammengeflickt habe, nachdem sie mit dem Auto in einen Lastwagen gerast war.« Schönbach stand auf und öffnete einen Schrank. »Ich will Ihnen ein paar Fotos zeigen, damit Sie sich ein Bild machen können.« Er legte drei Fotos auf den Tisch, eines kurz vor dem Unfall, eines kurz vor der Operation und eines nach der Operation und Beendigung der Therapie. Costa war erschüttert. Es war unglaublich, was er da zu sehen bekam! Das Foto in der Mitte zeigte ein völlig zertrümmertes Gesicht. So etwas hatte er bislang nur in der Leichenhalle gesehen. Costa wurde klar, welche Kunst dieser Mann beherrschte.

»Das verstehe ich«, sagte Costa, »aber bei Frau Scholl und bei Frau Haitinger verhielt es sich ja anders.«

»Sie haben Recht. Jeder Fall ist unterschiedlich. Bei Frau Scholl lag eine pathologische Oberflächenspannung vor, wie ich das nenne. Alle Ängste, die der Mensch normalerweise auf dieses oder jenes überträgt, projizierte Frau Scholl auf ihr Äußeres. Besonders auf das Gesicht. Ihre Seele steckte sozusagen in ihrer Außenhaut und nicht in ihrem Herzen. Und diese Hülle lehnte sie ab! *Ich kann mich nicht sehen*, sagte sie. Nach den beiden Operationen mochte sie sich wieder und hatte endlich Freude daran, sich im Spiegel zu betrachten. Man könnte sagen, ich habe sie von ihrer Blindheit befreit. Sie erlebte das alles wie eine Wiedergeburt. Da sind die Menschen dann sehr dankbar und wollen einem alles geben und schenken.«

Costa war fasziniert. Aus dieser Perspektive hatte er die Dinge noch nicht betrachtet. Solche Gedanken waren ihm bislang fremd gewesen.

»Und Frau Haitinger?«, fragte er neugierig.

»Frau Haitinger war ein sehr komplizierter Fall. Sie definierte sich nur über ihren Mann.«

Costa fragte ihn, was er damit meinte.

»Nur wenn ihr Ehemann ihr sagte, wie sie sein soll, was sie tun und was sie lassen soll, konnte sie sich spüren. Sie existierte nur durch seine Vorstellungen.«

Schönbach sah Costa nachdenklich an, als überlegte er, ob ein Polizist so etwas verstehen könne.

Costa erinnerte sich an die Schilderungen von Franziska Haitinger. »Kam er darum mit ihr hierher und diktierte, was an ihr verändert werden sollte?«

»Ja. Ich führte dann vor der Operation mehrere lange Gespräche mit ihr, in denen ich herauszufinden versuchte, wie sie sich selbst gern gesehen hätte.«

»Wie haben Sie das gemacht?« Costa hatte Franziska Haitinger als eine sehr schöne, aber spröde Frau erlebt, die nicht so leicht etwas an sich heranließ.

»Es war sehr schwer. Sie schrie mehrmals vor Angst.«

»Wieso das?«

»Es war, als gebe es für sie ein großes Verbot, sie selbst zu sein. Ein großes *Franziska-Verbot*, wie ich das nannte. Sie durfte einfach nicht *sein*. Das kommt aus der Kindheit. Es ist die subtilste Form der Vernichtung eines Kindes durch die Eltern. Das Kind darf nicht sein, was es ist, es muss anders sein oder soll überhaupt nicht sein.«

»Haben Sie ihr helfen können?«

»Als alles verheilt war und ich sie im Vista Mar wiedersah, war sie wie neu geboren. Sie wollte sich von allem trennen, was mit ihrem früheren Leben und mit ihrem Mann zu tun hatte. Unter anderem eben auch von ihrem Vermögen.«

»Wie ist sie zu Ihnen gekommen?«

»Die intelligenten Patienten informieren sich bei der ›Deutschen Gesellschaft für Plastische und Wiederherstellungschirurgie‹. Da erhalten sie eine sachgerechte Beratung. Es gibt ja inzwischen sehr viele Halunken in diesem Geschäft, Ärzte, die noch nie ein Skalpell in der Hand hatten und aus finanziellen Gründen einfach drauflosschneiden, ohne über die notwendigen Einrichtungen zu verfügen. Und es gibt Schönheits-GmbHs, die von mehreren Ärzten als reine Gewinnmaschinen betrieben werden. Wie soll ein Patient sich da orientieren?«

»Kennen Sie solche Halunken, wie Sie es nennen, aus eigener Erfahrung?«

»Nein. Ich bin plastischer Chirurg, ich habe allerlei Fachausbildungen, ich war stets allein meinen Patienten und der Medizin verpflichtet.«

Franziska Haitinger war von Dr. Teckler an Schönbach empfohlen worden. Costa hatte danach gefragt, und Schönbach war der Antwort geschickt ausgewichen. Natürlich kannte

Schönbach auch diese so genannten Halunken; die Beispiele, die er aufgezählt hatte, entsprachen seinen Erfahrungen in der Medico Ästhetik. Warum wollte Schönbach, der weit über diesen Halunken stand, Medico Ästhetik nicht erwähnen? Was wusste Teckler, was er noch nicht wusste? Costa unternahm einen letzten Versuch. »Gibt es Städte in Deutschland, in denen Sie nicht so gerne arbeiten würden?«

Schönbach lächelte. »Ja, Aachen und Köln. Ich ziehe München vor, hier gefällt es mir sehr gut.« Schönbach fühlte sich sichtlich unbehaglich. Er rieb seine Handflächen an den Hosenbeinen, erhob sich dann abrupt und sagte, er habe nun die nächste OP vor sich und müsse sich leider verabschieden.

Als Costa durch das Vorzimmer ging, sagte die Sekretärin, Dr. Schönbach habe seinetwegen zwei Operationen verlegt. Costa bedankte sich.

Während er auf den Lift wartete, dachte er über das Gespräch nach. Die Beschreibung Franziska Haitingers hatte ihn stark beeindruckt. Er wusste aus den Zeugenaussagen der anderen, aber auch von ihr selbst, wie stark die Macht ihres Ehemannes über sie gewesen war. Und Schönbach begegnete ihr und änderte das in einigen wenigen Gesprächen! Welche Macht hatte dieser Mann über andere? Vielleicht sogar über Teckler, der ihm Patienten schickte, ohne selbst etwas davon zu haben?

Auf der Maximilianstraße warf Costa einen Blick in Richtung Franziskaner. Es meldete sich wieder sein Appetit auf Weißwürste mit süßem Senf und Salzbrezeln.

Er hatte jetzt das Motiv, das die Verdächtige überführte und konnte es Rabal mitteilen. Costa holte das Handy aus der Tasche und suchte nach der Nummer des Staatsanwaltes. Er fühlte sich unwohl. War es der Hunger oder hielt ihn irgendetwas anderes zurück? Costa stand einen Moment unschlüssig da. Etwas an Schönbachs Verhalten beunruhigte ihn. War es dieser Blick oder war es eine Äußerung, die er gemacht hatte? Costa ging in Gedanken noch einmal alles durch. Schönbach hatte

Martina als guten Menschen bezeichnet. Dann hatte er sie als Empfängerin seiner Schenkungen entlarvt und damit eiskalt ans Messer geliefert. Wäre es jetzt nicht normal, wenn er seine Schenkungen an eine Frau, die sich als mehrfache Mörderin entpuppte, widerrufen würde? Denn was würde die Presse, die ihm offenbar so wichtig war, dazu sagen, dass die Mörderin seiner Patientinnen Geld von ihm bekam? Vielleicht sollte er doch noch kurz den Notar aufsuchen, um die rechtlichen Zusammenhänge besser zu verstehen? Er sah auf die Uhr, wenn er Glück hatte, würde er in der Kanzlei noch jemanden antreffen.

Er war bereits ein paar Schritte die Maximilianstraße hinuntergegangen, kam an der Kleinen Komödie gegenüber dem Hotel Vier Jahreszeiten vorbei und wechselte vor dem Schumann's auf die andere Straßenseite, wo sich unter den Arkaden eines restaurierten Geschäftshauses die Kanzlei befand.

Bevor Costa hineinging, hörte er sein Handy klingeln. Es war Torres, der ihm mitteilte, was der Blut- und Speichelvergleich von Martina Kluge ergeben hatte: Sie war es gewesen, die den Briefumschlag mit dem Abschiedsbrief angeleckt hatte. Costa bedankte sich, ging durch die Glastür ins modernisierte Treppenhaus und fuhr mit dem Fahrstuhl in die dritte Etage.

Die Empfangssekretärin sagte ihm, Dr. Hemmelrath habe gleich eine Kaufvertrags-Beurkundung und würde sicherlich heute Vormittag keine Zeit haben. Costa bat sie, es dennoch zu versuchen. Sie forderte ihn auf, einen Moment Platz zu nehmen. Er hatte sich noch nicht gesetzt, da erschien ein älterer grau melierter Herr in dunkelblau gestreiftem Anzug, der ihn bat, ihm in sein Büro zu folgen. Eine Beurkundung warte auf ihn, sagte er, aber Schönbach habe ihn gestern informiert, dass möglicherweise jemand von der spanischen Polizei mit ihm Kontakt aufnehmen würde.

Er deutete auf den Sessel vor seinem Schreibtisch und setzte sich. »Sie wollten wissen, wer der Empfänger der Schönbachschen Schenkungen ist. War es nicht so?«

Costa nickte. »Ich war eben bei Herrn Dr. Schönbach, und er sagte mir, die Empfängerin sei eine gewisse Martina Kluge.«

Der Notar war ein wenig überrascht. »Ja, ja – das stimmt.« Er sah Costa an und wartete auf eine weitere Frage.

Costa setzte einen beflissenen Gesichtsausdruck auf. »Das Problem ist ein anderes. Das gesamte Erbschaftsvermögen inklusive dessen, was Frau Schönbach hinterlässt, beläuft sich auf eine zweistellige Millionensumme. Die Beschenkte befindet sich im Gefängnis und steht unter dem starken Verdacht, die Erblasser umgebracht zu haben. Die Frage ist doch, ob sie die Schenkungen wirklich erhält. Wär doch vielleicht sittenwidrig, oder? Man bringt jemanden um, damit man sein Vermögen erbt?«

»Ja, ja, ist klar. So eine Schenkung wäre sicherlich anfechtbar. Ebenso wie bei grobem Undank.«

Costa stellte sich naiv. »Man müsste Dr. Schönbach vielleicht darüber informieren. Würde das nicht seinem Ruf schaden, einer Mörderin ein Millionenvermögen zu vermachen?«

Der Anwalt schaute auf die Uhr und erhob sich. »Das ist bereits geschehen. Herr Dr. Schönbach ist informiert. Wir sind diese Möglichkeiten nicht nur beim Aufsetzen der Schenkungsurkunde genau durchgegangen, sondern haben die Anfechtung der Schenkung auch gestern noch einmal besprochen. Dr. Schönbach würde nur gerne die rechtskräftige Verurteilung von Frau Kluge abwarten. Das ist ja auch richtig. Sie ist bis jetzt lediglich angeschuldigt.« Er gab Costa lächelnd die Hand. »Vielleicht war es doch jemand anderes.«

»Man kann es ja nie wissen«, sagte Costa und bedankte sich.

Als Costa wieder auf der Straße stand, holte er tief Luft. Nach Martinas Verurteilung würde Schönbach die Schenkung widerrufen und alle Erbschaften einstreichen. Und noch eins war ihm klar, Martina hatte die Taten begangen. War es aber möglich, dass sie nur eine Marionette im großen Masterplan des Schönheitschirurgen war? Er wusste über Schönbach immer noch nicht genug.

Zum Beispiel begriff er nicht, warum Schönbach ausgerechnet einer so normalen und bedeutungslosen Frau wie Martina Kluge ein solches Vermögen überschrieben hatte. Arminé hätte ihm dazu sicher etwas sagen können, aber sie war eines der Opfer. Vielleicht deswegen? Die Einzige, die Schönbach wirklich kannte, war sie. Und vielleicht noch Dr. Teckler, fiel ihm ein.

Er rief ihn an, und als er ihm sagte, wo er gerade sei, schrie Teckler ins Telefon: »Weißwürste sind super! Bringen Sie mir welche mit!«

Costa lachte. »Ich komme nicht, um Weißwürste zu essen. Sie sollen mir noch etwas über Schönbach erzählen.«

»Alles, was Sie wollen«, rief Teckler. »Ich kenne ihn besser als jeder andere. Selbst seine Ehefrau wusste nichts über ihn. Aber ich habe ihn durchschaut.« Er lachte sein meckerndes Ziegenlachen. »Weil ich genauso ein Zocker bin wie er! Genauso gierig, genauso hungrig!«, fügte er hinzu.

Costa verzichtete auf die Weißwürste, stieg am Vier Jahreszeiten in ein Taxi und ließ sich zum Bahnhof bringen.

Im Zug sah Costa die bayerischen Dörfer und kleinen Städte am Fenster vorbeifliegen. Er erfreute sich an den herbstlichen Farben der Wiesen und Felder. Was für ein schönes Land war Deutschland! Die Natur war gezähmt und Farben und Formen fein aufeinander abgestimmt.

Seine Gedanken gingen zurück zu Schönbach. Er würde Teckler fragen, ob Schönbach bei einer Serie von Verbrechen seine Hand im Spiel haben könnte. Wenn das der Fall war, hätte er einen Täter vor sich, der alles genau durchdachte und jede Eventualität berechnete. Einen, der sein Werk erst beginnen würde, wenn er von der Perfektion seines Planes überzeugt wäre. Vielleicht war es ein Plan, der bereits viele Jahre zurückreichte und Arminé von Anfang an einschloss.

Hatte sie deshalb so interessiert zugehört, als er von den Testamenten sprach?

# 27

Als Costa ankam, stand Teckler in Hut und Mantel vor der Haustür. »Wir gehen zum Grünen Jäger!«, krähte er. »Ich kann mich nicht wieder besaufen. Ich muss ein bisschen spazieren gehen. Ich mach das zu wenig, seit mein Hund tot ist.« Er kam Costa an die Gartenpforte entgegen. »Da gibt's auch was zu essen und ein gepflegtes Bier.«

Er gab Costa nicht die Hand, sondern hakte sich gleich bei ihm ein. »Na, was wollen Sie diesmal wissen?« Costa wollte gerade etwas über Schönbach sagen, da fuhr er schon fort: »Wie die Frau von Schönbach ist?«

Die Erwähnung Arminés berührte Costa seltsam. Teckler wusste offenbar nicht, dass sie tot war und er auf der Suche nach ihrem Mörder. »Kennen Sie sie?«

»Sicher kenne ich sie! Ich war doch bei der Eheschließung dabei! Eine persische Hochzeit im Bayerischen Hof! So fangen Märchen an. Ein Mann, dem Gott alles schenkt und dann noch die schönste Frau auf Erden!«

»Kannten Sie sie gut?«

»Oh, mein Gott!«, rief er mit seiner Fistelstimme. »Wenn man mit ihr ins Bett ginge, würde der Mond aufgehen und im Garten würden sich die Blüten öffnen. Die Zikaden fingen an zu zirpen und Frösche würden das hohe A von Amor quaken. Sie ist der Duft und Klang von allem! Eine Symphonie der Natur!« Er schnitt eine Grimasse und kratzte sich am Kopf. »Leider war ich nicht zur Symphonie eingeladen, sondern nur zur Hochzeit«, sagte er schelmisch, fuchtelte mit seinem freien Arm herum und wäre beinahe über die Bordsteinkante gestolpert, als sie die Straße überqueren wollten. Doch Costa hatte ihn fest im Griff. Er genoss diesen langsamen Spaziergang zur Jägerkneipe und sah schon ein frisch gezapftes Bier und ein Wiener Schnitzel mit Bratkartoffeln vor sich. Teckler war ziemlich aufgekratzt und freute sich, wieder jemanden gefunden zu haben, dem er von seiner Vergangenheit erzählen konnte. Vielleicht hatte er aber auch nur seine Betablocker nicht genommen, wie die Brendel, um den Kick des hohen Blutdrucks zu genießen. Oder sich aufgeputscht? Kein abwegiger Gedanke bei diesen Medizinern, denen nichts heilig ist, dachte Costa.

»War sie auch operiert?«

»Nein. Der Schönbach ist zwar ein Besessener, aber er ist nicht dumm«, sagte Teckler und erzählte, dass der damals noch relativ junge Schönbach so ungeheuer fleißig war, dass Horstmeier und er wie Landstreicher neben ihm wirkten. »Sicher, was er damals bei der Medico Ästhetik lernte, zahlt sich bis heute für ihn aus. Inzwischen ist er ein steinreicher Mann, aber er wird kaum zu den Chirurgen gehören, die das Messer für einen behaglichen Lebensabend aus der Hand legen. Im Gegenteil: Alter und Krankheit scheinen seine Passion, andere chirurgisch zu verändern, noch zu steigern.«

»Woher wissen Sie das?«

Teckler blieb einen Moment stehen, blickte zu den Baumwipfeln hinauf und holte tief Luft. »Man muss die Lungen füllen«, verkündete er. Er gab Costa einen Stoß. »Vorwärts!«, rief er.

Sie gingen weiter, und Costa fragte noch einmal, woher er das wisse.

»Was?«

»Sie sagten eben etwas über Schönbachs wachsende Passion, Menschen zu verschönern.«

»O ja, o ja! Ich traf ihn neulich auf einem Kongress in Frankfurt. Er war einer der Hauptredner. Und wissen Sie –«, er blieb stehen und blickte Costa an. »Ich bin aufgestanden und habe ihn gefragt: Welche Art von Künstler sind Sie denn nun eigentlich?«

»Hat er darauf geantwortet?«

»Selbstverständlich! Was denken Sie! Wahrscheinlich hat es keiner von den Biedermännern verstanden. Jedenfalls teilt er seine medizinische Biographie in einzelne ›Perioden‹ ein.« Er grinste voller Boshaftigkeit. »Etwa den ›stromlinienförmig-glatten‹ jungen Schönbach, dann den ›ausdifferenzierten und sensualistisch hoch kultivierten‹ Schönbach der neunziger Jahre. Und jetzt den ›griechisch orientierten, klassischen‹ Schönbach.«

Costa wusste nicht, ob Teckler es ernst meinte. »Ist er krank?«, fragte er.

»Nein, nein, ganz und gar nicht! Für sie klingt das komisch, klar, aber Schönbach ist zweifellos der glanzvollste europäische Schönheitschirurg des technischen Zeitalters. Er war schon als Jugendlicher ein totaler Technik-Freak. Er brauchte immer schnelle Autos und Jachten und hat sogar einen Pilotenschein gemacht. Da ist es logisch, dass er auch im medizinischen Bereich immer hinter den neuesten Operationstechniken her ist.«

»Was wär denn für mich als Laien ein Beispiel?«

»Zum Beispiel diese Sache mit der Japanerin. Das hat er noch hier gemacht, als er bei Medico Ästhetik war. Die war ihm so dankbar, dass sie ihn als Erben eingesetzt hat. Stellen Sie sich das mal vor!«

Costa war jetzt hellwach. Plötzlich hatte er die Vision eines weltumspannenden Verbrechens. Sollte Schönbach eine Art Sektenführer sein?

»Was war mit der Japanerin?«

»Eine von Schönbachs Kunstfertigkeiten sind Knochenveränderungen des Gesichts. Sehr schwierig! Um das zu erlernen, brauchen andere Jahre und schaffen es doch nie. Aber er macht aus einem langen Gesicht ein rundes oder aus einem runden ein langes, als wär's nichts. Diese Japanerin zum Beispiel hatte ein – für japanische Verhältnisse – ziemlich langes Gesicht und litt darunter. Sie hatte noch drei Schwestern, und an ihren Eierkuchengesichtern konnte sie ermessen, wie hässlich sie war. Sie unternahm die weite Reise von Tokio nach Offenbach, um von Schönbach operiert zu werden. Und er machte ihr ein richtiges, rundes japanisches Gesicht! Er musste dazu den ganzen Oberkiefer und auch den Unterkiefer verändern, wobei er ganz besondere Techniken anwendete. Als sie in den Spiegel sah, strahlte sie über ihr vollkommen rundes Mondgesicht. Wir fanden das alle unglaublich. Von da an kam sie zweimal im Jahr hier nach Offenbach und ließ sich immer irgendetwas von ihm operieren – einmal die Brust, ein andermal die Nase, irgendetwas fand sie immer. Er hat dann ein Buch über ihre Gesichtsoperation geschrieben, dass sie ins Japanische übersetzte. Doch der Dankbarkeit nicht genug, hat sie ihn auch noch als Erben eingesetzt!«

»Lebt sie noch?«

»Nein. Sie hatte irgend so eine komische Blutkrankheit, gegen die die Ärzte in Tokio machtlos waren.«

Costa wollte mehr hören. »Das ist ja ungeheuer spannend. So was lässt man sich als normaler Mensch ja nicht im Traum einfallen«, sagte er und musste sich nicht einmal verstellen.

Teckler lachte auf und meinte, das brächten andere auch noch fertig, das würde Schönbach noch nicht zum Karajan der Schönheitschirurgie machen. »Da befinden wir uns immer noch auf der Erde!«, sagte er mit seinem schelmischen Grinsen.

»An was denken Sie?«

»Wir Schönheitschirurgen haben doch das Problem, dass vor allem Alte operiert werden möchten, für die jede Vollnarkose lebensgefährlich sein kann. Schon damals hat sich Schönbach mit diesem Problem auseinander gesetzt. Diese Einschränkung ärgerte ihn maßlos. Daher befasste er sich mit alternativen Narkosetechniken. Hypnose eignete sich ausgezeichnet dazu und faszinierte ihn ungeheuer. Schon bald darauf begann er, in einzelnen Fällen gänzlich ohne chemische Betäubungsmittel zu operieren.«

Costa fühlte sich wie elektrisiert, wusste aber im Moment nicht, woher diese Nervosität kam. Auf jeden Fall war ihm schon die reine Vorstellung, ohne Narkose operiert zu werden, unangenehm.

»Wie das? Wie geht das – ohne Betäubung?«

»Hypnose-Anästhesie.«

»Das funktioniert?«

»Hab ich auch nicht geglaubt. Wir hatten deswegen eine heftige Auseinandersetzung, ich hab mich aber nicht überzeugen lassen. Ich wollte das mit eigenen Augen sehen.«

»Und hat er es Ihnen vorgeführt?«

Teckler strahlte über das ganze Gesicht. »Allerdings! Das hat er!«

Costa wollte nun jede Einzelheit wissen, doch Teckler war plötzlich verschlossen. Er wollte nicht weiter darüber sprechen. Costa ließ nicht locker, wurde sogar ziemlich aggressiv, bis Teckler sich schließlich damit rechtfertigte, es Schönbach versprochen zu haben.

»Warum mussten Sie ihm das versprechen? Was hat er denn Schlimmes mit Ihnen getan, dass es niemand wissen darf?«

»Nichts Schlimmes, aber er ist wahnsinnig Publicityscheu. Deswegen hat er immer diese abgerichteten Bluthunde, die sein Haus bewachen. Er will keine Journalisten. Ein anständiger Arzt hat das nicht nötig, sagt er immer.«

Costa erklärte ihm, dass sich Schönbach radikal verändert hätte und inzwischen von so viel Publicity umgeben sei, dass sie ihn schützte.

Teckler verstand das nicht. »Was heißt schützen?«, wollte er wissen.

Costa überlegte einen Moment, ob er ihm die ganze Geschichte erzählen sollte. Möglicherweise reihte sich ja auch die Japanerin in die Mordserie ein.

All dies ging ihm blitzschnell durch den Kopf, aber er entschied sich dann doch, dem alten Mann die Aufregung zu ersparen und erklärte ihm stattdessen, es gehe um einen Fall von fahrlässiger Tötung wegen eines Kunstfehlers. Es komme nun sehr darauf an, zu ermitteln, wem der entscheidende Fehler unterlaufen war, und dazu müsse er möglichst genau die Arbeitsweise der an der Operation Beteiligten verstehen.

»Und Schönbach war dabei?«, fragte Teckler.

»Er leitete die Operation«, log Costa.

»Dann ist er es nicht gewesen«, sagte Teckler. »So etwas passiert ihm nicht.«

»Sie helfen ihm nur, wenn Sie mir die Sache von damals erzählen«, hakte Costa noch einmal nach. Franziska Haitinger war ihm diese Lüge wert. Auch sie hatte ein Testament zu Gunsten Schönbachs aufgesetzt, und war er der Täter, so konnte sie die Nächste sein. Wieder spürte er, dass sie ihm nicht gleichgültig war.

Teckler nickte und ging langsam weiter. »Die Geschichte passierte im Herbst '88, kurz bevor er uns verließ. Wir hatten diesen Streit, ich wollte keine narkosefreie Operation zulassen, und schließlich einigten wir uns, dass er es mir vorführen würde. Ich bot mich als Medium an, aber er schlug vor, es mir erst einmal an Horstmeier zu demonstrieren, da der Hypnotisierte meistens glaubt, dass er das, was er getan hat, freiwillig tat. Das leuchtete mir ein. Horstmeier sollte in dem Experiment einen Patienten spielen, der von Schönbach auf die Operation vorbereitet wird. Er würde ihn dabei in Trance versetzen, aber natürlich würde keine Operation stattfinden.

Wir trafen uns eines Abends in Schönbachs Büro. Er zündete eine Kerze an, die Horstmeier fixieren musste. Dann erzählte er ihm, dass er nun in einen angenehmen Schlaf sinken und schöne Erinnerungen an seine Kindheit haben würde. Er würde keinen Schmerz empfinden und gar nicht bemerken, was um ihn herum vorging. Horstmeier fiel tatsächlich in eine Art Trance, und dann gab Schönbach ihm den Befehl, ihm nach dem Erwachen die Zunge herauszustrecken. Als er aus der Trance erwachte, saß Horstmeier eine Weile schweigend da, so wie man ihn gar nicht kannte. Und als ich ihn fragte, wie er sich fühlt, sagte er, ganz gut, und dass er überhaupt nicht müde sei. Dann bot Schönbach ihm eine Tasse Kaffee an. Horstmeier erstarrte und blickte mit weit aufgerissenen Augen vor sich hin. Schönbach gab mir ein Zeichen und wandte sich von Horstmeier ab. Als dieser bemerkte, dass Schönbach ihn nicht mehr sehen konnte, streckte er ihm die Zunge raus. Er zwinkerte mir zu und grinste. Natürlich hab ich gedacht, dass er alles mitbekommen hat und bloß die Gelegenheit nutzt, um den verhassten Schönbach zu verarschen. Als ich ihn dann aber später fragte, warum er dem Schönbach die Zunge rausgestreckt hat, bemerkte ich, dass er sich an überhaupt nichts aus der Hypnose erinnern konnte. Ich habe ihm dann gesagt, dass das Zunge-Herausstrecken ein Befehl Schönbachs war. Aber er glaubte mir das nicht und meinte, dass er ihm die Zunge rausgestreckt hätte, weil Schönbach so ein eingebildetes Arschloch sei.« Teckler lächelte. »Interessant, nicht wahr?«

»Klingt ein bisschen nach Jahrmarkt«, sagte Costa.

»Ja, das hab ich mir damals auch gedacht, aber der eigentliche Beweis stand ja erst noch aus.«

»Und?«

»Ich kriegte damals vorne eine Glatze und hatte Schönbach deswegen schon einmal um eine Haartransplantation gebeten. Er hatte es abgelehnt, wahrscheinlich weil ihm hässliche Kollegen lieber sind. Doch jetzt wollte er mich ja überzeugen, und so schlug ich ihm vor, mir die Hypnose-Anästhesie bei der Haarverpflanzung zu demonstrieren. Ich wusste, dass er ein Wahnsinniger ist, der alles macht, um sein Ziel zu erreichen. Also stimmte er zu. Wir vereinbarten einen Termin, und er fing an, mich zu hypnotisieren. Das dauerte ungefähr eine halbe Stunde. Ich merkte, dass ich immer mehr das tat, was er von mir verlangte. Ich legte mich auf den OP-Tisch, und er bereitete die Operation vor. Ich kann mich daran erinnern, dass er mich operierte, doch ich spürte keinen Schmerz. Alles kam mir vor wie ein blasser Film aus der Vergangenheit. Er hätte das auch in Vollnarkose machen können, aber ich fand's so fast noch schöner.« Teckler beugte seinen Kopf. »Hier sehen Sie, da sind noch die Narben.«

Costa wusste nicht, was er davon halten sollte. Vielleicht handelte es sich ja nur um einen ganz leichten kosmetischen Eingriff. »Was ist denn bei der Operation passiert?«, wollte er wissen.

»Normalerweise macht man einen gestielten Lappen. Dabei wird ein zwanzig Zentimeter langer und vier Zentimeter breiter Hautstreifen herausgeschnitten. Das sieht dann aus wie ein Stiel mit Löffel. Den dreht man nach vorne, damit der Löffel mit den Haaren die kahle Stelle bedeckt. Den Stiel lässt man dran, damit der Haarlappen, der jetzt vorne auf dem

Kopf sitzt, weiterhin mit Blutgefäßen verbunden ist. Schönbach aber konnte einen freien Lappen setzen, das heißt, er schnitt bei mir einen Hautlappen mit Blutgefäßen und Haaren heraus und setzte ihn vorne auf den Kopf. Normalerweise machen das nur Gefäßchirurgen. Das sind unfallchirurgische Tätigkeiten, in der kosmetischen Chirurgie hat das bisher noch keiner gebracht.«

»Auch die Unfallchirurgen nicht?«

»Nein, nein. Die machen keine kosmetische Chirurgie. Das ist eine Riesenoperation, und es besteht immer das Risiko, dass der Lappen abstirbt.«

»Und klappte das bei Ihnen?«

»Super. Das Loch von vier Quadratzentimetern hinten auf dem Kopf machte er zu, indem er den ganzen Skalp herunternahm und die Hautteile anschließend wieder zusammenschob. Ich muss sagen, er hat wirklich ausgezeichnete Arbeit geleistet. Mir wurden schon am dritten Tag die Haare gewaschen.«

»Und Sie haben nichts gemerkt?«

»Ich habe gemerkt, was passierte, aber wie gesagt ohne jede innere Beteiligung.«

»Unglaublich«, sagte Costa.

Sie hatten inzwischen das Restaurant betreten. Der Oberkellner, den Teckler mit Karl begrüßte, kam auf sie zu und führte sie an einen der Holztische am Fenster. Teckler bestellte sich einen Salat und einen Rotwein, während Costa zu seiner Enttäuschung kein Wiener Schnitzel auf der Karte entdecken konnte.

»Es gibt wohl kein Wiener Schnitzel?«, fragte er.

Teckler machte eine ausladende Armbewegung und meinte: »Quatsch, Karl, sag dem Koch, er soll dem jungen Mann ein Wiener Schnitzel machen. Er ist weit gereist, der kommt extra aus Spanien, um bei euch ein Wiener Schnitzel zu essen.«

Der Oberkellner verbeugte sich. »Wird gemacht, Herr Doktor. Und Sie einen Salat mit Rotwein?«

»Und Bratkartoffeln.«

»Rotwein mit Bratkartoffeln?«

Teckler schickte den Kellner mit großer Geste weg und sagte: »Wiener Schnitzel mit Bratkartoffeln. Und ein Bier! Richtig?«

Costa nickte.

»Karl ist in Ordnung. Er war Trauzeuge bei meiner zweiten Hochzeit. Wir haben hier im Grünen Jäger gefeiert. Ist schon lange her. Was sind Sie eigentlich für ein Mensch?«

Costa erzählte ihm, dass sein Vater Spanier sei und seine Mutter Deutsche, dass er die ersten neun Jahre seines Lebens im Süden verbracht hatte, seine Eltern sich dann aber trennten und seine Mutter mit ihm nach Deutschland zurückgegangen war, wo sie zunächst Schwierigkeiten hatte, einen Job zu finden. Deshalb gab sie ihn für ein Jahr auf ein irisches Internat.

»Das war eine schreckliche Zeit. Eine Zeit voller Sehnsucht«, meinte Costa, und Teckler sah ihn mit seinen großen, gut operierten Augen an.

»Ohne Liebe zu leben ist etwas Furchtbares«, sagte er, »und wenn es nur die Liebe zum Beruf ist. Sie lieben Ihren Beruf, das merke ich. Auch mein Beruf war für mich eine wundervolle Sache. Doch jetzt langweile ich mich, gehe nicht einmal mehr spazieren, seit mein Hund gestorben ist, und sitze allein in meinem großen Haus.«

Costa war seltsam berührt. Er hätte gerne mehr Zeit gehabt, und dieser Mann litt daran, dass er zu viel davon hatte!

Costa war ziemlich hungrig, als das Wiener Schnitzel kam. Es war weder zu dünn noch zu dick und sehr zart. Die Bratkartoffeln waren mit Speck und Zwiebeln angebraten und wunderbar knusprig. Der spanische Speck schmeckte anders als der deutsche. Costa mochte den spanischen nicht, er fand ihn zu tranig.

Teckler beobachtete ihn beim Essen und grinste. Costa fragte, warum er lächelte.

»Wer einen so guten Appetit hat wie Sie, kann glücklich sein.« Er griente wie ein Seepferdchen. »Was das Essen anbelangt.«

»Und wie fühlt er sich zwischen den Mahlzeiten?«, fragte Costa, während er sein Schnitzel kaute.

»Er hat Probleme mit Frauen«, sagte Teckler breit grinsend.

»Danke«, sagte Costa ein bisschen süß-säuerlich und dachte an Karin.

»Aber ich kann Ihnen einen Tipp geben!«, lachte Teckler mit leicht frohlockendem Unterton.

»Und das wäre?«

»Suchen Sie sich eine Frau mit einem Pferdegesicht und bringen Sie sie zu Schönbach. Er macht einen Pfauenkopf draus, und sie wird Ihnen ewig dankbar sein!«

Costa lachte. »Und was würde mich das kosten?«

»Zehn- bis zwölftausend Mark. Aber wenn Sie ihm die fahrlässige Tötung erlassen, wegen der Sie hier sind, macht er es Ihnen vielleicht umsonst.« Teckler grinste wieder. »Was für ein Kunstfehler ist ihm denn nun unterlaufen, dass die Kripo ermittelt?«

Costa wischte sich den Mund mit der Serviette ab, lehnte sich etwas nach hinten und machte das Gesicht eines ertappten Sünders. »Ihm ist kein Kunstfehler unterlaufen. Wahrscheinlich war sein einziger Fehler, dass er die Frau zu stark beeindruckt hat, die mir gerade den Laufpass gab.«

»Sag ich doch.«

Der Ober kam mit der Rechnung, und Teckler bestand darauf, ihn einzuladen.

Auf dem Weg zu seinem Haus erzählte der alte Mann vergnügt weiter über Schönbach. »Er sollte nicht Schönbach, sondern Schöngeist heißen. Er liest nicht nur viel, sondern er interessiert sich auch für Musik und Malerei und wollte mir doch tatsächlich den Schmarren verkaufen, dass er Schönheitschirurg werden wollte, weil er der Überzeugung ist, dass Schönheit die Welt rettet. Ich sagte dann immer, ich widerspreche dir da gar nicht, Engel Gabriel, nur würde ich es etwas anders betonen. Es ist nicht die Schönheit, die die Welt rettet, sondern das *schöne* Geld! Auf jeden Fall rettet es *uns*.« Lachend schloss er die Gartenpforte auf, an der Costa sich von ihm verabschiedete.

Als Costa sich auf dem Weg zum Bahnhof noch einmal umwandte, sah er den alten Kauz an der Gartenpforte stehen. Teckler hob beide Arme und winkte ihm hinterher, als wäre es der letzte Abschied auf dieser Welt.

Plötzlich war Costa alles klar. Die Teile des Bildes setzten sich zusammen. Schönbachs Masterplan. Costa sah ihn nun vor sich. Bei der Operationsvorbereitung hatte er die Patientinnen in Hypnose versetzt und ihnen suggeriert, das Testament zu seinen Gunsten aufzusetzen. Eine handschriftliche Willenserklärung mit Datum und Unterschrift genügte. Zeugen waren nicht nötig. 1997 hatte er Martina Kluge auf der Beautyfarm im Vista Mar kennen gelernt und sofort bemerkt, dass sie ein willfähriges Opfer war. Er brachte sie unter seinen Einfluss, und sie führte aus, was immer er ihr befahl. Schließlich ordnete er an, seine ehemalige Patientin Ingrid Scholl mit einer Überdosis ihres Herzmedikaments umzubringen, und Martina Kluge gab ihr die tödliche Mischung.

Was sie nicht ahnte, war, dass sich zur gleichen Zeit ein homosexueller Psychopath in der Wohnung versteckt hielt. Grone rief die Polizei auf den Plan, wodurch Schönbach zunehmend unter Druck geriet. Costa vermutete, dass Arminé nach Costas Besuch Verdacht geschöpft hatte. Schönbach musste sie umbringen lassen. Möglicherweise hatte sie früher sogar die gleiche Funktion erfüllt wie jetzt Martina Kluge: Sie hatte als Auffangnetz fungiert, in dem sich die Erbschaften sammelten, damit kein Verdacht auf ihn als Arzt fiel. Er spielte den Gutmenschen, dem es nicht ums Geld ging und der alles an eine Art Mutter Teresa weitergab, von der er es sich später, wenn aller Verdacht verflogen war, wieder zurückholte. Entweder, indem er seine Schenkungen widerrief oder aber die Beschenkte umbrachte.

Schönbach ging bei all dem kein Risiko ein. Zum Zeitpunkt der Tat war er weit genug entfernt. Würde seine Marionette einen Fehler begehen und auffliegen, konnte er sagen, ich erbte nichts, sie bekam alles. Damit war er das Motiv los, das auf die Spur des Täters führte. Würde sie wegen der Morde verurteilt werden, konnte er die Schenkung entrüstet widerrufen. Genial!

Hatte Elena ihm nicht erzählt, dass Hypnotisierte wieder enthypnotisiert werden konnten und sich dann an alles erinnerten, was ihnen aufgetragen wurde?

Hatte Schönbach vielleicht daran gedacht, als er erfuhr, dass Martina Kluge in die Psychiatrie eingewiesen werden sollte und ihn deshalb so seltsam angestarrt?

Costa sah Schönbachs Plan in all seiner Perfektion vor sich. Zugleich aber begriff er, in welcher Gefahr sich Martina Kluge befand. Schönbach musste jetzt alles tun, um ihre Einweisung in die Psychiatrie zu verhindern, und das konnte er nur, wenn er sie umbrachte. Sie war wie ein Tresor, in dem alle Beweise gegen ihn lagerten! Wer immer den Geheimcode knackte und sie zum Sprechen brachte, würde Schönbach erledigen. Wenn aber Martina im Gefängnis starb, konnte er die Schenkungen widerrufen, alles Geld einstreichen und niemand könnte ihm jemals etwas beweisen.

Auf jeden Fall musste Elena Martina noch einmal gründlich verhören – und zwar sofort.

Costa wählte ihre Nummer und Elena hörte seinen Bericht ruhig zu Ende an.

»Es wird kaum möglich sein, dass ich sie noch einmal verhöre. Sie ist heute Morgen auf Kaution entlassen worden.«

Costa konnte es nicht fassen! Das hatte er die ganze Zeit befürchtet! Er sagte, sie müssten sofort versuchen, Martina Kluge zu finden und sie unauffällig beschatten. Sie sollten sie keinen Moment aus den Augen lassen, selbst wenn sie an Bord von Schönbachs Hochseejacht ginge. Am besten sie würden gleich die Hafenpolizei verständigen, damit diese ein Schiff bereitstellte. Costa wollte auf jeden Fall über alles auf dem Laufenden gehalten werden.

Dann rief er noch einmal in der Praxis von Dr. Schönbach an und fragte die Sekretärin, ob Dr. Hemmelrath nicht zufälligerweise noch da wäre. Sie wunderte sich, antwortete aber, der Notar sei doch schon mittags gekommen und nur kurz geblieben.

Hemmelrath war also gleich nach Costas Besuch bei seinem Mandanten gewesen. Und wo war Schönbach?

»Dann habe ich noch eine Frage«, sagte Costa in seiner ruhigen Art. »Ich wollte eigentlich mit Dr. Schönbach zusammen nach Ibiza fliegen – ist er schon fort?«

»Schon vor zwei Stunden«, sagte sie.

Costa ahnte, dass er versuchen würde, Martina Kluge zu töten.

# 28

Als Costa durch die aufgleitenden Schiebetüren in die Ankunftshalle des Flughafens trat, wartete Elena Navarro auf ihn. Sie übergab ihm seine Waffe mit dem Schulterhalfter und sagte, sie habe sie vorsichtshalber aus dem Büro mitgenommen. So schlimm wird es schon nicht kommen, dachte Costa, bedankte sich aber und schnallte sie draußen um, wo nicht alle zusahen. Elena hatte keinen Dienstwagen dabei, sondern ihr Motorrad. Costa wollte jetzt nicht kneifen, doch er fühlte sich sehr unbehaglich. Er war kein Motorradfahrer und wusste nicht, ob er seine Arme um ihren Bauch legen oder sie lieber lässig herunterhängen lassen sollte. Er tat Letzteres, aber in jeder Kurve hatte er das Gefühl, sie würde die Kontrolle über die Maschine verlieren. Eine unangenehme Vorstellung. Seine Angst verwandelte sich in Ärger darüber, dass es überhaupt keine Möglichkeit gab, miteinander zu reden.

»Wohin fahren wir?«, brüllte er ihr ins Ohr.

»Nach Na Xamena!«, brüllte sie zurück.

Die zweiundzwanzig Kilometer vom Flughafen bis nach San Miguel würde er noch aushalten, obgleich der Ledergürtel ihrer Jacke permanent an seinen rechten Oberschenkel schlug. Es war ein brennender Schmerz, den er vergaß, als sie zur Bucht von Balansat rechts abbog und mit fast unverminderter Geschwindigkeit die Serpentinen hinuntersauste, wobei er oft das Gefühl hatte, der Fußbügel würde gleich über die Straße schrammen. Ihm wurde fast schlecht, und er spürte heftig sein Herz. Er gab nun die Zurückhaltung auf, legte die Arme um sie und drückte die Wange an ihren Rücken. Ihm war gleich etwas wohler.

Er sah die grünen Hügel und Bäume an sich vorbeirauschen und atmete tief den würzigen Duft der Kiefern ein. Als sie fast im Tal waren, riss Elena die Maschine nach links und raste durch den Wald eine Straße hinauf. Costa erkannte den Weg nach Na Xamena.

Sie fuhr auf den runden Parkplatz des Fünfsternehotels Hacienda, das an einem Steilhang über dem Meer lag und sechs Stockwerke tief in den Felsen hinein gebaut war. Der Bischof lehnte an seinem Jeep und hatte das Handy am Ohr. Er grinste, als er Costa leichenblass von der Maschine steigen sah.

Elena erklärte ihm, dass sie Martina Kluge seit ihrer Entlassung überwacht hatten. Sie war die ganze Zeit auf ihrer kleinen Finca geblieben, dann heute Mittag aber plötzlich in ihr Auto gestiegen und hierher gefahren. Sie hatte nicht am Hotel angehalten, sondern war über die immer steiniger werdende Waldstraße bis auf das Felsplateau gefahren, das dem Hotel auf der anderen Seite der kleinen Bucht gegenüberlag. Der Surfer hatte seinen Wagen abgestellt und war ihr das letzte Stück zu Fuß gefolgt, denn entkommen konnte sie nicht. Er hatte sie eine Weile beobachtet, wie sie regungslos in ihrem silbernen Mazda saß. Einmal hatte sie kurz telefoniert. Sie war angerufen worden.

Der Bischof hielt mit dem Surfer über Handy Kontakt. Bisher war nichts weiter passiert. Martina Kluge saß immer noch still im Wagen und schien auf etwas zu warten.

Costa fragte, ob sie Schönbach am Airport erwischt hätten. Elena sagte, er sei in sein Haus bei Es Cubells gefahren und hinter seinen schweren Stahltoren verschwunden. Elena hatte ihn beschattet und sich hinter einer halb verfallenen Finca versteckt. Schließlich hatte er das Haus mit seinem Range Rover verlassen, und Elena war ihm bis zum Hotel Hacienda gefolgt.

»Hat er Sie bemerkt?«, fragte Costa.

»Ich glaube nicht, sonst hätte er vielleicht versucht mich abzuhängen.«

»Wo ist sein Wagen?«

Elena zeigte auf einen schwarzen Geländewagen, der nicht weit entfernt stand.

»Er ist ins Hacienda gegangen und bisher nicht wieder aufgetaucht?«

Sie nickte. Costa bat Elena, an der Rezeption nach ihm zu fragen und so zu tun, als sei sie eine Patientin, die ihn dringend sprechen müsste. Elena nickte und verschwand.

Costa tätschelte Rafals mächtigen Bauch und fragte, was es bei ihm Neues gebe. Er freute sich, dass der Bischof trotz El Cubanos Warnung dabeigeblieben war. Doch sie wurden durch Elena unterbrochen, die berichtete, dass Schönbach gerade eine Besprechung mit der Geschäftsleitung habe. Die Beerdigungsfeier für seine Frau, zu der alle wichtigen Leute der Insel geladen waren, sollte hier im Hotel stattfinden.

Costa fragte den Bischof, ob er inzwischen irgendwas vom Surfer gehört hatte. Der Bischof schüttelte den Kopf und meinte, mit einem Fernglas müsste man Martina Kluge eigentlich recht gut von der Terrasse des Hotels aus sehen können. Da der Bischof ein leidenschaftlicher Jäger war, fragte ihn Costa, ob unter all dem Krempel in seinem Jeep nicht auch ein Fernglas sei, doch der Bischof musste passen. Costa hatte einen Blick in seinen Wagen geworfen und hinten auf dem Sitz eine von Rafals Jagdflinten entdeckt. »Ist das Zielfernrohr des Jagdgewehrs nicht auch ein starkes Glas?«, fragte er ihn.

Der Bischof bejahte das, und Costa schlug vor, die Flinte zu nehmen und im Hotel nach einem Zimmer neben der Terrasse zu fragen, während Elena vor dem Hotel die Stellung halten würde. Sie sollte ihnen Bescheid geben, falls Schönbach auftauchte und ihm dann folgen.

An der Rezeption zeigte Costa seinen Polizeiausweis und erklärte, sie bräuchten ein Zimmer neben der Terrasse, um für ein oder zwei Stunden das Meer zu observieren. Der junge Spanier begriff sofort, dass er Rauschgiftfahnder vor sich hatte, die Kokainschmugglern auf der Spur waren, und bot ihnen die Suite Sa Creu im sechsten Stock an.

Costa und der Bischof durchquerten den kleinen Salon und betraten das große Schlafzimmer mit Panoramablick aufs Meer sowie auf die gegenüberliegenden Granitfelsen, die den linken Teil der Bucht ausmachten. Auf dem Felsplateau war Martinas silberner Mazda sofort zu erkennen. Er stand in einiger Entfernung vom Klippenrand, der etwa vierhundert Meter tief zum felsigen Strand hin abfiel. Den Sturz von der Klippe würde niemand überleben.

Costa schloss die Tür hinter sich ab, nahm das Gewehr aus der Hülle, überprüfte das Fernrohr und trat auf den Balkon hinaus, der einen eigenen Whirlpool hatte. Was für ein Luxus. Wäre es nicht ein Höhepunkt des Lebens, hier einmal eine Nacht mit Karin zu verbringen?

»Hey, du Idiot!«, grunzte der Bischof, »willst du mich erschießen?« Dabei drückte er das Gewehr zur Seite, das Costa gedankenverloren vor sich her getragen hatte. Costa entschuldigte sich und lehnte sich so über die Balustrade des Balkons, dass er Martina genau im Visier hatte.

»Siehst du sie gut? Willst du's nicht abschrauben?«

»Wozu?« Costa schüttelte den Kopf. »Sie ist ganz nah! Das ist wahnsinnig! Das ist ja ein Superglas.«

»Lass mich auch mal sehen«, sagte der Bischof.

Costa gab ihm das Gewehr und nahm stattdessen Rafals Handy. Er begrüßte den Surfer und fragte, ob alles in Ordnung sei, was dieser bestätigte.

»Was will die bloß hier? Warum hockt die da die ganze Zeit wie betäubt hinterm Steuer?«, fragte sein junger Kollege.

Jetzt klingelte Costas eigenes Handy. Elena war dran und meldete, dass Schönbach soeben das Hotel verlassen hatte und in seinen Wagen gestiegen war. Er hatte seinen Hund dabei, den er in einen Käfig im Kofferraum sperrte. Sie konnte nicht mehr auf ihre Maschine steigen, das wäre aufgefallen, also war sie hinterhergerannt und hatte noch gesehen, wie Schönbach in den felsigen Waldweg eingebogen war, der aufs Plateau führte.

Costa nahm schnell das andere Handy. »Achtung, Schönbach kommt! Geben Sie sich nicht zu erkennen!«

»Alles cool, Junge«, antwortete der Surfer.

»Lass mich noch mal sehen«, sagte Costa zum Bischof,

nahm ihm das Gewehr ab und reichte ihm die beiden Handys. »Erzähl mir, was die berichten.«

Costa justierte das Fernglas und hatte Martina Kluge wieder scharf im Fadenkreuz. Es dauerte nicht lange, bis der schwarze Range Rover auf der Waldlichtung auftauchte und in der Nähe des Mazda hielt. Schönbach und Martina Kluge stiegen aus und gingen dann gemeinsam über das Plateau in Richtung Abgrund.

»Um Gottes willen, der bringt sie um!«, stieß Costa hervor. »Sag dem Surfer, er soll losrennen! Er soll den Schönbach überwältigen, egal, was kommt!«

Der Bischof gab die Anweisung weiter, doch der Surfer wandte ein, dass Schönbach ihn dann ja erkennen würde, und Costa brüllte: »Befiehl's ihm! Ein Befehl!«

Der Bischof brüllte ins Telefon. Schönbach und Martina Kluge hatten inzwischen fast den Abgrund erreicht.

Der Bischof quatschte wieder ins Telefon. Offenbar war der Surfer immer noch nicht losgelaufen.

Costa stellte die Flinte an die Balkonbrüstung und sagte zum Bischof, er solle Schönbach scharf im Visier behalten. Würde er versuchen, Martina Kluge die Klippen hinabzustoßen, sollte er auf ihn schießen. Dann rannte er zur Tür und hörte noch, wie der Bischof rief: »Wo willst du hin?«

Er lief durch die Hotelhalle und stieß dabei mit der rechten Schulter gegen einen sehr kräftigen Mann im Schottenrock, der eine Golfkarre hinter sich her zog. Am liebsten hätte er dem Kerl einen seiner Golfschläger übergezogen, doch er musste weiter, er durfte nicht eine Sekunde verlieren.

Costa sprang die Stufen des Haupteingangs hinunter und sprintete bis zu der Stelle, wo der Waldweg nach rechts abbog. Dort verlangsamte er seinen Schritt, um nicht völlig erschöpft bei Schönbach anzukommen. Doch er hielt das langsame Tempo nicht lange durch, immer wieder sah er die junge Frau vierhundert Meter tief in den Abgrund stürzen.

Er rannte an Elena vorbei und gab ihr ein Zeichen, dass sie sich nicht von der Stelle rühren sollte. Als er das letzte Unterholz vor der Lichtung durchquerte, hätte er fast den Surfer umgerannt, der sich ihm fragend in den Weg stellte. Er stieß ihn in das Gebüsch zurück und zischte auch ihm zu, sich nicht von der Stelle zu bewegen.

Costa blieb so lange wie möglich in der Deckung des Waldes. Dann stoppte er einen Moment, um die Situation zu überblicken. Über das Plateau hinweg, auf dem an manchen Stellen große Gesteinsbrocken lagen, sah er Martina nah am Abgrund stehen. Sie war alleine. Ihr Mazda stand parallel zum Klippenrand etwa acht Meter von dem schwarzen Range Rover entfernt. Doch von Schönbach keine Spur.

Costa holte tief Luft und rannte los. Er musste Martina so schnell wie möglich vom Klippenrand wegreißen, denn es war klar, dass Schönbach irgendetwas im Schilde führte.

Costa hatte Martina die ganze Zeit im Blick und achtete nicht genau darauf, wo er hintrat. In einer Steinrille knickte er mit dem rechten Fuß um, lief aber mit unvermindertem Tempo weiter. Sie wird glauben, ich renne auf sie zu und wir sausen beide in den Abgrund, dachte er und begann, ihr mit den Armen wilde Zeichen zu geben. Er winkte sie zu sich heran, aber sie rührte sich nicht. Sie stand da wie angewurzelt.

Schließlich erreichte er sie völlig außer Atem und bemerkte, dass sie gar nicht zu ihm geschaut hatte. Sie starrte an ihm vorbei und schien von etwas ganz Besonderem fasziniert. Keuchend drehte er sich um und folgte ihrem Blick. In Schönbachs Auto bewegte sich etwas, ein schwarzer Schatten flog auf sie zu. Costa begriff, dass Schönbach seinen Bluthund losgelassen hatte. Die blutrünstige Bestie setzte mit großen Sprüngen auf sie zu und war nur noch hundertfünfzig Meter entfernt. Costa warf einen kurzen Blick zu Martina, die immer noch regungslos am Rand der Klippe stand und auf Schönbachs Wagen starrte. Es schoss ihm durch den Kopf, sie zu packen und wegzuzerren, doch er begriff, dass es zu spät war. Er riss die Waffe aus seinem Halfter, entsicherte sie und legte an. Es war eine Star 30 BM 9 mm, mit der er schon mindestens ein Jahr nicht mehr geschossen hatte. Jetzt bereute er, niemals an den Schießübungen teilgenommen zu haben.

Der schwarzbraune Mastino war nun auf hundert Meter heran und kam in großen Sätzen näher. Costa machte einen Schritt zur Seite, um sich vor Martina zu stellen. Er hob den rechten Arm und umfasste mit der linken Hand sein rechtes Handgelenk. Dann senkte er die Waffe, bis er die Bestie auf Kimme und Korn hatte. Im Arm spürte er einen stechenden Schmerz, der von dem Zusammenstoß mit dem vierschrötigen Kerl in der Hotelhalle herrührte.

Der Hund war jetzt nur noch dreißig Meter entfernt. Das war die Distanz, die Costa sich zutraute. Er spannte den Zeigefinger und zog durch. Der Schuss krachte. Als er begriff, dass er sein Ziel verfehlt hatte, setzte der Hund zum letzten Sprung an. Costa vergaß sein rasendes Herz und seinen Atem. Seine Energie konzentrierte sich allein auf den dunklen Schatten, der in der Luft auf ihn zuflog. Er wollte bis zum letzten Moment warten, doch plötzlich war ihm, als wäre der Brustkorb des Hundes schon gegen die Mündung seiner Pistole geprallt. Als er seine Orientierung wieder fand, begriff er, dass es nur der Rückschlag der Waffe gewesen war, denn er hatte instinktiv abgedrückt. Der Hund lag in zwei Meter Entfernung vor ihm. Er hatte ihn in den Hals getroffen, Blut rann aus seiner Kehle und sammelte sich in einer kleinen Lache auf dem grauen Felsen. Costa drehte sich zu Martina um, als er einen Motor aufheulen hörte. Räder drehten durch, und der schwarze Range Rover raste auf sie zu. Der Wahnsinnige will uns mit dem Auto hier herunterstoßen, jagte es ihm durch den Kopf. Wieder hob er die Waffe, zielte auf den Kopf des Fahrers und drückte ab. Doch der Wagen ratterte weiter auf sie zu. Costa schoss das ganze Magazin leer, aber nichts passierte. Der Wagen hatte wahrscheinlich Panzerglas.

Costa warf seine Waffe weg, packte Martina am Handgelenk und riss sie mit sich fort. Sie stolperte ihm hinterher und wäre fast gefallen. Erst als Costa sie anbrüllte, wachte sie auf. Mit aller Gewalt zog er sie mit sich und ging hinter einem großen Felsblock in Deckung. Schönbach bremste so scharf, dass die Räder fast blockierten. Der Wagen kam knapp vor dem Abgrund zum Stehen.

»Ergeben Sie sich, Schönbach! Es hat keinen Zweck! Kommen Sie heraus!«, brüllte Costa.

Das Getriebe krachte, und er wusste, dass Schönbach nicht aussteigen würde, sondern versuchte, den Rückwärtsgang einzulegen. Der Wagen setzte mit durchdrehenden Rädern zurück. All die verdrängte Todesangst schob sich jetzt wie eine Lawine der Aggression nach vorn und riss Costa mit. Er rannte auf den schwarzen Geländewagen zu, erreichte ihn, weil Schönbach das Steuer eingeschlagen hatte, um zu wenden, packte den Griff der Fahrertür und zerrte daran. Der Wagen war von innen verriegelt. Schönbach gab Gas, Costa stolperte und wurde mitgeschleift. Als Schönbach das Steuer herumriss, um über das Plateau zurückzurasen, warf sich Costa auf die Motorhaube und hielt sich an den Scheibenwischern fest. Schönbach gab Gas, der Wagen sprang über ein Schlagloch und gewann an Fahrt. Costa spürte nichts, er hatte nur den einen Willen, auf der Haube zu bleiben und diesen Teufel nicht entkommen zu lassen.

Schönbach fuhr nicht zurück zum Hotel, sondern schlug die andere Richtung ein, ohne zu wissen, was ihn dort erwartete. Nach ein paar Metern endete der Weg an einer steilen Felswand mit einem Ziegenpfad, der in die Hotelbucht hinunterführte. Ein Schild verbot den Hotelgästen das Benutzen dieses Kletterpfades. Schönbach schien in die Felswand hineinrasen zu wollen, bremste dann aber kurz davor mit aller Kraft ab, sodass Costa von der Haube geschleudert wurde und mit dem Rücken gegen die Felswand flog.

Er war einen Moment benommen. Als er aufblickte, sah er Schönbach aus der Beifahrertür springen und auf dem Kletterpfad verschwinden. Er raffte sich auf, humpelte bis zu dem Schild und sah hinab. Es war kein Pfad, sondern eher eine steile Schlucht. Schon ohne Hast und Eile wäre es lebensgefährlich gewesen, dort hinunterzuklettern. Was er schafft, schaffe ich auch, dachte Costa voller Zorn. Vorsichtig suchte er mit den Füßen und Händen Halt, bevor er weiter in die Schlucht hinunterkletterte. Er konnte Schönbach zwar nicht mehr sehen, doch er hörte, wie sich hin und wieder Gesteinsbrocken lösten.

Nach etwa hundert Metern hielt er an und sah ein schwieriges Stück vor sich, wo er kaum Halt finden konnte. Er musste sich hinabgleiten lassen, sodass er auf einen Felsvorsprung fiel, der nach drei Metern zu sehen war. Als er dort auftraf, spürte er den Schmerz in seinem verstauchten Fuß. Er zog das Bein an, um seinen Knöchel zu befühlen, und sah daher nicht gleich das etwa fünfzehn Quadratmeter große Felsplateau in Höhe seines Kopfes. Das Plateau war wie eine Höhle halb von überhängenden Felsen geschützt und nur zum Meer hin offen. Dort ging es dreihundert Meter steil hinab.

Costa sah, dass sein Knöchel geschwollen war, vergaß es aber sofort wieder, als er ein scharrendes Geräusch hörte und kleine Steine über ihn hinwegrollten. Er sah Schönbach mit einem schweren Stein über sich stehen, bereit, ihn auf ihn herabsausen zu lassen. Costa konnte nirgendwohin ausweichen. Daher sprang er hoch und versuchte, Schönbachs linkes Bein zu packen. Jeden Moment rechnete er damit, dass der mächtige Stein seinen Schädel zertrümmerte. Doch nichts passierte. Sein Kopf war völlig leer, nur seine Muskeln arbeiteten. Er hatte Schönbachs Hacken zu fassen bekommen und zerrte verzweifelt daran. Irgendetwas bewegte sich, er hörte ein Krachen, das Bein gab nach, doch er hatte nur den Schuh in der Hand. Er ließ ihn fallen und sah hinauf. Schönbach war verschwunden. War er gestürzt? Oder hatte er nur den Stein fallen lassen, weil er durch Costas Griff die Balance verloren hatte?

Er musste da hinaufkommen, bevor sich Schönbach erholte. Dazu brauchte er eine Steinsprosse, aber er wagte kaum danach zu suchen, denn sein Gegner konnte jeden Moment wieder auftauchen und ihn erschlagen. Und doch war es die einzige Möglichkeit. Er riss sich zusammen und suchte die Wand ab, bis er ein geeignetes Loch fand. Er setzte den Fuß hinein, stieß sich ab, warf die Arme hoch und presste beide Handflächen flach auf das Plateau. Er strengte alle Kräfte an und riss sich nach oben. Jetzt sah er, dass Schönbach nur darauf gewartet hatte! Er hatte wieder den schweren Stein in der Hand. Costa schob sich auf das Plateau und rollte sich zur Seite. Er tat es mit solchem Schwung, dass seine Beine über den Abgrund rutschten, während der mächtige Stein neben ihm niederging und zersplitterte. Schönbach war nicht nur ein exzellenter Planer, sondern erwies sich auch im Nahkampf als kaltherziger Taktiker. Damit hatte Costa nicht gerechnet. Blitzschnell begriff er, dass er dem blöden Klischee aufgesessen war, Intellektuelle seien nicht zu koordinierten körperlichen Reaktionen fähig. Schönbach jedenfalls war es. Er holte mit dem Fuß aus und trat Costa hart ins Gesicht. Möglicherweise war seine Nase gebrochen, denn alles fühlte sich warm und feucht an. Tränen stiegen ihm in die Augen. Er versuchte, Schönbach zu fassen, griff aber daneben. Schönbach ließ sich schnell auf den Boden fallen und begann, kräftig mit den Beinen zuzutreten, sodass Costa über die Kante geschoben wurde und mit den Beinen in der Luft baumelte. Er lag zwar noch mit seinem Oberkörper auf dem Felsvorsprung, doch seine Hände fanden keinen Halt. Er tastete fieberhaft herum und verkrallte seine Finger in einer Steinrille, um sich wieder auf das Plateau zu ziehen. Schönbach aber sprang auf und trat ihm auf die linke Schulter. Die Wucht katapultierte Costa wieder über den Klippenrand, nur der feste Griff seiner Finger bewahrte ihn vor dem Absturz. Ihm war klar, dass Schönbach ihm nur mit dem Hacken seines rechten Schuhs auf die Hände zu treten brauchte, um ihn endgültig ins Jenseits zu befördern, doch es passierte nichts. Mühsam hob Costa den Kopf. Schönbach stand breitbeinig da und hielt wieder einen schweren Stein in den Händen. Er lächelte! Zuckten seine Lippen? Costa konnte es nicht erkennen, denn vor seinen Augen war alles verschwommen.

»Sie haben also den Fall gelöst, Costa. Bravo! Sie können sich jetzt entspannen und ganz fallen lassen. Nichts wird Sie mehr aufhalten. Ein herrliches Gefühl der Freiheit und des Fliegens wird Sie durchdringen. Möchten Sie, dass ich bis drei zähle?«

Costas Finger begannen bereits zu schmerzen, doch seine Todesangst verlieh ihm übermenschliche Kräfte. Mit Durchgeknallten muss man ganz ruhig sprechen, hatte er zwar auf der Akademie gelernt, aber einfallen wollte ihm jetzt trotzdem nichts. Seine Kehle war wie zugeschnürt. Vielleicht hätte er eine letzte Chance, wenn er um Gnade bitten würde. Wenigstens eine solche Bitte musste er herausbringen! Er zwang sich, den Mund zu öffnen. »Es gibt eine Zeugin Ihrer Verbrechen!«, presste er heraus.

Schönbach ließ ein kleines kollerndes Lachen hören. »Sie sind doch ein gar zu simpler Tropf«, sagte er. »Martina Kluge steht bei mir unter Hypnose. Warum hätte sie wohl sonst all diese Dinge getan? Ich werde sie bitten, Ihnen hinterherzuspringen. Ich werde sie beide als das *Liebespaar im Tode* in Erinnerung behalten.«

Grausamkeit und Zynismus konnte Costa nicht ertragen. Ihn ergriff eine ungeheure Wut. Er hob seinen Blick, um die Bestie zu sehen, auch wenn dies der letzte Anblick seines Lebens sein würde!

Schönbach lächelte und drückte sein Kreuz durch, um den schweren Brocken noch etwas höher zu heben. Costa schien er nun wie ein Riese, den nichts verletzen konnte. Sein Leben war aus, das wusste er. Auf einmal aber machte Schönbach einen Schritt nach hinten, ließ den Felsbrocken fallen, der Costas Hände nur um wenige Zentimeter verfehlte, sackte ein wenig in sich zusammen, richtete sich aber gleich wieder auf. Offenbar kostete ihn das große Mühe, denn sein Gesicht war verzerrt. Doch er biss die Zähne zusammen, holte so tief Luft, dass sich sein Brustkorb blähte, hob sogar die Arme und streckte sie aus, als wollte er in einer Geste von Herrschaft und Macht die Welt umfassen. Dann zuckte er wie von einem Peitschenhieb getroffen zusammen, taumelte zwei Schritte nach vorne und stürzte über Costa hinweg in die Tiefe.

Costa hatte keine Kraft mehr, sich auf das Felsplateau hinaufzuziehen. Er sammelte all seine Energie, um nicht loszulassen, doch lange würde er nicht mehr durchhalten. Plötzlich ertönte von irgendwoher die Stimme des Bischofs. Er spürte Trost und Erleichterung. Als nichts passierte, begriff er, dass er die letzten Atemzüge seines Lebens tat. Er sah für einen kurzen Augenblick die fröhlichen Gesichter seiner Kinder vor sich. Noch einmal konzentrierte er alle Kraft auf seine Hände. Nach einer Weile, die ihm wie eine Ewigkeit schien, hörte er Geröll den Kraxelpfad herunterkullern.

»Hilfe naht«, rief der Surfer mit beschwingter Stimme. Kurz darauf packten ihn kräftige Hände an den Handgelenken. Er wurde mit solchem Schwung hochgezogen, dass er auf den Füßen zu stehen kam. Seine Knie gaben nach, aber der Bischof griff ihm unter die Arme. Er trug ihn ein Stück, lehnte ihn gegen die Felswand, tätschelte seine Wangen und grinste ihn an.

»Keine Vorwürfe, hombre! Der erste Schuss in die Schulter war ja nur eine Verwarnung, doch als mir einfiel, wie lieb du mir bist, entschied ich mich gegen jedes Risiko.« Er befühlte Costas Knochen, um festzustellen, ob etwas gebrochen war. »Bei einem Satan muss man sichergehen«, fuhr er gemütlich fort. »Ein Bauchschuss.« Er spuckte in ein Taschentuch und wischte Costa das Gesicht ab. »Deine Nase ist ziemlich geschwollen.« Er packte ihn hart am Oberarm. »Glaubst du, du kannst da wieder hinaufklettern?«

Costa nickte. Der Surfer lag flach auf dem Bauch und blickte über den Klippenrand. Er erhob sich und sagte: »An dem Felsvorsprung da unten muss es ihn erwischt haben.«

Beim Aufstieg überkamen Costa immer neue Wellen der Angst, so als wären sie gefroren gewesen und würden nun durch seine Bewegungen schmelzen.

Als sie das Plateau erreicht hatten, sah er Martina. Sie stand immer noch in der Nähe des Klippenrandes neben dem toten Hund. Ein leichter Wind war aufgekommen, und auf dem Meer hatten sich kleine Schaumkronen gebildet.

Martina trug wieder ihre Perücke, und ihr Gesicht war von Tränen und Schmutz verschmiert.

Costa humpelte zu ihr. Seine Nase war geschwollen, seine Augen blutunterlaufen und seine Haut überall zerschrammt und abgeschürft. Er blieb vor ihr stehen und beide sahen sich an. Martinas blaue Augen waren getrübt und ihre Lider begannen zu zittern, als er langsam seinen Arm vorstreckte. Er wollte ihre Hand fassen, hielt aber in der Bewegung inne, als sie leise und anklagend sagte: »Sie haben den Hund erschossen. Baal ist tot.«

Costa drehte sich langsam zu den anderen um. Sie warteten bei den Autos.

# 29

Am nächsten Tag fand unter dem Vorsitz von Richter Montanyà ein Haftprüfungstermin statt, bei dem Rechtsanwalt Roca Ribas die Verteidigung Martinas übernahm. Der Richter verhängte Untersuchungshaft für Martina Kluge und wies sie zugleich in die Psychiatrie des Centro Psiquiatrico de Barcelona ein.

Dort fiel der leitenden Psychologin ihr reduziertes Wachbewusstsein auf, eine Art Dauertrance, die sich an manchen Stellen der Erinnerung zu schwarzen Löchern verdichtete. Diese Bereiche waren durch Hypnoseblockaden abgeriegelt. Aus Madrid wurde ein erfahrener Hypnotiseur geholt, der diese Blockaden löste, sodass Martina Kluge imstande war, all die Aufträge darzustellen, die Schönbach ihr erteilt hatte.

Die ermittelnde Dienststelle der Guardia Civil auf Ibiza wurde verständigt, und Costa flog nach Barcelona, um Martina Kluge zu verhören.

Immer wieder von hysterischen Weinkrämpfen geschüttelt, erzählte Martina, was ihr zugestoßen war.

Begonnen hatte alles vor vier Jahren, als sie von Schönbach das Angebot bekam, besondere Patientinnen zu betreuen. Sie hatte gleich ja gesagt. Schönbach hielt ständig zu ihr Kontakt, rief sie täglich an und ließ sich von ihr über seine Patientinnen berichten. Ihr Verhältnis wurde immer vertrauter, und er gab ihr auch Einblick in seine Arbeit. Er war in vielem seiner Zeit voraus, auch in der Anästhesie. In differenzierter Weise beherrschte er das Feld von der Medikation bis zur Hypnose. Besonders die Arbeit mit Hypnose fand sie ungeheuer faszinierend. Er schlug ihr vor, sie als Medium zu benutzen und ihr seine Methode zu demonstrieren. Sie kannte sich damit nicht aus und fragte ihn halb ängstlich, ob er sie dann auch wieder zurückholen würde. Er nahm ihre Hände, streichelte sie, sah ihr tief in die Augen und sagte, er brauche sie bei vollem Bewusstsein. Was er allerdings unter vollem Bewusstsein verstand, hatte sie nicht vorausgeahnt. Es war – wie sie sich jetzt erinnern konnte – am 31. Oktober 1999 gewesen. »Wir waren in meinem Behandlungszimmer. Als es draußen dunkel wurde, zündete er eine Kerze an, auf die ich mich konzentrieren sollte. Ich legte mich auf meine Liege, hörte seine angenehme Stimme – dann sackte ich weg. Ich hörte damals nicht, was er sagte, doch jetzt kann ich es hören. Ich sollte ihm sofort jeden Tag telefonisch Bericht erstatten, wie es Ingrid Scholl, Erika Brendel und Franziska Haitinger ging. Es lief darauf hinaus, dass ich seine Patientinnen aushorchte. Alles wollte er von ihnen wissen, das Banalste und das Intimste. Und ich tat es, ich bespitzelte und verriet sie. Ich schäme mich heute dafür, weil sie mir blind vertrauten. Keine durchschaute mein falsches Spiel – ich schon gar nicht.« Sie verbarg ihr Gesicht in den Händen. Costa drängte sie nicht. Er konnte ihre Furcht vor der Wahrheit ahnen. Eine Furcht, die im Verlauf der Stunden zunahm.

Sie fuhr fort: »Ich war eine Hexe. In den Runensitzungen musste ich ihnen Hiobsbotschaften überbringen, bis ich die Karte wählte, die ihnen den Tod voraussagte. So hatte er es mir befohlen. Die Frauen glaubten an ihr böses Schicksal. Am Besten funktionierte es bei Ingrid Scholl. Ingeli war mir vollkommen hörig, sie tat nichts ohne meinen vorherigen Rat.«

»Und Erika Brendel?«, fragte Costa. »Tat sie auch, was Sie ihr befahlen?«

»Nicht was ich *befahl* – sie tat, was ich *empfahl*.«

Costa erinnerte sich an ihre Sprunghaftigkeit und ihren Widerspruchsgeist. Er konnte sich eine gehorsame Erika Brendel beileibe nicht vorstellen.

In den langen Verhören erfuhr Costa allmählich all die Details, die ihm bisher noch zweifelhaft erschienen waren oder gefehlt hatten. Martina Kluge hatte Erika Brendel nach Mallorca geschickt, weil sie bei der Durchführung des Mordes an

Ingrid Scholl hätte stören können. Martina hatte ihr empfohlen, sich mit ihrem Sohn Andreas zu versöhnen; eine Mutter muss ihren Sohn immer lieben. Doch Erika hatte das zu wörtlich genommen und ihrem Sohn versprochen, ihn statt Schönbach als Erben einzusetzen. Das bedeutete ihren Tod. Sie war an einer Überdosis ihres Medikamentes gestorben, hatte aber Franziska Haitinger bereits zu viele Dinge aus ihrem Leben erzählt, sodass auch sie sterben sollte.

Alles war bis ins Detail geplant. Wäre Günter Grone nicht dazwischengekommen, hätte sich nie etwas nachweisen lassen.

Schönbach hatte die junge Frau seiner Idee von Schönheit, Reichtum und Perfektion verpflichtet. Das Alte, das Leidende, Zerfall und Schmerz sollten aus seinem und ihrem Reich verbannt werden. Für diese Vorstellung hatte sie ihre ganze Lebenskraft geopfert. Wie ein Roboter führte sie die Morde aus, bei denen jedes Mal auch ein Stück von ihr starb. Immer mehr Teile ihres Selbst gingen in die Verfügungsgewalt Schönbachs über. Er bemächtigte sich zunehmend ihrer Lebendigkeit und verlangte schließlich, dass sie ihm ihr Leben opferte. An der Klippe suggerierte er ihr, in die Tiefe zu springen. Doch sie tat es nicht. Eine Art Verweigerung, die es auch schon vorher gegeben hatte und die sich in den Fehlern ihrer Verbrechen manifestierte. Wenn Costa sich diesem Punkt näherte, schien sie ihre Widerstände immer noch einmal zu durchleben, und zwar in Form eines schmerzhaften Zerrissenwerdens: Sie bäumte sich auf und warf sich zweimal sogar auf den Boden, wo sie sich schreiend hin und her wälzte.

Dieses Phänomen wurde Costa zum ersten Mal bewusst, als er mit ihr über die Durchsuchung der Wohnung von Ingrid Scholl sprach.

»Sie hatten alles perfekt durchdacht, nicht wahr?«, fragte Costa.

»Ihm ist nie ein Fehler unterlaufen«, antwortete sie. »Er ist in vielen Telefonaten immer wieder alles mit mir durchgegangen.«

Costa nickte. So hatte er ihn auch eingeschätzt. Ihn konnte nur der Zufall aus der Bahn werfen. Diesem Meister mussten sich die größten Ungeheuer beugen. »Er hätte sicher nicht vergessen, die Wohnung von Ingrid Scholl vorher noch genau zu durchsuchen. Ein schwerer Fehler. Hatte er Ihnen das nicht aufgetragen?«

Jetzt wurde sie ganz starr und riss die Augen auf. Costa bereute, nicht darauf bestanden zu haben, dass ein Arzt beim Verhör dabei war. Er wusste nicht, dass die Leitung der Psychiatrie eine Ärztin in den angrenzenden Überwachungsraum gesetzt hatte. Man wollte ihn mit der unzurechnungsfähigen Täterin nicht alleine lassen. Später sagte diese Ärztin vor Gericht aus, Costa habe die Angeklagte sehr einfühlsam verhört und auch körperlichen Kontakt nicht gescheut. Die Presse schlachtete das in großen Schlagzeilen aus und fragte die Leserinnen, ob sie sich lieber einem Hypnotiseur oder einem Verführer ausliefern würden. Costa war verdammt wütend darüber.

»Was haben Sie?«, fragte er besorgt.

Martina atmete in kurzen Stößen ein und aus.

»Was ist?!« Costa sprang auf.

»Ich –«.

Er ging schnell um den Tisch herum, ergriff fest ihren Oberarm und strich ihr über den Rücken. Es dauerte einen Moment. Dann entspannte sie sich. Sie wandte den Kopf und sah ihn schuldbewusst an.

»*Ich* habe es vergessen.«

Es war auch ein Fehler gewesen, dass sie den Briefumschlag zugeklebt und Franziska Haitinger hatte abreisen lassen.

Costa hakte ein und erfuhr, daß Franziska Haitinger bereits hohe Dosen ihres Medikamentes verabreicht worden waren, die nach drei Tagen zum Tode geführt hätten. Hätte sie sich nicht sofort in Deutschland in Behandlung begeben, wäre auch sie bei Torres auf dem Tisch gelandet. Und ihm wurde jetzt natürlich auch klar, wieso Franziska Haitinger, vermutlich kurz vor der Operation, ein Testament zu Gunsten Schönbachs aufsetzte. Die Dankbarkeit für die nicht operierten Waden war nur Einbildung, da sie sich an die direkten Anweisungen in der Hypnose nicht erinnern konnte.

»Wussten Sie, warum Herr Dr. Schönbach wollte, dass die Frauen sterben?«

»Sie waren ihm misslungen.« Ruhig und einfach kam der Satz.

Costa war nicht klar, was sie damit meinte, und sie beschrieb ihm bis ins Detail alle Operationen, die Schönbach an der Scholl und an der Brendel vorgenommen hatte. Ihm waren dabei verschiedene, kleine Fehler unterlaufen, die sich mit den Jahren zu monströsen Hässlichkeiten auswachsen konnten.

Costa kannte sich zu wenig aus und verstand die Fachtermini nicht. Die Erklärung aber hielt er für eine raffiniert auf die Glaubensgrundsätze Martina Kluges abgestimmte Lüge. Es fiel dieser auf Schönheitstherapie fixierten jungen Frau leicht, das zu glauben. Kunstfehler hingegen hatte Teckler bei Schönbach ausgeschlossen.

Er kam zu dem Ergebnis, dass Martina Kluge nicht viel über Schönbach wusste. Es schien, als wäre er für sie ein Spiegel, in den sie hineinschaute, voller Hoffnung, er würde sagen: Tinchen, Tinchen, hör gespannt, du bist die Schönste im ganzen Land. Es waren ihre eigenen Worte, sie hatte kindlich dabei gelacht. Wie dieser Spiegel hatte Schönbach all den Frauen helfen sollen, denen Schminke, hübsche Kleider und ein wertvolles Dekor nicht mehr reichten. Er hatte sich selbst zwar nie operieren lassen, aber wo immer es etwas Materielles von Wert und Wichtigkeit gab, hatte er seine Hand im Spiel gehabt – sei es bei Aktien, Häusern, Konten, Gemälden, teuren Pfeifen, alten Handschriften oder einer Luxusjacht.

Aber Sex gab es nicht zwischen ihm und den Frauen. Costa war sich nicht sicher, warum er diesen Aspekt für wichtig hielt, aber er ließ nicht locker, bis Martina erzählte, was sie über Arminé und Schönbach wusste. Sex war nicht dabei. Schönbach wollte nur die Sonne sein, die strahlte und blendete. Er wollte anziehend wirken, wollte nicht bloß Bewunderung, sondern die totale Hingabe: Sie lagen vor ihm, während er sie als Opfer seiner Göttin Venus zurechtschnitt und formte. Wer sich wehrte oder Widerstand leistete, wurde vernichtet. Das war das Reich, in dem er herrschte. Wie viele hatte er noch umgebracht? Costa kam noch einmal auf Franziska Haitinger zu sprechen.

»Dass Franziska so viel von Erika wusste, machte sie fast schon zu einer Zeugin«, sagte Martina. »Sie brauchte nur alles einem Dritten zu erzählen. Das berichtete ich ihm, und er riet mir, Franziska zu beruhigen.« Martina hörte wieder auf zu sprechen. Sie saß aufrecht da, die Hände im Schoß.

»Wie sollten Sie sie beruhigen?«, fragte Costa.

»Sie musste immer ein Blutverdünnungsmittel nehmen. Sintrom. Ich löste dreißig Tabletten in Kombucha auf und gab ihr davon zu trinken. Sie wurde müde und musste sich hinlegen. Als ich ging, nahm ich einen Schlüssel mit und gab ihr später noch einmal dieselbe Dosis. Als ich die Wohnung betrat, war sie gerade auf dem Weg zur Küche, um sich Wasser zu holen. Doch sie schaffte es nicht, und stützte sich auf dem Tisch auf. Ihre Beine zitterten, und ich dachte, sie stürzt jeden Moment. Ich half ihr ins Bett und gab ihr den Kombucha-Trunk. Als ich am Montagvormittag noch einmal nach ihr schaute, lag sie bewusstlos auf dem Teppich. Ich richtete sie auf, stützte sie und gab ihr wieder eine Powerdosis.«

»Was bewirkte das?«

»Innere Blutungen. Aber am Montagnachmittag war sie plötzlich verschwunden.« Martina überlegte einen Moment. »Seltsam.« Dann blickte sie Costa prüfend an, als hätte er dafür gesorgt, dass Franziska Haitinger verschwand.

Einen Moment herrschte Stille. Nur das Tonband surrte gleichmäßig vor sich hin. Costa wartete und dachte daran, was Elena über die Schönheitstherapeutin gesagt hatte – eine, die keine Kraft für ein eigenes Leben hatte und daher ganz in anderen aufging. Diese Worte hatten jetzt eine seltsame Bedeutung bekommen.

Was sollte er noch fragen? Er sah Martina an. Sie trug keine Perücke mehr. Ihr dunkelbraunes Haar war schon etwas nachgewachsen.

»Ich habe sie seitdem nicht mehr gesehen, die Franzi.«

Klang ihre Stimme traurig? Costa war sich nicht sicher. »Warum sollten Sie Arminé umbringen?«, fragte er.

»Sie hatte ihm damit gedroht, ihn zu verleumden und seinen Ruf zu schädigen.«

Auch das hatte ihr Schönbach suggeriert. Selbst ein fremdgesteuerter Mensch brauchte eine Motivation für sein Handeln.

Martina zitterte am ganzen Körper und Tränen flossen über ihr Gesicht. Sie war leer. Komplett leer.

Costa verließ den Raum, um einen Arzt zu holen.

Als die Ärztin sie ins Bett brachte und zudeckte, steckte Martina den Daumen in den Mund und schlief ein.

Costa schloss die Tür und ging langsam den Flur hinunter. Zum ersten Mal spürte er wieder seinen ganzen Körper. Tief atmete er ein. Er wollte alles vergessen, aber immer wieder musste er an diese Frauen denken. Costa wusste, wie wichtig Schönheit war, doch einen solchen Kampf darum hätte er für unmöglich gehalten. Er dachte an seine Tochter und erinnerte sich an ein Gespräch mit ihr, in dem sie ihm auseinander setzte, welch große Angst sie hätte, später dick und hässlich zu sein und dann von niemandem mehr geliebt zu werden. Lieber wollte sie tot sein, hatte sie ihm erklärt. Wenn sich solch kindliche Züge erhalten, dachte Costa, kann das bei Erwachsenen zu seltsamen Verzerrungen führen.

In dem großen Skandalprozess, der im darauf folgenden Jahr stattfand, wurde Martina Kluge freigesprochen. Sie hatte keine Macht über ihr Tun gehabt. Die Tatherrschaft lag allein in den Händen des Schönheitschirurgen Schönbach. Es gab ein langes Hin und Her zwischen den verschiedenen Gutachtern. Doch letztendlich schloss sich das Gericht der Rechtsauffassung des obersten Gerichts in Madrid an. Dieses hatte in einem ähnlich gelagerten Fall einen Exilrussen freigesprochen, der im Auftrag des KGB in Madrid einen russischen Überläufer getötet hatte. Dazu hatte er vom KGB eine Pistole mit schnell lähmendem Gift erhalten. Der russische Geheimdienst hatte den Exilrussen vorher nach Moskau eingeladen und ihn dort in Trance versetzt. Dann war er zurück nach Madrid gereist, um den Auftrag auf offener Straße auszuführen. Das Gericht war der Ansicht, dass der Mann keine Herrschaft mehr über sein eigenes Tun gehabt hatte, sondern wie ein Roboter ausführen musste, was der KGB ihm vorher suggerierte.

Als Costa von den Verhören in Barcelona nach Ibiza zurückkehrte und mit schmerzenden Knochen und geschwollener Nase durch die Flughafenhalle hinkte, ging vor ihm eine Frau, die ihm bekannt vorkam. Er konnte nur ihren Rücken sehen, aber irgendwie war sie ihm vertraut. Er überholte sie und warf ihr von der Seite einen Blick zu. Es war Franziska Haitinger.

Sie begrüßte ihn mit großer Freude. Ihre Augen leuchteten, und sie entschuldigte sich, dass sie so lange weggeblieben war, ohne etwas von sich hören zu lassen.

»Sie werden sicherlich sonst was gedacht haben«, sagte sie mit einem Anflug von Schüchternheit. »Sie haben ja so schnell aufgelegt.«

Costa sagte, er hätte gerade drei Eier in der Pfanne gehabt, die sonst angebrannt wären.

Er begleitete sie zum Gepäckband und wartete mit ihr auf die Koffer. Er fragte sie, wie es ihr jetzt gehe.

Franziska Haitinger berichtete, wie elend sie sich damals gefühlt hatte, obwohl die Ärztin nichts finden konnte. Es war von Stunde zu Stunde schlimmer geworden, und ihr Vertrauensarzt in Deutschland äußerte den Verdacht auf Leukämie. Sie hatte sofort gepackt und sich in einer Klinik komplett durchchecken lassen. Die Ärzte stellten innere Blutungen fest. »Ich war total schlapp, als ich in Frankfurt ankam. Hätten sie die Blutungen nicht stoppen können, wäre ich heute tot.« Sie lachte einmal kurz auf. »Die Ärzte vermuteten, ich hätte versehentlich eine Überdosis von meinem Medikament eingenommen. Aber das ist ausgeschlossen. Ich bin da viel zu pingelig.«

Costa betrachtete sie einen Moment. Die Lebensfreude stand ihr gut.

»Die schlimmen Stunden im Krankenhaus waren mir eine Warnung«, sagte sie. »Ich habe seitdem viele Dinge in meinem Leben geändert und eine Menge Entscheidungen getroffen. Erstaunlicherweise fiel mir das gar nicht so schwer, bis auf die Scheidung. Jedenfalls bin ich jetzt geschieden und habe mich selbstständig gemacht – privat und beruflich. Ich habe hier eine kleine Galerie gekauft und ziehe fürs Erste in eine Wohnung in der Altstadt, wo ich mehr unter Menschen lebe.« Sie warf ihre kastanienbraunen Haare zurück, die sie jetzt lang und offen trug, breitete die Arme aus und drehte sich ein Mal um die eigene Achse. Sie lachte den anderen Reisenden zu und wollte damit sagen, wie sehr sie Menschen mochte. Das ist neu an ihr, dachte Costa.

»Ich habe auch mein Testament geändert und werde alles meinen Kindern vermachen.«

Kein Wort über Dr. Schönbach. Sie hatte es in kurzer Zeit geschafft, ihr Leben völlig umzukrempeln. Als ihre Koffer kamen, verabschiedete sich Costa.

Sie lächelte ihn an. »Bestimmt sehen wir uns wieder.«

Costa nickte.

Als er aus dem Flughafengebäude trat, blinzelte er in die Sonne, warf einen kurzen Blick auf die weiße Mühle jenseits des Parkplatzes, die ihn blöderweise immer an Cervantes Don Quijote erinnerte, und sah, was er jetzt nicht erwartet hätte – Karin! Sie stand vor ihrem Wagen und kam lachend auf ihn zu, beide Arme ausgebreitet, wie es seine Mutter immer tat, die sie imitierte. »Willkommen zu Hause!« Auch ein Zitat seiner Mutter, aber es ging ihm zu Herzen.

Woher wusste sie, wann er ankommen würde? Sie hatte im Büro angerufen und den Bischof erreicht. Sie war gekommen, um ihn persönlich ins Elephante zum Essen einzuladen, denn sie kriegte ihre Sensationsstory für den STERN:

*Die Schöne und das Biest – gefeierter Schönheitschirurg als Serienkiller!*

Beinahe hätte es mit dem Abendessen nicht geklappt. Sein Chef, Don Andrès Lopez Santander, rief ihn zu sich und wollte, dass er vor der gesamten Guardia Civil ein Referat über das Brüsseler Seminarthema »Schnellverfahren gegen Kriminelle« hielt. Costa starrte ihn an. Lopez musterte ihn und sagte: »Wie ich höre, sind Sie noch ganz schön sportlich für Ihr Alter!« Costa dachte daran, wie Schönbach abgestürzt war und nickte dankend. Dann schlug er das Vortragsangebot aus.

Stattdessen hatte er einen ausgelassenen Abend mit Karin in dem Restaurant, wo sie wieder von Madame FUCK ME bedient wurden.

Nach dem Essen nahm ihn Karin mit zu sich nach Hause, führte ihn ins Schlafzimmer, zog ihn aus und legte sich zu ihm. Er schlief in ihren Armen ein, seine schmerzende Nase an ihrer Schulter. Seine Verzweiflung löste sich, sein Hass schwand und Einsamkeit war ein Wort aus einer fremden Sprache.

Als er am nächsten Morgen aufwachte, fühlte er sich wie als Kind in den Ferien. Kaffeeduft stieg ihm in die Nase. All seine Sinne öffneten sich, die Liebe schwebte aus der Küche herbei, um sich auf ihm niederzulassen, und der Toast röstete sich unterdessen selbst.

Auf dem Balkon war der Frühstückstisch gedeckt, und Karin hatte die mexikanischen Songs von Linda Ronstedt aufgelegt. Der Himmel war blau, und auf dem Geländer des Balkons flatterte ein Vogel. Karin trug einen leuchtend gelben Bademantel. Ihre Augen strahlten wie der Bläsersatz der Cacarachi-Musik.

Und wie sie sich bewegte! Sie schien unberührt von der Zeit, die sein Leben bestimmte.

Ihre Liebhaber suchte sie sich selbst aus, das hatte auch er erfahren. Sie wählte. Es hatte ihm von Anfang an gefallen, zugleich aber hatte er darunter gelitten. Er war jetzt schon eifersüchtig auf den, den sie sich nach ihm suchen würde.

Warum hatte Karin ihn überhaupt verlassen? Hatte er sie nicht verstanden? Hatte er ihr zu wenig gegeben? Was hatte er ihr überhaupt gegeben? Gelegentliche Zärtlichkeit und Lust, überraschende Geschenke, spontanes Glück. Danach kehrte er stets in das abgesteckte Gebiet seiner Gesetze und Regeln zurück. In das Reich der fixen Ideen, der Jagd und des Todes. Dahin hätte er sie nicht mitnehmen können. In diese Wüstenei aus Verachtung und Wahnsinn. Die Müllhalde am Ende des Weges. Der große Berg aus Dreck, Verrat und Hass, auf dem er mit seinem Team einflog. Die Geier des Untergangs, wie auf den Gemälden Goyas. Warum war es ihm so schwer, auf die andere Seite zu gehen, dahin, wo die Alltäglichkeit und mehr Zärtlichkeit und Liebe waren? Vielleicht floh er wegen der Mittelmäßigkeit, des Einerleis und der Banalitäten. Vielleicht liebte er die Frauen gerade, weil sie stark waren im Alltäglichen. Pathos der Mitte – hatte das die Polizeipsychologin in Hamburg in einem Gespräch über seine Probleme mit Sabine einmal genannt.

»Ich hätte den Job bei meinem Onkel annehmen sollen«, sagte Costa.

»Sing mir jetzt nicht das ›*hätte*-Lied‹«, sagte sie. »Es ist zu spät. Ich habe dich schon längst verlassen.«

Er stand auf, legte die Arme von hinten um sie und flüsterte ihr ins Ohr: »Ja, richtig. Das *hätte* ich beinahe vergessen.«

Auf der Straße fuhr ein offener Wagen vorbei, aus dessen aufgedrehten Lautsprechern »Purple Rain« heraufklang.

Für ihre Unterstützung
danke ich herzlich Christian Pfeiffer,
Dieter Langendörfer und Klaus Püschel

Mein herzlicher Dank gilt auch
Susanne Matz, Heidi Voigt, Erika Radtke, Ute Sperling,
Andrea Etz, Ingrid Winter, Kora Perle, Katarina
Anastesian, Konstanze, Andy und Carlos.
Und meiner Familie: Uta, Andreas, Julian und Johanna.

Wo, bitte, geht's zum richtigen Leben?
FREDRIK LINDSTRÖM
ULLSTEIN